KB244837

루쉰과 저우쭈어런
Luxun and Zhouzuoren

지은이 쑨위(孫郁 : Sun Yu)는 1957년 중국 다롄(大連)에서 태어나서 선양 사범학원(沈陽師範學院) 학부와 대학원을 졸업하고 문학석사학위를 받았다. 다년간 『베이징일보(北京日報)』 문예부 기자로 근무하였으며 지금은 北京魯迅博物館 부관장과, 『魯迅研究月刊』 주편(主編) 그리고 『中國現代文學研究叢刊』 부주편으로 일하면서 문학평론 활동을 하고 있다. 주요 저서로 『百年苦夢』, 『魯迅與周作人』, 『魯迅與胡適』, 『周作人和他的苦雨齋』 등이 있다.

옮긴이 김영문(金永文 : Kim Young-Moon)은 1960년 경북 영양에서 태어나서 경북대 중문과와 서울대 대학원을 졸업하고 문학박사학위를 받았다. 베이징 대학(北京大學) 방문학자로 중국 현대문학 연구에 종사하였다. 경북대·서울대·대구대 등 대학에서 강의한 적이 있으며, 지금은 경북대 인문과학연구소 전임연구원으로 일하고 있다. 주요 저역서로 『노신의 문학과 사상』, 『인물로 보는 중국 현대소설의 이해』 등이 있고, 주요 논문으로는 「中國 新文學에서의 浪漫主義 變容에 관한 研究」, 「聞一多 新詩의 現代性에 관한 연구」 등이 있다.

옮긴이 이시활(李時活 : Lee Si-Hwal)은 1966년 경북 의성에서 태어나서 경북대 중문과와 경북대 대학원을 졸업하고 문학박사학위를 받았다. 푸단 대학(復旦大學) 박사후 과정을 수료하였다. 대구한의대·대구가톨릭대 등을 거쳐 지금은 경북대와 대구대에서 강의하고 있다. 주요 저역서로 『인물로 보는 중국 현대소설의 이해』 등이 있고, 주요 논문으로 「중국 현대 서정소설 연구」, 「韓中 현대문학에 나타난 고향의식 비교」 등이 있다.

루쉰과 저우쭤런

1판 1쇄 인쇄 2005년 12월 20일
1판 1쇄 발행 2005년 12월 30일

지은이 / 쑨위
옮긴이 / 김영문·이시활
펴낸이 / 박성모
펴낸곳 / 소명출판
출판고문 / 김호영
등록 / 제13-522호
주소 / 137-878 서울시 서초구 서초동 1621-18 (란빌딩 1층)
대표전화 / (02) 585-7840
팩시밀리 / (02) 585-7848
somyong@korea.com / www.somyong.com

ⓒ 2005, 소명출판

값 26,000원

ISBN 89-5626-196-2 93820

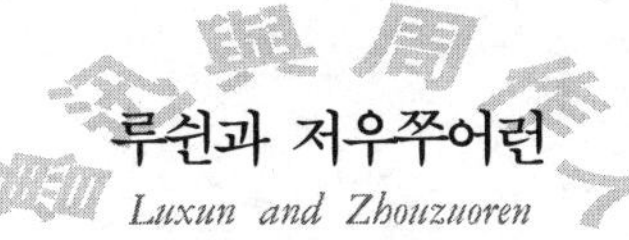

루쉰과 저우쭈어런
Luxun and Zhouzuoren

쑨위(孫郁) 지음 / 김영문·이시활 옮김

소명출판

◆ **일러두기**

1. 이 책은 쑨위(孫郁 : 손욱) 저(著), 『루쉰과 저우쭤런(魯迅與周作人)』(河北人民出版社, 1997)을 완역한 한국어판이다.
2. 이 책의 한국어 번역 판권은 저자와의 계약에 의해 번역자들(김영문, 이시활)에게 있다.
3. 중국어 인명과 지명의 외래어 표기는 기본적으로 문화관광부 고시안을 따랐다. 그러나 일부 표기는 중국 현지 음을 더 중시하였고 또 한 글자가 다음절로 표기되는 몇몇 경우는 우리말 단음절로 표기하기 위하여 노력하였다.
    예) 袁良駿→위안량쥔(문광부 안), 웬량쥔(이 책의 표기)
4. 중국어 인명 지명은 1919년 5・4운동을 기준으로 그 이전은 우리말 한자음으로 그 이후는 현재 베이징어(北京語) 발음을 따랐다.
    예) 이백(李白), 장안(長安), 마오쩌둥(毛澤東 : 모택동), 시안(西安 : 서안)
5. 중국어 인명 지명이 각 장마다 다시 출현할 때는 맨 앞에 각각 현재 베이징 발음을 달고 괄호 안에 한자와 우리말 한자음을 병기하였고, 두 번째부터는 베이징 발음만 표기하였다.
    예) 상하이(上海 : 상해), 루쉰(魯迅 : 노신)
7. 일본어와 서구어의 경우에도 위의 원칙을 따랐지만 괄호 안에 달리 우리말 발음을 병기하지는 않았다.
    예) 토꾜(東京), 나까무라 히데오(中村英雄)
6. 한자 표기는 중국의 간체자(簡體字)가 아니라 한국의 한자 정자(正字)로 표기하였다.
7. 중국의 행정 단위는 우리말 발음대로 표기하였다.
    예) 부(府), 현(縣)
8. 문언문(文言文)이나 구체시(舊體詩) 인용문에는 번역문과 원문을 병기하였지만, 현대 백화문(白話文) 인용문은 번역문만을 실었다.
9. 역주를 다는 부분에는 * 부호를 붙여서 본래의 각주와 구별하였다.
10. 이 책의 번역은 기본적으로 중국어 원문의 구조를 따랐지만, 원문의 구조에 집착하면 우리말 표현이 어색해질 경우, 뜻을 해치지 않는 범위 내에서 우리말 표현을 우선시하였다. 또 표현이 중복되거나 우리말로 표현하였을 때 불필요한 첨언들은 과감하게 생략하였다. 따라서 이 책을 학술적으로 인용하여 직역할 필요가 있을 때는 반드시 원문을 참조하기 바란다.

김영문 선생이 편지를 보내와서 이 책의 한국어 번역판이 조만간 출판된다고 알려주었다. 이 소식을 듣고 나는 참으로 기쁨을 느끼면서 한 편으로 당시이 책을 쓸 때의 심경이 떠올랐다. 시간은 참으로 빨리 지나간다. 방안에 틀어박혀 글을 쓰던 당시의 광경을 회상해보면 정말 격세지감이 느껴질 정도이다. 이 책을 출판할 당시는 바로 내가 정신적으로 위기에 처해 있던 때였다. 그때 나는 견디기 힘든 정신적 곤경을 안고 루쉰(魯迅 : 노신)과 저우쭈어런(周作人 : 주작인)의 곁으로 다가가고 있었다. 이 책을 다 쓰고 나서야 비로소 내 자신이 이 선구자들과 너무나 멀리 떨어져 있다는 사실을 발견하게 되었다. 이 책 속에는 아마 주관적인 색채가 너무 짙게 드리워 있을지도 모른다. 얼마 지나지 않아 나는 곧 이 책을 진지하게 개정하리라고 마음을 먹게 되었다. 그러나 여러 가지 잡무 때문에 지금까지도 시간을 지체하며 마음의 소망을 이루지 못하고 있다. 글쓰기는 항상 아쉬움이 남는 힘든 작업이다. 과거에 쓴 글은 당시의 여러 가지 상황 때문에 마음속 이야기를 다 쓰지 못하는 경우가 많다. 이러한 예는 헤아릴 수 없을 정도이다. 이제 이러한 미진한 모습으로 한국인들의 면전에 다가간다. 나는 나와 상이한 의견을 듣기를 바라며 또한 이 책에 대한 비평이 있기를 희망한다. 새로운 천지를 열어줄 또 하나의 창구가 마련된 셈이다. 나는 새로운 사람들을 만나고 새로운 목소리를 들을 수 있기를 기대한다. 아마도 그곳에는 나에게 가르침을 줄 훌륭한 스승과 나를 유익하게 이끌어줄 미더운 벗들이 있을지도 모른다.

중국과 한국은 모두 동아시아에 자리잡고 있으면서 서로 비슷한 전통을 유지해왔고 서로 비슷한 고난을 겪기도 하였다. 나는 어릴 때 한반도와 관련된 여러 가지 이야기를 듣는 과정에서 피차간에 서로 비슷한 점이 매우 많다고 느꼈다. 근래에 들어서도 부단히 한국 작가와 학자들의 글을 읽으면서 우리들이 공통으로 관심을 기울이고 있는 화두가 점점 더 많아지고 있다는 사실을 발견하게 되었다. 이른바 글로벌화의 물결 속에서 중국과 한국의 지식인들은 모두 어렵고도 막중한 임무를 짊어지고 있다. 말하자면 어떻게 하면 자신의 존엄과 개성을 잃지 않으면서 모든 인류가 함께 하는 인문의 길로 나아갈 수 있느냐 하는 것이 그것이다. 동아시아인들은 지난 전통 속에서 수많은 도전을 받아왔기에 이러한 느낌을 더욱 절실하게 체감하고 있다. 당년의 루쉰과 저우쭈어런도 이와 동일한 난제에 직면해 있었다. 내가 보기에 그들 두 사람의 경험은 우리의 고귀한 재산이라 할 만하다. 그들의 글을 읽으면서 나는 더러 그들의 글이 오늘날 우리가 가야 할 방향을 가리키는 것처럼 느껴지곤 하여 전혀 때가 지난 글로 생각되지 않았다. 따라서 나는 이 두 사람의 신상에서 허다한 공감대를 찾을 수 있다고 믿는다. 이른바 역사는 항상 새롭게 해석되어야 한다는 말 속에 이러한 의미가 담겨 있는 셈이다.

중국의 현대사에는 수많은 고통이 서려 있다. 그러나 그 옛 자취들은 이제 안개처럼 모호해지면서 망각 저편으로 사라져 가고 있다. 나는 우연한 기회에 청소년들의 문장을 읽으며 그들의 역사관을 접한 적이 있다. 그들과 지난 세대 사람들 사이에는 너무나 깊은 심연이 가로놓여 있었다. 물론 어떤 것은 역사의 진화라고 할 수 있다. 우리의 아이들을 영원히 고통 속에 살게 하는 것은 인도적인 처사라 할 수 없다. 그러나 역사 속에서 일찍이 겪었던 수많은 재난을 알지 못하게 하는 것은 우리의 잘못이라고 할 수 있다. 루쉰은 바로 망각을 거절한 사람이다. 그가 일생 동안 사고한 것은 바로 어떻게 하면 자신을 기만하는 노예 상태로부터 해방될 수 있느냐 하는 것이었다. 한 편으로 두 눈을 부릅뜨고 세상을 직시하면서 다른 한 편으로는 역사의 장막과 의문들을 걷어내려 하였다. 나는 지금의 동아시아인들도 여전히 이러한 임무를 짊어지고 있다고 생각한다. 좌절을 겪은 민족만이 좌절의 쓰라린 경험 속에서 그 상처를 달게 핥으며 몸을 일으켜 전진할 수 있다.

지난날 텔레비전을 통해 자유와 민주를 위해 싸우던 한국 청년들의 모습을 보면서 곱절이나 친근감을 느끼곤 하였다. 또한 그 죽음을 두려워하지 않는 사람들의 모습에 남몰래 감탄을 금치 못하곤 하였다. 지금 중국 청년들은 대부분 더 이상 그러한 격정을 갖고 있지 못하다. 아마도 물욕에 이끌려 점점 새로운 유행이나 뒤쫓는 것 같다. 중국은 지금 거대한 변화에 직면해 있지만 동시에 수많은 위기에 봉착해 있기도 하다. 루쉰이 당년에 말한 것처럼 바로 기만과 사기의 늪으로 빠져들고 있는 것이다. 하루 하루의 만족만을 추구하고 하루 하루 자신을 기만하면서 저 회색빛 삶의 전도로 달려가고 있다. 나는 한국의 청년들은 지금 어떤지 모르겠다. 그러나 나는 그대들의 경험 속에서 우리가 본받을 만한 점이 있다고 믿는다. 만약 이와 같다면 서로 본받을 만한 점을 주고 받으며 더 많은 소통의 기회를 가질 수 있을 것이다. 아마 서로를 바라보며 우리의 눈과 귀는 더욱 밝아질 수 있을 것이다.

2005년 7월

루쉰 박물관에서

쑨위(孫郁)

1950년대 이전에 활동한 노인들은 대부분 이와 같은 비교 연구를 할 수 없을 것이고, 더더욱 전문 저서는 절대로 쓸 수 없을 것이다. 부득불 언급해야 할 경우가 생긴다면 대부분 한두 마디 말로 이 두 사람(魯迅과 周作人 형제)에 대한 흑백 판단을 분명하게 내릴 것이다. 왜냐하면 그들은 이 두 사람과 동시대를 살아온 사람들이기 때문이며, 또 마오(毛澤東 : 모택동) 주석의 가르침을 받은 사람들이기 때문이다.

다음과 같은 언급은 모두 『마오쩌둥 선집(毛澤東選集)』에 실려 있다. 루쉰(魯迅 : 노신)은 "5 · 4문화 신군(新軍)의 가장 위대하고 가장 영용(英勇)한 기수"로서, 뒷날 국민당의 '포위 공격(圍剿)' 때 중국 문화혁명의 위인(偉人)이 되었고, 또 "모든 공산당원들이 따라 배워야 할 모범이 되었다." 그러나 "당시 문예는 제국주의자를 위한 것이었다. 저우쭈어런(周作人 : 주작인) · 장쯔핑(張資平 : 장자평)과 같은 사람들이 바로 이러한 문예를 하였는데, 이를 당시에는 매국노 문예(漢奸文藝)라고 불렀다." 우리 중국인들은 전통적으로 특별한 경우를 제외하고는 이들 '두 부류를 함께 거론하는 것'을 회피하였다.

새로운 세대는 이와 같지 않다. 해방 무렵 '새로운 일을 새로 하자'라는 신

유행어가 일시를 풍미한 적이 있다. 지금은 벌써 들어볼 수 없는 말이 되었다. 그러나 새로운 세대 사람들은 반드시 새로운 일을 해야 한다. 쑨위(孫郁 : 손욱)가 바로 이 새로운 세대라고 할 수 있는데, 그는 성실하고도 엄숙하게 분명한 근거를 가지고, 분석적이면서도 종합적으로 이 전문 저서를 집필하였다.

루쉰은 일찍이 "사람들이 사건의 흉악한 실상을 혐오하는 것이 아니라, 그 실상을 써내는 것을 혐오하고 있으니, 이건 정말 너무나 기괴한 일이다"라고 설파한 적이 있다. 기실 루쉰과 저우쭈어런은 형제간이다. 이들은 형제일 뿐만 아니라 '5·4' 신문화운동의 선구자들이며, 또 '5·4' 신문학사에서 이름을 빠뜨려서는 안 되는 신문학의 대가들이다. 뒷날 이 두 형제는 가정 불화로 결별하여 각각 서로 다른 길을 걸어갔다. 이러한 내용을 하나하나 '자세히 써보는 것'도 좋은 일이 아니겠는가? 사실을 써내는 것을 혐오하고 또 허락하지 않는다면 그것은 '기만과 허위'에 불과할 따름이다. 결국 이들에 관한 진상은 이미 백일하에 밝혀져 있고, 이들 생존 당시에도 기린의 가죽 아래에서 말발굽(馬脚)이 드러나고 있었던 것이다.

이 책의 원고를 읽으면서 내가 느낀 것은 책의 제목은 비록 두 사람에 관한 것이지만 쑨위가 쓰고 싶어 한 것은 기실 수많은 사람들의 모습이라는 점이다. 따라서 이 책은 '인간'을 탐색하고 '인간'을 연구한 저작이라고 할 수 있다. 이 책에서 그려지고 있는 인간의 기질·성격·심지(心智)·취미·학식·수양 등은 너무나 복잡한데, 인간의 실제 삶 속에서도 이처럼 불가항력적인 경우가 자주 드러난다. 미래 대동세계의 사람들이나 혹은 황금세계의 사람들은 아마도 현재 사람들의 삶의 고통과 그 삶의 과정에서 빠져드는 함정을 이해하기 어려울 것이다. 이것은 마치 유가(儒家)의 성현(聖賢)들이 복희(伏羲)·신농(神農)·요(堯)·순(舜)시대의 피비린내를 이해하지 못하는 것과 같다. 이 책의 원고를 다 읽고 나서 나는 책을 덮고 탄식하며 루쉰의 두 마디 말을 상기하게 되었다. 첫째는 "인간은 그래도 살아가야 한다. 그것은 진화를 위해서이다. 또한 삶의 과정에서 고통을 받아도 무방하다. 그러나 그것은 미래의 모든 고통을 제거하기 위한 것이어야 한다. 더더욱 응당 싸워야 한다. 그러나 그것은 개혁을 위한 것이어야 한다"는 말이고, 둘째는 "사회를 위해 일을 도모하며 생명을 희생하는 것은 결코 궁극적인 목적이 아니다. 무릇 희생이란 것은 모두 인간에 의해 살해당하는 것이기 때문이다. 만일 요행히 살아남는다 하더라도 사회에는 악 영향을 끼칠 수도 있다. 따라서 차라리 자기의 생명을 스스로 포기하고자 할 따름이다"라는 말이다. 인간은 생물이어서 '생명 제일'의 원리를 누가 가르쳐 주지 않아도 안다. 중국의 백성들은 자고 이래로 자신을 '개미'라고 칭해왔다. 왜냐하면 '개미나 땅강아지도 살아가야 한다는 사실을 알고 있기' 때문이다. 이것이 지식인들의 손을 거치면 '생명 본위'의 철학이 된다. 이 때문에 지식인들의 입장에서는 '고통을 받아도 무방하지만', 만에 하나 '요행히 살아남기 위해서' 사상적 준비를 하는 과정은 '노동자들'에 비해 더욱 어려운 일인 것 같다. 인생의 수많은 명예와 절개, 삶과 죽음에 관련된 중대한 문제는 대부분 전적으로 지식인들에게 속해 왔기 때문이다.

이 책에서 견지하고 있는 필법을 나는 아주 좋아한다. 이것은 진정한 독서 수필이다. 독파한 자료와 자신의 감각·깨달음·심득(心得)·인식 등을 분석하고 비교하여 느낀 대로 말하고, 생각한 대로 서술한다. 감추거나 에돌지 않고, 무슨 춘추필법(春秋筆法)*[1]도 사용하지 않는다. 현학적인 학문의 냄새도 풍기지 않으며 논증을 위한 조작도 하지 않는다. 읽어보면 이해하기 쉽고 평이하며, 소박하고 친근감이 느껴진다. 또한 루쉰과 저우쭈어런, 그리고 작가의 마음을 사색의 실마리에다 한데 섞어 넣어서, 독자들로 하여금 항상 '그래, 사실 그랬었지'라는 회심의 미소를 짓게 만든다. 물론 작가의 관점에 당신이 동의하지 않을 수도 있겠지만, 작가는 억지로 당신의 동의를 구하지 않는다. 모든 책들이 이와 같을 것이다.

쑨위는 자신의 학식을 더욱 깊게 하기 위하여 지금 고서를 읽고 있다고 한

---

1) 역주: 춘추필법(春秋筆法)은 공자(孔子)가 『춘추(春秋)』라는 역사책을 편찬하면서 고수한 일종의 집필 원칙이다. 공자는 『춘추』를 편찬하는 과정에서 역사의 정도를 기록하기 위하여 글자 하나 구절 하나에도 인간이 지켜야 할 대의(大義)를 함축시켜 놓았다는 것이다. 그것을 미언대의(微言大義: 작은 말에 담긴 큰 뜻)라고도 하는데, 후세에는 자신의 의견을 숨긴 채 은근하게 다른 사람을 비평하는 태도나 글을 가리키기도 한다.

다. 이것은 좋은 일이다. 그러나 그의 붓끝에서 우연찮게 몇몇 문언(文言)에서 사용되는 글자와 단어 그리고 구법들이 튀어나오는 것은 마치 '쌀 속에 모래가 섞인 것 같아서' 이런 점은 배워서도 안 되고 계속 견지해서도 안 된다. 나는 이러한 점이 그의 문장의 결점으로 느껴진다. 비록 아직 심하지는 않지만 '한 번 습관에 젖어 절제하지 못할까' 걱정이 되고, 또 독자들에게 연쇄적으로 악 영향이나 끼치지 않을까 의구심이 든다. 이 이야기를 쓸까 말까 망설이다가 그래도 한 마디 언급해두는 것이 좋겠다고 생각하였다. 비록 내 스스로도 잘 하지 못하여 부끄럽기는 하지만 말이다.

쑨위와 나는 사귄 지 이미 10년의 세월이 흘렀다. '항전 8년', '문혁 10년', '수복의 10년 성장' 등의 말에서 보듯 10년은 결코 짧은 시간이 아니다. 그러나 쑨위를 알고 난 후의 10년 세월은 너무나 빨리 지나간 느낌이다. 이 10년 동안 그는 여러 권의 책을 썼다. 예를 들자면 루쉰 연구 전문 서적인 『20세기 중국에서 가장 우환에 젖은 영혼(20世紀中國最憂患的靈魂)』, 또 편저인 『루쉰의 세계로 들어가기－시가권(走向魯迅世界－詩歌卷)』과 『모독된 루쉰(被褻瀆的魯迅)』 등이 그것인데, 이 책들은 모두 베스트셀러 목록에 올라 있다. 그는 젊고 정력이 왕성하다. 사람이 근면한 데다 창작력도 왕성하여 이미 많은 성과를 내고 있으며, 벌써 독자들에게 비교적 큰 영향을 미치고 있다. 그의 책에는 다른 사람이 쓴 무슨 서문 같은 것이 필요하지 않다. 하물며 나 같은 사람이랴! 그러나 그는 억지로 나에게 몇 술의 글을 쓰게 하었다. 나는 이것이 바로 고금의 지식인들이 중시한 '저버릴 수 없는 정의(情誼)'라는 것을 알고 있다. 나는 또 『공산당선언(共産黨宣言)』에서 말하고 있는 다음과 같은 말 따위도 알고 있다. "그것(자본주의제도)은 사람과 사람 사이에 적나라한 이해 관계와 냉혹 무정한 '현금 교역'을 제외하고는 더 이상 어떤 관계도 갖지 못하게 한다." 이 말을 알고 있는 까닭은 이것이 일찍이 나의 교과서였으며 간부들의 필독서였기 때문이다. 나는 아직도 기억하고 있다. 그 시절 '이러한 반동 행위를 한 이유는 무엇인가'에서 시작하여 '모든 잡귀신을 깡그리 쓸어 없애자'고 주장하던 인간 사회가 도대체 어떤 상황으로 치달려가고 말았는지를. 왜냐하면 이것은 내가 직접 겪은 일이기 때문이다. 옛 사람들의 시에 이러한 구절이 있다. '푸른 바다를 건너보니 모든 땅의 물이 물이 아닌 것 같고, 무산(巫山)에서 물러나오니 모든 하늘의 구름이 구름이 아닌 것 같네.' 쑨위가 나에게 서문을 써달라고 한 저의는 추측컨대 '취옹(醉翁)의 마음은 술에 있지 않네'*2)라는 시구와 같은 것으로 느껴진다. 나는 즐겁게 이 글을 썼다. 다른 사람들의 귀에 역겨움을 주지 않으려고 노력하지 않았다. 다만 쑨위에게 면목이나 세우고, 쑨위의 독자들에게 체면치레나 하기 위한 글일 따름이다.

1996년 6월 22일

왕더허우(王得後)

---

2) 역주 : '취옹(醉翁)의 마음은 술에 있지 않네(醉翁之意不在酒)'라는 구절은 중국 북송(北宋)의 대학자 구양수(歐陽修)가 「취옹정기(醉翁亭記)」에서 쓴 유명한 말이다. 취옹이 술을 마시는 이유는 기실 술에 취하기 위함이 아니라, 아름다운 산수간에 노닐기 위함이라는 것이 본래의 뜻이다. 후세에는 겉으로 드러나지 않는 숨은 의도를 가리키는 말로 흔히 쓰인다.

목차

어린 꿈들

1.

여러 차례 나는 루쉰(魯迅 : 노신)과 저우쭈어런(周作人 : 주작인)의 사진 속에서 두 사람의 음성과 웃는 모습을, 그리고 그들의 아름다운 필체 속에서 그들의 생동하는 형상을 복원해보려 한 적이 있다. 나는 시간의 터널을 따라 전심전력으로 지나간 세월로 거슬러 올라가 이 두 지자(智者)의 목소리를 들으며 그것을 느껴보고자 하였다. 그러나 이런 노력들은 매번 나를 깊고 깊은 실망 속으로 빠뜨릴 뿐이었다. 복잡하고 고통스러운 두 영혼으로 인해 항상 나는 그 살아 있는 형상의 피안에 도달할 수 없었다. 그것은 영원히 친밀하면서도 영원히 낯선 것이었고, 일종의 부름이면서 또 일종의 이탈이었다. 루쉰과 저우쭈어런을 이해하는 것은 어렵지만 아마도 20세기 중국 문인 중에서 그 누구도 그들 형제처럼 거대한 정신적 흡인력을 지닌 사람은 없을 것이다. 지난 날의 문화를 찾아가는 여행 도중 나는 저우(周 : 주)씨 형제 앞에서 오래도록 발목이 붙잡혀 앞으로 나아갈 수 없었다. 왜 그들을 선택해야 했는가? 왜 그들이 이토록 깊이 나를 끌어당기고 있는 것인가? 무수한 낮과 밤의 묵상 속에서 나의 생각은 완전히 그들에 의해 점거당하고 말았다. 그들은 크고도 깊은 두 정신세계이다. 그들의 세계에서는 고문과 힐책을 감내하는 것 외에 추호의 해이함도 용납되지 않는다. 그러나 다원적이면서 심지어 대립적인 이 두 세계는 공교롭게도 나의 영혼을 해탈시켜 주었다. 옛 시절은 영원히 흘러가 버리지만 그 희미하고도 몽롱한 기억은 오히려 옛날의 모든 것을 영원으로 만든다. 나는 즐겁게 이 적막 속을 여행하면서, 비록 본래의 모습을 얻을 수는 없었지만, 이미 가버린 영혼의 역정을 새롭게 밟아가며 그 의미를 체험하는 과정에서 커다란 만족을 느끼게 되었다.

　루쉰과 저우쭈어런은 중국 현대문화사에서 상당히 큰 편폭을 차지하는 이름이다. 5·4운동*1) 이후 일세를 빛낸 많은 문인들이 하나 하나 꽃처럼 시들어버렸지만, 그들 형제 두 사람만은 줄곧 20세기 문화의 중심에 꼿꼿이 서서, 피해갈 수 없는 두 개의 관문으로 존재하고 있다. 중국의 역사는 너무나 길다. 이 길고 긴 역사를 읽어 본 사람만이 비로소 저우씨 형제가 우리의 문화 여행 도중에 만난 찬란한 두 이단자라는 것을 발견할 수 있다. 고대 문명이 현대 문명으로 전환하는 것에 대해 이야기하고자 한다면, 부득이 그들이 꾼 옛 꿈을 다시 꾸지 않을 수 없다. 그 계몽에 관한 심사숙고, 옛 학술에 관한 우려, 인간의 존재 의의에 관한 탐구, 자신과 사회·역사 그리고 인생의 영원한 수수께끼에 관한 단상들 모두는 길이 길이 우리를 유혹한다. 사람들은 루쉰과 저우쭈어런에게서 전통 시기 중국인들이 보여준 고상한 인성의 빛을 볼 수 있을 것이며, 더 나아가 격변기를 사는 사람들이 품을 수 있음직한 일종의 소망도 보게 될 것이다. 두 사람의 세계에서 나는 항상 형언할 수 없이 침중한 느낌을 받았으며, 현대 중국인들이 가장 곤혹스러워한 부분들 거의 모두를 그들에게

---

1) 역주: 1919년 5월 4일 중국 베이징(北京)에서 일어난 반외세 애국주의운동이다. 중국에서는 5·4운동을 전후하여 중국 사회가 질적인 변화를 겪었다고 인정하면서 5·4 시기를 중국 현대사의 실질적인 시작이라고 부른다.

서 발견할 수 있었다. 그러나 그것이 사람들에게 불행과 절망을 가져다주는 것은 결코 아니다. 오히려 이 복잡한 두 영혼 속에서 애태우고 몸부림치는 생명의 신선함을 느낄 수는 없을는지?

만청(晚淸)*2)에서 오늘날에 이르기까지 한 세기가 흘렀지만 우리는 여전히 고통스럽게 길을 찾아 헤매고 있다. 전쟁·내란·기황·소동…… 고통스러운 꿈이 끝나는 매 순간마다 나는 저우씨 형제를 떠올리곤 한다. 민족과 국가, 개체와 사회, 정감과 이지 등 여러 부문에 관한 태도에서 그들이 남긴 유산은 지금도 살아 숨쉬는 가치를 지니고 있다. 그것은 나에게 칸트 철학과 구미문화, 톨스토이와 러시아 문명사와의 관계를 상기시켜 주었다. 저우씨 형제의 세계와 중국의 현대 문명도 이와 비슷한 관계인 듯싶다. 저우씨 형제는 자신들의 광채로 중국의 신문화를 깊고도 풍부하게 하였다. 이에 후대의 문화인들은 인생과 사회를 이야기할 때 부득불 그들이 던진 주제를 이어가지 않을 수 없었다. 1980년대의 신계몽, 1990년대의 개성주의문화의 흥기는 모두 이 두 사람이 남긴 빛살을 재차 찬란하게 밝힌 것이다. 수많은 문화인들의 언어 표현 방식에서도 우리는 저우씨 형제의 사유 방식이 후대인들에게 끼친 무의식적 규범들을 읽어낼 수 있다. 5·4 이후의 신문화는 다방면으로 전개되었지만, 저우씨 형제가 남긴 유산의 심오한 깊이는 생존 철학과 생명의 심층체험이란 측면에서 아마도 비견할 만한 상대가 거의 없을 것으로 생각된다. 한 사람은 생명의 열기를 발산하며 고난에 잔 항생 속에서 생존 의의를 영원하게 하였고, 또 한 사람은 고요하고도 초연하게 생의 고뇌를 묵묵히 씹으며, 인내와 혼자의 즐거움 속에서 생존의 쾌적함을 얻고 있다. 저우씨 형제의 정신세계에는 분명 일치하는 측면이 있다. 그러나 그들의 정신세계는 다시 분화하여 확연히 대립되는 이원세계를 형성하고 있다. 하나는 진취적이며, 하나는 퇴영적이다. 하나는 잔혹하며, 하나는 표연하다. 하나는 동적이며, 하나는 정적이다. 그들은 각각 인생의 가장 곤혹스러운 부분을 붙잡고 험난한 길을 몸소 헤쳐 걸으며, 어쩌

---

2) 역주 : 만청(晚淸) 시기는 흔히 중국 청(淸)나라 말기 아편전쟁(1840)에서 신해혁명(1911) 시기까지를 가리킨다.

면 운명적이라고 할 수밖에 없는 수많은 짐을 무겁게 짊어지고 있다. 오늘날
에도 사람들은 현실 생활 속에서 어쩔 수 없이 이러한 가치관적 난제에 봉착
하게 된다. 루쉰을 선택하지 않으면 저우쭈어런을 선택해야 한다. 물론 포스트
모더니즘이나 페미니즘 등등을 선택할 수도 있겠지만, 암흑 속에서 인생의 불
가피한 순간을 마주할 때면, 실제로 루쉰과 저우쭈어런이 당시에 마주쳤던 동
일한 주제를 다시 생각하지 않을 수 없게 된다. 이것은 일종의 숙명이어서 우
리는 이 두 영혼의 그림자에서 벗어날 도리가 없다. 역사는 이렇게 지속되고
있다. 이것은 마치 노장(老莊)과 공맹(孔孟)*3)의 관계와 같다. 후대 문인들이 그
들을 도외시하고, 과연 또 다른 선택을 할 수 있을까?

　저우쭈어런은 일찍이 천하에서 가장 잔혹한 학문이 역사라고 탄식한 적이
있다. 옛날의 중국인은 윤회를 믿었다. 때문에 끝없이 유전(流轉)되어 온 각종
참언(讖言)을 만들어내었다. 그러나 나는 우리가 옛 꿈을 다시 꾸고만 있을 수
없으며, 시대는 결국 진화한다고 생각한다. 따라서 이 험난한 진화의 과정에서
우리는 또 이미 걸어온 옛 길로 돌아가 출발 전의 숨고르기를 하지 않을 수
없다. 그럴 때면 나는 항상 루쉰을 상기하고 저우쭈어런을 상기한다. 그들이
옛날에 남긴 글은 흡사 후대 사람들에게 남겨주기 위한 것인 듯하다. 그들의
글 속에서 우리는 사유의 전범과도 같은 그 무엇을 뽑아낼 수 있을 것이며, 아
울러 이러한 사유의 전범 속에서 오늘을 해석하는 담론을 찾을 수도 있을 것
이다. 이러한 담론은 항상 다량의 외래 '주의(이즘)'와 새로운 개념이 주는 공허
함과 불만족스러움을 보충해줄 수 있을 것이다. 나는 여기서 위안을 얻는다.
우리에게 이러한 유산이 있음을 아주 다행스럽게 생각해야 한다. 아마도 중국
의 지식인들은 자기 고유의 영혼을 만들어가는 과정에서, 이 문화유산에 대한
새로운 해석에서 벗어나기 어려울 것이다. 만약 그렇다면 자신의 생명을 루쉰

---

3) 역주: 노장(老莊)은 중국 도가(道家) 사상의 대표자인 노자(老子)와 장자(莊子)를 가리키고,
　공맹(孔孟)은 중국 유가(儒家) 사상의 대표자인 공자(孔子)와 맹자(孟子)를 가리킨다. 대체로
　유가 사상이 현실지향적인 입세(入世)의 철학이라면, 도가 사상은 이와 대조적으로 무위자
　연적인 출세(出世)의 철학이라고 할 수 있다.

과 저우쭈어런이 깨달은 역정 속에 용해시키는 것도 가치 있는 일이라고 생각
한다. 나는 역사의 옛 자취를 탐방하면서 내 자신의 생명을 분명하게 인식하
고 체험하였다.

2.

　루쉰과 저우쭈어런은 후세 사람들에게 많은 글을 남겼지만 자신의 감성을
직접적으로 토로한 자료는 아주 적다. 나는 두 사람에게서 보이는 드넓은 정신
세계와 그 표현 방식의 상이함이 혹 유전적인 기질의 차이에서 발원한 것은 아
닐까 하는 생각을 줄곧 해왔다. 이것은 대체로 성격·혈액형·기질 등의 범위
에 속하는 문제이다. 그러나 사회·인생·문화 등 여러 가지 문제에 대하여, 그
들이 보여준 상이한 취향은 문화의 심층 체험 및 취미의 선택과도 관련이 있는
듯싶다. 따라서 두 사람간의 차이를 규명하기 위해서는 생리적인 원인뿐만 아
니라 문화적인 원인에도 주목해야 한다. 이에 대한 수수께끼를 풀 수만 있다면
우리는 이 두 사람에 대하여 더욱 명확한 인식을 할 수 있을 것이다.
　루쉰의 막역한 친구 쉬서우창(許壽裳 : 허수상)은 루쉰을 이렇게 묘사하였다.

　루쉰의 몸은 결코 크다고 볼 수 없다. 이마는 넓으면서 광대뼈도 조금 튀어나왔다.
두 눈은 수정처럼 맑은데, 그 눈빛은 형형하면서도 우울한 빛을 띠고 있어서, 언뜻
보기에도 슬픔이 많고 다정다감한 사람이라는 것을 알 수 있다. 두 팔은 튼튼한데
때때로 숨을 죽이고 구부정하게 들어 올려 자신의 손으로 주무르기도 한다. 발걸음
은 빠르고도 박력이 있어서 한 번 보기에도 신경질적인 사람이라는 것을 알 수 있
다. 맨발로 있을 때는 항상 자신의 발등을 주시하면서, 자신의 발등이 특별히 두꺼
운 것이 어머니의 작은 발이 유전된 것이 아닌가 하고 중얼거리곤 한다. …… 그의
관찰은 예민하고도 철저하여, 마치 카메라의 렌즈가 사물을 포착하는 것처럼, 그 대

상이 형체를 숨길 수 없게 한다. 또 그의 기지는 특히 풍부하여, 문장 곳곳에서 그 기지를 발견할 수 있음은 물론이지만, 이야기를 나눌 때는 더욱더 줄기차게 용솟음쳐 나온다. 이러한 화술은 확실히 일도견혈(一刀見血)이라고 할 수 있어서, 듣는 사람을 통쾌하게 하고, 떫은 가운데 단 맛을 느끼게 하고, 매운 맛 가운데 기름진 맛을 느끼게 한다. ……

—『망우 루쉰 인상기(亡友魯迅印象記)』

저우쭤어런이 사람들에게 준 인상은 또 다른 모습이다.

…… 그는 근시 안경을 끼고 의복을 정갈하게 차려입고, 말도 많지 않았지만, 마치 학자적인 자세를 갖추고 있는 것 같았다. ……

—위팡(兪芳 : 유방), 「저우쭤어런 이야기(談談周作人)」

나는 그가 이처럼 여윈 사람일 거라고는 생각지도 못했다. 도수 높은 근시 안경을 끼고, 머리에는 머리칼이 별로 없었고, 코밑의 한 움큼의 콧수염을 제외하고도 얼굴의 반은 수염 까끄라기로 가득하였다. 안색은 창백했고 말을 할 때는 숨만 내쉴 뿐 기력은 거의 없었는데, 그 말 또한 사오싱(紹興 : 소흥) 지방의 관화(官話)였다.

—량스츄(梁實秋 : 양실추), 「저우쭤어런에 관한 기억(憶豈明老人)」

이들 형제에 대한 후인들의 기억에는 주관적인 색채가 섞여 들어가지 않을 수 없지만 묘사된 형상은 믿을 만한 것 같다. 1922년 러시아 맹인 작가 에로센코(V. Erosenko, 1889~1952)는 루쉰·저우쭤어런 등과 함께 사진을 찍은 적이 있다. 이 사진에서 두 사람은 비슷한 옷을 입고 각기 특색 있는 표정을 짓고 있다. 그러나 둘 모두 사람들에게 학식 있고도 의젓한 인상을 주고 있다. 이것은 아주 진귀한 옛 사진이다. 그때까지도 그들 두 형제는 우애 깊게 베이징 바다오완(八道灣 : 팔도만)에 함께 살고 있었다. 사회적으로도 두 사람 모두 성취가 높아서 당시 '저우씨 형제(周氏兄弟)'란 명성이 자자하였다. 그들이 함께 찍은 사진을 보며 나는 늘 두 사람이 계속해서 그때처럼 친밀하게 협력하며 사상적인 면에서도 서로 영향을 주고 받았다면, 중국 현대문학사에 새로운 내용이 보태질 수 있었을 것이라고 생각하곤 한다. 최소한 저우쭈어런이 현실도피적인 신사(紳士)의 길을 그렇게 멀리까지 가지는 않았을 것이다. 그러나 역사는 인간의 의지 밖에서 잔혹하게 진행되었고, 형제 두 사람의 정신적인 차이는 결국 그들의 분열을 불러왔다.

1920년대에 저우씨 형제가 번역과 산문·수필로 일세를 풍미할 때, 루쉰은 사람들에게 우울·침잠·살벌한 인상을 풍겼고, 저우쭈어런은 온건·화평·담백한 인상을 주었다. 성격면에서도 형은 냉정한 측면이 많고, 동생은 온화한 측면이 많다. 루쉰은 마치 지옥문에 서서 인간 세상을 향하여 끊임없이 처절한 사자후를 토해내는 것 같다. 반면에 저우쭈어런은 마치 절간의 도인처럼 속세의 떫은 과일을 고통스럽게 씹으며, 어쩔 수 없는 인생을 담담한 웃음으로 승화시키고, 인생의 노래를 초연하게 연주하는 것 같다. 루쉰과 저우쭈어런의 강의를 들은 적이 있는 대학생들도 이 두 사람에 대해 아주 다른 인상을 갖고 있다. 루쉰은 유머러스하고 풍취가 있으면서도 준엄함을 잃지 않았다고 한다. 이에 비해 저우쭈어런은 도수 높은 근시 안경을 끼고 강의안을 읽으면서 학생들이 강의를 듣든 말든 개의치 않았다고 한다. 루쉰의 강의는 불을 뿜는 것 같은데도, 거의 학생들과 평등한 위치에 서서 지혜로써 학생들을 감동시켰고, 저우쭈어런의 강의는 반드시 성실하게 음미해야 했는데, 조금만 정신을 팔면 곧 바로 흥미를 잃어버리곤 했다고 한다. 그때 루쉰은 교육부의 첨사(僉事)로 관료 사회에 소속되어 있으면서, 대학에서는 드문 드문 강의를 할 뿐이었는데도 그 영향은 대단히 컸다. 반면 저우쭈어런은 전업 교수여서 학술적인 면에서는 상당히 깊은 조예를 갖고 있었음에도 강의 효과는 그렇게 좋지 못했다. 이것은 단지 두 사람의 상이한 측면의 하나일 뿐이다. 기타 사람을 대하는 태도, 독서 습관, 음식 습관 등의 측면에서도 상이한 점이 상당히 많다. 그럼에도 불구하고 당시 사람들은 그들을 '저우씨 형제'라고 함께 부르며 그 두 사람을 하나의 실체로 간주하였고 그들의 뛰어난 재능에 대해 탄복해마지 않았다. 문단에 대해 언급해야 할 때도 사람들은 왕왕 이들을 '영수'로 치켜세우며 아낌없는 찬사를 보냈다. 이들은 초인적인 재능과 깊이 있는 사상으로 동시대의 사람들을 감동시켰고, 그 감동적인 사상의 빛발 아래에서 두 사람간의 개인적인 차이는 아직 드러날 수 없었다.

3.

나이를 따져보면 루쉰이 저우쭈어런보다 4살 많다. 1881년 9월 25일 루쉰은 저장성(浙江省 : 절강성) 사오싱 회이지현(會稽縣 : 회계현) 둥창팡커우(東昌坊口 : 동창방구) 저우씨(周氏) 집안에서 태어났다. 4년 후인 1885년 1월 16일에 동생이 고고의 일성을 울렸다. 그때 루쉰의 이름은 장서우(樟壽 : 장수), 자(字)는 위산(豫山 : 예산)이었는데, 뒤에 이름을 수런(樹人 : 수인), 자를 위차이(豫才 : 예재)로 고쳤다. 동생의 처음 이름은 퀘이서우(櫆壽 : 괴수)였고 뒤에 치멍(起孟 : 기맹)·치밍(起明 : 기명)으로 고쳤다. 난징(南京 : 남경)에서 공부할 때 형의 이름이 수런이었기 때문에, 동생도 이를 본 따 쭈어런(作人 : 작인)으로 개명하였다. 그들 외에도 막내 동생 저우졘런(周建人 : 주건인)이 있는데 뒤에 과학자가 되었다. 그러나 중국 사상사에서 막내 동생은 거의 아무런 영향도 끼치지 못해서, 이른바 '저우씨 형제'라고 부를 때 흔히 졘런은 여기에 포함되지 않는다. 이는 문학사에서도 마찬가지이다.

루쉰과 저우쭈어런의 우애는 어린 시절부터 1923년까지 근 40년 동안 아주 돈독했다. 두 사람 초년의 일기와 글을 읽을 때마다 나는 자주 두 형제의 '돈독한 우애'를 발견하곤 하였다. 어떤 글은 독후에까지 그 감동이 잘 가시지 않을 정도였다. 특히 청소년시대에 루쉰은 저우쭈어런에게 지대한 영향을 끼쳤다. 조숙했던 형이 동생 저우쭈어런의 소년 생활에 아주 중요한 역할을 한 셈이었다. 루쉰은 맏아들이었기 때문에 동생보다 훨씬 많은 일을 떠맡아야 했고, 또 형의 공부가 대체로 좀 빨리 시작되었기 때문에, 꽃이나 새, 벌레, 물고기,

문사(文史)의 전고(典故)에 관해서 더 많은 것을 알고 있었다. 동생이 그런 형의 영향을 받는 것은 자연스러운 일이었다. 그 후 저우쭈어런의 성장과 직업 선택에도 루쉰은 큰 역할을 수행했다. 그는 동생을 난징으로 데려왔고, 다시 일본으로 인도해갔으며 그 뒤에는 사오싱으로 함께 돌아왔다. 동생이 베이징으로 교편을 잡아 이사갈 때도 형이 많은 힘을 기울였고, 동생은 형의 덕을 많이 보았다. 두 사람은 작은 시골 읍에서 함께 출국의 길을 걸었다. 문단으로도 함께 진입하여 5·4 신문화를 창도하면서, 함께 많은 성취를 이루어 서로 찬란한 빛을 뿌리며 후세인들을 탄복하게 하였다.

어린 시절의 기억은 풍부하고도 다채롭다. 그들은 대가정에서 태어나 몇 년간의 평화로운 나날을 보냈다. 사오싱은 어업과 농업을 함께 하는 고장이며 또한 많은 인걸이 태어난 고장이기도 했다. 저우씨 집안은 읍내에서 큰 문벌에 속했고 땅과 가옥도 비교적 넉넉하였으며 수입도 대단히 풍족했다. 게다가 집안에는 독서하는 선비들이 많았을 뿐만 아니라, 베이징에서 벼슬하는 조부도 계셔서 그 세도가 대단하였다. 저우씨 집안은 몇 대 동안 아주 전통적인 중국인의 생활을 하여 유가적인 분위기가 대단히 농후하였다. 루쉰의 조부 저우제푸(周介孚 : 주개부)는 일찍이 그들의 시조가 송대(宋代) 성리학의 대가 주돈이(周敦頤)라고 한 적이 있다. 이 말이 사실이라면 저우씨 집안의 독서 전통은 칠팔백 년에 달하는 셈이다. 이러한 뿌리 깊은 전통의 훈도 아래 조부와 부모가 형제 두 사람에게 행한 교육이 엄격했으리라는 것은 가히 상상할 만한 일이다.

조부 저우제푸는 1837년 12월 27일에 태어나 1867년에 거인(擧人)이 되었고, 1871년 회시(會試)에 응시했을 때, 공사전시(貢士殿試)의 이갑(二甲) 39명으로 과거에 급제하여 한림(翰林)이 되었다. 이 한림 선생은 성격이 비교적 괴팍하여 한편으로 경륜을 펴보기를 한껏 소망하면서도, 다른 한편으로는 상당히 고상하게 행동하였다. 관위(觀魚 : 관어) 선생은 「루쉰의 친척과 사회 환경 35년을 회고함(回憶魯迅房族和社會環境三十五年間)(1902~1936)」이라는 글에서 이렇게 묘사하고 있다.

졔푸공(介孚公 : 개부공)은 성격이 청결하면서도 곧아서 풍자를 좋아하고 비판을 즐겨했다. 자신의 마음에 들지 않는 사람이 있으면 조금의 틈도 주지 않고 통렬하게 비판을 가했다. 시비곡직을 순전히 자신의 견해에만 의존하였다. 자질구레하게 의견을 달고 끊임없이 말을 하여 사람들은 대부분 그를 싫어하고 피하였다. 우연히 길에서 마주칠 때도 길목을 가로막고 붙잡고 늘어지며 자기의 말을 들어줄 것인지 아닌지는 묻지도 않는다. 그러면 대부분의 사람들은 그의 말을 기다리지도 않고 옛날 이야기로 이끌고 들어간다. 그러나 이러한 대응도 오직 연배가 비슷한 사람만이 할 수 있다. 만약 항렬이 낮거나 나이가 어린 사람이면 오직 귀를 세우고 공손하게 듣기만 해야 하지, 그의 말이 다 끝나지도 않았는데 움직이는 것은 불가능하다. 이 때문에 원한을 많이 사게 되었고, 배후에서 그에게 불만을 품고 비난하는 말들이 많게 되었다. 기실 그의 성격이 이와 같아서 어떤 사람이나 어떤 일에 대해서 재삼 반복해서 비판하기를 그치지 않았지만, 실상은 오히려 어떤 독기를 품지는 않았다. 다른 사람에게 불쾌함을 줄 뿐이었지만 결과적으로 그 자신이 손해를 보게 되는 것이었다. 그리하여 사정이 변하게 되면 사람들이 기회를 틈타 그를 반격하게 하는 나쁜 결과를 초래하게 되었다.

저우졔푸의 위엄은 그의 공명심과도 많은 관계가 있다. 그 자신 또한 루쉰과 저우쭈어런이 학업면에서 많은 성취가 있기를 희망하였다. 아울러 집안 사람들을 격려하며 먼저 역사서(歷史書)를 읽고 그런 후『서유기(西遊記)』와 같은 작품을 읽기를 권장하였다. 시를 읽는 일에도 나름대로의 규칙이 있었다. "초학자는 먼저 백거이(白居易)의 시를 암송하여 그 분명하고도 쉬우며, 담담하면서도 오래가는 맛을 배워야 한다. 그런 다음 뜻이 높고 문사가 웅장하면서도 저쟝(浙江) 지방에 관계된 내용이 많은 육유(陸游)의 시를 암송한다. …… 그 뒤 생각이 자유롭고도 표일한 이백(李白)의 시를 암송해야 한다. 두보(杜甫) 시의 간고(艱苦)함이나 한유(韓愈) 시의 기험함은 배울 수도 없고 배울 필요도 없다." 이것은 시문에 비교적 정통한 사람의 견해라고 할 만한데, 어린이들을 일깨우는 측면에서도 일리가 있는 말이다. 루쉰과 저우쭈어런이 뒤에 시문을 좋아하게 된 것은 조부의 이러한 가르침과 관련이 깊다. 저우쭈어런은 만년까지도 이 엄격한 조부를 매우 인상 깊게 회고하곤 하였다.

　　그들의 부친은 저우보이(周伯宜 : 주백의)인데 조부에 비해서 액운이 많은 선비였다. 부친의 본명은 펑이(鳳儀 : 봉의)였고, 뒤에 원위(文郁 : 문욱), 이빙(儀炳 : 의병)으로 개명하였다. 1861년 1월에 태어나서 여러 번 과거를 보았지만 단지 수재(秀才)에 급제하는데 그쳤다. 그러나 그는 개명한 사람이어서 자식들 교육에는 비교적 화통하였다. 성격이 때때로 급하기는 하였지만 사람은 아주 좋았다. 저우쭤런은 이렇게 회고하고 있다. 아버지께서 “평소 술을 마시기 시작하실 때면 언제나 아주 흥겨웠다. 어떤 때는 아이들에게 옛날 이야기를 해주시기도 하고 더러는 안주로 드시던 과일을 조금씩 나누어주시기도 하였다.” 아무래도 이들 형제의 아버지는 할아버지에 비해 성격이 그리 야무지지 못한 사람이었던 것 같다. 그는 과거에 실패한데다 병도 많아서 자연히 아이들에게 더 큰 희망을 걸고 있었다. 루쉰은 「오창회(五猖會)」란 글에서 그의 부친이 자기에게 『감략(鑑略)』을 억지로 읽게 하던 상황을 기록하고 있다. 여기에서도 그가 자녀 교육에 대해서는 비교적 엄격했다는 것을 알 수 있다. 그때가 청말이어서 외래 사상이 중국으로 점점 들어오는 상황이었기는 해도 문인세가(文人世家)의 가정에서는 여전히 뒷세대가 과거를 보아 대업을 성취하기를 희망하고 있었다. 루쉰 형제는 바로 이러한 환경하에서 한 살 한 살 자라나고 있었다. 그들이 생활한 사회의 풍속과 환경은 상당히 특색 있어서, 어린 시절 이 두 사람의 기억 속에 가장 진귀하면서도 매력적인 부분으로 자리잡고 있다. 사오싱 지방은 역사가 유구하여 그 문화의 발전에 따라 새겨진 옛 자취가 매우 많다. 전설 속의 우(禹)임금 및 후세 중국 문화에 영향을 끼친 왕희지(王羲之)나 육유(陸游)등의 문화 명인들은 접어두고라도, 그 고장의 목련희(目連戲)나 사희(社戲) 및 각종 명절의 행사나 풍속만을 거론해도 사람들을 흡인하기에 충분하다. 저우쭤런은 「입춘 이전(立春以前)」이란 글에서 이렇게 언급하고 있다. “내가 가장 행운이라고 생각하는 것은 고향에서 나의 어린 시절을 보냈다는 것이다.” 이 행운의 원인은 주로 민간 풍습을 통해 한(漢) 민족의 순박한 민풍(民風)을 체험했다는 데 있다. 그처럼 담박하고 신비로우며 고고한 민간 희곡과 저자거리의 민요는 얼마나 사람의 마음을 빼앗는 것들인가! 루쉰은 「사희(社戲)」에서 사람의 넋을 뺏는 시골의 풍속을 묘사하고 있는데, 정말 동화처럼 생명이 넘치는 흥취로 가득 차 있고, 백초원(百草園)의 정취를 묘사할 때는 그 기묘한 운치가 더욱더 만발하고 있다. 저우씨 형제는 이러한 즐거운 감정을 오래 오래 간직하고 있다. 루쉰은 「사회(社戱)」에서 그의 느낌을 이렇게 묘사하고 있다.

달은 아직 지지 않았으므로 아마 그 놀이를 구경한 시각이 그렇게 오래지는 않은 것 같았다. 자오(趙: 조)씨 마을을 떠나자 달빛은 정말 눈부시게 희었다. 고개를 돌려 등불 속에 설치된 무대를 바라보니, 흡사 우리가 처음 올 때 놀이가 아직 시작되지 않고 있던 그때처럼, 신선이 사는 산의 누각이 공중에 떠서 붉은 노을에 덮여 있는 것 같았다. 귓가에 들려오는 피리소리도 길게 울려 퍼지고 있었다. 나는 늙은 광대가 이미 등장했을 것이라고 생각했지만, 다시 가보자고 말하기가 부끄러웠다.
오래지 않아 송백림(松柏林)이 벌써 배 뒤로 물러나고 있었다. 배의 속력도 결코 느리지 않았고 사방은 어둠으로 뒤덮여 있어서 이미 시각이 한밤중임을 알 수 있었다. 그들은 배우들에 대해서 이야기하며 욕지거리와 웃음으로 왁자지껄하는 한편, 더욱더 힘을 내어 노를 젓고 있었다. 이 순간 뱃머리에 부딪치는 물소리는 더욱 청량하였다. 그 배는 크고 하얀 물고기처럼 아이들을 싣고 물보라 속을 뚫고 달려가고 있었다. 밤고기를 잡는 늙은 어부들조차도 잠시 배를 멈추고 환호성을 보내고 있었다.4)

여러 해 뒤 저우쭈어런은 신(神)을 맞아들이는 굿판을 이렇게 묘사하고 있다.

신을 맞아들이는 날이 되면 먼저 집집마다 신마(神馬)를 나누어주고, 오후에는 각 가게들이 문 입구에 향촉(香燭)을 설치하고 기다린다. 그 무리 중에서 가장 앞서 길을 인도하는 것은 징과 광대들이고, 그 다음이 큰 깃발이다. 높이가 두세 길은 되고 주단에다 수를 놓아 대나무 장대에 꽂았다. 한 사람이 그 깃발을 들고 가면 사방에서 많은 사람들이 줄을 끌거나 창을 잡고 그것을 호위한다. 무게가 백여 근이나 되는데도 깃발을 들고 가는 사람은 오히려 태연자약하게 깃발로 재주를 보여주기도 한다. 깃발을 양쪽 어깨에 번갈아 올리기도 하고 코 끝에 올려놓기도 하는데 그것을 희고조(嬉高照: 깃발을 즐겁게 해주는 것)라고 한다. 황산(黃傘: 큰 우산 같은 것)도 아주 화려하게 만들지만, 모두 황색일 필요는 없다. …… 그 다음이 풍물패로 대고붕(大敲

---

4) 『魯迅全集』 第1卷, 人民文學出版社, 1981, 567면.

棚)이라고 부른다. 나무로 틀을 짜고 조각을 하여 상처럼 만들었다. 위에는 지붕이 있고 사방은 장막으로 가렸다. 그 안 네 귀퉁이를 사람들이 들고 행진하면, 풍물꾼들은 그 안에서 걸으며 풍물을 울린다. 악기들은 모두 그 안에 매달려 있다. …… 높은 목마를 타는 놀이는 대체로 다른 지방과 같다. 분장한 광대에는 바퀴달린 의자를 타는 사람도 있고 사로잡힌 장삼(張三 : 張三李四할 때의 張三)도 있어서 모두 웃음을 자아내게 한다. 또한 밤놀이 한마당도 벌어진다. 그때 한 사람이 맷돌을 들고 나오는데, 그 위에는 촛대와 술잔, 밥공기들이 놓여 있고 무상귀(無常鬼)로 분장한 광대가 그 뒤를 따른다. 무상귀는 두 사람이다. 그 하나는 활무상(活無常)으로 흰 옷에 우뚝 솟은 갓을 쓰고 짚신을 신었으며, 너덜너덜한 파초선(芭蕉扇)을 들고 있다. 다른 하나는 사유분(死有份)인데, 『옥력초전(玉歷鈔傳)』에 기록된 내용과 같고, 민간에서는 그것을 사무상(死無常)이라고 부른다. …… 우리 고향에서는 활무상에 가족이 딸려 있다. 그 하나가 활무상의 미누리이다. 흰 옷을 입고 분을 발랐으며 젊은 여인이 분장을 한다. 또 하나는 아령(阿領)인데, 말하자면 덤받이 자식이다. …… 복장과 모습은 활무상과 같고 나이가 어릴 뿐이다. 이 일행이 거리에서 쫓고 쫓기는 연기를 하지 않고 그냥 구불구불하게 열을 지어 지나가기만 해도, 구경꾼들은 웃음을 금치 못한다. 일반 백성들의 해학을 바로 여기에서도 살펴볼 수 있다. 벼슬아치 복장으로 분장한 남녀 꼬맹이들이 전통극을 연기하면, 더러는 앉은 자세로 더러는 서서 그들을 쳐들고 지나간다. 또 말을 타고 가는 광대도 있다. 어릴 때 그를 당보(塘報)라고 부르는 것으로 들었는데, 지금은 벌써 기억이 희미하다.5)

민속놀이에 대해 두 사람이 각각 어떤 가치 판단을 내리고 있고, 또 그 내용에 대해서 그들이 어떤 이해를 하고 있었던지 간에, 이러한 글을 통해 우리는 그들이 향토문화를 얼마나 깊이 사랑하고 있었는가를 짐작할 수 있다.

가장 전형적인 것은 그들이 어릴 때 놀던 정원에 대한 기억인데, 그 글은 읽을 때마다 새로운 맛이 더해진다. 『지당회상록(知堂回想錄)』에서 저우쭈어런은 백초원(百草園)을 묘사한 루쉰의 필법에 대단히 감탄하고 있다. 저우쭈어런도 자기 형의 필치가 고명(高明)함을 인정하지 않을 수 없었다. 그의 진술은 이렇다.

---

5) 『周作人文選』 第3卷, 廣州出版社, 1995, 442면.

중국에는 남종(南宗)풍의 정원이 매우 드물다는 것이 내 개인적인 생각이다. 따라서 어떤 유명한 정원도 백초원의 운치에는 미치지 못한다고 생각한다. 백초원에 대한 서술은 『아침 꽃을 저녁에 줍다(朝華夕拾)』의 한 단락을 인용하는 것이 가장 좋을 것 같다.

"파아란 채소밭, 반짝이는 돌우물 난간, 키 큰 쥐엄나무, 자주 빛 오디, 뿐만 아니라 나뭇잎 사이에서 매미가 길게 울고, 뚱뚱한 나나니벌은 채소 꽃에 앉아 있고, 민첩한 종달새는 풀밭에서 구름 사이로 갑자기 솟구쳐 오른다. 주위의 낮은 흙 담장 발치에는 재미있는 것들이 한없이 숨어 있다. 방울벌레가 이곳에서 나즈막하게 노래 부르고, 귀뚜라미도 이곳에서 가야금을 연주한다. 깨어진 벽돌을 뒤지다 보면 우연찮게 지네도 만날 수 있다. 또한 가뢰벌레도 잡을 수 있는데, 손가락으로 그 놈의 등을 누르면 팍하는 소리와 함께, 꽁무니로 한 줄기 안개를 내뿜는다. 새박뿌리넝쿨은 목련나무와 마구 얽혀 있다. 목련에는 연밥과 같은 열매가 열리고, 새박뿌리에는 종기처럼 뭉친 뿌리가 있다. …… 손이 찔리는 것이 겁나지 않으면 복분자(覆盆子 : 산딸기) 열매를 따볼 수 있다. 조그만 산호 같은 열매들은 시큼하면서도 달콤하여 그 색깔과 맛이 뽕나무 오디 열매보다 훨씬 좋다."6)

이러한 어린 시절이 두 사람에게는 잠깐 사이에 흘러가고 말았지만, 그 빛살은 만년(晚年)의 세계에까지 반짝이고 있다. 루쉰은 1927년 『아침 꽃을 저녁에 줍다(朝華夕拾)』의 서문을 쓰면서 깊이 깊이 탄식하고 있다. "나는 때때로 어릴 때 고향에서 먹던 열매들을 기억하곤 한다. 마름 열매, 누에콩, 줄풀, 참외 등, 이러한 것들은 모두 아주 신선하고 맛있어서 모두 나의 고향 생각을 유발하는 것들이다. 그 뒤 나는 아주 아주 오랜만에 이것들을 먹어본 적이 있지만, 그저 그런 맛일 뿐이었다. 유독 기억 속에서만 옛 맛이 남아 있는 것이다. 이것들은 아마 일생 동안 나를 속이며 때때로 회고에 젖게 만들 것이다." 이러한 탄식과 그리움은 진지한 것이다. 저우쭈어런은 형과 좀 다르기는 하지만 그도 이러한 것에서 느끼는 즐거움을 자신의 기억 속에서 지우지 못하고 있다.

---

6) 『知堂回想錄』, 18면.

4.

　1893년 무렵 루쉰의 집안에 커다란 변고가 생겼다. 부친이 저우융지(周用吉 : 주용길)란 이름으로 항저우(杭州 : 항주)에 가서 과거를 보다가 조부가 과거장의 감독관에게 뇌물을 먹인 일이 발각되어, 그 비극이 저우씨 집안으로 들이닥친 것이다. 감독관을 매수하는 일은 청대(淸代)의 과거장에서 흔히 있는 일이었다. 그러나 일단 발각이 되면 죽음을 면할 수 없게 된다. 그 해부터 조부가 옥에 갇히면서 7년 동안 구금되자 저우씨 집안은 이때부터 몰락의 길을 걷게 된다.

　당시 루쉰은 12살이었고 저우쭈어런은 8살이었다. 집안 사람들은 그들 형제들이 이 사건에 연루될까 봐, 황푸좡(皇甫莊 : 황보장)에 있는 외갓집으로 피난시켰다. 루쉰은 이 뜻밖의 사건으로 큰 충격을 받았다. 이 사건을 통해 그는 일생에서 처음으로 남에게 핍박받는 쓴맛을 경험하게 되었다. 외갓집으로의 피난은 루쉰에게 시골 사람들의 냉대를 받으며 남에게 얹혀사는 고통을 안겨다 주었다. 눈치 밥을 먹으며 사는 생활은 그곳이 비록 친척집이라고 하더라도 마음속에 많은 고통을 안겨다 주었다. 이것이 아마도 루쉰을 조숙하게 만든 주된 원인이었던 것 같다. 중년이 되어서도 이 일을 언급할 때면 루쉰은 여전히 불편한 심기를 드러내곤 하였다. 그러나 저우쭈어런은 그 당시 나이와 성격적인 탓이었던지 그 피난 기간 동안 이외로 아름다운 기억을 많이 갖고 있다. 그가 보고 느낀 것들은 그의 형과 아주 달랐다. 두 사람의 성격 차이가 여기에서도 분명하게 드러나고 있다. 『지당회상록(知堂回想錄)』에는 이렇게 기록되어 있다.

　큰 외삼촌 침실 옆방이 우리가 피난할 때 기거하던 곳이었다. 루쉰은 바로 그곳에서 『탕구지(蕩寇志)』의 삽화를 베끼곤 하였다. 선(紳 : 신)이라고 불리던 외사촌 형도 우리와 함께 살면서 이따금씩 우리가 글자를 베껴 쓰는 걸 도와주곤 하였다. 그러나 그림은 루쉰 외에는 아무도 손을 댈 수 없었다. 『탕구지』는 이른바 아주 반동적인 의

미의 소설이다. 거기에서는 장숙야(張叔夜)가 관군을 이끌고 양산박의 도적을 소탕하는 것으로 되어 있다. 그러나 문장의 몇 부분은 확실히 괜찮았고 그 속의 그림도 매우 훌륭한 편이었다. 그래서 루쉰은 명공지(明公紙)를 사서라도 한 장 한 장 베낄 가치가 있다고 생각했던 것이다. 이밖에도 그곳에서 우리는 석인본(石印本)『모시품물도고(毛詩品物圖考)』를 처음 보았다. 그 뒤 루쉰은 본가로 돌아오자마자 수소문하여 그 책을 샀는데 이것이 책을 사 모으게 된 시작이다. 이 책은 일본인 오까모또 오오또리(岡元鳳 : 강원봉)의 저작으로 천명(天明) 4년 갑진년(甲辰年 : 1784)에 목각으로 간행되었고 그림의 판각이 대단히 정교하였다. 나도 원본을 한 부 구입하여 지금까지 소장하고 있다.

결국 황푸좡에서 보낸 우리의 피난 생활은 자못 유쾌한 것이었다. 그러나 이것은 나의 개인적인 느낌인지도 모른다. 왜냐하면 나는 그때 좀 멍청했기 때문이다. 루쉰은 이때를 기억할 때마다 불쾌한 인상을 떠올리곤 한다. 그의 말에 의하면 어떤 사람들이 배후에서 수군거리며 우리를 동냥하는 거지라고 했다는데 아마도 바로 이때의 사정을 가리키는 것 같다. 그러나 자세한 내막은 알 수 없고, 혹시 그것이 외사촌 형들이 잡담을 하다 내뱉은 말이라면 더욱 뭐라 말하기 어렵다. 그러나 우리의 황푸좡 피난 생활도 막을 내려야 했다. 아마도 방세 기한이 다 되어 방 주인이 방을 빼달라고 했기 때문이었던 것 같다. 이 때문에 작은 외삼촌은 안챠오터우(安橋頭 : 안교두)의 고향으로 돌아가고, 큰 외삼촌은 샤오가오부(小皐埠 : 소고부)로 이사를 가게 되었다. 우리는 계사(癸巳 : 1893)년 연말에 함께 집을 옮겼다.

그 후 더욱 큰 재난이 집안에 들이 닥쳤다. 먼저 작은 고모가 병으로 죽고 이어서 부친이 병석에 눕게 되었다. 부친을 치료하기 위하여 재산을 팔아 의사를 청해오고 약을 지어야 했다. 이 모든 일은 자연히 맏이인 루쉰의 몫이었다. 꼬박 4년 동안 그는 거의 매일 전당포와 약방을 출입하였다. "약방의 계산대는 바로 내 키만큼 높았고, 전당포의 계산대는 내 키의 두 배나 되었다. 두 배나 되는 계산대 위로 옷이나 장신구를 들이밀고 모욕 속에서 돈을 받아 다시 내 키와 같은 계산대로 가서 오랫동안 병석에 누워 계신 아버지를 위해 약을 지었다. ……"(『함성(吶喊)·자서(自序)』) 어린 루쉰이 지친 몸으로 사오싱 거리를 분주하게 오갈 때 그 마음이 얼마나 우울했겠는가? 그는 아버지를 사랑했지만 정신적으로 깊은 상처를 입었고, 결국 아버지는 쓰러져 날이 갈수록 허약해지기만 했다. 4년 후 아버지는 세상을 떠났다. 이 부분에 대한 루쉰의 회고는 슬픔과 원한으로 가득 차 있다. 「아버지의 병환(父親的病)」에서 그는 한약계의 돌팔이 의사에 대해 강렬한 울분과 혐오의 감정을 드러내고 있다. 아버지의 병에 대한 돌팔이 의사의 오진과 황당한 약 처방은 루쉰에게 인간 세상의 어쩔 수 없는 운명을 아주 일찍 깨닫게 해주었다. 「아버지의 병환」을 읽어보면 루쉰의 마음 에 드리운 지울 수 없는 그림자가 얼마나 슬프고 절망적이었던가를 알 수 있 다. 일 년 동안 겨우 열두세 살 된 소년은 치욕을 참으며 한 번씩 또 한 번씩 희망을 품다가 그때마다 한 번씩 또 한 번씩 절망에 빠져들고 있다. 한방은 본 래 그 고유의 과학적인 원리가 있지만, 경험적이고 미신적인 것들이 너무 많이 섞여 들어가 있고 아울러 민간 신앙과 일체가 되면서 그 효과를 의심받기에 이 르렀다. 하물며 부친이 중병을 앓고 있는 상황에서랴. 루쉰이 뒤에 한방에 절망 하고 양의를 공부하게 된 것은 어릴 때의 불쾌한 기억과 불가분의 관계를 맺고 있다. 그 기억은 너무나 고통스러워서 중년 이후 창작에 종사하게 되었을 때도 부지불식간에 이 회색빛 기억이 그의 뇌리를 스쳐지나가곤 하였다. 『아침 꽃을 저녁에 줍다(朝華夕拾)』에서 루쉰은 매혹적인 시골 풍습과 어린 시절의 즐거움 을 생생하게 묘사하고 있지만, 그 행간 속에는 고난에 대한 그의 어릴 적 체험 이 고통스럽게 담겨 있다. 인간은 어릴 때의 기억에 수반된 모든 것에서 벗어 날 도리가 없다. 선험과도 같은 이 인지의 그물망은 일단 형성되기만 하면 마 치 태어날 때부터 몸에 지닌 상처처럼 오래도록 사라지지 않는다. 뒷날 루쉰이 자주 드러낸 의심증과 민감성은 그의 성격과도 관련이 있지만, 어린 시절의 불 행에서 깊은 영향을 받았음도 부정할 수 없다. 그러나 저우쭈어런은 부친의 죽 음에 대해 대단히 담담한 모습을 보여주고 있다. 그때 그의 나이가 어렸고 회 고의 글을 쓸 때는 벌써 노년이었기 때문에 그의 글에서 슬픔의 여운은 거의 찾아 볼 수 없다. 그 모든 것들은 그의 필치 아래에서 너무나 담담한 풍경으로 변해 있다. 마치 희미하고 아득한 꿈처럼 고요한 필치 아래에서 가볍게 미끄러 지듯 지나가고 있다. 저우쭈어런의 고통은 분명 그의 형에 미치지 못하고 있다.

그는 아마도 그의 형처럼 지나치게 예민한 신경의 소유자가 아니라, 그냥 평범한 지식인이었던 것이다.

부친의 임종을 묘사한 루쉰의 필치와 동생의 그것은 분명한 차이를 보이고 있다. 두 사람의 묘사는 이렇다.

아버지의 천식이 오래 지속되자, 나조차도 듣기 힘들었다. 그러나 아무도 그 분을 도와 줄 수 없었다. 나는 이따금씩 번개 같은 생각에 젖곤 하였다. "빨리 숨을 거두시는 게 좋지 않을까?" 그리고는 곧바로 그래서는 안 되고, 이것은 아버지에게 죄를 짓는 생각이란 걸 깨달았다. 그러나 그와 동시에 또 이러한 마음이 기실 정당한 것이며 내가 아버지를 매우 사랑한다고 생각하기도 했다. 지금까지도 나는 여전히 그렇게 생각하고 있다.

새벽에 같은 마을에 사는 친척 옌(衍 : 연)씨 아주머니가 왔다. 그녀는 예법에 정통한 부인이어서 우리 보고 손을 놓고 마냥 기다려서는 안 된다고 했다. 그리고는 아버지의 옷을 갈아입히고, 지전(紙錢)과 무슨 『고왕경(高王經)』을 태워서 재를 내어 종이로 싸서 아버지의 손에 들려주었다. ……

"불러라, 네 아버지 숨이 끊어지겠다. 빨리 불러!" 아주머니가 말했다.

"아버지! 아버지!" 나는 부르기 시작했다.

"큰 소리로! 아버지가 못 듣잖아. 빨리!"

"아버지!!! 아버지!!!"

이미 평온해진 그 분의 얼굴이 갑자기 당겨지면서 얼핏 눈을 떴다. 좀 고통스러운 것 같았다.

"불러! 빨리 불러!" 그녀가 또 재촉했다.

"아버지!!!"

"왜 그래? …… 부르지 마라. …… 이제 그만……" 아버지는 힘없이 말씀하시며 또 급하게 기침을 하셨다. 오래도록. 겨우 본래 모습으로 돌아오셔서는 평온을 회복하셨다.

"아버지!!!" 나는 또 그 분을 불렀다. 그 분이 숨을 거둘 때까지 계속 불렀다.

나는 지금까지도 그때의 내 목소리를 듣고 있다. 들을 때마다 이것이 내가 아버지에게 저지른 가장 큰 잘못이라고 생각하고 있다.[7]

7) 『魯迅全集』 第2卷, 人民文學出版社, 1981, 289면.

두 명의 명의라는 사람이 일 년 넘게 치료를 했지만 아버지의 병은 조금도 차도가 없었다. 뿐만 아니라 나날이 위독해져서 결국 병신년(丙申年, 1896) 9월 초6일에 세상을 떠나시고 말았다. 그때가 저녁 무렵이었는데, 그 분은 안방의 큰 침대에 누워계셨고, 우리 삼형제는 그 곁에 앉아 있었다. 넷째 동생은 겨우 네 살이었고,8) 이미 잠들어 있었기 때문에 함께 할 수 없었다. 아버지는 우리를 한 번 둘러보시고 물었다. "넷째는?" 그때 어머니가 넷째를 깨워서 안고 왔다. 오래지 않아 곧 임종 상태로 들어가셨다. 이때 관례에 따라 임종 전에 행하는 일련의 불필요한 의식을 집행하였다. 환자에게 옷을 갈아입힌다든지, 경전을 태워 그 재를 아버지의 손에 들려주는 것 따위가 그것이었다. 임종하시고 나서 두 번 불러도 대답이 없자 모두 곡을 하기 시작하였다. 여기에서 말하는 것은 모두 평범한 사실이며 문학적 미화는 조금도 없다. 옌씨 부인이 등장하지 않아서 소설적인 성분이 많이 감소했을 것이다. 왜냐하면 이것은 민간 풍속의 금지 사항이기 때문이다. 민간 풍속에 의하면 무릇 '임종을 지켜보는' 사람들은 '영혼을 보내는' 당일 밤에 임종 장소에 와야 하고, 사람이 임종할 때는 일반적으로 같은 항렬이나 손아래 항렬 사람들만 올 수 있지, 손위 항렬의 사람들은 절대로 올 수 없다. 옌씨 아주머니는 보이공(伯宜公 : 아버지)에게는 당숙모이므로, 하물며 한밤중에 특별히 왕림하실 이유는 더더욱 없는 것이다. 『아침 꽃을 저녁에 줍다(朝華夕拾)』에서는 그녀를 무대로 나오게 하여, 작가가 큰 소리로 아버지를 부르도록 독려하게 하고, 환자를 편안히 눈감지 못하게 하고 있는데, 생각하건데 이것은 그녀로 하여금 소설 속의 악역을 맡게 하여, 그녀의 음험한 행위를 드러내고자 했을 따름이다.9)

나의 생각으로는 저우쭤런의 기억이 대체로 정확한 것 같다. 그는 아주 냉정하기 때문에 루쉰과 같은 예술적인 환각이 적을 것이다. 죽음은 루쉰에게 뼈에 사무치는 아픔이었다. 만약 자연스럽게 나이가 들어서 죽었다면 그것은 별개의 문제였을 것이다. 그러나 그의 부친은 병석에 누운 대부분의 날 동안 몸에 기가 돌지 않았고 또 돌팔이 의사의 오진까지 겹쳤으며, 게다가 집안까지 몰락했으니, 루쉰이 느낀 마음속의 초조와 고통을 가히 상상할 수 있다. 조부의 투옥에서 부친이 죽을 때까지 여러 해 동안 저우씨 집안은 너무나 많은

---

8) 넷째 동생은 오래지 않아 병으로 세상을 떠났다.
9) 『知堂回想錄』, 31면.

불행을 겪었다. 인간은 절망적인 환경이나 사회의 최하층에 떨어져 보아야 세상의 달고 쓴맛을 진정으로 체험할 수 있다. 평범한 소년들은 이와 같은 암담한 기억을 이렇듯 어린 나이에 가지기 어려울 것이다. 그러나 어린 루쉰은 이처럼 커다란 고난과 가슴 아픈 고통을 깊이 깊이 체감하고 있다. 뒷날 그의 성격에 드리운 어두운 그림자의 단서를 이미 여기에서도 찾아볼 수 있다.

이 모든 일들을 저우쭈어런도 매우 명확하게 인식하고 있었다. 그러나 이치상으로는 잘 알고 있었지만 정감으로 받아들이는 방식에서는 그의 형과 아주 큰 차이를 보이고 있다. 동일한 사건에서도 두 형제는 각각 서로 상이한 체험을 하고 있는 것이다.

5.

삼미서옥(三味書屋)은 꽤 유명했고, 이것이 루쉰이 그의 글 속에서 이 서당을 자주 언급한 연유이다. 그러나 이상한 것은 저우쭈어런이 고향 풍속에 관해 그렇게 많은 글을 썼음에도, 그의 형의 것에 비견할 만한 글이 한 편도 없다는 사실이다. 곰곰이 생각해보면 저우쭈어런의 어떤 글은 정말 아름답다. 만년에 이르러 어릴 때 이야기를 쓸 때라도, 그의 글은 여전히 노련하고도 정교하다. 그러나 결국 저우쭈어런은 마치 도인처럼 멀찌감치서 고개를 돌려 바라보며 옛 흔적을 몽롱하게 조망하고 있을 뿐이라는 느낌이 짙다. 루쉰은 완전히 다르다. 그 속에서 자신을 불태우고, 글 속에다 생명의 빛과 열기를 채우면서, 독자도 그 속에서 생명을 불태우게 한다. 이것은 그렇게 간단하고 쉬운 일이 아니다. 저우쭈어런은 이러한 경지에 도달하지 못하였다.

루쉰이 삼미서옥에서 공부한 것은 1892년의 일이다. 그전에는 친척인 저우위톈(周玉田 : 주옥전)에게서 『감략(鑒略)』・『모시조수초목충어소(毛詩鳥獸草木蟲魚

疏)』・『화경(花鏡)』 등의 책을 공부하였고, 아울러『감호죽지사(鑒湖竹枝詞)』 100 수를 베끼기도 하였다. 서당에 들어가기 전에 루쉰은 이미 두 명의 먼 친척 할 아버지에게서 공부한 적이 있다. 따라서 글자를 깨우친 것이 그렇게 늦은 편은 아닌 셈이었다. 저우쭈어런이 정식으로 공부를 시작한 것은 형보다 조금 늦었 다. 그가 들어간 곳도 역시 삼미서옥이었다. 이 일에 관한 형제 두 사람의 회고 가 무척 흥미롭다. 루쉰은 소설가란 이름에 부끄럽지 않게 몇 글자마다 선생과 제자의 형상을 살아 있는 듯이 묘사하고 있다. 저우쭈어런은 아주 자세하게 쓰 기는 했으나 그의 주안점은 서술이었지 형상적인 묘사가 아니었다. 비록 글을 가르치는 훈장의 수준이 만족스럽지는 못했지만, 학습 내용과 교육 관리의 엄 격함은 뒷날 두 사람의 성장에 적지 않은 영향을 끼쳤다. 개인 서당에서 배운 것은 유학의 기본 지식이었다. 그러나 지나치게 성인화(成人化)된 지식 전달 방 식이 아이들에게는 우스운 일이었다. 첸리췬(錢理群 : 전리군)은 저우씨 형제의 어 린 시절의 학습을 연구하면서 이렇게 묘사하고 있다.

독서는 자연히 경서를 읽는 것에서 시작되었고, 따라서 저우쭈어런은 먼저 중국의 전통문화와 접촉하게 되었다. 저우쭈어런이 읽은 첫 번째 경서는 "상중(上中)", 즉 『중용(中庸)』의 상반부였는데, 중국의 전통문화 중에서 저우쭈어런에게 가장 깊은 영향을 끼친 것이「중용지도(中庸之道)」였으니, 이것은 참 흥미로운 현상이다. 저우 쭈어런에 의하면 13세 되던 해(1898년 말)『논어(論語)』・『시경(詩經)』・『역경(易經)』 및 『서경(書經)』의 일부분을 읽었다고 한다. 그러나 그는 "나는 내가 읽은 것을 쓸 수도 없었고, 이해할 수도 없었다. 더욱이나 예교(禮敎)의 정밀한 의미에 대해선 더 욱 막연할 뿐이었다"라고 언급하고 있다. 루쉰도 이와 비슷한 언급을 한 적이 있다. "공맹(孔孟)의 책은 내가 가장 일찍 읽었고 가장 잘 알고 있지만 오히려 나와는 거 의 상관이 없다." 이러한 언급들은 우리가 저우씨 형제의 사상 발전을 이해하는데 큰 의미를 지니고 있지만 이것들을 또한 지나치게 기계적으로 해석해서도 안 된다. 사실상 이 세대 사람들은 어떻게 해도 유학을 중심으로 하는 봉건 전통문화의 영향 에서 벗어날 도리가 없었기 때문이다.10)

---

10) 錢理群, 『周作人傳』, 北京十月文藝出版社, 1990, 40면.

　삼미서옥의 교육은 대단히 틀에 박혀 있었고, 학생들에 대한 훈장의 요구도 엄격하였다. 루쉰의 「백초원에서 삼미서옥까지(從百草園到三昧書屋)」라는 글에는 어린 시절 공부하면서 느낀 희로애락이 남김없이 서술되어 있고 그 묘사된 형상도 아주 구체적이다. 저우쭈어런의 『지당회상록(知堂回想錄)』에도 이에 대한 비교적 소상한 소개가 이루어지고 있다. 우리는 이러한 글에서 중국의 구식 교육에 대한 저우씨 형제의 태도를 쉽게 엿볼 수 있다. 두 사람은 당시 정식 수업 외의 공부나 민간문화에 대해 더욱 강렬한 흥미를 드러내고 있다. 어쩌면 바로 이러한 세계, 즉 민간 풍속과 자연의 위대함이 가득 찬 비전통적인 세계에서만, 소년들의 즐거움이 더욱 강하게 유발될 수 있었을 것이다. 루쉰과 저우쭈어런이 뒷날 아동문학을 대대적으로 제창한 일이라든가, 야사나 민속에 대해 깊은 애정을 표시한 일 등은 어린 시절의 이러한 경험이 자연스럽게 흘러나온 것인 듯하다. 루쉰이 짬짬이 찾아오는 자유 시간을 얼마나 못 잊어 했는지 다음과 같이 회고하고 있다.

> 　훈장님께서 독서삼매경에 빠졌을 때가 우리에게는 매우 즐거운 시간이었다. 몇몇 녀석들은 종이와 풀로 골무 비슷한 걸 만들어 끼고 손가락으로 연극 놀이를 하였다. 나는 그림을 그렸다. 형천지(荊川紙)라고 하는 종이를 소설의 그림 위에 대고 하나하나 베껴 그렸는데, 점점 베낀 그림이 많아졌다. 책은 아직 다 읽지 못했는데도 그림은 적지 않게 쌓여갔다. 가장 그림이 많은 것은 『탕구지(蕩寇志)』와 『서유기(西游記)』 수상본(綉像本)이었는데 각각 베낀 그림이 두꺼운 책 한 권이나 되었다.11)

　이것은 무미건조한 서당식 교육에 대한 어린 아이들의 자연스런 반항이다. 두 형제는 이때를 전후하여 몇몇 선생을 만났으나 오직 삼미서옥의 서우(壽: 수) 선생에게만 비교적 좋은 인상을 갖고 있다. 그러나 옛날 서당의 교육 방법은 아이들의 심신 건강에 확실히 해로운 것이었다. 상상력도 없고 색깔도 없는 주입식 교육이 아동에게 주는 스트레스를 우리는 쉽게 짐작할 수 있다. 루

---

11) 『魯迅全集』 第2卷, 282면.

쉰이 훗날 그의 첫 번째 소설 「옛일(懷舊)」12)에서 훈장들의 행태를 풍자한 것도 경직된 교육제도에 대한 어린 시절의 반항심과 밀접한 관련을 맺고 있다.

그때 두 형제는 정식 서당 공부 외에 온 정력을 잡동사니 볼거리와 동화, 그리고 장난에 쏟아 붓고 있었다. 그들의 조부가 두 사람을 공부시키던 방침도 그들의 이러한 행동에 영향을 끼쳤다. 그들의 조부 저우졔푸는 아이들이 소설을 읽어야 한다고 주장했다. 이것은 확실히 단순하게 보아 넘길 현상이 아니다. 먼저 형상으로써 아이들을 계도하고 그 뒤에 이치를 깨우치게 한 것은 아이들의 심리 발전에 아주 잘 부합되는 것이다. 뒤에 형제 두 사람이 고전소설이나 전통 연극을 못내 잊지 못한 것도 바로 서당식 교육에 대한 실망을 보여주는 반증인 것 같다. 따라서 저우쭤어런도 어린 시절의 학습 과정을 서술하면서 루쉰과 같은 낭만적인 회고에 깊이 젖어들곤 하였다.

을미년(乙未年)에 루쉰은 이미 15살이었지만 동화(童話分子, 그때는 아직 이런 말이 없었다)에 대한 애호가 여전하였다. 한 번은 루쉰이 일찌감치 잠자리에 들었지만, 잠은 자지 않고 집안의 하인들을 불러서 이야기를 나누고 있었다. 그의 가장 보편적인 화제는 신선이 사는 산에 관한 것이었다. 아마 그때 그는 『십주(十洲)』·『동명(洞冥)』 등의 책을 읽고 있었던 것 같다. 그 속에는 '코끼리만한 붉은 개미'가 산 속에 살고 있는데, 거기에는 천연 누각이 있고, 거대한 개미가 명령을 내리며, 그들은 빨갱이·검둥이란 이름을 갖고 있고, 몸이 신통하게 변히기도 하고, 옥을 달구어 뼈와 살을 보충하여 죽었다가도 다시 살아난다는 내용이 포함되어 있다. 이 책들은 아마 신선가의 사상을 기본 내용으로 하고 있지만, 도교(道敎)의 봉건적인 색채를 제거하고 그것을 완전히 동화로 꾸며 이용후생(利用厚生)을 위주로 하는 이상향을 그리고 있는 것 같다.13)

만약 저우쭤어런이 흘러간 이 한 순간을 기록하지 않았다면, 루쉰의 어린 시절에 대한 우리들의 이해가 아주 단순해졌을 것이다. 이러한 일들을 분명하

---

12) 루쉰(魯迅)은 중국 최초의 현대 백화소설인 「미치광이 일기(狂人日記)」를 쓰기 전에 문언문으로 된 소설 「옛일(懷舊)」를 쓴 적이 있다.
13) 周作人, 『魯迅的故家』

게 이해하고 나면, 루쉰이 『산해경(山海經)』과 전통 놀이, 민간의 종이 오리기를 왜 그처럼 편애하면서도, 공맹 유학에 대해서는 왜 또 그렇게 반감을 가졌는지 알 수 있을 것이다. 비록 서당식 교육이 그들에게 중국식의 정감과 인식 습관을 부여하였지만, 그들을 가장 매혹시킨 것은 오히려 유교 이외의 것들이었다.

6.

루쉰은 15살 때부터 일기를 쓰기 시작했고, 저우쭈어런은 14살 때부터 일기를 썼다. 안타깝게도 형의 일기는 일찍 분실되어 상세한 상황을 알기 어렵다. 그러나 저우쭈어런의 일기는 지금까지 남아 있어서 우리에게 그 당시 형제간의 활동 흔적을 비교적 소상하게 알려주고 있다. 나는 일찍이 만약 어떤 사람이 평생 동안 계속 일기를 쓰는 습관을 유지했다면, 거기에는 '나르시즘'에 젖어 있는 부분이 상당히 많을 것이라고 생각한 적이 있다. 저우쭈어런의 민감하고 세밀한 어린 시절의 일기 속에서도 이러한 점을 발견할 수 있다. 그처럼 담담한 행간 사이에서도 나는 항상 어린 시절의 몽롱하고도 신기하며 또 조금은 우울한 감정을 읽어낼 수 있다. 그들이 이후 문학 창작을 선택한 것은 이와 같은 어린 시절의 자아 훈련이 잠재적인 영향을 끼쳤던 것으로 보인다. 그 당시의 저우쭈어런의 시문(詩文)을 읽으면서 나는 그의 재주에 경이감을 느꼈다. 그처럼 고상한 생각과, 깊이 있는 안목, 경세의 포부를 지금의 청소년들에게서는 거의 발견하기 힘들다.

어린 시절의 기억 속에서 내가 가장 흥미를 느낀 것은 그들의 잡다한 독서 생활이다. 아주 어린 시절 그들은 여러 가지 소설과 시문(詩文)을 탐독하였다. 『서유기(西遊記)』, 『경화연(鏡花緣)』, 『유림외사(儒林外史)』 등은 아주 공들여 읽었고, 『요재지이(聊齋志異)』, 『모시품물도고(毛詩品物圖考)』, 『산해경(山海經)』, 『옥지당담회(玉芝堂淡薈)』, 『계륵편(鷄肋編)』, 『남진기문(南燼紀聞)』, 『양주 십일기(揚州十日記)』, 『촉벽(蜀碧)』, 『입재한록(立齋閑錄)』 등도 흥미진진하게 읽었다. 사오싱은 독서 전통이 유구한 고장이어서, 잡기나 야사류의 책을 구하기가 그리 어려운 일이 아니었다. 루쉰은 그때 아주 부지런히 책을 읽으면서도 점점 그림에 흥미를 가지기 시작하였다. 잡다한 독서를 통해 루쉰은 정통문화 이외의 민간적인 정취나 인간적인 정이 담긴 문화정신을 점차 폭넓게 이해하게 되었다. 그는 점점 책을 베끼거나 소장하는 습관을 가지게 되었고 이것은 저우쭈어런에게도 그대로 전염되었다. 책을 베끼는 것과 그림을 그리는 것은 소년 시기의 심성 함양에 많은 보탬이 되었다. 저우쭈어런은 뒤에 「루쉰에 관하여(關于魯迅)」란 글에서 이렇게 기록하고 있다.

위차이(豫才 : 예재, 루쉰)는 어려서부터 글씨와 그림을 좋아하였다. 그러나 그것은 서예가나 화가의 귀한 작품이 아니라 한 권 한 권으로 선장(線裝)한 보통책의 글씨와 그림이었다. 처음에는 책을 살 수가 없어서 그림이 있는 소설을 빌려다가 볼 수밖에 없었다. 광서(光緒) 계사년(癸巳年)에 할아버지가 하옥된 후 가족들이 흩어지자, 나와 위차이는 황푸좡에 있는 큰 외삼촌댁에 가 있게 되었는데, 그곳은 바로 판샤오펑(範嘯風 : 범소풍)의 이웃이었다. 그 뒤 다시 샤오가오부(小皐步 : 소고보)로 이사 갔고, 그곳은 친츄위(秦秋漁 : 진추어)의 우웬(娛園 : 오원)의 행랑채였다. 아마 황푸좡에 있을 때인 것 같은데, 그때 위차이는 외사촌 형에게 그림이 있는 『탕구지(蕩寇志)』 한 권을 빌렸다. 그리고는 오공지(吳公紙)라고 하는 얇은 종이를 사서 한 장 한 장 베끼고는 그것을 두꺼운 한 권의 책으로 제본을 하여, 그 후 아마 1,200문(文)을 받고 책방을 하는 한 동창생에게 팔았던 것 같다. 우리 집으로 돌아온 후에도 여전히 여러 권의 화첩을 베꼈다. 또 기억나는 일은, 언젠가 대청 앞 낭하(廊下)에서 마경강(馬鏡江)의 『시중화(詩中畵)』가 아니면 왕야매(王冶梅)의 『삼십육상심락사(三十六賞心樂事)』를 베끼고 있었는데, 반쯤 베끼고 나서 잠시 밖으로 나가게 되었다. 할머니께서 그것을 보고 재미가 있으셨던지 그 그림에 몇 획 그어 보시다가 그림을 망치고 말았다. 위차이가 돌아와 보고는 그림을 찢어 버리고 다시 그리자 할머니께서 서운해 하신 적이 있다. 그 뒤 세뱃돈 등을 조금씩 모아서 책을 사기 시작하고부터는 더 이상 그림을 베끼지 않았다. 가장 일찍 산 책은 아마 오까모또 오오또리(岡元鳳)가 지은 석인본(石印本) 『모시품물도고(毛詩品物圖考)』 두 권이었던 것 같다. 이 책을 황푸쟝에서 처음 보고는 매우 탐을 내다가 큰 거리 서점에서 한 부를 구입하였다. 그러나 책을 우연히 뒤적여 보다가 찢어진 페이지와 먹물이 검게 번진 부분을 발견하였다. 결국 마음에 들지 않아서 가지고 가서 두세 번이나 바꾸었다. 서점 점원도 귀찮아져서, 이 책은 너희 누나 얼굴보다도 더 흰데 바꿀 필요가 뭐 있느냐며 놀려대었다. 그리하여 화가 나서 나와 버리고 다시는 그 서점으로 책을 사러 가지 않았다. 이 서점은 아마 묵윤당(墨潤堂)이 아니면 그 인근의 규조루(奎照樓)였을 것이다. 이때 바꾸어 온 책도 아마 무슨 흠집이 있었던지 소양전(小洋錢) 일각(一角)으로 값을 깎아서 한 동창생에게 팔고, 다시 일각(一角)을 보태어 다른 한 부를 구입했던 것 같다. 화첩 부분에 있어서는 『개자원화전(芥子園畵傳)』은 물론이고 그 당시 석인본을 계속해서 모두 구입하였지만 루쉰 스스로 그림 공부를 한 적은 없다. 이밖에도 진호자(陳淏子)의 『화경(花鏡)』은 아마도 한 동창생의 친척집에서 200문(文)을 주고 처음 구입했던 것 같다. 집 안에 본래부터 있던 몇 상자의 책은 대부분 경전이나 역사책 및 과거 공부에 필요한 교과서였고, 『요재지이(聊齋志異)』·『야담수필(夜談隨筆)』·『삼국연의(三國演義)』·『녹야선종(綠野仙踪)』 등과 같은 소설책도 조금 있었다. 그 나머지 보고 싶은 책은 모름지기 자기가 사서 보아야 했다. 그때 산 책으로 기억나는 것은 『유양잡조(酉陽雜俎)』·『용재수필(容齋隨筆)』·『철경록(輟耕錄)』·『지북우담(池北偶談)』·『육조사적류편(六朝事迹類編)』·『이유당총서(二酉堂叢書)』·『금석존(金石存)』·『서하객유기(徐霞客游記)』 등이 있다. 설날 시내의 친척집으로 세배를 가면, 왔다 갔다 하는데 꼬박 하루가 걸리기 때문에, 배를 타고 갈 때 따분하고 심심하여 책을 보며 시간을 보낼 수밖에 없다. 그때 모자를 넣는 상자에 함께 넣어 가는 것이 대체로 『유기(游記)』나 『금석존(金石存)』 같은 책이었다. 후자는 물론 석인본이고 전자는 도서집성국(圖書集成局)의 납작글자(平體字) 책이었다. 『당대총서(唐代叢書)』는 살 수가 없어서 다른 사람에게 부탁하여 빌려서 한 번 보았다. 나는 그 속의 『흑심부(黑心符)』에 아주 감명을 받아서 「평천초목기(平泉草木記)」를 초록하였고, 위차이는 『다경(茶經)』 세 권과 『오목경(五木經)』을 초록하였다. 어렵사리 돈을 마련하여, 소총서(小叢書) 24책도 샀는데, 지금은 벌써 그 첫 권을 분실하여 찾지 못하고 있다. 그러나 매 책의 첫 머리에는 특별히 친척 아저씨에게 부탁하여 "예원군화(藝苑捃華)" 등과 같은 제자(題字)를 써두기도 하면서 당시에 아주 애지중지 탐독하였다. 그러나 이것은 아주 애처럽고도 안타까운

일이었다. 이 책은 본래 어떤 책장사가 『용위비서(龍威秘書)』 중에서 자기 마음대로
어떤 부분만을 뽑아내어 잡다하게 섞어 만든 한 그릇의 잡탕에 불과한 것이었다. 이
러한 것은 모두 자잘한 일에 불과했지만, 우리는 적지 않게 영향을 받았고, 반평생
학문 경향에 '기초'를 놓은 것이었으며, 취미 생활에 있어서도 만년에 이르기까지
아주 분명한 흔적을 남겨 놓았다.14)

　　이 기간 동안 저우쭈어런의 독서 범위는 아주 광범위하였다. 그는 무술(戊戌,
1898)년 정월의 일기에 루쉰에 관한 일과 독서, 책 구입에 관한 취미를 기록하
고 있다.

　　정월 28일, 흐림. 할아버지 면회.*15) 오후에 위팅(豫亭 : 예정) 형이*16) 장칭(章慶 :
장경)*17)과 함께 왔다. 잠시 앉아서 이야기를 나누다가 함께 돌아갔다. 『호천록(壺
天錄)』 네 권, 『독사탐려록(讀史探驪錄)』 다섯 권, 『송은만록(淞隱漫錄)』 네 권, 『열
미초당필기(閱微草堂筆記)』 여섯 권을 받았다.

　　29일, 비. 오전에 형이 할아버지 면회를 갔다. 점심 때 돌아왔다. 형이 선창(申昌 :
신창)*18)에 가서 『서하객유기(徐霞客游記)』 여섯 권, 『춘융당필기(春融堂筆記)』 두
권, 헝겊 포장 덮개가 있는 『송본당인합집(宋本唐人合集)』 열 권, 『화보(畫報)』 두
권, 백기(白奇 : 담배) 한 근, 오향고(五香膏) 네 개를 사가지고 왔다.*19)

---

14) 『周作人文選』第2卷, 廣州出版社, 1995, 584면.
15) 역주 : 루쉰의 할아버지는 이때 과거 시험 부정 사건으로 항저우(杭州 : 항주) 감옥에 갇혀
　　있었다. 당시 할아버지의 첩(妾)과 거기에서 태어난 아들 보성(伯升 : 백승)이 항저우에 살면
　　서 옥바라지를 하고 있었다. 마침 보성이 난징수사학당에 합격하여 항저우를 떠나게 되자,
　　저우쭈어런이 항저우에 가서 대신 옥바라지를 하게 되었다. 그때 루쉰은 고향 사오싱에서
　　집안 일을 돌보며 항저우를 자주 왕래하였다. 이 일기는 그때의 일을 기록하고 있고, 할아버
　　지 면회가는 일을 단지 '去'자로만 기록하고 있다.
16) 역주 : 위팅(豫亭)은 루쉰의 자(字)이다. 루쉰의 자는 본래 위산(豫山)이었는데, 중국어 발음
　　이 우산(雨傘)과 비슷하여 위팅(豫亭, 豫庭)으로 고쳤다가 나중에 위차이(豫才)로 정했다.
17) 역주 : 장칭(章慶 : 장경)은 루쉰의 소설 「고향(故鄕)」에 나오는 룬투(潤土 : 윤토)의 부친 모
　　델로 알려져 있다. 그의 아들 윈쉐이(雲水 : 운수)가 바로 윤토의 모델이 되었다.
18) 역주 : 선창(申昌)은 신보관(申報館)에서 운영하던 서점이다.
19) 역주 : 담배와 고약은 그의 할머니가 루쉰에게 사오라고 부탁한 것이다.

30일, 비. 오전에 형이 할아버지 면회를 갔다. 미나리줄(水芹)을 먹었다. 자유채(紫油菜)는 맛이 유채(油菜)와 같고 그 줄기는 가지처럼 자줏빛이며 꽃은 노란색이다. 형이 점심 때 돌아왔다. 『건력(建歷)』한 권과 구향병(口香餠) 25개를 사주었다.

2월 초하루, 비. 오전에 형과 함께 할아버지 면회를 갔다가 돌아왔다. 형이 사오싱 집에서 『역하지유(歷下志游)』두 권, 『회군평념기(淮軍平捻記)』두 권, 비단 커버가 있는 『매령백조화보(梅嶺百鳥畵譜)』두 권, 『호구여생기(虎口餘生記)』한 권, 화첩 한 권, 채색 「자기동래도(紫氣東來圖)」한 장, 중서월분패(中西月份牌) 한 장을 가지고 왔다. 문밖까지 형을 배웅할 때, 비가 쏟아지면서 하늘이 캄캄해졌다.

무술(戊戌)년 12월 저우쭈어런이 과거에 응시했을 때도 책을 산 일을 기록해 두었다.

항저우부(杭州府)에서 시행하는 부고(府考)를 보기 전에 회이지현(會稽縣)의 과거 합격자 명단이 붙었는가 보러 갔다가 아직 방이 붙지 않아서,*20) 나간 김에 『사통기(思痛記)』두 권을 샀다. 이 책은 강녕(江寧)의 이지(李池)가 지었고, 목각본으로 가격은 양2각(洋二角)이었다.

부고(府考) 전에 문규당에서 『칠검십삼협(七劍十三俠)』여섯 권 1부(部)를 샀다. 쭉 훑어보니 상당히 신기하고 재미있다. 소문에 유음보(兪蔭甫)가 지었다고 하고 정유년(丁酉年) 석인본이며 60회(回)로 되어 있다. 그림도 여러 장 들어 있으며 『칠협오의(七俠五義)』의 아류인 것 같다.

저우쭈어런이 이 시기 독서를 할 때, 루쉰의 영향을 받았다는 것은 의심의 여지가 없는 일이다. 그들은 모두 잡다한 책읽기에 재미를 붙이고 있어서, 경사자집(經史子集) 외의 비정통적인 서적을 많이 읽었으며 그에 대한 흥미도 광

---

20) 역주: 무술년(1898)에 루쉰과 저우쭈어런은 회이지현에서 시행한 현고(縣考)에 응시하였다. 현고(縣考)는 세 번의 복시(復試)를 거쳐서 합격자를 선발하고, 곧 바로 항저우(杭州)에서 시행하는 부고(府考)에 응시할 수 있는 자격을 준다. 루쉰은 현고(縣考)의 합격 성적이 괜찮은 편이었지만 부고(府考)에는 응시하지 않았다. 저우쭈어런은 부고(府考)까지 응시했지만 성적은 그다지 좋지 않았다. 이때 과거에 일등한 사람이 바로 마이푸(馬一浮 : 마일부)였다.

범위하였다. 『태평광기(太平廣記)』·『당대문총(唐代文叢)』 등의 잡저(雜著)가 두 사람에게 끼친 영향은 아주 컸다. 거기에 담긴 정취가 저우씨 형제를 흡인하였을 뿐만 아니라, 문체에 대한 영향도 상당히 깊었다. 루쉰과 저우쭤런이 뒤에 학문 활동을 하면서 보여준 광범위한 개척정신과 폭넓은 취향은 어린 시절의 잡다한 독서가 무시할 수 없는 기초를 이루고 있다. 만약 이들이 계속해서 전통적인 유생의 길을 걸으며 공맹 유학을 본보기로 삼아 자신들의 심신을 갈고 닦았다면, 단지 전통적인 유생으로만 살 수 있었을 뿐, 창조적인 생명력은 평범하면서도 몰개성적인 인격 속에 소실되어 버렸을 것이다. 저우쭤런의 일기를 읽어보면 두 사람의 독서 범위가 광범위했다는 사실을 발견할 수 있다. 그들은 그처럼 영감과 지혜가 충만된 글을 읽고, 그것을 교감·수장하면서 거기에 깊은 애착을 갖고 있었다. 중국의 전통문화 중에서 인간적인 매력이 가장 풍부한 것들은 거의 모두 야사(野史)나 잡기(雜記)에 집중되어 있다. 그처럼 야성적이고 생명의 욕구가 반짝이는 샘물이 환상이 풍부한 소년들에게는 얼마나 뜨겁고 절실한 부름이었겠는가? 이들이 뒤에 아동문학 건립을 극력 주장하면서, 그때까지 중국에 어린이를 위해서 글을 쓰는 작가가 드물다고 한탄한 것은, 바로 이와 같은 어린 시절의 기억에 대한 일종의 성찰이 아니었겠는가? 아무래도 저우씨 형제는 천부적인 민감함에다, 보통 사람은 갖추기 힘든 예술적인 영감을 갖추고 있었던 것 같다. 예를 들어 그들이 동화를 애호하고 그림을 중시하면서, 영감이 풍부한 도연명(陶淵明)과 혜강(嵇康)을 존중한 것을 보면 그들의 인지도(認知度)가 그 시대의 다른 사람들보다 한층 더 수준 높았음을 보여주고 있다. 이것은 순수한 미에 대한 관심이라기보다는 생명에 대한 나르시즘일 것이다. 특히 소년 루쉰에게 있어서 반항심은 매우 일찍 형성되었고, 그는 민속문화와 영감에 찬 문화 사이에서 자연스러운 정취를 발견하였다. 이러한 정취는 그와 그의 동생이 훗날 고향을 벗어나 이역에서 정신적인 기초를 찾는데 튼튼한 초석으로 작용하였다.

7.

    오랜 억압 속에서 별안간 생명의 빛발을 찾은 심정을 상상할 수 있겠는가? 루쉰이 사오싱을 이별하고 배움의 길로 나아가는 그 시각 그는 아마 무엇인가를 의식하고 있었던 것 같다. 절망과 희망, 쓰라림과 위로가 아마 그 시각에 그를 문득 성숙시켰던 것 같다.

    그때의 확실한 상황을 증명해 줄 자료는 아무 것도 없다. 그러나 저우쭈어런의 일기에서 우리는 형과의 이별이 그에게 매우 커다란 영향을 끼쳤음을 읽어낼 수 있다. 그는 갑자기 아침 저녁으로 함께 하며 자신의 길을 이끌어주던 형을 잃어버린 것이다. 그 이별의 고통이 저우쭈어런의 일기에 매우 두드러지게 나타나고 있다. 그들 형제간의 깊은 우애는 대단히 감동적이기까지 하다.

    1898년 루쉰은 사오싱을 떠나 난징으로 배움의 길을 떠난다. 그는 「함성(吶喊)·자서(自序)」에서 그때의 상황을 이렇게 소개하고 있다. "나는 N에 있는 K학당으로 가야했는데, 이는 흡사 낯선 길을 따라 낯선 곳으로 도망가서 우리와는 다른 사람을 찾아가는 것 같았다. 우리 어머니께서도 어쩔 수 없어서 8원의 뱃삯을 마련하여 여비에 보태라고 하셨다. 그러나 그 분은 우셨다. …… 그때는 독서를 하여 과거를 보는 것이 정도였다. 소위 양무(洋務)를 배우는 것은 사회적으로 출구가 없는 길을 가면서 자신의 영혼을 귀신에게 파는 것으로 간주되었다." 그러나 어떻든 이 출발은 그의 인생의 진정한 시작이었고 그의 자아의식과 가치관도 바로 이 시기의 배움으로부터 점점 형성되기 시작하였다.

    루쉰은 난징의 쟝난수사학당(江南水師學堂)에 도착한 지 얼마 안 되어 동생에게 자기가 쓴 「알검생 잡기(戞劍生雜記)」란 글을 부쳐주었다. 저우쭈어런은 형의 편지와 글을 받고 대단히 기쁜 나머지 마침내 루쉰의 문장을 아래와 같이 기록해 두었다.

    뉘엿뉘엿 해질 무렵 나그네 되니, 어둠이 사람을 짓누른다. 사방을 둘러보아도 모두 타향 사람들이고, 귀에 들려오느니 모두 타향 사투리이다. 생각은 만리 너머 고향으로 달려가, 부모님과 동생들을 떠올린다. 그들은 필시 두런두런 이야기를 나누며, 내가 지금 어느 어느 곳에 당도했을 것이라고 추측하고 있을 것이다. 이때는 진정 애간장이 끊어지며 흐르는 눈물을 억제할 수 없다. 그리하여 떠오르는 시구를 적어둔다. "해질 무렵 애수에 젖는데, 저녁 연기 짙은 곳에 타향 사투리 시끄럽다." 이것은 내 몸소 겪은 것이지 거짓으로 지어낸 말이 아니다.

이것은 내가 읽어본 루쉰의 문장 가운데서 가장 이른 시기의 글이며, 또한 고향을 그리는 가장 감상적인 작품이다. 애석하게도 당시의 다른 시문은 보존된 것이 아주 적어서 그 당시의 상황을 분명하게 알기 어렵다. 그러나 생각이 깊고 민감한 루쉰의 시인 기질은 여기에서도 그 일부분을 대략 엿볼 수 있다. 이것은 17세 소년의 감정인데, 비록 성년이 된 후에는 이와 유사한 글을 쓴 적이 거의 없지만, 그처럼 암울하고 깊은 울분은 가공으로 날조된 것이 아니었던 것이다. 어린 시절의 이와 같은 기질과 개성은 벌써 그의 비범함을 잘 설명해주고 있다.

1900년 초에 루쉰은 고향으로 돌아와 방학을 보낸 후 난징의 학교로 돌아갈 때, 「아우들을 이별하며(別諸弟三首)」라는 시를 지었다. 여기에서 우리는 먼 타향에서 형제를 그리는 노신의 깊은 정을 읽어낼 수 있다. 이 시는 저우쭤런의 일기에 기록되어 있는데, 지금 읽어 봐도 깊은 맛이 느껴진다.

謀生無奈日奔馳,　　산다는 일 어쩔 수 없이 날마다 분주하여,
有弟偏教各別離.　　아우들과 이별하고 타향으로 떠나왔네.
最是令人凄絶處,　　마음조차 끊어지는 너무 슬픈 이곳에는,
孤檠長夜雨來時.　　외로운 등불 기인 밤 추적 추적 비 내리네.

還家未久又離家,　　돌아온 지 얼마 안 돼 또 다시 집 떠날 때,
日暮新然分外加.　　해 저무는 황혼 무렵 서글픔 다시 솟네.
夾道萬株楊柳樹,　　길 양편 버드나무 만 그루나 휘늘어져,
望中都化斷腸花.　　아득하게 바라보니 단장화로 변하는 듯.*21)

從來一別又經年,　　한 번 이별하면 또 한 해를 넘기는데,
萬里長風送客船.　　만리 길 큰 바람이 여객선을 배웅하네.
我有一言應記取,　　나의 말 한 마디 여기에 적어두니,
文章得失不由天.　　문장의 득실은 하늘에 달린 것이 아니라네.

일년 후 루쉰은 또 「아우들을 이별하며(別諸弟三首)」를 지었는데, 그 어조가 대단히 처연하다.

夢魂常向故鄕馳,　　꿈길마다 나의 마음 고향으로 달려가니,
始信人間苦別離.　　인간 세상 쓰린 이별 이제야 알게 되었네.
夜半倚床憶諸弟,　　한밤중 침대 맡에서 아우들을 생각할 때,
殘燈如豆月明時.　　등불은 가물가물 달빛만 휘영청 밝네.

日暮舟停老圃家,　　해질녘 뱃길이 한 농가에 당도하니,
棘籬繞屋樹交加.　　가시나무 울타리가 집을 둘러 우거졌네.
悵然回憶家鄕樂,　　고향집 즐거운 때 서글프게 생각나는데,
抱甕何時共養花.　　언제나 물동이 안고 함께 꽃을 길러보나?

春風容易送韶華,　　봄바람은 쉽사리도 좋은 시절 빼앗는데,
一棹烟波夜駛船.　　안개 속 노를 저어 밤배가 흘러가네.
何事脊令偏傲我,　　어찌하여 할미새는 나에게 뽐을 내며,*22)
時隨帆頂過長天.　　돛대 위로 솟아올라 하늘을 날으는가?

둘째 동생이 내가 작년 봄 이별할 때 써준 시의 원운(原韻)을 사용하여 시를 지어 송별하며 나도 화답해주기를 청했다. 이를 위해 붓을 잡을 때마다 나는 가슴이 답답해져서 시 쓰기를 중단하곤 하였다. 10여 일이 지나 만리 객창(客窓)에서 우연한 틈

---

21) 역주: 단장화(斷腸花)는 추해당(秋海棠 : 베고니아)이다. 사람을 그리워하는 정이 지극할 때 흔히 단장화로 비유한다. 애간장이 끊어진다는 그 꽃 이름의 이미지를 따온 것이다.
22) 역주: 척령(脊令)은 할미새이다. 할미새는 형제간에 우애가 깊으며 어려울 때 서로 돕는다고 한다. 여기서 루쉰은 형제간에 헤어져 서로 돕지 못하는 것이 할미새의 우애보다 못함을 노래한 것이다.

에 거칠게나마 시를 완성하여 동생에게 우송하였다. 아! 누대(樓臺)에 올라 눈물 흘리니, 영웅도 반드시 집을 잊지는 않는 법이다. 손을 잡고 이별할 때 정신이 아득하였는데, 형제는 각각 다른 곳에 살게 되었다. 깊어 가는 가을 밤 밝은 달이 나그네를 비추며 더욱 밝아지고, 차가운 밤 애절한 피리소리는 길손을 만나 그 애절함을 더한다. 이러한 마음과 이러한 정경은 모두 시름겨운 비애가 아닌 것이 없다.

이것은 처음 공부하러 집을 떠날 때 루쉰의 심정을 묘사한 것이다. 그와 둘째 동생 쭈어런, 셋째 동생 젠런의 우애는 대단히 돈독하였다. 루쉰의 감상적인 시구 속에서 우리는 아쉬움에 젖어 이별하는 감정 및 미래에 대한 막연한 심정을 느낄 수 있다. 그때는 우울한 시절이었다. 저우쭈어런의 마음도 이와 같지 않았겠는가? 그는 일찍이 항저우로 가서 할아버지의 옥바라지를 한 적이 있다. 그리고 집안 사정은 나날이 기울기만 했으니, 소년 저우쭈어런의 외로운 고통을 상상할 만하다. 형의 출행은 그에게 있어서 하나의 자극이었다. 저우쭈어런의 일기를 조사해보면 수심 많고 감상적인 그의 일면을 발견할 수 있다.

> 오후에 형이 짐을 꾸렸다. 칭(慶) 할아버지, 디(地) 아저씨, 형이 배를 타고 난징으로 떠나는 것을 전송하는데, 손을 잡고 이별할 때 마음이 아득해졌다. (1900년 2월 19일)

> 오전에 형이 짐을 꾸렸다. 저녁 무렵 열여덟 째 할아버지, 쯔헝(子恒) 아저씨가 난징으로 함께 출발하였다. 내가 형을 전송하러 배에 올라서 손을 잡고 이별하는데 마음이 아득해졌다. 시 한 수를 지어서 전송하였다. (1901년 3월 15일)

이것은 루쉰이 두 차례 귀향한 후 다시 헤어질 때 저우쭈어런 스스로 자신의 심경을 서술한 것이다. 그때 저우쭈어런은 자신의 앞날에 대단히 막연함을 느끼고 있었다. 독서를 하는 것 외에 그는 아마 어떻게 진정 자기의 위치를 확립할 수 있을 것인지 알지 못하였다. 형의 길을 따라 걸을 것인가 아니면 계속 과거 공부를 할 것인가? 과거로 말하자면 그 자신이 한 마디로 성공할 수 있다고 말하기 어려웠다. 그와 루쉰은 모두 현(縣)에서 시행한 과거 시험에 참가한 적이 있다. 형은 성적이 좋았지만 저우쭈어런은 몇 차례 응시에도 성적이 별로 좋지 않았다. 루쉰은 뒤에 난징으로 갔고, 그도 이미 과거 시험에 흥미를 잃고 있었다. 두 사람은 옛날 관습대로 현고(縣考)에 참가했던 것이다. 이 일은 한편으로 집안 사람들이 전통적인 문인의 길을 가도록 압력을 넣은 결과였지만, 다른 한편으로는 국학 지식에 대한 일종의 점검일 수도 있었다. 그러나 과거를 보는 것은 결국 답답하고도 우여곡절 많은 길이었다. 그 사람의 재주나 그를 알아주는 사람을 만나는 일 등등이 모두 필수 불가결한 요소였다. 저우쭈어런의 회고는 이렇다.

> 청(淸)나라 시대에 선비가 갈 수 있는 길은, 정도(正道)인 과거 외에도 몇 가지 갈림길이 있었다. 첫째는 서당 훈장이 되는 길이고, 둘째는 의원이 되는 길이었다. 선비가 의원이 되면 유의(儒醫)라고 하는데 보통 의원들보다 좀 부유하게 살 수 있었다. 셋째는 다른 사람의 막료가 되는 길로 그것을 막우(幕友)라고 하였다. 이들은 지방 관리를 도와 백성을 다스리며 사야(師爺)라고 불리어졌고, 이것은 사오싱 사람들의 전문 직업의 하나이기도 했다. 넷째는 생업을 배우는 길이었다. 그러나 돈놀이나 전당포 외에는 글 읽은 사람들이 할 수 있는 일은 없었다. 이밖에 서양식 학당에 들어가는 길도 있었는데, 이것은 기실 비뚤어진 길로 간주되었으며 부득이 할 때에만 이 길을 선택하였다. 그러나 '절름발이도 신발을 잊지 못하는' 것처럼 마음속으로는 여전히 미련을 버리지 못하는 일이 있었다. 경자년(庚子年) 섣달 그믐날 우리는 「제서신장은문(祭書神長恩文)」을 지어 그 마지막 부분에서 이렇게 읊었다. "앞으로 학문을 드높여 과거에 급제하리라." 여기에서도 과거 공부의 마력이 적지 않다는 것을 확실하게 짐작할 수 있다.[23]

과거 급제에 대한 꿈이 깨어진 후 저우쭈어런은 깊은 고통 속에 빠져 있었다. 그 첫째는 형이 곁에 없어서, 가정을 돌보는 부담이 그의 어깨를 짓눌렀다. 매일 시장에 가서 찬거리를 사는 일 외에도 조부가 항저우 감옥에서 출옥하여

---

23) 『知堂回想錄』, 53면.

집으로 돌아와 집안끼리의 분쟁이 증가하게 된 것도 고통의 또 다른 원인이었다. 둘째는 넷째 동생 춘서우가 병으로 요절하자 저우쭈어런이 또 큰 충격을 받은 일이었다. 이때부터 그의 심정은 우울해지기 시작하였다. 그러한 나날 속에서 그의 형 루쉰은 그가 가장 마음 붙일 수 있는 지기였고, 그는 자신의 희망을 형에게 의탁하였다. 그는 항상 형에게 편지를 써서 형의 지지와 도움을 얻을 수 있기를 희망하였다. 루쉰도 끊임없이 그와 편지를 교환하며, 외부세계의 각종 소식을 전해주었다. 그는 형의 생활을 선망하며 형처럼 이 질식할 것 같은 고향을 떠나고 싶어 했다. 1901년 8월 25일 저우쭈어런이 받은 루쉰의 편지는, 루쉰이 이미 친척의 도움을 얻어 저우쭈어런을 난징수사학당에 입학하도록 조처해 놓았다는 사실을 전해주고 있다. 이 소식은 저우쭈어런이 그 날의 일기에 기록해놓았다. 저우쭈어런은 마침내 형을 따라 그의 인생에서 가장 중요한 한 걸음을 내딛게 된 것이다.

만약 그들이 서양식 학당에 입학하지 않았다면, 두 사람 모두 단지 전통적인 문인의 범위에서만 그들의 우애를 나누었을지도 모를 일이다. 그러나 그들이 비전통적인 삶의 길을 나서자 그들의 눈앞에 비로소 드넓은 세계가 펼쳐지기 시작하였다. 저우씨 형제의 비상은 금세기 초 그들이 함께 난징에 모임으로써 시작되었다. 우울하고 순진한 두 영혼은 살아 숨 쉬는 어린 시절의 기억을 가지고 새로운 천지 속으로 뛰어 들었던 것이다. 낯선 길을 가며 빛을 찾는 것보다 자극적이고 기슴 뛰는 일이 또 어디에 있겠는가? 그 당시 형제 두 사람이 쓴 시문을 읽어보면 소년들의 웅장한 포부가 매우 짙게 배어 있음을 알 수 있다. 여기에서 우리는 뒷날 그들이 보여준 정신적 발전 과정의 한 가닥 논리를 희미하게나마 확인할 수 있다.

8.

설날이 다가오면 당연히 아이들이 가장 즐거워하였다. 저우쭈어런은 만년에 고향의 풍속을 서술하면서 설 쇠는 기쁨에 대해 매우 깊은 그리움을 드러내고 있다. 나는 이 글들을 읽으며 그가 중국인의 예절 특히 제사에 관한 일 등을 상당히 세밀하게 알고 있다고 느꼈다. 만약 중국 문화를 이해하려 한다면 설을 쇨 때의 의식이나 예절을 연구하기만 해도 중국 문화의 요점에 대해 심도 깊은 지식을 적어도 한두 가지는 얻을 수 있을 것이다. 옛날 문인들은 고향에서의 즐거움이나 고향을 떠나는 괴로움을 묘사할 때, 언제나 설에 대한 기억을 빠뜨리지 않고 있다. 이것은 이미 관습화되어 버린 것이어서 문인들이 이러한 영향을 뛰어넘기란 확실히 어려운 일이다.

그러나 루쉰은 이와 같지 않은 것 같다. 그는 뒤에 고향의 아름다운 설 풍속을 묘사할 때도 거기에 심취해서 빠져들기보다 오히려 문화적인 폐습이 사람을 질식시키는 것에 대해 실망감과 냉소를 자주 표시하였다. 「축복(祝福)」에서는 사람을 죽이는 낡은 풍습에 대한 반성이 사람을 오싹하게 할 정도이다. 이 작품은 섣달 그믐날 밤을 비극의 배경으로 삼고 있는데, 이는 혹시 어릴 때의 기억이 밖으로 표출된 것이 아닌지 모르겠다. 나는 그가 뒷날에 쓴 시골의 민간 풍속에 관한 문장을 읽으면서 그가 향토문화의 낡고 부정적인 요소에 대해 거부감을 갖고 있다는 것을 계속 느껴왔다. 이처럼 의연하고 단호한 태도는 저우쭈어런에게서는 찾아보기 힘든 점이다.

그러나 어린 시절의 기억 속에 남아 있는 아련한 정취는 결국 설 쇠기와 절대로 분리될 수 없다. 인간이 옛날 풍습을 완전히 초월하여 살아간다는 것은 거의 불가능한 일이다. 저우쭈어런의 어린 시절의 일기에는 루쉰의 어린 시절 시문이 몇 편 남아 있다. 그 중에서 세시 풍속에 대한 묘사는 기실 일차적으로는 형제간의 우애를 드러내는 것이면서도, 또한 우리가 쉽게 접하기 힘든 문화 심리가 그 속에 투영되어 있다. 나는 「경자송조즉사(庚子送竈卽事)」·「제서

신문(祭書神文)」을 읽으면서 그 당시 청년 루쉰과 저우쭈어런의 시각이 벌써 범상치 않았다는 것을 느낄 수 있었다. 「제서신문(祭書神文)」은 형제 두 사람이 함께 쓴 초사체(楚辭體) 문장이다. 그 풍격의 기이함이 벌써 같은 또래와는 비교하기 어렵다. 이 시는 기왕의 구시(舊詩)처럼 유가적이거나 비현실적인 것이 아니라 기이하고 환상적이어서, 아득한 밤하늘의 빛발처럼 속세의 불운들을 쫓아내는 것처럼 느껴진다. 여기에 묘사된 낡은 풍속은 신성시되거나 숭앙의 대상으로 존재하지 않는다. 비록 작가가 명절 분위기에 한껏 젖어 있기는 하지만, 그 구체적인 의미는 오히려 낡은 풍속에 대한 반발이다. 루쉰은 당시에 갓 스무 살이었는데도 생활에 대한 이해가 대단히 독특했던 것으로 보인다. 가정의 어려움과 그의 정신적인 추구가 모두 이 작품 속에 남김없이 드러나 있다.

「경자송조즉사(庚子送竈卽事)」에서는 이렇게 읊고 있다.

隻鷄膠牙糖,　　　닭 한 마리에 물엿을 차리고,
典衣供瓣香.　　　옷을 잡혀 촛불을 피웠네.
家中無長物,　　　집안에 아무 물건도 없는데,
豈獨少黃羊.*24)　어찌 황양(黃羊)만이 없겠는가?

이것은 청년 루쉰이 난징에서 귀향하여 설을 쇠면서 쓴 시이다. 저우쭈어런은 형의 작품에 상당히 유의하면서 일기에다 이 작품을 기록해 두었다. 이 시를 읽어보면 물론 조왕신을 제사지내는 시끌벅적한 광경이 떠오를 수도 있지만, 그러나 이 시에는 냉랭하고 고독한 맛이 훨씬 짙게 배어 있다. 이때 조부

---

24) 역주: 옛날 중국에서는 섣달 그믐날 조왕신(竈王神)에게 제사를 지냈다. 제수로는 보통 양머리를 썼지만 양머리가 없으면 닭을 잡기도 하고, 닭이 없으면 가래떡 같은 것으로 닭 모양을 만들어 썼다. 교아당(膠牙糖)은 엿기름으로 만든 물엿(조청)이다. 전의(典衣)는 전당포에 옷을 잡히는 것이다. 루쉰의 가정은 이 당시 매우 곤궁하게 되어 흔히 집안의 가구나 옷을 전당포에 잡혔다. 장물(長物)은 불교 용어로 여러 가지 물건을 가리킨다. 황양(黃羊)은 그믐날 제사에 쓰는 양이다. 본래 조왕신에게 제사를 지내는 것은 행복과 부귀를 기원하는 것인데, 오히려 그 조왕신이 집안의 행복은 지켜 주지 못할 망정 옷을 잡히게 해서까지 제사 음식을 받아 먹는 것은 조왕신의 탐욕이라고 풍자하는 것이다.

는 아직도 옥살이를 하고 있었고 부친은 이미 돌아가셔서, 루쉰 가정의 비참함은 말할 수 없을 정도였다. 루쉰은 이미 소년으로서의 열정을 거의 가지고 있지 않았고, 흥에 겨워 진행하는 종교식의 의식에도 거의 흥미를 보이지 않고 있다. "집안에 아무 물건도 없는데, 어찌 황양만이 없겠는가(家中無長物, 豈獨少黃羊)"라는 한탄은 얼마나 처절한 시구인가! 여기에는 세속적인 열광이 조금도 포함되어 있지 않고, 오히려 어쩔 수 없는 상황과 끝 간 데 없는 비참함이 쓸쓸함을 더해주고 있다. 여러 해 뒤 루쉰은 루전(魯鎭:노진)의 그믐날 밤에 느낀 압박감을 묘사하고 있는데, 내 생각에는 이 어린 시절의 쓰라린 기억이 아마 여기에 아주 큰 작용을 하고 있는 것처럼 보인다. 중국 민속에는 중국인의 사유 방식과 희노애락의 관념이 포함되어 있다. 그것을 따르는 사람은 즐겁고, 그것에 역행하는 사람은 쓸쓸하고 슬프다. 저우씨 형제는 그것을 따르면서도 역행하는 사람이었다. 그러나 나는 특히 그 중에서 세속적인 인생관에 역행하는 행위야말로 아주 가치 있는 것이라고 생각한다. 이러한 점은 「제서신문(祭書神文)」에 더욱 전형적으로 드러나 있다.

올해는 경자년(庚子年)이온데, 가도(賈島)가 자신의 시(詩)에 제사 지낸 때와 같은 저녁에*25) 회계(會稽)*26)의 알검생(戞劍生)*27) 등은 삼가 정한수 한 그릇과 국화꽃으로써 책의 신 장은(長恩) 님께 제사를 올리며 보잘것없는 글을 엮어 아뢰나이다.*28)
오늘 저녁은 섣달 그믐날, 촛불은 너울거리며 붉게 타오르나이다. 돈의 신은 취했고 돈의 노예들은 분주한데, 신령님께서는 어찌하여 홀로 썩어 가는 책만 지키시나이까? 화려한 잔치 벌어져 술 냄새 향기롭고, 시간을 알리는 북소리 둥둥 울리며 밤은 깊어가옵니다. 사람들은 시끌벅적 술 마시고 취하면서도 어느 누가 당신에게 술 한 잔을 올리나이까? (우리 집은) 돈과는 절교했어도 찢어진 책은 남아 있어, 술잔을

---

25) 역주: 가도(賈島)는 당(唐)나라의 시인인데, 시구를 정성스럽게 갈고 다듬기로 유명하여 고음(苦吟) 시인으로 불린다. 그는 섣달 그믐이 되면 일 년 동안 지은 시를 모아 놓고, 술을 마련하여 제사를 지내며 자신의 고단한 정신을 위로했다고 한다.
26) 역주: 회계(會稽)는 루쉰의 고향 사오싱(紹興)이다.
27) 역주: 알검생(戞劍生)은 당시 루쉰의 필명이다.
28) 역주: 장은(長恩)은 책의 신이다. 섣달 그믐날 밤 그 이름을 부르며 제사를 지내면 일 년 동안 쥐가 책을 갉아 먹지 않고 책벌레도 슬지 않는다고 한다.

잡고 크게 부르오니 이곳으로 강림하소서. 책보자기 깃발 삼고 책상자를 수레 삼아 맥망(脈望)을*29) 거느리고 책벌레에 멍에 메소서. 정한수와 국화 꽃잎을 차려,『이소 (離騷)』를 낭송하며 신령님을 기쁘게 하고자 하오니, 신령님께서는 어서 어서 (이곳 으로) 내려오소서. 당신의 친구 칠비(漆妃 : 먹)와 관성후(管城侯 : 붓) 두 분은 아직도 필해(筆海 : 벼루)를 향해 거드름을 피우고, 문총(文冢 : 종이)에 의지하여 머뭇거리고 있나이다. 맥망은 인도하여 신선세계로 보내시고, 책벌레는 데리고 내려와 즐겁게 노 시옵소서.*30) 속되고 비천한 무리는 당신의 원수이니 문지방을 넘어와 당신을 욕보 이지 말게 하소서.31) 만약 이놈들이 말을 듣지 않는다면 날카로운 칼로 제지하시고, 옛 전적(典籍)을 펼쳐 보이며 저들의 목구멍을 막아버리소서. 또한 관성후(管城侯)도 날카롭게 붓뚜껑에서 나오게 하여 저들의 마음을 전전긍긍 불안하게 하옵소서. 그리 곤 독서광이나 시인들을 부르시어 저를 위해 책을 지켜 주시면 그 즐거움이 무궁하 리이다. 뒷날 학문을 높여 괴거에 급제하여 더 많은 책을 사서 당신에게 보답하리이 다(上章困敦之歲, 賈子祭詩之夕, 會稽夏劍生等謹以寒泉冷華祀書神長恩, 而綴之 以俚詞曰 : 今之夕兮除夕, 香烟茵縕兮燭焰赤. 錢神醉兮錢奴忙, 君獨何爲兮守殘 籍. 華筵開兮臘酒香, 更點點兮夜長. 人喧呼兮入醉香, 誰薦君兮一觴. 絶交阿堵兮 尙剩殘書, 把酒大呼兮君臨我居. 緗旗兮芸輿, 挈脈望兮駕蠹魚. 寒泉兮菊菹, 狂誦 離騷兮爲君娛, 君之來兮毋徐徐. 君友漆妃兮管城侯, 向筆海而嘯傲兮倚文冢以淹 留. 不妨導脈望而登仙兮, 引蠹魚之來游. 俗丁儈父兮爲君仇, 勿使履閾兮增君羞. 若弗聽兮止以吳鉤, 示之丘索兮棘其喉. 令管城脫穎以出兮, 使彼惙惙以心憂. 寧 嘯書癖兮來詩囚, 君爲我守兮樂未休. 他年芹茂而樨香兮, 購異籍以相酬).

이것은 확실히 낭만적인 영탄이다. 루쉰과 저우쭈어런은 뒷날 이처럼 분방

---

29) 역주 : 전설에 의하면 책벌레가 고서 속의 '신선(神仙)'이란 글자를 세 번 먹으면 신선과 같 은 영물(靈物)이 된다고 하는데, 이를 맥망(脈望)이라고 한다.
30) 역주 : 책의 신 장은(長恩)은 본래 책을 보호하는 신인데, 루쉰이 여기에서 이렇게 표현한 것은 현실적인 풍자의 의미가 있다. 당시 루쉰이 난징으로 가는데 큰 도움이 된 족숙(族叔) 쟈오성(椒生 : 초생)은 변법(變法)과 혁명(革命)을 모두 반대하는 인물이었다. 그는 도교(道敎) 에 심취하여 매일 아침『태상감응편(太上感應篇)』을 낭송할 정도였다. 그리하여 루쉰은 이 를 은근히 풍자하면서, 맥망(도교의 신선과 연관됨)을 신선세계로 보내고 책벌레는 데리고 와서 흡족하게 대접하여 다시는 고서 속에 침입하지 말라고 부탁하는 것이다.
31) 속되고 비천한 무리는 구체적으로 쟝웨이허(姜渭河 : 강위하)를 가리킨다. 당시 저우쭈어 런은 공부는 뒷전으로 제쳐둔 채 불량끼가 역력한 쟝웨이허와 어울려 다니며 허송 세월을 하고 있었다.

하고 기이한 글을 다시는 쓰지 않았다. 섣달 그믐날 밤 속되고 천박한 무리들이 돈과 재산을 관장하는 신에게 제사를 지낼 때 저우씨 형제는 오히려 쓸쓸하고 고독한 책의 신에게 눈길을 돌리고 있다. 그들이 속인(俗人)들의 비루함을 경멸할 때, 시끌벅적한 밤잔치와 사당에서 올리는 은은한 제사의식은 그들의 열정을 조금도 불러일으킬 수 없었고, 오직 서적만이 그들의 끊임없는 영탄을 자아내게 하고 있다. 이 시에서 드러나고 있는 열정은 아주 보기 드문 것이고 굴원(屈原)의 초사(楚辭)의 흔적이 대단히 농후하다. 여기에서는 고난의 그림자가 자취를 감추고 주로 책의 신에 대한 다양하고도 낭만적인 묘사가 대부분을 차지하고 있다. 이 지혜의 신령님 앞에서 저우씨 형제는 그 신비로운 기운에 완전히 흡인되고 있다. 그들은 자기들 세계의 명절과, 자기들만의 종교, 자기들만의 애욕(愛欲)을 창조하고 있다. 더욱 중요한 것은 그들이 세속적인 의식을 곳곳에서 통렬하게 풍자하면서 끊임없는 대비를 통해 그들이 동경하는 숭고감을 묘사하고 있다는 점이다. 낡은 풍속에 포함된 미신과 신앙은 쫓겨나고 지혜를 숭상하는 새로운 신념이 그것들을 대신하고 있다. 이 신념에 대한 묘사가 비록 모호하고 아직도 옛날 독서인(讀書人)의 청고기(淸高氣)가 느껴지기는 하지만, 이것은 저우씨 형제가 앞으로 추구할 인생의 지향점에 대한 토로라고 할 수 있다. 세속에 영합하지 않고 옛 습속에 반대하면서 새로운 소리(新聲)를 이끌어 내고자 하는 것, 이것이 바로 두 사람이 가진 비범함의 상징이 아니겠는가? 인간은 응당 인생의 지향점을 가져야 한다. 그때 그들은 아직도 유학자 티를 짙게 풍기고 있었지만 벌써 이러한 인생의 지향점을 갖고 있었기 때문에 유년의 쓰라린 기억이 조금은 잊혀질 수 있었던 것이다. 「제서신문(祭書神文)」이 유치하다는 것은 쉽게 알 수 있지만, 그보다 더욱 중요한 점은 이 글을 통해 어린 시절 저우씨 형제의 생각을 알 수 있게 되었다는 것이다. 이것은 아주 진귀한 자료이다. 만약 이 글이 존재하지 않았다면 아마도 두 사람의 어린 시절의 생각이 자욱한 먼지 속으로 사라져 버렸을지도 모를 일이다. 월인(越人 : 浙江省이 옛날 越나라 땅이었기 때문에 이렇게 지칭한다)들은 역사 속에서 세속과 영합하지 않는 기상을 지녀왔다. 저우씨 형제는 청소년시대에 이미 이러한 풍습을 몸에 지니게 되었고 그것을 문장으로 드날려 평범한 세속을 뛰어넘고 있다. 나는 어떤 사람이 장래성이 있는가 없는가는 어린 시절의 포부를 보면 대체로 그 윤곽을 알 수 있다고 생각한다. 또한 청소년 시기에 기른 좋은 습관은 문화적 생명의 원천이며, 그것의 쌓임이 없으면 미래의 모든 것이 무화될 수도 있다.

　루쉰이 어린 시절에 쓴 이 두 수의 시를 감상하면서 나는 이 시들이 아직 유학 시기의 시에서 보여지는 풍격에 도달하지 못했다고 느꼈다. 이것은 전환기의 작품이어서 일정 정도 전통적인 관념의 흔적이 매우 뚜렷하다. 그때는 아직 형제 두 사람의 사상이 완성되지 못했고 새로운 길을 찾는 탐색기여서 거기에 사대부식의 감정이 개입되어 있는 것은 당연하다. 예를 들어 돈에 대한 관점이나 고생스러운 가정 환경에 대한 탄식은 모두 뜻을 펴지 못한 옛 선비들의 뇌까림 같은 것이어서 뒷날에 보여준 사고의 광활함이나 문장의 침울함에는 미치지 못하고 있고, 또한 소설과 잡문(雜文)을 쓸 때와 같은 드넓은 기상도 찾아보기 어렵다. 이와 같은 시는 루쉰뿐만 아니라 저우쭤어런도 대체로 비슷한 경향을 보이고 있다. 「제서신문(祭書神文)」은 형제 합작의 산문인데, 두 사람의 취향이 어느 정도 일치하고 있다는 사실이 매우 분명하게 드러나 보인다. 저우쭤어런이 이것을 성의껏 일기에 기록해 둔 것을 보면 그가 당시 이 글을 아주 중시했다는 것을 알 수 있다. 큰 뜻을 품고도 불우하게 살면서 새로운 길을 개척하고자 하던 모습들, 이것이 바로 당시 이들이 지니고 있던 심정의 진실한 모습이다. 만청(晚淸) 이래 중국의 많은 청년 문인들은 모두 고통스럽게 새로운 길을 모색하면서 대체로 이와 유사한 심정을 품고 있었다. 마오둔(茅盾 : 모순)도 당시 우전(烏鎭 : 오진)에서 베이징으로 공부하러 갈 때 이와 같은 심정을 토로한 적이 있고, 바진(巴金 : 파금)도 가정을 떠나 상하이(上海 : 상해)에서 떠돌 때, 근심 속의 열정을 자기의 글 속에 표현한 적이 있다. 루쉰의 시구를 읽어 보면 아마도 고민스럽게 길을 찾던 그 시대 사람들 특유의 정신적인 면모를 느낄 수 있다. 사람들마다 처지는 대부분 달랐지만, 부패한 환경 속에서 그들 나름의 개성과 포부를 품고서 애원(哀怨)과 항쟁의 마음을 싹틔웠다는 것은 조금도 이상한 일이 아니다. 청말(淸末)에서 민초(民初)까지, 그리고 다시 1930

~40년대에 이르기까지 20세기 지식인들 중에서 이와 같은 체험을 한 사람이 얼마나 많았던가? 위다푸(郁達夫 : 욱달부), 스핑메이(石評梅 : 석평매), 딩링(丁玲 : 정령)도 모두 이와 유사한 글을 쓴 적이 있다. 대가족 제도하에서 성장하고 그 뒤 그것을 뛰쳐나와 새로운 길을 걸은 사람들은 모두 역사의 검은 그림자를 길게 드리우고 있다. 저우씨 형제의 탄식은 지금 읽어봐도 우리의 공감을 불러일으키기에 충분하다. 이것은 중국의 청년 문인들 특유의 정감 표현 방식인데, 아마도 이러한 방식을 통해서만 비로소 전통과 비전통 사이에서 새로운 삶의 길을 찾을 수 있었는지도 모를 일이다.

9.

어떻든 난징으로의 유학은 두 사람의 일생에서 대단히 중요한 사건이었다. 루쉰은 난징수사학당에서 아주 짧은 기간 공부하다가 그 뒤 난징육사학당 부설 광로학당(礦路學堂)으로 전학하였다. 저우쭈어런은 난징수사학당에서 줄곧 5년을 공부하였다. 두 사람은 모두 그때부터 서양의 지식과 접촉하면서 국학 이외의 문화적 지식들을 이해하기 시작하였다.

육사학당은 장즈둥(張之洞 : 장지동)이 창립한 신식학교였다. 거기에 개설된 새로운 학과로는 독일어 · 격치(格致 : 博物學) · 지질학 · 광물학(礦物學) 등이 있었다. 루쉰은 처음 이러한 학문과 접촉하면서 상당히 놀라워하였고 세상에 이렇게 다른 세계도 있구나 하며 감탄하였다. 광로학당의 총책임자 위밍전(兪明震 : 유명진)은 신당(新黨)의 인물로 항상 『시무보(時務報)』와 같은 신식 잡지를 구독하곤 하였다. 이러한 분위기는 교내에도 상당한 영향을 미쳤다. 예를 들어 열람실에 가면 곧 바로 이러한 신파(新派) 잡지를 볼 수 있었다. 그것은 서양 학문의 관점을 소개하는 것으로서, 늙은 선비 티가 나는 낡은 학문과는 확연히 구별되는 것이었다. 이때 루쉰이 신파의 사상과 접촉하면서 느낀 가슴속의 진동은 가히 상상할 만한 일이다. 옛날 중국의 고문화(古文化)에서 이야기하던 '기(氣)'니, '도(道)'니, '천인합일(天人合一)'이니 하는 말들은 이와 같은 자연과학의 광채 앞에서 그 빛을 잃기 시작하였다. 루쉰은 『시무보(時務報)』를 읽었을 뿐만 아니라 『역서회편(譯書滙編)』과 같은 책도 보았고, 특히 의미 깊은 것은 그가 『천연론(天演論)』이란 책과 접촉했다는 점이다. 이것은 그의 생명의 역정 속에서 상당히 언급할 만한 가치가 있는 일이다.

『천연론』은 영국의 헉슬리(Thomas Henry Huxley, 1825~1895)가 지은 『진화론과 윤리학 및 기타 논문』이란 책의 전반부 두 절(節)을 중국어로 번역한 것이다. 이 책은 옌푸(嚴復 : 엄복)에 의해서 번역되었고 당시 대단히 유명하였다. 자연 속의 진화 과정에 대한 『천연론』의 해석은 중국의 옛날 학설과는 완전히 달랐고 그 문장의 풍격도 평범하지 않은 맛이 있었다. 루쉰은 아직도 서양 학설의 체계를 완전히 이해하지는 못한 상태였지만, 이 책이 발산하는 기이한 향기에 눈과 귀가 완전히 새로워지는 느낌을 받았다고 한다. 만약 사람들이 일생 동안 자신에게 영향을 끼친 한두 권의 양서(良書)를 만나서, 그것을 평생토록 잊지 못했다고 말할 수 있다면, 루쉰에게 있어서 『천연론』은 옛날의 자아를 진정으로 변화시켜 준 첫 번째 책이었다. 진화론의 영향을 받고 나서야 그의 낡은 생각이 진정으로 방향을 바꾸기 시작하였다. 새로운 인식의 기점이 『천연론』의 계시히에서 드러나기 시작한 것이다.

이때 루쉰은 '알검생(戛儉生)', '융마서생(戎馬書生)'이란 필명으로 일련의 문장들을 창작하였다. 그는 또 "문장오아(文章誤我)"라는 인장을 새겨서 사용하기도 하였다. 당시에 쓴 글은 저우쭤어런의 일기에 개별적으로 남아 있는 것 외에는 대부분 없어져 버렸다. 그러나 그 중에 보존된 몇 편을 통해서도 부패한 세상과 대결하려는 작가의 지향을 읽을 수 있다. '알검생', '융마서생'이란 필명 속에는 모두 상무정신(尙武精神)이 깃들어 있고, 백면서생(白面書生)티는 이미 찾아볼 수 없다. 왜 상무정신을 문장 속으로 이끌어 들이고 있는가? 청소년 시기의 웅지가 펼쳐진 것 외에 또 다른 요인이 있는 것인가? 그때 루쉰은 말 타기를 좋아해서 매일 한두 시간은 항상 말을 타고 치달리곤 하였다. 신체 단련이 자연스러운 이유였지만, 그러나 더욱 중요하게는 스스로 구학(舊學)과 결별하고자 하려는 것이 그 주된 이유였다. 전환기 루쉰의 사상은 아직 모호한 상태였고 새로운 학문에 대한 이해도 비교적 단순하였다. 그러나 그 당시의 심리 상태는 씩씩하고 활달하여 일종의 호연지기를 갖추고 있었다. 상무정신은 바로 만청(晚淸) 시기 신당(新黨)인사들이 숭상하던 기풍이었는데 당시 조금이라도 반항기가 있는 사람들은 모두 이러한 기풍에 젖어서 청나라 조정의 부패한 관리들과 구별되고자 하였다. 이러한 심리 상태는 새로운 지식을 자연스럽고도 쉽게 받아들이게 하였으며, 옛 풍습에 얽매이지 않고 참신한 기풍을 지닐 수 있게 하였다. 루쉰이 뒷날 보여준 비굴하지도 않고 오만하지도 않은 모습이 여기에서 이미 그 편린을 드러내고 있다. 당시 루쉰의 독서는 아주 잡다하다고 할 정도였다. 좋은 책이 있을 때마다 동생 저우쭈어런에게 알려주고 돌려보면서 서로 사상을 연마하고 의견을 교환하였다. 1902년 2월 2일 저우쭈어런의 일기에는 다음과 같은 기록이 있다. "점심 식사 후 걸어서 육사학당에 갔다. 형과 잠시 이야기를 나누다가 함께 고루(鼓樓) 일대를 관람하였다. 장셰허(張協和 : 장협화) 군도 함께 갔다가 차를 한 잔 마시고 돌아왔다. 나는 큰 길을 따라서 수사학당으로 돌아왔는데 벌써 4시였다. 저녁에 형이 급히 헉슬리의 『천연론』 한 권을 가지고 왔다. 그 번역된 문체가 대단히 훌륭하였다. 밤에 『소보(蘇報)』 등을 함께 읽으면서 12시가 넘어서야 잠자리에 들었다." 두 사람이 무슨 이야기를 나누었는지, 그때 마음이 어떠했는지는 이 글의 행간을 좇아가다 보면 모두 상상해 볼 수 있다. 형에 대한 저우쭈어런의 깊은 정도 그 행간 사이에 흘러넘치고 있다. 확실히 이때부터 새로운 학문을 수용하기 시작한 것이다. 만약 두 사람의 사상 발전을 언급해야 한다면, 이 난징 유학 시기를 생략할 수 없다. 옛 것과 새 것이 교차되는 시기는 인간의 심리 변화에 있어서 특별히 고찰할 만한 가치가 있는 것이다.

　지금까지 남아 있는 자료에 근거해 볼 때, 당시의 루쉰이 우리에게 주는 인상은 정신적인 비약, 바로 그 모습이다. 저우쭈어런은 다만 지식을 추구하는 형(型)이어서 그에게서 형이상학적인 율동은 찾아보기 어렵다. 그는 당시 책의 바다를 고요하게 헤엄치고 있었다. 즉 형은 동(動)을 추구하였고, 동생은 정(靜)에 안주하고 있었다. 저우쭈어런도 이때부터 난징에서 잡다한 학문을 접촉하기 시작하였는데, 그 폭넓은 독서 범위에 경탄할 정도이다. 저우쭈어런은 영어를 공부하기 시작한 이후 또 영어를 통해 수많은 외국 소설을 읽었고, 이에 그의 시야가 더욱 넓게 열리게 되었다. 『지당회상록(知堂回想綠)』에서 그는 다음과 같이 소개하고 있다.

그러나 나의 새 책 사기는 결코 이 『동방야담(東方夜譚)』에 그치지 않았다. 이곳 서점문을 여는 열쇠에 해당하는 또 한 종류의 책이 있다. 우리는 그 책의 이름을 임시로 『유양잡조(酉陽雜俎)』라고 부를 수 있다. 왜냐하면 그 책은 실로 잡다한 면에서도 그저 그만이었고 광대한 내용에서도 그저 그만이었기 때문이다. 내가 흥미롭게 생각하는 무슨 신화 전설이나, 민간 동화, 신기한 옛날 이야기며 초목이나 곤충 등등 정말 없는 것이 없었다. 각종 취미나 지식을 추구하는 데 있어서 입문서라고 할 만했다. 내가 황푸쟝(皇甫庄)에서 본 적이 있는 『모시품물도고(毛詩品物圖考)』는 일본 천명(天明) 4년(1784)에 간행된 목각 원본을 다시 구입하여 지금까지 보관하고 있고, 『비전화경(秘傳花鏡)』은 이미 『당대총서(唐代叢書)』의 『약보(藥譜)』안에 편입되어 있는데, 『유양잡조』를 얻고 보니, 정말 그 집대성이라고 할 수 있을 정도였다. 옛 것에 대한 기초 위에 이번에 다시 새로운 것을 보태고 보니 든든한 힘을 얻은 것 같았다. 10여 년 전 나는 「단십육성식(段十六成式)」이란 장난시 한 수를 지어, 이 책을 총괄하여 노래한 적이 있나. 지금 그것을 인용하여 증거로 삼고자 한다.

往昔讀說部,	지난 날 옛 소설을 읽을 때,
吾愛段柯古.	나는 단성식(段成式)의 글을 좋아했네.
名列三十六,	그의 이름은 이상은(李商隱)·온정균(溫庭筠)과 나란했고,
姓氏略能數.	그의 성(姓)도 명문으로 꼽을 만 했네.
不愛餘詩文,	그의 다른 시문은 좋아하지 않았고,
但知有雜俎.	『유양잡조』를 읽는 재미만 알고 있었네.
最喜諾本記,	그 중에서도 「낙고기(諾皐記)」를 좋아했고,
亦讀肉攫部.	「육확부(肉攫部)」의 내용도 즐겨 읽었지.

金經出鳩異,　　「금강경구이(金剛經鳩異)」도 실려 있고,
黥夢幷分組.　　「경(黥)」篇과 「몽(夢)」篇도 따로 나뉘어져 있으며,
旁求得金椎,　　방구(旁求)가 금방망이를 얻은 이야기와,
灰娘失玉履.　　회낭(灰娘)이 옥신발을 잃은 이야기도 있네.
童話與民譚,　　동화와 민담은,
記錄此鼻祖.　　이 책의 기록이 처음이었다고 할 수 있고,
抱此一函書,　　이 한 권의 책을 읽으며,
乃忘讀書苦.　　독서의 고달픔을 잊을 수 있었네.
引人入勝地,　　사람을 이끌고 황홀경으로 들어가니,
工力比水滸.　　그 공력을 『수호전』에 비길 만하네.
深入而不出,　　이 책에 깊이 빠져 헤어나지 못 하며,
遂與蠹魚伍.　　마침내 책벌레와 친구가 되었네.

그러나 이러한 책 더미 속으로 그렇게 깊이 몰입하지도 못하다가, 이번에 또 새 책 속으로 파고 들어가게 된 것이다. 비록 여전히 반거들충이에 불과했지만 이번에는 꽤 오래 새 책 속에 침잠할 수 있었다. 언젠가 언급했던 것처럼 내 자신의 잡학(雜學)은 70~80%가 모두 이러한 부분에서 온 것이다. 나의 옛 친구 하나는 나를 가리켜 '달통한' 사람이라고 한 적이 있다. 칭찬과 비난이 반반 섞인 이 말을 나는 사실 나의 분수에 꼭 맞는 말이라고 생각한다. 전문적인 지식이나 기술이 한 가지도 없는 내가 어떻게 '정통한' 사람이 될 수 있겠는가? 나의 잡학에는 여러 부문의 스승이 있었지만, 이『아라비안 나이트(天方夜譚)』가 그 첫 번째 스승에 해당되는 셈이다. 이 책을 갖게 된 후 나의 욕망의 일부분을 만족시켰다고 할 수 있다. 학교 공부를 건성으로 하여 성적이 오르지 않은 것에 대해서는 거의 걱정하지 않으면서도 나는 오로지 이 야담 중에서 재미있는 이야기 몇 편을 번역할 생각에만 골몰해 있었다. 그때 내가 구입한 것은 아마도 가장 평범한 레인(Edward William Lane, 1801~1876)의 번역본에 불과했던 것 같은데, 그때는 우리가 아무리 바라고 바라더라도 리차드 버튼(Richard Francis Burton, 1821~1890)의 완역 역주본을 갖는다는 것은 꿈에도 생각할 수 없었다. 지금도 우리는 미국 현대 총서 안에 들어 있는『아라비안 나이트』선본(選本)을 보는데 만족할 수 있을 뿐이다. 세간에는 아직도 천주교를 믿는 버튼 부인들이 많다 해도 버튼의 번역본이 유행할 수 있으리라 장담하기 어렵다. 이 아리바바와 40명의 도적 이야기는 누구나가 다 아는 유명한 이야기지만, 유명한 것으로 따지자면 아리

바바뿐만이 아니다. 이밖에도 신밧드의 모험, 알라딘과 요술 램프도 정말 신기하고 재미있었다. 나는 이 이야기들을 번역하려고 하다가 어떤 그림 때문에 번역을 그만 두고 말았다. 이 그림 속에서 알라딘이 요술 램프를 들고 있는 모습은 살아 있는 듯 생생하였지만, 불행하게도 그의 머리에는 변발 꼬리가 늘어져 있었다. 설명에 의하면 그는 중국 사람이므로 어찌 변발이 없겠는가? 하물며 변발이 있어야만 더욱 재미있 다면야라고 씌어 있었다. 나는 어릴 때 마술을 부리는 사람을 본 적이 있다. 그는 마 술을 시작하기 전에 "집에서는 부모님께 의지하고, 집을 나가서는 친구에게 의지한 다"라고 하면서, 말을 다 마치지도 않고 머리를 한 번 흔들었다. 그러자 변발이 살아 있는 뱀처럼 이마위로 똬리를 틀었고, 그 변발 꼬리는 흡사 똬리 속에 끼어 있는 뱀 의 머리 같았다. 화가가 알라딘을 소재로 그림을 그린 것을 어찌 탓할 수 있겠는가마 는 당시에 그 그림을 본 나는 어쩔 수 없이 반감이 생겨서 그것을 번역하고 싶은 마 음이 사라져 버렸다. 또 한 가지 일을 이야기하자면 아리비비 이야기의 주인공은 하 녀였기 때문에 그것을 번역하여 『여자세계(女子世界)』에 실었고, 그 뒤 『소설림(小 說林)』 출판사에서 단행본으로 출판하였다. ……32)

난징에서 공부할 때 형제 두 사람이 경탄해마지 않았던 일은 모두 뒷날 두 사람의 문장 속에 기록되었다. 루쉰은 그 기록이 매우 간략하지만 저우쭤런 은 매우 흥미진진하다. 나르시즘의 정도로 말하자면 동생이 아주 중증이라고 할 수 있고, 형은 거의 그 흔적을 남기지 않고 있다. 이것은 기질상의 원인이 거나 성격상의 이유일 것이다. 나는 루쉰의 「쇄기(瑣記)」를 읽으면서 그 냉정한 태도에 많은 감동을 받았다. 이 글에서 그는 비록 『천연론』을 읽을 때 느꼈던 기묘한 체험을 오매불망 잊지 못하고는 있지만 당시의 쓸쓸한 심정이 여전히 글의 행간에 흘러넘치고 있다. 난징으로 가서야 그는 진정으로 중국 사회가 변혁되지 않으면 안 되고, 썩어빠진 기풍을 쇄신하지 않으면 국민들이 더욱 새로운 미래를 기대하기 어렵다고 깨달은 것이다.

그때 중국은 바로 민족 재난의 위기에 처해 있었다. 신축조약(辛丑條約)이 체 결되고 의화단운동이 실패하여 국난이 나날이 심각해지고 있었다. 시사적인

---

32) 『知堂回想錄』, 137면.

문제에 비교적 깊은 관심을 갖고 있던 저우씨 형제에게 어렴풋한 민족의식이 생겨나기 시작하였다. 집안의 몰락과 국가의 재난을 몸소 겪으면서 고향을 떠나 먼 타향에서 새로운 학문에 점차 눈뜨게 되었을 때 그 마음이 쓸쓸하지 않을 수 있었겠는가?

새로운 세계가 천천히 다가오고 있었다. 그들은 아마도 멀리서 다가오는 역사의 발소리를 듣고 있었을 것이다.

타국에서

1.

저우씨(周氏 : 주씨) 형제와 일본의 관계는 아주 음미할 만한 가치가 있다. 두 사람은 똑같이 일본으로 가서 그곳에서 여러 해를 머물렀다. 루쉰(魯迅 : 노신)이 일본으로 간 것은 1902년 4월이었다. 저우쭈어런(周作人 : 주작인)은 1906년 여름 형을 따라 일본으로 가서 유학 생활을 시작하였다. 루쉰은 일본에서 거의 8년 동안 생활하며 공부하였고 저우쭈어런은 형보다 2년이 짧다. 지금도 사람들이 만청 시기 중국인의 유학사(留學史)를 언급할 때면 저우씨 형제를 거론하지 않을 수 없는데, 여기에서도 그들이 이 방면에 끼친 커다란 영향을 엿볼 수 있다. 그들이 이렇게 자주 거론되는 연유를 추측해 보면, 첫째, 두 사람이 뒷날 학술과 창작 부문에서 혁혁한 성과를 거두었다는 점과, 둘째, 당시 외국 문명과 접촉할 때 그들이 견지했던 가치 태도가 다른 사람들과는 확연히 달라서, 중국인들뿐만 아니라 일본인들에게도 심대한 영향을 끼쳤다는 점을 들 수 있다.

저우쭈어런은 뒷날 일본인 아내를 얻어서 일본과의 관계가 자연스럽게 깊어졌으며, 아울러 뒷날 매국노가 된 것도 일찍이 유학하면서 받은 교육과 다소간 관련이 있는 것으로 보인다. 루쉰도 거의 반(半)일본통이라고 할 수 있다. 말년의 그의 친구 중에는 일본인들이 꽤 많았고 우정도 매우 깊었다. 뒷날 어떤 사람이 그를 매국노라고 공격한 것도 그 원인을 따지자면 이들 일본인 친구들과 맺은 깊은 교분이 오해를 불러 일으켰기 때문인 것 같다. 따라서 저우씨 형제와 일본과의 관계는 자세히 연구해볼 만한 가치가 있다고 나는 생각한다. 중국과 외국문화의 관련사를 언급해야 할 때도 이들 두 형제가 견지하고 있었던 가치가 이 부문에 있어서 표본적인 의의를 보여줄 수 있을 것이다.

일본에서의 학습 내용은 난징(南京 : 남경)과 크게 달랐고, 그 학제와 커리큘럼도 완전히 순수한 서양식 학교의 것이었다. 명치유신 이후 일본에 가장 먼저 도입된 것은 서구식 교육제도였다. 배우는 교과 과정도 서구인들의 것을 그대로 본받았다. 이것은 중국 국내 서구식 학당에서 짙게 풍기던 동양적인 분위기와는 완전히 달랐다. 저우씨 형제가 일본을 그들의 유학지(留學地)로 선택한 것은 당시 청나라의 국가 정책에 의한 것이었다. 당시 일부 지식인들은 유신을 하려면 반드시 외국으로 가봐야 한다고 생각하였다. 장즈둥은 "외국 생활 1년이 5년 동안 서양 서적을 읽는 것 보다 낫다"고 말하기도 하였다. 이러한 상황들이 청나라 정부 정책 결정자들의 생각을 바꾸게 하였다. 따라서 루쉰이 일본으로 간 시기는 바로 중국에서 유학열이 고조되던 때였다. 당시 사람들의 서양 학문에 대한 경도는 대부분 자연과학 위주였다. 이른바 과학 구국(科學救國)이 당시 대다수 사람들의 몽상이었다. 저우씨 형제도 예외 없이 이러한 꿈에 깊이 젖어 있었다.

루쉰은 1902년 4월 4일 일본 요꼬하마(橫濱)에 도착했다. 13일에는 그가 일본으로 가면서 쓴 일기 「부상기행(扶桑紀行)」을 국내의 저우쭈어런에게 우송하였다. 이 글에는 루쉰이 느낀 출국의 심경이 기록되어 있는데, 그 내용이 사람의 마음을 깊이 사로잡을 정도이다. 애석하게도 「부상기행(扶桑紀行)」은 이미 분실되었지만, 저우쭈어런의 회고록 속에 대략적인 인상이 남아 있다. 이 일기는 저우쭈어런에게 적지 않은 영향을 끼쳤다. 큰 형의 타국행은 의심할 것도 없이 그에게 큰 자극이었다. 루쉰이 당시에 들어간 곳은 토꾜사립코붕학원(東京私立弘文學院)이었고, 이곳에서 2년 동안 생활하면서 주로 일본어를 공부하였다. 입학한 지 얼마 되지 않아 그는 코붕학원의 제복을 입고 사진을 석장 찍어서 그 중의 한 장을 저우쭈어런에게 보내주었다. 사진 뒤에는 다음과 같이 기록되어 있다. '회이지산 아래의 평민, 일본에서 유학하는 나그네가, 코붕학원의 제복을 입고 스즈끼 신이찌(鈴木眞一)에게서 사진을 찍다. 20여 세 된 청년이 4월 중순의 길일에 5천여 리의 우편에 부쳐 동생이 받아보게 하다.' 루쉰의 준수한 모습은 아주 매력적이며, 미간에는 비범한 기상이 서려 있다. 저우쭈어런은 편지를 받은 후 부러움과 그리움이 한꺼번에 용솟음쳐 올랐다. 그는 당시의 일기에서 이렇게 언급하고 있다. '휴일에 시내 남쪽에 가서 사진틀을 하나 맞추어 방안에 걸어 놓으니 마치 형을 직접 보는 것 같다.' 이것은 형제간의 우애의 일례인데, 이때 두 사람의 심경은 똑같은 감정에 싸여 있었다. 저우쭈어런의 글을 읽으면 그 감정과 모습이 정말 종이 위에 살아 숨쉬는 것처럼 느껴진다.

　루쉰은 일본에 도착한 후 끊임없이 동생에게 편지를 썼고 아울러 일본에서 공부하는 감상을 집안 사람들에게 알려주었다. 그는 저우쭈어런에게 많은 양서(良書)를 추천하여 동생의 안목을 넓혀주었다. 저우쭈어런은 그의 일기에 다음과 같이 기록하고 있다.

임인(壬寅) 6월 15일(1902년 7월 19일) 또 윈셴(韻仙 : 운선)에게 편지를 써서 푸젠성(福建省 : 복건성) 사람 옌푸(嚴復 : 엄복)가 번역한 밀(Jhon Stuart Mill, 1806~1873)의 『논리학(名學)』을 구입해 줄 것을 부탁하였다. 이 책은 과학적인 책인데 형이 편지에서 대단히 좋은 책이라고 하면서 사 볼 것을 당부하여 이에 윈셴에게 사달라고 부탁하였다.

임인 11월 29일(1902년 12월 28일) 셰시웬(謝西園 : 사서원)이 와서 형의 17번째 편지 다섯장과 저장동향회장정(浙江同鄉會章程) 을본(乙本)을 전해주었다. 이 장정은 10월에 새로 정한 것이데, 동향회에서 매월 『절강조(浙江潮)』 잡지를 낸다고 한다. 가격은 4각(角)이고 분량은 대략 8만자이며 모든 내용이 저장성에 관한 것이다. 아울러 조사부를 설치하여 저장성에 관한 업무도 조사하고 있는데, 대단히 상세하여 저장 사람들이 읽어보면 여러 방면에서 도움을 얻을 수 있다. 구입 예약을 하면 바로 책을 보내준다고 한다. 형이 이미 예약을 하여 보고난 후 우송해 주겠다고 하였다. 아울러 량치차오(梁啓超 : 양계초)의 『신소설(新小說)』도 이미 구입하였는데, 모두 좋은 책들이라고 한다.

계묘(癸卯) 3월 6일(1903년 4월 3일) 윈셴에게서 일본에서 온 20번째 편지를 전해 받았다. 편지에서 셰시웬 군이 다음 달 중순에 귀국할 때 『청의보(淸議報)』와 『신소설(新小說)』을 보내주겠다고 하여 미칠 듯이 기뻤다.

루쉰이 처음 일본에 도착했을 때, "급하게 알고자 했던 것은 대체로 새로운 지식이었다. 일본어를 공부하고 대학에 진학하기 위한 준비를 하는 외에도 회관(會館)에 가고 서점을 돌아다니고 집회에 참석하여 강연을 들었다."[1] 향학열에 불타는 나이에 루쉰은 이국에서 정신적인 흥분으로 자기 자신을 일종의 충동 상태에 빠져들게 하고 있었다. 일어 외에도 그는 다량의 자연과학과 인문과학 서적을 섭렵하여 그의 사상은 대단히 활발해졌다. 저우쭈어런은 비록 국내에 있었지만 어렴풋하게나마 형의 맥박을 느낄 수 있었다. 이국에서 흘러나오는 정신적인 자원을 탐구하는 것이 그들에겐 아주 즐거운 일의 하나였다.

그 당시 중국인들은 점차 유신의 의의를 의식하기 시작하였다. 그리고 일본은 또한 중국 개혁가들의 집결지가 되고 있었다. 황쭌셴(黃遵憲 : 황준헌)·캉여우웨이(康有爲 : 강유위)·량치차오를 위시하여 많은 사람들이 끊임없이 일본에서 사상 계몽 활동에 종사하였다. 사람들은 대부분 일본어를 공부하면 새로운 지식을 증진시킬 수 있다고 주장하였다. 량치차오는 「일어 학습의 좋은 점(論學日本文之益)」이란 글에서 이렇게 주장하고 있다.

---

1) 『魯迅全集』 第6卷, 558면.

우리나라 사람 중에서 새로운 학문에 뜻을 둔 사람들이 어찌 일본어를 공부하지 않는가? 일본은 유신 이후 30년 동안 온 세계에서 지식을 널리 구하여, 이에 번역서·저서·실용서가 거의 수천 종에 이르고 있다. 특히 정치학, 자생학(資生學: 즉 理財學, 일본에서는 哲學이라고 한다), 군학(群學: 일본에서는 社會學이라고 한다) 등의 부문에 대단히 상세하다. 이러한 학문은 모두 백성들의 지혜를 계발하여 강국의 기초를 놓는 급선무라고 할 수 있다. …… 중국인들이 이를 얻으면, 지혜를 급격히 증진시킬 수 있고, 인재도 무더기로 배출시킬 수 있다. 예를 들자면 오랫동안 지게미와 쌀겨를 싫도록 먹어온 사람들은, 닭고기나 돼지고기만 먹어도 포만감을 느낄 수 있는데, 어찌 반드시 제사에 쓰이는 맛있는 쇠고기를 먹어야만 예법에 맞다고 할 수 있겠는가? 또한 먼 길을 가려는 사람은 가까운 데서부터 출발하고, 높은 산을 오르려는 사람은 낮은 곳에서부터 산행을 시작하듯, 먼저 일어에 통달하여 일본의 모든 책을 읽어야 한다. 그리고 다시 영어를 완전히 익혀 서구의 책을 읽는 것이 옳은 일이 아니겠는가?[2]

루쉰과 저우쭤런은 그때 모두 량치차오의 문장을 즐겨 읽었고, 자기들과 유사한 관점은 기꺼이 수용하고 있었다. 저우쭤런도 그 뒤 형의 발길을 따라 일본으로 건너갔는데, 이 또한 새로운 삶의 길을 찾기 위한 선택이었다. 현대 중국의 문명사에서 유학생들은 아주 큰 역할을 수행하였다. 다른 나라에서 새로운 삶의 불씨를 훔쳐오는 것, 그것은 그 시대 사람들에게 무엇보다도 시급한 임무였다.

2.

20세기 초 일본은 반청(反淸) 중국인들이 집결한 대본영이라 할 만 했다. 루

---

2) 彭定安 主編, 『魯迅: 在中日文化交流的坐標上』, 春風文藝出版社, 1994, 32면에서 재인용.

쉰이 일본에 처음 도착하여 목격한 가장 격동적인 장면은 바로 혁명가들의 집회였다. 명성이 그토록 자자하던 장타이옌(章太炎 : 장태염)도 당시 일본에서 지나망국기념회(支那亡國紀念會)를 발기하여 '만주족에 반대하고', '중화를 진흥시키자'고 주장하고 있었고, 쑨원(孫文 : 손문)도 이러한 활동에 참여하여 장타이옌에게 많은 성원을 보내고 있었다. 중국에서 일본으로 건너간 유학생들은 두뇌가 명석한 사람들이 많아서 아주 쉽게 혁명적인 정서에 젖어들었다. 이들 중에는 반역의 마음을 품고 배만(排滿)운동에 몰래 참가하는 사람도 아주 많았다. 루쉰은 처음에는 아직 방관자에 불과했지만 갈수록 점점 열정이 고조되어 많은 사람들과 관계를 맺게 되었다. 그는 유학생 회관에서 거행하는 단배회(團拜會)와 토쿄의 사오싱동향간친회(紹興同鄕懇親會)에 참석하면서 그 회원들과 교류하고 있었다. 대체로 루쉰의 민족의식은 이 시기부터 싹트기 시작하였고, 이에 중국은 약소국의 하나이며 아주 오랜 기간 동안 노예 상태에서 신음하고 있다는 사실도 알게 되었다. 이국 타향의 신기한 사물들이 환기하는 새로운 느낌도 많았지만, 민족적 자존심은 이 시기가 오히려 난징 시기보다 더욱 강렬하였다. 그때 중국 유학생들은 머리에 긴 변발을 땋고 있었다. 일본 꼬마들은 이러한 중국 학생을 보면 그것을 '돼지 꼬리'라고 놀리면서 왁자지껄하게 웃곤 하였다. 루쉰은 이러한 현상을 아주 빨리 의식하였고 이것은 민족적인 수치라고 생각하였다. 생각해보라, 유신 이후 일본인들은 양복에 구두를 신거나 우아한 전통 복장을 하고 있었는데, 긴 도포(長袍)에 마고자를 입고 변발을 길게 늘어뜨린 중국인을 보면서 그들이 어떤 느낌을 받았겠는가! 낙후와 야만은 말할 필요도 없고, 그 모습의 비루함은 보기 민망할 정도였을 것이다. 따라서 뒷날 루쉰은 "이 변발은 우리 옛 선조들의 목이 무수히 잘리고서야 겨우 정착된 것이다"라고 말하기도 하였다.

그러나 청나라 유학생 중에는 흥청망청 세월을 보내면서 사방으로 먹고 즐기는 일만 찾아다니는 사람도 결코 적지 않았다. 그 당시 외국에 나가는 사람들은 돈과 권력이 있는 사람의 자식들이어서 그 나쁜 습성도 국외로 함께 가지고 갔던 것이다. 민감한 루쉰은 아주 일찍부터 국민성 문제를 의식하였고 당시 그의 마음속에는 민족에 대한 실망감과 기대감이 마구 뒤엉켜 있었다. 「후지노 선생(藤野先生)」에서 루쉰은 춤추는 유학생을 묘사·풍자하면서 당시 그의 심정을 잘 보여주고 있다. 중국 문화 속에서 자라난 국민들의 이러한 병적인 모습에 대해 그는 이미 본능적인 적대감을 가지고 있었다.

일본에 간 지 오래지 않아, 학교의 학감인 오오꾸보(大久保)란 사람이 루쉰 등에게 "너희들은 모두 공자의 제자나 마찬가지이니 오늘 오챠노미주(御茶之水 : 어차지수)의 공자 사당으로 예(禮)를 올리러 가야 한다"고 말했다. 루쉰은 한참이나 의아해하다가 이렇게 탄식하였다. "바로 공자와 그의 무리에 절망했기 때문에 일본에 왔는데, 다시 공자 사당에 배알하라고?"3) 코붕학원(弘文學院)은 공자를 존중하는 학교였다. 일본인이 이 점을 제창한 것이 청나라를 존중하기 위한 것인지, 아니면 일본인들이 유학생을 중시하기 위한 것인지는 확실히 알 수 없지만, 루쉰은 이 사건에서 받은 좋지 않은 인상을 줄곧 잊지 못하고 있었다. 유학 생활에서도 이와 같은 실망스러운 사건이 종종 발생하곤 하였다. 학교의 제도도 비교적 보수적이어서 유학생들과 학교 당국 간의 마찰이 수시로 발생하였다. 예를 들어 학교 당국이 학생들에게 요구한 휴가신청 방식과 학비 납부 사무에 관한 규정 때문에 많은 학생들이 불만을 품고 대거 학교를 떠나기도 하였다. 수업 거부 운동도 자주 발생하였다. 루쉰은 그때 진보적인 사람들과 자주 왕래하고 있었다. 비록 대부분은 방청만 할 뿐이었지만 그러한 사람들의 훈도(薰陶) 아래에서 그의 반항심이 점차 자라나기 시작하였다. 대체로 일본에 온 지 1년도 안 될 무렵 그는 의연히 변발을 잘랐다. 변발을 자른다는 것은 당시에 용기를 필요로 하는 행동이었다. 루쉰이 일본에 간지 세 번째 되던 달에 청나라 정부는 일본 외교부에 전보를 쳐서, 중국 유학생 중에 만약 변발을 자른 자가 있으면 적절히 정리해 줄 것을 요청하였다. 그리고 이미 자른 자는 다시 변발을 기르게 하고 이를 거부하는 자는 관비거나 자비거나를 막론하고 모두 출국시켜 줄 것을 요청하였다. 청나라 정부 입장에서도 변발을 자른다는 것은 국민

---

3) 『魯迅全集』 第6卷, 315면.

정신을 욕되게 하고 외국 풍속에 동화되는 무도한 행위로 간주하였다. 학교 당국은 이에 대한 관리를 비교적 엄격하게 하였다. 따라서 변발을 자르고자 결심을 해도 과감한 용기를 가진 사람이 아니면 행동으로 옮기기 어려웠다. 루쉰의 단발은 과연 감독의 노여움을 크게 불러 일으켰고, 감독은 그의 관비 지원을 중단시키고 귀국시키겠다고 공언하기도 하였다. 루쉰의 소설에 기록된 이러한 내용에는 더러 문학적인 터치가 있기는 하지만, 당시 변발을 자르는 일이 정말 어려운 일이었다는 사실을 잘 말해주고 있다.

루쉰의 친한 친구 쉬서우창(許壽裳 : 허우상)은 루쉰이 변발을 자른 일을 다음과 같이 기록하고 있다.

1902년 초가을 내가 저장성 관비로 일본 토꾜의 유학생으로 파견되었을 때, 처음엔 코붕학원에 입학하여 일본어를 공부하게 되었다. 루쉰은 이미 그곳에서 공부하고 있었다. 그는 쟝난반(江南班)이었는데, 그 반은 모두 10여 명이었으며 그도 또한 일본어를 공부하고 있었고 나보다 반년 빨리 일본에 와 있었다. 우리 반도 10여 명이었는데 저장반(浙江班)이란 이름을 갖고 있었다. 두 반의 자습실과 침실은 비록 바로 이웃에 있었지만 처음에는 거의 왕래를 하지 않았다. 우리 두 사람이 어떻게 처음 만났는지 무슨 이야기를 나누었는지는 이미 분명하게 기억할 수 없다. 아마도 반년이 지났을 때인 것 같다. 루쉰이 변발을 자른 일은 그가 나에게 깊은 인상을 남긴 첫 번째 사건이라고 할 수 있으며, 이울러 지금까지도 그 광경이 눈앞에 생생하게 떠오른다.

유학생들이 처음 일본에 도착했을 때는 대부분 변발을 기르고 있어서 모자를 쓸 때 편리하도록 그것을 휘감아 정수리 위로 틀어 올리고 다녔다. 특히 속성반에는 변발을 길게 기른 사람이 많아서 그것을 정수리에 틀어 올리면 모자의 정상 부분이 높다랗게 솟구쳐 올라 후지산 같은 모양이 되었다. 그렇게 하고는 입으로는 괴상한 억양의 일본말을 지껄이고 다녔다. 아이들이 그것을 보면 '鏘鏘波子(창창보즈 : 빡빡 대머리)'라고 놀렸다. 나는 그런 모양을 견딜 수 없어서 같은 반 한챵스(韓强士 : 한강사)와 함께 토꾜에 도착한 첫 날 변발을 잘라버렸다. 그때 쟝난반에는 변발을 자른 사람이 아직 하나도 없었다. 그 원인의 하나는 혹시 감독이 윤허하지 않을까 봐서였다. 관비생들은 각 성에서 한 사람씩 감독이 파견되어 오는데 명목은 학생을 인솔하여 출국하는 것이었지만 기실 토꾜에서 하는 일은 아무것도 없었고, 언어조차도 통하지 않았으며, 일본의 습속도 이해하지 못하는 그야말로 관료풍의 나리들이었다. 웃기는 일 한 가지는 장난반의 감독 야오(姚 : 요) 모가 일으킨 사건이었다. 그는 쳰(錢 : 전)씨 성을 가진 어떤 여자와 간통을 하여 쩌우룽(鄒容 : 추용) 등 다섯 사람에 의해 방안으로 쫓겨 들어가, 먼저 아구통을 얻어맞고, 다시 잘 드는 가위로 변발이 잘리어져서, 그 변발이 유학생 회관에 효수되었다. 나도 흥분하여 달려가 그 장면을 구경하였다. 야오 모는 낭패스럽게 남몰래 귀국하고 말았다. 루쉰이 변발을 자른 것은 장난반에서 첫 번째였다. 대체로 야오 모가 아직 몰래 귀국하기 전이었던 것 같다. 이 날 그는 변발을 자르고 나서 우리 자습실로 왔는데, 얼굴에는 기쁨의 표정이 어렴풋이 드러나고 있었다. 나는 "야! 면모가 일신되었군!" 하고 소리쳤다. 그는 손으로 그의 머리를 만지며 나를 보고 웃었다. 그때의 광경은 시간이 오래 지났지만 아직도 새로워서, 지금도 눈앞에 생생하게 떠오르는 그에 대한 첫 번째 인상이라고 말하는 것이다.

　루쉰은 변발 때문에 한없는 고통을 받아서 그것을 깊이 증오하며 통탄해마지 않았다. 그의 저작 속에서도 이를 증명할 수 있는 부분이 상당히 많다. 기억하건대, 『함성(吶喊)』 속에도 「머리털 이야기(頭髮的故事)」란 글이 있는데, 여기에서 루쉰은 머리털이 우리 중국인의 보물이면서 원수라고 하였다. 만년에 쓴 『차개정잡문(且介亭雜文)』에도 다음과 같은 글이 있다.

　"만주족과 한족의 구별을 나에게 처음 일깨워준 것은 책이 아니라 변발이었다. 이 변발은 우리 옛 조상들의 목이 무수히 잘리고서야 겨우 중국에 정착된 것이다. 내가 좀 지식을 갖게 되었을 때, 사람들은 모두 그 피의 역사를 벌써 망각하고, 머리를 모두 기르면 장발을 한 도적이고, 모두 깎으면 중과 같다고 여기면서 반드시 앞부분은 싹고 뒷부분은 남겨 놓아야만 정도에 맞게 행동하는 사람으로 간주하였다. 뿐만 아니라 변발로 각종 모양을 꾸며내기도 하였다. ……"(「병후 잡담(病後雜談之餘)」)

　루쉰은 귀국 후 가발로 만든 변발을 쓰고 갖은 모욕을 당해야 했다. 같은 글에서 그는 이렇게 언급하고 있다. "또한 상쾌한 일이 아니겠는가? 1911년 10월 10일이 도래하였고, 그 뒤 사오싱에도 혁명군의 상징인 백기가 게양되었으며 어쨌거나 혁명의 날을 맞았다. 내 생각에는 혁명이 나에게 가져다준 혜택 중에서 가장 크고 가장 잊을 수 없는 일은 이때부터 가짜 변발을 쓰지 않고 맨머리로 거리를 천천히 돌아다녀도 그 어떤 조롱이나 욕설을 듣지 않아도 되게 되었다는 점이다. 변발이 없는 옛 친구 몇 명도 시골에서 올라와서 서로 얼굴을 마주하자마자 자신의 맨머리를 만지며 회심의 미소를 지어 보였다. 하하 마침내 이런 날을 맞이하게 되었네 그려."(同上)

루쉰은 그의 명문장 「장타이옌 선생에 관한 몇 가지 일(因太炎先生而想起的二三事)」에서도 이렇게 술회하고 있다(『차개정잡문말편(且介亭雜文末編)』).

"…… 만약 도시에서 변발을 늘어뜨린 어떤 사람을 만난다면 서른 살 좌우의 장년이나 스무 살 안팎의 청년들은 아마 아주 기이하게 생각하거나 재미있게 생각할 것이다. 그러나 나는 여전히 증오심을 갖고 분노를 터뜨릴 것이다. 왜냐하면 내 자신이 일찍이 변발 때문에 고생한 사람이며, 변발을 자른 일로 큰 범죄자 취급을 당한 적이 있기 때문이다. 내가 중화민국을 애호하자고 입이 닳도록 말하고 중화민국의 쇠락을 우려하는 것은 우리가 변발을 자를 수 있는 자유를 갖기 위한 것이다. 만약 애초에 낡은 유물이나 보존하고 변발을 남겨 기르기 위한 것이었다면 나는 아마도 결코 이처럼 중화민국을 사랑할 수 없었을 것이다."

위에서 인용한 문장을 읽어보면 루쉰이 처음 변발을 잘랐을 때 그 마음속 희열이 어떠했는가를 추측해볼 수 있고, 또한 부지불식간에 그 희열이 얼굴에 드러난 것도 이상하게 여길 일이 아닌 것이다.[4]

이 기록은 아주 재미있다. 이 기록은 모두가 일본에 처음 도착했을 때 루쉰이 점차 그의 개성을 드러내고 있는 일화들이다. 이 글에서 우리는 청년 루쉰의 열정과 반항심을 상상해볼 수 있다. 만청 시기에 일본에 유학한 사람은 많았지만 루쉰의 이 이야기만이 사람들에게 널리 전해지고 있다.

3.

우리는 이제 여기에서 그의 「자제소상(自題小像)」을 언급하지 않을 수 없다. 대체로 1903년 4월 루쉰이 변발을 자른 기념으로 사진을 찍어 쉬서우창에게 증정했는데 이 사진 뒤에는 구체시(舊體詩) 한 수가 적혀 있었다.

---

4) 許壽裳, 『亡友魯迅印象記·剪辮』, 人民文學出版社, 1977, 3면.

靈臺無計逃神矢,　　　내 마음은 결국 큐피드의 화살을 피할 수 없는데,
風雨如磐暗故園.　　　비바람은 휘몰아쳐 고국 땅이 어두워지네.
寄意寒星荃不察,　　　차가운 별에 부친 마음 아무도 몰라주지만,
我以我血薦軒轅.　　　나의 이 뜨거운 피 내 조국에 바치리라.

이 시는 대단히 유명하며, 현재 우리가 볼 수 있는 루쉰의 가장 이른 시기의 작품이고 또한 가장 감동적인 영회시(詠懷詩)라고 할 수 있다. 그 이전의 「경자송조기사(庚子送竈紀事)」, 「제서신문(祭書神文)」, 「아우들을 이별하며(別諸弟)」 등의 작품과 비교해보면 그 경지와 기백이 더욱 활달하고 그 감회도 앞 시대의 사람들을 뛰어넘고 있다. 기억하건대, 황쭌셴·량치차오 등도 이와 유사한 애국적인 시를 지은 저이 있지만, 그 기상이나 풍골(風骨) 혹은 사회적인 영향력에 있어서 모두 루쉰의 유명세에 미치지 못하고 있다. 이것은 물론 루쉰이 후대의 문인들에게 많은 영향을 끼쳐서 그 명성이 전무후무하게 된 사정과 관련된 현상이다. 그러나 시 작품 자체의 뛰어난 공력과 독특한 정감이 이 시를 유명하게 만든 첫 번째 원인이라고 할 수 있다. 역대로 이 시에 주석을 단 사람들은 이 시에 포함된 의미에 대해서 항상 서로 다른 해석을 해왔지만, 작자의 지향점을 긍정하는 면에서는 일치된 견해를 보여주고 있다. 나는 루쉰의 루쉰다운 점을 이야기하자면 이 시가 바로 그 표지가 될 수 있다고 생각한다. 만약 토쿄와 같은 환경이 아니었다면 이러한 절창을 창작하지 못했을 것이다. 이 시는 루쉰 자신의 소상화일 뿐만 아니라, 당시 해외를 유랑하던 많은 애국지사들이 토로한 내심의 독백이라고 할 수 있다. 개인과 민족, 인생과 사회에 대한 생각이 침중하면서도 비애로운 데다 생명을 바쳐 자신과 조국을 구해내려는 사랑이 그 행간에 흘러넘치고 있다. 과거에 지어진 영사시(詠史詩)나 애국시 가운데서도 이 같은 광대한 기상에 도달한 작품은 매우 드물다. 한편으로는 망망한 고난의 바다, 다른 한편으로는 살신성인하려는 지사(志士), 그 동적인 광활함과 정적인 장엄함이 이 시 속에서 창망하게 교차하고 있다. 한 쇠약한 민족이 피폐해진 몸 때문에 홀로서기도 어려운 때에 그 품안에서 자라난 방랑

객은 이처럼 간절하고도 슬픈 노래를 부르고 있다. 그 노래를 듣는다는 것은 얼마나 처연하고 목이 메는 일인가? 「자제소상」은 침울한 저음으로 이루어진 웅혼한 교향곡이다. 그 어떤 시도 이처럼 사람들을 깊이 각성시키지는 못할 것이다. 암흑에 덮인 밤, 어쩔 수 없는 유랑, 변함없는 사랑, 결사의 마음이 모두 이 시 속에서 용솟음쳐 오르고 있다. 만청(晚淸) 이후로 중국 문인들은 고난을 슬퍼하는 작품을 많이 남겼지만, 오직 이 시만이 감정이 심오하면서도 애상적이지 않고, 그 격조는 고고하면서도 편협하지 않다. 이 시에 전통시의 흔적이 많이 남아 있는 것은 사실이지만, 그 격조는 오히려 현대적이다. 게다가 이 시에는 이상주의적인 인식도 담겨 있다. 따라서 이 시를 읽으면 우리의 마음과 영혼이 모두 떨려오는데, 그것은 마치 태풍이 휩쓸고 지나간 후 우리가 더할 나위 없는 상쾌함을 느끼는 것과도 같다.

이 시는 루쉰 사상의 중요한 분수령이다. 이후에 그가 남긴 글을 읽어보면 비록 젊은 시절의 혈기는 줄어들고 있지만, 그 호방한 기상은 여전히 끊임없이 이어지고 있다. 그리고 만년에 이르러서도 이와 같은 호방한 기상은 거의 사라지지 않고 있다. 이 호방한 기상의 연원을 따지자면 전통적인 측면에서는 장자(莊子)나 굴원(屈原)을 들 수 있지만, 다른 한편으로는 당시 루쉰이 접촉한 수많은 낭만주의 시인들의 작품과 많은 관련을 맺고 있다. 바이런과 니체의 작품에 그는 이미 주의를 기울이기 시작하였고, 이와 관련된 책도 다량으로 구입하였다. 이 시기 루쉰은 책을 구입할 때 항상 반항 의지가 담긴 해외 서적에 깊은 관심을 기울이고 있었다. 시간이 지나면서 루쉰 자신도 이러한 기풍에 젖어들면서 그 심성이 갈수록 호방해지기 시작하였다. 그리고 가난한 중국인으로서 자신이 '노예'의 후예임을 잊지 않고 있었기 때문에 그 심정은 더욱 비분강개해질 수 있었다. 당시에 그는 니체에 대하여 많은 주의를 기울이고 있었다. 자신의 의지를 내적 동력으로 삼은 시문(詩文)을 루쉰은 아주 좋아하였다. 그리고 '반항에 뜻을 두고 행동을 지향하는', 서구 '악마파 시인(Satanic School)'들의 시도 그에게 매우 친밀한 감정을 불러 일으켰다. 그때 루쉰이 '악마파' 시를 얼마나 많이 읽었는지는 이미 자세히 알기 어렵다. 그러나 「자제소상」에서 느껴지는 시적 여운이 중국 구시의 풍격과 다른 것은 분명히 외국 사상의 정신적인 영향에 의해 유발된 것으로 보인다. 만약 악마파 시의 영향을 고찰하지 않는다면 이 시에 대한 이해는 거의 단편적인 해석으로 치우치고 말 것이다.

이 시를 언급할 때면 나는 당시의 '상무(尚武)' 정신을 상기하게 된다. 코붕학원에서 루쉰은 일본인 카노 지고로(嘉納治五郎)에게서 유도를 배운 적이 있다. 당시에 카노(嘉納)는 '중국에서는 문과 무를 분리한 후 체육을 중시하지 않았기 때문에 결국 문약(文弱)에 빠지게 되었다'고 인식하고 있었다. 중국인을 가르칠 때도 그는 이러한 관점을 학생들에게 전해주었다. 루쉰은 월인(越人 : 浙江省 사람)이며 그의 고향에는 와신상담하는 복수의 전통이 전해지고 있었다. 게다가 유학생들 사이에서는 「배만흥한(排滿興漢 : 만주족의 청나라를 배척하고 한족 중심의 나라를 세우자는 주장)」의 정서가 유행하고 있었으니, 그의 마음에 복수심이 싹튼 것은 필연적인 일이었다. '나의 이 뜨거운 피 내 조국에 바치리라'라는 구절에는 짙은 피비린내가 배어 있다. 초기 광복회 회원들 사이에서는 상무적 기풍이 성행하였고, 이를 바탕으로 복수의 의지를 굳건히 하고자 하는 것이 당시의 유행이었다. 그리고 유학생들 사이에서는 또한 '머리를 풀어헤치고 함성을 지르며, 항상 책을 몸에 지니고, 특립독행(特立獨行)하면서, 절대 눈물을 보이지 않고, 태풍처럼 살아가려는' 기풍이 가득 흘러넘치고 있었다. 그리고 문장에도 '격정적이며 비분강개하는' 심정을 담아 '울분에 차고 기상이 솟구치는' 그런 풍격을 만들어내고자 하였다. 따라서 당시 그들의 문장에 분노가 넘쳐흐르는 것은 당연한 일이었다. 그러나 루쉰의 문장은 결코 고의로 꾸며낸 것이 아니고, 감정의 자연스러운 발로 속에서 지어진 것이었다. 내가 여기에서 그의 문장에 상무적인 요소가 많이 포함되어 있다고 하는 것은 이러한 사회적 배경의 작용을 언급하기 위한 것이다. 실제로 루쉰은 다른 혁명가들과는 뚜렷하게 구별되는 특징을 보여주고 있다. 즉 최소한도 그의 시에서 드러나는 침울한 분위기는 그의 기질과 어린 시절의 기억이 밖으로 표출된 것이므로 다른 사람들이 억지로 그 침울함을 추구하려고 해도 절대로 그 경지에 도달할 수 없는 것이다.

4.

　루쉰 자신은 일본 유학 생활에 대한 글을 그렇게 많이 쓰지 않았다. 다만 시문(詩文)을 창작할 때 때때로 한 번씩 회상에 젖을 뿐, 결코 달콤한 기억 속에 빠져들지 않았다. 저우쭤어런은 이와 다르다. 1902년에서 1906년까지 루쉰의 활동은 대부분 그의 친구 쉬서우창이 지은 『망우 루쉰 인상기(亡友魯迅印象記)』에 기록되어 있다. 저우쭤어런의 회고록은 1906년 이후의 일을 기록하고 있다. 따라서 이것들은 당시 루쉰의 활동을 잘 이해하게 해주는 권위적인 자료이다. 내가 이 책들을 읽을 때마다 항상 느끼는 점은 루쉰이 그 당시 급진적이면서도 겉으로는 침착했다는 사실이다. 그는 당시 대부분의 유학생들처럼 그렇게 외향적이지 않았다. 그는 대체로 사색형에 속하는 인물이어서 직접적인 사회 활동은 그렇게 많이 하지 않았다. 그러나 언급할 만한 가치가 있는 일은 몇 가지 있다. 첫째는 그가 광복회에 가입했다는 사실이다. 광복회에 가입한 사실에 대해서는 후세 사람들의 회고가 서로 다르기는 하지만, 내 생각으로는 그가 그렇게 급진적으로 활동하지는 않았던 것 같다. 그 스스로도 언급했던 것처럼 팔뚝을 휘두르며 소리치는 그런 영웅적인 행동은 하지 않았던 것으로 보인다. 그러나 마음속은 여전히 순국의 심정으로 가득 차 있었다. 이는 그가 사상적으로 쑨중산(孫中山)의 배만의식(排滿意識)에 아주 공감하고 있었다는 사실을 설명해주고 있다. 그때의 광복회는 비교적 느슨한 조직이어서 루쉰이 도대체 얼마나 많은 활동에 참가했는지는 자세히 알 수 없다. 그러나 다음에 소개하는 한 가지 일은 후인들에 의해 기록되어 전해지고 있다. 그것은 바로 루쉰이 『절강조(浙江潮)』 잡지에 글을 실은 일이다. 쉬서우창은 이렇게 회고하고 있다.

　1902년 봄 장타이옌 선생이 토꾜로 망명을 와서 중산 선생과 만났다. 두 영웅은 친교를 맺고 함께 혁명을 도모하는 동시에 중하망국(中夏亡國) 242년 기념회를 발기하여 광복을 격려하였다. 아울러 유학생들을 위한 글도 지었는데, 그 내용이 대단히 침울하였다. 거기에 이런 내용이 있다. '우리 윈난성(雲南省 : 운남성) 사람들은 이정국(李定國)을 잊지 말기 바라노라, 우리 푸젠성(福建省 : 복건성) 사람들은 정성공(鄭成功)을 잊지 말기 바라노라, 우리 저장성(浙江省 : 절강성) 사람들은 장황언(張煌言)을 잊지 말기 바라노라, 우리 광시성(廣西省 : 광서성) 사람들은 구식거(瞿式耜)를 잊지 말기 바라노라, 우리 후난성(湖南省 : 호남성) 사람들은 하등교(何騰蛟)를 잊지 말기 바라노라, 우리 랴오닝성(遼寧省 : 요녕성) 사람들은 이성량(李成梁)을 잊지 말기 바라노라……' 루쉰은 당시에 토꾜에 있었으므로 자연스럽게 이러한 혁명 선배들의 영향을 매우 크게 받았다.

다음해 장(章) 선생은 상하이에서 또 동지들과 공개적으로 혁명에 대해 강연한 후 그 강연 원고를 『소보(蘇報)』에 발표하였다. 이 일은 그 뒤 결국 전국을 뒤흔든 『소보(蘇報)』사건으로 비화되었다. 이 일 때문에 장 선생과 쩌우룽은 옥에 갇히게 되었지만 혁명당들의 명성과 기세는 더욱 왕성하게 되었고, 청나라 정부 관리와 공개적으로 대면하는 자리에서도 청나라 정부를 엄연히 적국으로 간주하였다. 이때 토꾜에서는 잡지 창간이 붐을 이루어 『절강조(浙江潮)』잡지도 이때 탄생하였다. 잡지의 이름을 정할 때 두 파간에 논쟁이 있었다. 온건파는 「절강 동향회 월간」 같은 이름을 사용하자고 하였지만, 급진파는 이에 대대적으로 반대하면서 「절강조」란 이름을 사용하여 혁명의 물결이 솟구쳐 오름을 상징하자고 주장하였다. 처음에는 쑨장둥(孫江東 : 손강동)과 쟝바이리(蔣百里 : 장백리) 두 사람이 편집을 담당하였다. 이 잡지의 「발간사」에는 다음과 같은 내용이 들어 있었다. 냉랭한 눈을 부릅뜨고, 생전에 만주족의 나라가 망하는 것을 지켜보자. 그리고 나머지 씩씩한 기상으로 해상에서 큰 소리로 함성을 지르자." 또한 가장 주의할 만한 일은 장 선생의 옥중시 4수가 이 잡지에 등재되었는데, 이것을 루쉰이 가장 애송했다는 사실이다. 이제 그 중 2수를 여기에 기록한다.

옥중에서 호남 사람 양두(楊度 : 양도)가 체포되었다는 소식을 듣고 시 2수를 짓다. 6월 18일

神狐善埋揚,	교활한 여우는 묻고 파기를 잘하지만,
高鳥喜回翔.	높은 하늘의 새는 비상하기를 즐기네.
保種平生願,	우리 민족을 보호함이 평생의 소원이어서,
徵科絶命方.	과거의 답안도 목숨을 건 독설이었네.

馬肝原識味,　　말의 간에 독 있는 건 본래부터 아는 일,
牛鼎未忘香.　　소 삶는 큰 솥의 향기 영영 잊지 못하네.
千載湘軍志,　　『상군지(湘軍志)』에 천 번이나 등재된들,
浮名是銷繮.　　부질없는 명성은 썩은 고삐와 같은 것.

衡岳無人地,　　형악(衡岳) 자락 그 인재 없는 곳에서,
吾師洪大全.　　홍다첸(洪大全)을 스승으로 모셨다네.
中興殄諸將,　　중화를 중흥하는 일에 여러 장수 목숨을 잃어,
永夜邃沈眠.　　마침내 긴긴 밤 깊이 잠들어 있네.
長策惟干祿,　　훌륭한 계책을 녹봉으로 삼고,
微言是借權.　　올바른 말씀을 권력으로 삼았으니,
藉君好頸子,　　효수된 그대의 얼굴을 우러르며,
來者一停鞭.　　오가는 사람들 말채찍을 멈추겠네.

또한 장 선생의 「장창수집후서(張蒼水集後序)」도 루쉰이 애송하던 문장이었다.
그 마지막 부분에 다음과 같은 구절이 있다.

"…… 무릇 수천 군사를 거느리고 강과 바다를 출입하며, 난징에서 한 번 함성을
지르자 그 일대 여러 군이 모두 그 위세에 복종하였다. 장강(長江)과 회수(淮水), 그
리고 산동 지방과 하남성 일대의 호걸들이 모두 공(公)의 군문(軍門)에 와서 배알하
며, 함께 행동할 것을 약속하자, 오랑캐 무리들은 겁에 질려 떨며 기세가 꺾여 감히
함부로 행동하지 못하였다. 공과 같은 분은 역사 속의 어떤 장군이나 재상보다도 뛰
어날 뿐만 아니라, 송(宋)나라의 문천상(文天祥)이나 이현충(李顯忠)이라 해도 공에
게는 오히려 부끄러움을 느낄 것이다. 나는 공보다 240여 년이나 뒤에 태어났는데,
지금 세상에는 공이 채찍질하고 독려하던 일들이 더욱 쇠미해져 가고 있다. 그러나
오랑캐와 중화를 구별하는 일, 9대 동안 사무친 원한을 갚는 일, 우리 중화 민족을
사랑하는 일은 이제 중국 전체로 스며들고 있다. 어느 훌륭한 분은 '내 비록 직접
뵙지는 못했지만 그 말씀은 힘을 다해 좇으리라'고 하면서 자살로써 고인을 따르고
자 하였다. 나는 공을 만나 그 말고삐를 잡고 시중은 들 수는 없지만, 공이 남긴 여
러 종류의 글 몇 편을 편집하여 내 마음이 지향하는 바를 밝히고자 한다. 공의 글을
읽고도 저 오랑캐와 함께 평생을 참고 살아가려는 자는 인간이라고 할 수 없다."

이때 나는 벌써 루쉰과 상당히 친해져 있어서, 그가 당시에 적막감을 느끼고 있음을 알 수 있었다. 기실 나 자신도 적막감을 느끼고 있었다. 막『절강조(浙江潮)』의 편집 일을 맡게 되었을 때, 나는 곧 바로 그에게 원고를 청탁하였다. 그는 단숨에 응답을 하고는 하루만에 「스파르타의 혼(斯巴達之魂)」이란 글 한 편을 가지고 왔다. 이처럼 체면을 차리지 않고 게으름을 부리지 않는 그의 태도는 대부분의 사람들과 아주 다른 점이다. 신속한 응답과 신속한 글쓰기는 정말 나를 감탄하게 하였다. 이 글은 젊은 시절의 작품인데, 스파르타의 이야기를 빌어 우리 민족의 상무정신을 고취하고 있다. 뒷날 그는 이 글의 유치함을 부끄럽게 생각하였지만, 기실 그 어떤 천재도 유치함으로부터 성장하는 것이다. 이 글에서는 결사 항전하는 병사들의 용감함과 살아 돌아온 남편을 엄하게 꾸짖는 젊은 부인의 결연함을 묘사하고 있는데, 천년이 지난 시기인 지금의 독자들이라도 그 생생한 장면을 눈앞에 떠올릴 수 있다!

부쉰은 또 「라듐에 관하여(說鉀)」란 글 한 편을 지었다. 이것은 새로운 원소 라듐을 최초로 소개한 글이다. 그 당시 라듐이 퀴리 부인에 의해서 막 발견되자, 루쉰은 이를 소재로 글을 지어 국민들에게 소개하고 아울러 순수과학 연구의 중요성을 환기하고자 하였다.[5]

쉬서우창의 글은 그 당시 루쉰의 사상적인 흥미를 대체로 잘 그려내고 있다. 첫째는 루쉰이 상무적인 문예를 좋아했다는 점, 그리고 둘째는 과학 사상에 흥미를 드러내기 시작했다는 점이다. 「스파르타의 혼」은 1903년 토꾜에서 출판된『절강조』월간 5·6기에 최초로 발표되었다. 루쉰은 뒤에 이 번역문에 대해 이야기하면서 이렇게 겸손해 하고 있다. "나는 그때 처음 일본어를 배워서 문법을 그다지 명료하게 알지 못하였고 이런 상태에서 책을 보는 데 급급했으니 책을 읽어도 잘 이해하지 못하였다. 그리고 또 번역에 급급한 나머지 내용 파악조차도 아주 의심스러운 점이 많았다. 번역 문장도 얼마나 이상한 고문투로 썼던가? 특히 「스파르타의 혼」은 지금 읽어보면 내 스스로 얼굴이 붉어질 정도이다."[6] 이 글은 확실히 심오한 고문투의 번역인데, 장타이옌의 고풍스러운 문장의 영향을 많이 받았다. 그러나 그 내용을 자세히 읽어보면 루

---

5) 許壽裳, 「亡友―『浙江潮』撰文」, 人民文學出版社, 1977, 14면.
6)『魯迅全集』第7卷, 人民文學出版社, 1981, 4면.

쉰이 소개한 이 글의 주제가 당시 그의 심정과 일치하고 있다는 것을 알 수 있다. 이른바 혈기 왕성함이 바로 이와 같았던 것이다. 루쉰은 당시 중국인에게 부족한 것이 스파르타 이야기에서 드러나고 있는 그 격앙 강개하는 힘이라고 생각하였다. 몇 천 년 동안 지속된 한족(漢族)의 문명은 이미 인간의 생명 열기를 강시처럼 차갑게 만들었던 것이다. 혈기가 없는 민족은 스스로 자구책을 마련하고자 해도 그것은 이미 대단히 어려운 일임에 틀림없는 것이다. 「스파르타의 혼」을 읽어보면 당시 루쉰 정신이 지향하는 바를 알 수 있다. 「라듐에 관하여(說鈤)」는 새로운 과학을 소개하는 번역문인데, 그때 과학에 대하여 견지하고 있던 루쉰의 열렬한 관심은 상무적인 문학에 대한 관심에 비해 결코 뒤지지 않았다. 뒤에 그가 쓴 「과학사교편(科學史敎編)」·「인간의 역사(人之歷史)」 같은 글의 단초가 이미 이 글에서 보이고 있다. 왜 과학을 선택해야 했던가? 이 또한 시대적인 분위기에 영향을 받은 결과였다. 그는 당시 중국의 우약(愚弱)함이 무과학(無科學)에서 기인한 것이라고 이해하고 있었다. 그리하여 무과학은 타도되어야 하며 국가를 진흥시키려면 과학을 추구하는 데서 시작해야 한다고 주장하였다. 이러한 관점은 지나치게 소박하기는 하지만 당시 유학생들 사이에 퍼져 있던 보편적인 사고 방식이었다. 루쉰은 이 관점을 맹목적으로 수용하지는 않고 진화론을 받아들이는 것으로부터 그것을 변화시키기 시작했다. 따라서 당시의 흥미는 몸소 느끼고 접촉한 체험에서 나온 것이었으며, 일본 명치유신의 성공을 보고는 그 관심을 실질적인 산업에 집중하기 시작하였다. 대체로 1903년 무렵 루쉰은 자신의 관심을 지질학으로 옮기고, 그 해 『절강조』 제8기에 「중국지질약론(中國地質略論)」을 발표하였다. 이 글은 뒷날 그가 쓴 「중국광산지(中國礦山志)」의 강령에 해당한다. 이 글에서 그는 중국 지질의 분포 법칙을 서술하면서, 중국 지질의 발생 변화를 비교적 상세하게 논술하고 있다. 이 글에서 열거하고 있는 지질학의 원리 등등은 그가 지난 날 공부한 광업을 기초로 하여 심화한 지식이지만, 여기에서 주의할 만한 가치가 있는 것은 그가 지질만을 위해서 지질을 논하는 데 그치지 않고, 대단히 광범위한 지식을 언급하고 있다는 점이다. 즉 루쉰은 먼저 중국에 정밀한 지질도가 없다고 하면서 이 점이 바로 비문명국임을 나타내는 표지의 하나라고 개탄하고 있다. 중국은 땅이 넓고 물산이 풍부하기는 하지만 열강에 의해 나라가 분할되는 상태였으며, 고귀한 광물들도 외국인들에 의해 약탈되고 있었으니 이것이 중화 민족의 비극이었던 것이다. 지질학은 지구 진화에 관한 학설이다. 중국이 세계의 한 지역을 차지한 이래 이루 다 헤아릴 수 없는 광물을 보유하게 되었지만 중국인들은 역대로 이러한 광물을 거의 기록하지도 않았고 연구하지도 않았다. 이것은 정말 한스러운 일이었다. 루쉰은 근대 이래 각국의 침략자들이 중국을 탐험하러 오는 것이 실상은 자원을 약탈하는 데 그 의도가 있다는 점을 간파하고는 깊이 깊이 탄식해마지 않았다. "중국은 중국인의 중국이다. 외국인의 연구는 허용할 수 있을지언정 외국인의 탐험을 허용해서는 안 되며, 외국인의 감탄은 허용할 수 있을지언정, 외국인의 훔쳐보기를 허용해서는 안 된다." 이와 같은 구절들이 이 글 속에 끊임없이 출현하고 있어서, 이 글에 문학적인 성분과 정론적인 특징을 부여하고 있다. 루쉰의 이 글에는 비교적 상세한 전문 지식이 포함되어 있다. 뿐만 아니라 그는 이 글에서 자연과학 연구에 관한 기대와 가난하고 약한 조국에 대한 슬픈 감정을 대단히 감동적으로 토로하고 있다. 루쉰은 자연과학으로부터 공부를 시작했지만 과학만을 위해서 과학을 공부하지는 않았고, '참인간세우기(立人)'의식을 항상 그의 글 속에 담아내려고 하였다. 따라서 그의 초기 글을 읽어보면 언제나 국가와 사회를 걱정하는 우환의식이 내면 깊은 곳을 관통하고 있다는 사실을 알 수 있다. 이것은 망해 가는 민족 가운데서 의식 있는 자손이 부른 슬픈 자구(自救)의 노래라고 할 만하다. 이 때문에 그 목소리는 이상스러울 정도로 쓸쓸하다. 이 글들을 읽어보면 숙연한 마음과 존경의 마음이 저절로 우러나오는 것처럼 느껴진다.

바로 이러한 점에서 본다면, 루쉰이 당시 의학을 선택하여 인생의 목표로 삼은 것이 결코 우연이라고 할 수 없다. 여기에는 물론 어린 시절 그의 부친의 병에서 영향을 받은 점이 조금 포함되어 있기는 하다. 그러나 이보다 더 중요한 점은 자연과학으로 민족을 구하고자 한 그의 희망에서 전공 선택이 이루어졌다는 사실이다. 우리는 이 점을 절대로 소홀하게 취급할 수 없다. 애국주의는 그 시대 사람들에게 구체적으로 실재하는 것이었고 그 속에는 거짓이나 사사로운 마음이 조금도 포함되어 있지 않았다. 중국의 초기 계몽자들의 씩씩하고 숭고한 기상은 후세인들이 영원히 본받아야 할 모범이라고 할 수 있다.

따라서 루쉰이 토쬬의 코붕학원을 떠나 혼자 몸으로 센다이(仙台)에 의학을 공부하러 갔을 때 그의 마음은 틀림없이 매우 복잡했을 것이다. 루쉰은 그때 아직 23살밖에 안 된 청년이었으며, 주위는 완전히 낯선 세계였고 자신의 동포가 한 사람도 없었다. 이것은 생명의 새로운 시작이었다. 그의 눈앞에 펼쳐진 것은 아마도 수많은 방향에서 들려오는 미래의 부름이었을 것이다. 약한 나라의 청년으로서 고난을 두려워하지는 않았지만, 그러나 혼자서 낯선 땅을 치달리면서 받는 심리적 압박감을 우리는 여기에서 충분히 상상할 수 있다. 루쉰은 훗날 이때의 상황을 회고하는 글에서 이러한 점을 전혀 과장 없이 서술하고 있다. 당시 그는 뒷날처럼 짙은 암흑 속에 빠져 있었던 것이 아니라, 오히려 희망과 꿈에 가득 부풀어 있었다. 그는 일종의 「확실한 이성」의 원칙에 따라 행동하면서 미래에 대해서도 유쾌한 자신감으로 충만해 있었다. 이때 저우쭈어런은 아직 중국에 머물고 있어서 형의 상황을 그렇게 많이 이해하지는 못하였고 다만 일본에서 부쳐오는 편지를 통하여 어렴풋하게나마 이러한 점을 느끼고 있었다. 그러나 그것도 단편적인 인상에 불과한 것이어서 루쉰을 절실하게 이해하기가 그렇게 쉽지는 않았을 것이다.

5.

저우쭈어런은 일본에서 보낸 몇 년 동안 그의 형처럼 무슨 좌절감 같은 것을 느낀 적은 없고, 시종 아주 유쾌하게 생활했음을 스스로도 인정하고 있다.

이것은 아마도 피차간에 마주한 환경이 다소 차이가 있었기 때문에 생긴 일이 기도 하고, 또한 성격상의 민감성 여부도 이러한 차이를 유발한 요인의 하나 였을 것이다. 루쉰을 아는 사람들은 그가 의심이 많다는 사실을 부정하지 않 는다. 그러나 나의 느낌으로는 이 점은 겨우 기질적인 면에서 그를 이해한 것 일 뿐, 그 진실한 상황을 본래의 모습대로 설명해주지는 못하는 것 같다. 허심 탄회하게 이야기하자면, 이것은 가치관에 관한 문제이다. 루쉰은 마음속으로 언제나 묵중한 그 무엇을 감당해내면서 개인적인 향락에 탐닉하지 않았다. 독 서 생활도 자신만의 취미 생활을 추구하는 사람들과는 현격하게 다르게, 항상 긴장된 정신 상태를 유지하고 있었다. 이렇게 본다면 꽤 많은 부류의 유학생 들이 이국의 정취에 도취되어 있을 때 루쉰이 그들처럼 행동할 수 없었음은 당연한 일이다. 저우쭈어런은 이국의 정취에 도취된 부류였다. 그가 일본에서 배운 것은 대부분 순수 지식에 관한 것들이었다. 또한 역사·문화의식에 관한 수확도 상당하였다. 처음부터 그는 그곳에서 자습 생활에 습관을 들이면서 점 차 학자적인 성품을 양성해가고 있었다. 그러나 루쉰은 결코 이와 같지 않았 다. 뒷날 그의 경력이 이 점을 심도 깊게 설명해주고 있다.

1904년 6월 1일 루쉰은 정식으로 센다이 의학 전문학교에 입학 신청서를 제 출하였고, 이 학교는 즉각 그의 신청을 받아들였다. 9월 8일 센다이에 도착한 루쉰은 처음에는 타나까여관(田中旅館)에 묵다가 그 뒤 카다뻬(片丁) 52번지의 사또야(佐藤屋)로 거처를 옮겼다. 그곳의 풍경은 비록 아름다웠지만 주거 환경 은 그리 좋지 못했다. 숙소 곁은 감옥이어서 아주 살풍경하였다. 또 초겨울이 되면 바로 추워지면서도 모기는 여전히 많았다. 이러한 환경에서 혼자 겪은 고독감을 우리는 넉넉히 짐작할 수 있다. 나는 루쉰이 그의 친구 쟝이즈(蔣抑卮 : 장억치)에게 보낸 편지를 읽고 그 처량한 심정을 상당히 깊게 느껴볼 수 있었 다. 추운 센다이에서 그는 번잡하고도 무거운 학습 과제를 소화해야 했을 뿐 아니라 익숙하지 않은 환경에도 적응해야 했으니, 그때 그의 심정은 상당히 착잡했을 것이다. 학교에서 공부해야 할 교과 과정은 많고도 긴장된 것이었으 며, 일어뿐만 아니라 라틴어·독일어 공부에도 대단히 많은 신경을 써야 했다.

해부학·물리·화학 과목은 암기해야 할 양이 더욱 많았다. 루쉰은 전에는 느껴보지 못한 정신적인 스트레스를 받으면서 거의 온 정력을 학습에 쏟아 부었다. 그것은 아마도 쓸쓸한 나날을 보내기 위한 유일한 방법이었을 것이다.

그는 열심히 공부하였고 성적도 비교적 좋았다. 해부학을 가르치던 후지노(藤野) 선생은 루쉰을 아주 친절하게 보살펴주었다. 더러 병이 났을 때는 일본인의 간호와 도움을 받기도 하였다. 이러한 일들에서 그는 아마도 한 가닥 위안을 받았을 것이다. 그러나 오래지 않아 루쉰은 상황이 처음처럼 그렇게 우호적이지 않다는 것을 알게 되었다. 첫 번째 일은 2학기가 시작되어 학생들의 점수를 공개했을 때 발생하였다. 그때 루쉰의 점수는 많은 학생들의 앞에 위치해 있어서, 몇몇 일본 학생들의 시기를 받게 되었다. 심지어 어떤 학생은 선생이 시험 문제를 사전에 유출시켜 루쉰에게 건네주었다고 생각하기도 하였다. 일본 학생들의 눈에는 루쉰이 이러한 점수를 받는 것이 불가능하게 비쳐졌던 것이다. 이에 모욕적인 편지를 써서 루쉰에게 건네주기도 하였다. 이 사건은 그가 마음속 깊이 상처를 받은 아주 중요한 일이었다. 그 순간 그는 약소국의 청년이 이국땅에서 배척받는 고통을 깊이 체험하였다. 그는 이렇게 언급하고 있다. "중국은 약한 나라이므로 중국인은 당연히 저능아이다. 60점 이상의 성적을 받는다는 것은 절대로 자기의 능력이 아니다. 그들이 이렇게 의심하는 것도 이상한 일이 아니다."[7] 두 번째로 더 중요한 일은 그가 센다이에서 공부할 때 민족 자존심을 훼손당한 심한 충격을 받았다는 점이다. 그는 뒷날 다음과 같이 서술하고 있다.

그러나 나는 이어서 곧 중국인을 총살하는 장면을 구경해야 하는 운명에 직면하게 되었다. 2학년이 되자 세균학 강의가 추가되었다. 세균의 모습을 전부 슬라이드로 보여주었고, 한 단락이 끝나고도 아직 수업을 마칠 시간이 되지 않으면 시사 필름을 몇 장 보여주기도 하였다. 이것들은 물론 모두가 일본이 러시아에게 승리하는 내용들이었다. 그러나 공교롭게도 중국인이 그 속에 끼어 있었다. 러시아를 위해 정

---

7) 『魯迅全集』 第2卷, 人民文學出版社, 1981, 306면.

탐꾼 노릇을 하다가 일본군에게 체포되어 총살당하는 장면이었다. 둘러서서 구경하는 사람들은 모두 한 무리 중국인들이었다. 교실에는 또 나 한 사람이 있었다.
　"만세" 그들은 모두 박수를 치며 환호하였다.
　이러한 환호는 시사편 한 편마다 항상 있는 일이었다. 그러나 나에게는 이 일성이 특히 나의 귀를 아프게 찔렀다.[8]

우리는 이 글에서 루쉰이 당시에 느낀 마음속 고통을 거의 전부 상상할 수 있다. 그의 민감한 신경이 그때 받은 것은 개인적인 치욕뿐만 아니라 한 민족의 침통한 수치였다. 전에 없던 난감한 고통이 마치 거대한 바위처럼 그의 몸을 내리눌러서 거의 숨을 쉴 수 없을 지경이었다. 그는 멸시와 압박을 견디어 내는 중국인의 고난을 깊이 깊이 체험하였고, 여기에서 유발된 거대한 격분이 그를 심각한 반성의 과정으로 빠져들게 하였다.

나는 곧 의학이 절대 중요한 일이 아니라고 느꼈다. 무릇 어리석고 나약한 국민은 체격이 아무리 온전하고 튼튼하더라도, 아무런 의미도 없는 구경거리나 그것을 구경하는 관객이 될 수 있을 뿐이어서, 병으로 죽는 자가 그 얼마나 되더라고 전혀 불행하게 생각할 필요가 없는 것이다. 따라서 우리가 추구해야 할 제일의 요점은 그들의 정신을 바꾸는 일이었고, 정신을 바꾸는데 가장 좋은 방법으로는 나는 그때 당연히 문예운동을 추진해야 한다고 생각하였다. 이에 문예운동을 제창하고자 하였다.[9]

과학 구국의 꿈은 그처럼 짧은 순간에 사라져 버렸다. 이것은 조부의 투옥과 부친의 병사에 이어 세 번째로 받은 인생의 큰 충격이었다. 이번의 충격이 그의 인생에 미친 영향은 이전의 모든 불쾌한 기억을 거의 초월할 지경이었다. 그는 이미 중국인의 모든 개인적인 불행이 국가의 불행과 깊이 연관되어 있음을 간파하였다. 부패하고 쇠약한 민족은 그 구성원들도 인생의 밝은 빛을 추구하기가 매우 어려운 일이었다. 이것은 마치 고목에 설령 새로운 가지가 돋아나더라도 결국 황량함 속의 희미한 빛에 불과한 것과 같은 이치이다. 따라

---

8) 위의 책.
9) 『魯迅全集』第1卷, 人民文學出版社, 1981, 417면.

서 뿌리에서부터 그것을 소생시키지 않으면 아무런 희망도 없는 것이다. 루쉰은 그때 갑자기 성장한 것처럼 개인적인 슬픔과 원망에만 빠져들지 않았으며 또한 낭만적인 영웅주의에만 집착하지도 않았다. 그는 거대한 역사의 그림자에 엉켜들면서 생명의 하늘이 끝없는 회색빛으로 물들어오기 시작하는 것을 느끼고 있었다. 그것은 얼마나 가슴이 찢어지는 나날들이었겠는가? 이국의 자연 경물과 민속적 정취가 더 이상 신기한 즐거움을 불러오기 어려워지면서, 그는 자신이 멸시받는 중화의 자손임을 한 순간도 잊지 않고 있었다. 한 개인으로서 루쉰이 역사와 현재의 상황을 의식하고 그것과 직면하게 되었을 때, 그의 정신적인 분투가 이처럼 심각하였던 것이다. 그가 이후 의연하게 센다이와 이별한 후 문예의 길을 선택했을 때, 그 마음속은 말로 형언할 수 없는 고통으로 가득 차 있었을 것으로 생각된다. 바로 이때부터 그의 정신은 질적인 비약을 하고 있었다.

6.

1906년 저우쭈어런은 잠시 귀향하였던 루쉰을 따라 일본으로 건너가서 유학 생활을 시작하였다. 그때 루쉰은 이미 센다이 의전을 자퇴하고 토꾜로 와 있어서 저우씨 형제는 줄곧 함께 생활하게 되었다. 형의 도움이 있었기 때문에 저우쭈어런은 모든 일을 순조롭게 처리할 수 있었다. 물건을 살 때 겪는 번거로움을 걱정하지 않아도 되었고 사교 활동도 근심할 필요가 없었다. 최소한의 생활 조건을 루쉰이 잘 처리해주었던 것이다. 이 때문에 저우쭈어런은 기분이 상당히 좋았고, 일본을 대하는 감정에서 어린 아이 같은 천진성을 바탕에 깔 수 있게 되었다. 예를 들어 일본인의 온화하고 부드러운 태도, 예절바른 생활 질서 등등과 같은 것이 모두 저우쭈어런에게는 호감으로 작용하였다. 그는 일본인의 의식주에 깊은 흥미를 나타내었다. "그것은 첫째, 개인적인 성격 때문이었고, 둘째, 옛 것을 그리워하는 감정 때문이었다."[10] 성격적인 면에서 그는 고요하고 선비적인 기질을 좋아하였다. 이러한 점이 일본인의 몇 가지 습성과 합치되었기 때문에, 일본에 처음 와보고도 마치 고향에 온 것처럼 적지 않은 쾌감을 느끼고 있었다. 다른 한 편으로 그 자신도 언급했던 것처럼 일본의 건축·의복 등에서 풍기는 인문적인 정취가 확실히 고대 중국 문화와 많은 관련을 갖고 있어서, 이러한 점들도 저우쭈어런으로 하여금 마치 옛날 어디선가 본 듯한 느낌을 갖게 하면서 그의 기분을 황홀하게 하였다. 이상하게도 루쉰의 글에서는 이러한 점이 거의 언급되어 있지 않다. 그러나 저우쭈어런은 만년까지도 여전히 이를 오매불망 잊지 못하고 있다. 그는 뒷날 이렇게 추억하고 있다.

사실 내가 토쿄에서 보낸 몇 년 간의 유학 생활은 상당히 유쾌한 나날들이었다. 숙소 주인이나 경찰의 모욕도 당하지 않았고, 더욱 중대한 국제적인 사건, 예를 들어 러일전쟁 중에 중국인 정탐꾼이 살해당하는 사건(루쉰이 자극을 받았던 사건)을 나는 겪지 않았다. 뿐만 아니라 처음 몇 년 동안은 거의 모든 대외 교섭을 루쉰이 대신해주었다. 따라서 나의 생활은 더욱 평온무사하였다. 이러한 점들이 내가 일본 생활에 대해 좋은 느낌을 갖는 이유이다.

그때 일본에 대한 나의 관점은 아마 상당히 숙명론적인 색채를 띠고 있었던 것 같다. 나는 일본이 결국 동아시아나 아시아에 속하는 데도 불구하고 동아시아인이 되는 것을 기꺼워하지 않는다고 생각하였다. 첫째 일본은 명치유신 이후 전력을 다해 독일을 따라 배웠고, 둘째 소화 전쟁에서 패한 뒤로는 또 미국 따라 배우기에 열심이었다. 이러한 점들은 그들 스스로에게도 아무런 보탬이 되지 않는 것이었고 오히려 아시아에 많은 재난을 불러오는 일들이었다. 내가 가장 좋아하는 글은 나가이 카후(永井荷風)의 『강호예술론(江戶藝術論)』 제1편 「우끼요에 감상(浮世繪之鑑賞)」에 나오는 한 단락이다. 이 글은 비록 50년 전의 옛 글이지만 여기에 인용하여 나의 생각을 조금이나마 진술하고자 한다.

---

10) 『知堂回想録』, 179면.

"내가 내 자신을 반성하는 것은 무엇인가? 나는 베르하렌 같은 벨기에인이 아니라 일본인이다. 태어나면서부터 그들과는 운명과 처지가 확연히 다른 동양인이다. 연애의 감정은 말할 필요도 없고, 무릇 이성에 대한 성욕조차도 모두 최대의 죄악으로 여기면서, 우리는 이 법도를 떠받들고 살아간다. '울음을 참지 못하고서야 평생 어린아이나 이장(里長)밖에 되지 못 한다'는 가르침을 받고 살아가는 사람이다. '말을 많이 하면 입술이 차가워질 뿐이다'라는 속담을 아는 국민이다. 베르하렌을 감격하게 한 저 선혈이 뚝뚝 떨어지는 살찐 양고기와 농도 짙은 포도주와 건강한 여인의 그림이 나에게 무슨 소용이 있겠는가? 아! 나는 우끼요에(浮世繪)를 사랑한다. 인생 고해 10년 동안 부모를 위해 몸을 판 창녀의 그림은 나를 울게 한다. 대나무 창가에 기대어 하염없이 흐르는 물을 바라보는 기생의 모습은 나를 기쁘게 한다. 밤참거리 우동을 파는 가게의 초롱과 적막하게 멈춰있는 강변의 야경은 나를 도취하게 한다. 비오는 밤이나 교교한 달밤에 울어대는 두견, 몰아치는 비속에 산산이 떨어지는 가을 낙엽, 꽃잎 흩어지는 바람 속의 종소리, 해질 무렵 산길의 눈, 모든 것이 무상(無常), 무언(無言), 무망(無望)한 것이어서 까닭 없이 이 세상은 단지 일장춘몽일 뿐이라고 탄식하게 한다. 그러나 이 모든 것은 내게는 친숙하고도 그리운 것들이다."

그의 말은 더러 지나치게 소극적이고 비관적이기는 하지만, 이 글의 말미에 실린 다음과 같은 말은 아주 일리가 있다고 느껴진다.

"일본의 도시 외관과 사회의 풍속·인정은 아마 머지않아 완전히 변할 것이다. 가슴 아프게도 미국화될 것이며, 경멸스럽게도 독일화될 것이다. 그러나 일본의 기후와 천체 현상과 초목, 그리고 바닷물에 침식된 검은 화산질의 섬이 존재하는 한, 언제나 초여름이나 늦가을의 석양은 영원히 선홍빛으로 물들 것이고, 달 밝은 가을밤의 산천도 영원히 남빛으로 푸를 것이고, 차꽃과 붉은 매화 위에 내리는 봄눈도 영원히 수놓은 비단처럼 눈부실 것이다. 만약에 여인들의 머리를 달구어진 쇠로 더 뽀글뽀글 지지고 볶지 않는다면, 아마도 영원히 물결처럼 빗어 내린 아름다움이라고 칭할 수 있을 것이다. 그러므로 우끼요에는 이 태평양의 섬 위에서 살아가는 일본인들에게는 영원히 정감어리고 친밀하게 속삭임을 전해줄 것이다. 우끼요에의 생명이 실로 일본의 풍토와 영원히 함께 존재할 것이라는 사실은 아마 의심할 수 없을 것이다. 그러나 그 걸작들은 지금 모두 일본에 있지 않으니 어찌 슬프지 않겠는가?"

이것은 위의 글의 저자가 「우끼요에」에 대해서 논한 몇 마디 말에 불과하지만, 내가 이 글 속에 인용해놓고 보니 나의 생각과 아주 잘 부합하는 것 같다. 나는 그때

이 동양적인 환경을 좋아하였기 때문에, 유학 생활을 유쾌하게 보낼 수 있었다. 그러나 이 꿈같은 환경도 깨어지게 되었다. 나는 그때 「일본 관규 4(日本管窺之四)」라는 글에서 「일본 연구」의 문을 닫는다고 정식으로 발표하였다. 때는 이미 루거우챠오 사변 전야였던 것이다. 일본의 의식주에 대한 결론은 아직까지 아무런 수정도 가하지 않고 있다. 그러나 일본인은 종교적인 국민이어서 감정이 이성을 초월한다는 관점은 그리 타당하지 않은 것 같다. 이 점은 내가 전에 잘못 보았던 것이다.[11]

저우쭈어런은 일본을 사랑하였다. 그는 거의 처음부터 그곳의 몇몇 문화적인 분위기에 공감하고 있었다. 이것은 그의 형이 비교의 관점을 통해 민족적인 자부심을 갖게 되는 과정과 완전히 다르다. 그렇더라도 저우쭈어런이 처음부터 민족적인 감정을 상실했다고는 결코 말할 수 없다. 그러나 그의 머리 속을 가득 채우고 있던 것은 배만흥한(排滿興漢)과 같은 구호가 결코 아니었다. 그는 아마도 지식을 탐구하며 스스로 즐기는 심정으로 이국의 문화 속을 거닐고 있었던 것 같다. 처음 일본에 도착하여 모든 것에 신선감을 느끼며 아주 빠르게 그곳 환경에 적응하였고 루쉰과 함께 완전히 일본식으로 생활하였다. 일본의 장점은 인간의 자연스러운 일면을 볼 수 있게 하는 데 있었다. 예를 들어 여인들의 맨 발은 걸음을 걸을 때 건강한 아름다움을 드러내주고 있어서 전족을 한 중국 여인들보다 산뜻하고 자연스러웠다. 또한 음식에 있어서도 일본인들은 찬 음식을 좋아하였다. 따라서 일본 음식은 중국의 뜨거운 음식보다 먹기가 어려웠다. 그러나 저우쭈어런이 보기에는 찬 음식을 많이 먹는 것이 더욱 유익한 것 같았다. 최소한 찬 음식은 인간으로 하여금 괴로움을 참고 견디는 인내정신을 길러줄 수 있을 것 같았기 때문이다. 중국 문명 중에서 예를 들어 푹 익힌 음식과 같은 것은 사람들에게 신선감을 주기 어렵다. 많은 사람들은 찬 음식을 많이 먹는 일본인의 기질이 그들의 신선한 개성과도 관련이 있는 것으로 생각하였다. 결국 예술적이고 자연스러운 일본인의 생활 방식에는 중국 문명에 없는 것들이 많았다. 솔직하고 겸허한 저우쭈어런은 처음부터 아

---

11) 『知堂回想錄』, 190면.

무런 편견 없이 그 문화 속에 젖어들었다. 이것은 그의 자연스러운 본성으로 말미암은 것이다.

그 스스로의 말대로 저우쭈어런은 6년 간 일본에서 살면서 중간에 한 번도 귀국하지 않았다. 그는 토꾜를 제2의 고향으로 생각하고 있었다. 이 6년의 생활은 그의 본성에 대단히 큰 영향을 끼쳤고, 그때 거두어들인 학문적인 성과도 뒷날 문학 활동을 하는 과정에서 분명하게 드러나고 있다. 이 6년 동안 그가 읽은 책은 심지어 루쉰보다도 더 범위가 넓고 많았다. 그는 일본어와 희랍어를 공부했을 뿐만 아니라 러시아어와 범어(梵語)도 섭렵하였다. 거기에다 이미 그 전에 영어도 공부했으니 그의 학문적인 시야는 대단히 광활하였고, 아울러 학문적인 흥미도 점점 다양화되기 시작하였다. 편안하고도 즐거운 6년 동안 그는 점점 일본인의 일상 생활 속으로 융화되어 들어갔다. 온화하고 중용적이며 학자적인 심성이 바로 그 당시에 조용히 형성되고 있었던 것이다.

일본의 문화와 생활 방식에 대한 저우쭈어런의 이해는 루쉰처럼 생명 본체로부터의 요구나 민족 감정적인 면의 수요에서 출발한 것이 아니었다. 그는 일본의 남녀들과 사귀거나 왕래할 때 대부분 의례적인 교제에 그치고 있어서 루쉰처럼 정신적인 면에서의 심각한 고문을 당하지 않았다. 뒷날 저우쭈어런이 자신의 유학 생활을 회고하면서 쓴 글을 읽어보면 루쉰처럼 울분을 토로하는 것이 아니라, 언제나 유유자적하며 봄바람 속의 보슬비 같은 즐거움을 묘사한 내용이 많다. 이국의 모든 것이 그에게는 한 폭 한 폭의 우아한 산수화였다. 저우쭈어런은 아마도 다다미방에 앉아서 차를 마시며 독서할 때 책의 향기가 은은히 풍겨오면 그의 가슴속에서는 더할 수 없는 기쁨이 솟아오르곤 했던 것 같다. 그는 후세 사람들에게 그 어떤 고통스러운 내용도 남기지 않았다. 그는 추억들을 스스로 즐겼던 것 같다. 저우쭈어런은 온화한 회고록 속에다 당시 자신이 느낀 심미적인 즐거움을 솔직하고도 흥미진진하게 그려내고 있다.

이러한 즐거움을 루쉰은 거의 표현한 적이 없다. 태어나면서부터 지니게 된 그의 신경질적인 기질은 대단히 민감하게 외부세계와 부딪히며 불협화음을 빚어내고 있었다. 만약 저우쭈어런을 당시 루쉰이 공부했던 센다이라는 환경 속으로 데려가서 루쉰과 같은 사건을 겪게 한다 하더라도 그의 반응은 아마 그의 형처럼 강렬하지 않았을 것이다. 그는 본능적으로 아픔을 둔화시키는 능력을 갖고 있어서 그의 정력과 흥분점은 모두 독서 생활에 바쳐지고 있었다. 바깥에는 비바람이 몰아쳐도 그는 단지 고개를 들어 아득히 바라보기만 할 뿐이지, 그의 형처럼 직접 그 속으로 뛰어들지는 않았다. 형제간의 상이함은 유학 생활 동안 이처럼 분명한 특징을 드러내 보이고 있다. 이러한 차이가 그들의 상이한 인생 역정에 중요한 작용을 한 것으로 보인다. 하늘 아래에 똑같은 나뭇잎은 없는 법이다.

7.

　형제 두 사람이 함께 살면서부터 그들의 생활에는 점점 새로운 내용이 보태지기 시작하였다. 저우쭈어런은 독서하고 공부하는 일 외에는 주로 형의 명령에 따라야 했고, 이러한 과정에서 루쉰의 사고로부터 영향을 받아 문학에 대한 흥미가 생기기 시작하고 있었다. 이보다 앞서 그들은 모두 외국 문학 작품을 번역한 적이 있지만 이것들은 거의 전부가 산만하고 체계적이지 못한 것들이었다. 또한 이것들은 대부분 린수(林紓 : 임서)의 영향을 받은 것이어서 번역 문체도 고문투였다. 1907년 무렵 저우씨 형제는 잡지를 편집 출판해보고자 하는 욕망을 갖게 되었다. 저우쭈어런의 해석에 따르면 잡지를 편집하여 문학을 제창하고자 한 것은 량치차오의 『신소설(新小說)』의 영향을 받은 것이라고 하며, 이에 일시적으로나마 중국인의 정신을 구제할 수 있는 길을 발견한 것처럼 느꼈다고 한다. 당시 량치차오는 명성이 대단하였고 1903년 그가 창간한 『신소설(新小說)』에는 나라를 사랑하고 부흥시키는 내용의 장회소설(章回小說)이 많이 실렸으며, 또한 해외 번역소설도 다수 게재되었다. 이 잡지는 한 시기를 풍

미하면서 특히 청년들의 의식 계몽에 상당한 호소력을 발휘하였다. 량치차오
는 또 「소설과 정치의 관계를 논함(論小說與群治之關係)」이라는 글에서 교훈적
인 소설로 풍속을 바꾸어 국민들을 어두운 잠에서 깨어나게 하자고 제창하기
도 하였다. 사실 사회 계몽을 공허한 구호의 차원으로부터 실제적인 현실로
뿌리내리게 하고, 아울러 그것을 중국 지식인들이 즐겨 읽는 소설이나 잡기(雜
記)와 연결시킨 것은 당시 저우씨 형제의 관심을 끌기에 충분한 것이었다. 그
들은 문예를 통해 인간의 성품을 바꾸고 더 나아가 세계를 개조하는 일이야말
로 민족과 국가를 구제하는 대단히 중요한 길임을 의식하고 있었던 것 같다.
루쉰이 의학을 포기하고 문학을 선택한 것은 비록 위에서 언급한 바와 같은
이유 때문이기도 하지만 내가 생각하기에는 문학과 철학의 자체적인 흡인력이
그를 더욱 강하게 잡아끈 것 같다. 아울러 문학 사업이 이처럼 순식간에 그를
흡인한 또 하나의 원인은 그의 마음속에서 여러 해 동안 양성되어 온 문학에
대한 애호심이 잠재적으로 작용한 탓도 있었을 것이다. 일반적으로 청년들이
글쓰기를 좋아하고 글쓰기 공부를 열심히 한다는 것은 이해할 수 있는 일이지
만 잡지를 편집하고 출판하는 일은 굳센 기백이 없이는 불가능한 것이다. 여
기에서도 우리는 청년 루쉰이 자신감에 차 있었다는 사실을 알 수 있다. 그러
나 현실 상황은 그렇게 좋지 못하였다. 잡지를 출판하는 일이 가난한 유학생
에게 말처럼 그렇게 쉬운 일이었겠는가? 이 희망은 결국 파멸을 맞고 말았다.
저우쭈어런은 이에 대해 이렇게 서술하고 있다.

루쉰은 나도 구성원의 한 사람으로 끌어들였고, 이밖에도 쉬지푸(許季茀 : 허계불
즉 許壽裳)과 웬원수(袁文藪 : 원문수)도 참여하였다. 당초에 루쉰은 웬원수에게 큰
기대를 하고 있었는데, 아마도 두 사람간에 이미 많은 이야기가 오고 간 것 같았다.
그러나 나는 한 번도 그를 만난 적이 없다. 왜냐하면 그는 일본에서 바로 영국으로
유학을 갔기 때문에, 내가 일본에 도착했을 때는 이미 영국으로 떠나고 없었다. 그
러나 웬원수는 일본을 떠난 후 곧 바로 소식이 끊겨버렸다. 본래는 그가 영국으로
간 후 글을 써서 우송하기로 약속했지만, 결과적으로는 글은 말할 것도 없고 편지
한 통도 부쳐오지 않았다. 이것은 『신생(新生)』운동에 가장 불리한 사건이었다. 마치

진지도 갖추기 전에 장수, 그것도 힘센 장수 하나를 잃어버린 격이었다. 그러나『신생』은 그 일로 아무런 영향을 받지 않았고 그저 묵묵히 잡지 발간을 준비해나갔다. 이 일이 있기 전에 친구들 사이에서 잡지 발간에 관한 화제가 나오면 더러 "이것은 새로 과거에 합격한 생원(新進學的生員)들의 잡지이다"라고 농담을 던지기도 하였다. 그러나 웬원수가 빠져나간 이후에는 친구들이 이 일에 크게 관심을 기울이지 않게 되었다. 최소한 대외적으로는 그러하였지만 나머지 우리 세 사람은 여전히 그처럼 적극적으로 일했고, 조금도 마음의 상처를 받지 않았다.[12]

이것은 무슨 타격이라고 할 수 없었다. 이 후 두 사람은 곧 그들의 정력을 번역으로 옮겼고 그 뚜렷한 성과들을 내놓게 되었다.

번역은 저우씨 형제의 일생에서 줄곧 큰 비중을 차지하였고 거기에 바친 정력도 적지 않았다. 거의 자신들의 반평생을 번역 작업에 바쳤다고 할 수 있다. 솔직하게 말해서 번역은 매우 고단한 작업임에도 불구하고 창작에 비해서는 그 영향이 아주 미미하다. 그러나 두 사람은 고집스러울 정도로 번역에 홍미를 느끼면서 일관된 정신을 변함없이 유지하였다. 이것은 현대 작가들에게서 그렇게 많이 볼 수 없는 태도이다. 두 사람은 문학 활동을 창작에서 시작하였고, 외국 작품을 번역·소개하는 과정에서 자신을 계발하고 세상 사람들을 일깨우려고 하였는데, 그들의 입장에서는 이러한 방향이 일거양득의 효과가 있는 것으로 보였다. 당시 중국의 첫 번째 급선무는 바로 정신 계몽이었고 그 계몽의 도구는 외국으로부터 구할 수밖에 없었다. 그러나 왜 철학이나 사회학 등의 서적을 번역·소개의 대상으로 삼지 않고 굳이 소설을 선택했던가? 생각해보면 문학 구국, 정신 구국의 의식이 여전히 잠재적인 힘을 발휘하고 있었던 것 같다. 루쉰과 저우쭈어런의 번역 작업은 처음부터 아주 강한 목적성을 가지고 있어서 선택한 작가도 대부분 약소 민족의 작가들이었지 인기 있는 문인이나 대작가들의 작품이 아니었다. 이러한 가치 선택의 척도에서 우리는 당시 그들의 심리 상태를 읽어낼 수 있다. 그들은 아마 동일한 운명의 길을 걷던

---

12)『知堂回想錄』, 197면.

피압박 민족의 고통 속에서 일종의 문화적인 공통 분모를 찾으려는 희망을 품고 있었던 것 같다. 이것은 아주 쉽지 않은 일이어서 두 사람의 번역 작업은 매우 고통스러웠다. 저우쭈어런은 때때로 싫증이 나서 게으름을 피우기도 하였지만 곧 바로 형의 꾸지람을 듣고는 감히 마음을 놓을 수 없었다. 저우쭈어런은 정감이 있는 예술 작품을 좋아했지만 루쉰은 오히려 정신적인 면에서 깊이 있는 작품을 중시하였다. 동생을 데리고 번역 작업을 하는 과정에서 그는 일본 번역계의 영향을 그다지 많이 받지 않았다. 또한 독일어를 배웠지만 괴테의 작품집 같은 현학적인 저작 번역에 매달리지는 않고, 오히려 독일어를 통해 동유럽 약소 민족의 세계를 이해하였다. 저우쭈어런은 형의 선택에 깊은 감동을 받고 있었지만, 그 스스로의 주관성도 상당히 강하여 그때 벌써 확고한 자기 주장을 갖고 있었다. 따라서 세상의 바람이 어떻게 불던지 간에 그에게는 아무런 영향도 끼칠 수 없었다. 당시 일본의 개혁은 이미 상당한 효과를 거두고 있었고, 이에 따라 문학에서도 적지 않은 업적들이 나타나고 있었다. 그러나 루쉰은 나쯔메 소세키(夏目漱石)의 작품에 다소 호감을 가진 것 외에는 일본 문학에 대해서 거의 흥미를 보이지 않았다. 이러한 태도는 그의 동생과 확연히 다른 것이다. 그들이 최초로 함께 번역한 『역외소설집(域外小說集)』은 저우쭈어런의 번역이 반 이상을 차지하고 있지만 작품 선택에 있어서는 루쉰이 주도적인 역할을 했음이 분명하다. 이국의 정신의 바다에서 유익한 자양분을 섭취하여 고국 동포들의 배고픔과 고통을 덜어주려 한 것은 확실히 민족적인 사명감을 가진 사람만이 품을 수 있는 인간적인 감정이다. 린수의 번역도 일찍이 몇 세대 사람들에게 영향을 끼친 적이 있지만, 그 가치의 출발점은 결코 루쉰처럼 그렇게 높지 않았다. 만약 우리가 당시 루쉰 번역한 작품을 읽어본다면 그 고통스런 추구에 깊은 감동을 받지 않을 수 없을 것이다.

　루쉰은 그때 과학공상소설을 아주 좋아하였다. 따라서 그가 최초로 선택한 번역 대상도 과학공상소설이었다. 프랑스 작가 베른(Jules Verne, 1828~1905)의 「달나라 여행(月界旅行)」과 「땅속 여행(地底旅行)」이 바로 그의 최초 번역 작품이었다. 환상에 가득 찬 이러한 소설은 루쉰의 학창 시절의 기호와 대단히 잘 부합하고 있다. 그는 중국에 줄곧 과학정신이 결핍되어 있었고, 또한 과학을 내용으로 하는 예술도 없었기 때문에 이러한 과학공상소설의 등장은 중국인들에게 분명히 신선감을 줄 것이라고 느꼈다. 그것은 지식을 넓히고 상상력을 촉진시킬 수 있을 뿐만 아니라 국민 정서 함양에도 대단히 유익한 것이었다. 저우쭤런의 번역은 루쉰과 상당히 달라서, 과학공상소설에는 루쉰과 같은 열성을 보이지 않았다. 그는 영국의 해거드(Henry Rider Haggard, 1856~1925), 앤드류 랑(Andrew Lang, 1844~1912), 러시아의 톨스토이(Leh Tolstoy, 1828~1910), 폴란드의 센케비치(Henryk Sienkiewicz, 1846~1916), 헝가리의 몰(Jókai Mór, 1825~1905) 등을 대상으로 선택하여 이들의 작품을 비교적 성실하게 번역·소개하였다. 이 과정에서 루쉰도 적지 않은 정력을 쏟으며 동생의 문장을 다듬어주기도 하고, 번역본에 서문을 써주기도 하였다. 여기에서 기념할 만한 일은 두 사람이 함께 번역한 단편소설집『역외소설집(域外小說集)』1·2책(冊)이 1909년 토꾜에서 정식으로 출판되었다는 사실이다. 이 소설집에는 러시아의 체홉(Chekhov, Anton Pavlovich, 1860~1904)·안드레예프(Leonid Nikolaevich Andreev, 1871~1919)·가르신(Vsevolod Mikhailovich Garshin, 1855~1888), 폴란드의 센케비치, 핀란드의 아호(Juhani Aho, 1861~1921), 영국의 와일드(Oscar Wilde, 1856~1900), 보스니아의 무라드비치(Muradvic)의 작품이 수록되어 있다. 이 책의 번역 문장에는 이미 두 사람의 재기(才氣)가 드러나고 있다. 비록 문풍도 다르고, 여가 시간의 기호도 다르기는 하였지만, 최소한 이 합동번역집에서 우리는 두 사람의 의기투합한 일면을 엿볼 수 있다. 여러 해 동안 축적된 형제간의 우애가 거의 모두 이 두 권의 번역집에 남아 있다. 무수한 불면의 밤과 그처럼 적막하고 긴장된 시간들이 이 두 권의 책 속에서 영원한 생명으로 침잠되어 있다.『역외소설집』의 판매량은 그다지 좋지 못했지만 중국 번역사에서는 이 책을 특별히 기념해야 할 것이다. 이 책이 출판된 지 얼마 되지 않아서 일본 토꾜에서 발간되던 잡지『일본 및 일본인(日本及日本人)』제508기에 이 일에 관한 보도 기사가 실렸다.

일본 등지에서는 유럽의 소설이 대량으로 구매되고 있다. 중국인들은 대부분 이러한 영향을 받지 않은 것 같지만 청년들 중에는 그래도 이러한 소설을 읽는 사람들이 있다. 이곳에 거주하고 있는 25~26세 정도 된 중국인 저우씨 형제는 영어와 독일어로 된 유럽의 작품을 다량으로 독파하였다. 뿐만 아니라 토꾜에서 『역외소설집』이라는 이름의 책을 완성하여 대략 30전의 가격으로 본국으로 우송하여 판매하려 하고 있다. 지금 벌써 제1책이 출판되었는데 그 번역문은 물론 중국어이다. 일반적인 유학생들이 애독하는 작품은 러시아의 혁명적 아나키즘 작품이고, 그 다음이 독일과 폴란드의 작품이며, 단순한 프랑스의 작품 같은 것은 그리 환영받지 못하고 있는 것 같다.

민감한 일본인들은 단 번에 그 특징을 간파해내고 있다. 11년 후 이 책을 다시 인쇄할 때 루쉰은 저우쭈어런의 명의로 다음과 같은 서문을 썼다. 거기에도 당시의 의도가 아주 진실하게 묘사되어 있다.

우리는 일본에 유학할 때 일종의 막막한 희망을 품고 있었다. 그것은 문예로 인간의 성정(性情)을 바꾸고 사회를 개조하려는 생각이었다. 이러한 의도 때문에 자연스럽게 외국 신문학을 소개하는 일에 생각이 가 닿았다. 그러나 이 작업에는 첫째 드넓은 학식, 둘째 마음 맞는 동지, 셋째 끊임없는 노력, 넷째 풍부한 자금, 다섯째 안목 있는 독자가 필요하였다. 다섯 번째 것은 우리가 예상할 수 없는 일이었지만, 앞의 네 가지도 우리는 아무 것도 갖고 있지 못하였다. 이에 어쩔 수 없이 적은 자본으로 일을 꾸려가면서 임시로 시험 사업을 해볼 수밖에 없었다. 그 결과가 바로 『역외소설집』의 번역 출판이었다.

당초의 계획은 두 권을 연이어 인쇄할 자본을 마련하여, 그 책을 팔아 본전을 회수하고 다시 제3, 제4, 제x권까지 출판하려는 것이었다. 이렇게 계속 추진해가면 자금이 많이 축적되어 각국의 유명한 작가의 저작을 대략 소개할 수 있을 것 같았다. 이에 명확하게 준비를 하고 1909년 2월에 제1책을 인쇄하였고, 6월간에는 다시 제2책을 인쇄하였다. 판매 장소는 상하이와 토꾜였다.

반 년이 지나서 먼저 가까운 토꾜에서 판매 부수에 대한 결산을 하게 되었다. 제1책은 21권이 팔렸고 제2책은 20권이 팔렸는데, 이후로는 더 이상 사는 사람이 없었다. 제1책은 어째서 한 권 더 팔렸는가? 그 이유는 나의 아주 친한 친구 하나가, 판매처 사람들이 정가를 제대로 지키지 않고 값을 더 많이 받을까봐 걱정이 되어 몸소

한 번 시험 구매를 해보았기 때문이다. 그 결과 일률적으로 정가를 지킨다는 것을 알고는 마음을 놓고 제2책에 대해서는 그 실험을 하지 않았던 것이다.

여기에서 알 수 있는 것처럼 그 20명의 독자분들은 책이 나오면 반드시 사서 보시면서 우리 책의 구입을 중지하지 않았으니 우리는 지금까지도 아주 감사하는 마음을 갖고 있다.

상하이의 판매량에 대해서는 아직도 자세한 상황을 알지 못하고 있다. 소문에 의하면 그곳에서도 20권 남짓 팔리고 나서 더 이상 사가는 사람이 없었다고 한다. 이에 제3책은 인쇄를 중단할 수밖에 없었고 이미 만든 책은 모두 상하이 판매처의 재고 창고에 쌓아두었다. 4~5년 후 불행히도 그 판매처의 재고 창고에 화재가 발생하여 우리의 책과 지형은 모두 한 줌의 재로 변하고 말았다. 우리의 옛날 꿈같은 노력, 그 쓸모없는 노력은 중국에서조차 완전히 소멸되고 만 것이다.

근래 몇 분의 작가들께서 갑자기 『역외소설집』에 대해 말씀을 하시면서 그 책의 상황에 대해 질문을 하는 분들이 있었다. 그러나 『역외소설집』은 일찌감치 불타버려서 그분들에게 가르침을 청할 방법이 없었다. 이러한 일로 인하여 몇몇 친구들은 그 책의 재판을 찍자고 하기도 하고, 그 책에 신경 쓸 방법을 찾아보자고 하기도 하였다. 이번 기회를 위하여 나는 오랫동안 방치해두었던 책 상자를 열고 거기에서 내가 보관하고 있던 두 권의 책을 찾아내었다.

지금 이 책의 번역문을 읽어보니 문장이 생경하고 난삽할 뿐만 아니라, 아주 말도 안 되는 곳도 있어서 재판을 찍기에 사실 부적합하였다. 다만 이 책의 본질적인 의의만은 지금도 여전히 보존할 가치가 있고, 앞으로도 보존할 가치가 있다고 생각한다. 그 중의 여러 편의 소설은 지금 백화로 번역하여 유통시켜도 될 충분한 가치를 지니고 있다. 애석하게도 나는 그 동안 이를 위해 많은 시간을 낼 수 없었다.─오직 「추장(酋長)」 한 편만은 일찍이 번역하여 『신청년(新靑年)』에 발표한 적이 있다─따라서 임시방편으로 문언으로 된 옛날 번역을 다시 찍어 잠시 책임이나 면하고자 한다. 그러나 다른 측면에서 다시 생각해보면 이 책의 재판이 전혀 의의 없는 일도 아닌 것 같다.

당초의 번역본은 단지 두 권뿐이어서 각국의 작가들이 두루 다 들어가지 못하였다. 지금 재판의 편집을 마치고 나서 살펴보아도 어떤 것은 중시하고 어떤 것은 경시한 폐단이 더욱 확실히 드러나 보인다. 귀국한 후 나는 우연찮게 시골의 신문이나 별로 인기 없는 잡지에 몇몇 소품들을 번역하여 게재한 적이 있고, 그 원고들은 내가 계속 보관하고 있었다. 그 원고들도 지금 재판본에 모두 수록하였다. 모두가 37

편인데, 문언으로 된 나의 단편 번역은 모두 이 재판본 속에 들어 있다고 할 수 있다. 다만 이 속에 포함된 가르신의 「4월(四月)」과 안드레예프의 「기만(謾)」·「침묵(默)」은 나의 큰형이 번역한 것이다.

당초의 번역문 속에 들어 있던 몇몇 어려운 글자들은 지금 모두 고쳐서 인쇄처에서 특별히 글자를 주조하는 수고를 덜게 하였다. 해설이 필요한 곳에는 여전히 작은 주를 달아 대략적인 설명을 덧붙였다. 작가의 간략한 전기도 책 뒤에 부록으로 부가하였다. 번역한 단편에 대해 내 스스로 더러 이야기하고 싶은 점이 있으면 이 간략한 작가의 전기 속에 그것을 서술해 넣었다.

『역외소설집』이 처음 출판되었을 때 이 책을 읽은 사람들은 흔히 "소설이 시작되자마자 끝나버렸다"고 고개를 가로젓기도 하였다. 당시는 단편소설이 아주 드물었고, 지식인들은 100~200회의 장회소설을 읽는 데 습관이 되어서 단편소설은 거의 물건 취급을 하지 않았다. 지금은 벌써 당시와는 다른 시대이므로 이 점은 염려할 필요가 없다. 또한 내가 잊을 수 없는 것은 어떤 잡지에 센케비치의 「음악가 양커(樂人揚珂)」라는 소설이 게재되었는데, 나의 번역본과 단지 몇 글자만 틀리고, 그 소설 위에 두 줄로 '골계소설'이란 작은 글씨를 써둔 것을 보았을 때이다. 이 일은 지금까지도 나로 하여금 공허한 고통을 느끼게 한다. 그러나 인간의 심리가 세계상에서 정말 이처럼 다를 수 있으리라고는 믿지 않는다.

이 30여 편의 단편에서 묘사하고 있는 사물은 대부분 중국에서는 매우 낯선 것들이다. 특히 가르신 작품 속의 인물은 아마 중국에서 거의 찾아볼 수 없기 때문에 더욱 이해하기 어려울 것이다. 우리는 동일한 인류로서 본래 서로 이해할 수 없는 지경에까지는 이르지 않았을 것이다. 그러나 이제 시대와 국토·습관·선입관들이 모두 인간의 마음을 가로막을 수 있게 되어, 이 때문에 왕왕 다른 사람의 마음을 거울처럼 밝게 비춰볼 수 없게 된 것이다. 다행스럽게도 지금은 이미 그때와는 다르므로 아마 이 부분도 염려할 필요가 없을 것이다.

만약 이 『역외소설집』이 나의 번역문이기 때문이 아니라 그 자체의 실질적인 의의 때문에 독자에게 약간의 소득을 제공할 수 있다면 내 자신 더 없는 행복을 느낄 것이다.

이 글은 지금 읽어보아도 대단히 감동적이다. 중국의 5·4 선구자들은 개인의 유미적인 목적에서 문학을 한 것이 아니다. 당시 그들은 다량의 번역 작품

을 통해서도 피압박자들의 고통스러운 목소리를 전달하고자 하였다. 즉 사랑
과 한이 충만된 진실하고 순수한 인간의 목소리를 중국에 전달하여 강철로 된
방 속에서 잠을 자고 있는 사람들을 흔들어 깨우려고 하였다. 이러한 간고(艱
苦)한 노력 속에는 그 앞 세대 사람들보다 훨씬 더 비장한 색채가 담겨 있다.

8.

　루쉰과 저우쭤어런이 일본 유학 시기에 쓴 글 및 독서 상황과 관련된 글을
읽어보면 대단히 재미있다. 내가 생각하기에는 최소한 심리학자들도 두 사람의
가치 선택과 개성 특징에 대해서 깊은 흥미를 느낄 것이다. 당시 그들의 사상
은 많은 부문에서 근접해 있었지만, 각각 좋아하는 책은 이미 상당히 달랐다.
루쉰은 낭만주의 시 및 독일의 문학적 철학가들에게 깊은 흥미를 보이고 있었
고, 저우쭤어런은 매우 잡다한 독서 생활 가운데서도 희랍문화에 정을 붙이고
있었고, 또 성심리학에 대해서도 깊은 애착심을 보이고 있었다. 그는 또한 러시
아 아나키즘 사상에도 적지 않은 관심을 보이고 있다. 이에 비해 루쉰은 푸슈
긴(Aleksandr Sergeevich Pushkin, 1799~1837)·레르몬두프(Michail Jurjevič Lermontov, 1814~
1841)·바이런(G. G. Byron, 1788~1824)·셸리(Charles Percy Bysshe Shelley, 1827~1890)·페
퇴피(Sándor Petőfi, 1823~1849)의 작품을 읽으면서 깊은 감동을 느끼고 있다. 거기
에서 흘러나오는 반항의 목소리와 개성적인 정신은 과거 중국 고대문화 속에
서는 거의 찾아볼 수 없는 것들이었다. 그는 이러한 시인들을 악마시인(摩羅詩
人)이라고 부르면서 마음속 깊이 숭배의 마음을 금치 못하고 있다. 저우쭤어런
도 개성적인 문학을 중시하기는 하였지만 그에게 있어서 더욱 중요한 것은 자
신의 학문과 지식을 더욱 풍부하게 해줄 수 있는 책들이었던 것 같다. 이러한
책들은 스스로의 심미적인 기호에도 더욱 잘 부합하는 것들이었다. 니체 사상

도 당시 일본에 이미 전해져 있었고, 이 때문에 일본 학계가 적지 않게 들끓고 있었다. 따라서 루쉰이 이에 대해 주의를 기울이게 된 것은 자연스러운 일이었다. 그러나 저우쭈어런은 니체를 일반적으로만 이해했을 뿐 루쉰처럼 그렇게 깊은 관심을 기울이지는 않았다. 그는 니체에 대해 개인을 존중하고 인도(人道)를 제창하는 측면에서만 루쉰과 거의 같은 의견을 갖고 있었다. 저우쭈어런은 각종 문학 서적에 심취하여 무릇 심성 계발과 지식 확대에 필요한 책이면 모두 구입하여 읽었고, 이에 대한 열정도 점점 뜨거워지게 되었다. 그는 「토꾜의 서점(東京的書店)」이라는 글에서 당시 독서 상황을 취한 듯이 묘사하고 있는데, 잡가(雜家)로서의 그의 풍격이 이미 짙게 드러나고 있다. 형제 두 사람의 독서 취미가 상이한 점에 대해서는 쳰리췬(錢理群 : 전리군)이 그의 『저우쭈어런전(周作人傳)』에서 상당히 타당한 분석을 하고 있다.

대단히 흥미로운 것은 공교롭게도 저우씨 형제가 무정부주의 양대 파에 대해 서로 상이한 선택 경향을 보이고 있다는 점이다.

루쉰은 의심할 것도 없이 슈티르너의 개인주의적 무정부주의에 경향되어 있었다. 그는 「문화편지론」에서 슈티르너(Max Stirner, 1806~1856) · 니체(Friedrich Wilhelm Nietzsche, 1844~1900) · 키에르케고르(SØren Aabye Kierkegaard, 1813~1855) 등을 '사상계의 신인'이며 '투쟁에 뛰어난 선각자'들이라고 열렬하게 찬양하고 있다. 그는 다음과 같이 주장하고 있다. '독일인 슈티르너는 먼저 극단적인 개인주의를 세상에 보여주었다. 그는 진리의 진보는 모두 자기 자신의 발 아래 있다고 주장하였다. …… 또한 자유의 획득은 힘에 의한 것인데, 그 힘은 개인에게 있고, 또한 그 힘은 개인에게 있어서 재산일 뿐만 아니라 권리라고 주장하였다.' 동시에 루쉰은 '천하의 사람들을 동일화시켜 사회에서 존비(尊卑)의 제도를 없애려는' 사회평등관을 날카롭게 비판하였다. 그리하여 그는 이러한 사회 평등관이 결과적으로 '높은 곳을 깎아 내리면서도 낮은 곳은 높이지 않아, 그 정도는 그럭 저럭 같아질 수 있지만, 그 진보는 수준 이하가 될 것이며, …… 바람과 파도에 침식되는 것처럼 전체 사회가 평범한 지경으로 전락할 것이다'라고 인식하였다. 루쉰 사상의 중심점은 분명히 개인의 자유 의지를 강조하는 데 있었다. 따라서 그는 슈티르너가 「유일자」의 논리를 주장하며, '나 이외의 어떠한 권리의 원천도 하느님 · 국가 · 자연 · 사람 · 신권 · 인권 등을 막론하고 모두 인정하지 않는 태도에 강렬하게 공감하였다.

저우쭤어런은 크로포트킨(Pietro Alekseevich Kropotkin, 1842~1921)에 더 심취하였다. 이 당시 저우쭤어런은 크로포트킨의 「시베리아 기행」(1908년 10월 10일 발간된 『민보(民報)』 24호에 게재)을 번역하였다. 그는 또 『천의보(天義報)』에 발표한 「러시아 혁명과 아나키즘」이라는 글에서 크로포트킨의 「한 혁명가의 자서전」에 나오는 많은 자료를 인용하고 있다. 이처럼 저우쭤어런은 크로포트킨의 이론을 중국에 가장 일찍 전파한 사람 중의 하나였다. 저우쭤어런은 그 뒤 이 시기의 사상을 총괄할 때, 자신에게 가장 큰 영향을 끼친 사상가와 문학가를 열거하면서 '귀족적이면서도 무정부주의를 신봉한' 크로포트킨을 가장 먼저 손꼽고 있다. 그는 이렇게 언급하고 있다. '나도 「빵의 획득」 등과 같은 크로포트킨의 저작을 읽은 적이 있고, 『영국과 프랑스 감옥에서』라는 책에서 「시베리아 기행」이란 글을 번역하여 『민보(民報)』 24기에 게재한 적도 있다. …… 그러나 내가 가장 좋아하는 크로포트킨의 글은 이러한 것이 아니다. 그것은 바로 「한 혁명가의 자서전」과 「러시아 문학의 이상과 현실」이다.' 크로포트킨은 인간의 본능이 상호 협조적이며 선한 것이라고 강조하면서, 인간이 상호 협동하는 가운데 진화한다는 관점에서 출발하여 무정부 공산주의 사회의 건설을 고취하였다. 그의 중국 신도들은 공개적으로 다음과 같이 선언하였다. '무정부주의는 사유재산제도를 없애고 공산주의를 실행한다. 그렇게 되면 사람들이 모두 자기의 능력을 최대한 발휘하면서 자기가 필요한 것을 얻을 수 있다. 또한 빈부의 격차가 없어지고 금전 경쟁도 사라질 것이다. 이때가 되면 생활은 평등해지고 업무는 자유로워져서, 경쟁·약탈하는 사회가 상호 협동하고 사랑하는 사회로 바뀔 것이다.' '사회구성원간의 협동과 사랑'을 바탕으로 하는 이와 같은 주장에는 공상적인 사회주의 색채가 짙게 배어 있고, 그것은 온화한 개성의 소유자인 저우쭤어런에게 아주 잘 맞는 이론이었다. 주목에 값하게도 저우쭤어런은 그의 문장에서 슈티르너에 대해서는 한 번도 언급한 적이 없고, '연극적인 것은 좋아하지 않는다'고 하면서 니체의 '풍도와 문장은 나의 입맛에 그다지 잘 맞지 않는다'고 서술하고 있다. 저우쭤어런의 불만은 아마 니체의 '풍도와 문장'에 그치는 것이 아니라, 니체 (및 니체와 유사한 슈티르너) 사상 속에서 드러나는 개인의 주관 의지에 대한 극단적인 강조에까지 미치고 있는 것 같다. '개인의 주관만 강하게 주장하다가', '극단에 치우치는 것'도 마다하지 않는 이러한 이론이 '중용을 추구하는' 저우쭤어런의 비위에 맞지 않는 것은 어쩌면 당연한 결과라고 할 수 있다. 그러나 루쉰은 「문화편지론」에서 다음과 같이 주장하고 있다. '밝은 지혜를 가진 사람들(당시에 니체와 슈티르너 같은 사람을 가리켰다)은 "옛 사람들이 생각한 바와 같은 그런 협조적인 사람들을" 지금 이 세상에서는 결코 찾을 수 없다는 것을 알고, 오직 초인적인 의지력을 가진 사람에게 희망을 걸고 있다.' 이와 같은 논조와는 상반되게 저우쭈어런은 당시에 쓴 글에서 인간의 물질과 정신, 감정과 이성의 조화 및 전면적인 발전을 반복해서 강조하고 있다. 그는 다음과 같이 언급하고 있다. '인생의 시작은 무엇보다도 먼저 삶을 추구하는 데 있다. 따라서 의식주는 생활하는 데 필수 불가결한 것이다.' '마침 문명이 점점 진화함에 따라 삶은 그래도 온전하게 영위할 수 있게 되었다.' '그러나 정신적인 부분의 부족함을 깨닫고, 미술을 추구하게 되었다.' 저우쭈어런이 추구한 것은 바로 아무런 편향도 없고 대단히 조화로운 인간의 생존 방식이었다. 이것은 크로포트킨의 '협조와 사랑'의 논리와 정신적으로 상통하는 것이며, 심지어 우리는 여기에서 5·4 시기에 저우쭈어런이 제창한 신촌운동(新村運動)의 선성(先聲)을 들을 수 있다.[13]

루쉰은 개성주의문화 전통을 수용한 후 뒷날 그 사상이 비록 변화하기는 하였지만 개성주의라는 기본적인 색깔은 줄곧 간직하고 있었다. 이와는 다르게 성심리학·문화인류학에 대한 저우쭈어런의 편애는 평생 동안 그를 학자적인 정감 방식을 가지고 살아가도록 하였다. 이것은 어릴 때의 기억이 인생 역정에 영향을 끼친 결과이다. 그러나 가치 선택이 조금씩 차이가 나는 이유는 심성의 차이도 아마 배제할 수 없는 한 가지 원인일 것이다. 저우쭈어런은 인류 심층의 지식 구조와 그 전개 과정을 좋아하였고, 루쉰은 인류 생명의 심층적인 운동 방식에 흥미를 갖고 있었다. 예를 들어 루쉰은 니체에게 많은 정력을 투입하였다. 그는 초기 논문에서 니체를 자주 언급하면서 대단히 높게 평가하고 있다. 「문화편지론」·「마라시력설」·「파악성론(破惡聲論)」에서는 모두 니체가 주장한 개성적인 문화 가치를 언급하고 있다. 루쉰이 보기에는 니체의 사상이 고난 속에서 인류를 해방시켜 주는 일종의 정신적인 역량이라고 생각되었다. 인간은 늘 하느님을 찾고 천당에 가기를 염원하면서도, 인류 자신의 잠재적인 역량인 자유 의지는 한사코 소홀하게 취급해왔던 것이다. 중국처럼 고로(古老)한 민족에게 니체식의 초인은 일종의 강심제였다. 모든 우상을 멸시하

---

13) 錢理群, 『周作人傳』, 北京十月文藝出版社, 1990, 133~135면.

고 모든 신성(神聖)을 전복시키고, 모든 신령을 모독하는 그러한 용기는 역사적으로 중국인들에게 줄곧 부족한 부분이었다. 루쉰은 광풍처럼 휘몰아치는 니체의 시인 같은 예술정신 속에서 자기가 오랜 세월 기대하면서도 명료하게 그려내지 못한 정신의 초상화를 발견하였다. 강과 바다를 뒤집을 듯한 기세, 대지 가득 번득이는 날카로움, 생명에 대한 심도 깊은 자성 등등은 루쉰에게 얼마나 친밀한 정을 느끼게 하였던가? 루쉰은 전통을 부정하는 니체의 사상을 즉각 수용하였고, 아울러 이러한 사상을 자신의 문학 속에 운용하였다. 일본 학자 이또 토라마루(伊藤虎丸)의 해석에 의하면 당시 일본인의 니체 수용은 대부분 생명 본능이라는 입장에서 출발하고 있다고 한다. 그리고 일본 학자들 중에서 루쉰처럼 아시아인의 입장, 피압박 민족의 입장에서 니체를 이해한 사람은 거의 하나도 없었다고 한다. 루쉰은 니체 세계의 가장 핵심적인 부분을 아주 예민하게 간파했으며, 그것을 인간 자신의 초월 능력으로 간주하였다. 이에 그의 반항 의지는 니체 사상의 계발하에서 일종의 형이상학적인 역량을 획득하게 되었다. 루쉰과는 달리 저우쭤런은 서구 문명 속에서 개성적인 정신 이외에 그 속에서 발산되는 지식의 역량과 인도(人道)의 역량에 관심을 보이고 있다. 루쉰은 행동적 측면에 치중하고 있고, 저우쭤런은 지식적 측면에 치중하고 있는 것이다. 행동에 치중하게 되면 당연히 아주 강렬한 사명감을 갖게 되고, 그 사상의 장력도 평범하지 않게 된다. 지식에 치중하게 되면, 그 문풍(文風)이 침착해져서, 시내의 병폐를 공격할 때도 내재적인 정취 속에서 우아한 기품을 지닐 수 있게 된다. 따라서 루쉰의 문장을 읽어보면 아침 해가 솟아오르는 것처럼 그 문체가 끊임없이 고양됨을 느낄 수 있고, 또한 읽고 난 후에는 마치 광풍을 쐰 것처럼 몸과 마음이 강렬하게 떨려 옴을 체감할 수 있다. 그러나 저우쭤런의 문장은 조급하게 서두름이 없이 유유자적하는 맛을 지니고 있어서 마치 호수 위의 산들바람이 부드럽게 불어오는 것 같은 분위기를 느낄 수 있다. 그러나 당시 저우쭤런의 정취는 젊은이다운 면을 지니고 있어서 뒷날 그가 보여준 신사(紳士)티는 아직 드러나지 않고 있다. 이 때문에 호탕한 기세가 없다 뿐이지 그의 글에도 의연히 사상적인 예리함이 감추어져 있다.

루쉰이 「마라시력설」, 「인간의 역사」, 「문화편지론」을 발표한 같은 시기에 저우쭈어런도 「문장의 의의 및 그 사명 그리고 중국 근래 논문의 득실을 논함(論文章之意義暨其使命因及中國近來論文之得失)」, 「애현간(哀弦簡)」 등의 글을 발표하였다. 이것은 루쉰 사상에 대한 일종의 호응이라고 할 수 있다. 이 문장들은 사상이 루쉰과 상당히 비슷하고 어떤 문제를 논증할 때도 힘찬 기세를 드러내고 있기는 하지만 루쉰의 문장이 품고 있는 그 광대한 기상에는 미치지 못하고 있다. 이것은 분명히 니체의 영향을 받지 않았기 때문일 것이다. 우리는 당시 형제 두 사람이 발표한 문장에서 정신상의 어떤 유사성을 몇 가지 발견할 수 있다. 첫째, 정신이 민족에게 미치는 영향을 강조하고 있다는 점이다. 예를 들어 루쉰이 정신계의 전사를 요청하면서 '참인간 세우기(立人)'를 주장한 것이나, 저우쭈어런이 '민중들의 참된 혼 갖기'를 대단히 중요하게 생각한 것 등이 그것이다. 둘째, 외국의 개성적인 문화정신을 흡수하는데 치중하면서 전통 사상의 부패한 면을 비판하고 있다는 점이다. 그들은 약속이나 한 듯이 중국이 낙후된 근원을 간파하고는 유학 사상에 대해 맹렬한 비판을 가하였고, 개성의식을 이용하여 낡은 풍습과 대항하자고 주장하였다. 루쉰이 '악마'정신의 도입을 강조한 것이나, 저우쭈어런이 외국의 진보적인 문학을 광범위하게 수용하자고 주장한 것들이 이러한 예이다. 셋째, 양무 구국을 경멸하면서, 문학 구국을 주장하고 있다는 점이다. 양무운동이 중국의 개화에 미친 영향은 결코 가볍게 볼 수 없다. 저우씨 형제의 유학도 기실은 양무운동의 결과로 이루어진 것이었다. 그러나 양무운동의 한 폐단은 인간의 정신 계몽을 소홀히 하였다는 점이다. "외면을 중시하면서 내면을 포기하고, 껍질을 취하면서 정신을 내버린 결과, 수많은 민중들이 물욕에 사로잡히게 되었는데" 이러한 현상을 바로잡고, 아울러 문학 계몽의식으로 그것을 조정하려고 한 것은 비교적 훌륭한 지적이며 시도라고 할 수 있다. 두 사람은 거의 동시에 문학이 인간의 심령(心靈) 함양에 이바지하는 가치를 주목하였다. 그러나 이러한 문학이 전통적인 의미에서의 재도(載道)의 문학은 아니다. 그것은 개성적인 자유의식이 빚어내는 정신의 빛이다. 또한 인간의 문학이며 사랑의 문학이다. 저우씨 형제는 그들이 배운 지식을 그들의 문장 속에 운용하고 있다. 문장이 비록 상당히 고풍스럽고, 사회적으로도 아직 어떤 반향도 일어나지 않았지만, 이것은 두 사람 사상의 중요한 출발점이었다. 이러한 전주곡이 없었다면, 훗날 두 사람이 더욱 심도 깊은 사회계몽 사업을 추진할 수 없었을 것이다.

　형제 두 사람이 그 당시에 쓴 글을 읽어보면 루쉰이 줄곧 저우쭈어런보다 깊이 있는 글을 썼다는 인상을 지울 수 없다. 솔직하게 말해서 루쉰은 자연과학사·문학사·철학사 등의 부문에 상당히 많은 공력을 들였고, 또 그 사상도 비교적 엄밀하였다. 그는 이미 초보적이나마 과학의식과 자유주의 철학의식을 갖추고 있었다. 이 점은 대단히 중요하다. 그의 문장 배후에는 높다란 정신의 산이 자리 잡고 있어서 인간의 역사에 대한 논술이나 서구 낭만주의 시학에 대한 소개가 모두 그처럼 심도 깊었던 것이다. 이러한 문장에도 젊은이 특유의 경박함이나 오만 혹은 극단주의가 거의 보이지 않고 있다. 오히려 그것은 한 줄기 횃불로 이루어진 생명의 빛처럼 특이한 열기를 발산하고 있다. 캉여우웨이·량치차오 이후로는 아마도 루쉰의 문장이 가장 강력한 힘을 갖춘 명문일 것이다. 지금 읽어보아도 여전히 강력한 호소력을 느낄 수 있다. 저우쭈어런이 우리에게 주는 인상은 이와는 완전히 다른 모습이다. 그의 문장을 읽어보면 그 광대한 독서량에 놀라게 되고, 거기에서 다루고 있는 지식의 폭이 그의 형을 능가하고 있다는 사실을 알 수 있다. 그러나 그는 그의 형처럼 생명철학과 개인 체험의 측면을 그렇게 깊게 피고들지 않고 있다. 따라서 문장의 힘이 지식의 폭에 가려지고 있으며, 이에 문장의 충격력도 많이 약화되고 있다. 저우쭈어런은 그의 형에게 탄복하였다. 그러나 루쉰의 풍격은 공감하고 동경할 수는 있을지언정 쉽게 따라 배울 수는 있는 경지는 아니었다. 우리는 이후 두 형제가 걸어간 인생 역정 속에서 이러한 점을 분명하게 목격할 수 있다.

이들 두 형제가 해외에서 보낸 몇 년 간의 생활 속에서 또 한 가지 언급할 만한 가치가 있는 일이 있다. 그것은 바로 장타이옌(章太炎)과 접촉하면서 그에게서 가르침을 받은 일이다. 루쉰과 저우쭈어런은 뒷날 그들의 문장 속에서 모두 이 일을 언급하고 있다. 따라서 이 일은 두 사람의 생활에 상당히 큰 영향을 끼친 사건이었던 것으로 보인다.

장타이옌은 신해혁명 전야에 중국 학계에서 가장 큰 영향력을 갖고 있던 인물이었다. 그는 국학(國學)에 대한 소양이 대단히 심도 깊어서, 만청(晚淸) 이래 한학계(漢學界)에서 일대 종사(宗師)라 할 만 하였다. 장타이옌은 장빙린(章炳麟 : 장병린)의 호(號)이고, 또 다른 이름은 쟝(絳 : 강)이며, 저쟝성 위캉(餘抗 : 여항) 사람이다. 그가 1899년에 출판한 유명한 저서 『구서(訄書)』는 그 뒤 몇 번의 수정을 거치는 동안, 더욱 더 강렬한 반청배만(反淸排滿)의식을 담아내고 있다. 당시 장타이옌의 저작을 읽고 이해할 수 있는 청년은 별로 없었다. 그러나 저우쭈어런은 뒷날 이 학자를 언급할 때 대단한 존경의 마음을 표시하고 있으며, 그 학식을 우러러보고 있다. 이에 비해 루쉰은 장타이옌의 업적이 결코 그의 학술에 있는 것이 아니라 그의 혁명정신에 있다고 보았다. 1903년 장타이옌은 상하이의 『소보(蘇報)』에 「혁명서에 대한 캉여우웨이의 견해를 반박함(駁康有爲論革命書)」, 「쩌우룽의 『혁명군』 서언(鄒容著『革命軍』序言)」 등의 글을 발표하여 보황당(保皇黨)과 공개적인 논전을 벌였고 그 뒤 체포되어 투옥되었다. 그러나 정의에 대한 그의 신념은 결코 변하지 않았고 옥중에서도 굳건한 학자의 풍모를 보여주었다. 그의 시와 글은 당시 전 중국으로 퍼져나가 세간에서 칭송되면서 한 시기를 풍미하였다. 저우씨 형제는 타이옌 선생을 대단히 흠모하였다. 1906년 타이옌 선생은 출옥 후 일본으로 와서 『민보(民報)』를 주관하였다. 그는 그가 주관하는 신문에 끊임없이 글을 게재하여 각종 보수 세력과 투쟁을 벌였다. 기세가 충만한 그의 문장은 많은 청년들의 집중적인 주목을 받았다. 저우씨 형제도 이러한 문장에 주목하였고 훌륭한 문장이 실릴 때마다 해당 신문을 급히 구입하여 읽으면서, 서로 호응하고 동경하는 마음을 갖게 되었다. 1908년 장타이옌은 민보사에서 『설문해자(說文解字)』를 강의하였다. 그 강의는 많은 사람들의 환영을 받았고 청강생들이 아주 많았다. 루쉰 형제는 당시 쉬서우창 등과 함께 살고 있어서 유학생들 사이의 사건이나 소식을 비교적 쉽게 접할 수 있었다. 오래지 않아 그들도 장타이옌 선생의 강의를 들을 기회를 얻게 되었다. 그 강의는 매주 일요일 오전에 개설되어 8명이 함께 공부하였고 1년 간 지속되었다. 저우쭈어런은 당시를 이렇게 회고하고 있다.

민보사에 가서 장타이옌 선생님의 『설문해자(說文解字)』 강의를 들은 것은 1908 ~1909년의 일이었고, 대체로 1년 간 지속되었다. 이 일은 궁웨이성(龔未生 : 공미생) 이 발기하였다. 당시 타이옌 선생님은 한 편으로 동맹회의 기관지인 『민보(民報)』를 주관하면서, 다른 한 편으로는 국학 강습회를 열고 있었다. 카미타(神田)의 대성중학 (大成中學)을 빌려서 정기적으로 주재한 그의 강의는 유학생 사회에 상당한 영향을 발휘하고 있었다. 루쉰과 쉬지푸(許季茀)가 궁웨이성에게 '장 선생님의 강의를 듣고 싶은데 이미 개설되어 있는 반은 너무 붐빌 것이므로, 일요일 오전 민보사에서 또 다른 한 반을 개설해주실 수 없느냐'고 여쭤 봐달라고 하였다. 장 선생님이 듣고 쾌히 승낙하셨다. 오사(伍舍)에서는 쉬지푸와 첸쟈즈(錢家治 : 전가치) 그리고 우리 두 사람이 강의를 들으러 갔다. 궁웨이성과 첸샤(錢夏, 玄同 : 전현동)·주시쭈(朱希祖 : 주희조)·주쭝차이(朱宗萊 : 주종채)는 모두 대성 중학에서 강의를 듣던 멤버들인데, 이번에도 참가하게 되어 모두 8명이 강의를 듣게 되었다. 민보사는 코이시카와 구 (小石川區) 신꼬카와 정(新小川町)에 있었는데, 다다미가 여덟 개 깔린 한 칸짜리 방이었고, 그 가운데 앉은뱅이책상이 하나 놓여 있었다. 선생님께서 한 쪽에 앉으시 고 학생들은 그를 둘러싸고 삼면으로 앉아서 강의를 들었다. 사용한 교재는 『설문해 자(說文解字)』였다. 한 글자 한 글자 강의해나가면서 때로는 구설(舊說)을 운용하기 도 하고, 때로는 신설(新說)을 적용하기도 하여 딱딱한 교재가 그의 설명으로 대단 히 흥미진진해졌다. 타이옌 선생님께서는 부유한 사람들에게는 곧잘 성질을 부렸지 만 젊은 학생들은 아주 잘 대해주면서 가족이나 친구처럼 편하게 담소를 즐기셨다. 여름이 되자 책상 앞에 자리를 틀고 앉아 어깨가 드러나는 셔츠만을 입고는 얼굴에는 염소수염을 달고 껄껄거리며 강의를 하시는데, 근엄하고 해학스러운 모습이 마구 엇섞여서 마치 절간에 모셔진 익살스런 부처님을 보는 것 같았다. 중국 문자를 설명 하는 방법에는 본래 다소 소박한 학설이 포함되어 있는데, 타이엔 선생님도 껄껄거리며 그것을 설명해주셨다. 특히 권8 '尸'자 부수의 '尼'자를 강의할 때 그러한 모습을 잘 보여주었다. 이 글자는 전통적인 학설에 근거하여 뜻을 풀이하면 후세의 '昵(닐, 친하다)'자라고 하면서, "허신(許愼)이 「뒤에서부터 접근하는 것(從後近之也)」이라고 풀이한 것은 좀 망칙스럽기는 하지만 이보다 더 좋은 설명은 할 수 없다"고 하였다. 여기에다 공자(孔子)의 니구(尼丘)를 끌어 들여 해설을 곁들였으니 더욱 더 점잖지 못하게 보였다.14)

쉬서우창도 당시의 학습 상황을 다음과 같이 묘사하고 있다.

장 선생님의 강의는 이처럼 활기찼으며 새롭고 독창적인 견해가 끊임없이 솟아 나왔다. 때로는 한담을 나누는 가운데 해학을 섞어 넣어 그 재미있는 말솜씨에 시종 입이 다물어지지 않았다. 그의 『신방언(新方言)』과 『소학답문(小學答問)』 두 권의 책은 모두 이때 강의의 여가로 씌어진 것이며, 방대한 체계에 정밀한 사고가 들어 있는 『문시(文始)』의 초고도 이때 집필이 시작되었다. 함께 강의를 들은 사람으로는 주펑셴(朱蓬仙 : 宗萊)・궁웨이성・첸셴퉁・주시쭈・주위차이(魯迅)・주치멍(周起孟 : 作人)・첸쥔푸(錢均夫 : 첸쥔푸) 그리고 나까지 모두 8명이었다. 앞의 네 사람은 대성 중학에서 다시 강의를 들으러 온 사람들이었다. 강의를 들을 때는 시쭈가 가장 성실하게 필기하였고, 잡담을 나눌 때는 셴퉁이 가장 말을 많이 하였다. 뿐만 아니라 늘상 방석 위를 오르락내리락 하였다. 이 때문에 루쉰은 첸셴퉁에게 「오르락내리락 선생」이라는 별명을 지어주었다.

루쉰은 강의를 들을 때 말을 대단히 적게 하였다. 단 한 번 장 선생님이 문학의 정의가 무엇인가라고 물었을 때 루쉰이 다음과 같이 대답하였다. "문학은 학문과는 다릅니다. 학문은 사람의 사고를 계발시켜 주고, 문학은 사람의 감정을 증진시켜 주는 것입니다." 타이엔 선생님은 그 말을 듣고 "이러한 분석법은 옛날 사람보다는 비교적 나은 견해이기는 하지만 여전히 타당하지 못한 부분이 있다"고 하고는 그렇다 면 "곽박(郭璞)의 「강부(江賦)」와 목화(木華)의 「해부(海賦)」가 어떻게 사람의 희로

---

14) 『知堂回想錄』, 216면.

애락을 불러일으킬 수 있는가?"라고 물었다. 루쉰은 잠자코 듣고 있다가 강의가 끝나고 나올 때 나에게 말했다. "문학에 대한 선생님의 해석은 너무 광범위해, 문장과 문자를 모두 문학에 집어넣으니까 말이야! 기실 문자와 문학은 본래 구별해야 되거든. 「강부(江賦)」와 「해부(海賦)」 같은 작품은 어휘는 비록 심도 깊고 풍부하지만 그 문학적 가치는 어떻다고 말하기 어렵지." 여기에서도 '선생님을 사랑하지만 진리를 더욱 사랑한다'는 루쉰의 학문 태도를 엿볼 수 있다.15)

당시 루쉰이 어떤 사상을 수용하고 있었던지 간에 장타이옌 선생에게서 상당히 많은 국학 지식을 배웠던 것으로 짐작된다. 그가 뒷날 가끔씩 지은 고문(古文)에서 보여주었던 활달한 기세는 문자학에 대한 깊은 이해와 밀접한 관련을 맺고 있다. 저우쭈어런이 고대문회 부문에서 이룩한 성취도 장타이옌이 일정한 영향을 끼친 결과이다. 한 평생을 살면서 박학다식한 스승을 한 분 만날 수 있다면 그것은 매우 행복한 일이다. 장타이옌과 저우씨 형제의 관계는 중국 학술사에서 한 번 서술할 만한 가치가 있다. 또한 스승과 제자가 뒷날 걸어간 상이한 역정도 우리의 감탄과 탄식을 자아내게 하는 부분이 적지 않다. 장타이옌 이후로는 중국에 그와 같은 국학의 대가가 거의 드물게 되었다. 그러나 저우씨 형제는 한 발로는 서양문화의 배를 딛고, 또 다른 한 발로는 중국의 옥토를 딛고 서서, 동서문화를 융합하면서 이미 새로운 유형의 학자적 기풍을 보여주고 있다. 이것이 바로 역사 진화의 결과가 아닐까?

나는 줄곧 저우씨 형제가 전력을 다해 번역 작업을 하면서 해외문화에 정을 쏟고 있던 바로 그때 왜 또 장타이옌에게서 고서를 공부하려 했을까 하고 생각해왔다. 이 속에는 아마 혁명적인 요소도 포함되어 있을 것이다. 장타이옌은 이민족의 압제에 반대해왔다. 따라서 그는 자연스럽게 국학 속에서 애국적인 것에 많은 주의를 기울였다. 이른 바 한(漢) 문명의 정신으로 돌아가자는 것이 바로 그것이다. 저우씨 형제도 이미 아주 강렬한 반전통적 반역의 정서를 품고 있었지만, 고국 문명의 심도 깊은 부분에 대해서는 여전히 그리움의 심정

---

15) 許壽裳, 『亡友魯迅印象記; 從章先生學』, 人民文學出版社, 1977, 25면.

을 갖고 있었다. 유학을 오기 전에 두 형제는 고향의 야사와 잡문을 집중적으로 수집하였고, 필기 소설 종류에도 깊은 애착을 보여주고 있었다. 그러나 아직 고증학에 대한 훈련은 받지 못한 상태였다. 따라서 장타이옌에게 가르침을 받는다는 것은 이러한 부족한 부분을 보충할 아주 좋은 기회였다. 비록 저우씨 형제의 골수에는 뒷날 그들의 선생과는 구별되는 본질적인 차이점이 숨어 있지만 국학을 중시하는 장타이옌의 암묵적인 영향도 확실히 존재하고 있다. 장타이옌도 일생 동안 가르친 학생이 대단히 많았지만 가장 큰 성취를 이룬 사람은 의심할 것도 없이 저우씨 형제였다. 그러나 장타이옌은 만년에 자신의 제자록(弟子錄)을 만들 때 루쉰 형제의 이름은 포함시키지 않았다. 이것은 대단히 이상한 일이다. 뒷날 스승과 제자 간에 보여주었던 거리감을 여기에서도 대략 짐작해볼 수 있다.

나는 장타이옌이 중국의 학자 중에서 니체적인 기질이 가장 풍부한 사람이었다고 생각한다. 그가 니체의 저작을 읽었는지 아닌지는 이미 알기 어렵지만 그의 호방하고 얽매임 없는 기상과 세속적인 것을 멸시하는 태도는 보통의 문인들에게서는 보기 드문 것이다. 그는 역사책을 읽을 때 일반적인 유생들처럼 옛 학자들을 그대로 추종하지 않고 드높은 문화의 정상에 서서 옛 학자들의 여러 가지 폐단을 비웃고 있다. 예를 들어 중국 문학사를 언급할 때도 자신이 경전을 심도 깊게 이해한 바탕 위에서 여러 왕조 대가들의 인성의 약점에 대해 심도 깊은 통찰력을 보여주고 있다. 그는 당대(唐代) 사람들이 어떻게 한대(漢代) 사람들에게 미치지 못하는지, 그리고 명청대(明淸代)의 소품문에 대가적인 풍모가 얼마나 결핍되어 있는지, 또한 변체문(騈體文)이 한대에 얼마나 고급스러운 문체였는지를 설파하면서, 중국이 당나라 이후로 쇠락한 것은 우약(愚弱)한 민풍(民風)에 의해 초래된 결과라고 하고 있다. 더욱 흥미로운 것은 장타이옌이 상무정신을 문학 비평에 운용하고 있다는 점이다. 그는 인성이 건전하고 신체가 건강하면 문학적인 경관도 넓고 커진다고 인식하였다. 아울러 후대로 내려올수록 문풍이 쇠미해진 것은 이민족의 침입이 그 한 가지 원인이기는 하지만, 인성의 약화와 강건한 힘의 결핍이 더욱 근본적인 폐단이었다고 지적하고 있다. 그의 학문 속에서 끊임없이 용솟음쳐 나오는 이러한 관점은 틀림없이 저우씨 형제에게 적지 않은 영향을 끼쳤을 것이다. 루쉰이 위진(魏晉) 문학에 깊은 애착심을 보이면서 동시에 한당(漢唐)의 기백을 제창한 모습에서도 우리는 장타이옌의 메아리를 들을 수 있다. 따라서 이러한 각도에서 저우씨 형제가 장타이옌을 스승으로 모신 일을 관찰해보면 그들의 마음이 암묵적으로 통하고 있었다는 것을 분명하게 알 수 있다. 몇 년 후 신해혁명이 폭발하고 중화민국이 성립되자 장타이옌은 국민 정부의 초빙을 받아 쑨원(孫文)의 정중한 모심을 받았다. 그때 루쉰도 국민 정부의 교육부에서 일하게 되었는데, 이러한 일은 모두 역사의 단순한 우연이 아니다. 니체적 기풍을 지닌 두 사람이 마지막에 혁명의 대열에 동참한 것은 사실 필연적인 측면이 있는 것이다. 뒷날 장타이옌이 민중을 멀리하고 백화문에 반대하면서 투호고례(投壺古禮)에 참가하는 등 루쉰과는 다른 길을 걸어간 것은 후일의 이야기에 속한다. 아마도 문학사가들은 이에 대해 비교적 명확한 해석을 내릴 수 있을 것이다.

루쉰은 언제나 장타이옌의 혁명적 업적에 감명을 받고 있었다. 그가 장타이옌 선생이 위대하다고 생각한 점은 경학이나 문자학과 같은 학문적 성취에 있었던 것이 아니라, 혁명가로서의 그 찬란한 영웅사에 있었다. 저우쭈어런도 대체로 이 점에 동의하고 있었지만 그는 주로 장타이옌의 학술정신에 더 큰 경외심을 품고 있었다. 저우쭈어런은 장타이옌과의 교류를 이야기하면서 그들 형제 두 사람과 그 선생님의 우의를 기록해두고 있다. 거기에는 장타이옌 선생의 학문적 풍격이 흥미롭게 드러나고 있다.

이것도 1908년의 일인 것 같은데, 아마 『설문(說文)』 강의를 들으러 가기 얼마전인 것 같다. 어느 날 궁웨이성이 책 두 권을 가지고 우리 집을 방문하였다. 한 권은 독일 사람 도이센(Deussen)의 『베단타(Vedanta) 철학론』*16)의 영역본이었고 책 앞에

---

16) 역주 : 베단타(Vedanta, 吠檀多)는 인도 철학의 일파이다. 바다라야나(Badarayana)를 시조로 하며 베단타는 베다(Veda)의 궁극적 목적을 의미한다. 베다 경전을 근거로 지식 방면의 주석에 치중한다. 브라만을 유일무이한 실재이며 조물주로 존중한다. 그들의 경전을 「베단타경」 또는 「범경(梵經, Brahmana Sutra)라고 한다.

타이옌 선생께서 친필로 쓴 '鄔波尼沙陀(우파니사드)'란 다섯 글자가 있었다. 또 한 권은 일어로 된 『힌두교사략(印度教史略)』이었는데, 저자 이름은 벌써 잊어버렸다. 웨이성은 선생님이 사람을 시켜 이 우파니사드 책을 번역하려고 하는데 내게 의향이 어떤지 물어보라 했다고 하였다. 나는 매우 좋은 일로 생각되었지만 너무 어려워서 좀 두고 보자고 할 수밖에 없었다. 내가 도이센의 이 책을 읽어보니 정말 이해하기가 쉽지 않았다. 왜냐하면 철학이나 종교에 대해서 전혀 연구한 적이 없어서 글자만 따라서 읽어 내려가다 보니 요령을 잡을 수 없을 정도로 막막함을 느꼈기 때문이었다. 이에 곧 바로 마루요이서점(丸善書店)으로 달려가서 동방성서(東方聖書) 중의 제1권을 샀다. 그것은 바로 우파니사드 원문에 뮐러(Friedrich Max Müller, 1823~1902) 박사의 영역이 붙어 있는 책이었다. 이 또한 이해하기가 그렇게 쉽지는 않았지만 원본을 조사해보니 언어가 소박하고 간결하여 독일 학자의 번역문보다는 작업하기 훨씬 좋을 것 같았다. 다음 번에 나는 타이옌 선생에게 그 『베단타 철학론』은 번역하기가 그리 쉽지 않으므로 우파니사드 원문을 번역하는 것이 더 좋겠다고 말씀드렸더니 선생께서도 흔쾌히 찬성하셨다. 이 책에서 말하고 있는 범신론 같은 이치는 나도 그렇게 잘 이해하지는 못했지만 무슨 '그게 바로 너이니라'와 같은 잠언들을 볼 때마다, 이른바 이 '심오한 책'이 상당히 재미있을 것 같다는 느낌을 받아서 그 몇 장을 공들여 조사해보기도 하였다. 그리고는 그것을 구어로 번역하여 타이옌 선생에게 필술(筆述)을 청할 생각이었지만 끝내 꾸물거리다가 이 일을 실현시키지 못하고 말았다. 이것은 정말 애석한 일이었다. 아마도 나는 그때 너무 게을렀던 것 같다. 숙소(伍舍)에 루쉰과 함께 기거하며 낮에 다다미가 6장 깔린 작은 방에 끼어 있노라면 숨이 막힐 지경이어서 일할 생각이 나지 않았다. 이 때문에 루쉰과 의견 충돌을 일으키기도 했는데, 그는 항상 나의 번역을 재촉하였지만 나는 다만 말없이 소극적으로 대응하곤 하였다. 어느 날 그가 갑자기 화를 내며 주먹을 휘둘러 내 머리를 몇 대 쥐어박자, 쉬서우창이 곧 바로 달려와 뜯어 말렸다. 그가 『야초(野草)』에서 묘사한 동생의 연날리기에 관한 일은 없었던 일이지만, 지금 여기에서 서술한 일은 사실이며, 문학적인 터치가 전혀 가미되지 않은 일이다. 그러나 이 일이 우파니사드 책을 번역하지 않은 것 때문에 생긴 일이라면 나는 확실히 맞아도 싼 짓을 한 것이다. 왜냐하면 그 뒤 나는 줄곧 이 일을 후회하며, 그처럼 꾸물거리지 말았어야 했다고 생각했기 때문이다.

타이옌 선생은 한 편으로 또 당신께서 범어(梵語)를 직접 배우려 하신 적이 있는데, 나도 그 말을 듣기는 하였지만 가르쳐줄 만한 사람을 찾을 수 없었다. 일본 불교도

중에도 범어에 능통한 사람이 있기는 하였지만 타이옌 선생은 그들을 좋아하지 않았다. 왜냐하면 어떤 일본인이 선생의 글씨를 얻으러 와서 『맹자(孟子)』에 나오는 봉몽(逢蒙)이 예(羿)에게 활쏘기를 배우는 대목을 써달라고 하였기 때문이다(제자가 스승을 죽이는 일). 쑤만수(蘇曼殊 : 소만수)도 범어를 배운 적이 있고 타이옌 선생도 그에게 범문전(梵文典)의 서문을 써준 일이 있는데, 무슨 이유에서인지 몰라도 그에게 가르침을 청하지 않았다. 또 토꾜에 인도 학생들이 좀 있기는 하였지만, 그들 중에 불교도는 없었으며, 반드시 범어를 안다고 할 수도 없었다. 이 때문에 이 일도 오랫동안 방치되고 있었다. 어느 날 갑자기 타이옌 선생의 편지 한 통을 받았다. 이것도 아마 웨이싱이 가져왔던 것 같고 전서(篆書)로 씌어진 것이었다. 본문은 다음과 같다.

"위짜이(豫哉 : 魯迅), 치밍(啓明 : 周作人)에게, 며칠 간 만나지 못했네. 범어 선생 미스 로이가 와서 16일 오전 10시에 수업을 하기로 하였네. 수강 인원이 많지 않으므로 두 사람도 시간에 맞추어 참석해주기 바라네. 린(麟) 씀. 14일." 그때가 아마 민국전 3年 기유년(己酉年 : 1909) 봄이나 여름이었던 것 같은데 어느 달이었는지는 벌써 기억나지 않는다. 16일 오전 치도지(智度寺)에 가서 보니 범어 선생이 와 있었지만 학생은 타이옌 선생과 우리 두 사람뿐이었다. 범어 선생은 종이에 범어의 자모(字母)를 그려서 발음을 가르치기 시작하였다. 우리는 모두 일일이 그 모양을 따라 그리며 또 따라 읽었다. 그러나 글자 모양이 어려웠고 발음도 어려웠으며 글자 수도 많아서 정말 배우기 쉽지 않았다. 12시에 강의가 끝나자 범어 선생은 또 종이에 범어 한 줄을 쓰면서 영어로 말하였다. "발음대로 이름을 써 드리겠습니다." 타이옌 선생에게 보여주며 그것을 읽었다. "피얼장(披遏耳姜)" 타이옌 선생과 우리 모두는 무슨 뜻인지 몰라 멍해졌다. 범어 선생이 다시 설명하였다. "이 분의 이름입니다. '피얼장(披遏耳姜)'" 그제서야 나는 의미를 깨닫고 번호하며 말하였다. "이 분의 이름은 '장빙린(章炳麟)'이지 '披遏耳姜(P. L. Chang)'이 아닙니다." 그러나 그 선생은 아마 영어식 방법에 습관이 되었는지 끝까지 자기가 옳다고 생각하면서도 분명하게 설명해주지 못하고 얼버무리고 말았다. 이 범어 공부반에 아마 나는 두 번 갔던 것 같다. 왜냐하면 너무 어렵고 잘 배우지도 못할 것 같아서 중도에 그만두고 말았다.

타이옌 선생이 범어를 배운 일에 대해서 내가 아는 일은 이 한 가지뿐이다. 이 일은 내가 직접 참가했던 일이다. 그러나 다른 곳에서 몇 가지 문헌의 방증을 찾아볼 수는 있다. 양런산(楊仁山 : 양인산)의 『등부등관잡록(等不等觀雜錄)』 권8에는 「대여동백답일본말저서(代余同伯答日本末底書)」 두 통이 실려 있다. 첫 번째로 받은 편지가 첨부되어 있고 모디(末底, 말저)란 범어가 씌어 있는데, 그 뜻은 혜(慧)이다.

그것은 뒤에 타이옌 선생이 불학(佛學)을 배울 때의 별호이며, 쑹핑쯔(宋平子 : 송평자)에게 써준 편지에도 이 이름을 사용한 적이 있다. 따라서 이 편지는 바로 선생님의 친필이다. 내용은 다음과 같다.

"근래 인도의 바라문교 선생이 중국에 와서 베단타(Vedanta) 철학을 전파하고자 하였으나 부대조건이 많고 부인과 아들에게까지 과분한 대우를 요구하여 결국 중국에 베단타 철학을 전하지 못하고 말았습니다. 그러나 모가야나(摩柯衍那)의 글은 저들 땅에서도 회교도에 의해 반 이상 훼손되었기 때문에 그처럼 간절하게 그에 관한 지식을 전하고자 했던 것입니다. 우리가 잘 알고 있는 바와 같이 바라문을 정통으로 하는 교리는 본래 대승불교의 선구였는데, 중도에 더러 서로 비난하고 공격하기도 했습니다. 근래 불교가 바라문교와 이미 하나로 합쳐져서 그 도움을 얻게 되었으니 불교가 한번 크게 진작될 것입니다. 또한 대승 경전의 논리가 본원으로 되돌아갈 수 있게 되었으니 정말 영원토록 다행스러운 일입니다. 선생님께서 이를 보호하고 지지하실 의향이 있으시다면 좋은 교리를 전하는 사람을 맞이하기 바라옵고 아울러 도량을 깨끗이 청소하시고 그 주재자가 되어 주시면 이보다 더 다행스러운 일이 없겠습니다. 저는 요즘 이미 범어 선생 한 분을 초빙하였는데 이름은 미스로입니다. 인도 사람들이라고 해도 모두 범어를 아는 것은 아니어서, 이곳에 있는 30여 명 중에서 미스로 한 사람만이 범어를 알고 있습니다. 그는 가까운 일본에 유학하고 있을 뿐만 아니라, 대의(大義)가 서로 통하는 사람이기 때문에 매월 단지 40원의 은전(銀錢)만 받고 있을 뿐입니다. 만약 인도에서 직접 이 사람을 초빙하고자 한다면 일 년에 2000~3000원은 주어야 할 것입니다. 저는 처음 대략 10여 명과 함께 가서 배웠으나 아직 큰 결과는 얻지 못하고 있고 한 달 수강료 40원도 혼자는 부담할 수가 없습니다. 선생님 계신 곳에는 젊은 승려들이 대단히 많을 것이고 또 공부를 좋아하는 사람도 틀림없이 있을 것입니다. 만약 양런산 거사께 말씀을 드리고 설법의 자금으로 몇 명을 파견하여 이곳에서 공부하게 하면서, 이곳 상황을 도와주신다면 그보다 큰 다행은 없겠습니다." 이 편지에는 연월이 표시되어 있지 않으나 전후 문맥을 살펴보건대 아마 범어를 배우던 때 쓴 것인 것 같다. 시간을 계산해보면 기유년(己酉年) 여름이 될 것이다. 타이옌 선생은 고증학의 대가이면서도 아울러 불법을 연구하였고 또한 다른 사람을 추종하기보다 독자적인 견해를 학문의 표준으로 삼고 있었기 때문에 법화종(法華宗)이나 선종(禪宗)을 중시하면서도 정토종(淨土宗)이나 진언종(眞言宗)은 거의 취하지 않았다. 이것은 일반 신도들과 크게 다른 태도이며 양런

산의 설법과도 전혀 부합되지 않는다. 또한 선생은 불교가 바라문교의 정통에서 나왔다는 학설을 인정할 뿐만 아니라(楊仁山은 夏曾佑에게 보낸 편지에서 이 학설을 대대적으로 부정하고 있다), 베단타 철학의 심오한 책을 번역하려 하였고 중년 이후에는 또 범어를 공부하고자 하면서, 불교 교파가 아닌 바라문교의 사람을 스승으로 삼는 일도 마다하지 않았다. 폭넓게 정진하는 이러한 정신은 실로 범인들이 따를 수 없는 것이며, 후세의 학자들이 모범으로 삼을 만한 일이다.17)

이것은 정말 진실한 체험이다. 여기에서 우리는 5 · 4시대 사제간의 우의를 일부 엿볼 수 있다. 여기에서 후세 사람들이 생각하고 느끼는 바가 적지 않을 것이다. 중국의 역사에서 이와 같은 스승과 제자는 아주 드물다고 할 수 있다.

---

17) 『知堂回想錄』, 225면.

형제 우애

1.

  1909년 4월 저우쭈어런(周作人 : 주작인)은 일본 여성 하부또 노부꼬(羽太信子)와 결혼하려고 마음을 굳히고 있었다. 이 달 어느 날 저우씨(周氏) 형제의 친구인 쉬서우창(許壽裳 : 허수상)은 저쟝양급사범학당(浙江兩級師範學堂)의 교무장으로 부임하기 위해 귀국을 준비하고 있었다. 루쉰(魯迅 : 노신)은 일본에 더 이상 체류하면 생활비 문제가 심각해질 것을 알고 쉬서우창에게 이렇게 말했다. "자네가 마침 귀국한다니 잘 되었네, 나도 귀국해야 할 것 같네. 치멍(起孟 : 周作人)이 결혼하게 되면 생활비가 더 많이 들게 되어 나도 일을 찾아야 할 것 같네, 좀 도와주면 좋겠네." 기실 루쉰은 본래 일본에서 또 다른 연구 업무에 종사할 생각이었지만, 동생과 가정을 위하여 이 생각을 포기할 수밖에 없었다.

  하부또 노부꼬는 저우쭈어런에 비해 두 살 아래였고 가난한 가정 출신이었으며 그들에게 '음식을 해주는 아가씨'였는데 저우쭈어런과 마음이 맞아 사랑하게 되었다. 이미 결혼한 지 여러 해 지난 루쉰은 동생의 혼사에 반대하지 않았던 것 같다. 그는 동생이 결혼한 지 두 달 뒤에 중국으로 돌아왔다. 이것은 중국인들의 도덕관에 부합되는 일이었다. 형으로서 동생의 생활을 위해 좋은 조건을 제공하는 것, 이것은 루쉰에게 응당 수행해야 할 의무 같은 것이었다. 그러나 하부또 노부꼬의 가정이 비교적 가난하였고 동생들이 아직 어렸기 때문에, 루쉰의 경제적인 스트레스는 클 수밖에 없었다. 그는 고향으로 돌아와 저장양급사범학당(浙江兩級師範學堂)에서 생리학과 화학을 담당하는 교사가 되었다. 매달 저우쭈어런에게 돈을 부쳐야 했는데, 저우쭈어런은 그때 유모를 고용하고 있었기 때문에 생활비가 더 많이 필요했다. "저우쭈어런에게 부친 돈은 주로 가산(家産)을 팔아서 마련한 것이었다."[1] 2년 동안 이와 같은 생활을 하다가 루쉰은 동생의 귀국을 재촉하였다. 1911년 5월 저우쭈어런도 유학 생활을 끝내고 가족과 함께 고향으로 돌아왔다.

저우쭈어런은 본래 곧 바로 귀향할 생각이 없었다. 그는 또 불어(佛語)를 배울 마음을 가지고 있었기 때문이다. 만약 루쉰이 직접 일본으로 가서 그를 데리고 오지 않았다면 아마도 저우쭈어런은 더 많은 것을 배우려고 했을 것이다. 형의 면전에서의 반항은 있을 수 없는 일이었고, 루쉰은 동생에게 그만한 권위를 가지고 있었다. 한편으로 형의 사랑을 느끼면서도 다른 한편으로는 어떤 제약을 받는 듯 하여 저우쭈어런은 형의 압력을 느낄 수밖에 없었다. 그러나 이때의 압력은 뒷날처럼 그렇게 크지는 않았을 것이다. 적어도 귀국을 전후한 시기에는 저우쭈어런이 형의 말을 순순히 듣는 편이었다.

이들 형제 두 사람에게 유학 생활의 종료는 생명의 새로운 전환점이었다. 타국에서 조국으로 돌아와 가장 먼저 당면한 문제는 생계 문제였다. 이것은 엄혹한 실제 현실이었다. 20세기 초에 지식인들의 출로는 대부분 국내에서 교사 생활을 하는 것이었고, 저우씨 형제도 처음에 이 길을 선택하였다. 나는 이것이 다소 부득이한 상황에서 말미암은 것이라고 생각한다. 고향은 결국 토쬬

---

1) 倪墨炎, 『中國的叛徒與隱士 : 周作人』, 上海文藝出版社, 1990, 53면.

가 아니었다. 청년들의 아름다운 꿈이 일단 현실에 부딪히자 그들은 실망하지 않을 수 없었다. 저우쭈어런도 일찍이 이러한 정서를 토로한 적이 있는데, 그의 일기를 읽어보면 그 정서의 일단을 엿볼 수 있다. 루쉰의 느낌도 틀림없이 복잡했을 것이다. 그가 고향에서 교사 생활을 할 때 야사를 수집하는데 몰두한 것은 바로 적막의 산물로 생각된다. 그가 일본에서 번역에 몰두할 때의 상황과 비교해보면 이것은 분명 변화된 태도이다. 그는 바야흐로 30세가 되었지만 그의 심정은 오히려 노숙한 일면을 보여주고 있다. 적막은 마치 길다란 뱀처럼 그들을 단단히 조이며 형제 두 사람으로 하여금 새로운 선택 앞에서 오래도록 방황하게 하였다.

1911년은 중국 역사에서 잊을 수 없는 해이다. 10월 10일 우창(武昌 : 무창) 봉기로 촉발된 신해혁명(辛亥革命)은 마침내 봉건제국을 붕괴시켰다. 사태의 발전은 대단히 신속하여 오래지 않아 사오싱(紹興 : 소흥)도 광복을 맞았다. 황제제도의 전복은 중국의 오천 년 역사에서 가장 중대한 사건이었고, 만청(晚淸)의 문인들이 몇 대에 걸쳐 진력한 사상 계몽이 마침내 실효를 거두게 되어, 중국 문인들의 소망이 실현되기 시작한 것이다. 저우쭈어런은 그때 귀국한 지 얼마 되지 않아서 직접 혁명 활동에 참가할 수 없었지만, 루쉰은 혁명의 소용돌이 속으로 몸을 던져 넣고 있었다. 루쉰이 일생 동안 그처럼 즐겁게 혁명에 투신한 적은 매우 드문 일이었다. 셋째 동생 저우젠런(周建仁 : 주건인)의 회고록 속에는 루쉰이 신해혁명에 호응하여 활동한 경과가 기록되어 있다. 이 글을 읽어보면 그 당시 루쉰의 피 끓는 모습을 상상해볼 수 있다. 저우젠런은 루쉰의 시위대 조직, 전단 살포, 민심 고무 등의 활동을 아주 생생하게 기록하고 있다. 예를 들어 루쉰이 무장 연설대를 이끌고 민심을 안정시킨 일이라든지, 민중들에게 혁명을 위해 떨쳐 일어나라고 호소한 일 등은 그의 성격과 완전히 부합되는 활동이었다. 사오싱의 광복에는 루쉰도 일정한 공을 세웠다고 할 수 있고, 그때의 체험은 훗날 그의 소설 작품에도 많이 묘사되고 있다. 이것은 역사의 장엄한 한 페이지였지만 저우쭈어런은 거기에 참여하지 않았다. 그는 두문불출하면서 천하 대사를 방관만 할 뿐이었고 또 아무런 열의도 갖고 있지 않왔다. 아마 방금 귀국한 때문이기도 하겠지만 저우쭈어런은 아직도 자신의 심경을 완전히 정리하지 못하고 있었다. 비록 그가 당시 형의 행동을 그처럼 부러워했으면서도 말이다.

신해혁명으로 황제제도는 타도되었지만 민간의 풍습과 사회의 습관은 여전히 옛날과 달라지지 않고 있었다. 루쉰은 오래지 않아 이 사실을 목도하게 되었다. 왕진파(王金發:왕금발)와 츄진(秋瑾:추근) 사건이 그에게 준 교훈은 심도 깊은 것이라고 할 수 있다. 중국과 같은 황제 국가에서 근본적으로 세상을 바꾼다는 것이 어찌 말처럼 쉬운 일이겠는가? 저우씨 형제는 기실 벌써부터 그 비극적인 측면을 깨닫고 있었다. 탕약의 약재는 바꾸지 않고 물만 바꾸는 식의 사회 개혁은 중국으로 하여금 여전히 낡은 길을 따라 느릿느릿 기어갈 수밖에 없게 하였다. 루쉰은 더욱 엄혹한 현실의 도래를 예감하고 있었다.

당시의 일 중에서 여기에서 한 번 언급할 만한 가치가 있는 한 가지 일이 있다. 저우씨 형제는 신해혁명 후『월탁일보(越鐸日報)』에 많은 문장을 기고하고 있었다.『월탁일보』는 1912년 1월 3일에 창간되었으며 몇몇 젊은 학생들이 주관하고 있었다. 이 신문은 루쉰의 대대적인 지지를 받고 있었다. 「월탁 창간사(『越鐸』出世辭)」에서 루쉰은 다음과 같이 쓰고 있다.

> 월(越:지금의 浙江省 부근)은 옛날부터 천하무적이라고 일컬어져 왔다. 바다와 산악의 정기는 뛰어난 인재들을 쑥쑥 태어나게 하였고, 옛부터 지금까지 인재들이 끊임없이 이어져 그 남다른 재주를 펼쳐보였다. 백성들은 열심히 애쓰고 노력한 우(禹) 임금의 기풍과 굳세면서도 비분강개하는 구천(勾踐)의 의지를 가슴에 간직한 채 힘을 다해 삶을 영위하여, 그 넉넉한 생활이 스스로 살아가기에는 부족함이 없었다. 이후 세상의 풍속이 계속 타락하고 산천의 정기도 점점 흩어지자 작은 이익에만 몰두하고 깊은 생각은 경시하게 되었고, 안일함에 젖어 무술을 멀리하게 되었다. 이에 사나운 오랑캐들이 이 틈을 타고 쳐들어오자 갑자기 나라가 망하게 되어 변발에 항거하던 선비들은 줄지어 깊은 물에 몸을 던졌고 황제(黃帝)의 신령조차 신음하게 되면서 백성들은 더 이상 떨쳐 일어나지 못하게 되었다. 변발에 호복(胡服)을 한 오랑캐와 가죽옷에 활을 멘 민족들이 무여(無餘)가 물려주신 옛 강토에서 활개를 친지

거의 200여 년이 되었다. 그러나 생각이 깊고 마음 씀이 독실한 선비들은 위로 하늘의 뜻에 감응하여 변혁의 주장을 펴며 그것을 온 강토에 가득 넘치게 하였다. 나라의 선비들은 당당하게 궐기하여 호북(湖北 : 호북) 땅에서 맨 먼저 정의의 깃발을 높이 들었다. 모든 사람들이 이에 호응하니 마치 파도와 태풍이 몰아치는 듯 중화의 옛 문물제도가 거의 광복을 맞게 되었고 동남의 위대한 고장도 찬란하게 옛 주인에게 귀속되게 되었다. 그리하여 월(越) 땅의 사람들은 삼대(三大) 자유를 얻게 되어 이 땅에서 새 삶을 살 수 있게 되었고, 북방 오랑캐들은 헤아릴 수 없는 죄악을 짊어진 채 멸망의 수렁으로 빠져들게 되었다. 백성들의 기상은 끝없이 솟구쳐 오르고 하늘의 태양도 소리 높여 웃게 되었다. 누가 이것을 아름답게 송축할 것인가? 아마도 위대한 노래 소리가 장차 온 우주에 가득할 것이다. 전제 정치는 정말 오래도록 지속되었다. 가혹한 고문을 정치의 수단으로 삼고 가렴주구로 백성들의 고통을 빨면서도 잔인한 금령(禁令)으로 그들의 불평불만을 막아왔다. 학대에 병이 들고 굶주림에 말라 죽어가는 사람들이 나날이 많아졌다. 그 질곡에서 갑자기 해방을 맞았지만 심신의 상처는 여전히 많이 남아 있어서 백성들의 진실한 소리는 아직도 적막하고 민중의 참된 뜻도 굳게 닫혀 있다. 어찌 필부라고 해서 천하의 일에 참여하지 않으려 하는가? 참여하지 않는다면 그것은 여전히 북방의 오랑캐를 떠받들어 모시는 일과 같다. 공화 정치는 사람들이 책임을 함께 하며 또 함께 주인이 되는 제도이므로 노예와 다른 점이 있어야 할 것이다. 이전의 죄악들이 모두 북방 오랑캐들에게 귀착되자, 오랑캐들은 죄의 무게를 견디지 못하고 남김없이 멸망의 나락으로 빠져들고 말았다. 지금부터 천하의 흥망은 백성들이 책임져야 하므로, 만약 힘을 모아 협력하지 않고 중화의 강토를 위해 계획을 세우지 않는다면, 다시 예전의 병들고 말라빠진 모습만 보여주며 한 순간에 지난 날로 되돌아갈 것이다. 그렇게 된다면 훌륭한 선비들이 과연 누구를 탓하겠는가? 그러므로 동지들은 이것을 깊이 생각해야 할 것이다. 독립전쟁이 시작된 지 70일이 지나는 동안 지자(智者)는 모든 계책을 동원하고 용사는 목숨까지 바치고 있는데도 우리 백성된 자들이 일의 성공을 앉아 구경만 하면서 어리석은 생각 한 가지라도 보태지 않는다면 이는 아마도 스스로 국민되기를 포기하는 행동이라 할 수 있다. 이에 이 신문을 창간하여 동포들에게 의견을 구하고 문장으로 우리의 뜻을 선전하며 올바른 정치와 교화에 도움을 주고자 한다. 또한 자유로운 의견을 발표하고 개인의 천부인권을 모두 보장하며, 공화제도의 진행을 촉진시키고 정치의 잘잘못을 비평하며, 사회의 몽매함을 깨우치고 용기 있고 굳센 정신을 진작시키고자 한다. 그리고 참된 지식을 보급하여 만물의 이치를 잘 밝히고자 한다.

무릇 이러한 점을 아는 사람들은 자신의 어리석은 생각이라도 사회에 바치고 힘은 작아도 뜻은 크게 가지면서 개혁과 진보에 힘써야 할 것이다. 입을 닫고 앉아 중화의 땅이 다시 적막에 빠지게 하고, 그 끝없는 죄악을 스스로 짊어지면서 그 옛날의 잘못을 반복할 수는 없는 일이다. 이 글을 읽는 사람들은 경계하고 근면하면서 조그마한 효과라도 거두기에 힘쓰고 국민된 책임을 10분의 1이라도 다하기를 바랄 뿐이다. 아! 우리 월 땅은 옛날부터 천하무적이라고 일컬어져 왔지만 사나운 오랑캐가 학정을 펼쳐 백성들이 피골을 드러내는 참상에 빠지게 되었다. 이제 해방이 되었으니 정의를 응당 크게 진작시켜 옛 선현들이 나라를 세워 잘 다스리던 업적에 보답해야 할 것이다. 아! 전제정치가 너무나 오래되어 광명을 새롭게 회복하기가 쉽지 않다. 하물며 정신은 저 신성한 백수(白水)까지*2) 달려가, 누구나 옛 고향을 그리워하고 그 높은 언덕을 돌아보고 있지만 지금 훌륭한 인재가 없음을 슬퍼하고 있음에랴? 오호라 이것이 『월탁(越鐸)』을 발간하는 이유이다.

격앙된 정서 속에서 루쉰의 개성이 앙양되고 있음을 읽을 수 있으며, 그 필봉의 예리함도 잘 드러나고 있다. 『월탁일보』는 새로운 사상을 제창하고 낡은 봉건의식을 대대적으로 비판하고자 하는 새로운 목소리를 담고 있다고 할 수 있다. 저우쭈어런도 이 신문에 여러 차례 문장을 기고하여 자기 형의 생각을 계승·발양하고 있는데, 낡은 예교(禮敎)를 비판하는 그의 문장들은 대단히 훌륭하다. 이때 저우쭈어런이 쓴 문장들은 발표 전에 여러 차례 루쉰의 수정을 거친 것이었다. 두 사람은 아직도 일본 유학 기간 동안의 협력 방식을 유지하고 있었다. 그러므로 이때 두 사람의 관점이 비슷한 것은 자연스러운 일이라고 할 수 있다. 그들은 모두 중국의 변혁이 이처럼 신속하게 도래했으면서도 시대의 질적 변화가 이처럼 느리리라고는 예상하지 못하고 있었다. 두 사람은 일종의 쓰라림을 마음속 깊이 곱씹고 있었다. 루쉰이 수정하고 저우쭈어런이 집필한 「망월편(望越篇)」은 당시 그들의 사상을 대표적으로 보여주고 있다.

들건대 한나라 문명의 흥망이 종업(種業)*3)에 의지하게 된 것은 그 유래가 오래

---

2) 역주: 백수(白水)는 굴원(屈原)의 『이소(離騷)』에 나오는 전설상의 물이름이다. 전설에 의하면 곤륜산에서 발원하는데 그 물을 마시면 불로장생한다고 한다.

되었는데, 그 시원(始原)을 탐구하고자 한다면 만물이 생기기 이전인 혼돈시대까지 거슬러 올라가야 할 것이다. 종업이라는 것은 그 나라 국민의 변치 않는 도덕에 근본을 두고, 거기에 안정된 풍속과 숭앙하는 종교가 덧붙여져 세월을 거듭하는 동안 점진적으로 형성된다. 그 형성 기간은 보통 천 년에 이르며, 짧다 해도 수백 년은 걸린다. 일단 튼튼하게 형성되고 나면 사상과 감정이 하나로 통하여 민족적 총의(總意)가 수립되는데, 그러면 비록 성인(聖人)이 있다 해도 군더더기 말을 덧붙일 수 없을 것이다. 그러므로 종업의 형성은 지혜가 뛰어난 몇 사람에게 달린 것이 아니라 보통의 대중들에 의해 이루어지며, 살아 있는 사람보다는 죽은 사람이 물려준 유전인자와 전통에 의해 이루어진다. 이 두 가지는 숫자가 많아지고 세월이 오래되면서 그 권위를 확립하게 된다. 후세의 자손들은 그 핏줄을 계승할 뿐만 아니라 감정까지도 이어 받게 되는데 자신의 생각과 능력 발휘도 여기에서 벗어날 수 없다. 오직 앞 세대가 쌓은 업보의 결과를 이어받을 수만 있을 뿐, 그 선악도 선택할 수 없으니 유전의 가공할 위력이 이와 같은 것이다.

대체로 민족을 예로 든다 해도 다른 생물과 다르지 않다. 넓은 평야에 사는 새(타조와 같은 새)는 날개가 있어도 날 수 없으며, 심해 깊은 곳에 사는 물고기는 눈이 있어도 볼 수 없고, 중도에 몰락한 나라의 백성들은 좋은 생각과 뛰어난 재주가 있어도 적절하게 발휘할 기회가 없다. 습성이 유전되어 종업이 되는 것은 이 세 가지가 동일하다. 중국이 만주족의 압제를 받은 지는 이미 200여 년이 되었고, 전제정치 아래 몸을 웅크리고 산 상황은 200~300여 년이나 되었다. 이제 해방을 맞아 공화정치를 펼칠 수 있게 되었고, 깊은 골짜기로부터 날아올라 저 높은 나무위로 옮겨갈 수 있게 되었으니 중화 민족이라면 그 누가 기쁜 마음을 갖지 않겠는가? 그러나 지난 날의 자취를 되돌아보면 또한 두려움에 젖지 않을 수 없다. 나쁜 습속에 젖어든 상태가 이미 심각하여 그것을 제거하기가 쉽지 않은 것이다. 중국의 정치는 옛날부터 백성들을 어리석게 만드는 일을 능사로 삼고, 악형과 살육으로 인재들을 위협하고 이익과 봉록으로 교활한 인간을 불러 들였으며, 더구나 유가의 사악한 학설로 그 학정을 강화하였다. 2000년 동안 이와 같은 도태를 거쳐 어리석은 자들만 살아남고 교활한 자들만 영화를 누렸으니, 신명의 후예들은 한 점 혈육조차도 보존할 수 없게 되었다. 종업이 이와 같은데 어떻게 국가와 민족이 잘될 수 있겠는가? 역대의 우환은 모두 여기에서 말미암은 것이다.

---

3) 역주: 종업(種業)은 한 민족이 유전적으로 갖게 된 기질·습성·특징을 포함한 문화적인 전통을 가리킨다. 한 집안의 특징이 가업(家業)으로 드러나는 것과 같다.

이제 천재일우의 기회를 맞아 모든 것을 새롭게 시작할 수 있게 되었지만, 우리 중화 민족이 마음과 생각을 깨끗이 하여 새로운 삶을 시작할 수 있을지, 아니면 여전히 전전긍긍 벼슬자리나 쫓아다닐지는 알 수 없는 일이다. 전자와 후자를 과연 누가 결정하겠는가? 나는 월 땅 출신이므로 먼 지방의 예까지 끌어 들여 그 변화를 살펴볼 능력은 없고, 오직 이 작은 월 땅을 예로 들어 증거로 삼고자 한다. 이에 월 땅의 군자들이 어떻게 자립할 수 있고, 월 땅의 촌부들이 어떻게 편안한 생활을 누릴 수 있으며, 또 국민의 공복으로서의 정치가 군주나 제후의 통치와 어떻게 다르고, 국가의 공정한 인사 정책이 옛날의 신하나 잉첩제도와 어떻게 다른지를 잘 살펴보아야 한다. 무릇 이에 대한 공통점과 차이점은 상세하게 알지 않으면 안 된다. 국민들 성격의 장점과 단점 그리고 그들 사고의 막힘과 트임도 여기에서 다 드러난다. 만약 이러한 일을 잘 하게 되면 월 땅에 영광이 가득하게 될 뿐만 아니라, 중화 민족 전체에게도 만복이 가득하게 될 것이다. 만약 혹시라도 그렇게 되지 못하면 개인적인 사리사욕이 결국은 우리에게 해악을 미칠 것이니, 이것은 인과응보일 뿐 누구를 책망할 수도 없을 것이다. 후손들은 조상의 뼛가루를 산 위에 뿌리며 그 조상들의 죄악을 저주할 것이다. 중니(仲尼)는 「구산조(龜山操)」에서 이렇게 노래했다. "노(魯)나라를 바라보고자 하나, 구산(龜山)이 가로 막고 있네, 손에 도끼가 없으니 저 구산(龜山)을 어이할꼬?" 지금 우(禹) 임금의 강역을 바라보니 부패한 종업의 인습이 가득 덮여 있다. 비록 도끼가 있다 해도 자연의 법칙까지 찍어 없앨 수 있겠는가? 나는 두려움에 젖는다.4)

이 글은 확실히 좀 슬픈 느낌을 준다. 혁명시대에 이처럼 맑은 두뇌를 유지하고 있으면서도 상당히 숙명론적인 색채를 띠고 있으니 말이다. 이것은 생각이 명석하고 역사를 깊이 있게 이해한 사람만이 가질 수 있는 감정이다.

---

4) 『周作人文選』第1卷, 廣州出版社, 1995, 22~23면.

2.

　신해혁명을 전후하여 저우씨 형제는 줄곧 금석문을 수집하고 국고(國故)를 정리하는 취미에 깊이 빠져 있었다. 이것은 형제 두 사람에게 아름다운 시절이었다. 지금 내가 보기에도 대단히 매력적인 취미였던 것으로 생각된다. 나는 항상 이들이 해외에서 돌아와 약속이나 한 듯이 옛 서적 정리에 매달린 원인이 무엇일까 생각해보곤 하였다. 만약 어쩔 수 없는 현실 상황이 아니었다면 아마도 과거에 그토록 집착하지는 않았을 것이다. 루쉰의 열의는 대단해서 심지어 출판사와 연결하여 고향의 문화적인 고적을 인쇄하려고까지 하였다. 그는 쉬서우창에게 보낸 편지에서 이렇게 진술하고 있다. "요즈음 모임 하나를 만들어 자금을 모아 월 땅 선현들의 저술을 간행하고 그것을 차례로 유통시키고자 하는 계획을 갖고 있네. 이미 뜻을 같이하는 사람 몇 명을 모으기는 했지만 마치 모기가 태산을 짊어진 듯한 느낌이 드네. 그러나 자신의 힘을 헤아리지도 못하는 모기의 용기가 그래도 가상하지 않은가? 만약 일이 성사되면 다시 연락을 하겠네." 여기에서 한 번 언급할 만한 가치가 있는 것은 그와 동생이 함께 편집한 『회계군고서잡록(會稽郡故書雜錄)』인데, 이것은 아주 중요한 문헌이다. 이 책은 처음에 루쉰에 의해 집록(輯錄)이 되다가 뒤에 저우쭤런의 도움이 보태졌으며, 비록 몇 번의 좌절을 겪기는 하였지만 결국 완성되었다. 옛날의 문화유산 정리에 두 사람이 바친 노력과 수고는 정말 감동적이다. 『회계군고서잡록』은 사료(史料)인데, 이 속에는 회계 지역 선현들의 저작 8종이 수집되어 있고, 인물들의 전기와 문화적인 연혁도 섞여 있어서 사료적인 가치가 상당히 높다. 이 책에 실린 저작을 수집하는 일은 루쉰이 10살 때부터 시작하였다가 유학 생활로 잠시 중단되기도 하였다. 사오싱으로 다시 돌아온 루쉰은 옛 생각을 하며 이 일을 계속하고 싶은 마음이 생겼던 것이다. 『회계군고서잡록』을 교감하고 정리하는 동시에 그는 또 『고소설구침(古小說鉤沈)』을 정리하였다. 이 일도 매우 고된 작업이었다. 방대한 양의 고소설을 정리하고 수많은 양의 자료를 교감하는 작업은 상상하기 힘든 일이었다.『고소설구침』의 편찬도 루쉰의 소년시대에 시작되었는데, 그처럼 어린 나이에 이와 같은 사료의 발굴에 유의한 것을 보면 그 취향의 비범함을 알 수 있다. 옛날 중국 사람들은 소설을 백안시하였다. 소설의 내용이 모두 가담항설에 불과한 것이기 때문에 정통적인 문학의 전당에는 오르기 어렵다는 것이 지식인들의 일반적인 견해였다. 루쉰이 어려서부터 소설에 심취하고 또 훗날 소설 분야에서 큰 업적을 내게 된 것은 어린 시절의 이러한 자질 함양이 일정하게 긍정적인 작용을 했을 것이다. 그가 일본에서 동생과 함께 소설에 애정을 쏟은 것도 이러한 경험에서 말미암은 바가 큰 것으로 생각된다. 루쉰은『고소설구침』을 대단히 중시하였다. 저우쭤런도 귀국 후 형의 부탁으로 베껴 쓰기를 도와주었다. 그는 훗날 이렇게 언급하고 있다. "신해혁명을 전후한 몇 달 동안 나는 집에서 한가롭게 지냈다. 내가 한 일이라고는 매달 책을 베끼는 일이었을 뿐이다. 그것은 바로 루쉰과 옛날 책을 뒤져서『고소설구침』과『회계군고서잡록』의 자료를 베끼는 일이었고, 또한 완전한 책으로 남아 있는 유의경(劉義慶)의『유명록(幽明錄)』을 베끼는 일도 포함되어 있었다."5) 베껴 쓰기는 아주 힘든 작업이다. 먼저 자료를 정선하는 일은 마치 백사장에서 바늘을 찾는 것과 같은 일이었다. 주로『북당서초(北堂書鈔)』·『태평어람(太平御覽)』·『초학기(初學記)』·『예문유취(藝文類聚)』·『옥촉보전(玉燭寶典)』·『조옥집(雕玉集)』·『태평광기(太平廣記)』·『사류부(事類賦)』 등의 고서에서 자료를 뽑아내었다. 고대 전적에 대한 저우쭤런의 흥미는 자연스럽게 루쉰의 영향을 받게 되었으며 또 그는 루쉰을 도와 전적을 베끼는 동시에 기타의 고적들을 섭렵하면서 자신의 학문 소양에 적지 않은 도움을 받았다. 이 당시에 쓴 그의 일기를 읽어보면 취미 부문에 있어서 루쉰이 그에게 미친 영향력을 엿볼 수 있다. 신해혁명 뒤 몇 년 동안에도 저우씨 형제는 주로 그들의 정력을 적막 속에서의 고적 베끼기와 고향의 문화 연혁을 정리하는 일에 바치고 있다. 이 사이에 루쉰은『영표록이(嶺表錄異)』와『고소설구

---

5)『知堂回想錄』, 267면.

침』등의 책을 완성하였으며, 저우쭈어런은 또 그의 정력을 아동문학 연구, 번역, 고문 초록 등의 부문에 투입하였다. 당시의 학문 상황으로 보면 저우쭈어런의 섭렵 범위가 더욱 넓어서, 옛날 문물 수집에 심취한 것 외에도 고대 민요, 동요, 일본 민간문화, 희랍문화, 서구신화 등의 부문에 많은 연구를 하고 있다. 아울러 『사오싱현교육회월간(紹興縣敎育會月刊)』과 『사오싱교육잡지(紹興敎育雜誌)』에도 아동문학에 관한 연구 문장을 다량으로 발표하였다. 노력을 많이 기울인 이러한 글에는 이미 그의 고아한 품위가 단초를 보이고 있다. 저우쭈어런이 쓴 많은 글은 대부분 루쉰이 보고 윤색한 후에 비로소 발표되었다. 루쉰은 동생의 학문을 존중하고 있었다. 학문적인 넓이에서는 루쉰이 동생에게 미치지 못했지만 글 솜씨는 루쉰이 저우쭈어런보다 나았다. 지금까지 보존되어 있는 같은 제목의 두 형제의 초고를 보면 형에 대한 저우쭈어런의 믿음을 엿볼 수 있으며, 루쉰의 성실함과 열정도 생생하게 드러나 있다. 그러나 고적 정리를 하든 아동문학과 민간문학을 연구하든 그들 정신의 깊은 곳에는 일종의 공통적인 지향점이 숨어 있었다. 그것은 바로 옛날 문화와 해외문화에 대한 반성을 통해 중국인의 정신을 개조할 수 있는 원동력을 찾고자 하는 생각이었다. 저우쭈어런에게 그것은 미육(美育)에 관한 문제였으며, 루쉰에게 그것은 국민의 지혜와 국민의 참된 영혼을 찾으려는 노력이었다. 저우쭈어런이 쓴 「사오싱의 동요 수집에 관한 의견(搜集紹興兒歌童話啓)」이란 글에서 문화학에 대한 그들의 열정을 읽을 수 있다.

　　저는 지금 동요와 동화를 채록하여 한 권의 책으로 묶어 월(越) 지방의 풍토의 특징을 보존하고 민속 연구와 아동 연구의 자료로 제공하고자 합니다. 이것은 성인들이 읽어도 마치 자연의 소리를 듣는 것처럼 옛 생각에 젖어들 수 있을 것입니다. 어린 시절의 낚시질, 고향 땅의 비바람, 시기 시기마다 친구들과 어울려 놀던 일, 어머니와 누나들의 말소리가 마치 그림처럼 완연히 떠오르고 그들의 얼굴도 눈앞에 어른거릴 터이니 이 또한 즐거운 일이 아니겠습니까? 다만 이 일은 번거롭고도 막중한 사업이어서 한 사람의 재주와 힘으로는 도저히 성사시킬 수 없습니다. 이에 현재 이 지방의 견문이 넓으신 분들께서 각각 알고 계신 동요와 민요를 추천하시어 제게 가르침과 도움을 베풀어주시길 바랍니다. 이 일에 호응해주시면 실로 크나큰 다행이겠습니다.

　실제적인 조사와 연구에 바친 저우쭈어런의 열정과 옛 비석의 탁본을 베끼던 루쉰의 열정을 비교해보면 거의 막상막하의 경지에 도달해 있다는 것을 알 수 있다. 그가 쓴 몇 편의 학술 문장을 읽어보면 그 당시의 상황을 짐작할 수 있다. 지금 생각해보면 그들이 귀국하여 얻은 직업은 지식인의 신분으로서 괜찮은 편이었다. 루쉰은 사범학당의 감독 등의 직업에 종사하였고, 저우쭈어런은 교육회의 회장으로 천거되었지만 그들의 흥미는 결코 벼슬길에 있지 않았다. 그들은 업무외의 거의 모든 시간을 책을 수집하고 읽는 일에 바치고 있다. 이때가 바로 유학에서 귀국한 두 사람이 묵묵히 사색하던 시기였고, 또한 자아를 새롭게 설계하고 인생의 길을 탐구하던 고민의 시기였다. 그들이 열렬하고도 시정(詩情)에 충만해 있던 유학 생활을 끝내고 갑자기 침체된 조국으로 돌아왔을 때의 심경이 얼마나 복잡했을 것인가를 상상해보라. 악마파 시인과 같은 격정과 니체식의 함성이 책을 베끼는 메마른 작업 과정에서 점점 약화되었으며 절망과 희망이 그 속을 떠돌고 있었다. 역사는 소리 없이 바뀌고 있었다. 청춘도 천천히 그들의 몸 속을 흘러 지나가고 있었다. 그들은 마치 역사와 인간이 잔혹하게 진화하는 소리를 듣고 있는 것 같았다. 그러나 전통의 어둠이 일시적으로 그들의 온 열정을 발휘할 수 없게 하였고, 이에 그들은 긴 긴 밤의 어둠 속을 말없이 흘러갈 수밖에 없었다. 당시 루쉰의 글을 읽어보면 거의 이러한 점을 느낄 수 있다. 그들의 심경은 대체로 비슷했을 것이며 피차의 세계도 대부분 이와 같았을 것이다. 어쩔 수 없는 상황보다 사람을 고통스럽게 하는 일이 또 무엇이 있겠는가? 저우씨 형제는 고향에서 몇 년 동안 일하면서 적막의 진미를 깊이 체감하고 있었다.

3.

　루쉰은 오래지 않아 교직에 실망감을 느꼈다. 한 시기 그는 상하이의 신문사와 번역관에서 일하려고 한 적도 있지만 상대방이 그를 이해해주지 않아서 뜻을 이루지 못하였다. 교직 생활을 버리고 다른 직업을 찾게 된 데에는 여러 가지 원인이 작용하고 있었다. 그 중 첫째는 사오싱의 정국에 대한 불만이었다. 신해혁명 후에 사오싱은 결국 과거의 상황으로 되돌아가서 부패한 악의 세력이 여전히 성의 안팎을 횡행하고 있었다. 몇몇 사람들은 겉모습은 혁명가들과 비슷했지만 기실은 백성들에게 흉악한 짓을 서슴지 않아서 루쉰과의 대립이 갈수록 심해지고 있었다. 둘째는 취미의 변화이다. 그는 학문에 전념하고 독립적인 사회 활동을 하는 일에 흥미를 가지게 되었던 것 같다. 그리하여 1912년 2월 쉬서우창이 편지를 보내 난징 임시 정부의 교육부 직원으로 취직할 것을 재촉하자 그는 흔쾌히 이 제의를 받아들였다.

　루쉰의 이번 출행은 그의 일생에 있어서 대단히 중요한 전환점이었다. 이때부터 그는 벼슬길에 나아가 관료 사회에 거의 10년이나 머물러 있었다. 앞서 두 번의 경우처럼 이번에도 루쉰이 앞서고 저우쭤런이 그 뒤를 따랐다. 루쉰은 난징에서 2개월 머물다가 정부를 따라 베이징으로 옮겨갔다. 5년 후 그는 저우쭤런도 베이징으로 오게 하여 그에게 새로운 일을 찾아주었다. 이것은 정말 흥미로운 일인데, 생각해보면 두 사람이 진정 수족 같은 형제였다고 할 수 있다. 두 사람이 생활 장소도 같고 취미 선택도 일치한다는 것은 정말 흥미로운 일이다. 루쉰은 마치 먼 곳으로 날아가는 연과 같았고, 그 뒤에는 언제나 길다란 연 줄이 달려 있었다. 저우쭤런은 그의 형을 따라 각지를 흘러 다녔는데, 따라서 정신적인 지향점에서도 유사한 점이 대단히 많았다.

　루쉰은 1912년 5월 5일 베이징에 도착하였다. 이날부터 그는 여러 해 동안 팽개쳐두었던 일기를 다시 쓰기 시작하였다. 이때부터 일기는 중단됨이 없이 그가 죽을 때까지 계속되었다. 루쉰은 교육부에서 처음에는 말단 직원이었다가 뒤에 사회교육사(司)의 제2과 과장 및 교육부 첨사 직을 역임하였다. 이것은 한 직이어서 평소에 업무가 그다지 많지 않았다. 관리들의 한가로움은 아마도 중국 관계의 특징일 것이다. 낮에는 무미건조하게 멍하니 자리나 지키다가, 사회 활동이 있을 때면 매번 황당한 우스갯소리나 주고받는다. 루쉰의 일기에는 이러한 느낌과 상황이 기록되어 있어서 그 대부분의 상황을 짐작할 수 있다.

나는 그가 베이징으로 온 후에 쓴 몇 년 동안의 일기를 살펴보면서, 그가 둘째 동생(저우쭈어런)에게 보낸 편지가 일반인의 상상을 초월할 정도로 많고도 빈번하다는 점에 주목하고 있다. 여기에 1912년 6월의 일기를 인용하여 형제 간의 우애와 고향을 그리는 마음의 절절함을 살펴보고자 한다.

1일: 오후에 둘째 동생과 셋째 동생에게 편지를 부쳤다. 저녁에 쉰스(恂士: 순사)·밍보(銘伯: 명백)·치푸(季市: 계불)와 광허쥐(廣和居)에서 술을 마셨다.

5일: 오후에 둘째 동생에게 편지를 부쳤다. 저녁에 비가 내리고 천둥이 치다가 조금 뒤 개었다.

6일: 오후에 비가 내렸다. 30일에 부친 둘째 동생의 편지를 받았다. 저녁에 「어월 삼불후도(於越三不朽圖)」에 빠진 그림 석 장을 그려 넣었다.

10일: 아침에 둘째 동생에게 편지를 부쳤다. ……

12일: 저녁에 톈진(天津: 천진)에서 베이징으로 돌아왔다. 보슬비가 내렸다. 둘째 동생과 제수씨의 편지를 받았다. 모두 6일에 부친 편지였다. 5일자 『민훙보(民興報)』 1부를 받았다.

13일: 저녁에 비가 조금 내렸다. 광허쥐에서 술을 마셨다. 구어친(國親: 국친)이 자리를 주재했고, 밍보·지푸 및 위잉아(兪英崖: 유영애)가 자리를 함께 했다. 6·7일자 『민훙일보(民興日報)』 각 1부를 받았다. 「동화 연구(童話硏究)」도 받았는데 동생 쭈어런이 쓴 것이다.

14일: 아침에 셋째 동생과 둘째 동생 그리고 제수씨에게 편지를 부쳤다. 오후에 메이광시(梅光羲: 매광희)·우위진(吳玉搢: 오옥진)과 톈탄(天壇: 천단)과 셴눙탄(先農壇: 선농단)에 가서 그곳에 공원을 조성할 수 있을지를 조사했다. 8일자 『민훙보(民興報)』 1부를 받았다.

15일: 낮에 둘째 동생에게 편지를 부쳤다. 오후에 둘째와 셋째 동생의 편지를 받았다. 모두 9일에 부친 것이다. 9일자 『민흥일보(民興日報)』 1부를 받았다.

16일 : 일요일이어서 휴식하였다. 오전에 칭윈거(靑雲閣 : 청운각)에 가서 양말과 양산 양치용 가루를 샀다. 모두 2원(元) 6각(角)이었다. 또 류리창(琉璃廠 : 유리창)에 가서 8각(角) 짜리 『공반천화책(龔半千畵冊)』 한 권, 그리고 진인자(陳仁子)의 『문선보유(文選補遺)』, 완각(阮刻) 『열녀전(列女傳)』 각 1부를 샀다. 뒤의 두 가지는 모두 6원(元)이었다. 오후에 둘째 동생과 셋째 동생에게 편지를 부쳤다. 저녁에 셰허(協和 : 협화)와 구성(谷聲 : 곡성)이 와서 이야기를 나누었다.

22일 : 15일 사오싱에서 부친 둘째 동생의 편지를 받았다. ……

23일 : 일요일 휴식. 오전에 셋째 동생의 편지를 받았다. 안에 둘째 동생의 편지 한 통이 동봉되어 있었다.

26일 : …… 오후에 21일 항저우(杭州 : 항주)에서 부친 둘째 동생의 편지를 받았다. 안에 「동화 연구(童話硏究)」 초고 4장이 동봉되어 있었다. ……

28일 : 오후에 비가 조금 내리다가 금방 그쳤다. 4시에 하기 강연회에 참석하여 「미술약론(美術略論)」을 강술하였다. 5시에 모두 끝났다. 22일에 부친 셋째 동생의 편지를 받았다.

29일 : 아침에 둘째 동생에게 편지를 부쳤다. 또 셋째 동생에게도 편지를 부쳤다. 이번 달 월급 60원을 받았다. 오후에 직예관서국(直隷官書局)에 가서 『아우당총서(雅雨堂叢書)』 1부 20책(8角)을 샀다. 둘째 제수씨의 편지를 받았다. 안에 셋째 제수씨의 편지가 동봉되어 있었다. 23일에 부친 것이다.

형제간의 편지가 거의 2·3일에 한 통씩 여러 해 계속되고 있다. 이렇게 자주 편지를 주고 받은 것은 다른 이유가 있었던 것은 아니고 고향 생각과 집안 식구를 부양해야 했기 때문이었다. 어머니와 아내 그리고 동생들이 모두 아득히 먼 고향에 떨어져 있었고, 또 맏이로서 집안을 꾸려가야 했기 때문에, 루쉰은 잠시라도 마음을 놓을 수 없었다. 이러한 일기를 읽어보면 아들로서 그리고 형으로서 루쉰이 막중한 책임감을 느끼고 있었음을 알 수 있다. 비록 구체적인 내용은 알 수 없고 또 서로간에 주고 받던 편지도 거의 남아 있지 않지만, 그들이 학술 영역에서 관심을 기울이던 화제도 대강 짐작해 볼 수 있다. 루쉰은 마치 저우씨 집안의 개척자처럼 항상 혼자 몸으로 사회로 뛰어 들었고,

이러한 과정에서 친구들의 지원과 협력을 얻을 수 있었다. 그러나 생계 문제에서나 자신의 길 찾기 문제에서나 그는 확실히 모험가였다. 저우씨 집안의 가업은 거의 그 한 사람에게 맡겨져 있어서 그는 생활의 대부분의 정력을 거기에 바쳐야 했다. 옛말에 '맏형은 아버지와 같다'고 했는데, 이것은 루쉰에게 딱 맞는 말이다. 일기를 살펴보면 둘째 동생에 대한 루쉰의 감정이 정말 예사롭지 않다는 것을 알 수 있고, 이러한 점에서 루쉰은 전형적인 동양인의 기질을 갖고 있었다고 할 수 있다. 집안 식구들의 생활을 위해 그는 저우쭈어런보다 훨씬 더 많은 정력을 바쳐야 했던 것이다.

이 시기에 주고 받던 두 사람의 편지 속에는 국고(國故) 정리에 관한 내용이 여전히 중심 화제로 거론되고 있다. 루쉰은 베이징으로 옮긴 후에도 아직 완전히 정리하지 못한 『회계군고서잡록(會稽郡故書雜錄)』을 잊지 못하고 있었다. 이 책은 이미 10여 년 동안 심혈을 기울인 것이었으며 장차 간행하여 유통시키고 싶어 했던 것이다. 1914년 10월 드디어 『회계군고서잡록』이 완성되어 11월간에 저우쭈어런에게 부쳐주면서, 고향에서 인쇄소를 찾아 출판하도록 하였다. 저우쭈어런은 다음과 같이 진술하고 있다.

이밖에 내가 사오싱에서 했던 한 가지 일은 바로 『회계군고서잡록』 간행이었다. 이 책의 원고는 루쉰이 완성, 3책으로 장정하여 갑인(甲寅, 1914)년 11월 17일 베이징에서 나에게 우송해주었다. 25일 칭다오챠오(淸道橋 : 청도교) 쉬광지(許廣記 : 허광기) 각자포(刻字鋪)에 가서 목각으로 내기로 하였다. 다음 해 5월 21일에야 판각이 완성되었다. 전체 분량은 85장이었고 겉표지가 한 장 더 보태어졌으며, 분지(粉紙)를 사용하여 100권을 인쇄하고 양(洋) 48원(元)을 지불하였다. 6월 14일에 인쇄가 끝나서 15일에 베이징으로 20권을 우송하였다. 이 책은 내가 직접 교정을 보았는데, 스스로 대단히 상세하게 보았다고 생각하였다. 그러나 뒤에 루쉰이 다시 살펴보다가 틀린 글자 두 개를 잡아내었다. 교정이 얼마나 어려운 일인지 여기에서도 알 수 있다. 『고서잡록』의 제목은 천스쩡(陳師曾 : 진사증)이 썼다. 루쉰의 일기 기묘년(己卯年) 4월에 이러한 기록이 있다. "8일 : 천스쩡에게 『회계군고서잡록』 표지 글자를 써 달라고 부탁하였다." 천스쩡은 그때 교육부의 편찬심의처에 근무하고 있던 걸출한 예술가였다. 서예·그림·각석(刻石)에 모두 독자적인 조예를 갖고 있었고 루쉰과도 오랫동안 사귄 친구였다. 쟝난육사학당(江南陸師學堂) 시절부터 알고 지냈기 때문에 그들은 허물없는 사이였다. 루쉰의 일기에도 이러한 점이 잘 드러나는데, 예를 들어 병진년(丙辰年) 6월에는 다음과 같은 기록이 있다. "22일 : 오전에 밍보 선생이 와서 회갑 축하 대련(對聯)을 써줄 사람을 찾는다고 하였다. 교육부에 가서 천스쩡을 붙잡고 글을 써주어 돌려보냈다." 이 구절에서도 두 사람의 교분을 대략 짐작할 수 있다. 루쉰은 '회이지 저우씨(會稽周氏)', '쓰탕(俟堂)' 등 스쩡(師曾)이 파준 도장도 갖고 있었다. 또 일찍이 우리 형제 세 사람 이름의 '런(人)'자를 생략하고 한(漢)나라 사람들의 두 글자 이름을 모방하여 도장을 새겨주기도 하였는데, 나도 음각으로 된 '저우쭈어(周作)'란 도장을 받았다. 이밖에도 '전문(磚文)'을 모방한 양각 도장 1매도 받았는데 아주 옛스럽고 소박한 맛이 있었다. 나는 일찍이 한(漢)나라 벽돌에 새겨진 '자(作)'자를 도장으로 사용한 적이 있다. 원래 테두리가 네모진 것을 타본 축소하여 아연판 활자로 만들어 사용하였다. 천스쩡의 도장은 그 옛스러운 맛이 이것과 비견할 만 하였다. 여기에 덧붙여 언급하여 기념하고자 한다.6)

책은 인쇄량이 아주 적었고, 루쉰은 저우쭈어런의 이름으로 출판할 것을 고집하면서 자신의 이름을 쓰려고 하지 않았다. 이 일은 그의 넓은 도량을 잘 보여주고 있다. 뒷날 저우쭈어런도 루쉰이 명리나 개인적인 이해득실을 거의 따지지 않았다고 진술하고 있다. 적어도 형제간의 정다운 생활이 이와 같았던 것이다. 『회계군고서잡록』의 서문은 루쉰이 베이징에서 쓴 것이지만 글 뒤의 서명은 저우쭈어런으로 되어 있다. 이 서문을 통해 나는 첫째 그들의 농후한 독서 취미와 이 책에 관련된 흥미로운 뒷얘기를 읽을 수 있었으며, 둘째 그들 형제간의 우애를 읽을 수 있었다. 10여 년 동안 스스로 심혈을 기울여 완성한 작품을 동생의 이름으로 간행해준다는 것은 형제간의 사랑이란 말 이외에는 더 적절하게 묘사할 수 있는 단어를 찾기 힘들 것이다. 이것은 정말 아주 자애로운 마음인데 이처럼 친밀하고 정다운 형제간의 우애는 현대인에게서 찾아보기 힘든 광경이다.

---

6) 『知堂回想錄』, 284면.

옛 서적을 정리하는 과정에서 서로 협력한 일 이외에도 루쉰은 또 동생의 번역서 출판을 위해 출판사를 찾는 일에 적극적으로 관심을 기울였다. 예를 들어 저우쭈어런이 토꾜에서 번역한 폴란드 센케비치의 중편소설 「탄화(炭畵)」는 루쉰이 원고를 수정하여 등사본으로 만들어 두었는데, 줄곧 출판을 하지 못하고 있었다. 저우쭈어런이 몇 차례 출판사에 보내 보기도 하였지만 모두 거절당하고 말았다. 이에 루쉰에게 부탁하여 베이징에서 출판사를 찾아볼 수밖에 없었다. 루쉰의 일기에는 이 일이 기록되어 있다. 비록 담담한 몇 마디 말에 불과하지만 이 일을 위해 루쉰이 적지 않은 시간을 들였다는 사실을 알 수 있다. 따라서 저우쭈어런의 명성은 자기 자신이 노력한 결과임이 분명하지만 기실 루쉰의 도움과 추천도 무시할 수 없는 도움으로 작용하고 있었다. 루쉰은 동생에게 아버지와 같은 정을 품고 있었다. 이것은 도의적인 측면에서뿐만 아니라 품성적인 측면에서도 루쉰이 생래적으로 갖고 있던 사랑이라고 할 수 있다. 형의 보살핌 속에서 저우쭈어런은 번잡한 사회 생활에서 오는 부담을 상당히 적게 받을 수 있었다. 따라서 훗날 저우쭈어런의 마음속의 침중함이 그의 형보다 덜한 것도 자연스러운 일이었다고 할 수 있다.

저우쭈어런이 아직 베이징으로 오기 전 몇 년 동안 저우씨 형제는 서로 다른 환경에서 살았고, 또 그들의 심경도 조금 차이를 보이고 있지만 학문하는 태도는 거의 비슷하였다. 두 사람의 당시 일기를 조사해보면 각자 고서를 읽으며 세상 이치를 묵상하던 상황을 잘 알 수 있다. 당시 루쉰이 쓴 글로는 「왕집본 사승 후한서 교기(汪輯本『謝承後漢書』校記)」, 「두 폭 토우도 설명서(兩幅手繪土偶圖的說明)」, 「사침 후한서 서문(謝沈『後漢書』序)」, 「우예 진서 서문(虞預『晉書』序)」, 「혜강집 발문(『嵇康集』跋)」, 「범자계연 서문(『範子計然』序)」, 「위자 서문(『魏子』序)」, 「임자 서문(『任子』序)」, 「지림 서문(『志林』序)」, 「대운사 미륵 중각비 교감기(『大雲寺彌勒重閣碑』校記)」 등이 있다. 저우쭈어런은 「고동요 석의(古童話釋義)」, 「동요 연구(兒歌之研究)」, 「동화 약론(童話略論)」, 「동화 연구(童話之研究)」, 「장난감 연구1(玩具研究一)」, 「소학 성적 전람 잡기(小學成績展覽雜記)」, 「가정 교육 일론(家庭教育一論)」 등의 글을 집필하였다. 저우쭈어런의 번역으로는 「탄화(炭畵)」, 「노랑

장미(黃薔薇)」, 「황제의 새옷(黃帝之新衣)」, 「추장(酋長)」, 「라오타이누스(老泰諾斯)」,
「비밀 사랑(秘密之愛)」, 「동명(同命)」, 「그리스 소설(希臘之小說)」 등이 있다. 루쉰
은 옛 것에 편향되어 있지만 저우쭈어런은 중외(中外)를 모두 섭렵하고 있다. 옛
것에 편향된 이면에는 괴롭고도 슬픈 적막감이 감추어져 있다. 중외를 섭렵하
는 일은 비록 무미건조하기는 해도 아취(雅趣)있는 일이기도 했다. 이 당시 루쉰
은 또 불경 연구의 가시밭길로 들어서고 있었지만 저우쭈어런의 취미는 더욱
더 학술적인 품위를 유지하는 방향으로 나아가고 있다. 두 사람의 상황을 지금
의 우리도 비교적 분명하게 짐작해볼 수 있다.

여기에 또 보충해야 할 만한 일이 한 가지 있다. 그것은 루쉰이 고향에 있을
때 문언문으로 소설 한 편을 썼다는 사실이다. 저우쭈어런은 이에 대해 다음
과 같이 해석하고 있다.

나는 사오싱교육회에서 그럭저럭 4~5년을 근무하면서도 공적으로 처리한 일은
그리 많지 않았고, 남는 시간에 한 일은 모두가 개인적인 일이었다. 이때 처리한 개
인적인 일이 상당히 많았는데, 지금 여기에서 한꺼번에 이야기하고자 한다. 나는
1936년 「루쉰에 관하여(關于魯迅)」라는 글에서 다음과 같이 말한 적이 있다.

"그의 소설 창작은 기실 「광인 일기(狂人日記)」에서 비롯된 것이 결코 아니다. 신
해년(辛亥年) 겨울 고향에 있을 때 고문으로 소설 한 편을 쓴 적이 있다. 동쪽 집 부
자 영감을 모델로 하여 혁명 전야의 상황을 묘사한 것이다. 성격이 불분명한 혁명군
이 시내로 진입하려 하자 부자 영감과 그의 식객 그리고 건달들이 상의하여 혁명군
을 맞아들이고자 하는 내용인데 풍자적인 색채가 상당히 풍부하다. 이 소설은 제목
도 붙이지 않은 채 2~3년 동안 방치되어 있다가, 내가 제목을 붙이고 서명하여 『소
설월보(小說月報)』에 투고하였다. 『소설월보』는 그때 아직 작은 잡지였고 윈톄챠오
(惲鐵樵 : 운철초)가 편집을 맡고 있었다. 그는 게재 승낙 답장에서 이 소설을 크게
칭찬하였고 잡지의 맨 앞에 실어주었다. 그러나 근래 제목까지 깡그리 잊고 있었는
데, 민국초의 옛날 일기 몇 권을 조사하다가 비로소 다시 알게 되었다." 이번에 일기
를 조사하다가 임자년(壬子年) 12월 기록에서 과연 다음과 같은 내용을 발견하였다.
"6일 : 상하이로 편지를 부쳤다. 원고를 동봉하였다."

"12일 : 상하이 『소설월보』의 답장을 받았다. 원고가 접수되었으며 원고료가 지급된다고 하였다. 오후에 답장을 부쳤다."

"28일 : 우체국에서 상하이 소설월보사의 원고료 양(洋) 5원(元)을 찾았다."

이후 감감 무소식이다가 다음 해 계축년(癸丑年) 7월에야 출판되었다. 아마도 제때에 등재되지 못했고 또 소설월보사에서 사오싱으로 책을 부쳤기 때문에, 나는 그것을 받지 못하고 그때 책을 직접 사보았던 것으로 기억된다.

"5일 : 「회구(懷舊)」가 이미 『소설월보』에 등재되어 있어서 한 권을 구입하였다."

21일에도 큰 거리로 나갔는데, 또 다음과 같은 내용이 기록되어 있다. "『소설월보』 제2기 1권을 구입하였다." 따라서 5일에 산 한 권은 그 해 제1기임을 알 수 있다. 이 책의 맨 첫 머리에 실린 소설이 바로 「회구(懷舊)」였다. 소설 끝에 편집자의 다음과 같은 주(注)가 달려 있었다.

"사실적인 묘사는 노력하여 배울 수 있지만, 상상력 부분은 노력으로 얻을 수 있는 것이 아니다. 그러나 글쓰기의 첫걸음이 틀리지 않았다면 영감(靈感)이라는 것은 인간이 본래부터 갖고 있는 것이기 때문에, 영감을 갖추는 것은 어려운 일이 아니다. 나는 청년들이 겨우 붓 잡는 법을 알자마자 곧 바로 문장에 대해 이야기하면서 종이 가득 미사여구만 늘어놓는 것을 자주 보아왔다. 이것은 올바른 일이 아니다. 이 글을 통해 그 병폐를 고치길 바란다. 쟈오무(焦木 : 초목) 씀."

그리고 본문 가운데도 모두 열 곳에 비평을 하고 있는데, 대부분 문장 작법에 관한 것이기는 해도, 어떤 것은 논리가 대단히 타당하다. 이에 이 잡지의 편집자가 문장의 좋고 나쁨을 모르는 사람이 아니라는 사실을 알 수 있다. 그러나 평어는 그렇게 좋았지만 실제 원고료는 5원(元) 대양(大洋)에 불과했다. 이 사실에서 민국 초에 훌륭한 문장들이 받던 시장 가격을 짐작해볼 수 있다. 그러나 이 경우는 그래도 좀 나은 편이라고 할 수 있다. 「탄화(炭畵)」의 불운과 비교해보면 실로 '천양지차'가 있기 때문이다. 이 「회구(懷舊)」는 본래 내가 쓴 것은 아니었지만, 이를 통해 내 자신도 같은 시기에 소설 한 편을 쓴 적이 있다. 아직도 기억에 남아 있는 그 소설의 제목은 「황혼(黃昏)」이었다. 이전에 푸젠관(伏見館)에서 만난 적이 있는 친구 '파하오(法號)'를 모델로 하여, 그 부엉이처럼 껄껄대는 웃음소리를 묘사하면서 자못 통쾌해 했던 기억이 난다. 그러나 아마 당시에 내 자신도 그렇게 만족스럽지 못했던지, 수정하여 정서를 해두기는 했지만 잡지사에 기고하지는 않았다. 「회구」는 내가 제목을 붙였기 때문에 여러 해 동안 작가의 이름이 바뀌어 있다가 결과적으로 루쉰이 세상을 떠난 그 해에 사실을 밝히게 되었고, 『회계군고서잡록』과 함께 결국 본래 주인에게 되돌아갈 수 있게 된 것이다. 우리는 당시에 이름을 그렇게 사용하고 있었는데, 『신청년』에 투고할 때도 거의 같은 상황이었다. 이 때문에 나의 「잡감(雜感)」문 두세 편이 루쉰의 『열풍(熱風)』 속에 섞여 들어가기도 하였다. 이러한 사정은 외부의 일반인들이 잘 알 수 없는 것들이다.7)

만약 저우쭈어런의 해명이 없었다면 아마도 우리는 그 본래의 사정을 알 수 없었을 것이다.

4.

저우쭈어런이 베이징에 와서 취직한 것은 1917년 4월이었다. 차이웬페이(蔡元培 : 채원배)를 통하여 베이징 대학의 교수가 되었다. 그는 또 다시 형과 함께 생활하게 되어 베이징의 쉔우먼(宣武門 : 선무문) 밖 반계 골목(半截胡同)에 있는 사오싱 회관에 머물렀다. 그의 이번 북상은 시기적으로 마침 신문화운동의 전야여서 차이웬페이가 베이징 대학을 개혁하고 널리 천하의 인재들을 초빙, 교육을 진흥하려던 참이었다. 기실 저우쭈어런은 그 당시 직업을 선택하면서도 시험삼아 한 번 해보자는 신정만 갖고 있었을 뿐 신문회 건설 대열에 의식적으로 참여하고자 하는 마음은 없었다. 루쉰도 고서 베끼기와 불경 공부에 몰두하고 있었을 뿐, 새로운 문화 창조에 대해서는 생각만 있고 운동을 발기할 구체적인 시도는 하지 않고 있었다. 그들은 이미 사상적으로 상당한 실력을 갖추고 있었지만 당시 그들의 비관적인 정서 때문에 아직 신문화운동에 자각적으로 참여하지는 않고 있었다. 그 뒤 친구들의 권유와 영향이 없었다면 이들 저우씨 형제가 적막 속에서 얼마나 오랫동안 머물러 있었을지는 알 수 없

. 7) 『知堂回想錄』, 275면.

는 일이다.

그들의 이번 공동 생활에도 기념할 만한 일이 상당히 많이 발생하였다. 내가 느끼기에는 수족과 같은 형제간의 친밀한 우애가 베이징 기간에 새롭게 발전하고 있었던 것 같다. 동생이 베이징에 도착한 날 루쉰 일기에는 이러한 기록이 있다. "밤에 동생이 고향에서 왔다. 『예술총편(藝術叢編)』 4~6집 각 11책, 『고경도록(古鏡圖錄)』 1책, 『서하석연화경고석(西夏釋蓮花經考釋)』 1책, 『서하국서략설(西夏國書略說)』 1책을 갖고 왔다. 상하이에 들러서 산 것들인데, 모두 17원(元) 4각(角)이다. 책을 뒤적이며 이야기를 나누다가 밤이 늦어서야 잠이 들었다." 이번에도 밤늦도록 정담을 나누고 있는데, 그들이 난징에서 만났을 때 『천연론』을 읽으며 밤을 지새우던 상황과 대단히 흡사하다. 이후 두 사람은 함께 공부하고 글을 쓰고, 서점에도 함께 가면서 정말 형제간에 화목한 나날들을 보내고 있다. 저우쭈어런의 일기에도 이러한 일들이 모두 기록되어 있으며 이를 통해 당시 이들의 정취를 상상해볼 수 있다.

저우쭈어런은 베이징에 온 지 며칠 되지 않아 심한 병에 걸렸다. 몇 차례의 진료에도 전혀 차도가 없었다. 루쉰의 걱정은 이만저만한 게 아니어서 처음에는 성홍열(猩紅熱)로 의심하였다. 그러나 뒤에 독일인 의사의 진찰을 통해 비로소 홍역이라는 것을 알았다. 저우쭈어런은 꼬박 이십일을 앓았다. 그간의 생활은 모두 루쉰이 꾸려갈 수밖에 없었으며 두 형제는 정말 견디기 힘든 날들을 보내게 되었다. 이 기간 동안 루쉰은 심적으로 깊은 충격을 받아서, 몇 년 후 「형제(兄弟)」라는 소설을 쓸 때 이때의 경험을 묘사해 넣었다. 저우쭈어런도 이 소설을 읽어본 후 감개무량하였던지 만년에 이 일을 언급하면서 "사실과 부합한다"고 하였다. 이때의 병은 저우쭈어런의 마음에는 그리 큰 흔적을 남기지 않았다. 4년 후 저우쭈어런은 또 늑막염에 걸려 장장 9개월 동안 누워있어야 했다. 이때 루쉰과 저우쭈어런은 모두 적지 않은 고통을 겪었다. 루쉰은 동생을 위해 이곳저곳을 뛰어다니며 돈을 마련하고, 병원에 가서 동생을 간호하는 한편, 동시에 서산(西山) 비원쓰(碧雲寺 : 벽운사)로 직접 가서 저우쭈어런이 휴양할 방을 찾아주기도 하였다. 그의 일기에는 그간의 근심 걱정이 곳곳에 드러나 있다. 저우쭈어런은 일생 동안 루쉰에게 대단히 많은 폐를 끼치고 있다. 생활·업무·학문 등 거론할 수 있는 모든 부문에서 얼마나 많은 신세를 지고 있는지 모른다. 이 점은 저우쭈어런도 마음속으로 매우 분명하게 인식하고 있다.『지당회상록(知堂回想錄)』을 읽어보면 저우쭈어런의 감격에 젖은 마음을 감지할 수 있다. 이러한 감정은 몇 십 년 동안 세월의 물결에 씻기기는 했지만 여전히 분명한 형상으로 살아 있음을 알 수 있다.

사오싱 회관(紹興縣館 : 소흥현관)의 부수 서옥(補樹書屋 : 보수서옥)은 기념할 만한 가치가 있는 곳이다. 그곳은 저우씨 형제가 독서하고 학문하고 휴식하던 장소이다. 그들의 조부 졔푸 공(介孚公)도 당년에 이곳에 머문 적이 있었고 두 사람도 이제 이곳에 거주하게 되었기 때문에 틀림없이 남다른 감회를 느꼈을 것이다. 사오싱 회관 주변의 환경은 그다지 좋은 편이 아니었다. 부수 서옥에는 당시 어떤 사람이 목을 메달아 죽은 일도 있었고, 길 건너 맞은편은 차이스커우(菜市口 : 채시구), 즉 당시 베이징의 사형 집행장이었다. 더욱 견디기 힘든 것은 밤에 고양이가 소란을 피워서 잠을 잘 수 없다는 점이었다. 그러나 그들은 이곳에서 베이징의 풍습과 인정을 하나하나 체험할 수 있었다. 베이징 사람들의 의식주와 생활 방식에 대해서 감성적인 인식을 하기 시작한 것이다. 이때 루쉰은 교육부에서 무미건조한 일을 하고 있었고, 밤이나 주말이 되어야만 사오싱 회관에서 동생과 형제간의 즐거운 시간을 가질 수 있었다. 저우쭈어런은 1917년 9월부터 베이징 대학 문과 교수 겸 국사편찬처의 편집원으로 임명되었다. 그는 먼저 유럽문학사와 로마문학사를 강의하였다. "이때 저우쭈어런은 비로소 지방의 중학 교사를 그만두고 베이징으로 와서 얼마 후 바로 최고학부의 교수가 되었는데, 어떻게 하면 좋을지 모를 때는 루쉰의 도움을 청할 수밖에 없었다. 대체로 저우쭈어런은 낮에 강의 초고를 써서, 밤에 루쉰에게 자구 수정을 부탁한 뒤 다음날 다시 등사를 하여 원고를 완성했던 것으로 보인다. 이렇게 작업을 계속하여 6일이면 필요한 강의 원고(원고지 약 20장)를 완성할 수 있었고 그것을 학교에 제출하여 등사 비용을 신청하였다. 일 년이 경과하자 그리스문학 요략 1권, 로마문학 1권, 유럽 중고시대에서 18세기에 이

르는 문학 1권이 완성되었다. 그것을 합하여 유럽문학사라는 이름을 붙이고
베이징 대학 총서의 세 번째 책으로 상무인서관(商務印書館)에서 출판하였다.
이것은 저우쭈어런의 첫 번째 학술 저작일 뿐만 아니라, 그들 형제가 합작한
기념물의 하나이기도 했다."8) 함께 학술을 토론하던 그 밤들은 틀림없이 즐거
움에 가득 차 있었을 것이다. 그들이 사오싱 회관에서 힘든 작업을 하던 그 많
은 낮과 밤은 중국 학술사에서 아주 높이 평가해야 할 기간이라 할 만하다.

　만약 동생이 오지 않았다면 아마도 루쉰은 여전히 고독하게 고대문화 속을
여행하고 있었을 것이다. 저우쭈어런이 베이징에 오기 전에 루쉰은 진정한 의
미에서의 문학 작품을 한 편도 쓰지 않았다. 공무 외에 그는 거의 모든 정력을
과거를 되돌아보는 명상에 바치고 있었다. 그것은 회색빛 절망에 가까운 나날
이었다. 불경이나 야사 속에서 자신을 마취시키고 있는 이러한 행위는 기실
어쩔 수 없는 선택이었다고 할 수 있다. 동생이 오면서 그는 최소한 생활 속에
서 가족간의 즐거움을 누릴 수 있게 되었다. 이후 오래지 않아 두 사람은 함께
손을 잡고 신문화 사업을 시작하는데, 이것은 뒤에 다시 이야기할 것이다.

　루쉰의 일생에서 가장 적막한 시절은 바로 그가 사오싱 회관에서 혼자 살
때였다. 그때 유일하게 그에게 세상사는 즐거움을 느끼게 해준 것은 아마 가
정뿐이었던 것 같다. 어머니, 동생 및 조카들에 대한 깊은 사랑은 그의 고독한
심령이 발산하는 한줄기 빛이었다. 그는 동생 저우쭈어런을 아주 사랑하였고,
이후 몇 년 동안 동생과 즐겁게 많은 대화를 나누면서, 마침내 동생과 함께 학
술적인 문제를 함께 토론할 수 있는 시간을 가질 수 있게 된 것이다. 5·4를
전후하여 두 사람이 사상 계몽적인 면에서 보여주고 있는 일치성은 사오싱 회
관에 함께 살면서 동고동락한 당시 상황과 일정한 관련이 있는 것 같다. 피차
간의 사상적 교류와 삼투(滲透)는 중국 봉건 왕조의 부패성에 대한 공통된 인
식을 형성하였고 그 크고 강력한 비판력은 후세에 필적할 만한 사람이 거의
드물 정도였다. 루쉰은 일정 정도 동생의 광범위한 지식 배경에 도움을 받았

---

8) 錢理群, 『周作人』, 北京十月文藝出版社, 1990, 194면.

고, 동생도 형이 제창하고자 했던 인도주의적 개성의 장점을 한껏 발휘하였다. 두 사람이 서로 운명을 의지한 채 함께 배를 타고 역사의 강을 건너던 모습을 우리는 그들의 글 속에서 분명하게 읽어낼 수 있다.

루쉰의 일기를 조사하면서 나는 형제가 함께 기거하던 시절 추억할 만한 일들이 많았음에도 불구하고 훗날 이들이 이러한 일을 거의 언급하지 않고 있다는 사실을 발견하였다. 저우쭈어런은 당시 루쉰의 의식주와 기거 상황에 대해 간단하게 언급한 적이 있지만 그들이 독서 취미를 통해 인생의 계시를 얻은 점에 대해서는 거의 언급을 하지 않았다. 1917년에서 1919년 말까지 두 사람이 행한 사회적 교류 및 책 구입, 서점 탐방, 고적 정리 등에 대해서는 한 번 연구해볼 만한 가치가 있다. 이 시기는 두 사람의 일생 중에서 가장 중요한 전환기였다. 만약 5·4운동이 발생하지 않고, 『신청년』에서 신문화운동을 일으키지 않았다면, 그들이 학문에 침잠해 있던 쓸쓸하고 적막한 날들이 더 오래 지속되었을지도 모를 일이다. 루쉰은 그의 일기에 동생과 함께 서점을 탐방하던 과정을 여러 차례 기록해 두었다. 이것은 그들이 토쿄에서 유학하던 시절과 동일한 아름다운 취미의 연장이었다. 동시에 그는 또 여러 친구들과의 빈번한 교류도 함께 기록해두고 있다. 바로 이 시기에 첸쉔퉁(錢玄同 : 전현동)이 두 사람과 가장 많이 왕래했던 것으로 보인다. 그들은 거의 며칠 걸러 한 번 꼴로 만나고 있다. 그때 첸쉔퉁은 막 『신청년』 편집진에 참여하고 있었는데 그의 방문은 부수 서옥의 분위기를 매우 생기 있게 해주었다. 첸쉔퉁은 그들이 토쿄에 유학할 때의 친구였고, 신해혁명 후에 그는 저장성(浙江省 : 절강성) 교육전서(敎育專署)에서 교육감독관 일을 맡아보았다. 1913년 베이징에 온 후 베이징고사부중(北京高師附中), 베이징대학(北京大學), 베이징고등사범학교(北京高等師範學校)에서 교직 생활을 하였다. 첸쉔퉁은 두 형제에게 대단히 감탄하면서 학문적인 면에서 이 두 사람이 매우 뛰어난 인재라고 생각하였다. 그는 매일 밤 사오싱 회관으로 와서 그들이 학문에 몰두하는 모습을 보고 장탄식을 금치 못하였다. 왜냐하면 만약 그들의 정력을 사회적인 활동, 예를 들어 창작이나 계몽 선전 활동 등에 쏟을 수 있다면 얼마나 좋을까 하고 생각했기 때문이다. 첸쉔퉁은 때때로 부수 서옥에서 밤늦게까지 머물면서 학문을 이야기하고 시국을 이야기하였다. 우리는 두 사람의 일기에서 그 정열적인 모습을 엿볼 수 있다. 저우씨 형제와 첸쉔퉁은 학문적인 견해에 있어서 거의 유사한 관점을 가지고 있었다. 예를 들어 문자 개혁이나 백화문 제창 등등의 견해에서 그들은 모두 거의 일치된 모습을 보여주고 있었다. 옛 문화에 대한 관점에서도 유사한 관점이 상당히 많다. 친구들과 함께 이야기를 나누고 토론하는 즐거움은 더 언급할 필요가 없을 정도였고 피차간에 주고받은 자극과 계발도 모두 잊기 어려운 일이었다. 바로 이 시기에 저우씨 형제는 친구들에게 떠밀려 신문화의 진지 속으로 진입하게 된다. 여러 해 동안 번민에 빠져 있던 루쉰과 저우쭤어런이 비로소 『신청년』에 기고하기 위해 글을 쓰기 시작했던 것이다.

1918년 4월 2일 루쉰은 백화 단편소설 「광인일기」를 창작하였고 이후 파죽지세의 기세로 계속 많은 작품을 발표하였다. 사오싱 회관에서 2년 동안 그는 50여 편의 작품을 발표하였다. 「쿵이지(孔乙己)」, 「약(藥)」, 「내일(明天)」, 「작은 사건(一件小事)」, 「절개에 대한 나의 관점(我之節烈觀)」, 「우리 지금 어떻게 아버지 노릇을 할 것인가(我們現在怎樣做父親)」 등의 글이 모두 여기에서 씌어졌다. 저우쭤어런도 번역·잡감(雜感)·논문 등 다량의 문장을 이곳에서 집필하였다. 그 중 가장 유명한 것은 바로 『신청년』에 발표된 「인간문학(人的文學)」과 『매주평론(每週評論)』에 발표된 「평민문학(平民文學)」 등이었다. 1918년에서 1921년까지 두 사람이 『신청년』 잡지 한 곳에 발표한 문장만 해도 거의 100여 편에 달하였다. 이 수량은 정말 적지 않은 양이라고 할 수 있다. 그 중 저우쭤어런의 몇 가지 문장은 여전히 루쉰의 수정을 거쳐서 발표되었다. 저우쭤어런의 어떤 잡감문(雜感文)은 잡지에 형의 이름으로 발표되기도 하였다. 두 사람이 그 당시에 집필한 글은 우리가 지금 읽어보아도 그 사상이 아주 성숙되어 있다는 것을 느낄 수 있다. 신문화운동 진영에서 두 저우씨(二周)가 보여준 아름다운 문장과 예리한 사상은 동시대인들에게서는 거의 찾아보기 힘들 정도였다. 그들이 당시 계몽의 선봉에 선 인물로 평가되었다는 사실도 결코 과장된 것이라고 할 수 없다. 첸쉔퉁과 류반눙(劉半農 : 유반농) 등은 그 기백에서나 문체에서나 모두 저우씨 형제에게 미치지 못하였다. 이것은 그들 스스로도 분명하게 인식하고 있었다. 이렇게 하여 한 쌍의 샛별이 사오싱 회관으로부터 떠오르고 있었던 것이다.

이것은 중국 신문화 사상 신기원의 시작이었으며 또한 두 사람에게 있어서도 새로운 생활의 시작이었다. 그들은 역사를 선택했고 마찬가지로 역사도 그들을 선택했다. 루쉰과 저우쭈어런의 진정한 세계는 이 시기에 형성되고 성숙되기 시작하였다. 이후는 바로 중화 민족의 운명과 호흡을 함께 한 길고 긴 역사 그 자체였다.

5.

루쉰은 아주 강한 전통적인 가족 관념을 가지고 있었다. 이것은 중국인으로서 벗어나기 힘든 생활신조였다. 동생이 베이징에서 점점 자리를 잡아갈 무렵 그는 사오싱의 집을 전부 베이징으로 옮겨올 생각을 하고 있었다. 1919년 초부터 루쉰은 새집을 사기 위해 동분서주하기 시작하였다. 7월 23일 그는 살 집을 결정하였고 11월 4일 3500원을 주고 바다오완(八道灣 : 팔도만) 11호의 뤄씨(羅氏 : 나씨) 집을 구입하였다. 같은 해 말 저우쭈어런 가족, 루쉰 가족, 저우젠런 가족이 모두 새 집으로 이사하였다. 모친도 그들과 함께 살게 되었다.

이번 이사를 위해 루쉰은 상당히 많은 정력을 소모하였다. 집을 고르는 한 가지 일만 해도 많은 시간을 투자하였다. 그는 바오쯔 가(報子街), 광닝보 가(廣寧伯街), 톄장 골목(鐵匠胡同), 비차이 골목(辟才胡同), 바오쟈 가(鮑家街), 후구어 사(護國寺), 쟝자이커우(蔣宅口) 등을 돌아다니며 집을 골랐다. 그때 저우쭈어런은 마침 일본 처가에 갔기 때문에 새집을 구하는 번거로운 일은 모두 루쉰 한 사람이 담당하고 있었다. 예를 들어 흥정, 방배치, 법률적인 문제, 보증인 세우기, 계약 등과 같은 복잡하고 자질구레한 일은 정신적으로 상당히 피곤한 일이었다. 이때가 바로 두 사람이 사상적으로 가장 활발한 시기였고 정력적으로도 힘이 가장 넘쳐나던 시기였다. 집안 전체를 사오싱에서 베이징으로 옮겨오는 일은 기실 바로 그들의 꿈이기도 했다. 저우씨 형제는 객지에서 여러 해를 뛰어다닌 뒤 마침내 편안한 휴식처를 갖게 된 셈이었다.

대가족이 함께 살게 되자 저우쭤런도 기뻤다. 당시에 그는 이미 자식이 있었기 때문에 이들과 함께 생활하게 되자 더 이상 불필요한 정력을 낭비할 필요가 없게 되었다. 당시 루쉰이 선택한 집은 틀림없이 그의 마음에 들었을 것이다. 방도 많고 정원의 공터도 넓었기 때문이다. 저우씨 삼형제가 노모와 함께 한 집에 살던 정경을 상상해보라. 얼마나 시끌벅적 했겠는가? 그것은 정말 훌륭한 생활 환경이었다. 몇 년 후 러시아 맹인 시인 에로센코가 또 이 집에 와서 그들의 생활에 더욱 많은 즐거움을 가져다주었다. 외국인의 관점에서 보면 그들은 전형적인 동양형의 행복한 가정 생활을 하고 있었다. 바다오완을 방문한 적이 있는 수많은 5·4학인(學人)들도 모두 이들 가정에 깊은 인상을 받고 있다.

당시 그들의 정신적인 개성과 가치 추구의 측면에 근거하여 생각해볼 때 그들이 3대가 함께 사는 생활 방식을 선택한 것은 현대인들이 아마 이해하기 힘들 것이다. 저우씨 형제의 개인적인 처지로 보더라도 이들이 어찌 서로 분가하여 살고 싶은 마음이 없었겠는가? 그러나 이것은 대단히 어려운 일이다. 그 이유는 첫째, 전통적인 습속이 하루 아침에 고쳐지지 않는다는 점이고, 둘째 경제적으로도 많은 어려움이 있기 때문이다. 현대인의 이상적인 생활이라는 관점에서 볼 때, 대가족제도에는 확실히 말로 표현할 수 없는 고통이 포함되어 있다. 루쉰도 오래지 않아 이러한 고통을 의식하게 되었다. 1920년부터 그는 경제적으로 적자를 면치 못하게 되었다. 왜냐하면 한편으로 집을 살 때 저축한 돈을 모두 써버렸고 빚까지 진 때문이었으며, 또 다른 한편으로는 생활비가 너무 많이 증가했기 때문이었다. 남녀노소 10여 명의 가족에게 필요한 생활용품을 사대기 위해 루쉰은 숨이 턱에 찰 지경이었다. 이 한 해 동안 그는

21차례나 친구에게서 돈을 빌리고 있는데, 정말 견디기 힘든 심각한 상황이었다고 할 수 있다. 게다가 아이들의 질병, 제수씨들의 서로 다른 생활 방식까지 보태져서 그의 빚은 무거운 부담으로 작용하고 있었다. 그의 월급은 전부 제수씨인 하부또 노부꼬(羽太信子)의 손에 쥐어졌지만 생활비는 마치 밑 빠진 독과 같았다. 루쉰은 아마도 그때처럼 막중한 스트레스를 느낀 적이 없었을 것이다. 구식 가정의 폐단도 오래지 않아 바다오완에 점점 뚜렷한 모습을 드러내기 시작하였다.

그러나 루쉰은 자신의 어머니와 동생들 그리고 조카들을 사랑하였다. 그는 동생과 함께 열심히 일을 하며 끝없이 빠져나가는 생활비의 구멍을 막으려고 애쓸 뿐이었다. 이 때문에 그는 창작과 번역 이외에도 대학에서 몇 과목의 강의를 겸임하게 되었다. 이 당시 저우쭈어런은 이미 베이징대학에서 상당한 유명세를 타고 있었다. 외국문학과 고대문학에 대한 그의 뿌리 깊은 지식은 사람들에게 많은 환영을 받고 있었다. 그는 강의 외에도 번역과 창작을 병행하면서 매우 부지런하게 활동하였다. 형제 두 사람의 분주한 활동으로 이 대가정은 거의 4년 동안 유지될 수 있었다. 그들이 훗날 원한을 품고 헤어진 후 루쉰이 토로한 감정에서 살펴보면 그 3년 동안 함께 생활하면서 그가 지불한 대가가 정말 적지 않았음을 알 수 있다. 사랑이란 일종의 자기 희생의 기초 위에서 성립되는 것이다. 인문주의와 개성의 가치를 잘 알고 있던 루쉰은 중국의 낡은 가족제도 때문에 갖은 고초를 다 겪었다고 할 수 있다. 이러한 면모는 또한 그의 특징이라고도 할 수 있다. 한 편으로는 아직도 동양인의 낡은 습속을 가지고 있고, 다른 한편으로는 또 그 완고성과 부패성을 명확하게 인식하고 있었지만, 자신의 힘으로는 어쩔 수 없는 상황이었던 셈이다. 인생이란 모든 것을 다 성취할 수 있는 것이 아니다. 사랑이 결국 이기적인 것이 아니라면 거기에 수반된 상실은 당연한 이치라고 할 수 있다. 따라서 당시에 루쉰이 쓴 글을 읽어보면 자신의 가정 생활을 묘사하면서 일종의 순도감(殉道感 : 대의를 위한 희생정신)을 토로하고 있음을 목도할 수 있다. 이러한 순도감이 바로 스스로 암흑의 갑문을 짊어지고 다음 세대의 생활을 위해 그들을 빛의 광장으로 내보내

는 힘이었다. 이미 중년에 접어든 루쉰은 개인적인 즐거움은 완전히 접어둔
채 항상 다른 사람들을 생각하며 그들을 위해 무엇인가를 하려고 노력하였다.
비록 개인적인 은원(恩怨) 관계 때문에 항상 속이 상하는 일도 많이 있었지만
자신만을 위해서 하는 일은 매우 드물었다. 그들의 생애에 관한 자료를 뒤적
이다가 매번 루쉰이 동생들과 어머니를 위해 동분서주 돈을 빌리는 대목을 읽
을 때면 중국 전통가정에서의 맏아들의 역할이 얼마나 어려웠던가를 깊이 느
끼게 된다. 바진(巴金)의 『가정(家)』에도 맏아들 쥐에신(覺新)의 고달픔이 묘사되어
있는데, 이러한 광경은 당시 중국 가정의 거의 보편적인 그림이었다. 자신을
희생하여 더 많은 사람들을 행복하게 하는 것, 이것은 당시 루쉰의 심경이었
을 뿐만 아니라 그 세대 많은 사람들의 심경이기도 했다. 나는 그가 뒷날 보여
준 쓴 웃음 속에서 이러한 침중한 감정을 분명하게 느낄 수 있었다. 5·4 계몽
가들이 호소한 인간 해방의 구호는 억지로 꾸며낸 상상의 유희가 아니었고,
그 내면에는 확실히 자신들의 고달픈 체험이 녹아들어 있었다. 따라서 그들의
목소리에 그처럼 슬프고도 힘찬 열정이 묻어날 수 있었던 것이다.

바다오완의 세월은 기쁨과 슬픔이 함께 교차하고 있었다. 가족들이 함께 사
는 즐거움은 그들에게 생활의 신선감을 가져다주었다. 루쉰은 아이가 없었지
만 둘째 동생, 셋째 동생에게는 그때 이미 아주 귀여운 아이들이 있었다. 이
아이들의 이름은 모두 당시 루쉰이 지어주었다. 쭈어런(作人)과 젠런(建人)의 아
이들을 루쉰은 마치 자신의 친자식처럼 돌보았다. 또한 쭈어런과 젠런의 처는
친자매간이어서 이 가정은 정말 특수한 정이 넘치고 있었다. (저우젠런은 뒤에
하부또 요시꼬(羽太芳子)와 이혼했다. 이들 사이에 이남일녀를 두었다.) 루쉰은
이 아이들에게 적지 않은 신경을 쓰면서 마치 자상한 아버지처럼 그들을 보살
폈다. 1920년 5월 저우쭈어런의 아이가 심한 병에 걸려서 루쉰은 병원을 왕래
하며 30일 동안이나 문병과 간호에 진력하고 있다. 이 기간 동안 모친도 병이
나서 루쉰이 모시고 진찰을 다녀야 했다. 이러한 일들은 모두 일기에 기록되
어 있다.

5월

19일 : 맑음. 페이(沛 : 패)가 많이 아프다. 밤에 의사를 불러오느라 잠을 자지 못하다.

20일 : 맑음. 새벽에 페이를 퉁런 변원(同仁病院 : 동인병원)에 입원시키기 위해 요시꼬(芳子)와 시게히사(羽太重九, 하부또 시게히사)와 함께 가다. 의사가 폐렴이라고 하다. 오전에 나는 돌아오고 셋째 동생이 병원에 가다. 오후에 쪽지를 보내어 셋째 동생에게 페이의 상태를 물어보다. 저녁에 전갈이 왔는데 좀 좋아졌다고 하다.

21일 : 맑음. 오전에 병원에 가다.

22일 : 맑음. 병원에 있다. 둘째 동생에게 부탁하여 치수산(齊壽山 : 제수산)에게서 돈 100원을 빌리다.

23일 : 맑음. 세찬 바람. 일요일 휴식, 병원에 있다. 오전에 잠시 집에 왔다가 저녁에 다시 가다

24일 : 맑음. 병원에 있다. 페이의 병이 매우 악화되다. 오후에 따처란(大冊蘭 : 대책란)에 가서 물건을 사다.

25일 : 흐림. 병원에 있다가 밤에 집으로 돌아오다. 한 밤중에 시게히사가 와서 페이의 병세가 위급하다고 하다. 급히 다시 병원으로 달려가다.

26일 : 맑음. 페이가 안정을 찾다. 오전에 교육부에 출근하다. 밤에 병원에 있다.

27일 : 맑음. 오전에 교육부에 출근하다. 밤에 병원에 있다.

29일 : 흐림. 오전에 교육부에 출근하다. 오후에 탕얼허(湯爾和 : 탕이화)를 방문하다. 류리창에 가서 원혜(元譓)·원은(元恩)·원욱(元頊)·이원강(李元姜)의 묘지명을 각 1매씩 사다. 모두 5원(元), 오후에 병원에 갔다가 밤에 돌아오다. 우뢰를 동반한 소나기가 내리다.

30일 : 비. 일요일 휴식. 오전에 발을 씻다. 오후에 맑음. 저녁에 병원으로 가다.

31일 : 맑음. 오전에 교육부에 출근하다. 저녁에 병원에 있다.

6월

01일 : 맑음. 오전에 교육부에 출근하다. 오후에 돌아오다. 쑹쯔페이(宋子佩 : 송자패)의 편지를 받다. 밤에 병원에 있다.

02일 : 흐림. 오전에 교육부에 출근하다. 오후에 이발을 하다. 밤에 병원에 있다. 우뢰를 동반한 소나기가 내리다.

03일 : 맑음. 오전에 교육부에 출근하다. 쯔페이의 책 1권을 돌려주다.

04일 : 맑음. 오전에 교육부에 출근하다. 밤에 병원에 있다.

05일 : 맑음. 오전에 교육부에 출근하다. 밤에 병원에 있다.

06일 : 맑음. 일요일 휴식. 오전에 어머니, 펑(豊 : 풍)과 함께 병원에 가서 페이의 상태를 살펴보고 함께 집으로 돌아오다. 저녁에 비가 조금 내리다. 쉬스쉰(許詩荀 : 허시순)이 오다.

07일 : 맑음. 낮에 병원에 가다. 오후에 국가연구회(國家硏究會)에 가다. 밤에 병원에 있다.

08일 : 맑음. 오전에 교육부에 출근하다. 오후에 병원에 갔다가 저녁에 집으로 돌아오다.

09일 : 맑음. 오전에 교육부에 출근하다. 밤에 병원에 있다. 큰 비가 내리다.

10일 : 흐림. 오전에 교육부에 출근하다. 낮에 맑아지다. 집으로 돌아오다. 밤에 병원에 있다.

11일 : 맑음. 오전에 교육부에 출근하다. 다이루어링(戴螺舲 : 대나령)에게서 50원을 빌리다. 밤에 병원에 있다.

　……

　장장 3개월 동안 루쉰의 일기에는 계속해서 병원에 간 일이 기록되어 있다. 그 정경들이 눈앞에 선하게 되살아난다. 이와 같은 나날들은 1년 후에 또 한 번 출현하였다. 둘째 동생 저우쭈어런이 병으로 입원하게 되어 그의 생활에 또 다시 많은 번거로움이 발생하였던 것이다. 문병, 진찰, 약 구입, 돈 빌리기 등등의 일들이 일기에 모두 기록되어 있다. 결국 루쉰은 매우 피곤하고 괴로웠던 것이다. 이러한 생활을 통해 루쉰은 일반인들이 느끼는 번뇌를 거의 모두 이해할 수 있게 되었다. 아마도 삶의 스트레스와 어려움을 직접 겪은 사람만이 비로소 생활의 깊은 맛을 이해할 수 있을 것이다. 그러나 사람은 살아 있는 한 이러한 고역에서 벗어날 수 없다. 사랑이 길면 길수록 거기에 지불하는 대가도 커지는 법이다. 세상의 풍파를 겪은 모든 사람들은 이 점을 이해할 수 있을 것이다.

6.

저우쭈어런은 온화하고 성실한 사람이었다. 만약 훗날 매국노가 되지 않고 또 루쉰과 결별하지 않았다면 그에 대한 후세인들의 태도가 그처럼 복잡하지는 않았을 것이다. 솔직하게 말하면 루쉰과 함께 살 때 그는 줄곧 형을 존경하였고, 결코 후세 몇몇 학자들이 지적한 것처럼 그렇게 '멍청(昏)'하지 않았다. 가족과 친구들에게 그는 항상 공손하였다. 셋째 동생 저우젠런조차도 그가 어릴 때부터 성격이 온화하여 대하기가 편했다고 진술하고 있다. 바다오완에서 함께 생활하기 전 2년 동안 저우쭈어런도 대단히 피곤한 생활을 하였다. 강의 외에도 수많은 사회 활동과 번역, 창작 등 시간을 써야 할 일이 매우 많았다. 1921년의 저우쭈어런의 중병은 바로 이때의 피로가 누적되어 발생한 것이라고 나는 생각한다. 그 당시 그가 쓴 수많은 문장과 그 근엄한 창작 태도를 보아도 온 정력을 투입하지 않고서는 아마 그처럼 혁혁한 성과를 거둘 수 없을 것이다. 물론 그의 성취가 루쉰의 도움과 불가분의 관계를 맺고는 있지만, 그의 개인적인 수양과 소질도 그 중요한 원인이라고 할 수 있다. 기실 저우쭈어런의 존재는 루쉰의 많은 일을 촉진시켜 주기도 하였다. 예를 들어 『중국소설사략』은 만약 저우쭈어런이 아니었다면 아마도 세상에 태어나지 못했을 것이다. 저우쭈어런은 훗날 이렇게 이야기하고 있다. "베이징대의 국문과에서 소설사 과목을 추가하려고 하면서, 학과장이던 마여우위(馬幼漁 : 마유어)가 나에게 상의를 하였다. 나는 순간적으로 깊이 생각해보지도 않고 좋다고 대답하였다. 내 생각으로는 비록 이 문제를 전문적으로 연구해본 적은 없지만 우리 집에 루쉰이 편집한 『고소설구침(古小說鉤沈)』 1부가 있기 때문에 참고자료로 이용할 수 있을 것 같았다. 그러면 전반부의 가장 골치 아픈 문제가 해결되고 후반부는 상황을 봐가며 강의를 끌어갈 수 있는 것이다. 집으로 돌아와 다시 생각해보니 그렇게 타당한 일로 여겨지지 않았다. 그리하여 루쉰에게 당사자가 이 과목을 직접 맡는 것이 더 적합할 것 같다고 말하였다. 그는 주저하기는 하였지만 마침내 좋다고 응답하였다. 나는 곧바로 나의 의견을 학과장에게 전했고 마여우위도 찬성하였다."9) 이 일은 루쉰이 뒷날 소설사 연구에서 이룬 혁혁한 성과를 직접적으로 촉진하였으며, 중국 학술사에도 한 페이지 기록해둘 만한 가치가 있다. 저우쭈어런은 루쉰의 학식에 탄복하고 있었다. 특히 소설 분야는 그가 형에게 미치지 못한다는 것을 잘 알고 있었다. 그리고 소설 창작에서는 더욱더 비교할 수조차 없었다. 그는 훗날 루쉰 소설을 추앙하며 자세히 해독한 것만 보아도 그 존경심이 대단했다는 것을 알 수 있다.

루쉰과 함께 살던 기간 동안 저우쭈어런이 가장 잊을 수 없었던 일은 아마 자기 형의 작업 태도와 생활 태도였을 것이다. 그는 루쉰처럼 일이 그렇게 잡다하지 않았고, 또 그의 머리에는 학문 이외에는 달리 신경 써야 할 잡무가 자리 잡고 있지 않았다. 루쉰은 한편으로 교육부의 일을 해야 했고 또 한편으로는 창작과 번역도 해야 했으므로 그의 생활에서 한가롭게 휴식할 수 있는 시간은 매우 적었다. 저우쭈어런은 『루쉰의 옛집(魯迅的故家)』의 마지막 부분에서 루쉰의 일처리를 아주 세밀하게 소개하고 있다.

회관에서의 루쉰의 작업 시간은 거의 야간이었다. 저녁을 먹은 후 손님이 없어도 우리와 한담을 나누다가 9~10시가 되면 자신의 방으로 들어가서 작업을 시작하여 새벽 1~2시가 되어야 비로소 잠자리에 든다. 다음날 아침에는 10시 전에 일어나서 습관대로 아무런 간식도 먹지 않고 세수를 한 후 차를 마시고 곧바로 교육부로 출근한다. 그가 그곳에서 하는 일은 의례적인 공무들뿐이었다. 단 한번 중화서국(中華書局)에서 교육부에 등록과 심의를 위해 『구미소설총간(歐美小說叢刊)』을 보내왔을 때 대단히 기뻐하였다. 이것은 주서우젠(朱瘦鵑 : 주수견)이 번역한 책인데 3책으로 되어 있었고, 그 속에 비록 작은 부분이었지만 영미 이외의 작품도 포함되어 있어서 당시로서는 확실히 보기 드문 책이었다. 이 책이 비록 우리의 『역외소설집』과 완전히 일치하지는 않았지만 루쉰은 한 명의 동조자를 만난 듯 매우 흡족해하였다. 그리하여 특별히 교육부의 명의로 훌륭한 평어(評語)까지 발표해주었다. 내가 알기로는 이와 같은 일이 더 이상은 없었던 것 같다. 그는 또 내각 창고의 그 유명한 폐지

---

9) 『知堂回想錄』, 香港 三育圖書文具公司, 1971, 410면.

8,000마대를 정리하는 일에도 참여한 적이 있지만 그 일에 관련된 무슨 에피소드 같은 것을 나에게 이야기해주었는지는 기억이 나지 않는다. 다만 둔황(敦煌 : 돈황) 천불동(千佛洞)의 고사본(古寫本)을 베이징으로 옮길 때의 일을 그는 잘 알고 있었다. 몇몇 경관(京官) 영감들이 재난에서 구해낸 그 문서들을 또 적지 않게 도둑질했다는 것이다. 그리하여 장부상의 숫자와 문서 숫자가 일치하지 않게 되자, 비교적 긴 문서 두루마기를 둘로 나누어 그 부족한 숫자를 채워 넣었다고 한다. 그 사람들의 이름도 말해주었지만 교육부의 사람들과는 전혀 모르는 사람이었고, 성명도 생소하여 대부분 잊어버렸다. 그는 또 교육부에서 항상 자신들의 어머니의 절개와 효행을 표창해 달라는 시골 사람들의 상소문을 받곤한다고 하였다. 그 중 어떤 글들은 글자도 분명하게 쓰지 못하여 정표(旌表)를 여표(旅表)로 쓰기도 한다는 것이다. 산간 벽촌의 시골 사람들 조차 봉건예교를 그처럼 우둔하게 믿고 있는 걸 보면 정말 탄식할 만한 일이라고 말하곤 하였다. 또 이들 상소문 중에는 송사 대리인들의 농지거리가 분명한 것으로 보이는 아주 음흉한 것들도 있다고 하였다. 이것은 이미 『신청년』 잡지의 "무슨 말(什麼話)"란의 재료로 게재되어 있으므로 여기에서는 생략하고자 한다.

물론 그 당시에 두 형제는 함께 외출하는 즐거움도 누리고 있다. 형제가 항상 함께 가던 곳은 류리창이었다. 저우쭤어런은 항상 형을 따라 골동품 상점을 드나들었다. 『루쉰의 옛집』에는 다음과 같이 소개되어 있다.

일요일이면 루쉰은 대개 한 달에 두 번씩 류리창에 가서 오전을 보내곤 하였다. 평소와 다름없이 일어나서 차를 마시며 잠시 앉아 있다가, 곧 문을 나서서 비석 탁본을 파는 단골 상점 몇 군데로 들르는데 바로 상점의 안쪽 방으로 안내되어 그 주인과 잡담을 나누곤 하였다. 류리창의 서문쪽에 '둔구이(敦古誼 : 돈고의)'라는 상점은 그가 항상 들르던 단골집이었다. 또 작은 골목 안에도 무슨 '재(齋)'라고 하는 단골집들이 있었는데 그 지명과 상호는 모두 기억하지 못하고 있다. 그곳의 주인은 생긴 모습이 소박하였고 상식이 풍부하여 가장 오랫동안 이야기를 주고 받았다. 그들은 항상 다른 성(省) 다른 현(縣)으로 비석을 탁본하러 간다고 하며, 이에 수많은 곳을 탐방하여 견문이 아주 넓기 때문에 서점 점원들보다 더 많은 이야기를 나눌 수 있었다. 상점 안쪽에서 아직 전혀 정리되지는 않았지만 온갖 것이 다 포함되어 있는 한 무더기의 탁본을 들고 나오면, 루쉰은 참을성 있게 한 장 한 장 들춰보다가 필요한 것이 있으면 한 쪽을 접어두곤 하였다. 그러나 그 탁본들은 귀중본이 아니어서 돈 몇 푼만 집어주면 계산은 그것으로 해결되었다. 어떤 탁본은 동창지(東昌紙)로 표구를 해달라고 거기에 남겨두기도 하고 어떤 것은 자기가 직접 가지고 돌아오기도 했다. 루쉰은 또 옛날 책을 보고 싶을 때면 거의 즈리 서국(直隸書局)으로 가곤 했는데 사는 경우는 매우 드물었다. 푸진 서장(富晋書莊)은 책값이 특히 비싸서 가장 가기를 꺼리던 곳이었다. 그러나 단 한번 뤄전위(羅振玉 : 나진옥)가 인쇄한 책을 사려고 부득이 들려보지 않을 수 없었다. 그 책들은 매우 비쌌지만 정가가 원래 비싼 것이었기 때문에 서점 주인을 탓할 수는 없었다. 류리창 서문에서 동쪽으로 나가 이츠 대가(一尺大街)를 건너면 바로 양메이주셰 가(楊梅竹斜街)였고, 그곳에는 칭윈거(青雲閣)의 후문이 있었다. 그곳에서 이층의 찻집으로 올라가 차와 간식을 먹으며 점심을 떼우곤 하였다. 찻집 안 벽 쪽에는 고급 의자들이 놓여 있었는데 모두가 누워서 쉴 수 있는 것들이었다. 루쉰은 그 침대들의 불결함을 혐오했을 뿐만 아니라, 그처럼 누워서 차를 마실 필요가 없다고 생각했고 또 그 게으른 모습을 아주 보기 싫어했다. 그래서 그는 항상 탁자를 골라 앉아서 거기에 기대 쉬는 것을 더 좋아했으며, 그런 자리도 없으면 방 중안의 네모난 탁자 곁에 앉는 것도 괜찮다고 생각하였다. 차가 나온 후에는 관례대로 접시에 담긴 음식 몇 가지를 주문하곤 하였다. 이것은 난징 찻집의 간쓰(干絲 : 말린두부를 가늘게 썬 것)와 같은 것이었고 종업원들의 부수입 거리이기도 했다. 루쉰은 호박씨나 해바라기씨 같은 것은 먹지 않았으며 항상 설탕에 잰 과일을 즐겨 먹었고 마지막에는 만둣국 같은 것을 시켜 먹었다. 그 만둣국은 상당히 맛이 좋아서 내 생각에는 둥안 시장(東安市場)의 우팡자이(五芳齋 : 오방재)의 것과 비교해보아도 나으면 나았지 못하지는 않은 것 같았다. 칭윈거 정문으로 나오면 바로 관인쓰 가(觀音寺街)이고 거기에서 일용품을 좀 사서 회관으로 돌아오면 벌써 2시가 넘었다. 잡담을 하러오는 손님들이 하나 하나 들이닥칠 시간이었다.

이 글을 읽어보면 저우쭤런의 서술이 아주 평담하다는 것을 느낄 수 있다. 그의 형의 행적을 서술하면서도 지나친 감정을 개입시키지 않고 있다. 기실 그 시절의 생활에는 기록해둘 만한 일들이 상당히 많았다. 예를 들어 원고 수정, 문장에 관한 의견 교환, 외출 등등, 그러나 그 즐거운 일들에 대해서 저우쭤런은 거의 기록을 남기지 않았다. 저우쭤런은 루쉰처럼 직접적으로 감정을 드러내는 글은 거의 쓰지 않았고 대부분 충동적이지 않게 문장을 지었다. 그러나 그 냉정하고 평담한 글을 자세히 읽어보면 감회의 흔적들이 아주 은밀하게 숨어 있음을 알 수 있다. 그는 진정으로 충동을 일으킨 적이 없는데 이것은 아마도 그의 성격 때문일 것이다. 따라서 그의 글이 담담한 풍격을 가지고 있다고 이야기하는 것도 일리 있는 말이다. 그러나 그가 만년에 루쉰에 관해서 그처럼 많은 글을 쓴 것을 보면 그가 루쉰에게 한없는 그리움을 품고 있었다고 생각된다.

　저우쭈어런은 집안 문제를 잘 처리할 수 있는 사람이 아니었다. 만약 루쉰과 하부또 노부꼬(羽太信子)가 아니었다면 10여 명이나 되는 대가족을 원만하게 이끌어 가기가 어려웠을 것이다. 그는 겸양할 줄 아는 사람이어서 하늘이 뒤집히지 않는 한 학문을 계속하며, 집안의 대소사는 모두 다른 사람에게 맡겼을 것이다. 루쉰이 온 집안 식구를 베이징으로 옮겨오게 하였을 때 그는 매우 기꺼워하였으며, 한 때 일본에 있는 자신의 장인·장모까지도 모시고 와서 함께 살 생각을 하기도 하였다. 이 일은 비록 자신의 아내의 압력 때문에 구상한 일이었지만, 결국 그의 심지가 선량하다는 사실을 잘 말해주고 있다. 그의 이와 같은 개성은 상이한 성격을 가진 사람들과 함께 살아도 거의 문제될 것이 없는 것이었다. 하물며 루쉰이 그처럼 든든하게 도와주고 있었음에랴?

　따라서 한 시절 저우쭈어런이 일본의 '신촌주의(新村主義)'를 제창한 일도, 그 낭만적인 논조가 어떤 면에서는 그의 단순한 신념과 밀접한 관련을 맺고 있었던 것으로 보인다. '신촌주의'를 제창할 때 그는 막 루쉰과 함께 바다오완으로의 이사를 준비하면서 즐거움에 넘치는 대가족 생활에 대한 기대로 가득 차 있었다. 나는 1919년의 저우쭈어런에게 약간의 유토피아적인 색채가 묻어 있음을 느끼고 있다. 단란한 가정 생활, 순조로운 업무, 풍성한 수확물은 그로 하여금 상당히 득의만만한 모습을 갖게 하였다. 그가 당시에 쓴 「일본 신촌 방문기(訪日本新村記)」를 읽어보면 어찌된 영문인지는 모르지만, 그와 루쉰 및 온 식구들이 공동으로 건설한 새로운 생활의 투영이라는 생각이 들곤 한다. 일본의 신촌(新村)은 무사노꼬지 시네아스(武者小路實篤)가 발기한 이상주의적인 사회운동이었다. 1918년 그는 약간의 전답을 매입하여 '신촌'을 창건하였다. '신촌'은 '인간적인 생활'을 제창하면서, 각자 삶에 필요한 노동의 의무를 다하게 하고 그 나머지 시간으로 개인적인 일을 하게 하는 제도이다. 여기에는 착취도 없고 압박도 없는 공동 생활의 요소가 많이 포함되어 있다. 저우쭈어런은 일본인들의 실험에서 일종의 인류의 앞날을 목도하고 있었던 듯하다. 신촌운동의 이론과 실천은 저우쭈어런을 상당히 고무시켜서 그것을 즉각 중국에 소개하게 하였다. 심지어 마오쩌둥(毛澤東 : 모택동) 같은 사람도 이 이론에 매료되어 오래지 않아 저우쭈어런을 방문하기도 하였다. 신촌운동을 제창하는 과정을 통해서 우리는 정신적으로 그가 온화하고 이상적인 측면을 가지고 있다는 사실을 목도할 수 있다. 나는 항상 그의 이러한 면모로부터 대가족에 대한 그의 태도를 이해해왔다. 이에 대해 형제간에 상호 증거가 될 만한 태도를 찾아볼 수도 있다. 루쉰은 아마도 저우쭈어런처럼 열렬하게 이상주의에 빠진 적이 없었던 것 같다. 저우쭈어런이 신촌정신의 제기에 대해서 루쉰은 상당히 냉담한 반응을 보였다. 여기에서도 황금빛 유토피아에 대한 그의 부정적인 관점을 엿볼 수 있다. 저우쭈어런은 훗날 자기 자신을 반성하면서 그가 제기한 '신촌주의'에 종교적인 정서가 상당히 짙게 포함되어 있었고 아울러 치기어린 열정도 그 속에 스며들어 있었다고 자인하였다. 이러한 반성은 그에게 있어서 이상주의의 파멸이라고도 할 수 있는데, 이 또한 루쉰과의 결별 후에 비로소 나타난 태도 변화였다. 개인적인 생활 경력으로부터 저우쭈어런의 가족관을 추측해보는 일에는 다소 무리한 억측이 개입될 수도 있다. 그러나 나는 뒷날 저우쭈어런에게서 나타나는 비관주의가 그의 대가족의 붕괴와 많은 관련을 가지고 있다고 확신한다. 루쉰과의 더없이 친밀한 관계로부터 반목·결별로 이어지는 과정 그것이 바로 저우쭈어런 사상의 급변 과정인 것이다. 이 점을 제외한다면 그의 변화를 분명하게 해석하기 어렵다.

어쨌든 베이징에서 함께 생활하던 최초의 몇 년은 대체로 즐거운 날들이었다고 할 수 있다. 바다오완 기간 동안 두 사람은 매우 풍성한 창작과 탁월한 업적을 남겼다. 루쉰은 「아Q정전(阿Q正傳)」, 「풍파(風波)」, 「고향(故鄕)」, 「사회(社

戲)」, 「백광(白光)」, 「단오절(端午節)」 등의 소설을 창작하였고, 『노동자 셰비로프(工人綏惠略夫)』, 『에로센코 동화집(愛羅先珂童話集)』, 『한 청년의 꿈(一個靑年的夢)』 등의 역저(譯著)를 출판하였다. 아울러 『중국소설사략』 상권의 원고를 완성하였으며 잡문도 매우 많은 양을 집필하였다. 저우쭈어런도 「성서와 중국 문학(聖書與中國文學)」, 「산중잡신(山中雜信)」, 「자기의 정원(自己的園地)」, 「문예상의 관용(文藝上的寬容)」, 「귀족적인 것과 평민적인 것(貴族的與平民的)」, 「시의 효용(詩的效用)」, 「문예의 통일(文藝的統一)」, 「시냇물(小河)」, 「기로(岐路)」, 「일본의 시가(日本的詩歌)」 등의 글을 발표하였다. 이 시기에 저우쭈어런이 출판한 『자기의 정원(自己的園地)』은 그 명쾌한 어조가 루쉰의 침울함과는 다르다. 문장의 내용도 대부분 온화한 설리(說理)와 언지(言志)이다. 샹산(香山 : 향산)에서 휴양하던 기간에는 저우쭈어런에게서 비관적이고 모순적인 측면이 드러나고 있지만, 그의 글은 여전히 예의 맑고 한적한 풍격을 보여주고 있으며, 뒷날 그의 글이 보여주고 있는 짙은 신사기(紳士氣)는 거의 찾아볼 수 없다. 5·4시대에 저우씨 형제는 마치 일심동체의 형상으로 문단에 출현하였다. 그 당시 차이웬페이·천두슈·리다자오(李大釗 : 이대조)·첸쉔퉁·류반눙 등은 그들을 "저우씨 형제"라고 칭하였다. 루쉰과 저우쭈어런의 일기에도 두 사람이 함께 『신청년』 잡지사에 출석하고, 베이징대학 학생 단체의 활동에 참가한 일들이 기록되어 있다. 그들은 또 번갈아 가며 『신청년』의 편집을 담당하기도 하여, 문단과 대학 강단에서 광범위한 주목을 받았다. 이 시기 저우씨 형제의 아름다운 역사는 지금 생각해보아도 음미할 만한 대목이 상당히 많다. 운명은 그들을 하나로 묶었다가 훗날 다시 결별하게 하였다. 함께 한 것도 필연이었고 헤어진 것도 필연이었다. 크게 보아서 계몽이나 교육, 인생 개량 등에 대해서는 그들 사이에 이견(異見)이 없었다. 그러나 구체적인 생존 방식, 가치관, 정감 표현 방식에서는 상이한 점이 대단히 많았다. 따라서 결별은 이러한 상황 속에 숨어 있었던 것이다. 인생의 가치는 결과가 어떤가에만 있지 않다. 만약 아름다운 과정이 있었다면, 그것이 미약한 불꽃이라 해도 고귀한 것이다. 이 불꽃이 일찍이 그들의 생활을 비추면서 차가운 밤에 따뜻한 온기를 느끼게 해주었고, 앞길을 찾는 형제에게 한 가닥 즐거움을 가져다주었다. 나는 그들이 만년에 젊은 시절을 되돌아보면서 틀림없이 끝없는 감개에 젖었을 것이라고 생각한다. 저우쭈어런의 그 산만하고 담담하며 적막한 문장 속에서 이러한 점이 잘 드러나 있다.

길을 찾아

1.

어떤 일본인이 말한 것처럼 동방의 근대사는 '피근대화'의 과정이었다. 만약 서양인들이 아시아 각국의 문을 두드린 '서세동점(西勢東漸)'의 역사가 없었다면 우리는 자기 자신을 인식하는데 아마 더욱 오랜 시일이 걸렸을 것이다. 피근대화는 진심으로 원한 것이 아니었다. 만청 이래 타국의 물질과 문화가 중국에 침투하는 것을 보고 수많은 유생들이 당황해하며 그것을 한탄하였다. 황쭌셴(黃遵憲: 황준헌)은 세계를 반 바퀴 돌아보고서야 비로소 중국인의 병폐를 깨닫고 동서양문화의 역조 현상을 탄식하였다. 이것은 생명으로 체험하고 깨달은 것이다. 량치차오(梁啓超: 양계초)와 장타이옌(章太炎: 장태염)이 일본에서 구상한 훌륭한 대책들도 대부분 한족(漢族)을 중흥시킨다는 입장을 보이고 있고 국민성 자체에 대한 인식에서는 아직도 많은 결함이 내포되어 있다. 그러므로 중국인에 대한 이해에서는 초기의 전도사와 외국 상인들이 아주 독특한 견해를 보여주고 있다고 해야 할 것이다. 중국에 건너온 제1세대 서양인들이 중국 민족의 기이한 풍속을 보고 느낀 관점은 중국인들이 느낄 수 없는 것들이었다. 이에 자연스럽게 상이한 견해가 생겨나게 되었고 아울러 서양인들의 문화적인 우월감도 여기에서 생겨나게 되었다. 중국이 문호를 개방하고 서양의 과학 기술을 배우고 서양식 학당을 개설하고 유학생을 파견한 것은 모두 청나라 정부가 자원해서 시행한 결과가 아니었다. '피근대화'는 바로 어쩔 수 없이 체면을 구기는 과정이었다. 루쉰(魯迅: 노신)이 일본 유학 시절 중국의 우열을 간파하고 국민성의 약점을 깨닫게 되는 과정도 정말 비탄스러운 각성의 과정이라고 할 만하였다. 저우쭈어런(周作人: 주작인)은 비록 민족 멸시의 치욕을 당한 적은 없었지만 중국 문화의 쇠락에 대해서 심각한 느낌을 갖고 있었다. 적어도 유학 시기에 저우쭈어런은 문화인류학·심리학·문예학에 흥미를 가지면서, 중국의 구문화(舊文化)에 실망감을 표시하고 있다. 저우씨 형제는 토쿄에 거주하던 기간 동안 해외의 여러 가지 사상사에 관심을 기울였을 뿐만 아니라 중국 문화를 다룬 저작이나 중화 학술을 논술한 저서에도 특히 주의하였다. 여기에는 두 가지 원천이 있었다. 첫째는 스미스(A. H. Smith 1845~1932)의 『중국인 기질(中國人氣質)』 등과 같은 서양인들의 책을 직접 읽는 것이었고, 둘째는 량치차오·장타이옌의 사상을 받아들이는 것이었다. 량치차오는 그 당시 장타이옌처럼 저우씨 형제를 직접 가르치지는 않았지만, 두 형제는 량치차오에게 한 때 짙은 흠모의 정을 품고 있었다. 그 당시 량치차오는 소설로써 민심을 교화시키자는 주장을 펼치고 있었으며 또한 '신민(新民)'에 관한 이론을 제기하기도 하였다. 량치차오는 신민설에서 중국인의 약점을 여러 가지 꼽고 있는데, 예를 들어 공중도덕 결핍, 국가관의 부족, 모험정신 박약 등등이 그것이다. 저우씨 형제는 여기에서 깊은 인상을 받았다. 그들이 당시에 『신민총보(新民叢報)』를 애독했다는 사실에서 량치차오가 그들에게 끼친 커다란 영향을 짐작할 수 있다.

　량치차오의 사상은 매우 방대하고도 복잡하다. 그는 진화론 사상을 수용했을 뿐만 아니라 루소(Jean-Jacques Rousseau, 1712~1778)의 몇 가지 정신에서도 영향을 받았다. 그가 섭렵한 영역은 대단히 광범위하며, 벤덤(Jeremy Bentham, 1748~ 1832)의 학설과 칸트(Immanuel Kant, 1724~1804)의 사상 그리고 불교 이론과 과학정신 등등이 모두 포함되어 있다. 그는 다량의 외국 문명을 접촉함에 따라 중국 국민에게 많은 불만감을 드러내기 시작하였다. 그는 초기에 유신(維新)을 주장하고 변법(變法)을 제창하면서 『청의보(淸議報)』·『신민총보(新民叢報)』 등의 신문에 사상적인 폭이 방대한 글을 여러 편 발표하였다. 그 중 「과도시대론(過渡時代論)」·「보교비소이존공론(保敎非所以尊孔論)」·「신민설(新民說)」 등은 사상이 참신하여 청년들의 주목을 상당히 많이 받았다. 이 글들은 5·4 계몽의 전주곡이라고 할 만 하였다. 량치차오는 중화 문명이 이미 중병에 깊이 빠져 있다고 통감하면서 진화론의 학설을 도입하여 중국이 과도시대에 처해 있음을 다음과 같이 밝혔다. "따라서 과도시대는 기실 천고의 영웅호걸이 활약하는 대무대이다. 수많은 민족이 죽음에서 살아났으며, 착취로부터 해방되었고, 가난에서 탈출하여 부유하게 되었다."[1] 시대의 전환을 목도하고 세계 진화의 학설을 도입한 것은 량치차오 세대 사람들의 공적이라고 할 수 있다. 그들은 심지어 '황금빛 세계'의 도래를 역사의 필연적인 과정으로 간주하기도 하였다. 그러나 일단 중국의 구체적인 상황을 마주하게 되면 항상 그 약소함을 느끼지 않을 수 없었다. 사회를 개조하는 일이 그 당시 어찌 쉬운 일이었겠는가? 후세의 역사가 증명하듯이 정부를 바꾸기는 쉽지만 국민성을 개조하는 일은 하루아침에 이루어지는 것이 아니었다. 따라서 루쉰이 귀국 후에 온 정력을 국민성 개조 문제에 투입한 것은 공허한 이상주의를 교정하기 위한 것이었다. 자신의 민족에 실망한 사람의 생명의 여정은 이처럼 이상하리만치 침중하였다. 이러한 가치관적 부담을 루쉰과 저우쭈어런이 모두 느끼고 있었지만 루쉰이 느낀 부담이 훨씬 무거웠다. 그들은 표현 방식이 상이했지만 중국인의 심성에 대한 이해력에서는 모두 그들만의 특색을 갖추고 있다. 루쉰이 한 때 비석 탁본을 베긴 일이라든지 저우쭈어런이 한 때 '두문불출하고 독서에만 열중한 것'

---

1) 梁啓超, 「過渡時代論」, 『梁啓超哲學思想論文選』, 北京大學出版社, 1984, 44면.

은 모두 현실에 대한 절망에서 나온 태도이다. 삶은 너무나 괴롭고, 세상은 너무나 험난하여 민족의 고루한 폐습을 마주할 때마다 그들은 장탄식을 내뱉을 수밖에 없었다. 한편으로는 서구의 인문 학설을 수용한 계몽가가 다른 한편으로는 자고 이래로 변함없는 인생의 고해를 마주하고는 크나큰 비애를 느꼈던 것이다. 그들이 초기 문장에서 인간의 문학과 사실의 정신을 호소하고 있는 것은 아마도 이러한 사상의 구현이라고 할 수 있다.

저우씨 형제는 모두 일본 유학 기간 동안 자신들에게 평생토록 영향을 미친 몇 권의 서양 서적을 읽었다. 예를 들면 루쉰은 특히 미국인 선교사 스미스(Arthur Henderson Smith, 1845~1932)의 『중국인 기질』이란 책을 탐독하였다. 이 책의 관점은 루쉰이 뒷날 중국 사회를 인식하는데 무시할 수 없는 영향을 미쳤다. 그는 죽기 14일 전에 쓴 한 문장에서도 누군가 이 책을 번역하여 국민들을 강렬하게 각성시킬 수 있기를 희망하고 있다. 저우쭈어런은 영국 심리학자 엘리스(Henry Havelock Ellis, 1859~1939)의 학설을 신봉하였다. 그는 이 이론이 국민들의 여성에 대한 인식, 인간 자신에 대한 인식 등에 심대한 역할을 할 것으로 생각하였다. 저우쭈어런이 뒷날 보여준 여성 문제에 관한 관점은 분명히 엘리스의 영향을 받았다. 형제 두 사람이 수용한 이 두 가지 학설의 주창자는 서구에서 모두 대가의 반열에 들지 못하는 사람들이다. 그러나 두 사람에게 미친 영향은 다른 철학가들을 능가하고 있다. 문화 전파에서의 이러한 현상은 유독 중국에만 있는 것이 아니고 세계 각지에서 발견된다. 이와 유사한 현상을 연구하는 것은 상당히 가치 있는 일이 될 것이다.

저우씨 형제는 서구의 진보 사상을 수용하는 과정에서 기꺼운 마음으로 진정으로 수긍하고 있지, 국수적인 흔적은 전혀 나타내지 않고 있다. 그들은 얼마 뒤 량치차오·장타이옌의 사상과 고별하고 서양 학문 속으로 깊이 진입해 들어갔다. 그리고 국학 연구를 참고하여 역사를 고찰하고 인생을 탐구하면서, 자신들의 시각으로 결론을 도출하려고 애쓰고 있다. 이것은 '피근대화' 과정에서 우수한 학자들이 보여준 독특한 선택이라고 할 수 있다. 두 사람이 있는 힘을 다하여 해외 인문과학 이론의 번역·소개와 중국 문화에 대한 정리 작업을 한 것은 신문화 창조를 위한 그들의 헌신정신의 소산이라 할 만하다. 자기 민족의 약점을 거리낌 없이 드러내고 강한 정신력과 유구한 전통으로 균형을 잡으면서 새로운 길을 개척하고 있는 두 사람의 태도에서는 확실히 비장감이 느껴진다.

2.

스미스의 『중국인 기질』은 1894년 미국 뉴욕의 플레밍(Fleming) 출판사에서 출판되었다. 이를 1896년 일본의 시부에 타모쯔(澁江保)가 번역하여 『지나인 기질(支那人氣質)』이란 이름으로 토꾜의 박문관(博文館)에서 출판하였다. 루쉰이 일본 유학 시절 이 책을 읽게 된 것은 필연적인 일로 생각된다. 그는 이후 글을 쓸 때 네 차례나 이 책을 언급하면서 누군가 이것을 번역해주기를 희망하였다. 1926년에 쓴 『마상지일기(馬上支日記)』, 1931년 타오캉더(陶亢德 : 도항덕)에게 보낸 편지, 1935년에 쓴 우찌야마 칸죠(內山完造)의 『살아 있는 중국의 태도(活中國的姿態)』란 책의 서문, 1936년에 쓴 「입차존조(立此存照)」(三)란 글이 그것이다. 이처럼 이 책을 중시한 것은 루쉰에게 있어서 평범한 일이 아니었다고 할 수 있다. 「입차존조(立此存照)」(三)에는 이러한 언급이 있다.

나는 지금도 스미스의 『지나인 기질(支那人氣質)』을 누군가 번역해주기를 바라고 있다. 이 책을 읽고 난 후 자성하고 분석해보면 그의 언급이 정확하다는 것을 잘 알 수 있다. 그리고 변혁을 위해 투쟁할 때 다른 사람의 이해와 칭찬을 구하지 않고 자기 자신이 노력을 기울일 수 있을 것이다. 그리하여 마침내 중국인이 어떠해야 하는지 증명할 수 있을 것이다.[2]

---

2) 『魯迅全集』 第6卷, 人民文學出版社, 1981, 626면.

　루쉰은 일생 동안 상당히 많은 책을 번역했지만 무슨 이유에서인지 스스로는 스미스의 저작을 번역하지 않았다. 그가 여러 차례 이 책을 언급한 정서로 볼 때 그 내용에 대한 흥미는 아마도 소련의 새로운 작품을 처음 대할 때의 흥미에 뒤지지 않은 것 같다. 그러나 이후로는 갈수록 새로운 책들이 많아져서 거기에 포함된 새로운 지식을 알고자 하는 욕구가 증가했기 때문에 노신 스스로 이 책을 직접 번역하지 않았던 것으로 생각된다. 어쨌든 직관적인 감각으로 중국인을 다룬 이 책은 당시 사람들을 경각시킬 수 있는 저작임에 틀림없었다. 나는 이 책의 중국어 번역본을 읽으면서 상당히 오랜 시간 동안 고통스러운 자극을 받으며, 마치 날카로운 무기에 의해 자신이 난도질당하는 아픔을 느꼈다. 그것은 정말 각골난망의 느낌이었다. 나는 마치 이제까지 일상적으로 생각해온 삶의 과정에서 돌연 자신의 추태를 목격하는 것 같았다. 우리 중국인이 본래 이런 사람이었구나 하는 느낌은 루쉰의 문장을 읽을 때와는 상당히 달랐다. 루쉰도 결국은 중국인인 것이다. 서양인의 눈에 비친 우리는 그처럼 고로(古老)한 폐습과 그처럼 비문명적인 모습을 하고 사는 사람들이었다. 스미스는 결점만을 들추어내기 위해 우리를 관찰한 것이 아니다. 기실 그는 중국인에 대한 일종의 경애심(敬愛心)을 갖고 있었다. 이와 같은 기독교적인 정서는 그 관점의 보편성 때문에 우리의 마음을 더욱더 강하게 뒤흔들 수 있다. 나는 당시 루쉰이 이 책을 읽으면서 받은 느낌이 지금 우리들보다 더욱 쓰라렸을 것으로 생각한다. 만약 이와 같은 책이 존재하지 않았다면 저우씨 형제와 같은 세대의 사람들이 그처럼 강렬한 자아의식을 갖지 못했을 것이다. 다른 사람의 눈에 비친 자아를 알게 됨으로써, 우리의 진정한 인간상을 어떻게 수립할 것인가도 알게 된 것이다. 5·4를 전후한 시기에 저우씨 형제가 쓴 잡감문 속에는 스미스의 정신이 짙게 스며들어 있다.『열풍(熱風)』이나『무덤(墳)』과 같은 작품집에서 보여주고 있는 중국 국민의 심성에 대한 고문은 많은 부분에서 스미스의 관점에 접근해 있다.

　『중국인 기질』이 출판된 시기는 바로 중국의 계몽가들이 전통 사상을 조정하면서 사회혁명을 준비하던 시기였다. 량치차오 등의 그 당시 문장을 읽어보면 열악한 국민성에 대한 반성이 스미스의 여러 가지 관점과 매우 흡사함을 알 수 있다. 중외(中外)학자들의 상호 감응이 그 당시에 벌써 심도 깊은 수준에 이르고 있었던 셈이다. 따라서 1902년을 전후하여 루쉰과 쉬서우창은 "어떤 것이 가장 이상적인 인성인가? 중국인의 국민성 중에서 가장 부족한 부분은 무엇인가? 그 병폐의 근본 원인은 어디에 있는가?" 등등의 문제를 토론하기도 하였다. 이러한 생각들이 하늘에서 떨어진 관념이 아니라 시대적인 분위기의 영향을 받았다는 것을 쉽게 알 수 있는 것이다.

루쉰은 스미스에게 찬탄을 보내고 있다. 일개 전도사가 이처럼 날카로운 안목으로 선의적이고도 객관적으로 중국의 민족의 여러 가지 특징을 관찰한 것은 확실히 우리의 스승이 되기에 충분한 것이다. 여기에 이 책의 목차를 인용하여 그 대체적인 생각을 살펴보고자 한다.

제1장 체면
제2장 절약
제3장 근면
제4장 예절
제5장 시간 관념의 결핍
제6장 정확성의 무시
제7장 오해의 재능
제8장 기만의 재능
제9장 부드러운 완고성
제10장 지력혼돈(智力混沌)
제11장 무관심·무감각
제12장 외국인 경시
제13장 공공정신의 결핍
제14장 수구(守舊)
제15장 쾌적함과 편리함에 대한 경시
제16장 생명력
제17장 인내와 강인함

　　루쉰이 언제 이 책을 읽었는지 정확한 시간은 알 수 없지만, 이 중의 몇몇 장절(章節)은 그에게 아주 큰 영향을 미쳤다. 그는 훗날 귀국하여 상당히 오랜 기간 동안 국민성 개조 활동에 종사하였고, 그의 소설과 수필은 모두 국민의 마음 상태를 드러내기 위해 씌어진 것이다. 그처럼 세밀한 구성과 생생한 인물 묘사를 통해 국민의 마음속 깊은 곳에 감추어진 그 무엇을 드러내고자 하였다. 이것은 많은 부분에서 스미스의 관점과 상응하는 것이다. 뿐만 아니라 정감과 생명의 체험이라는 측면에서는 더욱 심도 깊고 절실한 내용이라고 할 수 있다. 예를 들어 중국인의 '체면'을 언급하면서 아Q의 자기 기만·절약·근면·무감각·인내성 등등을 함께 묘사한 것은 『중국인 기질』과 그 정신적인 지향이 상당히 유사하다. 「이십사효도(二十四孝圖)」에서 중국 예교의 살인적인 장면을 비판한 것도 『중국인 기질』에서 견지하고 있는 비평 관점과 거의 같은 논리라고 할 수 있다. 다만 루쉰의 작품은 더욱 형상화되어 있고 더욱 구체적인 비극성을 갖추고 있을 따름이다. 스미스의 책을 읽고 난 후 다시 루쉰의 글을 읽어보면 한 사람에게서는 기독교적인 박애정신이 느껴지고, 한 사람에게는 불교적인 자비정신이 느껴진다. 중국인에 대한 스미스의 관점은 대체로 정확하지만 그 모든 것이 역사적이고 문화적인 분석은 아니며 대부분이 일상 생활에서 얻은 느낌의 귀납이다. 그 관점이 역사문화적인 범주에 속하지 않기 때문에 현학(玄學)적인 맛은 부족하지만 문화적인 편견은 과다하게 드러나지 않고 있다. 우리가 읽어보면 상당히 평이한 느낌을 받을 수 있다. 중국인을 바라보는 루쉰의 관점은 당연히 스미스처럼 외관에 치우치지 않고 국민의 영혼 속으로 깊이 파고 들어가고 있는데, 자신도 그 구성원의 하나라는 사실을 항상 잊지 않고 있다. 따라서 "국민들의 불행에 대해서는 함께 슬퍼하면서도 그 투쟁심 없는 태도에 대해서는 분노하는" 그의 목소리는 대단히 슬프고도 황량하다. 나는 중국인의 기질에 대한 스미스의 분석에는 비록 모순적인 관점도 포함되어 있지만, 적어도 직관적인 면에서는 매우 공정한 태도를 보여주고 있다고 생각한다. 그 모순적인 관점에는 다음과 같은 예가 있다. 즉 그는 한편으로 중국인의 근면성을 긍정하면서도 근로 과정에서 드러나는 강인함과 인내성에 대해서는 논리적인 분석을 하고 있지 못하기 때문에 그 서술이 다소 평면적이고 피상적인 면을 드러내고 있다. 그러나 총체적인 면에서 그는 외국인의 눈에 비친 중국인의 형상을 잘 그려내고 있다. 이러한 형상은 몇 세대의 서양인들의 눈에 상당히 전형적이고도 고정적인 모습으로 비쳐진 것들이다. 자아의식을 가진 사람들은 누구나 이 책을 읽고 개탄스러운 마음이 생길 것이다. 옛날 중국 사람들은 줄곧 외국 사람들을 백안시하였는데, 하물며 외국인의 저서에 있어서랴? 그러나 자기 자신도 다른 사람들의 눈 속에서 낙후되고 미개한 인종으로 비쳐질 때 그 느낌은 당연히 복잡했을 것이다. 받아들일 것인가 아니면 거부할 것인가, 그것도 아니면 보고도 못 본 척 할 것인가? 어떤 선택을 하느냐에 따라 우리는 그 선택자 개개인의 정신 상태가 어떤지도 짐작해볼 수 있다. 대다수의 중국인들은 뒤의 두 가지를 선택하여 스스로를 합리화하면서 유유히 세월이나 흘려보낼 생각에 빠져들었을 것이다. 여기에서 자연스럽게 부질없이 세월이나 소모하는 유유한 문학이 생겨나는 것이다. 이와 같은 길로 미끄러져 들어가는 것은 아주 쉬운 일이다. 그러나 대담하게 '근대화'를 수용하고 부끄러움을 인정하는 기백으로 수치와 굴욕을 견뎌내는 것은 용기를 필요로 하는 일이다. 이것이 바로 5·4 시기 계몽가들의 가치를 계승하는 일이다. 이러한 가치를 계승하여, 자기 반성의 의식으로 자아를 해부하고 더 나아가 대중을 계몽하지 않는다면 단지 평범하고 어리석음의 구렁으로 빠져들 수 있을 뿐이다. 스미스는 인종에 대한 편견을 가진 사람이 아니다. 그의 말과 그의 감정에는 선의적이고 우호적인 면이 남김없이 드러나고 있다. 루쉰이 받아들인 것은 단지 사상적인 부분에만 그치지 않는다. 루쉰은 더욱 중요하게도 그의 가치 태도를 수용하고 있다. 만약 루쉰이 이와 같은 진실한 사랑을 참조하지 못했다면 그의 작품 속에서 차가움과 뜨거움이 교차하는 그 특유의 숨결을 갖출 수 없었을 것이다. 중국인의 약점에 대한 스미스의 투시를 참조하여 중국인의 인성 중에서 부족한 부분을 찾아내려는 루쉰의 시도는 대단히 비장한 행위였다고 할 수 있다. 이러한 행동은 거의 루쉰의 전 생애를 꿰뚫고 있다. 그가 훗날 소련의 소설과 문예심리학 저작을 번역·소개한 것도 모두 이러한 사고의 결과였다. 중국인에게 결핍된 빛과 열기를 더 많이 수입하려고 한 것은 그 세대 사람들의 사명감이었다고 할 수 있다. 중국인의 낙후된 기질을 역사의 먼지 더미 속으로 폐기하려는 시도를 우리는 루쉰의 글 속에서 분명하게 읽어낼 수 있다. 이러한 사상은 해외문화의 충격에서 온 것이며, 스미스와 같은 선의를 가진 외국인에게서 온 것이다. 자신이 허약하고 병에 걸려 있다는 사실을 인정하지 않는 사람에게 훌륭한 의사를 찾아주기란 참으로 어려운 일이다.

『중국인 기질』의 내용으로부터 루쉰 사상의 연원을 찾아내는 일은 매우 의미 깊은 작업이다. 중국인의 개성에 대한 스미스의 정리는 대단히 훌륭하다. 그는 일반적인 사회학자나 심리학자처럼 판에 박은 듯이 문제를 고찰하지 않았다. 그의 저서에 포함된 다양한 내용은 모두 일상생활에 대한 관찰과 체험에서 나온 것이다. 그는 중국인의 일상 행위와 생활 습관 그리고 가치 태도에 주안점을 두었으며, 중국의 역사에 대해서도 비교적 명확한 인식을 하고 있다. 이 견실한 저서는 유구한 역사를 가진 중국인들에 대한 애정으로 가득 차 있고, 다른 한편으로는 중국인들의 열악한 근성을 솔직하게 비판하고 있기도 하다. 한 민족의 개성 중에서 그 심층적인 부분을 고찰하는 일은 매우 어려운 작업이다. 하물며 한 사람의 외국인으로서랴? 스미스는 20여 년 동안 중국에 살면서 실제 생활의 깊숙한 부분까지 체험하였고, 또한 신문을 읽고 친구를 사귀는 동안 사회 심리로부터 문화 형태에 이르기까지 중국의 세태와 인정을 비교적 총체적으로 파악하였다. 이것은 정말 쉬운 일이 아니다. 이 책은 대부분 직관적인 서술로 되어 있지만 이론적 분석이 지극히 타당하여 극단적인 경향은 찾아볼 수 없다. 위로는 황제와 관리로부터 아래로는 일반 백성에 이르기까지, 또 멀리로는 고대문화로부터 가까이로는 현재의 일상 생활에 이르기까지 아주 상세하고도 정곡을 찌르는 진술을 하고 있다. 특히 중국인의 낙후된 습속을 다룬 부분에서는 읽는 사람들이 식은땀을 흘릴 정도이다. 그리고 이 작가의 고귀한 점은, 중국인의 개성이 위축될 수밖에 없었던 사회적 역사적 근원을 탐구하면서 그 시야를 비교적 광범위하게 잡고 있다는 점에도 있다. 중국 본토에서 장기적으로 생활한 사람으로서 그 지혜가 아무리 뛰어나다 하더라도 이처럼 두꺼운 저작을 쓴다는 것은 결코 쉬운 일이 아니다. 스미스의 신선한 시각과 광활한 시공 관념, 그리고 비교문학적 가치 태도는 그의 저작으로 하여금 도처에서 깊은 애정이 뿜어져 나오게 하고 있다. 루쉰은 훗날 그의 관점의 대부분을 수용하였다. 예를 들어 스미스가 중국인들이 흔히 정확성을 무시하고 있으며 또 그 사고력도 모호하다고 강조한 것은 중국인들의 인식상에서의 약점을 한마디로 설파한 것이라고 할 수 있다. 이 약점은 근본적으로 사유의 문제이며 또한 사유 체계는 언어에 의해 그 모습이 드러나는 것이다. 이 때문에 루쉰은 훗날 번역 문제에서 의역에 반대하고 직역을 주장하고 있는데, 이것은 바로 중국인의 사상 표현의 모호성과 부정확성을 바꾸기 위한 것이었다. 아울러 그가 라틴어 표음부호로 한자를 대체하자고 하는 명료한 주장을 펼친 동기도 바로 이 점에 있다고 할 수 있다. 또 하나의 예를 들자면 스미스는 중국인들이 다른 사람을 기만하는 능력이 뛰어나다는 점을 강조하고 있다. "중국인들은 다른 민족과 마찬가지로 좋지 않은 소식은 가능한 한 오래도록 숨기려고 하면서, 부득이 전달해야 할 때도 위장된 형식을 취하려고 한다. 그러나 중국인들이 요구하는 '좋은 전달 방식'이란 그 기만성이 지나치게 강하여 우리를 놀라게 할 정도이며 심지어는 아무런 의미도 느끼지 못하게 하기도 한다.” 이러한 비평은 정확한 것이다. 루쉰이 이후 국민성의 약점을 풍자하면서, 그 열악한 근성의 뿌리를 움켜쥐고 ‘기만’과 ‘사기’에 대해 맹렬히 비판을 퍼부은 것은 지금에 와서 읽어봐도 많은 감탄을 자아내게 한다. 스미스는 중국인의 여러 가지 약점을 분석한 후 그것의 생성 원인을 고대문화 및 사회제도와 연관시키면서 유가(儒家)·도가(道家)·불가(佛家)의 사상과 황권정치(皇權政治)가 중국인 기질의 낙후성과 보수성을 초래하였다고 인식하고 있다. 실례로 그는 공자와 맹자의 언행을 들고 있다. 즉 유가의 성인들조차 자신의 사상을 표현하기 위해 기만의 형식으로 사람들과 교류하고 있다는 것이다. 중국인의 안목에서 본다면, 이러한 기만은 예절의 필요성에서 나온 것이므로 전혀 진리를 훼손하지 않는다고 할 수도 있지만, 서양인들의 관점에서 본다면 자신의 생각을 직접적으로 진술하지 않고 앞뒤를 재며 에둘러 말하는 태도가 오히려 도의적이지 못하다고 느낄 수 있다. 루쉰은 스미스의 이 관점에 적극적으로 찬성하였다. 따라서 공맹 유학에 대한 그의 직설적인 비판과 허위적으로 군자연하는 사람들에 대한 신랄한 공격은 모두 전통 중국인의 사유 방식과는 사뭇 다른 것이다. 루쉰은 또 중국인에게는 현실을 직시하면서 성실하게 다른 사람을 도와주려는 측면이 부족하다고 인식하였다. 이것은 공교롭게도 『중국인 기질』에서 스미스가 상당히 자주 언급한 내용이다. 그리고 과학적인 정신의 도입, 새로운 교육제도 건립, 인격 강조 등의 부문에서도 루쉰과 스미스는 공통적인 생각을 드러내고 있다. 나는 『중국인 기질』을 읽으면서 서양인들의 예민한 관찰에 경악했을 뿐만 아니라 또한 루쉰과 서양 한학계(漢學界)가 상호 교감을 나누는 태도도 목도하였다. 자신의 약점을 인정하고 서양인을 스승으로 삼는 일은 용기를 필요로 한다. 이에 루쉰이 국민성을 세밀하게 관찰하면서 보여주고 있는 기백은 일반적인 중국인들에게서는 찾아보기 힘든 용기임에 틀림없다.

스미스는 중국인과 중국 사회 구조를 언급할 때도 깊은 실망감을 감추지 않고 있다. 어쩌면 이것은 단지 중국에 대한 감정이라기보다는 인류 전체에 대한 감정이라고 하는 편이 더 나을지도 모른다. 동서양의 민족은 천차만별이어서 각 민족마다 장점과 단점이 있다는 사실은 더 말할 필요도 없을 것이다. 서양인들은 중국인의 인내심과 강인함을 보고 적지 않은 격려와 고무(鼓舞)를 받았을 것이다. 그러나 스미스는 중국의 개혁이 대단히 어려울 것임을 깊이 체감하고 있었다. 그는 진실과 믿음 그리고 인격적인 역량이 부족한 나라에 만약 과학, 교육, 기독교적인 사랑의 보급이 없다면 국가 부흥이 불가능한 일이라고 생각하였다. 또 그는 도덕적인 설교와 모범적인 행동만으로 국민에게 영향을 주고자 하는 방법은 거의 아무런 효과도 거두지 못할 것이라고 날카롭게 지적하고 있다. 그는 바버(Edward Colborne Baber, 1843~1890)의 관점을 인용하여 다음과 같이 주장하고 있다. "한마디로 말해 중국은 개화되어야 한다. 외부의 힘으로써만 이 개화의 과정을 가속시킬 수 있다. 그렇게 하지 않고서 이 개화의 과정을 완성하려면 천 년의 세월도 너무 짧을 것이다." 중국인의 한 사람으로서 이 논리를 수용하기란 참으로 가혹하다. 그러나 근대 100년의 역사가 증명하는 바에 의하면, 나라의 대문을 열고 해외의 문명을 수용하는 것이 바로 국가 재생의 필연적인 길이었다. '피근대화'는 고통스러운 과정이었다. 정신적인 고통을 감수해야 할 뿐 아니라 문화적 육체적인 아픔도 견뎌내야 했기 때문이다. 이 점에 대한 루쉰의 깨달음은 대단히 심각하였다. 그가 후일 중국 책은 읽지 말고 외국 책을 많이 읽자고 주장한 것도 동일한 동기에 의해 유발된 일이었다고 할 수 있다. 중국 민족에 대한 스미스의 실망감은 자연스럽게 루쉰을 감염시켰다. 그러나 스미스는 일반적인 중국인들에게 종교적인 사랑 이외에는 그 감염을 치료할 수 있는 약방문을 제시하지 못했다. 이 책을 독파하고 난 후 우리의 마음속에 가장 깊이 남는 느낌은 바로 경각심과 실망감이라고 할 수 있다. 그러나 스미스는 두 가지 점에서 우리를 계발시켜 주고 있다. 첫째, 그에 의하면 중국인은 대홍수 이전부터 존재해온 민족인데, 습성·풍속·종교가 아직도 대홍수 이후의 거대한 변화를 겪지 않았다고 한다. 그 완강한 생명력 때문에 중국 민족은 멸망하지 않을 것이며, 또한 중국의 잠재력도 아직 전혀 피어나지 않았을 것이라고 한다. 둘째, 중국을 개혁하려면 과학과 신문예에 의지해야 하고, 따라서 이 두 가지는 중국에 필수불가결한 것이라고 한다. 단지 과학 기술과 무역에만 의지해서는 인간의 문제를 진정으로 해결할 수 없고, 마찬가지로 단순히 도덕만으로 국민을 교화해서도 올바른 효과를 거두기 어렵다는 것이다. 그는 다음과 같이 진술하고 있다.

인류 문명의 위대한 창도자 매튜 아놀드(Mattew Arnold, 1822~1888)의 논술을 들어보자. "교육을 받은 사람은 누구나 그리스를 열렬히 사랑하고 그리스에 깊이 감사한다. 그리스는 인류의 앞길에 예술과 과학의 기치를 높이 들어 주었다. 이것은 바로 유태인이 정의의 깃발을 높이 든 것과 같다. 지금 세계에는 예술과 과학이 없어서는 안 된다. 예술과 과학의 깃발은 자연스럽게 인류의 온 마음을 사로잡았지만 이에 따라 인류의 품행은 오히려 단순한 가정 교육으로 전락하고 말았다. 찬란한 그리스는 바로 품행을 중시하지 않았기 때문에 멸망하고 말았다. 그들에게는 올바른 품성과 강인한 정신이 결여되었기 때문이다. …… 이뿐만 아니라 현실이 훌륭하게 밝혀주는 바에 의하면, 오늘날은 필요한 지식과 아름다운 사물이 갈수록 많아지고 있다. 지식이 이처럼 존중되는 것을 보면 현재 세계를 통치하는 것이 그리스가 아니라, 유태이며 또한 예술과 과학의 뛰어난 성취가 아니라, 정의의 숭고한 지위임을 알 수 있다." 중국을 혁신하기 위해서는 그 성격이 움직이는 근본 원인을 추적하여 인격을 승화시키고 양심도 실제적인 존중을 받을 수 있게 해야 한다. 일본의 천황가처럼 자신의 궁궐 안에 갇히게 할 수는 없다. 현대 철학의 주요한 해석가인 모 학자는 다음과 같은 진리를 천명하고 있다. "어떠한 연금술도 돌을 금으로 만들 수는 없다." 중국에 필요한 것은 공정(公正)이다. 그것을 얻기 위해서는 반드시 하느님에 관한 지식을 알아야 하고, 인간에 대한 새로운 개념을 알아야 하며, 인간과 하느님의 관계를 새롭게 인식해야 한다. 중국에서는 모든 사람의 영혼 속에 그리고 가정과 사회의 깊숙한 곳에 새로운 생명을 불어넣어야 한다. 그러면 중국에 필요한 각양각색의 수요가 일종의 가장 절박한 수요로 변할 수 있을 것이다. 이것은 오직 기독교 문명에 의해서만 영원하고도 완전하게 만족될 수 있는 수요이다.

이것은 기독교인들이 지닌 사랑의 감정이다. 이 부분을 읽으면서 나는 갑자기 당시 루쉰이 먼저 과학을 중시하다가 뒤에 문예 구국의 신념을 왜 그렇게 강하게 품게 되었는가를 명확히 이해하게 되었다. 루쉰이 스미스의 사상을 직접 수용했다고 말하는 것은 독단에 가깝지만, 적어도 스미스의 관점과 당시의 시대 상황이 청년 루쉰에게 잠재적인 영향을 끼쳤음에는 틀림이 없다. 이것은 결코 지나친 추측이 아니다. 「인간의 역사(人之歷史)」, 「마라시력설(摩羅詩力說)」, 「과학사교편(科學史敎篇)」에는 바로 이러한 관점이 포함되어 있다. 즉 첫째 인간의 가치, 인간의 존엄성과 생명의 강력한 의지를 언급하고 있다. 이것들은 모두 중국인들에 가장 부족한 품성이다. 둘째, 과학정신과 개성주의의 예술을 참 인간 세우기에 없어서는 안 될 원천으로 간주하고 있다. 아마도 루쉰은 중국인의 기질을 바꾸려면, 과학과 예술 없이는 불가능하다고 느꼈던 것 같다. 나의 생각으로는 이러한 사상이 적어도 『중국인 기질』에 대한 또 다른 공감인 것으로 보인다. 그러나 루쉰은 중국 민족의 입장에서 출발했기 때문에 그 내재적인 감정은 심도 깊고도 감동적이다. 이 점은 스미스가 루쉰에 미치지 못하고 있다. 한 사람의 외국인 선교사와 한 사람의 중국인 계몽가가 동일한 대상에 대해 비슷한 정신적 응시를 하고 있다는 것은 인류문명사의 감동적인 한 장면임에 틀림없다. 서양인은 우리의 선구자를 계몽하여 해외의 횃불로 몇 천 년의 역사의 어두운 동굴을 비춰보게 하였다. 또한 선구자는 고난의 역정을 두려워하지 않고 자신의 심장을 도려내며 고독한 전진을 계속하였다. 마치 천사처럼 고해에서 가시덤불 속에서 조금도 주저하지 않고 박투를 벌이면서 마음속의 신념을 굳건하게 지키고 있다. 이것은 인류문명사에서 얼마나 감격적인 장면인가? 스미스와 루쉰의 작품을 읽어보면 문화 순도자(殉道者)의 위대함에 감동을 느낄 것이다. 동서양 지자(智者)의 사랑과 자비는 이와 같은 합류를 통해 불후와 영원으로 응결되고 있다.

3.

저우쭈어런의 마음속에도 그 자신만의 '스미스'가 있었다. 그는 바로 영국의 심리학자 엘리스(Henry Havelock Ellis, 1859~1939)였다.

만약 스미스의 세계가 사회 심리적인 면에서 인간의 사회 습관과 사회 관념을 연구하는데 중점을 두고 있다면 엘리스의 세계는 개인의 심리 상태를 중시하면서 인간의 성심리(性心理)의 과정을 연구하는데 치중하고 있다고 할 수 있다. 저우쭈어런은 그의 형처럼 사회심리학 저작을 선택하지 않고 개체심리학의 숲 속으로 깊이 빠져들고 있다. 여기에서도 우리는 두 사람의 상이한 가치 취향을 엿볼 수 있다. 그러나 서양인의 학문 방식으로 자신을 반성하고 '피근대화' 문제를 수용했다는 점에서는 두 사람의 태도가 동일하다. 저우쭈어런은 귀국 후 사람들에게 자주 엘리스의 성심리학설을 소개하면서 그것을 매우 중요한 이론 서적으로 간주하였다. 그는 성의식 부분에서의 몽매함이 인간 개체로서 중국인의 참다운 성장을 일정 정도 제약한다고 보았다. 인간 개체의 가치를 진정으로 인정하고 인간의 자연 욕구와 사회 욕구를 긍정해야만 국민의 소양이 충분히 높아질 수 있다는 것이다.

엘리스는 영국 현대의 저명한 우생학자이며 성심리학자이다. 그의 저서 『신정신(新精神)』, 『수상록(隨想錄)』, 『성심리 연구(性心理研究)』 등은 저우쭈어런의 사상 형성에 적지 않은 영향을 끼쳤다. 그가 엘리스의 저작을 최초로 접한 것은 일본에서였다. 그는 뒷날 엘리스의 저작을 회고하며, 그 저작들이 그를 계몽하였음을 인정하였다. 특히 『성심리 연구』에 대해서는 "읽고 난 후 마치 눈을 덮고 있던 비늘이 떨어져나가 버린 것처럼 인생과 사회에 대해 나름대로의 관점을 가질 수 있게 되었다"[3]라고 진술하고 있다. 그는 귀국 후에 부지런히 글을 써서 엘리스의 사상을 소개하였다. 1924년 「엘리스의 이야기(譪理斯的話)」란 글에서 저우쭈어런은 이렇게 언급하고 있다.

엘리스는 내가 탄복해마지 않는 사상가이지만 그의 생애에 관해서는 그다지 잘 알고 있지 못하다. 다만 그 스스로 15살 때 스윈번(Algernon Charles Swinburne, 1837~1909)의 『일출 전의 노래(日出前之歌)』를 처음 읽었다는 말을 근거로 추정해보면 대

---

3) 周作人, 『瓜豆集·東京的書店』.

체로 1856년경에 태어난 것 같다. 내가 가장 먼저 읽은 책은 그의 『신정신』이었는데, 『스코트총서』의 하나였고 가격은 1셸링이었다. 근래에는 미국의 『현대총서』에도 편입되었다. 그 다음은 『수상록』 및 『단신(斷言)』이었다. 이 세 권은 모두 문예 사상과 관련된 비평서이다. 이밖에도 남녀 범죄 및 꿈에 대해서도 전문적인 연구서를 내었다. 이 책에는 문화에 대한 그의 명철한 비판이 도처에 드러나고 있어서 아주 고귀한 가치를 지니고 있다. 그러나 그의 최대의 저작은 6권으로 된 『성 심리 연구』라고 해야 할 것이다. 다른 사람들도 이처럼 정밀한 연구를 할 수 있겠지만 그처럼 드넓은 시야와 깊이 있는 사상을 얻기란 그리 쉬운 일이 아니다. 그의 학문 분야에 대해서 우리는 문외한이라고 할 수 있지만, 그래도 그의 책을 읽은 후 적지 않은 도움을 받을 수 있다. 내 개인적으로는 각종 경전을 합친 것보다 더 많은 도움을 그에게서 받았다. 이 점은 확실하게 말할 수 있다.

저우쭈어런이 이처럼 엘리스를 존중한 데는 최소한 두 가지 이유가 있다고 생각된다. 첫째는 과학적인 태도이고, 둘째는 예술적인 비평정신이다. 전자는 저우쭈어런이 항상 언급한 것처럼 중국인에게는 이와 같은 연구가 부족하여 정신이 불명확하기 때문에 사회과학 사상의 도입이 특히 중요하고, 이를 통해 국민들로 하여금 미지의 일들을 더 많이 알게 하고 또 새로운 지식의 세례를 받을 수 있도록 하자는 것이다. 후자는 저우쭈어런에게 예술 비평의 참조 체계로 제공되었다는 의미가 있다. 개인의 기질과 욕구에서 출발하여 예술을 이해하는 것은 도학자들의 이론보다 더욱 고명하고 실제적인 태도인 것이다. 엘리스의 저작을 읽어보면 중국 민족에게 사랑과 진실이 얼마나 결여되어 있는가를 알 수 있다. 저우쭈어런은 5·4 시기에 구도덕을 비판하면서 인간의 문학과 여성 해방을 제창하고 있는데, 여기에서도 우리는 그에게 드리운 엘리스의 그림자를 목도할 수 있다. 그가 애정시를 변호하고 구도학(舊道學)을 비판하고 개성 해방과 개성주의 문학을 주장한 것은 모두 엘리스에게서 영향을 크게 받은 것이라고 할 수 있다. 루쉰도 성심리학을 좋아했지만, 동생과는 달리 프로이드를 선택하였다. 그러나 오래지 않아 그것조차도 팽개쳐버리고, 개성 심리의 세계를 떠나 사회학의 세계로 회귀하고 있다. 저우쭈어런은 평생 동안 아마도 엘리스를 오매불망 잊지 못했던 것 같다. 개체에 대한 인식에 있어서도 진정으로 엘리스의 영향에서 벗어나지 못하고 있다. 흥미로운 것은 5·4 시기 루쉰의 전통 비판 문장에서는 스미스와 니체의 목소리가 더 많이 들리고 있지만, 저우쭈어런에게서는 그 내용이 상당히 복잡하여 무정부주의와 같은 서구 개성주의 및 엘리스의 목소리를 더 많이 들을 수 있다는 것이다. 전통에 대한 반항에서는 동일한 태도를 보이면서도 형제 두 사람이 사용한 이론적 무기는 이처럼 달랐다. 이때에도 벌써 가치관적 상이함이 조금씩 드러나고 있는 것이다.

엘리스는 여성 해방 분야에서도 저우쭈어런에게 많은 시사를 주었다. 이 영국 학자는 종교적인 금욕주의를 반대하고 건전한 성의식과 인류의 정감을 제창하였다. 그는 「수감록(隨感錄)·여자의 수치(女子的羞恥)」에서 이렇게 쓰고 있다.

나는 한 저서에서 다음과 같은 이야기를 한 가지 기록해둔 적이 있다. 이탈리아에 어떤 여인이 있었다고 한다. 그 여인은 집에 불이 났을 때 불 속에서 죽을지언정 수치심 때문에 알몸으로 집밖으로 뛰어나오려고 하지 않았다고 한다. 나는 할 수만 있다면 그 여인이 사는 집 아래에 폭탄을 설치하여 그녀들을 모두 폭파시켜버리고 싶었다. 오늘 나는 신문에서 다음과 같은 기사를 보았다. 어떤 병력 수송선이 지중해에서 어뢰를 맞았는데, 해안이 가까웠지만 금방 침몰할 정도로 위급하였다고 한다. 그때 어떤 간호사가 갑판 위에서 옷을 벗어 던지며 주위 사람들에게 이렇게 말했다고 한다. "여러분 이상하게 보지 말아요, 나는 사람들의 목숨을 구해야 해요" 그리고는 물 속으로 뛰어들어 이리저리 헤엄을 치며 많은 사람들을 구했다고 한다. 이런 여인이야말로 나의 세계에 속한다. 나는 때때로 이와 같은 여인들을 만난다. 아름답고도 대담한 여인들을. 그녀들은 이와 똑같은 용감한 일을 했거나, 더욱 복잡한 어려움 속에서 더욱 용감한 일을 하였다. 나는 항상 나의 마음이 그녀들 앞에서 하나의 향로가 되어 사랑과 숭배의 영원한 향불을 피우고 있음을 느끼고 있다.

나는 하나의 세계를 꿈꾸고 있다. 그곳에서는 여인들의 정신이 불보다도 더 뜨겁게 타오르고 부끄러움을 용기로 변화시킬 수 있으면서도 여전히 부끄러움을 간직하고 있다. 그러므로 그곳에서는 여인들이 여전히 남자와 다른 아름다움을 지니고 있다. 이 점에서만 내가 폭파하고자 하는 세계와 결코 다르지 않다. 그곳에서는 여인들이 스스로를 드러내는 아름다움을 갖추고 있어서 고대 전설 속의 이야기처럼 사람을 감동시킨다. 그러나 그곳에서는 인류를 위해 자신을 희생시키는 열정이 넘치고 있다. 그것은 구세계(舊世界)의 범위를 훨씬 능가한다. 나는 꿈을 가진 이래로 이러한 세계를 몽상하고 있다.[4]

엘리스가 구상한 이상세계가 어찌 저우쭈어런이 동경하는 세계가 아니겠는가? 그러나 저우쭈어런은 유토피아적인 에덴 동산은 거의 상상하지 않았다. 그에게 있어서 가장 중요한 것은 바로 사상의 조잡성을 제거하고 낡은 전통과 철저히 결별하는 것이었다. 여성은 해방되어야 하고 미신은 타파되어야 한다. 미신을 타파하기 위해서는 과학정신의 도입이 필수적이었던 것이다. 따라서 신문화운동 초기 구도덕을 공격할 때 그는 루쉰과 마찬가지로 고심에 차서 국민들의 저열한 근성을 엄숙하게 비판하였다. 그는 중국인 중에서도 특히 여성들이 구도덕에 얽매이지 말고 개성과 자립을 추구해야 한다고 하면서 그것이 그들의 가장 중요한 사명이라고 지적하였다. 중국인들이 여성과 성 문제에서 보여주고 있는 진부하고 보수적인 의식은 비인간적이라고 할 수 있을 정도였다. 따라서 인간 자신의 인식상의 미신을 해결하지 않고서 국가를 흥성시키려 하는 것이 어떻게 가능한 일이겠는가? 「비오는 날의 서(雨天的書)·개가 담요를 잡다(狗抓地毯)」에서 저우쭈어런은 이렇게 언급하고 있다.

우리 사회는 남의 말 하기를 좋아하는데 남녀 관계에 대한 입방아가 가장 심하다. 이것은 무엇 때문인가? 야만성의 유전이란 측면에서 착안해보면 한 부분은 동물의 짝짓기 본능에서 나온 것이고, 또 한 부분은 성의 위험성에 대한 야만인들의 미신에서 나온 것임을 알 수 있다. 옛 조상들의 이와 같은 유산은 우리들 각자에게 조금씩 나뉘어져 있어서 그것을 벗어나기가 쉽지 않다. ……

중국인들이 만약 낡은 꿈에서 벗어나 새로운 문화와 새로운 인격을 창출하고자 한다면, 여성 해방이야말로 가장 큰 일일 것이다. 한 사람의 사상이 어떠

---

4) 周作人, 『永日集』, 河北敎育出版社, 1994, 67면에서 재인용.

한지를 알아보려면 성과 여성 문제에 대한 그 사람의 사고를 살펴보는 것이 그 전모를 파악하기에 가장 좋다. '참인간 세우기'를 하려면 근본적으로 여성 문제를 해결해야 한다. 중국과 같은 남권 사회(男權社會)에서는 인간의 병폐가 남성들에게도 물론 구현되어 있지만 가장 근본적으로는 여성과 아동들에게 집중되어 있다. 금욕주의를 타파하고 건전하고 합리적인 사상으로 인간을 재창조하려던 엘리스의 관점은 저우쭈어런으로 하여금 중국에서 성 교육이 시행되어야 할 필요성을 발견하게 해주었다. 국민성 개조는 인간 본성과 상반되는 문화 개조를 주요 임무로 삼는 것이 당연하다. 따라서 엘리스는 최종적으로 저우쭈어런의 시야를, 인간을 발견하고 신문화를 발견하는 길로 이끌어 주었다. 저우쭈어런은 동양 문명의 진부한 관념을 반드시 타파해야 한다고 인식하였다. 어떤 사람들은 동양 문명은 정신적이고 서양 문명은 물질적이라고 인식하면서 오직 정신 문명만이 모든 것을 해결할 수 있다고 주장하고 있는데, 저우쭈어런은 이를 가공할 만한 생각이라고 하였다. 또 그는 서양인의 과학적인 사고를 성실하게 배우고 인도주의 사상을 도입하는 것이 중국의 가장 급박한 임무라고 인식하였다. 「인간의 문학」에서 인간 자신을 발견하고 인간의 가치를 확립하자고 외치는 그의 목소리 속에도 성심리학의 잠재적인 영향력이 짙게 배어 있다.

성심리학은 또 저우쭈어런으로 하여금 예술 비평의 새로운 시각을 갖게 해주었다. 엘리스의 문학 비평 속에 포함된 선명한 개성은 기실 그의 성심리학 가운데서도 가장 매력적인 부분이다. 엘리스의 이론을 근거로 저우쭈어런은 그의 문학 비평 문장에서 개성주의에 대해 높은 평가를 내리고 있다. 그는 인간의 성정에 대한 묘사를 찬양하면서 청년들의 애정시를 공개적으로 옹호하였다. 왕징즈(汪靜之 : 왕정지)의 『혜초에 부는 바람(蕙的風)』을 저우쭈어런은 다음과 같이 평가하고 있다.

징즈의 애정시는 그 예술적 가치가 한결같지는 않지만(胡適의 서문에 상세하게 언급되어 있다) '부도덕한 혐의'는 없다고 할 수 있다. 그러나 이 도덕은 내 스스로

의 정의에 의거한 것이다. 만약 전통적인 권위에서 바라보면 그 혐의가 있을 뿐만
아니라 확실히 부도덕하다고 할 수 있다. 이 구도덕에서 말하는 부도덕이 바로 애정
시의 정신이다. 이 점은 나의 변호를 필요로 하지 않을 것이다. …… 따라서 『혜초에
부는 바람(蕙的風)』의 '사랑 넘치는 노래'를 읽으며 우리는 그것이 시단 해방의 함
성이라고 인식해야 하고 또 이 시인이 더 큰 성취를 이루도록 기대를 가져야 한다.
만약 별 것도 아닌 일에 크게 놀라면서 '혁명도 이런 지경에 이를 수는 없을 것이다'
라고 생각한다면 그것은 마치 새끼 코끼리를 보고 그 몸집이 소보다 큰 것을 탓하는
것과 같은 이치이니, 이는 그 안목이 지나치게 짧다고밖에 할 수 없다.[5]

　　나는 5·4 초기의 문학 비평 중에서 저우쭤어런의 글이 가장 매력적이라고
생각한다. 그가 위다푸(郁達夫 : 욱달부)의 『침륜(沈淪)』과 왕징즈의 『혜초에 부는
바람(蕙的風)』을 공평하게 평가하면서 구학자(舊學者)들의 진부한 논리를 빈박한
것은 지울 수 없는 공적이라고 할 수 있으며, 시풍의 정상적인 발전에도 상당
히 큰 공헌을 했다고 할 수 있다. 그는 독일 고전 철학의 시각으로 예술의 요점
을 해석한 것이 아니라 성심리학자들의 이론에서 뽑아낸 소박한 인도주의 관
점에 의지하여 인성을 억압하는 구도덕에 대항하였다. 그의 목소리는 아주 감
동적이고 인정에 가득 차 있다. 문학 비평에 관한 저우쭤어런의 글을 읽으며
나는 항상 엘리스의 문학비평관을 상기하곤 한다. 저우쭤어런은 그의 스승의
관점에 의지하여 예술세계를 인식하였다. 5·4를 전후하여 작가를 품평한 수많
은 수필에서 그는 대부분 성심리학적 시각을 논리의 토대로 삼고 있다. 이 문
장들은 마치 물이 흘러가는 듯 자연스럽게 가슴속의 이야기를 쏟아내고 있다.
그리고 조금도 주저하지 않고 직접적으로 인도주의의 관점을 펼치면서 예술
속에 숨어 있는 인간의 합리적인 욕구를 긍정하고 있다. 저우쭤어런이 보기에
인간은 일종의 생명체이며 또한 감정과 욕구가 있는 일종의 동물이기도 하다.
이러한 감정과 욕구가 다른 사람을 위험하게 하지 않고 서로 유익하게 발휘되
기만 한다면 그것을 부도덕하다고 할 수는 없다. 저우쭤어런은 일찍이 엘리스
의 『졸라(Zola)론』을 아주 성실하게 번역하기도 하였는데, 이 글은 아주 뛰어난

---

5) 周作人, 「情詩」, 『雨中的人生』, 湖南文藝出版社, 1991, 333면에서 재인용.

비평문이다. 엘리스는 졸라의 예술정신을 심도 깊게 탐구하면서, 사회 생활, 습관, 인성 등의 각도로부터 졸라 세계의 매력적인 풍격을 잘 그려내고 있다. 『졸라론』 중에서 심리 분석 단락은 정말 잊기 어려운 부분이다. 이 부분에서 그는 졸라의 성격 형성 원인을 해석하는 가운데 심리학자 엘리스로서의 뛰어난 재능을 발휘하고 있다. 그가 졸라 소설의 성욕 묘사를 변호하고 있는 부분도 정신적인 투시력이 대단히 뛰어나다. 이러한 사상은 자연스럽게 저우쭤어런에게 스며들었다. 『졸라론』을 읽고 난 뒤 다시 저우쭤어런의 「정시(情詩)」·「침륜」 등의 글을 읽어보면 그 내재적인 연관성을 쉽게 알 수 있다. 저우쭤어런은 유심론이나 선험론으로 인간을 해석한 것이 아니라 인욕을 긍정하는 입장에서 인간의 가치를 확립하였다. 그는 또 스미스와 루쉰처럼 동서양의 문화적 차이를 대비하는 가운데 중국인 기질의 비인도적인 부분을 고문하는 것이 아니라, 인류의 천성이라는 각도로부터 중국 문화가 낙후된 근원을 깨닫고 있다. 루쉰은 후일 철학과 논리사회학에 열중하였고 또 마르크스주의 미학도 받아들었다. 그러나 저우쭤어런은 이러한 사유를 거부하고 한결같이 인간의 자유주의적 해방에 시선을 고정시켰다. 이는 사실 필연적인 결과라고 할 수 있다. 엘리스의 영향이 이러한 과정에도 의연히 존재하고 있다. 저우쭤어런은 그의 '스승'의 다음과 같은 희망을 자주 언급하고 있다.

나는 많은 사람들이 나의 비평 관점을 쉽게 받아들이지 않는다는 사실을 잘 알고 있다. 특히 이 저서의 마지막 권에 표시하는 불만까지도 말이다. 어떤 사람들은 나의 견해가 지나치게 보수적이라고 하고 또 어떤 사람들은 지나치게 과격하다고 한다. 세상에는 언제나 열심히 과거에 매달리는 사람도 있고, 또 그들이 상상하는 미래를 열심히 붙잡으려는 사람도 있다. 그러나 밝은 지혜를 가진 사람은 이 두 부류 사이에 서서 그들에게 능히 동정심을 베풀 수 있다. 그들은 오히려 우리가 영원히 과도시대를 살 수밖에 없음을 알고 있는 것이다. 어느 시기를 막론하고 현재는 하나의 교차점일 뿐이어서, 과거와 미래가 만나는 지점에 위치하고 있다. 우리는 과거와 미래에 어떠한 원망도 가질 수 없다. 세계가 존재하는데 전통이 없을 수 없으며, 또한 생명이 존재하는데 활동이 없을 수 없다. 바로 헤라클레이토스(Herakleitos, B.C.

540?~B.C.480?)가 초창기에 설파한 것처럼 우리는 똑같은 물 속에 두 번 들어갈 수 없다. 오늘날의 우리도 강물은 쉼 없이 흐르고 있다는 것만 알고 있다. 땅 위에 새로운 새벽빛이 비치지 않는 때는 없으며, 또한 한 순간도 일몰이 보이지 않는 때는 없다. 고요하게 앉아 희미한 새벽빛을 부르는 것이 가장 좋으며, 그 빛을 맞으러 바삐 달려갈 필요는 없다. 또한 낙일(落日), 즉 일찍이 새벽을 밝혀주던 광명의 죽음에 감사하는 마음을 잊어서는 안 된다.

도덕의 세계에서도 우리들 자신은 우주의 역정이 우리의 몸에 구현된 광명의 사자(使者)이다. 아주 짧은 순간이라도 우리가 원한다면 광명을 이용하여 우리가 가는 길에 덮인 어둠을 비춰볼 수 있다. 그것은 마치 고대의 횃불 경주와—이 루크레티우스(Lucretius)는 모든 생활의 상징처럼 보인다—같아서, 우리는 손에 횃불을 들고 길을 따라 앞으로 치달려 간다. 오래지 않아 사람들이 또 뒤따라와서 우리를 추월하여 달려나간다. 우리는 모든 기술을 다하여 어떻게 하면 그 광명이 횃불을 그들의 손에 인계할 것인가 생각하고, 그리고 우리들 자신은 곧바로 암흑 속으로 침몰한다.

여러 해가 지난 뒤에도 저우쭤어런은 시종일관 이 인생관을 의식적·무의식적으로 고수하고 있다. 그가 모든 외재적인 현학을 가볍게 믿지 않고, 여러 가지 사회사조에 냉담한 반응을 보인 것은 엘리스의 글 속에서 증거를 많이 찾을 수 있다. 이것을 이론적인 무기로 삼아 낡은 전통을 비판할 때, 그의 사상은 대단히 심도 깊었고 그 인도주의적인 감정도 대단히 풍부하였다. 그러나 사회 정치에 대한 점차적인 회피와 인생의 또 다른 부분 즉 사회 변혁에 대한 열정이 식어들면서 그의 슌도감(殉道感)도 자연히 사라지고 있다. 자아에 대한 지나친 집착은 그의 개성으로 하여금 또 다른 색깔을 띠게 하였다. 나는 항상 이처럼 유연한 그의 태도에 감동을 받곤 한다. 그러나 루쉰과 비교해 볼 때 인간의 진화와 '피근대화 과정'에 대한 그의 이해에 무언가 부족한 점이 있다는 느낌을 지울 수 없다.

4.

5 · 4 세대 사람들은 해외 문명을 수용하는 태도가 매우 방대하고도 복잡하였다. 왜냐하면 각자의 지식 배경과 유학 국가 그리고 개성이 달라서 '근대 문명'에 대한 해석이 각기 달랐기 때문이다. 저우씨 형제의 초기 문장을 읽으면서 나는 항상, 중국의 고대 문명의 부정적인 요소에 대한 이해에서, 두 사람이 비슷한 체험을 하였고, 또 그 이해의 심도가 동시대의 어떤 사람들보다 깊다고 느끼고 있다. 그러나 외래 사상을 구체적으로 운용하는 방식이나 방법 그리고 인간의 문제를 사고하는 관점에서는 아주 다른 모습을 보여주고 있다. 여기에 탐구할 만한 요소가 상당히 많이 포함되어 있다.

저우씨 형제는 초기에 모두 진화론을 신봉하였다. 저우쭈어런은 다윈에 대한 그의 이해가 형의 영향을 많이 받았다고 언급한 적이 있다. 그런데 루쉰은 왜 진화론에서 니체 · 스미스 · 프로이드(Sigmund Freud, 1856~1939)를 거쳐 마지막으로 마르크스 미학에 접근하게 되었는가? 또 저우쭈어런은 왜 진화론에서 성심리학 · 문화인류학을 거쳐 마지막에는 그리스 문화와 중국 고대문화로 나아가게 되었는가? 개성이나 기질만으로는 아마 해석하기 어려울 것이다. 그리고 그 속에 포함된 심도 깊은 문화적 은유는 우리들로 하여금 분명한 해석을 내리기 어렵게 한다. 그러나 이러한 점들은 후세 사람들을 거대한 힘으로 유혹하고 있다. 실제로 중국 근대 문인들의 문화적인 성격은 대체로 이 두 가지 노선을 따라 그 특성을 드러내고 있다. 루쉰이 그 하나의 유형을 대표한다면 저우쭈어런도 또 다른 유형을 대표한다고 할 수 있다. 이 두 사람은 이미 현대 문인들의 두 가지 정신 모델을 대표하고 있다.

루쉰은 초기에 진화론적 시각으로 세계를 해석하고 있다. 『열풍(熱風)』시대의 작품에는 이러한 목소리가 많이 담겨 있다. 진화론의 논리적인 근거는 인간을 생물의 한 종류, 즉 생명체로 간주한다는 데 있다. 그러므로 인간은 신에게 속하지 않고 자연계의 한 부분에 속하게 된다. 이것은 인간을 자연계로 환원시키는 이론이라고 할 수 있다. 즉 인간을 신이나 봉건적인 황권(皇權)의식으로부터 해방시켜 자연계의 본래 상태로 되돌아가게 하는 것이다. 「생명의 길(生命的路)」에서 다룬 것이 바로 이 문제이다. 「수상록(隨感錄)」에서 자주 보이는 격앙된 목소리는 바로 진화론으로 복고론을 반대하는 함성이라고 할 수 있다. 지금 읽어봐도 여전히 감동적이다. 당시 저우쭈어런도 낡은 봉건문화 비판에 인정사정이 없었다. 그가 견지하고 있던 이론은 단지 진화론만이 아니었고, 일본 유학 시기에 수용한 성심리학이 주요 내용을 이루고 있다. 저우쭈어런은 생명자체의 합리적인 욕구에 근거하여 인생과 사회를 해석하였다. 그는 인간 해방의 관건은 인간 자신을 발견하는 것이고, 인간 자신이 어디에 속하는가를 발견하는 것이라고 생각하였다. 따라서 그는 「인간의 문학」에서 다음과 같이 지적하였다. "우리는 인간이 일종의 생물임을 인정한다. 그 생활 현상도 다른 동물과 결코 다르지 않다. 그러므로 우리는 인간의 모든 생활 본능이 아름답고 선한 것이며 또 그 본능을 완전히 만족시켜야 한다고 믿고 있다. 무릇 인성에 위배되는 부자연스러운 습관과 제도는 마땅히 배척하고 또 개정해야 한다." 이러한 관점은 루쉰과 거의 아무런 차이가 없다. 루쉰도 「우리 지금 어떻게 아버지 노릇을 할 것인가(我們現在怎樣做父親)」에서 다음과 같이 언급한 적이 있다. "내가 지금 마음속으로 인정하는 이치는 매우 간단하다. 그것은 바로 생물계의 현상에 근거해야 한다는 것이다. 첫째, 생명을 보존해야 하고, 둘째 생명을 연장해야 하며, 셋째 생명을 발전시켜야 한다(이것이 바로 진화이다)." 이와 같이 유사한 관점이 형제 두 사람으로 하여금 5·4 시기에 어깨를 나란히 하고 함께 투쟁할 수 있게 하는 기초를 이루게 하였다. 생명의 가치라는 각도에서 세계를 인식하고 감지하는 사유 방식은 필연적으로 전통적인 국수주의와 보수주의의 사유 방식과 확연한 차이를 갖게 하였다. 5·4 시기에 반전통적인 계몽을 주장한 모든 글 중에서 저우씨 형제의 문장이 이런 특징을 가장 두드러지게 드러내고 있다. 비록 천두슈나 후스처럼 튼튼한 이론 구조로써 풍격을 드러내지는 않았지만 이들 두 형제는 실질적인 인간 문제를 다루면서 평이하고도 심도 깊은 글 솜씨를 보여주고 있다. 이것은 두 사람의 공통점이다. 그러나 다른 점도 있다. 루쉰의 태도는 함성식·호소식인데 결코 이치를 직접적으로 나열하지 않는다. 그의 목소리는 쓸쓸한 저음이어서 억눌린 울분이 짙게 퍼져 나온다. 저우쭤어런은 마치 한 사람의 현자처럼 아주 평이하게 주의(主義)를 선전하면서 이치를 전달하는데 중점을 두고 있다. 「인간의 문학」에서 그는 이렇게 진술하고 있다.

> 유럽에서 '인간' 진리의 발견에 관한 논의는 15세기에 처음 있었다. 그 결과 종교 개혁과 문예 부흥이 이루어졌다. 두 번째는 프랑스 대혁명을 성공시켰다. 세 번째는 아마도 세계대전 이후 미래의 어떤 사건이 될 것이다. 여성과 어린이의 권리를 발견한 것은 오히려 이보다 늦어서 19세기에 가서야 비로소 그 싹이 트기 시작하였다. 자고 이래로 여성의 지위는 남자의 노리개이거나 노예에 불과했다. 중고시대에는 교회에서 여성에게 영혼이 있는가 없는가? 완전한 인간으로 간주할 수 있는가 없는가를 토론한 적도 있다. 어린이들도 단지 부모의 소유물로만 여기면서, 아직 성장하지 않은 인간으로 인정하지 않고 오히려 그를 모든 것이 갖추어진 작은 어른으로 간주하였다. 이 때문에 가정적, 교육적인 측면에서 얼마나 많은 비극이 연출되었는지 모른다. 프뢰벨(Friedrich Wilhelm August Froebel, 1782~1852)과 고드윈(Godwin, Mary Wollstonecraft, 1759~1797) 여사 이후에야 비로소 이들이 밝은 빛을 보게 되었다. 그리고 이제 아동학과 여성 문제에 대한 많은 연구가 이루어지게 되어 앞으로 훌륭한 성과가 쏟아져 나올 수 있을 것으로 기대된다. 중국에서 이러한 문제를 다루려면 처음부터 시작하지 않으면 안 된다. 인간 문제는 여태껏 해결된 적이 없으며 여성과 어린이 문제는 더 말할 필요도 없다. 이제 그 첫걸음으로 먼저 '인간'이란 말에서 논의를 시작하고자 한다. 4000여 년 동안 '인간'을 낳았으면서도 지금에 와서야 인간의 의의를 이야기해야 하고 또 새롭게 '인간'을 발견해야 한다는 것이, 마치 '황무지를 개척하는 것' 같아서 실소를 금치 못하겠다. 그러나 늙어서라도 다시 배우는 일이 배우지 않는 것보다야 낫지 않겠는가? 우리가 문학을 출발점으로 인도주의 사상을 제창하려는 것이 바로 이러한 의미이다.[6]

이것은 분명 학자풍의 글이어서 비교적 엄밀하고도 과학적인 논증이 갖추어

---

6) 『周作人文選』 第1卷, 廣州出版社, 1995, 40면.

져 있다. 그 이론적인 기초가 진화론과 개체심리학 위에 정초되어 있어서 설득력이 매우 강하다. 루쉰은 5 · 4 시기에 어떤 구호를 제기한 적이 거의 없다. 그 당시 주의(主義)에 대한 그의 흥미는 동생에게 거의 미치지 못하고 있다. 그때 그는 비관적이어서 설리(說理)의 충동이 침통한 호소에 그 자리를 양보하고 있다. 『열풍』에도 비분강개한 논조와 밝은 내용들이 포함되어 있지만, 우리는 오히려 거기에서 어쩔 수 없는 상황에서 내지르는 고함소리를 들을 수 있다. 앞 시기의 침통함 때문에 그 목소리는 대단히 우울하고 슬픈 빛을 띠고 있다. 따라서 그 고함소리는 저우쭈어런보다 훨씬 강한 전파력을 가지고 있다. 「우리 지금 어떻게 아버지 노릇을 할 것인가」에서 루쉰은 이렇게 주장하고 있다.

> 결국 각성한 부모는 완전히 의식적이고 이타적이며 희생적이어야 한다. 이것은 쉬운 일이 아니다. 중국에서 이렇게 하기란 특히 쉽지 않다. 중국의 각성한 사람들은 순차적으로 어린이를 해방시켜야 한다. 한편으로 낡은 유산을 청산하면서 다른 한편으로는 새로운 길을 개척해야 한다. 바로 이 글의 첫머리에서 말한 것처럼 "스스로 인습의 무거운 짐을 지고, 암흑의 갑문(閘門)을 어깨로 지탱하면서 어린이들을 드넓은 광명의 땅으로 내보내야 한다. 그런 후에야 행복한 날을 보낼 수 있을 것이며 합리적인 사람이 될 수 있을 것이다." 이것은 대단히 위대하고도 긴요한 일이며 또한 대단히 고통스럽고도 어려운 일이다.[7]

풍격이 다른 저우씨 형제의 글에서 나는 인간에 대한 각자의 상이한 생각을 체감하고 있다. 루쉰은 스스로 고난을 짊어지고 인생의 진리를 호소하고 있고, 저우쭈어런은 일상적인 태도로 인생의 의미를 중얼거리고 있다. 루쉰의 몸에서는 니체 · 스미스 · 다윈의 숨결이 많이 느껴지고 저우쭈어런에게는 엘리스와 플레쳐(John Fletcher, 1579~1625) 외에도 서양의 온건한 휴머니스트들의 색깔이 많이 섞여 들어가 있다. 루쉰은 동양적인 특징을 많이 지니고 있어서 우리는 항상 그로부터 불교도의 목소리를 들을 수 있다. 압박을 견디고 굴욕에 인내하는 정신이 끊임없이 펴져 나오고 있다. 이와는 달리 저우쭈어런은 오히려

---

7) 위의 책, 140면.

세계적이면서도 유가적인 특징을 보여주고 있다. 저우쭈어런은 어떤 문제를 바라볼 때 흔히 동서양을 포괄하는 각도에서 인류의 공통적인 법칙을 사용하여 객체를 인식하였다. 예를 들면 문명은 동서양 구별 없이 오직 하나이며 구분하자면 선진과 낙후가 있을 뿐이라는 관점이 그것이다. 그는 인성도 이와 같다고 하였다. 서양인들도 과거에 길을 잘못 든 적이 있었지만 동양보다 먼저 각성한 것에 불과하기 때문에 동양인들도 부지런히 그들을 따라 잡기만 하면 된다는 것이다. 또 보편적인 가치 규율이 저우쭈어런의 머리 위를 뒤덮고 있었기 때문에 인류의 정체성(整體性)에 대해 그는 특히 많은 사고를 하였다. 따라서 설령 고독에 젖어 비관할 때에도, 이성적으로 자세히 관찰하며 중용적인 태도와 치우침 없는 입장을 견지하였다. 여기에서 우리는 뒷날 루쉰과 저우쭈어런이 결별할 수밖에 없었던 실마리를 찾을 수 있다. 왜냐하면 루쉰이 동양 피압박 민족의 입장에서 문제를 사고하는 과정이나, 니체의 강력한 초인 의지와 스미스의 사회학적 관점을 도입하는 과정은 그의 입장에서는 자연스러운 일이었기 때문이다. 그러나 저우쭈어런은 인류의 보편적인 입장에서 출발했기 때문에 결국 편협하고 과격한 태도를 배척할 수밖에 없었고, 그리하여 온화한 수단으로 동방 문명의 약점을 교정하고자 하였다. 후일 저우쭈어런이 그리스 문화에 관한 저작을 번역한 태도에도 이러한 의미가 담겨 있다. 그는 인간의 개성을 존중한다는 전제 아래 여러 학자들의 장점을 광범위하게 번역·소개하여 자신의 단점을 보완하기를 좋아하였다. 루쉰은 해외 문명을 섭렵하는 과정에서 그 범위가 저우쭈어런에게 미치지 못하였다. 이것은 우리가 인정해야 할 사실이다. 그가 뒷날 독일 철학과 소련 문화를 받아들일 때도 구미의 자유주의문화에 대해서는 그다지 넓은 이해력을 갖지 못하였다. 그는 저우쭈어런처럼 영원히 자신의 입장을 고수하며 개성주의를 억압하는 각종 사회 활동에 반대할 수 없었다. 루쉰이 만년에 사회 단체 활동에 참가하여 열정적으로 공산주의에 관심을 기울인 것도 아마 그가 동양 피압박 민족의 입장에서 출발했기 때문일 것이다. '피근대화' 과정에서 저우씨 형제가 처음에는 힘을 합쳐 문화계몽을 하다가 훗날 각자의 길을 가게된 것은 개성과 기질적인 요인

뿐만 아니라, 해외 문명을 수용하는 시각과 수용 대상을 선택하는 입장 차이 등등이 아주 큰 요인으로 작용했다고 할 수 있다. 동서문화 교류 과정에서 사람들은 자신의 가치관을 스스로 결정할 방법이 없었고, 이에 대부분 자신이 선택한 문화에 의해 자신이 규정당하는 모습을 보여주고 있다. 저우씨 형제의 개인적인 차이점을 언급할 때도 이 점을 소홀히 할 수 없다.

5.

저우씨 형제가 현대 문명을 수용하고 자각적으로 '피근대화'를 받아들이는 과정을 체계적으로 이해하려면 세 가지 점을 주의해서 살펴보아야 한다. 첫째 번역 텍스트의 선택, 둘째 창작에 대한 태도, 셋째 정치에 대한 입장이 그것이다. 번역 텍스트를 선택할 때 초기에는 두 사람의 흥미가 일치했다는 것을 우리는 알고 있다. 그러나 뒷날 루쉰은 소련 문화에 경도되었고 저우쭈어런은 그리스와 일본 및 러시아·프랑스 등의 나라에도 동일한 흥미를 보이고 있다. 창작면에서 루쉰은 초기에는 냉엄한 풍격을 보이다가 후기에는 절망·분투·함성이 뒤섞인 특성을 보여주고 있으며, 그 문맥 속에는 니체와 도스토예프스키 (Fyodor Mikhailovich Dostoevskii, 1821~1881)의 흔적이 많이 남아 있다. 저우쭈어런은 루쉰의 글 속에 허무적인 성분이 포함되어 있다고 보았다. 저우쭈어런의 글은 한결같이 산만하고 자유로운 풍격을 보여주고 있는데, 후기에는 신사(紳士) 취향에 젖어 삶의 고달픔을 가슴속으로 삼키고 마치 한 사람의 도인처럼 현실의 암흑과 직접 부닥치지 않으면서 엄숙한 모습으로 고우재(苦雨齋) 속에 은둔하고 있다. 정치적인 입장에서 루쉰은 훗날 사회운동을 통하여 사회의 진보에 도달할 수 있다는 신념을 가졌고, 이에 따라 그는 결국 좌익문화 대열에 가담하였다. 그러나 저우쭈어런은 개체의 자유를 주장하였기 때문에, 무슨 운동이든지 개체의 자유를 간섭하는 것은 반휴머니즘적인 행위라고 보았다. 따라서 저우쭈어런의 입장은 사람들이 흔히 말하는 자유주의파에 속하는 것이다.

　루쉰의 번역 이론은 상당히 음미할 만한 가치가 있다. 그와 저우쭈어런의 입각점은 항상 같은 곳에 위치하고 있었지만, 그것은 왕왕 취미와 사상의 관조로만 그치는 것이 아니었다. 그의 번역 과정에서는 언제나 슬프고 처량한 심정이 용솟음쳐 오르고 있다. 그의 여러 가지 번역 후기를 읽어보면 그를 얽어매고 있는 역사의 한 줄기 밧줄이 그의 미간조차 펴지 못하게 하고 또 저열한 국민성을 질타하는 그의 함성을 멈추지 못하게 하였던 것 같다.『상아탑을 나와서(出了象牙之塔)』 후기와『고민의 상징(苦悶的象徵)』의 해설을 읽어보면 마치 스미스가『중국인 기질』에서 소망한 것과 같은 민족 자성의 정신이 충만되어 있음을 알 수 있다. 루쉰의 번역문은 대부분 고뇌의 빛깔에 물들어 있다. 그는 가볍게 읽을 수 있는 심심풀이 작품들은 거의 번역하지 않았다.『역외소설집(域外小說集)』에서부터 시작하여 루쉰의 선택한 대상은 대부분 슬프고도 고독한 작품들이었다. 국민성을 개조하려 하면서 무슨 이유로 명랑하고 유머러스하고 쾌활한 작품은 그다지 많이 수입하지 않고, 한사코 가르신·안드레프·에로센코·파제예프(Aleksandr Aleksandrovich Fadeev, 1901~1956)의 작품에 집착하였던가? 그리고 일본 작가 중에서 루쉰은 나쯔메 소세끼(夏日漱石), 모리 오가이(森歐外), 아리시마 다께오(有島武郞), 아꾸따까와 류노스께(芥川龍之介) 등을 중시하였다. 특히 흥미로운 것은 루쉰이 쿠리아까와 하꾸손(廚川白村)에게 각별한 정을 품고 열정적이고도 정력적으로 그의 작품을 번역·소개하고 있다는 점이다. 이것은 그의 번역 생애에서 비교적 특징적인 부분이다. 루쉰은 아마도 미국식의 경쾌한 풍격을 그리 좋아하지 않았던 것 같다. 그는 중국에 새로운 문화를 건설하려면, 심령의 독백과 전투정신으로 충만된 책이 필요하다고 생각했던 것 같다.『상아탑을 나와서(出了象牙之塔)』에는 도처에 일본의 결점이 적시되어 있다. 이 책의 작자가 자신의 민족의 장단점을 직시하는 용기에 대해 루쉰은 대대적인 찬사를 보내고 있다. 따라서 이 책에서 본받아야 할 중요한 점은 장차 중국인을 계몽함에 있어서 자아를 인식하고 해부할 수 있는 모종의 자세와 용기를 줄 수 있다는 것이다. 루쉰은 외국인의 소탈한 자성의식에서 중국인에게 도대체 어떤 점이 부족한지를 체감하고 있다. 그는 다음과 같이 진술하고 있다.

내가 이 책을 번역하는 것이 이웃나라 사람들의 결점을 들추어내어 우리나라 사람들을 만족시키기 위한 것은 절대 아니다. 중국은 지금 어지러운 이웃나라를 합병하려는 웅대한 의지가 전혀 없다. 나도 다른 나라의 약점을 탐지해야 할 사명을 지고 있다고는 생각하지 않는다. 그러므로 쓸데없이 이러한 점에 힘을 바칠 필요는 없을 것이다. 그러나 나는 이 책의 저자가 자신을 채찍질하는 것을 곁에서 지켜보면서, 그 채찍질이 마치 내 몸을 후려치는 것 같은 느낌을 받았고, 조금 뒤에는 마치 시원한 드링크제를 마신 듯 답답한 가슴이 상쾌해져 옴을 느꼈다. 부패한 나라에 태어난 사람으로서 만약 하늘에 닿을 만큼 큰 복을 타고나 장차 내무부의 표창을 받을 수 있는 사람이 아니라면, 이미도 항상 종기의 이픔, 즉 곪이서 이직 터지지 않은 종기의 욱신거림을 느낄 것이다. 종기가 나보지 않은 사람이나 곪은 종기를 터뜨려 보지 않은 사람은 아마도 이러한 느낌을 이해할 수 없을 것이다. 그렇지 않은 사람들은 종기를 째는 아픔이 째기 전의 욱신거림보다 훨씬 시원하다는 것을 잘 알고 있다. 이것이 바로 말 그대로의 통쾌(痛快)함이 아니겠는가? 나는 이 점을 빌어 그 욱신거림을 일깨우고 이후 이 '통쾌'함을 같은 병을 앓는 사람들에게 나누어주고자 한다.

이 책의 저자는 자신의 나라에 독창적인 문명과 탁월한 인물이 없음을 질책하고 있다. 이것은 정확한 사실이다. 그들의 문화는 처음에는 중국을 본받다가 근대에는 유럽을 따라 배우고 있다. 공자와 묵자 같은 인물이 없을 뿐만 아니라 현장(玄奘)에 비견할 만한 스님도 없다. 난학(蘭學 : 江戶시대 중기 이후에 네델란드 서적을 통해서 서양 학술을 연구하려던 학문)이 성행한 뒤에두 린네(C. Linne, 1707~1778), 뉴튼(I. Newton, 1642~1727), 다윈 등에 버금갈 만한 학자는 출현하지 않았다. 그러나 식물학 · 지진학 · 의학 분야에서는 그들도 이미 상당한 업적을 쌓고 있는데, 저자가 아마도 자신들의 '과대망상증'에 일침을 가하려고 고의로 누락시킨 것 같다. 그러나 총체적으로 보아 그들에게 고유의 문명과 세계적인 위대한 인물이 없음은 확실하다. 우리 양국의 사이가 나빠졌을 때, 우리나라의 논자들은 항상 이 점에 근거하여 그들을 비웃으며 일시적으로 국민들의 마음을 만족시키곤 하였다. 그러나 나는 바로 이와 같기 때문에 오늘의 일본이 있을 수 있었으며, 또 낡은 문물이 드물고 집착이 강하지 않았기 때문에, 시대의 추이에 따라 쉽게 적응하면서 어느 시대라도 살아남을 수 있었다고 생각한다. 이것은 요행으로 살아남은 중국 같은 고국(古國)이 고유하고도 썩은 문명에 의지하여 모든 것을 경직화시키며 결국 멸망의 수렁으로 빠져드는 것과는 다른 일이다. 중국이 만약 철저하게 개혁하지 않으면 나라의 운명은 결국 일본이 더욱 오래 지속될 것이라고 나는 믿고 있다. 아울러 낡고 오래된 가문의 자손으로 쇠락·멸망하기보다는 신흥 가문의 자제로 생존·발전해 가는 것이 더욱 영광스러운 일이라고 생각한다.[8]

나는 이처럼 비애로운 어조 속에서 이 영혼의 위대함을 느끼고 있다. 다른 나라의 불씨를 이용하여 자신의 고기를 익히면서 국민들로 하여금 더 이상 역사의 감옥 속에 맹목적으로 갇혀 있지 않게 하는 일, 이것은 얼마나 비장한 행동인가? 마음속에 불을 품고 올바른 일을 위해 목숨을 바치려는 생각은 20세기 중국 문인들 가운데서 루쉰이 가장 전형적인 예에 속할 것이다. 그의 글을 읽어보면 유유자적하는 여유로움은 전혀 없고 항상 긴장의 연속이며 또한 항상 국민성에 대한 힐난을 계속하고 있다. 이처럼 자신을 학대하면서 또 다른 사람들을 잔혹하게 관찰하는 시선에서 우리는 항상 우리의 정신이 불현듯 밝아지는 듯한 기쁨을 느낄 수 있다. 그러나 저우쭤어런에게서는 이러한 느낌을 받기 어렵다.

그러나 이것은 저우쭤어런의 태도가 지나치게 신사적이고 학자적이기 때문이 아니다. 기실 저우쭤어런이라고 해서 어찌 형의 고충을 몰랐겠는가? 해외문화를 번역·소개하는 과정에서 저우쭤어런은 동시대의 어느 누구보다도 루쉰을 더욱 명확하게 이해하고 있었다. 그러나 그의 성격과 지식 구조가 그의 형과는 달랐기 때문에 그처럼 강렬한 참여의식이나 사회적 책임감을 가질 수 없었고 또 그의 형처럼 피와 불의 소용돌이 속에서 고난을 이겨낼 수 없었으며, 아울러 암흑 속에서의 전투를 자원할 수도 없었다. 저우쭤어런의 입장에서 루쉰은 이해·동정의 대상은 될 수 있어도 따라 배우기는 어려운 대상이었다.

저우쭤어런은 이성적인 측면에서 루쉰의 모종의 풍격에 경향되어 있었지만,

---

8) 『魯迅全集』 第10卷, 人民文學出版社, 1981, 243면.

정감을 전달하는 방식에서는 루쉰처럼 자학적이거나 자조적일 수 없었다. 저 우쭈어런은 지나치게 냉정하였다. 나는 심지어 그의 무감각한 표정 때문에 그의 마음속의 평화에 대해서 의심을 품기까지 하였다. 어떻게 이처럼 초연할 수 있는가? 다양한 외래 사조와 국내의 끝없는 고난을 마주하고도 교수 특유의 태도를 유지한 채, 무감각한 표정으로 흥미진진하게 이야기를 풀어갈 수 있다는 것은 확실히 그의 문화관(文化觀)이 성숙되었다는 것을 표시해준다. 저 우쭈어런의 역저와 번역·소개의 글을 읽고 나면 그의 온화하고도 우아한 태도가 뇌리에서 사라지지 않는다. 그는 흡사 높다란 강단에 서서 학생들에게 강의하는 것처럼 이 점이 훌륭하고 저 점은 옳으며, 이렇게 하지 말고 저렇게 하라고 이야기하고 있다. 이러한 개성은 그의 인생 역정 속에서 형성된 것이다. 그 스스로 진술한 것처럼, 그는 해외문화를 번역·소개하는 과정에서 처음에는 린수(林紓 : 임서)의 영향을 받았고, 뒤에는 장타이옌의 강론을 들으면서 관점이 변하였다. 다양한 학술 사상과 외래문화 중에서 그는 많은 것을 좋아하였고 또 그 장점을 취하여 중국에 운용하고자 하였다. 그러나 이 때문에 그의 사고가 복잡해져서 수많은 고뇌에 젖기도 하였다. 그는 『산중잡신(山中雜信)』에서 이렇게 토로하고 있다. "나는 근래 사상의 동요와 혼란이 이미 극에 달해 있다. 톨스토이식의 이타적 사랑과 니체식의 초인, 공산주의와 우생학(優生學), 그리고 예수·부처·공자·노자의 교훈과 과학의 예증들을 나는 모두 좋아하고 존중한다. 그러나 나는 이것들을 조화 통일시켜서 한 줄기 큰 길을 만들 수 없다." 청년시대에 느낀 이와 같은 고충을 만년에도 가지고 있었지만 뒤로 갈수록 이에 대해 그렇게 많은 언급을 하지 않고 있다. 비록 모순된 심정으로 외래문화를 대하고 있었지만 그것들로 중국인의 기질을 개조하고자 한 점은 루쉰과 유사하다. 이에 그는 다음과 같이 언급하고 있다. "무릇 각국의 사상을 모두 중국에 소개하여 연구하게 해야 한다. 헤브라이와 대립하고 있는 희랍 사상과 중국과 가장 관계가 깊은 인도 사상들이 특히 중요하다. 지금 나는 성서 번역본을 낸 관계로 먼저 이에 관한 생각부터 제기하여 연구의 흥미를 유발시키고자 한다. 따라서 이것은 결코 다른 사상을 경시하기 때문이 아니다.

중국 구사상의 병폐는 고정화된 하나의 중심 때문에 문화가 자유롭게 발전할 수 없다는 데 있다. 그러므로 우리는 지금 외형은 상이하면서도 인성의 함양에 필요한 다양한 사상을 운용하여 그것을 조화시켜 우리에게 알맞은 결과물을 얻어내야 한다."9) 루쉰과 비교해 볼 때 이와 같은 어조는 매우 온화한 것이며, 그 태도에 있어서도 강경한 색채가 거의 눈에 띄지 않는다. 엄격하게 말해서 그의 맑은 성찰과 자기 반성은 루쉰과 거의 차이가 없을 정도이다.

　중국 문화의 낙후된 측면에 대한 저우쭈어런의 인식은 대단히 정확하였다. 그러나 그는 문화상의 원한주의(怨恨主義)에 대해서는 경각심을 느낀 나머지 적접 폭력적인 언어로 대항하려 하지 않았다. 중국과 러시아 문화를 분석하면서 그는 이렇게 탄식하고 있다. "중국에서의 삶의 고통은 문예 부분에 두 가지 영향을 끼쳤다. 그 하나는 완상(玩賞)이며, 또 다른 하나는 원한(怨恨)이다. 잔혹한 장면을 즐겨 표현하는 병적인 경향은 피압박국이었던 러시아와 폴란드 문학에서 흔히 찾아볼 수 있는 현상이다. 그러나 중국에서는 대부분 냉소적인 (Cynical) 태도로 드러나고 있다. 이것은 민족이 노쇠하여 고통에 습관이 되어 있다는 징후이다. 원한은 본래 절대적으로 나쁜 것이라고는 할 수 없지만 핵심을 잃은 피상적인 원한은 문학의 본질과 위배되는 측면을 가지고 있다."10) 저우쭈어런은 여기에서 한편으로 중국 문학 혹은 중국 문화에 포함된 모종의 병증을 간파해내고 있고, 또한 그 자신이 견지하고 있는 가치 취향을 은연중 드러내주고 있다. 정신적인 기조로 말하자면 원한을 부인하는 태도야말로 현대 인문정신이 획득한 고귀한 한 측면이하고 할 수 있다. 저우쭈어런은 아주 일찍부터 그 요점을 이해하고 있었다. 그러나 만약 암흑적인 압제에 직면했을 때 과연 반항하지 않을 수 있겠는가? 이것은 하나의 모순인데, 저우쭈어런은 이 점을 원활하게 처리하지 못하였다. 복수와 고난을 회피하면 흔히 더 많은 고난을 불러올 수 있는 것이다. 이 점에 있어서는 루쉰이 동생보다 더 뛰어났다고 나는 생각한다. 중국이라는 이 특수한 환경 속에서 절대적인 초월이란

---

9) 周作人, 「聖書與中國文學」.
10) 周作人, 「文學上的俄國與中國」.

유아적인 환상이 아니겠는가? 루쉰은 항상 사람들에게 그 주위에 있는 악의 세력을 잊지 말라고 일깨우고 있을 뿐만 아니라 악(惡)에 대항하는 문학 작품을 끊임없이 번역·소개하고 있다. 이것은 바로 당시 사회 생활상의 수요에 의해서 유발된 것이다. 저우쭈어런도 악의 세력에 대항하는 문학 작품들을 번역한 적이 있다. 그러나 그는 여전히 순수한 정신 가치를 지닌 작품에 더 많은 주의를 기울였다. 이것은 그에게 있어서 일종의 이성적인 즐거움이었다. 이러한 즐거움은 자유가 발달된 미래세계에서는 아마 사람들의 사랑을 받을 수도 있을 것이다. 실제로 저우쭈어런의 미래지향적 가치 태도는 당시에 이미 사람들의 큰 흥미를 유발시키기도 하였다. 그러나 몇 천 년 된 고로(古老)한 민족이 사는 늪지대에서 그들의 자각과 희망을 불러일으킬 수 있는 사람은 오히려 루쉰이라고 할 수 있다. 루쉰 선생은 너무나 잔혹하게도 중국인의 고난을 우리에게 펼쳐 보여줄 뿐만 아니라 반항하고 절망하는 세계상의 수많은 영혼들도 우리에게 드러내 보여주고 있다. 루쉰 선생은 내일이 어떠할지, 사랑이 무엇인지는 알려주지 않으면서도 오히려 고난에 대처하는 방식을 우리에게 전파하고자 한다. 저우쭈어런은 이보다 훨씬 가볍다. 봄바람이나 가랑비 같은 그의 읊조림은 아마도 영원히 사대부계층이나 지식인 계층에 속할 것이다. 이러한 계층에 속한 사람들에게 저우쭈어런은 동시대의 어떤 사람들보다 훨씬 풍부하고 복잡한 감정이나 지식을 제공해주고 있다. 그러나 그는 농민이나 노동자 계층에는 속하지 않았다. 루쉰은 오히려 인간 세상의 모든 고난자들 편에 서고자 하였다. 그의 드넓은 가슴에서 뿜어져 나오는 열기는 우리들에게 그처럼 친절하고도 따뜻한 느낌을 안겨주고 있다.

아마도 이러한 점을 기점으로 삼아야만 저우씨 형제가 외래 문명을 수용할 때 견지한 기본 태도나 자신들의 인격을 창조할 때의 가치 표준을 더욱 분명하게 인식할 수 있을 것이다. 중국의 근대화와 현대화는 길고 긴 역정이었다. 비록 모두들 그 목표를 의식하고는 있었지만 어떻게 목표에 도달해야 하는가 하는 점에 있어서는 그 견해가 엄청나게 달랐다. 꼬박 100년 동안 이에 대한 지식인들의 논쟁도 그치지 않았다. 같은 형제끼리도 이처럼 달랐으니, 중국 신문화의 멀고도 곡절 많은 역정을 가히 상상하고도 남을 일이다.

6.

　해외문화를 다량으로 번역·소개하는 과정에서 두 사람의 풍격과 태도를 가장 분명하게 보여주는 것은 일본에 대한 관점일 것이다. 저우씨 형제의 번역은 대부분 일어 역본을 중역(重譯)한 것이었고 일본 문화를 소개하는 과정에서도 두 사람은 특징적인 흔적을 남기고 있다. 루쉰의 장서 가운데서 일어책이 차지하는 비율은 다른 어떤 외국어보다 높으며, 그가 번역한 일어 저작도 비교적 볼 만하고 수준 높은 책들이다. 저우쭈어런의 역저 30여 종 중에는 일본 문학이 5분의 3을 차지하고 있다. 루쉰이 소개했거나 접촉한 일본인으로는 코이주미 야꾸모(小泉八雲), 나쭈메 소세끼(夏目漱石), 모리 오가이(森歐外), 토꾸또미 소호(德富蘇峰), 노꾸찌 요네지로(野口米次郎), 하세가와 요제이깐(長谷川如是閑), 쿠리야까와 하꾸손(廚川白村), 카따까미 노부루(片上伸), 아리시마 타께오(有島武郎), 무샤노꼬지 시네아스(武者小路實篤), 추루미 유스께(鶴見祐輔), 우찌야마 칸죠(內山完造), 아오끼 마사루(靑木正兒), 키꾸찌 칸(菊池寬), 아꾸따까와 류노스께(芥川龍之介) 코바야시 타끼지(小林多喜二), 타떼노 노부유끼(立野信之), 마쑤따와따루(曾田渉), 시오노야 온(鹽谷溫), 카메이 카쭈이찌로(龜井勝一郎), 야마까미 마사요시(山上正義), 이노우에 코바이(井上紅梅) 등이 있다. 저우쭈어런은 더욱 많은 일본인들과 접촉하였다. 루쉰이 관심을 기울인 작가들 중에서 그가 좋아한 사람을 제외하고도 그는 또 에마 슈(江馬修), 요사노 아끼꼬(與謝野晶子), 이시까와 타꾸보꾸(石川啄木), 쿠니끼따 돕뽀(國木田獨步), 스즈끼 미에끼찌(鈴木三重吉), 나가요 요시로(長與善郎), 시가 나오야(志賀直哉), 센께 모또마로(千家元麿), 사이또 하루오(佐藤春夫), 카또 타께오(加藤武雄) 등의 작품을 접한 적이 있으며

또한 그들의 명작을 번역하기도 하였다. 그는 또 「고사기(古事記)」, 「광언십번
(狂言十番)」, 「평가물어(平家物語)」, 「침초자(枕草子)」, 「여몽기(如夢記)」 등의 작품
을 번역하였다. 그 흥미의 폭이 넓고 큼은 다른 사람에게서는 쉽게 찾아보기
힘들다. 저우쭈어런은 루쉰에 비해 일본 문화에 대해 언급하는 것을 더욱 좋
아하였고, 또 일본인의 개성만을 다룬 글도 몇 십 편에 이른다. 일본 문화 중
에서 그들이 가장 잊을 수 없었던 것은 무엇인가? 저우씨 형제의 취향은 각각
달라서 어떤 때는 그 느낌이 서로 비슷할 때도 있었지만 어떤 때는 엄청난 차
이를 드러내기도 하였다. 루쉰에게는 일본 문화를 전문적으로 다룬 글이 거의
1편도 없다. 그의 일본관은 대부분 편지나 잡담 혹은 몇몇 문장의 틈새에서나
찾아 볼 수 있다. 그 중에서 가장 전형적인 것은 일본 문화를 소개한 역후기(譯
後記)이다. 그러나 그것도 얼핏 스쳐가는 것일 뿐 깊은 연구를 한 것은 아니다.
저우쭈어런은 「일본과 중국(日本與中國)」, 「일본 문화 이야기(談日本文化書)」, 「일
본 근 30년 동안의 소설 발달(日本近三十年小說之發達)」, 「일본의 시가(日本的詩
歌)」, 「일본의 인정미(日本的人情美)」, 「일본 엿보기(日本管窺)」, 「일본의 의식주
(日本的衣食住)」 등의 글을 썼다. 일본인들도 인정하는 바와 같이 저우쭈어런은
일본 민족의 개성을 깊이 이해한 사람이었다. 그는 대문화(大文化)의 개념으로
이 섬나라 문화를 바라본 것이 아니다. 그들의 풍속과 인정 그리고 의식주를
분석하는 각도에서 그들 특유의 생존 방식과 정신적인 풍모를 체험하고 있다.
일본이 루쉰에게 준 느낌은 대단히 복잡하다. 그는 한편으로 자아 갱신을 위
한 이 민족의 내적인 추진력을 목도하였고 동시에 그들의 편협한 동방주의에
대해서는 거부의 태도를 보여주고 있다. 저우쭈어런도 유사한 느낌을 갖기는
하였지만, 솔직히 말해서 호감이 다른 감정보다 더 큰 비중을 차지하고 있다.
그는 일본인의 인정미와 창작정신이 중국인에게는 부족한 점이기 때문에 이를
빌어올 만한 가치가 있다고 생각하였다. 그가 일본 여성을 아내로 선택한 것
도 일본 민족에 대한 진실한 사랑이 가져온 결과라고 할 수 있다. 그러나 저우
쭈어런과 그의 형의 인식이 어떤 차이를 보이던지 간에 최소한 한 가지 부문
에서는 공통된 견해를 보여주고 있다. 즉 일본을 참조 체계로 삼으면 중국 근

대화의 지름길을 찾을 수 있다는 인식이었다. 이것은 일본 문화에 대한 상호 인증이라 할 수 있는데, 일본을 좋아하든지 싫어하든지 간에 일본이 존재하고 있기 때문에 중국인들은 근대 문명 수용의 필연성을 알 수 있게 된 것이다. '피근대화' 과정에서 일본은 확실히 중국의 스승이었다.

　일본인의 기질과 문화적 특징은 저우씨 형제로 하여금 중화 민족의 약점을 간파할 수 있게 하였다. 두 문화의 현격한 차이는 실로 사람들의 개탄을 불러 일으키기에 충분하였다. 루쉰은 우찌야마 칸조에게 다음과 같이 말한 적이 있다. "4억 중국인은 지금 모두 병에 걸려 있다. 이 병은 '대충대충병'이다. 이 병을 고칠 수 없으면 중국을 구제하기 어렵다. 이 병을 고칠 수 있는 약은 일본인들에게서 찾을 수 있다. 그것은 바로 일본인의 '성실함'이다. 우리는 전 일본을 배척해도 무방하지만 반드시 이 치료약은 구입해야 한다."11) 중국인들의 치명적인 약점들은 대부분 낡은 문화와 전제정치의 산물이다. 이러한 문화와 전제정치는 인간의 창조적 기능과 자아 갱신의 내적 추진력을 말살시켰다. 루쉰은 일본인들에게서 생기발랄한 측면을 발견하였다. 그것은 바로 일본인들이 해외 문명을 기꺼이 받아들였다는 점이었다. 루쉰은 중국인들이 이 점을 본받아야 한다고 생각하였다. 만약 이러한 측면에서 다른 사람을 본받지 않으면 아마도 자립하기가 거의 불가능할 것이다. 저우쭈어런도 이 점을 간파하고 있었다. 저우쭈어런은 일본이 동방문화의 쇄국 상태에서 벗어나 아주 빠른 속도로 '근대 문명'으로 진입할 수 있었던 것은, 그 국민성의 장점이 일정한 작용을 하였다고 인식하였다. 그는 「일본의 인정미(日本的人情美)」란 글에서 이렇게 진술하고 있다. "외국인들이 일본의 국민성을 언급할 때면, 흔히 충군(忠君)을 먼저 거론하는데, 나는 이것이 그렇게 타당한 견해가 아니라고 생각한다. 현재 일본에서 존군(尊君) 교육은 확실히 융성하고 있고 대외전쟁에서도 적지 않은 성과를 올리고 있다. 그러나 이것은 아마도 외래 영향으로 초래된 산물이기 때문에 일본의 진짜 정신을 대표할 수 없을 것 같다. …… 내가 보기에 일본

---

11) 島崎藤村·花啓淸 譯, 「魯迅的話」, 『魯迅硏究動態』, 1985년 제4기.

국민성의 장점은 그 반대의 방향에 있는 것 같다. 그것은 바로 넉넉한 인정미이다. ……" 인정이 넉넉하면 역사의 무거운 중압에 억눌리지 않고 생명의 활력을 지닐 수 있다. 저우쭤런도 넉넉한 인정미가 민족의 단결과 향상의 기초라고 생각하였다. 일본인들이 모방을 잘하고 봉건 쇄국의 대문을 기꺼이 개방한 것도 중국인의 모범이라고 할 수 있다. 중화 민족의 수많은 허위와 가식은 몰인정하고 창조력을 상실한 우민(愚民)을 끊임없이 양산해내고 있는 것이다. 그리하여 그는 이렇게 탄식하고 있다. "반복해서 말하지만 나는 일본을 사랑한다. 그러나 나는 또한 중국을 사랑한다. 왜냐하면 이것은 운명이 나의 거주지를 정해주었기 때문이다. 나는 일본 생활 대부분을 사랑한다. 그 산자수명(山紫水明)한 풍경은 꿈속에도 나타나곤 한다. 그러나 나는 이 혼란하고 황량한 베이징에 살기를 원한다. 황하의 물이 맑기를 기다리는 것처럼 우리들 스스로 이 혼란을 정리하며 살만한 곳으로 변화시켜 이곳에 살 수 있기를 바란다. 다른 사람들이 잘 정리한 곳은 우리가 구경할 때 아름답다고 느낄 수는 있지만 거기에 안주하고 싶은 마음은 없다. 비록 그 아름다운 풍격이 때때로 꿈속에 나타나더라도 말이다. 애석하게도 중국인들은 너무 진보적이지 못하다. 후안무치한 정인군자(正人君子)들이 중국을 돼지우리처럼 만들었기 때문에, 우리는 이러한 불초 자손들에게 이빨을 갈지 않을 수 없으며, 또한 이 혼돈에 찬 중국을 저주하지 않을 수 없다. 사랑이 있으면 원한이 없을 수 없다. 진정으로 중국을 사랑하는 자는 자연히 중국을 저주하지 않을 수 없다. 이것은 바로 일본을 진정으로 사랑하는 중국인은 철저한 배일파가 아니면 안 된다는 이치와 같다."12)

루쉰도 친구들에게 이 점을 언급하면서 일본인의 어떤 기질을 좋아한다고 말한 적이 있다. 그러나 그의 서신을 들추어보면 만년의 그의 문화적 흥미에 일본은 아무런 흡인력도 발휘하지 못하고 있다. 이것은 아주 기이한 현상이다. 실제로 그의 마음속 깊은 곳에는 일본 국민의 기질에 대한 일종의 경각심이 자리 잡고 있었다. 그는 일본인의 개성에는 남녀 불평등, 조급성, 동방식의 패

---

12) 周作人, 「神戶通信·按語」.

권주의 등등과 같은 비문명적인 요소가 대단히 많이 포함되어 있다고 인식하였다. 일본이 만주를 침략하면서 국내에서는 코바야시 타끼지(小林多喜二)와 같은 예술가를 살해했을 때 그는 깊은 통탄을 금치 못하였다. 루쉰은 아마도 이 사건에서 동방인들의 뼛속에 깊이 박혀 있는 비현대적인 열등성을 발견한 것 같다. 저우쭈어런도 이 점을 더욱 분명하게 인식하고 있었다. 인류문화라는 거시적인 입장에서 그는 마음속 깊이 일본의 풍속과 인정을 좋아하였지만, 일본 민족의 진취적인 역사 과정에서 드러내고 있는 잔혹성에 대해서는 깊은 불만을 품고 있었다. 우리는 그 전형적인 예를 저우쭈어런이 일본의 『순천시보(順天時報)』를 비평한 태도에서 찾아볼 수 있다. 1927년 저우쭈어런은 『순천시보(順天時報)』가 여러 차례 유언비어를 날조하여 중국인을 모욕하는 것을 보고 자신이 직접 나서서 일본 신문업계의 추행을 질책하였다. 『어사(語絲)』 제133기에 발표한 「떼밀이와 정조(擦背與貞操)」란 글에서 그는 일본인들의 폐습을 아주 신랄하게 비평하였다. 그리고 그는 중국인의 몇몇 습성을 고의적으로 공격하는 것은 매우 비열한 태도인데, 이러한 습성은 기실 일본인 자신들 사이에도 존재한다고 인식하였다. 또한 본국의 사정을 잘 살펴보지 않고 오로지 중국만을 공격하며 즐거워하는 것은 부도덕한 일이라고 하였다. 이 글은 정말 저우쭈어런에게서는 찾아보기 힘든 분기충천한 내용을 담고 있다. 최소한도 1920년대까지 그는 민족적인 감정을 매우 명확하게 인식하고 있었다. 그러나 이러한 일 때문에 그는 일본의 우수한 문화를 거부하지 않았다. 이것은 그의 대범한 일면이다. 루쉰도 일본인의 성실함과 진지함 배후에 감추어져 있는 교만의 정서에 심한 반감을 갖고 있었다. 이러한 교만은 기실 일본인의 넉넉한 인정미와 인과 관계를 갖고 있다. 「후지노 선생(藤野先生)」에는 후지노 켄구로(藤野嚴九郎)의 사랑과 동정심이 기록되어 있다. 우리는 이 글에서 친절하고도 정직한 일본인 박애자의 모습을 목도할 수 있다. 그러나 약소국의 국민을 멸시하고 모욕하는 학생들의 교만에 루쉰은 깊은 증오심을 드러내고 있다. 일본인에 대한 저우씨 형제의 복잡한 감정은 한편으로 중국인의 자존심에 뿌리를 두고 있으며, 다른 한편으로는 인류의 보편적인 휴머니즘정신의 본능적인 반사(反射)

라고도 할 수 있다. 저우씨 형제는 단지 일본만을 자신들의 유일한 참조 대상으로 삼지 않았다. 그들이 훗날 방향을 바꾸어 서양문화를 깊이 있게 연구하게 된 것도 이러한 몇 가지 요인이 작용한 것이라고 할 수 있다. 일본은 실제로 중국인에게 아주 복잡한 감정을 갖게 하는 나라이다. 세계상의 어떤 나라도 일본처럼 중국 문명과 밀접한 관계를 맺고 있으면서 또 그처럼 첨예한 충돌을 일으킨 나라는 없다. 사람들이 중일 양국의 우호 관계를 쉽게 이해하기 어렵다고 말하는 것도 일리가 있는 말이다.

저우씨 형제의 입장에서 중요한 것은 일본을 단순하게 인식하는 것이 아니었다. 일본을 통해 세계를 인식하고 인류 자신을 이해하는 일이 더욱 중요하였다. 그들은 또 일본 이외의 나라에 대한 탐색도 중지한 적이 없었다. 일본을 중개자로 삼아 중국 문화 부흥이라는 목표를 확립하려는 것이 가장 중요한 목적이었다. 일본이 개혁 과정에서 이룩한 성과를 보면서 루쉰 형제는 중국의 활로를 모색할 수 있었으며, 일본 개혁이 드러낸 부정적인 측면을 목도하고는 그들의 인도주의적인 신념을 더욱 굳건히 할 수 있었다. 루쉰은 중국 내지 아시아에서 중요한 것은 '참인간 세우기(立人)' 즉 인간 개성의 해방이라고 인식하였다. '참인간 세우기'와 개성 해방 없이 민족의 생명 가치를 충분하게 구현하려는 것은 불가능한 일이었던 것이다. 일본의 존재로 인하여 5·4 선각자들은 개혁의 절박성을 인식할 수 있었으며, 또 근대화 과정에서 주의해야 할 근본문제를 인식할 수 있었다. 비록 두 형제가 국민성 치료의 근본적인 처방을 찾지는 못했지만 최소한도 문화의 상호 증명(서로 비춰보기)을 통해 희미한 한 줄기 빛을 목도했다고는 말할 수 있다.

은혜 · 원망

1.

　루쉰(魯迅 : 노신)의 개인 생활에서 그에게 가장 심각한 상처를 입힌 일은 두 가지를 들 수 있다. 그 하나는 결혼 생활이고 다른 하나는 동생 저우쭈어런(周作人 : 주작인)과의 결별이었다. 루쉰은 생전에 이 일을 다른 사람에게 언급하려 하지 않았다. 그는 생활이 그에게 부여한 곤경을 묵묵히 감내하면서 인습의 무거운 짐을 몸소 짊어지고 오래도록 자신을 희생하였다. 이 일은 루쉰에게 인생 최대의 슬픔과 고통을 안겨주었다. 현대적 의식을 분명하게 지닌 사람으로서 루쉰에게 이러한 가정의 불행은 그의 비극적인 색채를 더욱 짙게 하는 것이었다.

　청년시대의 루쉰은 천진한 아이들처럼 아주 아름다운 꿈을 꾸고 있었다. 그에게는 몽롱하고도 신성한 감정이 있었으며, 미래 생활에 대한 각양각색의 동경심도 있었다. 이국 생활 기간 동안 이러한 청춘기의 고유의 격정이 그의 마음을 들끓게 하지 않은 적이 없었다. 그러나 그는 감정을 지나치게 밖으로 드러내는 사람이 아니었다. 그의 정감 처리 방식은 여전히 중국 전통에 입각한 절제의 모습을 보이고 있다. 뿌리 깊은 전통 관념이 자신도 모르는 사이에 그를 옭아 메고 있었던 것이다. 자신의 감정세계에서 그는 여전히 옛날 방식에 머물러 있었다. 사랑, 이 매혹적인 성지(聖地)는 아직도 그에게는 낯선 영역이었다.

1906년 여름은 루쉰에게 평범한 나날들이 아니었다. 그의 어머니는 끊임없이 편지를 보내와 그의 결혼을 재촉하였다. 며칠 후 한 친척이 그의 어머니가 위독하므로 즉시 돌아오라는 전보를 보내왔다. 루쉰은 고통스럽게 전보를 바라보았다. 마음속에서는 초조한 감정이 용솟음치고 있었다. 그의 눈길이 먼 곳을 응시하는 가운데 그의 눈앞에서는 어머니의 초췌한 얼굴이 스쳐 지나가고 있었다. 어머니는 지금 그에게 있어서 가장 가까운 유일한 혈친(血親)이었다. 평생토록 지속된 어머니의 불행한 삶은 루쉰을 우울하게 하였다. 그처럼 억센 어머니께서 이 몇 년 간 세파에 시달리며, 자식들 때문에 얼마나 애를 태우셨겠는가? 그는 그의 모든 것이 어머니의 모든 것이라는 사실을 알고 있었다. 그러므로 어머니의 말씀에 따르지 않을 수 없었다.

그 시각 루쉰의 어머니는 고향 사오싱(紹興 : 소흥)에서 아들의 귀향을 초조하게 기다리고 있었다. 집안이 몰락한 후 그녀는 수많은 희망을 그녀의 맏아들에게 기탁하고 있었다. 그녀는 자신의 아들을 사랑하였고 또 이 조숙한 아들이 아마도 집안을 중흥시킬 것이라 믿고 있었다. 이 때문에 루쉰이 일본 유학을 떠난 후 그녀는 아들을 그리는 마음을 감출 길 없었고, 또 아들이 외지에서 성공해서 돌아오기를 남몰래 기원하였다. 그러나 루쉰이 일본에서 이미 결혼하였으며 아이를 데리고 산보하는 것을 보았다는 기괴한 소문이 전해져 왔다.

어머니의 마음이 멍해진 건 당연한 일이었다. 그녀는 아들이 외지에서 결혼하면 고향으로 돌아오기 어렵다고 생각하였다. 온갖 고난을 헤치고 살아온 어머니로서는 이건 너무나 두려운 일이었다. 이것은 가업 중흥의 실패를 의미할 뿐만 아니라 노부인의 입장에서는 정리상으로도 인정하기 힘든 일이었다. 그리하여 루쉰의 어머니는 거듭거듭 루쉰의 귀국을 재촉하였다.

루쉰이 귀국하여 결혼할 당시의 심정이 어떠했는지는 지금까지 아무런 기록도 남아 있지 않다. 그러나 훗날 루쉰이 토로한 감정에서 우리는 그의 마음 속에 형언할 수 없는 고통이 깊이 자리 잡고 있었다는 것을 짐작할 수 있다. 루쉰에게는 이 일이 확실히 비극이었지만, 청나라 말기의 중국 사회에서는 부모가 주도하는 이와 같은 중매결혼이 지극히 정상적이고 관습적인 행사였다. 사람들은 선천적으로 짝이 정해진다는 고정된 결혼 방식에 이미 익숙해 있었다. 루쉰은 어머니가 건네주시는 이 쓰디쓴 술잔을 묵묵히 받아 마실 수밖에 없었다. 사랑이란 영역은 마치 아직 개간되지 않은 처녀지처럼 그의 마음 한 구석에 쓸쓸하게 버려져 있었다.

결혼 날짜가 점점 가까워지자 루쉰도 고향으로 돌아왔다. 집안이 순식간에 온통 경사스런 분위기로 흥청거리기 시작하였다. 집안 사람들은 바쁜 와중에서도 이 유학 청년을 위해 혼사를 무사히 꾸려나가고 있었다. 루쉰은 침대 맡에 멍청히 앉아서 이들 친척들을 바라보며 무슨 말을 할 수 있었겠는가? 이처럼 마음씨 좋은 친척들은 모두 일종의 신성한 정신에 의해서 이끌리는 것 같았다. 루쉰의 결혼을 위해 그들은 얼마나 많은 심혈을 기울이고 있는가? 루쉰이 보기에는 어머니께서 가장 즐거워하시는 것 같았다. 아들이 돌아온 후 어머니께서는 모든 것을 착착 진행시키고 있었다. 루쉰은 어머니의 마음을 이해할 수 있었다. 이에 그는 어머니를 위해 이 선물을 받아들여 어머니를 잘 봉양할 수밖에 없다고 생각하였다.

루쉰의 이러한 감정을 상대방은 이해하기 어려운 것이다. 주안(朱安 : 주안)이라는 이름을 가진 이 신부는 전족을 한 구식 여성이었다. 수많은 보통 여인들처럼 그녀도 이 운명에 순종할 수밖에 없었다. 모든 일이 너무나 당연한 것이어서 아무런 의문도 가질 수 없었다. 이것은 완전히 상이한 두 세계였고, 완전히 상이한 두 개의 정신과 육체였다. 주안은 당시 행복감에 젖어 있었을 뿐만 아니라 동년배의 다른 여인들보다 더 강한 자부심을 갖고 있었다. 왜냐하면 그녀의 남편은 장래가 촉망되는 지식인이었기 때문이다. 또한 그녀는 자신의 모든 것이 저우씨(周氏) 집안과 연결되고 있음을 의식하고 있었다. 저우씨 집안은 결국 일반적인 가정과는 달랐으므로 여기에서도 그녀는 다른 사람들에 비해 더 많은 즐거움을 느끼고 있었던 것이다.

그러나 주안의 꿈은 오래지 않아 깨지고 말았다. 남편은 집에 단지 4일만을 머문 후 동생 저우쭈어런과 일본으로 돌아갔다. 루쉰의 '이상한 행동'은 주안으로 하여금 희미하게나마 불쾌감을 느끼게 하였다.

사오싱의 집은 이때부터 더욱 적막해지기 시작하였다. 주안은 루쉰의 어머니를 모시고 그날 그날 어렵사리 집안 살림을 꾸려갈 수밖에 없었다. 루쉰이 일본에서 편지를 보내오고는 있었지만, 그녀에게 이 짧은 편지는 완전히 낯선 사람의 것일 뿐이었다. 마치 길가는 나그네처럼 남편의 모든 것이 이상하게 생각되었다.

4년 후 루쉰이 고향으로 돌아왔을 때도 주안은 여전히 루쉰에게 낯선 느낌을 가지고 있었다. 그들 사이에는 평소에 말이 없었으며 말다툼이나 부부싸움도 한 적이 없었다. 루쉰은 그녀에게 아무런 호감도 갖고 있지 않았지만 면전에서는 고의로 그녀의 마음을 아프게 하지 않았다. 구식 가정 생활에 그는 이미 익숙해져 있었다. 이것은 그에게 견디기 어려운 고통이었지만 운명을 인정할 수밖에 없었다. 주안도 또한 루쉰과 함께 생활하며 그를 돌보는 일 외에 무슨 달콤한 결혼 생활이 있었겠는가?

루쉰은 귀국 후 저쟝양급사범학당(浙江兩級師範學堂)에서 한동안 교사 생활을 하였다. 1년여 뒤인 1912년 2월에는 난징(南京 : 남경)의 임시 정부에 교육부가 설치되어 루쉰은 그의 친구 쉬서우창(許壽裳 : 허수상)의 추천으로 교육총장 차이웬페이(蔡元培 : 채원배)를 통해 교육부에 취직을 하게 되었다. 이에 루쉰은 또 고향을 떠나 난징으로 가게 되었다. 이때부터 루쉰과 주안은 장장 7년에 걸친 별거 생활을 하였다.

루쉰은 사랑이 없는 자신의 결혼 생활을 극력 잊으려 하였다. 그러나 아내와 어머니에게 불쾌감을 주는 것은 원치 않았다. 그는 주안의 생활 방식에 대해 사람들에게 불만을 많이 털어놓지는 않았지만, 그 성격상의 차이라든가 감정이 통하지 않는 언어는 정신적으로 큰 고통일 수밖에 없었다. 그녀를 꾸짖을 것인가? 그녀에겐 아무런 죄도 없지 않는가? 그녀를 버릴 것인가? 그녀도 피해자가 아닌가? 루쉰은 모든 것을 고통스럽게 견디면서 세월이 자신의 청춘과 사랑과 희망을 파묻어 버리기를 희망하였다.

난징에서 베이징으로 옮겨온 뒤에도 루쉰은 적막한 방안에서 독신 생활을 계속하였다. 그는 홀로 긴긴 시간 동안 고서(古書)를 베끼고 고적(古籍)을 교감하면서 불경 연구에 종사하기도 하였다. 이처럼 고독한 나날 동안 그는 자신의 전부를 먼 옛날 문화의 왕국 속에 던져 넣고 있었다. 그는 불경·탁본·그림·금석문(金石文)·기와·묘지명·조각상·벽화 등등에 깊은 흥미를 보이고 있었다. 루쉰은 한 편으로 사회적 암흑 세력의 압력을 견디면서 다른 한 편으로는 자신의 개인 생활의 비극을 견뎌내고 있었다. 그는 자신이 온정도 사랑도 없는 세계에서 생활하고 있다고 생각하고 있었다. 그는 고문화(古文化) 속에서 자신을 마비시키면서 자신의 생명이 소리 없는 적막 속에서 소진되기를 바라고 있었다.

루쉰은 자신의 이러한 심정을 묘사한 적이 거의 없다. 그의 친한 친구 쉬서우창에게 자신의 마음을 털어놓은 것을 제외하고는 그는 줄곧 침묵을 지켰다. 단지 1914년 11월 26일 일기에 다음과 같은 한마디가 적혀 있다. "오후에 아내의 편지를 받았다. 22일 딩쟈눙(丁家弄 : 정가농)의 집을 출발했다고 되어 있고 많은 글자를 살못 씼다."[1] 짧은 행간에서도 주안에 대한 불만이 드러나고 있다.

1919년 루쉰이 어머니와 아내 주안을 고향에서 베이징으로 데리고 온 후에도 두 사람의 감정은 여전히 옛날처럼 냉랭하였다. 베이징 생활 기간 동안 주안은 마치 저우씨 집안의 하녀처럼 매일 루쉰을 보살피는 의무를 수행하였다. 이때의 생활에 대하여 위팡(兪芳 : 유방)은 『내 기억 속의 루쉰 선생님(我記憶中的魯迅先生)』이란 글에서 비교적 상세한 소개를 하고 있다.

주부인(朱夫人)은 루쉰 선생과 함께 좐타 골목(磚塔胡同)으로 이사 왔다. 나와 셋

---

1) 『魯迅全集』第14卷, 人民文學出版社, 1981, 155면.

째 여동생은 큰 언니가 부르는 대로 그 분을 사모님(大師母)이라고 불렀다. 사모님은 키가 작았고 몸도 마른 편이었다. 얼굴은 홀쭉하고 긴 편에다 누르스름한 빛을 띠고 있었고 이마와 광대뼈는 좀 튀어나온 편이어서 언뜻 보기에 병약한 느낌을 주었다. 눈의 크기는 보통이었지만 그렇게 또렷해보이지는 않았고 또 좀 오목한 편이었다. 머리는 빗어서 쪽을 찌고 있었다. 발은 전족을 하여 매우 작았으며 걸음을 걸을 때는 뒤뚱뒤뚱 매우 불안정한 모습을 보였다. 그녀는 당시 40여 세밖에 안 되었지만(루쉰 선생보다 두 살 많다) 항상 구식의 노티 나는 옷을 입곤 하였다. 여름에 짧은 하얀 저고리와 검은 치마를 입는 것 이외에는 다른 계절의 옷들은 모두 비교적 어두운 색깔이었지만 검소하고 청결하였다. 겉모습을 보면 전형적인 구식 여성의 모습을 하고 있었다. 평소에 말수가 적었으며 거의 웃지도 않았다. ……

…… 선생님과 사모님은 같은 식탁에서 함께 식사를 했는데, 그때도 대화가 거의 없었다. 사모님이 입을 열어 음식이 짠지, 입맛에 맞는지 물으면 선생님은 고개를 끄덕이거나 대답 한 마디만 할 뿐이었다. 이와 같은 OX식의 대화도 서론만 있을 뿐 본론은 없을 때가 대부분이었다. 그런 후 두 사람은 묵묵히 각자 자기의 밥을 먹는 데 열중할 뿐이었다.

…… 좐타 골목과 시싼탸오(西三條)에서도 보았지만, 선생님과 사모님은 몇 마디 필요한 말 이외에는 거의 이야기를 나누지 않았다. 재미있는 일이 한 가지 있다. 이것은 아마 선생님께서 고안해낸 방법인 것 같았다. 버드나무 상자와 그 뚜껑을 각각 선생님과 사모님 방에 놓아두는 것이었다. 즉 버드나무 상자 아래 부분은 선생님의 침대 밑에 놓아두고 선생님이 갈아입은 세탁물을 넣어 두고 있었다. 그 상자 뚜껑은 사모님 방문 오른쪽 편에 있는 탁자식 옷장 왼쪽에 놓아두는데, 뚜껑을 뒤집어 입구가 위로 가게 하고 그 속에는 선생님이 갈아입을 깨끗한 옷을 넣어두는 것이었다. 그 상자와 상자 뚜껑은 하얀 천으로 덮어두고 있어서 외부 사람들은 거기에 담긴 오묘한 이치를 쉽게 알 수 없었다. 이렇게 하다 보니 그 분들의 대화는 더욱 줄어들 수밖에 없었다. 좐타 골목에서 9개월 사는 동안 나는 심지어 선생님과 사모님이 어떻게 부르는지 알 수 없었다. 그 뒤 지금까지도 여전히 알지 못한다. 아마도 호칭이 없었던 것 같다. 배후에서는 우리들의 호칭을 따라 상대방을 호칭하였다. 예를 들어 사모님은 선생님을 우리들처럼 선생님이라고 불렀고, 선생님도 사모님을 사모님이라고 부르거나 큰 마님(大太太) 혹은 마님(太太)이라고 불렀다. 낮에는 선생님께서 출근하거나 집에서 자신의 일을 처리하였고 사모님은 주방에서 음식을 만들거나 자신의 방에서 바느질하기도 하고 또는 휴식하거나 담배를 피우시기도 하였다. 저녁이

되면 각자 자기의 방으로 들어가서 주무셨다.[2]

괴롭고도 무미건조한 나날들이었다. 주안의 마음은 긴 세월 동안 시들어가고 있었다. 그녀의 정감이나 사물을 인식하는 태도는 여전히 향토세계에 머물러 있었다. 그녀가 보기에 세계는 고정된 것이었고 영구불변의 그 무엇이었다. 운명이 그녀를 저우씨 집안으로 데려왔기 때문에 이 모든 것에 원망을 품을 이유가 없었다. 시싼탸오(西三條)에 꽃이 피고 꽃이 지며 세월이 흘러가도 그녀에겐 전혀 신기한 느낌이 없었다. 바깥세계는 그녀에게 속하지 않았다. 그녀는 단지 흘러가는 세월 속에서 이 조그마한 전통 가옥의 일원일 뿐이었다.

루쉰이 1926년 쉬광핑(許廣平 : 허광평)과 베이징을 떠나 남하할 때도 주안은 반대의 뜻을 나타내지 않았다. 그녀는 자신이 저우씨 집안을 위해 아들 딸을 낳아주지 못한 것을 가장 큰 죄악으로 느끼고 있었다. 그녀는 심지어 루쉰이 일찌감치 첩을 들여 저우씨 집안의 후대를 이을 것을 희망하기도 하였다. 훗날 그녀는 하이잉(海嬰 : 해영)의 출생 소식을 듣고 대단히 기뻐하였다. 위팡은 다음과 같이 회고하고 있다. "이제 하이잉을 얻게 되었다. 하이잉은 선생님의 아들이므로 당연히 나의 아들도 된다. 나는 아무 이유도 없이 죄를 짓고 있었는데, 이제 죄에서 활짝 벗어나게 되었으니 얼마나 기쁜지 모르겠다! 또 하이잉이 내가 죽은 후 지전(紙錢)을 살라주고 제사 음식을 차려주고, 수의를 입혀줄 것이므로…… 염라대왕도 나를 자식 없는 떠돌이 귀신 취급하여 지옥에 보내 굶주림과 추위에 떨도록 하지 못할 것이다. 나는 마음에 큰 위안을 얻어서 정말 기쁘다."[3]

루쉰과 주안의 비극적인 결혼은 중국의 전통적인 도덕의 잔혹성을 굴절시켜 보여주고 있다. 사랑 없는 결혼은 몇 천 년 동안 부패한 문화의 쓰라린 열매였고 루쉰은 그 열매의 쓰린 맛을 깊이깊이 맛보고 있었다. 초기의 문집 『무덤(墳)』과 『열풍(熱風)』에서 그는 구식 생활 방식과 낡은 도덕의 비인간성을 끊

---

2) 兪芳, 『我記憶中的魯迅先生』, 浙江人民出版社, 1981.
3) 兪芳, 위의 책.

임없이 규탄하고 있다. 루쉰은 유교문화가 인간의 생활을 얼마나 잔혹하게 질식시키고 있는지를 깊이 의식하고 있었다. 그는 낡은 이념이 인간 생명을 말살시키는 죄악을 거의 피를 토하는 듯한 필치로 항의하고 있다. 루쉰은 다음과 같이 인식하고 있다. "소위 중국 문명이라는 것은 기실 부자들이나 즐겨온 인육의 잔치에 불과하다. 이러한 사실을 모르고 중국 문명을 찬양하는 자는 용서할 수 있지만 알고도 찬양하는 자들은 영원히 저주받을 것이다."(「무덤(墳)·등하만필(燈下漫筆)」) 루쉰은 또 도덕에 대한 자신의 관점을 다음과 같이 언급하고 있다. "도덕이란 반드시 평범하여야 한다. 모든 사람들이 실천하고 행할 수 있어야 하며 자신과 타인에게 모두 유익한 것이어야 존재 가치가 있다."(「무덤(墳)·절개에 대한 나의 관점(我之節烈觀)」) 루쉰이 볼 때 구도덕은 어른 위주로 되어 있어서 어린이나 청년들에게 매우 잔인한 것이었다. 따라서 청년들의 사랑 없는 결혼 생활은 바로 이와 같은 부도덕한 도덕이 빚어낸 나쁜 결과물이었던 셈이다. 그는 「열풍(熱風)·수감록 40(隨感錄40)」에서 자신의 사랑 없는 결혼 생활의 고통을 절실하게 묘사하고 있다.

사랑이란 무엇인가? 나도 모른다. 중국의 남녀는 대체로 한 쌍 또는 한 무리를—일부다처(一夫多妻)—지어 살고 있지만 사랑을 아는 사람이 누구인지 모른다.

그러나 이전에는 고민에 찬 절규도 듣지 못했다. 설령 고민이 있더라도 그것을 내뱉으면 곧 바로 잘못된 행동으로 간주된다. 젊은이나 늙은이나 할 것 없이 모두 고개를 가로 저으며 심하게 꾸짖는다.

그러나 사랑 없는 결혼의 나쁜 결과는 끊임없이 계속되었다. 형식적으로는 부부가 되었지만 모두들 상관하지 않고 젊은이는 기방으로 달려가 기생들과 함께 하고 늙은이는 또 돈으로 첩을 사오기도 한다. 양심을 마비시키기 위해 각양각색의 묘책을 쓴다. 따라서 지금까지 아무런 문제도 없었다. 그러나 그들이 '질투(妬)'라는 글자를 만들어낸 걸 보면 그들에게서도 고심에 찬 운명의 흔적을 대략 볼 수 있다.

그러나 역사의 새 날이 밝아오자, 인류는 각 민족들에게 참 '인간'이 될 것을 요구하고 있다.—물론 '다른 사람의 아들(人之子)'도 있다—우리 중국의 모든 사람은 단지 '다른 사람의 자식'일 뿐이거나 다른 사람의 며느리거나 아니면 그 며느리의 남편들뿐이어서 참인간을 요구하는 인류 앞에 나설 수 없다.

그러나 마귀의 손아귀에도 결국 빛이 새어들 수 있는 곳은 있기 때문에 밝아오는 광명을 막을 수 없다. 다른 사람의 자식도 깨어났다. 그는 인간들 사이에 사랑이 있어야 한다는 것을 알게 되었고, 이전에 젊은이나 늙은이들이 범한 죄악도 알게 되었다. 그리하여 그는 고민 끝에 입을 크게 벌리고 절규의 함성을 지르게 되었다.

그러나 여성들 입장에서는 본래 죄가 없었는데 지금도 낡은 습관의 희생물이 되고 있다. 우리가 이제 인류의 도덕을 자각하고 양심적인 면에서 이전에 젊은이·늙은이들이 범한 죄악을 더 이상 범하지 않게 되었으므로, 이성을 책망해서는 안 되고 한 평생 그녀들의 곁에서 자신을 희생하며 4천 년이나 지속된 죄과를 씻을 수밖에 없다.

한 평생의 희생은 정말 두려울 뿐이다. 그러나 그 흰색으로 혈액은 마침내 깨끗해질 것이고 목소리도 마침내 깨어나 진실해질 것이다.

우리는 크게 절규할 수 있다. 꾀꼬리는 꾀꼬리답게 울어야 하고 올빼미는 올빼미처럼 울어야 한다. 우리는 사창가에서 발을 내뻗으며 "중국의 도덕이 제일"이라고 외치는 사람들의 목소리를 배울 필요는 없다.

우리는 또 사랑 없는 비애와 사랑할 수 없는 비애를 절규해야 한다. …… 우리는 옛 시대의 죄악이 씻어질 때까지 절규해야 한다.

옛 시대의 죄악은 어떻게 씻어지는가? 나는 말한다. "우리 아이들을 완전히 해방시켜라!"4)

이것은 고통스런 신음이며 각성한 자의 긴 탄식이다. 여기에서 우리는 루쉰의 마음속 깊은 곳에서 울려 나오는 가장 억압된 그리고 가장 진실한 목소리를 들을 수 있다.

루쉰은 소설 「애도(傷逝)」에서도 불행한 사랑이 인간의 감정에 가하는 충격을 슬프게 묘사하였다. 이것은 그에게 있어서 유일한 애정소설이다. 이 소설에서 그는 정밀한 필치와 비탄에 찬 어조로 사랑을 찾는 5·4 청년들의 영혼의 소동을 생생하게 그려내고 있다. 루쉰은 사랑의 행복감보다 사랑의 실망감을 훨씬 잘 그려내었다. 사랑의 세계에서 그는 확실히 청춘의 즐거움을 느끼지 못하였다. 육체의 청춘은 하루하루 시들어 갔고 이상은 그에게 환상이 되고

---

4) 『魯迅全集』第1卷, 人民文學出版社, 1981, 322~323면.

말았다. 그는 사랑에 광란하는 청년들의 마음을 느껴볼 수 없었다. 그에게 남은 것은 대부분 쓰라림과 불행뿐이었다. 따라서 「애도(傷逝)」의 비극은 어떤 학자가 지적한 바와 같이 작가 자신의 내적 체험을 소설로 승화시킨 것이다. 그처럼 절망적인 어둠과 환멸에 찬 심정이 마치 짙은 안개처럼 소설의 세계를 가득 덮고 있다. 루쉰은 공허의 존재를 목도하고 있었다. 희망과 사랑과 기쁨은 모두 벗어날 수 없는 운명 속에서 스러지고 있었다. 루쉰은 이렇게 탄식하고 있다. "사방은 모두 드넓은 공허이며 거기에 또 죽음의 정적이 깃들어 있었다. 사랑 없는 자들의 눈앞에서 죽어간 사람들의 암흑이 나에게는 하나하나 들여다보이는 것 같았고 또 고민과 절망에 몸부림치는 모든 이들의 목소리가 들리는 것 같았다."5) 이 글의 행간에는 루쉰의 비극적인 결혼의 슬픈 노래가 깃들어 있다. 이것은 운명에 대한 항의이며 인생의 가치에 대한 힐난이다. 이 글은 확실히 우리들에게 심령을 뒤흔드는 힘과 찬란한 지혜의 계시를 전해주고 있다.

2.

나는 항상 루쉰에게서 보통 사람들에게는 찾아보기 어려운 비탄스런 분위기를 읽어낼 수 있다. 마치 쓰고 떫은 과일을 씹는 것처럼 루쉰에게서는 각양각색의 복잡한 맛이 발산되어 나온다. 루쉰이 사람들을 감동시키는 힘은 바진(巴金 : 파금) 식의 정감 토로에서 나오는 것도 아니며, 위다푸(郁達夫 : 욱달부) 식으로 낭만적인 감상에서 나오는 것도 아니다. 우리는 루쉰에게서 마치 고행중의 부처님처럼 대자대비의 사랑과 고통의 감정이 격류처럼 쏟아져 나오는 것

---

5) 『魯迅全集』 第2卷, 人民文學出版社, 1981, 128면.

을 느낄 수 있다.

루쉰은 인간의 사랑과 세간의 인정 세태를 묘사하면서 다른 어떤 전통적인 작가와도 다른 풍격을 보여주고 있다. 똑같이 사랑을 묘사하더라도 그는 절대로 조설근(曹雪芹 :『紅樓夢』의 작가)처럼 음풍농월식의 수법을 쓰지 않았다. 이 두 사람이 모두 비극의 설계자인 데도 말이다. 루쉰은 아마 생래적으로 우울하고 냉혹한 마음을 지녔던 듯, 세간의 모든 것을 비극화시키고 있다. 인간의 성욕에 대한 그의 태도를 살펴보면 아마 이러한 점을 더욱 절실하게 느껴볼 수 있을 것이다.

나는 앞에서 루쉰 정신의 출발점은 바로 생명을 소중히 여기는 가치관이라고 언급한 적이 있다. 이 가치관의 핵심은 인간의 생명을 보존하고 발전시키는 것이다. 「우리는 지금 어떻게 아버지 노릇을 할 것인가(我們現在怎樣做父親)」란 글에서 루쉰은 이 점을 심도 깊게 해석하고 있다.

> 내가 지금 마음속으로 수긍하는 이치는 대단히 간단하다. 그것은 바로 생물계의 현상에 의지하여, 첫째 생명을 보존하고, 둘째 생명을 연장시키며, 셋째 생명을 발전 진화시켜야 한다는 것이다.
>
> 생명의 가치와 그 높낮이는 여기에서 상론하지 않겠다. 그러나 단지 상식적인 판단에 비추어 보더라도 그것이 생물인 이상 생명이 제일 중요하다는 것은 당연한 이치일 것이다. 왜냐하면 생물이 생물이 될 수 있는 까닭은 전적으로 생명을 갖고 있기 때문이며, 그렇지 않다면 생물의 의의를 잃어버리기 때문이다. 생물은 생명을 보존하기 위하여 갖가지 본능을 갖고 있다. 가장 알기 쉬운 것이 바로 식욕이다. 식욕이 있기 때문에 식품을 섭취하며, 식품을 먹기 때문에 몸에 열이 발생하여 생명이 보존된다. 그러나 생물이란 개체는 결국 노쇠와 죽음을 피할 수 없다. 따라서 생명을 연속시키기 위한 또 하나의 본능을 갖게 되는데, 그것이 바로 성욕이다. 성욕이 있기 때문에 성교를 할 수 있으며 성교를 함으로써 자손이 태어나고 그리하여 생명이 연속된다. 따라서 식욕은 자신을 보존하고 지금의 생명을 보존하는 일이며, 성욕은 자손을 보존하고 생명을 영원히 보존하는 일이다. 음식은 결코 죄악이 아니며 불결한 것이 아니다. 성교도 결코 죄악이 아니며 불결한 것이 아니다. 음식을 먹음으로써 자신을 양생할 수 있다고 해서 자신에게 은혜를 베풀었다고 할 수 없다. 성교

의 결과 자녀가 태어났다고 해서 자녀들에게 은혜를 베풀었다고 할 수 없다. 앞 세대 뒷 세대가 모두 생명의 먼 길을 향해서 나아가는 것이므로 세대의 선후만 있을 뿐, 누가 누구의 은혜를 받았는지는 분별할 수 없다.

애석한 것은 중국의 낡은 견해가 이러한 이치와 완전히 상반된다는 점이다. 부부는 '인류의 중심'인데 '인류의 시초'라고 말한다. 성교를 항상 하면서도 불결한 것으로 생각한다. 만물의 생육은 평범한 일인데도 하늘의 커다란 공적이라고 여긴다. 결혼에 대해서도 사람들은 대체로 불결하다는 선입관을 갖고 있다. ……6)

루쉰의 이 말은 그의 생명세계를 이해하는 열쇠이다. 그가 후일 행한 전통 문화에 대한 공격이나 현대 사회에 대한 해석은 거의 모두 인간의 생명 가치를 해방시키기 위한 각도에서 입안된 것이다. 그의 용맹스러운 '사회 비평'과 '문명 비평' 속에는 항상 이와 같은 호방한 생명 의지가 출렁이고 있다.

루쉰이 이와 같은 가치관을 형성하게 된 것은 아마도 과학 철학 이론과 관련이 있는 것 같다. 그의 생물학 지식과 다윈의 진화론은 이러한 사상을 탄생시킨 근원이었으며, 그 후 그는 프로이드 학설을 흡수하여 이 사상을 더욱 강화하였다. 따라서 그의 소설과 잡문(雜文)을 읽어보면 정신 분석적인 역량이 그 속에서 굽이치고 있음을 느낄 수 있다. 그는 생명 자체로 사회를 해석하였고 또 사회적 현상으로 인간의 소외를 고찰하였다. 그 예리함과 대담함은 프로이드 아래에 있지 않다.

생명 자체에 대한 루쉰의 해석은 대단히 슬프고 고통스러운 빛깔을 띠고 있다. 이 점은 마치 불교의 빛깔과 유사하다. 그에게서 생명의 육체는 언제나 온통 죽음 같은 어두운 적막에 둘러싸여 있었다. 「애도(傷逝)」를 읽을 때 우리는 언제나 작가가 설정한 쓸쓸하고도 슬픈 분위기에 경탄을 하곤 한다. 청년의 사랑은 본래 열렬하고 순수한 것이지만 작가는 오히려 거기에서 어쩔 수 없는 아픔을 맛보고 있다. 개성 해방과 자유 연애는 결국 액운에 휘말려 날아가 버린다. 「애도」는 절망의 노래이다. 루쉰은 현대인의 비극적인 결혼에서 생명과

---

6) 『魯迅全集』 第1卷, 人民文學出版社, 1981, 131면.

사회의 조화될 수 없는 고통을 간파하고 있다. 사랑은 언제나 대가를 요구한다. 중국이란 나라에서 짙고도 달콤한 속삭임과 하늘처럼 땅처럼 영원한 사랑이 있을 수 있겠는가? 루쉰은 자신의 작품에서 이와 같은 낭만적인 환상곡을 거의 모두 잘라내 버리고 있다.

사랑이 결핍된 세계에서는 건전한 인격이 자랄 수 없으며 마음속의 정감이 억압된 민족에게는 개성이 시들 수밖에 없다. 루쉰이 보기에 억압된 개성에서 터져 나오는 사랑의 소리는 처절한 고통이 아니면 어줍은 코미디에 불과한 것이었다. 사랑이 없는 결혼과 금욕 상태에서 생성된 허위의 도학(道學)은 국민들의 심리를 비정상적인 상태에 처하게 하였다. 따라서 루쉰의 글에서 묘사된 구애와 성욕은 모두가 기형적이고 단편적이며 심지어 추악하기까지 하다. 『아큐정전(阿Q正傳)』에서 아Q가 여인을 생각하는 장면은 사람들에게 전혀 생명의 아름다움을 주지 못할 뿐만 아니라 오히려 희극적인 익살을 느끼게 한다. 그리하여 독자들로 하여금 배를 잡고 웃게 만든 후 서글픈 냉기를 느끼게 한다. 사랑은 이미 정신적으로 승화되지 못한 채 겨우 본능적인 충동으로만 남아 있다. 이러한 충동에는 건강한 생명체에서 발산되는 밝고 씩씩한(陽剛) 아름다움이 전혀 없고, 오히려 지나치게 병적인 느낌들로 가득 차 있다. 중국의 하층 사회에는 가련하고도 동정심이 가는 그리고 진실하면서도 기형적인 아Q식의 성애관(性愛觀)이 보편적으로 존재하고 있었다. "그들의 불행은 슬퍼하면서도 그들의 두생하지 않는 데도에는 분노한다"고 말한 루쉰의 감정 뒤에 우리는 매우 침중한 고통이 숨어 있음을 느낄 수 있다.

그리고 우리 자신을 가장 깊이 성찰하게 만드는 것은 아마 위선적인 도학자들에 대한 루쉰의 심리 분석일 것이다. 인간의 성 심리에 대한 루쉰의 묘사는 정말 철저하다. 「비누(肥皂)」를 읽어본 사람이라면 누구나 작가의 냉혹한 심판 의식에 전율했을 것이다. 쓰밍(四銘)의 '성적 환상' 속에는 중국인의 마음속에 감추어진 음침한 생각들이 대단히 많이 섞여 있다. 본능적인 욕구와 도덕 군자 연하는 태도가 가소롭게도 이처럼 한데 뒤엉켜 있는 것이다. 중국 문화는 허위 의식에 젖은 일군의 군자들을 끊임없이 생산하였다. 따라서 사람들은 자신의 진실한 감정을 감히 직시하지 못하고 오히려 이색적인 관념으로 자신의 창백함을 가리기에 급급하였다. 행동과 심리의 분리, 사상과 생명 추구의 대립으로 중국인들은 점차 가식적인 행동을 당연시하게 되었다. 「가오라오 선생(高老夫子)」에서는 주인공의 번드르르한 모습이 사람들로 하여금 중국 지식인들의 몇몇 불결한 품격을 생각나게 한다. 가오라오 선생은 "연극 관람, 음주, 노름, 기생집 출입" 이외에는 아마도 정상적인 일을 아무 것도 할 줄 모르는 사람이다. 그는 모 여학교에서 교직원으로 취직한 뒤 많은 여학생들 앞에서도 정상인으로서의 솔직한 모습을 보여주지 못하며, 자연스러운 행동도 하지 못한다. 이처럼 그릇된 욕망과 불건전한 인격에서 발산되는 성 심리는 또 다른 각도에서 중국 구문화(舊文化)와 구사회(舊社會)의 부패성과 가공성을 증명해주고 있다.

루쉰은 유교와 도교가 중국인에 끼친 부정적인 영향이 대단히 심각하다고 여러 차례 지적한 적이 있다. 수절의 맞은편에는 음행이 있고, 도덕의 맞은편에는 위선이 있다. 루쉰은 국민들의 심리 상태가 기형적임을 다음과 같이 묘사하고 있다. "짧은 소매를 보면 즉시 하얀 팔뚝을 연상하고, 또 즉시 전신 나체를 연상하며, 뒤이어 즉시 성기를 연상하고, 그리고 즉시 성교를 연상하며, 또 즉시 혼음을 연상하고, 이어서 즉시 사생아를 연상한다. 중국인의 상상력은 유독 이 부분에서만 이처럼 발달되어 있다."7) 이러한 풍자는 매우 신랄한 것이다. 루쉰은 인간의 정욕(情欲)이 극도로 억압된 상황으로부터 국민들의 잠재의식에서 발산되어 나오는 좋지 못한 결과들을 간파해내고 있다. 이러한 좋지 못한 결과들은 노예에게서는 하소연할 데 없는 희생으로 나타나고 있으며, 상층부의 인물들과 신사(紳士)·문인들에게서는 일종의 추악한 행동으로 나타나고 있다. 중국에서는 성욕이 모두 추악한 사물과 연계되어 있는데, 이것은 진정 커다란 비애라 하지 않을 수 없다.

이러한 환경하에서 중국인들이 진정한 사랑이 무엇인지 모르는 것은 당연하다. 열녀, 어린 첩, 창기는 모두 남성들의 희생품이거나 노리개였다. 오직 적

---

7) 『魯迅全集』 第3卷, 人民文學出版社, 1981, 533면.

나라한 성(性)만 있고 진정한 사랑은 없다. 모든 것이 전도되어 있고, 생명의 가치는 부도덕한 도덕에 의해 가려져 있다. 「열풍(熱風)·수감록 40(隨感錄40)」에서 루쉰은 비분에 찬 어조로 "사랑을 가질 수 없는 비애여"라고 절규하였다. 그리고 그 한마디의 사랑을 "가련하게도 나는 무엇인지 모른다"고 개탄하면서 그것은 바로 "피비린내에 의해 깨어난 사람의 진정한 목소리"라고 하였다. 루쉰이 국민들의 생명에 아무런 온기도 남아 있지 않다고 탄식한 대목은 정말 감동적이다. 그의 황량한 목소리 속에는 순진한 사랑에 대한 열렬한 기대가 감추어져 있다.

바로 이러한 토대 위에서 그는 인간의 마음속에 깃들어 있는 가장 순수한 사랑을 신정으로 찾으며 또 아끼고 있었다. 뒷날 이루어진 그와 쉬광핑과의 사랑은 고귀한 대가를 치른 선택이었다. 그는 사랑을 갖지 못한 슬픔과 고통을 이해하고 있었기 때문에 쉽게 만날 수 없는 그 마음들을 그처럼 소중하게 생각했던 것이다. 샘물처럼 서로의 가슴을 적신 그와 쉬광핑 간의 사랑 이야기 중에서 가장 감동적인 부분은 바로 전통 가치관에 대한 일탈일 것이다. 『양지서(兩地書)』에서 그들은 마음속 생각을 대담하게 밝히면서 그들 두 사람의 친밀함과 사랑을 진실하게 드러내고 있다. 사랑 없는 비애와 고통에서 사랑의 즐거움에 이르기까지는 단지 작은 문 하나를 통과하는 것이라고 할 수 있지만, 중국인들은 이 문지방을 넘기 위해 몇 세기의 시간을 허비해야 했다. 고난의 역사를 살아온 중국인에게는 이것은 너무나 잔혹하고 긴 시간이었다.

「애도(傷逝)」에는 "나는 내 자신의 것이다. 어느 누구도 나에게 간섭할 권리가 없다"라는 유명한 구절이 있다. 이 절규는 몇 세대 사람들의 희생 위에서 얻어진 것이다. 전체적인 소설의 분위기는 애잔하지만 청춘 남녀의 자유 결혼을 묘사하는 단락에서는 작가의 열렬한 감정이 드러나고 있다. 참 생명의 순수한 사랑을 얻는 것보다 더 의미 있는 일이 무엇이 있겠는가? 루쉰은 인생에서 차지하는 자유 연애의 가치를 간파하고 있었다. 사랑과 정욕은 이제 더 이상 기피해야 할 글자가 아니라 정정당당하게 추구하고 열렬히 사랑해야 할 대상이 되었다. 루쉰은 마음속 깊은 곳 그 뜨거운 곳에는 이러한 정신의 흔적이 깊이 아로새겨져 있었다.

　성과 사랑의 숭고함을 긍정하는 것은 생명 가치의 핵심을 긍정하는 일이다. 루쉰은 이러한 생각을 조금도 은폐하지 않았다. 우리는 「보천(補天)」을 읽을 때 인간의 창조욕에 대한 작가의 천재적인 묘사에 경탄하곤 한다. 루쉰의 해석에 따르면 「보천(補天)」은 프로이드 학설을 운용하여 "창조 혹은 인간과 문학의 발생 원인을 해석한 작품이다." 「보천」의 햇살 가득한 화면과 크고 광활한 공간, 그리고 꿈처럼 기이한 영적 충동은 독자들에게 얼마나 아름다운 감흥을 주는지 모른다. 루쉰은 이처럼 매혹적이면서 신화와 같은 장면을 거의 묘사한 적이 없었다. 정욕에서 발산되어 나오는 인간의 창조적 충동을 루쉰은 신성하고도 아름다운 필치로 그려내고 있다. 인간이 인간 자신을 창조하는 것보다 더 풍부한 시정(詩情)을 갖춘 것은 아무것도 없다. 여와(女媧)가 생명을 창조하고 하늘의 구멍을 메우는 위력은 모두 사랑의 위대함과 고결성으로 드러나고 있다. 한 폭 한 폭 이어지는 감동적인 화면 속에서 우리는 루쉰의 마음속에 아직도 남아 있는 뜨거운 흥분을 읽어낼 수 있다. 중국 역사상 어떤 신화소설도 그 리듬과 장력면에서 모두 「보천」과 어깨를 나란히 할 수 없다.

　사랑에 대한 루쉰의 이해에는 다양하고도 풍부한 이미지가 교차되어 있다. 그가 세계를 인식하는 출발점은 생명의 가치를 보호하고 발전시키는 것에서 비롯되고 있다. 그러나 그는 인간 본성 자체로만 사회적 현상을 해석한 적은 거의 없다. 이 점이 프로이드의 단편성을 벗어나게 해준 원동력이었다. 인간의 성과 사회 도덕을 이해하는 면에서 그는 융과 유사한 점이 대단히 많다. 그는 사회문화의 소외 현상으로부터 출발하여 인간의 심리 상태를 관찰하는데 뛰어나다. 「보천」은 그 뒤 본래의 창작 의도와는 다르게 작품이 완성되는데, 루쉰의 이와 같은 생각이 그 중요한 원인으로 작용하였다. 루쉰은 사회를 벗어난 사랑은 있을 수 없다고 생각하였다. 성과 사랑은 두 가지 상이한 범주이지만 이것들은 모두 개체와 군체의 도덕 규범에 의해 제약을 받는다는 것이다. 루쉰은 이 두 가지 사이에서 일치되기 어려운 비애를 관찰해내고 있다. 이 때문에 그는 세상 사람들에게 인간의 창조력을 단지 성과 사랑의 구사로만 간주하는 것은 단편적인 생각이라고 경고하고 있다. 루쉰은 다만 성과 사랑을 인간의 생명력에서 없어서는 안 될 부분으로 인정하기는 하였지만 그것이 전부는 아니라고 보았다. 따라서 그의 작품을 읽어보면 남녀의 성과 사랑을 단순하게 바라보는 태도와는 아주 거리가 먼 느낌, 다시 말해서 생명을 총체적으로 파악하고 있다는 느낌을 받게 된다. 이에 인간 도덕의 상실과 사랑의 곤혹을 다룬 루쉰 작품에는 생명에 대한 진지한 사랑과 생명에 대립되는 세계와의 투쟁심이 그 저변에 깔려 있다. 이 점은 일반적인 의미에서의 성과 사랑을 다룬 작품에 비해 그의 작품이 훨씬 풍부한 의미를 담고 있다는 것을 말해준다.

  '사랑'이란 단어는 근래 수 년 동안 여러 문인들에 의해서 식상할 정도로 많이 사용되었지민 기기에 내포된 의미를 진정으로 정확하게 이해한 사람은 그렇게 많지 않은 것 같다. 루쉰은 사랑과 증오를 깊이 있게 이해한 사람이었다. 루쉰은 현대 사회에서 사랑이란 결코 단순한 감정 문제에만 그치는 것이 아니라 대단히 다양한 문화 현상과 관련이 되어 있다는 것을 명확히 인식하고 있었다. 전통이 오래된 민족의 유구한 문화는 흔히 인생의 가장 근본적이고 간단한 문제를 복잡화시키는 경향이 있다. 루쉰이 일생 동안 심사숙고한 것은 바로 어떻게 하면 인간을 역사의 중압감으로부터 해방시켜 인간 본연의 모습으로 돌아가게 하느냐 하는 것이었다. 그의 작품은 바로 '사랑'과 '사랑 없음' 사이에서의 분투이며, 그의 함성(吶喊)은 바로 인간의 진실한 성정(性情)을 추구하는 과정에서 터져 나온 절규이다. 『납함(吶喊)』, 『방황(彷徨)』, 『야초(野草)』, 『아침 꽃을 저녁에 줍다(朝花夕拾)』 등의 문집에는 그가 거쳐온 정감의 발자국이 뚜렷하게 남아 있다. 생명은 고독한 것이라는 걸 분명하게 알고서도 한사코 고독하고도 사랑 없는 인생과 괴로운 싸움을 벌인 그 비장한 행동이 만약 사랑에서 우러나온 행동이 아니었다면 아마도 후세 사람들을 그토록 감동시키지 못했을 것이다. 이러한 점을 분명하게 이해하고, 또한 루쉰의 정감세계를 분명하게 이해하고 그리고 그의 작품을 분명하게 이해해야만 왜 그에게서 휴머니즘적 색채가 그처럼 짙게 느껴지는지를 이해할 수 있을 것이다.

3.

　상대적으로 말해서 저우쭈어런의 결혼 생활은 그의 형에 비해 훨씬 순조롭고 평탄하였다. 프로이드 학설에서 볼 때는 루쉰의 초조함과 저우쭈어런의 온화함이 서로 상이한 애욕(愛欲)의 상황과 관계 있다고 할 수 있다. 그러나 이것이 전부는 아니다. 자세히 살펴보면 저우쭈어런은 일생 동안 남녀간의 애정과 성 심리에 대해서 루쉰보다 훨씬 많은 사색을 하였다. 그의 수필도 대부분 남녀가 함께 살아가는 문제를 다루고 있다. 특히 그는 여성·결혼·가정을 주요 연구 대상을 삼고 있어서 중국의 첫 번째 여권주의(女權主義) 제창자라고 할 수 있을 정도이다. 그러나 저우쭈어런은 자신의 연애와 결혼 생활에 대해서 거의 언급한 적이 없다. 이것은 지금까지도 그를 연구하는 사람들에게 곤혹감을 느끼게 하는 부분이다. 저우쭈어런은 여성 문제를 그처럼 중시했기 때문에 그의 입장에서는 여성에 대한 사람들의 태도만 가지고도 그 사람의 정신 상태의 윤곽을 대략 짐작할 수 있었다. 그는 루쉰의 결혼 생활에 대해서도 매우 잘 알고 있어서 루쉰의 사랑 없는 결혼과 그 쓰라림을 저우쭈어런도 다소 체감하고 있었을 것이다. 그러나 루쉰의 성 심리에 대해서는 지나치게 잔인하고도 악독하게 다루고 있다. 따라서 훗날 루쉰이 쉬광핑과 동거하고 있는 사실을 언급하면서도 가혹하다 싶을 정도로 신랄한 비판을 가하고 있다. 이것은 참으로 곤혹스러운 문제이다. 나는 좋지 않은 생각으로 두 사람의 충돌을 추측하고 싶지는 않다. 그러나 확증할 수 있는 것은 두 형제간 결렬의 직접적인 도화선이 바로 여자 때문이었다는 사실이다.

　이것은 정말 떠올리고 싶지 않은 기억일 것이다. 저우씨 형제도 뒷날 이 문제에 대해서 아무 언급도 하지 않았다. 무슨 말 못할 사정이 있었던 것으로 짐작할 수 있을 뿐이다. 루쉰과 저우쭈어런의 결별은 1923년 7월 19일에 있었다. 그 날, 저우쭈어런은 루쉰에게 짧은 편지 한 통을 전해주었다. 내용은 이렇다.

루쉰 선생 : 나도 이제야 알았습니다. 그러나 지나간 일은 다시 말할 필요가 없을 것입니다. 나는 기독교인은 아니지만, 다행히 고통을 감내할 수도 있고 또 누구를 책망하고 싶지도 않습니다. 모두들 가련한 인간입니다. 내가 이전에 꾸었던 장미 빛 꿈은 모두 환상이었고, 지금 목도하고 있는 것이 진실한 인생인 것 같습니다. 나는 나의 생각을 수정하여 새로운 삶을 살 것입니다. 이후에는 더 이상 후원(後院)으로 오지 마십시오. 다른 할 말은 없습니다. 안심하고 자중하시기 바랍니다.

　7월 18일 쭈어런

　그 날 루쉰의 일기에는 "오전에 쭈어런이 편지를 가지고 왔다. 뒤에 다시 불러 사정을 물어보려 하였지만 오지 않았다"라고 씌어 있다. 이보다 5일 전에 는 "이날 밤부터 각지의 방에서 밥을 해먹고 음식을 차리기 시작했다. 이것은 기록해둘 만한 일이다"라고 씌어 있다. 문제가 이미 심각한 상태에 이르렀음 을 알 수 있다.

　사태의 발전이 이처럼 갑작스러워서 다른 사람들은 뜻밖이라고 느낄 정도 였다. 그들의 친구인 장펑쥐(張鳳擧 : 장봉거)·촨다오(川島 : 천도) 등도 이 일을 대 략 알고 있었지만 모두 자세하게 언급하지 않았다. 여러 해 뒤 쉬서우창이 『망 우 루쉰 인상기(亡友魯迅印象記)』에서 형제의 충돌을 서술하면서 그 진상을 밝 혀주고 있다.

　루쉰은 베이핑(北平 : 北京) 생활을 좋아하였지만, 그의 시싼탸오(西三條)의 집은 부득이한 사정으로 장만한 것이었다. 그는 원래 1919년 사오싱 둥창팡커우(東昌坊 口)의 고향집을 함께 살던 친척들과 공동으로 처분한 후 베이징에서 바다오완(八道 灣) 주택을 가족 공용으로 매입하여, 고향으로 가서 그의 어머니와 전 가족을 데리 고 왔다. 이 집은 방도 많았을 뿐만 아니라 마당도 매우 넓었다. 루쉰은 나에게 이렇 게 말한 적이 있다. "마당이 넓어서 샀지, 아이들이 뛰어놀기 좋게." 나도 이렇게 대 답했다. "그렇군, 정말 운동회를 열어도 되겠어." 루쉰은 그때 자식이 없었지만 쭈어 런과 졘런 두 동생에게는 이미 자녀가 있었다. 그는 조카들을 마치 자신의 친자식처 럼 사랑하면서, 아동을 위주로 하는 그의 교육관을 실천하고 있었다. 「우리는 지금 어떻게 아버지 노릇을 할 것인가」(『전집』 권1 『무덤(墳)』)에서 다음과 같이 언급하고 있다. "…… 오직 각성한 사람들부터 시작하여 각자 자신의 아이들을 해방시킬 수 있어야 한다. 스스로 인습의 무거운 짐을 등에 지고 어깨로는 암흑의 갑문을 지탱하면서 아이들을 드넓고 밝은 곳으로 내보내야 한다. ……" 이것은 바로 그의 아동교육관이다. 그는 조카들에게 아주 큰 희망을 걸고 있어서 그들을 위해 가장 적합한 교육 환경을 만들려고 하였다. 이른바 "이것은 바로 땅위의 길과 같다. 기실 땅위에는 길이 없었지만, 다니는 사람이 많아지면서 길이 되었다"(「고향(故鄕)」)라는 말을 실천하려는 것 같았다.

　루쉰은 두 동생과 대단히 우애가 깊었다. 그는 맏이였기 때문에 모든 가정사를 자기 혼자 담당하면서 두 동생을 귀찮게 하지 않았다. 동생 쭈어런의 일은 자신의 일보다 더욱 중시하였고 자신의 명예나 이익을 희생시키는 것도 아까워하지 않고 모든 일을 그에게 양보하였다. 이러한 사실은 나의 글 「형제(關於「弟兄」)」에서 이미 언급한 적이 있다. 1917년 그와 저우쭈어런이 사오싱 회관에 함께 살 때 베이징에는 성홍열(猩紅熱)이라는 전염병이 유행한 적이 있는데, 저우쭈어런도 갑자기 고열에 시달리기 시작하였다. 이 일은 정말 루쉰을 안절부절 못하게 하였고 그는 근심으로 미간도 펴지 못한 채 사방으로 뛰어다니며 돈을 빌려 병원비와 약값을 대야 했다. 뒤에 독일인 의사 디플의 진단으로 그 병이 홍역이라는 것을 알게 되었다. 다음날 교육부로 출근하여 그는 생기발랄하게 나에게 말하였다. "치멍(起孟 : 저우쭈어런)이 이렇게 나이가 많은데도 아직 홍역을 하지 않았다는군. 어머니께서 여기 계셨으면 내가 이렇게 초조해하지 않았을 걸." 이어서 그는 또 어제 밤 의사가 도착한 상황과 병을 진단하는 민첩함에 대해서 이야기했다. 그러나 나는 그의 눈이 아직 퀭한 것을 보고 그의 초조함이 아직 완전히 회복되지 못한 것을 알 수 있었다. 또 1921년 무렵으로 기억되는데 그때도 저우쭈어런은 병이 나서 샹산(香山 : 향산)의 비윈쓰(碧雲寺 : 벽운사)에서 요양한 적이 있었다. 그 비용이 막대하여 루쉰은 또 사방으로 돈을 꾸러 다녀야 했고 항상 그곳에 가서 저우쭈어런을 간호해야 했다. 저우쭈어런의 처 하부또 노부꼬(羽太信子)는 성격이 히스테리칼한 여인이었다. 그녀는 루쉰에게 겉으로는 공손하게 대했지만 속으로는 미움의 감정을 숨기고 있었다. 저우쭈어런은 맺고 끊는 것이 분명하지 못한 성격을 갖고 있어서 자기 아내의 말을 가볍게 믿고 사리를 자세히 따져보지 않는 경향이 있었다. 나의 입장에서도 가능한 한 전후사정을 설명하고 중재해 보려고 하였지만 아무 소용이 없었다. 루쉰이 하는 수 없이 바깥 응접실로 거처를 옮겼을 때도 그는 알아채지 못하고 있었다. 루쉰이 하인을 시켜 나와서 좀 이야기를 나누자고 해도 그는 끝내 나오지 않았다. 그리하여 루쉰은 좐타 골목

(磚塔胡同)으로 이사를 나올 수밖에 없었다. 이때부터 두 사람의 불화는 하늘과 땅처럼 갈라지게 되어 이전의 다정했던 형제간의 우애는 완전히 끝나고 말았다. 이것은 저우쭈어런에게 일생 일대의 손실이었다. 만약 이러한 실수가 없었다면 그는 시종일관 자상한 형의 지도를 받으면서, 씻을래야 씻을 수 없는 수렁으로 빠져들지도 않았을 것이다.

루쉰은 이사를 나간 후 곧바로 돈을 빌려서 시싼탸오(西三條)에다 세 칸으로 된 조그마한 전통 가옥을 매입하였다. 북쪽 안채의 동쪽은 그의 어머니의 방이었고, 서쪽은 그의 아내 주부인(朱夫人)의 것이었다. 그녀는 구식 여인이었는데 그들의 결혼은 어머니의 주장을 따른 것이었다. 루쉰은 일찍이 나에게 이렇게 말한 적이 있다. "이 사람은 어머니가 내게 주신 선물이어서, 나는 그녀를 잘 부양할 수밖에 없다. 사랑 같은 것은 내가 모르는 일이다." 북쪽 안채의 중간에도 뒤편으로 방한 칸이 마련되어 있었고 루쉰은 그것을 '호랑이 꼬리'라고 불렀다. 그곳은 바로 그의 작업실이었으며 『방황(彷徨)』의 전 작품 및 기타 많은 역저들이 모두 여기에서 완성되었다. 이 '호랑이 꼬리'는 장차 우리 인민들에게 영원한 기념실이 될 것이다. 그 북쪽 창은 유리로 되어 있어서 빛이 충분하게 들어올 수 있었고 그곳으로 후원 및 담장 밖을 내다볼 수도 있었다. 『야초(野草)』 제1편 「가을밤(秋夜)」에 "우리 집 후원에서 담장 밖의 두 그루의 나무를 볼 수 있다. 한 그루는 대추나무이고 또 한 그루도 대추나무이다"라고 기록된 풍경을 볼 수 있는 곳이었다.

남쪽의 가옥은 그의 장서실이었다. 장서실을 언급하자니 나의 머리에는 또 저우쭈어런과 하부또 노부꼬의 그 한 바탕의 항거가 새삼 떠오른다. 이 작은 가옥을 매입한 후 루쉰은 혼자서 바다오완 집으로 책을 가지러 갔다. 저우쭈어런과 하부또 노부꼬는 크게 당황하였고, 하부또 노부꼬기 급히 전화를 하여 구원병을 부르고 그 외부의 힘에 의지하여 항거하려 했다고 한다. 저우쭈어런은 멀리서 책을 던지기도 하였지만 루쉰은 거들떠보지도 않고 오직 가져갈 책만 골라내고 있었다고 한다. 갑자기 외부 손님들이 와서 무슨 말인가 하려 하였지만 루쉰은 조용히 이것은 집안일이므로 손님들께서는 마음 쓰지 마시라고 했고 그러자 손님들은 할 말이 없어서 물러날 수밖에 없었다고 한다. 이 일은 책을 갖고 온 다음날 루쉰이 나에게 들려준 이야기이다. 나는 그에게 "자네 책을 전부 가지고 왔는가?"라고 물어 보았다. 그는 "그렇게 할 수 없었다"고 했다. 나는 또 그에게 내가 증정한 『월만당일기(越縵堂日記)』는 가지고 왔는가라고 물었다. 그러자 그는 "아니, 몰수당했네"라고 대답했다.

그러나 루쉰은 정말 위대하였다. 그는 이와 같은 갖가지 모욕을 당하고 바다오완

집에서 이사를 나와 한바탕 병치레까지 하였지만, 저우쭈어런과 하부또 노부꼬에 관한 일을 일기에서 한마디도 언급하지 않았으니 말이다. 이것은 그가 죽고 나서 몇 개월 뒤 내가 그의 연보 편찬을 위해 그의 일기를 읽고 나서야 안 사실이다.[8]

저우쭈어런은 위의 쉬서우창의 해석에 상당히 불만이었다. 루쉰과의 결별을 그는 다음과 같이 언급하였다. "여기에서는 1923년 루쉰과의 결별을 이야기하고자 한다. 내가 이때까지 그 사건에 대해 변명이나 해명하지 않은 태도를 견지한 것에 대해 설명을 하려니, 쉬서우창의 그 글이 나의 입장을 밝혀줄 수 있을 것도 같아 발췌하여 이용하고 싶지만 거기에는 쓸 데 없는 말이 너무 많이 들어간 것 같다. 내가 필요한 것은 기실 제일 마지막 일절(一節)일 따름이다. 이 사건에 대해 나는 여태껏 공개적으로 말한 적이 없다. 과거에도 이와 같았고 앞으로도 이와 같을 것이다. 나의 일기에는 7월 17일자에 원래 쓴 글자를 가위로 오려낸 것이 대략 10여 자 정도 된다. 8월 2일에는 쫜타 골목으로 이사 간 것이 기록되어 있고 다음해 6월 11일의 충돌에 대해서는 간단하게 '충돌'이라고만 기록되어 있으며 쉬 군(徐君)과 장 군(張君)이 왔다고 되어 있다. 모두 합쳐 봐야 10자에 불과하다. 여기에서 설명해야 할 점은 쉬(徐)는 쉬야오천(徐耀辰 : 서요신)이고 장(張)은 장펑쥐인데, 모두 베이징대 교수들이므로, 쉬서우창이 말한 것처럼 무슨 외부에서 온 손님은 아니라는 사실이다. 쉬서우창은 쉬야오천 · 장펑쥐와 함께 이 사건의 내용을 분명하게 아는 사람이다. 사람이 비교적 정직한데도 어째서 유언비어를 만들어 위선적인 정인군자(正人君子)들의 전철을 밟는지 모르겠다."[9] 변명하고 해명하지 않는 방법은 가장 고명한 방법이기는 하지만 여기에는 가장 심각하고도 어쩔 수 없는 심정이 감추어져 있다. 인생에서 가장 큰 비애는 고통을 하소연할 데가 없을 때이다. 이러한 상황에 대한 저우씨 형제의 심정은 대단히 비통하였고 이것은 두 사람 모두에게 막대한 타격을 입힌 사건이었다. 옛날의 우애 · 온정 · 친밀함이 일순간에 물거품이 되고

---

8) 許壽裳, 『亡友魯迅印象記』, 人民文學出版社, 1977, 61면.
9) 『知堂回想錄』, 香港三育圖書文具公司, 1971, 425면.

말았다. 그 아름답던 시절을 생각해보면, 두 사람은 수족과 같은 형제간의 사랑으로 함께 일본에 유학하였으며 또 공동으로 서양 서적을 번역하기도 하였고, 그 뒤 베이징으로 옮긴 후에는 5·4의 격랑 속에서 어깨를 걸고 함성을 지르며 함께 분투하였다. 그 정경들이 눈앞에 선하게 떠올랐을 것이다. 그러나 이제는 서로 방향이 갈라져 마치 낯선 사람들처럼 얼굴조차 쳐다보지 않게 되었으니 이것은 정말 인간 세상의 커다란 고통이라고 할 수 있다. 후세 사람들은 여러 가지 관점으로 두 사람의 결별 원인을 추측해보기도 하였지만 신비한 애탄으로 끝을 맺는 경우가 대부분이었다. 아마 미래의 학자들도 여기에서 수많은 이야기를 연역해낼 수는 있겠지만 그것은 단지 세인들의 호기심을 만족시키는 데만 그칠 가능성이 많으며, 그 속에 포함된 괴로운 심정을 깊이 음미하기란 대단히 어려운 일일 것이다. 나는 여기에서 많은 필묵(筆墨)을 허비하면서까지 두 사람의 시시비비를 가릴 생각은 없다. 인생의 고해에서 세속적인 가치와 이성은 무력한 것이다. 두 형제가 깊은 우애로부터 결별에 이르는 이야기에서 우리는 인간 본성의 허약함과 생명의 잔혹함을 더 많이 목도할 수 있다. 저우쭈어런의 말처럼 "우리 모두는 가련한 인간이다." 이러한 인간 세상에서 인생의 꿈과 환상은 모두 공허와 적막으로 귀결되는 것이다. 인간은 자기 자신을 해석할 수 없는 동물이다. 우리가 자기 자신과 객관적인 사물에 대해서 명쾌한 판단을 할 수 없을 때, 아마도 침묵만이 가장 훌륭한 표현 수단이 될 것이다. 이밖에 또 다른 방법이 있을 수 있겠는가?

　루쉰과 저우쭈어런은 결별 후 모두 상하이에 있는 동생 저우젠런(周建人 : 주건인)에게 편지를 보냈다. 그러나 저우젠런은 분명한 태도로 루쉰의 입장을 지지하였다. 뒷날 루쉰과 저우젠런이 친밀한 우애를 계속 유지한 것으로 볼 때, 저우쭈어런은 그들 사이에서 곤혹스러운 입장에 처해 있었던 것 같다. 저우젠런이 루쉰을 이해한 것은 아마도 하부또 노부꼬에 대한 관점이 같았기 때문일 것이다. 그러나 더 자세하게 말해본다면 경제적인 측면에서 저우씨 형제의 결별은 필연적이었다고 할 수 있다. 본래 대가족제도하에서 친척간의 갈등은 피할 수 없는 것이다. 게다가 하부또 노부꼬는 그 당시 절약성도 없이 헤프게 돈

을 마구 써서 경제적으로 어려운 상황을 야기시키고 있었다. 저우젠런은 다음
과 같이 회고하고 있다.

　그 일은 저우쭈어런이 함께 살기를 원하지 않아서 일어난 것이 아니라 집안의 일상
적인 지출이 걱정스러울 정도로 많아져서 야기된 사건이었다. 루쉰은 교육부에서 월
급 300元을 받았으며 이밖에도 원고료·강의료 등의 수입이 있었고 저우쭈어런도 이
와 비슷하였다. 이것은 당시 일반 직원들의 수입에 비해서 10여 배나 많은 액수였지
만 다달이 적자가 생겨 돈이 부족하다고 아우성이었다. 나는 베이징에서 일자리를 찾
지 못하여 집에서 생물학에 관한 글을 번역하였고 그것을 상하이 상무인서관의 『동
방잡지(東方雜誌)』와 『부녀잡지(婦女雜誌)』에 투고하였다. 편집부의 장시탄(張錫探 :
장석탐)과 서신을 교환하던 중에 거기에 결원이 생긴 사실을 알게 되었다. 그리하여
바다오완에서 단지 1년 8개월만 거주한 뒤 1921년 9월 초에 밥벌이를 위해 상하이 상
무인서관으로 가게 되어 집안에서 하는 일없이 밥만 축내는 듯한 신세를 면할 수 있
게 되었다.
　사오싱에서는 우리 어머니께서 집안 살림을 맡았지만 베이징에 온 뒤로는 저우쭈
어런의 처가 살림을 맡았다. 일본 여성들은 평소에 온순하고 근검한 것으로 유명하
지만 뜻밖에도 저우쭈어런이 만난 여인은 정말 예외였다. 그녀는 결코 부잣집 출신
이 아니었지만 통이 크고 씀씀이가 헤퍼서 물 쓰듯 돈을 썼다. 집에 집안을 관리하
는 집사 치쿤(齊坤 : 제곤)이 있었고 또 왕허투어(王鶴拓 : 왕학척)가 있었으며 부엌
하인, 일본인 인력거꾼, 잡역 및 시장 심부름을 하는 하인이 여러 명 있었다. 또 이
씨 아줌마, 젊은 이씨 아줌마 등 방청소, 빨래, 아이 보는 일을 맡은 하녀도 두세 사
람 있었다. 조부께서 일찍이 청나라 시대에 경관(京官) 벼슬을 할 때도 이처럼 많은
하인들을 부리지는 않았다. 더욱 이상한 것은 그녀가 항상 즉흥적으로 변덕스럽게
일을 처리한다는 점이다. 어떤 때는 밥이 이미 다 되었는데 갑자기 만두가 먹고 싶
다고 하면서 한상 차려놓은 음식을 모두 부엌으로 되물리고 급히 만두를 빚게 하기
도 하였다. 또 이불과 담요도 1, 2년밖에 쓰지 않아서 아직 새 것인데도 모두 마음에
들지 않는다고 하면서 남녀 하인들에게 상으로 주어버리고 전부 새 것으로 바꾸기
도 하였다. 이러한 헤픈 씀씀이는 끊임없이 계속되었다. 루쉰은 자신의 월급을 전부
그녀에게 주어야 했을 뿐만 아니라 여러 해 동안 저축해 놓은 돈도 살림에 보태야
했다. 때로는 이곳 저곳에서 돈을 빌릴 지경까지 되어, 자신은 밤에 글을 쓸 때 피울

담배나 먹을 간식조차 살 수 없을 때도 있었다. 루쉰은 일찍이 나에게 탄식한 적이 있다. 바깥에서 걸어서 돌아올 때, 자동차가 바다오완을 들락거리며 속도를 높여 그의 온 몸에 진흙이 튀기기도 하고, 얼굴에 먼지를 덮어쓰게 하기도 했다는 것이다. 아이가 가벼운 병치레를 하는 것을 알기 때문에 그는 마음속으로 탄식만 할 뿐이었다. 가벼운 병이라 해도 외국 의사의 왕진을 청하려면 최소한 한 번에 10여 원은 써야 하는 것이다.

비록 저우쭈어런이 자신의 생활을 규모 있게 잘 갖추는 편이기는 하였지만 이렇게 심하지는 않았었다. 그러나 이번에 저우쭈어런은 그의 아내가 펑펑 쓰는 대로 맡겨 두고는 일언반구의 군말도 하지 않았다. 일찍이 신해혁명을 전후하여 그가 가족을 데리고 사오싱으로 돌아와 살 때 그들 부부 사이에 한차례 부부싸움을 한 적이 있었다. 결과적으로 여자의 히스테리 증세가 크게 발작하여 저우쭈어런은 깜짝 놀랐고, 함께 온 그의 처남과 처제가 그에게 욕을 퍼부이 대자 이때부터 그는 더 이상 죄를 짓지 못하게 되었다. 오히려 그는 온갖 모욕과 학대를 감수할 수밖에 없게 되었고 심지어는 일본 대사관으로 잡혀가서 해명을 요구받기도 하였다. 평소에도 그녀는 일본이야기만 나오면 항상 기세등등 사람을 업신여기기 일쑤였고, 중국에 대해서는 언제나 비천하고 저열하다고 막말을 하였다. 그러나 저우쭈어런에게는 편안하게 책을 읽고 글을 쓸 수 있는 자리 하나를 마련해주었다. 이에 저우쭈어런은 모든 분쟁을 회피하고 양보하는 태도로 갖은 압력을 참고 견뎠다.[10]

저우쭈어런과의 결별은 루쉰에게 큰 충격이었다. 그는 굴욕을 참고 바다오완의 집을 나왔다 비록 그 집이 자기 스스로 매입하고 개조 수리한 집이었지만, 그는 다만 이 쓰디쓴 과일을 뱃속으로 삼킬 수 있을 뿐이었다. 그는 다시는 저우쭈어런의 식구들을 만나고 싶지 않았고, 오직 그곳을 떠나는 것만이 모든 불쾌한 감정에서 벗어날 수 있는 길이라고 생각하였다.

결혼의 비극과 형제간의 불화는 루쉰에게 깊고 깊은 그림자를 드리우게 하였다. 그는 더욱 말수가 적어졌고, 가족 개념도 철저히 파괴되고 말았다. 바다오완을 나오기 전에 그는 주안에게 다음과 같이 물었다. "당신 바다오완에 남을 거요 아니면 사오싱의 친정으로 돌아갈 거요?"[11] 루쉰은 또 그녀에게 만약

---

10) 周建人, 「魯迅與周作人」, 『新文學史料』, 1983년 제4기에 수록되어 있음.

사오싱으로 돌아가면 매월 생활비를 부쳐주겠다고 하였다. 주안은 루쉰의 마음을 알아차렸다. 그녀는 슬픔에 젖어 이렇게 대답했다. "나는 바다오완에 살 수 없습니다. 당신이 이사 가면 어머님께서도 조만간 당신 따라 갈 건데 저 혼자 시동생 부부와 조카들과 함께 산다면 그게 무슨 꼴이겠어요! 또 동서는 일본인이어서 말도 알아듣지 못하니 함께 살기가 쉽겠어요! 사오싱 친정에도 가기 싫어요. 당신이 좐타 골목으로 이사 가면 어쨌거나 밥 짓고, 바느질하고, 빨래하고, 청소하고 하는데 사람을 써야 할 텐데, 내가 이러한 일을 할 수 있잖아요. 당신과 함께 이사가겠어요……"12)

침묵, 오랜 침묵이 루쉰을 감싸고 있었다. 어떻게 해야 하나? 그의 마음은 고통으로 일그러지고 찢어지며 거의 숨이 막힐 지경이었다. 신문화의 무대를 활보하던 맹장(猛將)이 처음으로 생활의 중압을 견디지 못하고 좌절감을 느끼고 있었다.

이 해 8월 루쉰은 좐타 골목 61호로 잠시 이사를 갔다가, 얼마 후 어머니를 편히 모시기 위하여 친구에게서 돈을 빌어 푸청먼(阜成門 : 부성문) 시싼탸오(西三條 : 서삼조)에 있는 집 한 채를 매입하였다. 이때부터 루쉰은 여러 해 동안 함께 지내며 진한 우애를 나누었던 저우쭈어런과 영원히 갈라서게 되었다.

4.

남자들에 대한 구원은 때때로 여자들의 힘에 의지하여야 한다고 한다. 성심리학에 정통했던 저우쭈어런은 이 점을 매우 분명하게 알고 있었다. 최소한 그는 반생 동안 하부또 노부꼬와 깊은 사랑을 나누었고 이 때문에 그는 줄곧

---

11) 兪芳, 『我記憶中的魯迅』, 浙江人民出版社, 1981.
12) 兪芳, 위의 책.

평화로운 나날을 보낼 수 있었다. 루쉰이 저우쭈어런과 결별하면서 얻은 최대의 수확은 자신의 생활을 새롭게 선택할 수 있게 되었다는 점이다. 만약 동생과 싸우지 않았다면 그는 아직도 옛 길에서 배회하고 있었을 것이다. 루쉰이 훗날 자신의 정신을 진작시키며 용감하게 살아갈 용기를 갖게 된 것은 생활의 새로운 반려자를 선택했기 때문이라고 할 수 있다. 그는 마침내 이성과의 사랑 속에서 인성(人性)을 승화시킬 수 있게 되었다.

1925년 3월 루쉰은 자신의 제자 쉬광핑과 알게 되어 편지 왕래를 하기 시작한다. 이것은 그의 일생에서 중대한 전환점이 되었다. 만약 이 여인이 그의 삶 속에 나타나지 않았다면 그의 후반부 인생이 더욱 암담했을지도 모른다. 일 개월 후 루쉰과 쉬광핑의 감정은 스승과 제자 사이에서 점차 연인 사이로 발전한다. 이후 얼마 되지 않아서 두 사람은 모두 열렬한 사랑에 빠져들게 된다. 이때 루쉰은 이미 중년을 지난 나이였다. 그에게는 아마도 젊은 시절의 격정은 없었을 것이다. 그것은 성숙한 생명의 사랑이었다. 죽어가던 애욕의 토양에 파란 새싹이 돋아나기 시작하였다. 강렬한 전통 관념에 억압되어 있던 루쉰은 역사의 무거운 짐을 짊어진 채로 과감하고도 어렵게 사랑의 첫발을 내딛고 있었다.

> 나는 이전에 가끔 사랑에 대해서 생각할 때면 그때마다 스스로 자괴감에 빠져들어 나는 사랑할 자격이 없는 사람이라고 여겨왔기 때문에 감히 어떤 사람을 사랑할 수 없었다. 그러나 나를 비난하는 그 사람들의 언행과 사싱의 내막을 간파하게 되자 내가 그처럼 스스로를 억압할 사람이 결코 아니라는 자신감을 갖게 되었다. 나도 사랑할 수 있는 것이다.[13]

루쉰의 이러한 선택에는 쓸쓸한 비장감이 스며들어 있을 뿐만 아니라 웅혼한 생명의 역량도 깃들어 있다. 1926년 그의 남하는 사실 사랑 때문이었다. 그들은 잠시 헤어져 있다가 다시 새로운 생활을 꾸려나갈 계획을 하고 있었다.

---

13) 『魯迅全集』 第11卷, 人民文學出版社, 1981, 275면.

루쉰이 쉬광핑과 결합한 일은 그의 일생에서 가장 자유의 정신이 충만한 일대 사건이었다. 역사의 어둡고 긴 그림자를 끌고 낡은 소굴에서 뛰쳐나오는 일은 그에게 얼마나 힘들고 또 얼마나 찬란한 선택이었겠는가? 생명은 사랑을 필요로 한다. 사랑 없는 결혼은 인간 최대의 부도덕이다. 오늘날 우리는 『양지서(兩地書)』를 읽으며 루쉰 선생의 침중하지만 사랑에 빠진 마음을 느낄 수 있다. 이것은 피와 눈물로 맞바꾼 인성(人性)의 부활이었고, 루쉰에게는 아주 특별한 의미를 지니는 일이었다.

그러나 루쉰의 이 같은 행동은 사회적으로 적지 않는 풍파를 일으켰고, 문단에서도 루쉰의 사생활을 둘러싸고 비난이 일고 있었다. 1928년 저우보차오(周伯超: 주백초)라고 서명한 사람이 루쉰에게 다음과 같은 한통의 편지를 보냈다.

루쉰 선생님: 어제 ○○○·○○○ 등과 자리를 함께 하였는데, 두 사람이 선생님께서 첩을 얻었다고 선전하였습니다. 베이징의 본처를 버리고 여학생과 관계를 맺은 일은 실로 사상의 낙오자나 할 일이라는 것이지요. 후학(後學)은 그 이야기를 듣고 격분하여 그들과 말다툼을 하였습니다. 이 일은 선생님의 명성과 덕망에 관계된 일인데도 저들 두 사람이 우스갯거리로 삼고 있으니 이는 선생님에게 대단히 불리한 일입니다. 선생님께서는 편지를 보내 훈계해주시기 바랍니다. 후학은 선생님을 존경하는 한 사람이기 때문에 무례를 무릅쓰고 이런 말씀을 드립니다. 저는 저들 두 사람에게 개인적인 원한은 없습니다. 선생님께서 잘 살펴 주십시오
삼가 편안하시길 빕니다.
후학 저우보차오 올림[14]

중국인들은 옛날부터 개인의 사생활을 제재로 글을 써서 그 사람을 사회적으로 매장시키는 경우가 많았다. 이 글들은 대부분 이성 관계를 다루고 있는데 이른 바 '카더라 신문(馬路新聞)'이나 '가십거리(花邊消息)'가 그것으로 그 너절한 내용엔 누구나 분노할 정도이다. 이것은 세상 사람들의 저열한 근성의 표현이라고 할 수 있으므로 특별히 이상하게 생각할 것은 없다. 그러나 루쉰의 이번 행

---

14) 王得後, 『「兩地書」研究』, 天津人民出版社, 1995, 270면에서 재인용.

동에 대한 문인들의 간섭은 우리가 생각할 수 있는 일반적인 상식에서 훨씬 벗어나 있다. 가오창홍(高長虹 : 고장홍) 등이 루쉰을 공격한 내용은 지금 읽어봐도 매우 우습고 유치하다. 그러나 가장 이해하기 어려운 것은 저우쭤런이 루쉰의 결혼에 대해서 시종 멸시하는 태도를 견지하고 있었다는 점이다. 그는 루쉰이 쉬광핑과 동거하게 된 것은 색정(色情)에 의한 행동이며, 옛 문인들의 축첩 행위와 같다고 보았다. 개성의 자유와 건강한 성도덕을 일관되게 주장해온 저우쭤런이 이때에 자유 연애를 선택한 루쉰의 행동을 용인하지 않은 것은 아무래도 이해하기 힘들다.

쉬우(徐懋 : 서무) 선생의 『루쉰에 대한 저우쭤런의 영사 공격(周作人對魯迅的影射攻擊)』이란 글에는 저우쭤런이 루쉰의 사랑과 결혼을 풍자한 문장이 상당히 상세하게 수록되어 있다. 저우쭤런은 「중년(中年)」, 「즈모를 기념하며(志摩紀念)」, 「저우쭤런 편지(周作人書信)·서언(序言)」, 「질투하는 여성에 대하여(論妒婦)」, 「책임(責任)」, 「호암한화(蒿庵閑話)」, 「집안의 상하 사방(家之上下四旁)」, 「탁문군에 대하여(談卓文君)」, 「두펑천 군에 관한 일(記杜逢辰君的事)」, 「십당 필담(十堂筆談)」 등의 글에서 이름은 거론하지 않은 채 루쉰의 다처(多妻)·축첩·색정 등등을 조롱하며 비꼬고 있다. 이와 같은 악의에 찬 험담은 그의 일생에서 찾아보기 어렵다. 1930년 4월 17일 『익세보(益世報)』에 발표된 「중년」에서 저우쭤런은 이렇게 진술하고 있다.

세간에서는 흔히 마흔 전후의 시기를 위험 시기라고 한다. 명예나 이익 그리고 특히 색정(色情)에 대해서 사람들은 흔히 이 시기에 많은 추태를 보이곤 한다. 그러나 이것은 인류의 약점이므로 본래 용서할 수 있는 점도 포함되어 있다. 그러나 용서하는 것과 감복하는 것은 완전히 다른 것이다. (용서하는 것이 감복하는 것은 아니다.) 더욱이 부끄럼도 없이 득의양양하게 그런 행위를 하고 또 마치 우리들의 모범인양 그런 행위를 하면, 용서하는 것도 우리의 수십 년 인간사에서 보여줄 수 있는 최대한의 허용일 것이니, (그러한 행위를) 고취하거나 옹호하려고 해도 소용이 없을 것이다. 우리는 어린 시절 낭만적으로 많은 영웅들을 숭배하곤 하였다. 그러다가 중년에 이르러 회고해보면, 그 영웅들이 도학자이건 초인이건 지사이건 간에 그들도 모두

(나의 나이처럼) 노년·중년에 이르러 그 흉한 몰골과 검은 마각을 드러내면서 우리들에게 엄청난 환멸을 선사해주곤 하는 것이다. (이러한 추태를 함에) 무슨 특별한 방법이 있는 것인가? 물론 그것이 본 부인의 계획이라면 누구라도 어기기 어려울 것이다. 하지만 그것이 풍수나 운수 때문이든, 유전이나 환경 때문이든 결국 직접 이야기하기는 정말 두려운 일이다. 따라서 이러한 일을 제격에 맞게 하며 살아가는 것은 아마도 때맞춰 격에 맞게 잘 죽는 것 보다 더욱 어려울 것이다. 그러므로 우리가 마흔을 넘어서도 여전히 평범하게 살아갈 수 있다면 그것이 다 제 격에 맞는 삶이라고는 할 수 없지만, 무슨 추태를 보인 것은 아닐 것이다. 그리고 이는 실재로 매우 다행스런 삶이므로 감사하지 않을 수 없다.

　인간은 동물이란 이 말을 정말 진실을 알려주는 말이다. 인류의 발생에서 지구가 파멸하는 날까지 이 말은 영원히 실재하는 것이지만, 우리 인류는 결국 나이를 상당히 먹은 후에야 이 말의 진리성을 분명하게 인정한다. 이른 바 동물이란 말에는 과학자들이 모두 인정하는 '생물'이란 의미와 유학자들이 사람을 꾸짖을 때 사용하는 '금수'란 의미가 모두 포함되어 있다. 따라서 사람들은 이 동물이란 단어에 대해서 두 가지 태도를 보여주고 있다. 첫째는 금수와 같고 성현과 다르므로 이 점에 불만을 느끼고 비판하는 태도이다. 둘째는 이래도 좋고 저래도 좋으므로 신경 쓰지 않고 방치하는 태도이다. 그러나 나의 입장에서 한 마디 덧붙이자면 이 동물들의 언행이 일치하는지 혹은 명실이 상부한지를 종합적으로 고찰하여 비판할 것은 비판해야 한다고 생각한다. 본래 극피동물의 피부에는 윤기가 흐를 수 없으며, 분노로 털을 곧추 세운 고양이는 그르렁거리지 않는 법이다. 이러한 현상은 너무나 당연한 이치여서 무슨 고찰을 필요로 하지 않는다. 그러나 인간이란 동물은 말을 할 수 있어서 스스로 무슨 가(家 : 문학가·예술가·정치가·사업가 등등)를 사칭할 수 있으며, 또 어떤 주의(이즘)를 표방할 수도 있다. 이것은 다른 중생들에게는 찾아볼 수 없는 점이다. 여유 있고 한가할 때면 우리는 반드시 이렇게 되지 않도록 주의해야 한다. 우리는 보통 남녀의 사적인 사랑에 대해 일일이 상관할 필요는 없을 것이다. 그러나 여권(女權)이나 사회 개혁을 주장하는 사회 지도자들이 여전히 축첩이나 다른 비양심적인 행위를 하는 것을 목도하게 되면―그 속에는 무산계급의 영수로서 비싼 온천탕에 몸을 담그고 대중 투쟁을 명령하는 자도 있다―가소로운 생각이 들 뿐 아니라 이 동물이 좀 변질되었구나 하는 생각을 지울 수 없게 된다. 나는 문명 사회에서의 도덕적인 구속은 좀 더 개방되어야 하기는 하지만 마땅히 그 언행이 진실해야 한다고 생각한다. 언행의 불일치는 일종의 대사기극이므로 모두들 속지 않도록 주의해야 한다. 나는 위선적인 행동을 하기보다는 진실한 악행을 하는 것이 더 낫다고 생각한다. 진실한 악행은 그래도 스스로 책임을 질 수 있으며 또 스스로 위험을 무릅쓰는 것이 있기 때문이다.

공격의 칼날이 루쉰을 겨냥하고 있다는 것은 의심할 것도 없다. 저우쭈어런은 그의 친구 쉬쉬(徐訏 : 서우)에게 보낸 편지에서 자신이 변절하여 매국노가 된 행위를 변명하고 있는데, 여기에서 그는 자신의 두 형제가 모두 전처를 내버려서 할 수 없이 그가 돌볼 수밖에 없었다고 언급하고 있다. 이러한 언급에서 우리는 저우쭈어런이 루쉰과 저우젠런의 재혼을 "본부인을 버린 행위"로 간주하고 있음을 알 수 있다. 하부또 노부꼬도 루쉰과 쉬광핑의 동거를 일부다처의 행위로 보고 있다. 『양지서』에도 주안과 루뤠이(魯瑞 : 루쉰의 어머니)의 면전에서 하부또 노부꼬가 루쉰과 쉬광핑의 욕을 한 사실이 기록되어 있는 것을 보면 루쉰의 결혼에 대한 저우쭈어런 부부의 불만이 매우 깊었다는 것을 짐작할 수 있다. 기실 저우쭈어런은 남녀간의 사랑에 대해 명확한 인식을 하고 있는 사람이었고 자유 연애가 바로 인류의 진화라는 사실을 깊이 있게 체득한 사람이었다. 그런데 루쉰에게 만은 끝까지 왜 이처럼 가혹했을까? 내 생각으로는 첫째 하부또 노부꼬로 인해 맺어진 원한과 둘째 주안의 입장에서 문제를 고찰하여 주안이 너무나 가련한 여인이라고 생각했던 것에 그 주요 원인이 있었던 것으로 보인다. 그리고 이 중에서 후자가 더 합리적인 원인이라고 생각한다. 그는 일찍부터 사랑이란 다른 사람에게 고통을 주어서는 안 되며 만약 고통을 주게 되면 그건 부도덕한 일이라고 생각해왔다. 그는 「결혼을 위한 사랑(結婚的愛)」이란 글에서 이렇게 진술하고 있다. "글머리에 '사랑이란 이웃에게 악을 행치 아니하나니'라는 성 바울의 「로마서」 한 구절을 인용하였다 이것은 지금 세상에서 가장 절실하게 생각해보아야 할 표제어라고 할 수 있다. 어떤 사람들은 남성과 여성간의 양 편 모두에게 온전한 권리를 부여한 상태에서 결국은 한 편을 희생해야 한다고 주장한다. 그들의 인식에 의하면 '전체 사회를 위해서는' 여성을 희생시키는 것이 더 낫다는 것이다. 대부분의 남성들도 이러한 견해에 찬성하고 있는 것 같다. 그러나 사랑이 다만 이와 같을 뿐이라면 이것은 결코 사랑이 아니다. 왜냐하면 사랑에는 완성만 있지 결코 상대방의 일방적인 희생은 없기 때문이다. 결혼 이후에 이러한 사랑을 실현하기 위해서는 부부간에 상호 입장 차이를 잘 조절하는 방법밖에 없다. 다시 말해 남성과 여성간의 관계를 개선하여 여성을 중심으로 생각해야 하는 것이다. 이렇게 되면 남자들은 일종의 속박감을 느끼겠지만 그러나 그것은 결코 희생이 아니며 오히려 축복이라고 할 수 있다. 우리는 종교적인 금욕주의는 좋아하지 않지만 합리적인 금욕은 가능하다고 믿는다. 그러므로 합리적인 금욕은 순수한 사랑을 키울 수 있을 뿐만 아니라 그 어떤 몽상도 가능하게 하여 문예의 씨앗으로 자랄 수도 있다. 내가 생각하기엔 욕망은 본능이지만 사랑은 본능이 아니라 오히려 예술이다. 본능에 근본을 두고 있으면서도 그것을 조절하는 작용을 한다. 지금까지 남성들은 대부분 본능적인 사람이었다. 또 지금까지는 '기사의 사랑'만이 진정한 사랑이라고 생각해왔다. 그러나 우리의 가정에서는 욕망에 의해 피해를 입는 여성들이 많다."15) 여기에서도 저우쭈어런은 욕망과 사랑을 명확하게 구별하고 있다. 그가 여성의 권리라는 각도에서 인류의 결혼 문제를 사고한 것은 매우 심도 깊은 견해라고 할 수 있다. 루쉰의 남하로 저우쭈어런은 주안을 동정하였다. 그의 관점에서 볼 때 루쉰의 행동은 대부분 욕망에 사로잡힌 것일 뿐, 결코 사랑이라고 간주할 수 없는 것이었다. 이 일로 구제받은 것은 루쉰이지만 희생된 것은 주안이라는 것이다. 따라서 그는 여러 편의 글에서 중국의 일부다처주의를 통박하고 있다. 「두펑천 군에 관한 일」에서도 이렇게 언급하고 있다. "사람들도 중년을 거치면서 인생의 달고 쓴맛을 대부분 맛보게 된다. 따라서 중년 이후에는 늙음이 젊음으로 바뀌지 않는데도 첩을 들여 새살림을 차릴 생각에 골몰한다." 저우쭈어런의 이러한 관점은 가족 중심주의를 대표하고 있기는 하지만 조금만 더 자세히 생각해보면 논리적 한계점을 쉽게 알아차릴 수 있다. 문제는 루쉰과 주안의 결합이 도의적인 측면에서 과연 인성에 부합하는가하는 점이다. 만약

---

15) 『周作人文選』 第1卷, 廣州出版社, 1995, 234면.

이러한 전제를 분명하게 파악하지 않으면 결론을 내리기가 쉽지 않다. 부모들끼리 자식의 장래를 결정하는 구식 결혼 방식은 만청 시기까지도 유행하던 일종의 풍습이었으므로 무슨 당사자간의 사랑 같은 것은 이야기 할 수도 없었다. 한 인간이 사랑하지 않는 사람과 함께 살아야 하는 고통은 인성적인 측면에서 부도덕하다고 할 수 있다. 루쉰처럼 그 고통을 심각하게 체감한 사람의 입장에서 결국 자신의 사랑을 새롭게 선택하게 되었다는 것은 현대인들이 볼 때 충분히 이해할 만한 일이다. 문제는 주안에게는 이러한 선택의 자유가 없어서 결국 진정한 희생양이 되고 말았다는 사실이다. 이것은 확실히 잔혹한 선택이었다. 인간이 자아를 초월하는 과정에서 "자신과 타인을 모두 이롭게 하기란" 얼마나 지난한 일인가? 루쉰의 마음속 깊은 곳에는 아마도 이러한 곤혹스러움이 감추어져 있었을 것이다.

루쉰은 「열풍·수감록 40」에서 이렇게 쓰고 있다. "그러나 여성들은 본래 아무 죄도 없지만 지금 낡은 습속의 희생양이 되고 있다. 우리가 인류의 도덕을 자각하고 양심적으로 옛 사람들이 저질러온 죄를 더 이상 범하지 않게 된 이상 이제 이성을 질책할 수는 없으며, 오직 그들과 한 세대의 희생양이 되어 사천 년 동안 이어져온 묵을 빚을 청산할 수밖에 없다."16) 이러한 언급 속에는 주안과 같은 부류의 여성에 대한 연민이 포함되어 있다. 루쉰은 실제로 일부다처제도를 반대하고 남녀 평등을 주장하였다. 루쉰의 애정 선택을 일부다처로 간주하는 것은 일종의 착각이거나 혹은 악의적인 비판이라고 할 수 있다. 루쉰은 또 이렇게 언급하였다. "두 번째 질문은 처첩을 여럿 거느린 남자가 열녀를 표창하는 자격이 있는가 하는 점이다. 이전의 도덕가들의 말을 대신하자면 당연히 표창할 자격이 있으며 …… 진리를 믿는다면 모든 부문에서 평등한 자격이 주어져야 한다. 그러나 평등에 대해서 언급하자면 남녀가 함께 지켜야 할 일률적인 법칙도 있는 것이다. 남자라고 해서 자기가 지키지도 않는 일을 결코 여자에게 요구할 수 없다. 사기적인 매매혼제도하에서 정조를 요구하는

---

16) 『魯迅全集』 第1卷, 人民文學出版社, 1981, 322면.

것은 전혀 타당성이 없는 일이다. 하물며 처첩을 여럿 거느린 남자가 여자의 절개를 표창하고 있음에랴?"17) 루쉰은 여성의 입장에서서 남녀간의 애정의 평등을 사고하고 있다. 이 글에서는 도덕의 경계를 언급하고 있는 것이다. 무엇이 합리적인 도덕인가? 이에 대한 루쉰의 진술은 다음과 같다. "도덕이란 반드시 보편성을 띠고 있어서 모든 사람들이 실천하고 행할 수 있어야 한다. 또한 자신과 타인에게 모두 이로운 것이어야 비로소 존재 가치가 있다."18) 나는 이러한 언급이 아주 심각한 내적 성찰에서 나온 것이라고 생각한다. 루쉰이 쉬광핑에 대한 사랑을 선택할 때 결코 주안의 존재를 고려하지 않았던 것은 아니다. 애정 문제를 처리할 때 그는 깊은 자비감에 젖어 있었을 뿐만 아니라 대단히 신중하였다. 『양지서』에는 루쉰이 자신의 성격 가운데 타협적인 일면을 언급한 부분이 있다. 그 부분은 지금 독자로 하여금 슬픈 탄식에 젖게 한다. 그러나 이러한 슬픔은 무슨 '죄책감' 같은 것은 결코 아니고, 인간 존재가 지니는 비극의식이라고 할 수 있다(王得後의 말). 쉬광핑은 이러한 루쉰을 비판하면서 다음과 같이 언급하고 있다.

> 당신의 고통은 구사회를 위해 자신을 희생하기 때문에 생겨나는 것입니다. 구사회는 당신에게 고통스러운 유산(주안을 가리키는 듯)을 남겨주었습니다. 당신은 그 유산에 반대하면서도 감히 그 유산을 버리지 못하고 있습니다. 아마도 일단 그 유산에서 벗어나면 구사회에서는 몸을 둘 곳이 없게 되므로 평생토록 기꺼이 노예 생활을 하며 그 유산을 지키려하는 것이겠지요. 때로는 또 다른 생활을 꿈꾸며 고통스럽게 그 일을 추진해보기도 하지만, 아마도 사람들에게 공격받을까 두려워서 더욱더 방법을 찾을 수 없는 것이겠지요 …… 우리도 사람입니다. 어느 누구도 우리를 핍박하여 고통을 겪게 할 권리는 없고 또 우리도 그 고통의 열매를 먹어야 할 의무는 없습니다. 하루라도 인간으로서 할 일을 다 하고 새 생활을 찾아 노력하면 된다고 생각합니다.19)

이 한 걸음을 내딛어 사랑의 왕국으로 나아가는 일이 루쉰에게는 아주 어려

---

17) 『魯迅全集』 第1卷, 人民文學出版社, 1981, 120면.
18) 위의 책, 119면.
19) 『魯迅全集』 第11卷, 人民文學出版社, 1981, 220면.

운 일이었다. 『양지서』를 읽으면서 우리는 순수하고도 드넓은 사랑을 체감할 수 있다. 그 피를 토하는 듯한 목소리에는 인류가 지니고 있는 천부적인 양심의 아름다움이 배어 있다. 따라서 저우쭈어런이 언급한 바와 같은 심심파적은 전혀 느낄 수 없다. 루쉰과 쉬광핑이 주고 받은 편지는 중국 현대사에서 이성간의 진지한 사랑을 담은 진귀한 텍스트에 속한다. 그러나 이 텍스트에는 세속적인 사랑 고백은 전혀 없고, 오히려 심도 깊은 문화적 의미가 진솔하게 담겨 있다. 거기에는 앞선 시대의 선구자가 전통의 압박 속에서 어렵게 어렵게 인생의 고해를 건너, 인간의 목소리로 세상을 향해 외치는 호소와 절규가 담겨 있다. 나는 인생의 쓰라린 열매를 고통스럽게 곱씹는 루쉰 선생의 글을 읽을 때마다, 말로 형언할 수 없는 기묘한 감정에 사로잡히곤 하였다. 이러한 글에서 굴절되어 나오는 빛은 바로 동방의 인생 철학이 발산하는 가장 신비스러운 광택일 것이다. 거기에는 피가 있고 눈물이 있고 기나긴 가시밭길 여정이 있고 또한 온 몸이 피범벅이 된 투사의 풍모가 있다 이러한 세계에 대한 저우쭈어런의 오해와 적의에 찬 언급은 아마도 그 진실성을 제대로 파악하지 못한 데서 온 결과일 것이다.

사랑은 아마도 영원한 수수께끼이며 남성과 여성도 영원한 수수께끼일 것이다. 아득히 먼 옛날부터 지금까지 우리는 이 길을 돌아갈 수 없었다. 그러나 사람들은 한 세대 한 세대 진정한 사랑의 열매를 계승하고 탐색하며 또 창조해왔다. 생명의 가치는 아마도 이와 같은 고난에 찬 선택 속에 존재할 것이다.

쓸쓸한 비

1.

루쉰(魯迅 : 노신)을 이해하기란 어렵다. 또한 저우쭈어런(周作人 : 주작인)을 파악하는 일도 쉬운 일이 아니다. 두 사람의 전체 문장을 자세히 읽으면서 나는 말할 수 없는 침울함에 빠져들곤 하였다. 이는 그들의 글이 우리에게 던져주는 정보가 복잡한 감정을 불러일으키기 때문만은 아니고, 오히려 더욱 주요한 원인은 그들이 처한 환경이 항상 그들을 진퇴양난의 지경, 심지어는 절망적인 지경에 빠져들게 하였기 때문이다. 나는 줄곧 두 사람이 '서로 다른 길을 거쳐 한곳에 이르는' 어떤 공통적인 측면을 갖고 있다고 생각해왔다. 이러한 감각은 비록 두서가 없고, 반 세기 동안 견지해온 학계의 평가와 상반되는 것이기는 하지만, 기실은 루쉰이든 저우쭈어런이든 모두 평범한 중국인의 인생에 반역을 감행한 사람이란 점은 의심의 여지가 없다. 다만 한 사람은 투쟁 가운데 몸을 던졌고, 다른 한 사람은 도인처럼 고난의 소택지에 몸을 숨겼을 따름이다.

그러나 그 형태는 비록 다르지만 그 뿌리는 대체로 한 곳에 얽혀 있다. 루쉰을 이해하기 위해서는 저우쭈어런을 읽는 것보다 더 나은 것이 없다. 마찬가지로 저우쭈어런을 깊이 있게 이해하려면 그의 친형 루쉰을 읽어야 한다. 왜냐하면 두 형제가 피차간에 상대방의 단점까지 너무나 속속들이 알고 있기 때문이다. 이것은 대단히 자연스러운 일이다. 시기적으로 조금 빠르고 늦은 차이는 있을 지는 모르지만 하부또 노부고(羽太信子)가 빌미가 되지 않았다 해도 두 형제는 틀림없이 결별했을 것이다. 우리는 두 사람의 글 속에서 결별의 필연성을 읽 어낼 수 있다.

저우쭈어런은 개성의 억압을 한결같이 반대하였다. 그는 시종 다양성과 관 용을 주장하였으며 자유를 사회 발전의 궁극적인 목표로 간주하였다. 이와 같 은 선량한 주장 속에는 다소 유토피아적인 색채가 배어 있지만, 아침 노을처 럼 몽롱하게 아름답다. 그는 실제로 자신의 신념을 묵묵히 실천하고 있었다. 그의 이러한 신념은 당시 중국의 기존 질서에 대한 절망감으로부터 온 것이다. 그러나 그의 가치와 이상은 조각한 꽃송이일 뿐이어서 보기는 좋았지만 향기 는 없었다. 이것은 마치 탁상공론이 일단 현실을 만나면 장벽에 부딪치는 것 과 같은 이치이다. 그가 서산(西山)에서 요양할 때 쓴 글을 읽어보면 환멸에 대 한 슬픈 탄식을 느낄 수 있다. 진정으로 순수한 관용과 개성주의는 전제적인 억압 사회에서 생존하기 어려운 법이다. 따라서 최후에는 결국 자신의 내면으 로 침잠하여 두문불출 독서에만 전념하게 되었다. 이것이 바로 저우쭈어런의 가치와 이상이 지향하는 귀의처였다. 그러므로 정적인 것으로 동적인 것을 제 어하려는 생존 방식으로는 사회를 개량하기가 대단히 어려운 일이다. 저우쭈 어런이 처방한 약방문은 아무런 실효도 거두지 못했다. 그러나 이것은 확실히 중국 사회가 도달해야 할 목표였다. 비록 그의 주장이 뜬구름 잡는 식이긴 했 지만 그 문화적인 은유는 한두 구절의 말로 설명하기가 어렵다. 최소한 인생 의 경지에서 그는 동시대의 다른 사람들보다 훨씬 높은 수준을 보여주고 있다. 그러나 애석하게도 그는 우환이 더욱 깊어 가는 중국에서 살아야 했고, 또한 건전한 이성이 없는 세계 속에서 그의 사고는 괴멸되거나 적막 속으로 숨어들 수밖에 없었다. 출로는 아무 데도 없었다. 그의 목소리는 우아하였지만 그의 내면은 연약하였다.

　루쉰은 전투를 주장하였다. 그에게는 "눈에는 눈, 이에는 이"라는 독행(特立獨行)정신이 있다. 이것은 공교롭게도 그의 동생과는 완전히 다른 점이다. 그러나 그들 사상의 출발점은 모두 인도(人道)와 개성에 놓여 있다. 5·4를 전후한 시기에 씌어진 두 사람의 글은 대체로 사상 경향이 동일하다. 문제는 국민성 개조의 방법론에서 두 사람이 아주 큰 차이를 보여주고 있다는 점이다. 루쉰은 어떠한 타협이나 관용에도 반대하였다. 최소한 악의 세력에 대항하는 태도에서 그의 수단은 니체나 소련의 문화정신과 비슷한 측면이 매우 많다. 여기에는 문화적인 배경 차이라는 요소가 포함되어 있겠지만 가장 중요한 점은 아마도 두 형제간의 인식의 차이일 것이다. 루쉰의 마음속에는 너무나 많은 고통이 도사리고 있었다. 그는 온정적인 방식으로 고난과 마주하는 것이 우스갯소리에 불과하다는 사실을 잘 알고 있었다. 저우쭈어런이 관용을 외치며 '신촌이상(新村理想)'을 추구할 때도 루쉰은 그의 생각에 찬동하지 않았다. 루쉰이라고 해서 관용과 불편부당의 장점을 어찌 모르겠는가? 그러나 그는 반항과 함성도 없이 소극적으로 서재 속으로 은거하는 것은 자기 기만 행위에 불과하다고 생각하였다. 그는 스스로를 괴멸시키는 험로 속에서 호소 절규하며 생명의 가치를 구현할지언정 서재 속으로 고요히 숨어들어 영혼 마비와 자기 위안으로 세월을 보내려고 하지 않았다. 보통 사람들은 이러한 선택을 할 수가 없다. 최소한 우리 같은 지식인들도 이처럼 결연한 태도를 지니기가 매우 어렵다. 자학과도 같은 루쉰의 심령의 박투는 중국 고대사에서 그 예를 찾아보기 힘들 뿐만 아니라 당대 문인들에게서도 그 유례를 찾아보기 어렵다. 루쉰은 기인(奇人)이어서 그가 바라보는 세계에는 암흑과 절망이 가득 차 있었다. 그는 우리에게 이상주의적으로 미래를 예시한다든가 어떤 결과를 보장하는 경우가 아주 드물다. 마치 아득한 길을 가며 자신만을 믿을 수밖에 없는 나그네처럼, 깊은 산과 큰 강을 끊임없이 가로 지르며 어디로 가는지도 모르는 채, 멈추고 싶은 모든 유혹을 단연코 뿌리치고 오직 길가기를 계속할 뿐이다. 겉으로 보기엔 다소 병적이지만 사실은 인생의 심각한 의미가 포함된 이러한 선택은 거기에서 굴절되어 나오는 실존적 은유가 대단히 심도 깊다. 여기에는 마치 카프카나 까뮈의 철학처럼 형이상학적 의미로 가득 차 있다. 우리는 이와 같은 절망적인 영혼 속에서 인생의 의미뿐만 아니라 철학적인 예언까지 느껴볼 수 있다. 고난을 겪은 후에는 어떤 사람이라도 모두 고난에 대한 이해에 깊고 얕은 차이는 있을 수 있지만, 그 예언자적 기질에서는 벗어나기 어려운 법이다.

저우쭈어런도 묵묵한 심사숙고의 과정에서 씁쓸한 예언들을 쏟아내고 있다. 그의 글을 읽어보면 절간의 승려가 떠오른다. 따라서 유연하고 평화로운 풍격 속에 인생의 비애와 고통이 어찌 없을 수 있겠는가? 그러나 그는 속세로 뛰어들지 않고, 그 주위를 배회하고 있을 뿐이다. 속세로 돌아오는 것은 고통스럽지만 속세를 떠나는 것은 더욱 고통스럽다. 이는 어찌할 수 없는 인생의 곤경이다. 나는 인생의 행복에 대한 저우쭈어런의 회의가 루쉰에 뒤지지 않는다고 느껴왔다. 1923년 7월 그는 형과 결별한 후 「길을 찾는 사람(尋路人)」이라는 글을 쓴 적이 있다. 이 글에는 형언할 수 없는 쓰라림이 배어 있다.

> 나는 길을 찾는 사람, 나는 날마다 길을 찾아가지만 결국 이 길의 방향을 알지 못한다.
> 지금에야 알게 된 것은, 비애 속에서 발버둥치는 것이 바로 자연의 길이란 것. 이것은 모든 생물의 여정과 같은 길이지만 우리 인간들만이 의식할 수 있을 뿐이란 것.
> 길의 끝은 죽음, 우리는 발버둥 치며 그곳으로 간다. 그곳에 도달하기 전까지는 부득불 발버둥 칠 수밖에 없다.

그러나 말은 발버둥치고 있지만 실제로는 루쉰처럼 결연하게 전진하지는 못하고 있다. 따라서 주직인의 글에는 때때로 은둔자적인 표연함이 대단히 깊게 느껴진다. 『비오는 날의 서(雨天的書)』 자서(自序)에서 이렇게 쓰고 있다.

> 올 겨울에는 특히 비가 많이 내린다. 겨울이기 때문에 쏟아 붓 듯 내리기는 미안스러운지 다만 거미줄처럼 가늘게 가늘게 뿌려지고 있다. 빗줄기가 너무 가늘어서

잘 보이지도 않지만 하늘빛은 오히려 너무나 침울하여 사람의 마음을 답답하게 한다. 이럴 때는 늘상 공상에 젖곤 한다. 어느 강촌 마을 작은 집의 유리창에 기대앉아 백탄 난로를 뜨겁게 피워놓고 차를 마시며 친구들과 한담을 나누면 얼마나 즐거울까? 하지만 이러한 공상은 실현될 희망이 없고, 다시 하늘빛을 바라보면 더욱더 마음이 침울해질 따름이다. 정식 업무를 좀 해보려고 해도 마음은 더욱 산만해진다. 알코올이 빠져나간 소주처럼 아무 맛도 느낄 수 없다. 마음 가는 대로 한두 줄씩 끄적거려 본 것에 별다른 의미는 없고 다만 이 비오는 날의 우울한 시간을 보낸 흔적에 불과하다.

저우쭤어런의 언어는 겉으로 보기엔 담담하지만 그 속에는 인생의 곤경과 자기 위안이 깊이 감추어져 있다. 이때 그는 이미 루쉰과 결별한 지 몇 개월 지났지만 내심의 상처는 아직도 사라지지 않고 있었다. 가정의 일과 국가의 일을 이제는 자신이 혼자 해결해야 했으므로 그 곤경 속에서 자신을 위안하는 것 외에는 아마도 더 나은 선택을 하기 어려웠을 것이다. 이것은 정말 진정으로 크나큰 비애이다. 그러나 그의 작품에는 전혀 속기가 느껴지지 않는다. 잡다하지도 않고 고요한 그런 경지는 적어도 고아한 수련이 없이는 도달하기 어렵다. 따라서 나는 이와 같은 평정 상태에 감탄을 금치 못하곤 하였다. 이것은 보통 사람들이 할 수 있는 일이 아니다. 담박한 사람들이 이러한 글을 쓰면 속기에 빠져들기 쉽다. 그러나 그는 확실히 자신의 경지에 도달하고 있다. 쓰라림을 달콤함으로 바꾸고 침울함을 유쾌함으로 전환시키는 일은 공력이 높은 사람이 아니면 달성하기가 어렵다. 명대 문인들의 작품에도 이러한 풍격이 있지만 저우쭤어런처럼 그렇게 맑고 담담하지 못하다. 이는 서양 문명과 동양문화 속에서 수십 년 간 목욕한 사람만이 가질 수 있는 위대한 경지이다. 이것은 마치 루쉰의 풍골과 마주서서 빛을 발산하는 기이하고도 우뚝한 산봉우리처럼 느껴진다. 현대의 문인들은 고난에 직면할 때마다 이 두 사람이 제시해주고 있는 난제와 맞부딪힐 것이다. 루쉰과 저우쭤어런은 인생의 곤경을 헤쳐 나가는 방식에 있어서 은연중 후인들에게 도저히 초월할 수 없는 두 가지의 정신 모델을 제시해주었다.

2.

1920년 말에서 1921년 9월까지 저우쭈어런은 큰 병을 앓았다. 이 일은 그의 정신세계에 적지 않은 충격을 주었다. 병을 앓는 사람은 흔히 세상과 격절되는 순간에 무엇인가를 깨달으며 무엇인가를 생각하게 된다. 저우쭈어런처럼 내성적이고 감수성이 예민하며 그리고 학식이 풍부한 사람은 더 말할 필요도 없다. 그는 장장 10개월의 쓸쓸한 적막 속에서 보통 사람들을 훨씬 뛰어넘는 고통의 결과물을 얻어내고 있다. 그가 서산(西山)에서 요양할 때 쓴 글을 읽어 보면 놀랍게도 큰 깨달음 뒤의 청아함과 적막함이 느껴진다. 이것은 얼마나 슬프고도 고통스러운 정서인가? 이전의 날카롭고도 정식적인 논술은 일시에 사라지고 없으며 낙관적이고 이성적인 구상도 흔적을 찾을 수 없다. 대신 거기에서는 불현듯 너무나 감상적이고도 냉정한 탄식이 솟아오르고 있다. 마치 일순간 신선이 된 것 같은 풍모를 보여주고 있으며 그의 진술 사이 사이에는 불도(佛道)의 기운도 많이 느껴진다. 나는 거의 순간적으로 그의 정신이 드러내는 본래의 색깔을 목도하였다. 『산중잡신(山中雜信)』은 마치 천상에서 날아온 글처럼 맑고 유유한 문체 속에 기이하고도 미묘한 언어들이 반짝이고 있다. 이전에 사람들은 그가 이처럼 충담(沖淡)한 글을 쓴 적을 본적이 없다. 이 글들은 허황한 과장이 아닐 뿐만 아니라 끝없이 이어지는 노래 소리도 아니다. 그것은 인간의 뼛속 깊은 곳에서 흘러나오는 진언(眞言)이라고 할 수 있는데, 인생의 미망(迷茫)과 감상, 애탄과 연민의 정서들이 이 글들의 행간을 적시며 빛을 발하고 있다.

이것은 마치 루쉰이 부수서옥(補樹書屋 : 보수서옥)에서 옛 비석의 탁본을 베낄 때의 심정과 흡사하다. 비록 루쉰처럼 암연의 절망은 없지만 비관의 정도는 막상막하라고 할 수 있다. 흥미로운 것은 입원과 요양 기간 동안 그가 불경을 다량으로 읽기 시작하였고 이후 점점 불교에 대한 흥미를 증가시키고 있다는 점이다. 루쉰의 일기에는 다음과 같은 기록이 있다.

“오후에 야마모또 의원(山本醫院)에 가서 둘째 동생을 살펴보다. 『불본행경(佛本行經)』 2권을 가지고 돌아오다.”(1921년 4월 2일)

“오후에 야마모또 의원에 가서 둘째 동생을 살펴보다. 『출요경(出曜經)』 1부 6권을 가지고 돌아오다.”(1921년 4월 12일)

“오후에 야마모또 의원에 가서 둘째 동생을 살펴보다. 『기세경(起世經)』 2권과 『사아함모초해(四阿含暮抄解)』 1권을 가지고 돌아오다.”(1921년 4월 27일)

“오후에 야마모또 의원에 가서 둘째 동생을 살펴보다. 『누탄경(樓炭經)』 1부를 가지고 돌아오다.”(1921년 4월 30일)

“오후에 야마모또 의원에 가서 둘째 동생을 살펴보다. 『당래변경(當來變經)』 등 1책을 가지고 돌아오다.”(1921년 5월 10일)

“오후에 워포쓰(臥佛寺 : 와불사)로 가서 둘째 동생이 부탁한 불교 서적 3종을 사다.”(1921년 6월 14일)

“오후에 워포쓰로 가서 둘째 동생을 위해 불경 3종을 사고 내가 읽으려고 『능가경론(楞伽經論)』 등 4종 8책을 사다.”(1921년 6월 18일)

“오전에 야마모또의원에 가서 판치신(潘企莘 : 반기신)을 위해 통역을 해주다. 워포쓰로 가서 둘째 동생을 위해 『범망경소(梵网經疏)』·『입세아비담론(入世阿毘曇論)』 각 1부를 사다.”(1921년 6월 22일)

“오후에 야마모또 의원으로 가다. 저녁에 둘째 동생의 편지와 『대승론(大乘論)』 2부를 받다.”(1921년 6월 27일)

이전에도 저우쭈어런은 불경과 접촉한 적이 있다. 베이징에 방금 도착했을 때 루쉰의 서재에는 불교 관련 서석이 다량으로 쌓여 있었다. 이때 그가 갑자기 불경을 탐독하기 시작한 것은 지루한 시간을 때우기 위한 측면도 물론 포함되어 있지만, 마음속의 고통에 의해 유발된 요인도 확실히 포함되어 있다. 「산중잡신」에는 문자의 배후에서 불교의 목탁 소리가 은은하고도 느릿느릿 울려 퍼지고 있다.

푸웬(伏園 : 복원) 형:

나는 이미 이번 달 초에 퇴원하여 산 속으로 거처를 옮겼습니다. 샹산(香山 : 향산)은 그리 큰 산은 아니고 마치 우리 고향 시내의 워룽산(臥龍山 : 와룡산)과 같습니다.

그러나 베이징 근교에서는 비교적 아름다운 산으로 칠 수 있을 것 같습니다. 비윈쓰(碧雲寺 : 벽운사)는 산허리에 있는데 그 위치가 아주 좋습니다. 다만 나는 아직까지 절 밖으로 나가 본 적은 없습니다. 왜냐하면 의사의 진찰을 한 번 더 받은 후에야 내가 어떻게 행동해야 할지 결정할 수 있기 때문입니다. 게다가 요즘은 연일 비가 내려서 절간의 경내조차도 거닐 수 없습니다. 종일 방안에서 앉았다 누웠다를 반복하고 있을 뿐입니다. 이틀이나 계속해서 큰 비가 내려서 날씨도 상당히 추워졌습니다. 반야당(般若堂)에는 스님들 몇 분이 거주하고 있는데, 이들은 참죽나무 줄기를 많이 사서 돗자리에 펴서 말리고 있습니다. 그러나 이번 이틀 간의 비로 그것을 말릴 수가 없었을 뿐만 아니라 오히려 더욱 축축해지고 말았습니다. 매번 유리창을 통해서 처마 아래에 펴놓은 그 축축하고도 푸릇푸릇한 참죽 줄기를 볼 때마다 늘상 이 스님들에게 매우 미안한 마음이 들곤 합니다. 비록 비오는 날씨가 나와는 아무런 관계가 없지만 말입니다.

반야당 안에서는 아침 저녁으로 스님들이 불경을 읽습니다. 그러나 그것은 나에게 결코 시끄럽게 느껴지지 않을 뿐만 아니라 오히려 나를 맑게 각성시키는 힘을 발휘하고 있습니다. 새벽과 황혼 무렵에 울리는 맑은 풍경소리는 마치 신앙도 없고 귀의할 곳도 없는 우리 같은 사람에게 앞으로 정진할 한 줄기 길을 찾으라고 재촉하는 것 같습니다. 나는 요즘 사상적인 동요와 혼란이 대단히 심합니다. 톨스토이의 이타적인 사랑과 니체의 초인, 그리고 공산주의와 우생학, 예수·석가·공자의 교훈과 과학의 예증을 나는 모두 좋아하고 존중하고 있지만, 그것을 조화 통일시켜서 사람이 다닐 수 있는 큰 길을 만들어 낼 수가 없습니다. 나는 이러한 각종 사상들을 어지럽게 머리 속에 쌓아두고 있을 뿐이어서, 정말 시골 마을의 잡화점이라 할 수 있습니다. 또한 세간에서 사상적인 면에서 통일된 길은 없다고 말하는 이치를 아직까지는 잘 이해하지 못하겠습니다. 이 일은 항상 나를 생각에 젖어 들게 합니다. 지금 스님들이 낭송하는 독경 소리를 듣고 있자니 더욱더 정신적인 자극이 가해지는 것 같습니다. 그들과 비교해보면 나는 마치 수많은 국적을 가진 상하이의 서양 상인들 가운데 무국적 상인으로 끼어 있는 것 같습니다. 무국적이 좋은지 나쁜지는 나는 아직도 잘 모르겠습니다. 형은 어떻게 생각하는지요?

절집의 분위기는 결코 바깥 세상보다 평화롭지 않습니다. 내가 오기 하루 전날에는 반야당의 한 스님이 방장(方丈)이 보낸 사람에 의해 잡혀갔다고 합니다. 절 안의 기물을 훔쳤다는 죄목으로 먼저 한 차례 매를 맞은 후 시내의 무슨 관청으로 묶여 갔다는군요. 물건을 훔쳤는지 아닌지는 결국 또 다른 문제이겠지만 매달아 놓고 매질을 하는 일은 아마도 불가에서 행할 바는 아닌 듯합니다. 대체로 지금은 불가의 계율도 유가의 삼강오륜과 마찬가지로 벌써 형식적으로 변질된 지 오래입니다. 설령 스스로 영원히 파문당할 수 있는 죄를 지어도 아무런 방해도 받지 않으며, 권력만 있으면 다른 사람을 다스릴 수도 있습니다. 이것은 마치 명교(名敎)를 지키려는 사람들이 자신의 늙은 아버지를 구타해도 세간에서는 전혀 이상하게 생각하지 않는 것과 같습니다. 우리 주방의 옆방에는 음료수를 파는 두 사람이 살고 있는데 항상 싸웁니다. 주인이 잠시 집으로 돌아가자 이 어린 두 종업원만 남게 되었습니다. 연일 비가 내려서 난전을 펼 수 없게 되자 더욱 쉽게 다툼이 일어나는 것입니다. 그저께 저녁에는 서로 밥을 하려 하지 않고 상대방에게 미루기만 하였습니다. 처음에는 서로 욕을 하다가 결국은 각각 부엌의 쇠부지깽이를 들고 두 차례나 무예를 겨루었습니다. 나는 그들이 서로 질타하는 목소리를 들으며 『삼국지(三國志)』와 『겁후영웅략(刼後英雄略)』 등의 책 속에 기재되어 있는 영웅들의 전투와 무예 시합의 위세를 상기하였습니다. 그러나 뒤에 전투가 끝났는데도 그들 두 사람은 조금도 상처를 입지 않았으니 정말 불가사의한 일입니다. 이 두 가지 일에서 이 산의 전투적 상황을 대략 알 수 있을 겁니다.

오른쪽 갈비뼈가 아프기 때문에 글을 쓰기가 그리 쉽지 않습니다. 이 편지도 네 차례 나누어 쓴 것입니다. 이후에 다시 쓰겠습니다.

묘사가 아름답고 어조도 부드러운 글이다. 그러나 나는 이 글에서 한 줄기 냉기를 느끼곤 한다. '신촌'정신을 제창한 지 2년도 되지 않아서 이처럼 큰 사상상의 변화가 일어나고 있다는 것은 수수께끼 같은 일이다. 생활에 어떤 위기감을 느꼈는지 아니면 신념에 어떤 변화가 있었던 것인지 혹은 이 두 가지 모두인지는 아직 알 수 없다. 인생이란 참 기괴한 것이다. 낙관주의를 제창하는 사람들의 마음은 흔히 낙관적이지 못한 법이다. 정신적인 결함 때문에 다른 방법으로 그것을 메우려는 것이지만, 심령 깊은 곳에는 여전히 그 결함이 남아 있다. 대체로 루쉰도 이와 같은 체험을 하고 있다. 이른바 "함성에서 시작하여 방황으로 끝을 맺고 있다"는 진술의 근저에는 아마도 방황의 성분이 더욱 많을 것이다. 어쨌든 형제 두 사람은 그 당시 확실히 심리적인 장애와 정신적인 괴로움을 느끼고 있었다. 1921년 5월 27일 루쉰은 반 년 동안 동생을 간호한 고통의 시기를 겪고 나서 그를 서산으로 보내 요양시키고자 하였다. 그 날의 일기에는 이렇게 기재되어 있다. "27일 맑음. 새벽에 인부들을 데리고 서산 비원쓰로 가서 둘째 동생이 묵을 방을 수리하다. 오후에 돌아오다가 하이덴(海甸 : 해전)에 머물러 술을 마시다. 만취하다." 그때 루쉰이 혼자서 술 마시는 정경을 상상해보면 당시 그가 느끼고 있던 깊은 슬픔을 짐작할 수 있다. 동생이 괴로워하는 모습 때문에 기실 루쉰 자신도 고통을 겪고 있었던 것이니 피차간에 위로할 필요도 없었을 것이다. 가련한 세상에서는 모두들 탄식에 젖을 수밖에 없는 나그네이다. 세상에는 본래 길이 없다. 멀리서 보이는 것은 그림자의 부름일 뿐이다. 저우씨 형제는 거의 동일한 절벽 위로 밀어 올려지고 있었다. 두 사람이 마주 보고 앉아서 말없이 감정을 교류할 때, 인간 세상의 모든 고락은 침묵 속에서 허무로 화하고 있었던 것이다.

두 사람의 이와 같은 곤경을 체감할 수 있는 사람은 거의 없었다. 이것은 뿌리도 없이 떠다니는 정신상의 쓰라린 방황이었다. 이것은 마치 한 떨기 구름과 같아서 바람에 의해 어느 곳으로 불려 날아갈지 모를 일이었다. 「낮꿈(晝夢)」에서 저우쭈어런은 이렇게 탄식하고 있다.

나는 비겁하고 연약한 사람이다. 항상 인간의 비애와 공포를 느낀다.

추운 겨울 이른 아침 좁은 골목길을 걸어가다가 열네다섯 살 정도 된 소녀를 만났다. 상기된 얼굴에는 자연스런 홍조가 얼핏 스쳐 지나가고 검은 눈동자에는 아직도 처녀로서의 광채가 남아 있다. 그러나 그 소녀는 얼음 속에 핀 꽃과 같아서 너무나 추워 보였다. 이 슬픈 광경은 신성하다고 할 수 있을 정도였다.

골목 밖에는 손님을 기다리는 인력거꾼이 서 있다. 거친 삼베 조각 같은 수건을 머리에서 아래 턱까지 덮어쓰고 있고 회색빛 얼굴 중앙에 있는 두 눈에는 깊이를 알 수 없는 심연이 느껴진다. 차가운 재로 식어버린 석탄이 보이지 않게 사람을 얼어붙게 만드는 것처럼 나의 마음은 굳어버린 추위에 떨게 되었다.

나는 나의 고함 소리를 시험해 본 적이 있지만 오히려 메아리만이 되돌아와서 고통스럽도록 미약한 나의 목소리를 알려 주었다.

나는 어디로 가서 기도해야 하나? 미지의 사람들과 미지의 신이 있을 뿐이다.

미지의 사람들과 미지의 신을 찾아가고자 하나 나의 신념이 너무나 약해지는 것 같다.

이것은 약자의 목소리이며, 그 어조 속에는 아무런 색깔도 느껴지지 않는다. 루쉰도 절망한 적이 있고 슬프게 탄식한 적이 있지만 이처럼 한결같이 의기소침해 하지는 않았다. 루쉰의 글에는 항상 솟아오르는 생명력이 스며들어 있다. 심도 깊은 자아 반성과 내면 성찰 속에 적막으로 빠져들지 않으려는 몸부림 같은 것이 꿈틀대고 있다. 『야초(野草)』에서 묘사한 고독한 과객도 결코 저우쭤런처럼 연약하게 침잠하지 않고 있으며 오히려 절망과 항쟁하며 씩씩하게 앞으로 나아가고 있다. 그 주위의 황량함 속에서도 과객의 두려움 없는 전진이 생명의 광채를 끊임없이 흘러넘치게 하고 있다. 우리는 거기에서 회색빛 어둠과 죽음을 느낄 수 있지만 고요 속의 의기소침한 분위기나 무력한 탄식 같은 것은 느낄 수 없다. 「그림자의 고별(影的告別)」에서 루쉰은 그의 심정을 이렇게 묘사하고 있다.

내가 싫어하는 것이 천당에 있다면 나는 가지 않겠다. 내가 싫어하는 것이 지옥에 있다면 나는 가지 않겠다. 내가 싫어하는 것이 당신들이 말하는 미래의 황금세계에 있다 해도 나는 가지 않겠다.
그러나 내가 싫어하는 것은 바로 너.
친구여 나는 너를 따라가서 함께 살기 싫어.
나는 싫어!
아, 아, 나는 싫어. 나는 차라리 디딜 땅도 없는 곳에서 방황하리라.

나는 그림자일 뿐이야. 너와 고별하고 암흑 속에 침몰하리라. 그러나 암흑은 나를 삼키려 하고, 광명도 나를 소멸시키려 한다.
그러나 나는 밝음과 어둠 사이에서 방황하긴 싫어, 나는 차라리 암흑 속에서 침몰하리라.

모순 어법 속에서 루쉰은 자신의 생명에 대한 성찰을 끊임없이 반복하고 있고, 이 내적 성찰은 점점 더 상승 곡선을 그리고 있어서 그 속에 포함된 형이 상학적인 의미를 쉽게 읽어낼 수 있다.『야초』는 철학적이며, 거기에는 생명에 대한 참언이 기록되어 있다. 그것은 노장(老莊) 이래의 중국 문화에서도 일찍이 출현한 적이 없던 목소리이다. 이러한 글을 읽으면서 나는 줄곧 침울한 시기 저우쭈어런이 내뱉던 영탄을 상기하곤 하였다. 그러나 솔직히 말해서 저우쭈 어런은 인성의 깊이에서 루쉰에게 미치지 못한다. 그러나 저우쭈어런의 고뇌 속에는 항상 건전한 이성(理性)이 그 지주 역할을 하고 있으며, 거기에 우아하 고 점잖은 풍모가 보태져 있다. 그러나 루쉰은 모든 이성의 그물을 찢어버리 고 완전히 무질서한 혼돈 속으로 진입해 들어간다. 이러한 혼돈은 서구의 비 이성주의가 드러내는 난삽한 읊조림과는 전혀 다르며, 오히려 생명의 샘이 콸 콸 흘러넘치는 것 같은 모습을 하고 있다. 그것은 또한 땅 속의 마그마가 갑자 기 분출하여 질서 없이 마구 흘러가는 것과 같다. 그러나 그것은 우리들을 압 박하며, 저 핏빛 세계 속에서 위대한 생명의 열기를 느끼게 한다. 저우쭈어런 에게서는 이러한 열기가 전혀 느껴지지 않는다. 그는 마치 한 줄기 시원한 바 람처럼 우리를 상쾌하게 해줄 뿐 다른 느낌은 아무 것도 주지 않고 있다. 비록 그의 글이 영원히 우리를 유혹하는 정취를 발산하고 있음에도 말이다.

　인생의 괴로움을 이해하는 것, 이것이 바로 저우씨 형제의 창작이 드러내고 있는 문화적 자각이다. 유토피아적인 모든 전망은 그들의 창작 속에서 빛을 잃고 있다. 저우씨 형제의 글을 읽을 때 우리는 고난에 대처하는 그들의 태도 에 주의를 기울이지 않을 수 없다. 그들의 인생 철학은 거의 모두가 고난을 곱 씹는 그들 삶의 역정 속에 기록되어 있다. 이러한 작품들을 읽은 후에야 우리 는 비로소 5·4 이후 그 많은 작가들 중에서 왜 저우씨 형제와 같은 소수의 작가만이 이처럼 오랫동안 사람들의 화제가 되고 있는지를 이해할 수 있을 것 이다. 천박하게 고통과 불행을 호소하는 문인들은 그들 앞에 설 자리가 없을 것이다.

3.

　당대인들의 안목으로 볼 때 40세는 아직 진정한 의미의 중년에 속하지 못하고 여전히 청년시대의 잔영을 가지고 있는 것으로 간주된다. 그러나 저우씨 형제는 40세 무렵에 자신들을 노인으로 간주하고 있다. 그들이 자신의 생명이 흘러가는 것에 그처럼 민감하게 반응하고 육체의 청춘과 영결을 고하는 부분에 우리는 특히 주의를 기울이지 않을 수 없다. 그러나 5·4 이후에도 그들은 청년들의 어투나 청년들의 격정으로 글을 쓴 적이 없다. 그들의 최초의 산문 창작에도 아주 진한 중노년기의 감각이 배어 있다. 그러나 그것은 전통 문인들의 감각처럼 고졸(古拙)하거나 편벽되지 않다. 기묘하게도 연령을 주제로 두 사람의 시간과 공간 감각을 분석해보면 어떤 문제를 해결하는 실마리를 찾을 수 있을지도 모르겠다. 내 생각으로는 황혼 무렵의 웅혼함과 비장함이 그들 두 사람에게 매우 특징적으로 표현되고 있는 것 같다. 여기에는 이미 흘러가 버린 생명에 대한 미련이 드러나고 있을 뿐만 아니라, 더욱 주요하게는 생명 가치에 대한 쓸쓸한 체험도 주된 정조를 이루고 있다. 생명에 대한 이와 같은 자각은 그들의 등 뒤로 인간으로서의 가장 진지한 숨결이 흘러넘치게 하고 있다. 아득해지면서도 자신감 있고 애상적인 …… 영혼과 육체의 충돌은 그들이 지닌 정신의 심도와 정욕의 심도를 드러내주고 있다.

　저우쭤어런은 「흘러가는 생명(過去的生命)」에서 생명이 지나가는 소리를 묘사하고 있다. 진지하면서도 슬프다.

> 흘러가 버린 나의 3개월의 생명은 어디로 갔는가?
> 없다. 영원히 사라져 버렸다!
> 나는 생명이 뚜벅뚜벅 한 걸음 한 걸음
> 나의 머리맡을 지나가는 소리를 듣고 있다.
> 나는 일어나 앉아 붓을 들고 종이 위에 마구 갈겨쓴다.

생명의 발자취를 종이 위에 찍어 놓으려고……
하지만 한 줄도 쓸 수 없다.
나는 여전히 침대에 누워
생명이 뚜벅뚜벅 한 걸음 한 걸음
나의 머리맡을 지나가는 소리를 듣고 있다.

이것은 저우쭈어런이 병상에서 쓴 글이다. 1930년대 이후의 그 우아한 모습은 찾아 볼 수 없다. 여기에는 아무런 가식도 없이 작가의 본 모습이 드러나고 있다. 이것은 자신을 위해 쓴 글이며 생명에 대한 생명의 속삭임이다. 병상에 누워 본 사람만이 이처럼 뼈에 사무치는 감각을 느낄 수 있다. 세월이 자신의 곁을 지나가는 소리를 들으며, 봄이 가고 여름이 가고 늦가을과 깊은 겨울이 흘러가는 것을 의식하고 있다. 저 마음속 깊은 곳에서 더욱 심각한 실망감이 어찌 생겨나지 않을 수 있겠는가? 이 점에 대해서는 루쉰도 더욱 심각한 체험을 하고 있다. 「야초(野草)·희망(希望)」에는 이러한 묘사가 있다.

나는 아마도 늙어 버린 것 같다. 머리카락이 이미 희어진 것이 분명한 사실이 아닌가? 나의 손이 떨리고 있음도 분명한 사실이 아닌가? 나의 영혼의 손도 틀림없이 떨리고 영혼의 머리카락도 분명 희어졌으리라.
그러나 이것은 여러 해 전의 일이다.
이전에는 나의 마음에도 핏빛 노래가 가득했었다. 피와 칼, 불과 독, 광복과 복수, 문득 이러한 것들이 모두 공허해졌지만, 때때로 어쩔 수 없이 자신을 기만하는 희망을 종이에 고의로 메꾸어 보기도 한다. 희망, 희망, 이 희망의 방패로 공허 속에서 어두운 밤이 습격해 오는 걸 간신히 막는다. 비록 방패의 뒤는 여전히 공허 속의 어두운 밤이지만. 그러나 바로 이와 같이 나의 청춘은 계속해서 소진되고 있다.
내 청춘이 흘러가 버린 걸 왜 일찍 몰랐던가? 그러나 육체 밖의 청춘은 여전히 존재하고 있다. 별, 달빛, 땅에 떨어져 죽은 나비, 어둠 속의 빛, 부엉이의 불길한 울음소리, 두견새의 피울음, 웃음의 아득함, 사랑의 비상…… 비록 서글프고 아득한 청춘일 뿐이지만 그래도 결국은 청춘인 것을.
그러나 지금 어째서 이토록 적막한가? 육체 밖의 청춘도 모두 흘러가버리고 세상의 청년들도 모두 늙어 버린 건 아니겠지?

나는 내 자신에 의지하여 이 공허 중의 어두운 밤과 육박전을 벌일 수밖에 없다.[1]

스스로에 대한 노쇠감 및 자신의 몸 밖 세계에 대한 복잡한 태도가 루쉰의 세계에서 기이한 목소리로 울려 퍼지고 있다. 그러나 생명에 대한 루쉰의 성찰에는 언제나 우리의 귀를 찌르는 날카로움이 동반되고 있어서 실패를 두려워하지 않는 용기를 북돋워주고 있다. 저우쭈어런은 아마도 이러한 점을 갖지 못한 것 같다. 자신의 유한성과 유일성을 의식하게 되면 어쩔 수 없는 인생의 쓰라림이 수반되게 마련인 것이다. 그러나 인간이 고요하게 명상할 때면 아마도 인생에 대한 이와 같은 창망함이 많이 줄어 들 것이고, 그림자를 보고 자기 자신을 슬퍼하는 일도 거의 없게 될 것이다. 문제는 자기 자신을 어떻게 바라보고 또 어떻게 생활의 실상과 마주 할 것인가에 있을 것이다. 이것이야말로 가장 중요한 일이 아니겠는가?

자신이 더 이상 젊지 않다고 의식하게 되면 뒷세대에 대한 사랑과 연민의 감정이 생겨난다. 청춘을 부러워하는 마음속에는 아버지로서의 사랑도 포함되어 있다. 저우씨 형제의 작품 속에는 그들의 부성애가 끊임없이 솟아나고 있다. 루쉰의 「우리는 지금 어떻게 아버지 노릇을 할 것인가(我們現在怎樣做父親)」, 「등하만필(燈下漫筆)」, 「절개에 대한 나의 관점(我的節烈觀)」 등의 글과 저우쭈어런의 「형극(荊棘)」, 「어린이(小孩)」, 「아동문학(兒童的文學)」 등의 글에서 이 점을 확인할 수 있다. 그러나 이 글들은 모두 교훈적인 어투가 아니라 생명의 가치관 입장에서 생명을 동정하고 위로하며, 험난한 인생 길을 개척하려는 욕망을 보여주고 있다. 저우씨 형제는 아마도 천하의 약소자들과 호흡을 함께 하려는 사명감을 느끼고 있었던 것 같다. 이것은 그들의 학술 연구뿐만 아니라 문학 작품 속에 더욱 잘 구현되어 있다. 루쉰의 신랄함과 저우쭈어런의 고요함 속에는 모두 이러한 요소가 포함되어 있다.

보통 사람들은 자신의 생명이 소진되어 가는 소리를 저우씨 형제처럼 그렇

---

1)『魯迅全集』第2卷, 人民文學出版社, 1981, 177면.

게 민감하게 듣지 못한다. 저우씨 형제의 이러한 경향을 간단히 나르시시즘의 일종으로 해석하는 것은 그리 타당하지 못하다. 그들의 특이성은 그 사유의 폭이 모두 정상인의 감각 범위를 훨씬 초월하고 있다는 점에 있다. 인류의 역사에서 지자(智者)들은 단순히 세속적인 기쁨에 몸을 맡기는 경우가 거의 없다. 몸을 한 번 세차게 흔든 후 세속을 뛰쳐나와 다시 그 세속의 중생들을 돌아보는 냉엄한 태도야말로, 그들의 시야가 일상을 초월하는 근본적인 이유인 것이다. 저우씨 형제는 모두가 잠든 밤 동안 깨어 있었던 소수의 각성자였다. 사방은 모두 광대한 어둠의 세계였다. 그들은 자신이 어느 곳에 위치해 있는지 알고 있었지만 자신들의 갈 길은 어쩔 수 없는 역사의 힘에 의해 결정될 수밖에 없었다. 두 사람의 작품을 읽어 보면 항상 "꿈을 깬 후에 갈 길을 찾을 수 없는 비애"가 깊이 느껴진다. 이 때문에 그들은 노인의 어투로 창망한 세상 이야기를 서술하였고, 절망과 애통함이 오래도록 그들의 세계를 얽어매고 있었다. 두 사람의 불안한 영혼 속에서 나는 현대인의 가장 침중한 생존의 곤경을 읽을 수 있었다.

4.

적막감을 벗어나기 위해 예술 속에서 해탈을 추구하는 마음을 두 사람은 비슷하게 언급한 적이 있다. 저우쭈어런은 「자신의 정원(自己的園地)」에서 이렇게 진술하고 있다.

> ……나는 지나가버린 나의 장밋빛 꿈이 모두 환상이라는 사실을 분명하게 알고 있다. 그러나 나는 여전히 상상 속의 벗들, 그리고 어리석은 사람의 마음을 잘 이해해주는 독자를 찾고 있다. ─이것은 인생의 약점이다─ 나는 여기에 실린 글들이

다른 사람에게 무슨 효용이 있거나 혹은 나 자신에게 얼마간 즐거움을 줄 수 있다고 도 생각하지 않는다. 다만 나는 이 책을 통해 범속한 자신의 일부분을 표현하고자 했을 따름이다. 이 밖의 다른 목적은 아무것도 없다.

나는 적막감 때문에 문학에서 위안을 찾고자 했다. 잡다하게 책을 읽고 두서없이 글을 짓는 일은 학자들의 웃음거리도 될 수 없지만 나 자신에게는 언제나 상당한 효 과를 안겨주곤 하였다. 혹시 국내에 나의 마음과 같은 사람들이 있다면 이 책을 그 들에게 바치고자 한다. 만약 없다 해도 그것으로 그만일 뿐이다. 결국 적막 위에 더 높은 적막은 없는 것이다.

루쉰은 『함성(吶喊)』 자서(自序)에서 이렇게 진술하고 있다.

다만 내 스스로의 적막을 제거하지 않을 수 없었다. 왜냐하면 그것은 나에게 너무 나 고통스러웠기 때문이다. 그리하여 나는 갖가지 방법을 동원하여 내 자신의 영혼 을 마취시키면서, 국민 속으로 나를 침몰시키기도 하고 고대(古代)로 나를 끌고 가 보기도 하였다. ……

나는 그들도 아마 적막을 느끼고 있다고 생각하였다. 그러나 이렇게 말을 던져 보 았다.

"여기에 강철로 만든 방(鐵屋子)이 하나 있다고 하세. 문이라곤 하나도 없고 절대 로 파괴할 수도 없는데, 그 속에는 많은 사람들이 곤히 잠을 자고 있네. 오래지 않아 모두들 숨이 막혀 죽겠지. 그러나 깊은 잠에서 바로 죽음으로 진입하기 때문에 결코 죽음의 비애는 느낄 수 없을 것일세. 지금 자네가 일어나라고 큰 소리로 외치면 비 교적 잠귀가 밝은 몇 명은 놀라 깨어날 걸세. 만약 이 불행한 소수들이 돌이킬 수 없는 임종의 고통을 겪게 된다면 자네는 그들에게 미안하지 않겠는가?"

"그러나 몇 명이라도 깨어난다면 이 철의 방을 깨울 희망이 전혀 없다고는 할 수 없지 않겠는가?"

그렇다. 나는 비록 내 스스로의 확신은 갖고 있었지만, 희망까지 언급하자 그것을 말살시킬 수가 없었다. 왜냐하면 희망은 미래에 속하는 것이므로 나는 절대로 없다 고 증명할 수도 없었고, 아울러 그가 말한 바의 있을 수도 있다는 가능성을 꺾어 버 릴 수 없었다. ……

내 스스로의 입장을 말하자면 지금은 이미 절박한 상황하에서 부득이하게 글을 쓰는 사람은 결코 아니게 되었다. 그러나 어쩌면 당시는 내 자신이 느낀 적막의 비애를 잊을 수가 없었기 때문에 때때로 몇 마디의 고함을 지르지 않을 수 없었다. 그것은 오로지 적막 속에서 치달리는 용사들을 위로하고 그들이 앞서 달려 나가는데 거리낌이 없게 하려는 것일 뿐이었다. ……2)

고통 속에서 각각 자신의 고민을 서술하고 있는데, 이는 두 사람 모두에게 동일한 체험이었다. 그러나 이 고민은 단순한 은원 관계나 사업의 성공 여부에서 비롯된 것이 아니다. 바로 삶의 의미에 대한 회의와 자신들을 둘러싸고 있는 세계에 대한 부인에서 비롯된 것이다. 두 사람은 거의 약속이나 한 듯이 이성(理性)의 의미에 대해 힐난을 퍼붓고 있다. 고문과도 같은 이러한 힐난은 글을 읽고 난 후 정말 삼엄한 느낌을 갖게 한다. 예를 들어 루쉰은 중국의 생존 환경과 역사문화를 '식인 구조'라고 하였다. 저우쭈어런도 중국의 역사는 모두 강시와 같은 것이라고 탄식하였다. 1930년대 이전에 저우쭈어런은 사상적인 맥락에서 거의 루쉰의 관점을 그대로 따르고 있고, 어떤 것은 완전히 같은 것도 있다. 주위의 세계에서 빛을 찾을 수 없었으므로 창작 속에다 자신의 개성을 펼칠 수밖에 없었다. 그들의 소설과 산문 속에는 곳곳마다 어쩔 수 없는 삶의 고민이 스며들어 있고, 어떤 문장은 심지어 앞이 보이지 않는 차가운 안개로 둘러싸여 있다. 이전에 그들은 문예로써 인생을 개량할 수 있다고 믿었다. 적어도 5·4 시기까지도 두 사람은 이러한 생각을 갖고 있었다. 그러나 5·4의 물결이 퇴조한 후 한 사람은 문장의 효능이 '불과 화살'에 미치지 못한다고 생각하게 되었고(루쉰이 『兩地書』에서 쉬광핑에게 한 말), 또 한 사람은 고우재(苦雨齋) 속에 은둔하여 차 맛이나 감상하며 스스로를 위로하기 시작하였다. 「인간의 문학(人的文學)」을 제창할 때 저우쭈어런은 얼마나 비분강개하였던가? 그러나 1920년대 말에는 곧바로 노인 행세를 하며 그 열정을 냉각시키고 있다. 그래도 그들은 여전히 창작을 포기하지 않았다. 고통이 가장 깊어질 때 그들의 창작량은 오히려 더욱 늘어나고 있다. 루쉰에게 있어서 번역과 창작은 심지어 자학의 정도에 이

---

2) 『魯迅全集』第1卷, 人民文學出版社, 1981, 419면.

를 때도 있었다. 그는 생명의 피와 눈물을 전부 예술의 공간 속에 쏟아 부었다. 심령의 전율, 두서없는 읊조림, 반항과 절망의 외침 등 거의 모든 정서가 그의 글쓰기 공간 속에 굴절되고 있다. 루쉰의 작품 속에서 우리는 온기를 거의 찾아볼 수 없다. 사방은 끝없는 어둠뿐이며, 인간의 고난이 소설 전체를 점거하고 있어서 독자에게 강렬한 압박감을 주고 있다. 광인의 눈빛, 샹린(祥林 : 상림) 댁의 절망, 쿵이지(孔乙己 : 공을기)의 몰락, 아Q의 죽음…… 그곳은 짙은 회색빛 왕국이다. 루쉰은 인류가 가장 두려워하는 일막을 우리에게 상연해 주고 있다. 그러나 저우쭤어런은 이 암흑을 심령 속 깊은 곳에 감춘 채 쓰디 쓴 술을 배 속으로 털어 넣고 있다. 그의 산문 중에서 가장 전아하고 온화한 작품이라 하더라도, 독자들은 거기에서 형언할 수 없는 슬픔을 체감할 수 있다. 1920년대의 저우쭤어런은 산문의 정원 속에서 그 담담한 애수를 끊임없이 풀어놓고 있다. 비록 루쉰처럼 강대한 장력은 형성하지 못했지만 일상을 뛰어 넘는 그의 우울은 문장 속에 생명의 깊은 맛을 깃들게 해주었다. 그것은 사람을 깊이 성찰하게 해주는 예술의 빛이었다. 이러한 작품들 속에는 그의 생명의 존재 방식이 그토록 진실하고도 형상적으로 새겨져 있어서 우리 같은 후인들에게 일찍이 이와 같은 영혼도 존재했구나 하는 사실을 알게 해준다. 저우씨 형제가 그들의 창작 속에 구현해 놓은 풍모는 삶의 어려움에 직면한 사람들에게 아마도 유익한 계시를 내려줄 수 있을 것이다.

나는 루쉰의 고민이 그의 창작 속에서 전혀 해소되지 않고 있다고 생각한다. 고민의 배설 대신 그가 얻은 것은 오히려 더욱 침중한 고난과 절망이었다. 저우쭤어런은 역사의 블랙홀에서 점점 멀리 벗어나고 있었다. 문득 문득 불안감과 공포감을 드러내기는 하였지만 저우쭤어런은 오히려 찰나의 순간에 매력적이고 평화로운 낙원을 그려내어 사람들이 그 속에서 영원한 미감을 느끼게 해주고 있다. 이러한 점이 두 사람의 근본적인 구별점이 아닐런지? 저우쭤어런은 인간의 면전에 펼쳐진 길이 끝도 없는 심연임을 분명하게 깨닫고 점점 길을 에둘러 가는 방식을 배우고 있다. 그러나 루쉰은 그 심연 속으로 뛰어들어 비범한 목소리로 고함을 지르며 암흑의 세계를 직시하고 있다. 루쉰은 너무나 준엄하다. 「광인일기」와 「고독자」를 읽어보면 우리 몸을 엄습해오는 겨울철 차가운 바람을 느낄 수 있다. 그러나 저우쭈어런은 방풍이 되는 비옷을 입고 우리들에게 비를 피하고 싶은 마음이 솟아나게 한다. 고난을 마주하는 태도가 왜 이렇게 상이할까? 이 점을 이해하려면 그들의 세계가 점점 달라진 원인을 알아야 한다. 중국 지식인의 내면에 간직되어 있는 원형질이 이 원인 규명 과정에서 분명하게 드러날 수도 있을 것이다. 당신이 아픔을 느끼지 못하는 사람이 아니라면 당신은 고난에 대처하는 이 두 가지 태도에서 벗어나기 어려울 것이다. 아마도 중간의 길은 없을 것이다.

5.

저우쭈어런이 느끼고 있던 정신적인 피로감은 아주 침중한 것이었다. 그는 복잡다단한 신구(新舊)문화의 충돌 속에서 줄곧 모순 상태에 처해 있었다. 학생 시절에도 그의 사상에는 "외국의 휴머니즘, 혁명 사상, 전통적인 허무주의, 그리고 김성탄(金聖歎), 량치차오(梁啓超 : 양계초)의 신구 문장의 영향 등등이 혼란스럽게 뒤섞여 있었다." 그 모순의 핵심은 바로 인간 개체의 존재 의미에 대한 곤혹감과 이러한 곤혹감이 그에게 부여해준 예술에 대한 갈망이었다. 진정한 예술의 왕국에서는 인간의 초조감과 당혹감이 유쾌한 위안을 얻을 수 있으리라고 그는 생각했던 것 같다. 따라서 그 당시 그의 문예관에는 대부분 이상주의적인 색채가 충만해 있다. 그는 문학 속에다 인간의 진정한 생명 가치와 심미 가치가 갖춰진 세계를 건설하려고 하였다. 그는 오직 순수한 예술의 세계에서만 자신의 정신세계를 찾을 수 있다고 깊게 믿고 있었다. 따라서 그는 산문으로 쓰어진 수필 속에 자신만의 독특한 심미세계를 건설하였고, 담담하고 우아한 읊조림 속에서 결국 자신만의 정원을 발견하고 있다.

그가 그처럼 소품문 창작에 고집스럽게 매달린 것은 자신의 이상과 자신의 심미의식을 그 소박하고 우아한 왕국 속으로 융화시켜 넣을 수 있었기 때문이다. 저우쭤어런의 감칠 맛 나는 한담 속에는 속세의 자질구레한 풍경이나 사건들로부터 포착한 인간 자신의 정취가 담겨 있다. 차를 마시며 비를 바라보고, 음식을 먹고 일상적으로 기거하는 일들이 작가의 눈에는 예스럽고 소박한 운치로 떠오르고 있다. 작가는 일반적이고 습관화된 풍속 속에서도 인간 세상의 아름다움을 체감하고 있다. 그는 고향의 야채를 서술하면서도 수려한 산수화의 세계로 사람들을 황홀하게 인도하고 있다. 그가 기억 속에서 끄집어낸 「검은 지붕 배(烏蓬船)」도 마치 잘 익은 술처럼 사람을 취하게 하고 한 올 한 올 피어오르는 향불처럼 사람의 마음을 들뜨게 한다. 「검은 지붕 배」를 조금 읽어보자.

…… 당신이 만약 그 배에 타고 있다면 산천을 유람하는 자세를 유지하면서 사방의 경물들을 감상해야 할 것이다. 도처에 보이는 산, 강가 언덕의 측백나무, 물가의 붉은 여뀌와 흰 부평초, 어부들의 집, 각양각색의 다리 등등. 피곤하면 선창에 누워서 수필집을 꺼내 읽거나 청차 한 잔을 태워 조금씩 마셔볼 수도 있다. 펜문(偏門) 밖의 젠후(鑒湖 : 감호) 일대와 허쟈츠(賀家池 : 하가지), 후상(壺觴 : 호상) 왼쪽 부근을 나는 매우 좋아한다. 혹은 러우궁부(婁公埠 : 누공부)에 가서 나귀를 타고 란팅(蘭亭 : 난정)을 유람할 수도 있고(그러나 나는 당신에게 걸어가기를 권한다. 나귀를 타는 것이 어울리지 않을 수도 있으니까), 황혼 빛이 창연할 때면 시내로 들어와 담쟁이 넝쿨로 뒤덮인 동문에 올라보는 것도 아주 흥미 있는 일이다. 만약 여정 도중 걷기에 지쳤다면 항저우(抗州 : 항주)로 가서 오후에 배를 띄워볼 수도 있다. 황혼 무렵의 경치는 정말 아름다운데 애석하게도 그 일대의 지명을 나는 모두 잊어 버렸다. 밤에는 선창에 누워 물소리 노 젓는 소리, 오고 가는 배들이 인사하는 소리 그리고 시골 마을에서 들려오는 개 짖는 소리, 닭 울음소리를 듣는 것도 매우 재미있다. 배 한척을 빌려 시골로 내려가 그 지방 전통 극을 구경하면 중국 전통극의 진정한 맛을 이해할 수도 있다. 또한 배 위에서는 여유롭게 행동하면서, 보고 싶으면 보고, 자고 싶으면 자고 술 마시고 싶으면 술을 마시는 것이 이상적인 유람법이라고 나는 생각한다.[3]

---

3) 『周作人文選』第1卷, 廣州出版社, 1995, 466면.

이것은 참으로 아름다운 세계이다. 저우쭈어런의 심미적인 격조는 인간의 정감을 맑은 샘물처럼 순결하게 정화시켜 준다. 그는 아마도 일찍이 순간 순간 마음에 아로 새겨진 여러 가지 편안한 느낌들을 절대로 버리려 하지 않았던 것 같다. 그는 이러한 느낌들을 천천히 감상하고 잘게 잘게 씹으면서 깊은 산 속에 은거하여 순간 속에서 영원을 느끼는 도인처럼 속된 세계를 신성화시키고 있다. 이러한 모습은 우리들로 하여금 '유연견남산(悠然見南山)'이라고 읊는 도연명의 여운을 많이 느끼게 해준다. 저우쭈어런은 이러한 표연한 감각이 바로 가장 달콤하고 인간적인 것이라고 생각하고 있었다. 인간의 정감을 대상화하고 대상의 세계를 신비화하는 것이 바로 저우쭈어런이 창작 속에서 자신을 가장 흡족하게 표현하는 방법이었다. 왜냐하면 이러한 경지에서 인간의 주체와 객체세계는 조화로운 공명 현상을 일으킬 수 있고, 인간의 자유로운 본성이 객체세계 속에서 적절한 외피를 얻을 수 있기 때문이다. 저우쭈어런은 초공리적인 순수한 미적 관조 속에서 고전화된 미적 세계를 창조하고 있다. 거기에는 세계와 인간 자신에 대한 그리고 인간의 세속성과 초월성에 대한 그의 복잡한 태도가 포함되어 있다.

생활의 예술화와 예술의 생활화는 저우쭈어런의 많은 산문들이 드러내고 있는 정수 부분이다. 그는 일상 생활 속의 재미를 대단히 중시하였다. 따라서 그의 산문은 대부분 자질구레한 생활 속에서 포착한 기묘한 스냅 사진들이다. 저우쭈어런은 기이한 경관을 찾아가서 내심의 충동을 표현하는 경우가 거의 없다. 그는 대체로 지나치게 열광적이거나 과격한 정서를 싫어하였고, 이에 초지일관 생활 속에서 예술적인 운치를 찾아 낮은 목소리로 담담하고 자유롭게 음미하고 있다. 이러한 정서는 『비오는 날의 서』에 가장 생동감 있게 표현되어 있다. 한 편으로는 현묘하고 영원한 세계이지만 다른 한 편으로는 세상과 격절된 고독감이 그 속에 녹아들어 있고 또 다른 한편으로는 이상주의적인 온정이 흘러나온다고 할 수 있지만 다른 한 편으로는 인생의 곤혹감에서 도피한 허망감도 그곳에 감추어져 있다. 이처럼 평화로운 문체가 드러내는 부드러운 환각은 생명의 유한성 및 그 속에 함장된 무한성에 대한 작가의 갈망을 잘 구현해주고 있다. 저우쭈어런의 시각 속에 들어온 자연과 사회와 인간은 모두 예술화된다. 그는 인간 세상에 교직되어 있는 음울한 그림자를 떨쳐버리고 속세에서 가장 단순하고도 가장 조화로운 정신적 즐거움을 찾으려 하고 있다. 미(美)란 무엇인가? 저우쭈어런의 필치 아래에서 미는 삶의 과정에 본래부터 존재해온 그 무엇으로서 생명의 시공간 속에 가득 채워져 있는 것이었다. 그러나 이러한 미는 인간을 격앙시키고 숭고심을 불러일으키는 감정이 아니라 인간의 사랑과 환상이 교직된 고요하고 편안한 세계였다. 그리고 그 미는 인간의 자유 의지가 끝도 없이 흘러넘치는 경지가 아니라 절제되고 고전화된 엄숙·현묘한 경지였다. 저우쭈어런의 필치 아래에서 우리는 니체식 초인의 비애나 루쉰식의 비극의식은 영원히 찾아볼 수 없다. 그에게 있어서 미는 잘 조화되고 질서가 잘 잡힌 생명의 정취였다. 여기에는 인간 본질의 자유성과 전원적인 격조가 많이 포함되어 있다. 도시의 시끄러움이나 현대인들의 소란함도 없이 모든 것들이 영원히 고정된 세계에 머물러 있다. 그는 고요하고 쾌적한 리듬감이 가져다주는 동양식의 예술 경지야말로 인간의 생명이 가장 편안하고 흡족하게 도달할 수 있는 궁극적인 삶의 경지라고 인식하였다.

따라서 이렇게 말할 수도 있겠다. 저우쭈어런이 산문의 왕국에서 표현하고 창조한 세계는 이미 그가 「인간의 문학」에서 제창한 숭고하고 건전한 인간의 이성과 어떤 괴리를 보여주고 있으며, 그 대신 고전적인 온정의 세계가 점점 그의 심령을 점거하고 있다. 그는 갈수록 인간의 내면적인 감각을 묘사하는 곳으로 나아가면서 외면적인 감각에 대한 표현은 포기하고 있다. 따라서 고대의 사대부들이 지니고 있던 중용적인 마음가짐이 그의 산문의 핵심적인 격조가 되고 있다. 서구 휴머니즘에서 가장 중요시하는 정신적인 신조는 결국 그의 수필에서 산산히 부서져나가고 말았다. 자유 의지를 제외하고 남은 것이라고는 겨우 중국 고대의 소품문이 갖고 있는 '성령'과 '아취(雅趣)'뿐이었다. 저우쭈어런은 확실히 문학을 혼자서 즐기며 선인들이 건설해놓은 전원적인 정신세계를 유유히 탐방하고 있다. 그러므로 그의 사상과 정신세계는 이미 현대로부터 고전의 품으로 회귀했다고 할 수 있다.

    이 모든 것들이 그가 정치상에서 추구한 유토피아의 예술화에 불과하다는
사실은 의심의 여지가 없다. 인성에 대한 시적인 묘사가 그에게 휴머니즘적인
만족을 준 것 외에 더욱 많은 쓰라림을 안겨준 것은 아니었을까? 그는 「자신
의 정원·서」에서 이렇게 언급하고 있다. "나는 지나가 버린 나의 장밋빛 꿈이
모두 환상이라는 사실을 분명하게 알고 있다. 그러나 나는 여전히 상상 속의
벗들 그리고 어리석은 사람의 마음을 잘 이해해주는 독자를 찾고 있다. ―이
것은 인생의 약점이다― 나는 여기에 실린 글이 다른 사람들에게 무슨 효용이
있거나 혹은 나 자신에게 얼마간 즐거움을 줄 수 있다고 생각하지 않는다. 다
만 나는 이 책을 통해 범속한 자신의 일부분을 표현하고자 했을 따름이다. 이
밖의 다른 목적은 아무 것도 없다." 여기에는 얼마간의 진실이 담겨 있다. 여
기에서 알 수 있다시피 저우쭈어런의 마음 깊은 곳에는 여전히 배설하기 힘든
고민이 요동치고 있으며, 따라서 표일하고 청담한 예술 풍격 속에 인간의 현
실에 대한 곤혹과 비애가 깊이 스며들어 있다.
    차를 마시고 술을 마시는 것은 즐거움이 충만된 행동이기는 하지만 이러한
것도 생활이 너무 고통스러웠기 때문에 생겨난 행동일 수 있다. 기실 저우쭈어
런을 낙천적인 사람으로 분류할 수는 없다. 그가 제창한 미문(美文)도 고민을 초
월하기 위한 '정신적 환상'에 불과할 따름이다. 이 점은 뒷날 그의 「오십 자수
시(五十自壽詩)」에 더없이 분명하게 표현되어 있다.

前世出家今在家,	전생에는 출가한 스님이었으나 현생에는 세속에 있으니,
不將袍子換袈裟.	두루마기를 불가의 가사로 바꾸어 입지 않았네.
街頭終日聽談鬼,	거리에 나가서는 온종일 귀신 이야기만 듣다가
窗下通年學畫蛇.	창문 아래에서는 일 년 내내 뱀 그리기만 배우네.
老去無端玩骨董,	늙어가면서 까닭 없이 골동품만 좋아하고
閑來隨分種胡麻.	한가할 때면 분수를 좇아 참깨 종자나 심어보네.
旁人若問其中意,	만약에 이웃 사람들 삶의 의미를 묻는다면
請到寒齋吃苦茶.	찬 서재로 초청하여 쓴 차 맛이나 볼까 하네.

半是儒家半釋家,　　반은 유생이면서 또 반은 승려이니,
光頭更不着袈裟.　　반짝이는 대머리에 가사 옷만 입지 않았네.
中年意趣窗前草,　　중년에는 창 앞에 화초 기르기를 좋아 했지만
外道生涯洞裏蛇.　　객지 생활 수십 년에 굴 속의 뱀처럼 살아왔네.
徒羨低頭咬大蒜,　　고개를 숙이고 마늘 먹는 걸 부러워하면서도
未妨拍桌拾芝麻.　　탁자를 두드리면 참깨 고르는 일은 본받지 못했네.
談虎說鬼尋常事,　　여우 이야기 귀신 이야기만 일상적으로 늘어놓고
只欠工夫吃講茶.　　공부가 부족해 차나 마시며 차 이야기만 주절거리네.

장난삼아 쓴 이 시에서 저우쭈어런은 자신을 대오각성한 도인으로 분장시키고 있지만 허망한 인생에 대한 슬픔도 남모르게 표현하고 있다. 1934년 5월 6일은 바로 저우쭈어런이 이 시를 쓴 해인데 루쉰은 양지윈(楊靜雲 : 양제운)에게 보낸 편지에서 이렇게 쓰고 있다. "저우쭈어런의 시에는 기실 현실에 대한 불만감이 감추어져 있지만 너무 난삽하여 일반 독자들이 알아차리지 못하고 있다……" 루쉰은 저우쭈어런의 고민을 잘 알고 있었다. 저우쭈어런도 만년의 회고록 속에서 이 점을 깊이 있게 언급하고 있다. 5·4 퇴조 후에 저우쭈어런은 낙오감이 가져다준 충격에서 줄곧 헤어나지 못하고 있었다. 비록 많은 수필 속에서 그가 갖가지 봉건의식을 맹렬하게 공격하고 있지만 공허와 고민이 계속해서 그의 세계를 빈틈없이 채우고 있다. '정신적인 환상'이 작품 속에서 창작자의 마음속 고통을 더욱 강렬하고도 침중하게 드러내주고 있다. 그러나 사람들의 마음을 사로잡는 생동적인 형상을 그려낸 것 이외에는 현실의 잔혹성을 직시하지 못하고 있다. 자신의 창작을 좀 더 깊은 정신 영역으로 확대시키지도 못하고 있다. 당시 저우쭈어런의 유일한 출구는 이것 저것 두서없이 한담하며 화초나 새, 풀벌레나 물고기들 사이에서 정신의 상아탑을 쌓는 것이었다. 그러나 저우쭈어런은 자신의 고통을 하소연하려 하지는 않았다. 그는 「폐호독서론(閉戶讀書論)」에서 이에 대해 분명하게 언급하고 있다. "나는 난세에 생명을 잘 보전하는 것이 가장 중요한 일이라고 생각한다. 따라서 애초부터 번민에 빠지지 않는 것이 가장 좋은 방법이다. ……" 저우쭈어런의 내면은

고통으로 가득 차 있었다. 서글픈 인간 세상에서는 즐거움도 허망한 장밋빛 꿈에 불과하다는 사실을 그는 깊이 체감하고 있었다. 고요하고 온화한 그의 목가적인 작품도 어떤 의미에서는 인생의 고난을 벗어나기 위한 일종의 환상이라고 할 수 있다. 재미있는 것은 저우쭈어런이 억지로 편안한 모습을 가장하면서 초연한 풍모를 연출하려고 하였지만 기실 이러한 노력이 자신의 우울증을 더욱더 가중시키게 되었다는 점이다. 그리하여 그는 결국 침중한 십자가를 짊어지고 예술의 길을 어렵게 어렵게 걸어갈 수밖에 없었다. 몽롱하고 그윽하며 표연한 그의 미학 풍격과 자신의 본 모습을 드러내지 않는 문체는 마치 쓸쓸하고도 메마른 사막의 신기루 같아서 독자들의 폐부를 파고드는 신선한 미감 효과를 이끌어내고 있다. 그 이면에는 끝없는 공허감과 적막감이 소용돌이치고 있다. 저우쭈어런의 산문을 읽어본 사람이라면 누구나 이러한 느낌을 가졌을 것이다.

6.

그러나 루쉰은 이와는 완전히 다른 모습이다.

그는 마치 늑대의 젖을 먹고 자란 정글의 소년처럼[4] 항상 광야에서 우리의 고막을 때리는 사자후를 토해내고 있다. 그러다가 어떤 때는 대자대비한 부처님처럼 온화하게 중생들을 계도하기도 한다. 그에게서 단일한 색채는 찾아볼 수 없고, 우애와 복수, 인욕(忍辱)과 질책, 의심과 진솔함 등등이 모두 한데 섞여 있어서 하나의 잣대로는 그의 존재를 파악하기가 어렵다. 나는 그의 영혼을 마주할 때마다 항상 형언하기 어려운 복잡한 감정을 느끼곤 한다. 나는 그

---

4) 취츄바이(瞿秋白 : 구추백)도 루쉰을 이와 비슷하게 비유한 적이 있다. 나는 그 견해가 매우 타당하다고 생각한다(작자).

세계의 확실한 그 무엇을 설명할 수가 없고 다만 그 세계의 위용과 심오함이 발산해내는 삶의 은유를 어렴풋하게 느낄 수 있을 뿐이다.

루쉰의 글이 뿜어내는 찬란한 생명의 빛은 영원할 것이다. 저토록 웅장한 굉음과 빛과 열기의 이미지는 역사를 관통하고 현실을 꿰뚫으며 우리를 향해 박두해오고 있다. 우리는 사방으로 퍼져나가는 그 빛을 피할 방법이 없다. 저 말없는 언어 속에서 경이·떨림·압박·각성 등등의 느낌 말고 더 이상 무엇을 느낄 수 있겠는가?

굴원(屈原)도 일찍이 이와 유사한 노래를 부른 적이 있지만 지나치게 낭만적이었다. 루쉰은 미래의 '황금세계'를 절대 믿지 않았다. 두보(杜甫)도 이와 같은 비분강개한 시를 쓴 적이 있지만 루쉰처럼 혼돈의 용트림을 그려내지는 못했다. 소식(蘇軾)·이지(李贄)·증국번(曾國藩) 등의 글에도 물론 심령 깊은 곳에서 우러나오는 심오한 예언이 있지만 결국은 고전적인 인격의 투영에 그치고 있다. 루쉰의 위대함은 아마도 현대인의 인격을 갖추고 있다는 점에 있을 것이다. 그가 생존과 그 의미, 그리고 실재와 허무를 해석하면서 우리에게 던져준 계시는 이미 예술의 범주를 훨씬 뛰어넘고 있다. 저우쭈어런은 사람들에게 이처럼 심오한 가치관적 의미를 제공해주지 못했다. 루쉰의 세계는 개체 생명의 가치뿐만 아니라 사회와 역사의 가치도 대단히 풍부하다. 그러나 저우쭈어런은 날이 갈수록 점점 개체의 생존이라는 범위로 생각의 폭을 좁히고 있다. 인간 자아에 대한 설계만 가지고 말해 본다면 저우쭈어런의 견해가 더 뛰어나며 어떤 부분에서는 그 사고의 심도가 심지어 루쉰을 초월하기도 하였다. 예를 들어 인간 소외에 대한 깨달음이나 인생의 모순에 대한 체감은 모두 비범한 경지에 도달하였다고 할 수 있다. 이러한 것들은 심지어 지금까지도 생명력을 이어오고 있다. 그러나 이것으로 그치고 있을 뿐이다. 루쉰의 그림자가 드리워진 영역은 이보다 훨씬 광활하다. 그는 소설과 수필 속에다 인간의 존재와 사회·역사, 그리고 어둠 속의 저 불가측한 신비의 왕국을 끊임없이 한 데 얽어매고 있다. 심지어 그는 죽어 버린 귀신들을 자신의 세계로 불러내어 후대의 독자들로 하여금 항상 끝없는 고통을 느끼게 하고 있다. 루쉰은 또 지옥문을 활짝 열어젖힌

채 지옥과 죽음을 관통하는 생존의 길을 개척하려 하였다. 그의 수많은 작품 배후에는 바로 이와 같은 구도가 숨어 있다.

잔혹한 아름다움은 아마도 그의 작품 형식의 하나인 것 같다. 그는 언제나 회색빛 천지간에서 인간 세상을 향해 생명의 참언을 제시해주고 있다. 「축복(祝福)」의 결말 부분에 그려진 루전(魯鎭:노진)의 밤은 너무나 침울하지만 거기에는 또 인간과 사회와 관련된 이중적인 문화 음악이 울려 퍼지고 있다. 「고독자」에서 묘사되고 있는 인간의 죽음에는 온기라고는 조금도 찾을 수 없다. 만약 저우쭈어런이 이러한 제재를 다루었다면 아마도 길을 에둘러 다른 화제로 전향했을 것이다. 그러나 루쉰은 한사코 그 죽음을 곱씹고 있으며, 심지어는 처참한 눈빛으로 어둠 속에 남겨진 모든 유물들을 인양해내고 있다. 그가 묘사한 웨이롄수(魏連殳:위연수)의 죽음을 읽고 나서 나는 그 음산한 기운이 나에게 전해준 놀라움과 공포심에서 오래도록 벗어날 수 없었다. 그 공포스러운 장면이 나에게 이야기해준 것은 인생 최대의 애통함이었다. 광명과 희망은 여기에서 전부 붕괴되고 있다.

인부들이 관 뚜껑을 들고 들어왔다. 나는 가까이 다가가서 마지막으로 롄수에게 영별을 고해야 했다.

그는 몸에 맞지 않는 의관 속에 고요히 누워 있었다. 눈을 감고 입술은 굳게 다물고 있었으며 입가에는 마치 차가운 미소를 머금고 가소로운 자신의 시체를 냉소하고 있는 것 같았다.

관에 못질하는 소리가 울리는 순간 울음 소리가 동시에 터져 나왔다. 나는 이 울음소리를 끝까지 들을 수가 없어서 마당으로 물러 나왔다. 발 가는 대로 걷다가 나도 모르게 대문을 나서게 되었다. 축축한 길은 너무나 분명하였다. 하늘을 쳐다보니 먹구름이 흩어지고 둥그런 달이 둥실 떠올라 차가운 빛을 쏟아 붇고 있었다.

침중한 기분을 씻어내려는 듯 걸음이 빨라졌지만 그것을 떨쳐버릴 수 없었다. 나의 귓속에서는 무엇인가 몸부림치고 있었다. 오래 오래 몸부림치다가 밖으로 뛰쳐나왔다. 그것은 마치 야수의 긴 울부짖음 같았다. 상처 입은 승냥이가 깊은 밤 광야에서 울부짖는 것처럼 처참함 속에 분노와 비애가 뒤섞여 있었다.[5]

생명 가운데 우리가 어쩔 수 없이 감당해야 할 모든 것을 루쉰은 비상한 자태로 받아들여 견뎌내고 있다. 회피하지도 않고 약화시키지도 않으면서, 오히려 거기에다 색깔과 맛을 가미하고 그것을 혼합하여 동판을 만든 후 정신의 하늘 위에 씌워 무엇인가를 새겨 넣고 있다. 이것은 심령이 절망에 빠진 사람만이 겪을 수 있는 체험이라고 할 수 있다. 이러한 체험은 사르트르(Jean-Paul Sartre, 1905~1980)나 카프카(Franz Kafka, 1883~1924)와 유사하며 도스토예프스키에게서도 비슷한 면모를 발견할 수 있다. 이러한 묘사 기법을 쓴 루쉰의 많은 작품 속에서 우리는 스스로를 비천시하는 경향은 거의 발견할 수 없다. 오히려 그 속에서는 심령의 이미지가 하늘을 찌르고 있다. 심도 깊은 철학적 의미가 바로 여기에서 탄생하고 있다.

그 캄캄하면서도 장엄한 아름다움의 소재지에서 그는 태연자약하고도 드넓은 도량으로 사상의 물줄기를 사방으로 뿌리고 있다. 하늘이 계시하는 신명의 힘을 빌리지도 않고 또 환상의 발치 아래 엎드려 구걸하지도 않으면서 루쉰은 삶의 모든 것을 존재와 비존재의 사이로 환원시키고 있다. 그가 그려내는 사상의 창공은 바로 검푸른 달밤이다. 괴기스러운 유령이 그곳에서 내려오고 있다. 회색빛 기억도 그곳에서 내려오고 있다. 그리고 삶과 죽음의 예언도 그곳에서 내려오고 있다. 「가을 밤(秋夜)」에서 묘사하고 있는 괴이한 심사도 대단히 특이하다고 할 수 있다. 그는 범인들은 가질 수 없는 표현 방식을 몽환적이고 신비한 수법으로 그려내고 있다.

> 그 위 밤하늘은 기괴하면서도 드높다. 나는 평생토록 이처럼 기괴하면서도 드높은 하늘을 본 적이 없다. 그것은 인간 세상을 떠나려는 것처럼 고개를 들어 더 이상 우러러볼 수 없게 한다. 그러나 지금은 너무나도 푸른 창공에 수십 개의 별들의 눈, 그 차가운 눈이 반짝이고 있다. 하늘의 입가에는 깊은 의미를 담은 듯한 미소가 어린다. 그리곤 나의 정원의 들꽃에 무서리를 뿌린다.
>
> 그 들꽃 이름이 무엇인지 사람들이 어떻게 부르는지 나는 알지 못한다. 다만 매우

---

5) 『魯迅全集』第2卷, 人民文學出版社, 1981, 107면.

자잘한 분홍색 꽃을 피우는 종류라는 것만 기억하고 있다. 지금도 꽃이 피어 있지만 더욱 자잘하게 피어 있을 뿐이다. 그것은 차가운 밤공기 속에서 바들바들 떨며 꿈을 꾸고 있다. 꿈속에서는 봄이 오고 가을이 온다. 또 몸이 여윈 시인이 눈물로 마지막 꽃떨기를 씻어주며 속삭이고 있다. 가을이 오고 겨울이 오더라도 이어서 봄이 온다고 나비가 춤추고 꿀벌이 봄노래를 불러 줄 것이라고. 들꽃은 얼굴이 빨갛게 얼어붙어 바들바들 떨면서도 순간 웃음을 머금는다.

대추나무들은 이파리를 정말 남김없이 떨어 뜨려 버렸다. 일전에도 한두 명의 아이들이 몰려와 사람들이 따지 못한 대추를 따려고 대추나무를 마구 두들겨 털었다. 지금은 하나도 남아 있지 않고 이파리조차 모두 떨어져 버렸다. 그것은 분홍빛 꽃의 꿈과 가을이 가고 봄이 온다는 사실을 알고 있다. 그것은 정말 이파리는 모두 지고 줄기만 남아 있다. 그러나 이젠 열매와 잎이 무성했을 때의 구부정한 허리를 펴고 늘어지게 기지개를 켜고 있다. 몇몇 가지들은 아직도 삐걱삐걱 소리를 내며 대추를 털 때 장대에 맞은 상처를 치유하려 하고 있다. 하지만 가장 곧추 뻗어 길게 자란 몇몇 가지는 기괴하면서도 드높은 하늘을 묵묵히 쇠꼬챙이처럼 곧추 찌르면서 하늘 위에 반짝이는 별들에게 음산한 귀기를 불어넣고 있다. 그리고 또 하늘 위에 둥실 떠오른 둥근 달을 곧추 찌르면서 달님의 얼굴을 새하얗게 질리게 하고 있다.[6]

때때로 루쉰은 분명히 음울한 기운이 감도는 글자를 조합하여 차갑고도 엄숙한 감각을 만들어낸다. 이러한 글자들은 『아침 꽃을 저녁에 줍다(朝花夕拾)』에 가장 특징적으로 표현되어 있다. 「개(狗)·고양이(猫)·쥐(鼠)」, 「아장과 산해경(阿長與『山海經』)」, 「오창회(五猖會)」, 「백초원에서 삼미서옥까지(從百草園到三味書屋)」, 「후지노 선생(藤野先生)」 등의 글은 그의 산문 중에서 가장 부드러운 작품들이다. 온화하고 고요하면서도 전아한 루쉰의 일면이 이러한 작품 속에 은은하게 드러나고 있다. 실은 루쉰도 진실한 정감을 가진 사람이다. 인간의 선량한 마음을 그려낸 이들 작품을 그의 원한 가득 한 다른 작품과 비교해보아도 그 강렬한 감동의 폭이 동일하게 우리의 마음을 사로잡는다. 『아침 꽃을 저녁에 줍다』에는 가버린 세월에 대한 그리움과 생명의 진실성에 대한 체험이 담겨 있다. 그러나 이 작품들은 공허하게 포장된 언어로 환상을 들려주는 게

---

6) 『魯迅全集』 第2卷, 人民文學出版社, 1981, 162~163면.

절대 아니다. 그는 삶의 불가역성과 암흑 사이에서 의연히 살아남은 인간의 영혼을 묘사하였다. 그는 인류의 신체에 담겨 있는 아름다운 성품을 그토록 진기하게 생각하였다. 따라서 이들 문장에는 생명이 생명을 대하는 정결한 정감이 끊임없이 발산되고 있다. 나는 어릴 때를 추억하는 루쉰의 글을 이렇게 해석한 적이 있다.

　…… 이들 작품에는 언제나 신기하고 매력적인 색채가 반짝이고 있고, 소년의 시야에서 모든 자연과 인간은 완전히 시화(詩化)되고 있다. 루쉰의 작품 가운데 이처럼 전아한 운치를 드러내주는 작품은 아주 드물다. 독자들은 이 작품들을 읽으며 원시적이면서도 생명력이 충만된 정취를 많이 느껴볼 수 있을 것이다. 아동들의 치기어린 상상력과 낭만적인 인지 방식이 작품의 정감을 더욱 더 순화시켜 주고 있다. 이것은 고요하고도 향토적이며, 또 아름다움과 사랑이 충만된 세계이다. 이들 작품 속에 비록 세속적이고도 부드럽지 못한 음성이 가득 차 있기는 해도 이 속에 표현된 순수에 대한 갈망과 자유에 대한 추구만 가지고도 최소한 루쉰의 내면에 숨어 있는 인성의 빛을 간파할 수 있을 것이다.

　루쉰이 묘사한 어린 시절은 정말 신비롭다. 여기에는 농밀한 민속성과 문화정신 그리고 인간의 생명 의지가 포함되어 있을 뿐만 아니라 인류의 천성과 생명 의지가 낡은 문화 형태를 대하는 태도도 교직되어 있다. 루쉰은 기왕의 학자들처럼 단순히 서술자의 입장에서 대상세계를 냉정하고 이성적으로 관찰하는 것이 아니다. 소년의 감수 방식과 심미의식 그리고 인간의 생명 가치라는 척도를 사용하여 객관 실재를 직관적으로 파악하고 있다. 작가는 소년의 단순하면서도 자유로운 영혼과 전통문화에 깊이 침윤된 속세라는 대조적인 두 가지 세계를 선택하여 대비·조망하고 있다. 루쉰이 낡은 문화 형태에 대한 어린 시절의 느낌을 자신의 작품에 묘사한 것은 한두 차례에 그치지 않는다. 루쉰에게는 대조적인 이 두 가지 세계가 빚어내는 콘트라스트가 대단히 강렬하였다. 객관세계에 대한 그와 같은 직관적인 가치 판단에는 뜨거운 인정미가 넘쳐흐르고 있을 뿐만 아니라 이미 지나가버린 아름다운 것들에 대한 쓸쓸함도 짙게 느끼게 해준다. 루쉰은 고통스러운 기억 속으로 빠져들고 싶어 하지 않으면서도 때로는 그 기억 속에서 아름다운 순간들을 건져 올리고 있다. 그는 서술자의 입을 빌어 어린 시절의 머리 속에 떠올랐던 각종 아름다움의 이미지를 진실하게 탐색하고 있다. 자연의 품속에서 그리고 정답지만 어쩌면 원시적인 풍속들에서

작가는 그가 아끼고 사랑하는 세계를 찾아내고 있다.[7]

    나는 루쉰의 정신 왕국에서 뿜어져 나오는 이 한 줄기 빛을 매우 고귀한 것이라고 생각한다. 드넓은 그의 작품세계에서 이것은 아주 작은 부분에 불과하지만 인간 영혼의 드넓은 사랑이 이보다 더 잘 드러나는 작품은 드물다. 루쉰의 세계를 이해하려 할 때 만약 그 회색빛 일각으로만 파고 들어가면 이처럼 밝고도 친밀한 부분을 놓치기 쉬우며, 결국 루쉰 세계의 요점을 파악하기가 어렵게 된다. 그의 마음속에 이러한 사상이 있었기 때문에 항상 다른 사람에게 관심을 기울일 수 있었으며, 또한 자기 자신과 저 먼 곳에 사는 사람들까지 한 데 연결시킬 수 있었던 것이다. 루쉰의 세계는 차갑고도 뜨거운 양 극단으로 구성되어 있다. 그는 홀연히 전투의 진군 구호를 외치다가도 또 갑자기 자신 신변의 약자들을 따뜻하게 위로해주기도 한다. 삶의 생기라고는 전혀 없는 「광인일기」에서도 그 마지막은 "아이들을 구하라"는 말로 막이 내린다. 이것은 깊이 음미할 만한 가치가 있다. 이러한 경향의 가장 두드러진 원인은 그가 줄곧 절망과 희망 사이를 오가면서도 생명의 박투를 벌였기 때문이다. 그 결과 삶의 가치가 충만한 길로 사람들을 인도할 수 있었다. 그는 일찍부터 자신의 세계가 지나치게 어둡다는 것을 깨닫고 있었고, 이에 자신의 정서가 다른 사람에게 전염될까봐 걱정하기도 하였다. 1924년 리빙중(李秉中 : 이병중)에게 보낸 편지에는 이러한 내용이 있다. "나는 적막을 좋아하면서도 적막을 증오합니다. 때문에 청년들이 나를 방문하고 싶어 하면 저는 기쁨을 느낍니다. 그러나 나의 진심을 한 마디 해야겠습니다. 이건 아마 당신이 미처 깨닫지 못했던 것일지도 모릅니다. 어떤 사람이 만약 나를 옳다고 생각하면 나는 곧바로 슬퍼집니다. 그가 나와 같은 운명으로 빠져들까 걱정스럽기 때문입니다. 만약 한 번 만난 후 내가 자기와 같은 부류가 아니란 걸 알고 다시 오지 않으면 그가 나보다 더욱 희망적이란 걸 알고 적이 마음이 놓입니다."[8] 이것은 그의 내면

---

7) 孫郁, 『20世紀中國最憂患的靈魂』, 群言出版社, 1993, 18면.

8) 『魯迅全集』第11卷, 人民文學出版社, 1981, 430면.

의 모순을 이해하기 위한 참고 자료일 뿐만 아니라 그의 예술세계가 드러내고 있는 복잡다단한 요소를 탐구하기 위한 근거가 될 수도 있다. 이러한 모순점은 저우쭈어런에게서 더욱 분명하게 드러난다. 그는 작품 속에서 고난을 더욱 깊이 감추고 책 향기로써 내심의 고통을 날려 보내고 있다. 기실 루쉰도 이러한 태도가 고통을 벗어나는 매우 훌륭한 방법임을 알고 있었다. 그러나 그는 그렇게 할 수 없었다. 아름다움의 빛깔은 오직 어린 시절 그곳에서만 반짝이다가 스러져갔다. 이제 그는 고통과 즐거움이 교차하는 더욱 복잡한 정감을 작품 속에다 투사하고 있다. 그의 비참한 정조는 건드리면 건드릴수록 더욱 더 커져가게 되었다. 이 시기에 루쉰은 저우쭈어런으로부터도 더욱 더 멀어지고 있었다.

7.

저우쭈어런은 일찍이 유명한 문장 「쓸쓸한 비(苦雨)」를 쓴 적이 있다. 나는 이 작품이 불가항력적인 세계에 대한 우아한 상징이라고 생각한다. 뒷날 저우쭈어런은 자신의 처지를 형용할 때 항상 '苦(괴로울 고)'자를 즐겨 사용하였다. '고우재(苦雨齋)'니 '고차(苦茶)'니 '고주(苦住)'니 하는 것들이 그것이다. 저우쭈어런의 1920년대의 글에서 나는 확실히 당시 그에게 고달픈 인생살이가 있었다고 느끼고 있으며 또 거기에는 인생의 가치관적 난제도 매우 풍부하게 감추어져 있다고 생각하고 있다. 그러나 1930년대 이후의 문장에도 인생의 쓸쓸한 맛이 세상에서 너무나 초연한 듯한 그의 침울한 정서 속으로 섞여 들어가고 있다. 이 시기의 글에는 신선한 생명의 느낌이 갈수록 줄어들고 있다.

한 때 나는 그의 독서 취미에 관한 재미있는 글과 전고(典故)를 많이 사용한 글을 읽으면서 그의 변화에 매혹된 적이 있다. 기실 고전 취향의 이러한 글 속에서도 현실의 염량 세태를 읽어낼 수 있었다. 다만 자신의 고통을 매우 깊숙이 숨기고 있어서 그것을 분명하게 이해하기가 어려웠을 따름이다. 1926년 그는 「두 귀신(兩個鬼)」이라는 글을 써서 자신의 내면에 두 가지 정신이 충돌하고 있음을 솔직하게 시인한 적이 있다. "이 두 귀신은 도대체 무엇인가? 하나는 신사귀(紳士鬼)이고 하나는 협객귀(流氓鬼)이다. 양명학을 하는 친구는 인간에게 무슨 양지(良知)가 있다고 하고 전도사들은 영혼이 있다고 하며, 공리(公理)를 신봉하는 학자들은 양심을 따라야 한다고 말한다. 그러나 내 생각에는 이러한 것들이 모두 없고 두 가지 귀신만이 내 마음에서 창궐하여 나의 모든 언행을 지휘하는 것 같다."9) 그의 마음속 깊은 곳에 자리잡은 불확실성이 현실 참여와 현실 도피 사이에서 그를 뒤흔들고 있었던 것이다. 그러나 최종적으로 그의 영혼은 결국 신사귀(紳士鬼)에게 점령당하고 만다. 거의 같은 시기에 루쉰도 정신상의 모순을 토로한 적이 있다. 쉬광핑에게 보낸 편지에서 루쉰은 이렇게 이야기하고 있다. "기실 나의 의견도 본래는 쉽게 이해할 수 없는 것입니다. 왜냐하면 그 속에는 모순점이 많이 포함되어 있기 때문입니다. 내 자신으로 하여금 설명해보라고 해도 더러는 인도주의와 개인주의라는 두 가지 사상의 기복 속에 흔들릴 때가 많습니다. 그래서 나는 사람들을 갑자기 좋아하다가도 또 갑자기 싫어하기도 합니다. 일을 할 때도 어떤 때는 분명히 다른 사람을 위해 수고하기도 하지만 어떤 때는 내 자신만을 위해 희희낙락하기도 합니다. 그리고 때로는 생명을 되도록 빨리 소모시키려고 일부러 죽자고 일에 매달린 때도 있습니다."10) 나는 저우씨 형제의 이러한 복잡한 감정이 가식이 전혀 없는 진실이라고 생각한다. 저우쭈어런은 주위의 부패한 세력이 너무나 강대해서 쉽게 대항할 수 없다고 느꼈기 때문에 결국 자신의 신변으로 돌아와서 인간 개체 본연의 모습으로 생명의 즐거움을 향유하였다. 중국에서 개인주의자는 소수에 불과하였기 때문에 저우쭈어런은 자신의 필연적인 실패를 예상하고 있었다고 할 수 있다. 따라서 결국에는 꽃과 새들이 있는 곳으로 돌아가서, 고

<hr>

9) 『周作人文選』第1卷, 廣州出版社, 1995, 444면.
10) 『魯迅全集』第11卷, 人民文學出版社, 1981, 79면.

서와 학술을 벗하며 쓸쓸하게 세월을 보냈던 것이다. 한 사람의 지식인으로서는 이러한 행동이 나쁘다고만 할 수 없으며 20세기 중국에서 가장 부족한 문화 심리와 문화 인격의 한 유형이라고 할 수 있다. 그러나 난세에다 국난까지 겹친 시기에 그의 이러한 행동은 사람들에게 인정받기가 어려웠다. 이것은 루쉰과는 완전히 다른 점이다. 루쉰이 훗날 개체와 사회의 관계에서 도달한 경지는 저우쭤런이 절대로 미칠 수 없는 것이었다. 역사의 진행 과정에서도 이 점은 충분히 증명되고 있다.

저우쭤런은 자아를 정신상의 외딴 섬으로 추방하였다. 그는 바깥 세상의 속박도 받지 않고 내재적인 욕망에도 흔들리지 않는 경지에서 인생의 열락을 추구하려는 몽상을 가지고 있었다. 이곳에서 그는 종교적인 신의 유혹도 뿌리쳤고 유가의 현실 참여정신도 회피하였다. 저우쭤런은 줄곧 서구 자유주의의 절대 자유 관념을 숭배하였지만 이러한 자유가 비이성적인 충동 위에 건설되는 것은 극력 반대하였다. 그는 중국 고대의 인성론 사상을 애호하면서 인성의 자아 수양과 도덕의 자아 완성을 매우 중시하였다. 그러나 이러한 자아 완성이 '수신(修身), 제가(齊家), 치국(治國), 평천하(平天下)'와 같은 전통적인 유학의 재현을 의미하는 것은 아니었고, 다른 사람의 이해 관계에 간섭하지 않는 순수 자아의 열반을 의미하는 것이었다. 바로 이와 같은 고립적 자아에서 출발하여 자아 그 자체 및 타인과의 비충돌 원칙에다 발판을 마련해야만 자유주의정신이 '인도(人道)를 보존하여 천지의 조화로운 질서에 이를 수 있고, 천심을 보존하여 인간 세상을 평화롭게 만들 수 있다'고 인식하였다.

따라서 그가 신사계급(紳士階級)의 노선을 견지하게 된 것은 필연적인 결과였다고 할 수 있다. 그에게 있어서 문학은 고아한 '취미'의 일종이었다. 그는 초공리적인 미적 관조 속에서만 이성의 법칙이 인간에게 초래할 수도 있는 이율배반적인 정서에서 벗어날 수 있다고 보았다. 그는 또 계급 투쟁이 비정상적으로 극렬화된 시대에는 경향성을 띤 어떤 예술도 결국 도덕적인 설교나 과격한 정서로 채워질 수밖에 없으며 확실성을 지닌 모든 관념들도 사회 속에서 자신의 논리를 부정하는 힘으로 바뀌게 된다는 사실을 깊이 깊이 체감하고 있었다. 이러한 경향을 그는 받아들이고 싶지 않았던 것이다. 그는 이러한 것들이 모두 비인간적인 정신에 불과하다고 인식하였으며, 문학 위에 덮어 씌워진 모순적인 외피를 벗겨내야만 예술이 비로소 진정한 인성을 드러낼 수 있다고 보았다. 그러므로 가급적이면 아무 것도 언급하지 않는 것이 가장 좋으며, 만약 언급하게 되면 모든 것이 세속적이 될 수밖에 없다고 생각하였다. 그리고 저우쭈어런은 꽃이나 달빛을 감상하는 것과 같은 인간의 취미나 기호를 묘사해야만 정신적인 아픔에서 벗어날 수 있다고 하였다. 이러한 모순적인 정서를 발생시킨 논리 구조에 대한 저우쭈어런의 인식은 매우 선구적인 것이었다고 할 수 있다. 1975년 이탈리아의 철학자 루고 클라우디오(Lugo Cloudio)는 "모순은 오직 명제와 명제 사이에만 존재할 뿐, 사물 사이에는 존재하지 않는다"11)는 이른바 '무모순(無矛盾)의 철학원리'를 제기하였다. 이 이론은 당시 저우쭈어런의 동방식 감성이 도달한 형이상학과 이곡동공(異曲同工)의 묘가 있다. 그러나 저우쭈어런은 자신의 독특한 자아 발견을 단지 현실 도피와 자아 수양에만 운용했을 뿐 루고 클라우디오처럼 과학적인 분석 체계에 운용하거나 사유혁명의 수단으로 전환시키지 못했다. 심지어 그는 루쉰처럼 인생의 진정한 의미를 깨닫지도 못했고 이와 동시에 사회 개조를 자신의 사명으로 생각하지도 않았다. 역사의 전진은 비극을 대가로 얻어진다는 그 유명한 법칙을 저우쭈어런은 애써 외면하였고, 순수한 미의 세계로부터 인생의 빛을 포착하려고 몽상하였다. 그의 지혜는 현존하는 자아의 고독한 세계에서만 반짝이고 있었기 때문에 사회 진보를 추동하는 힘이 되지도 못했고 또 근본적으로 될 수도 없었다. 저우쭈어런은 타인과 사회와의 대화 창구를 발견하지 못한 나머지 그 많은 세월 동안 줄곧 문학의 세계를 고독하게 방랑할 수밖에 없었다.

그러므로 저우쭈어런이 서정적인 수필을 창작하는 동시에 독서 취미에 관심을 기울인 것은 당연한 결과였다. 그가 섭렵한 범위는 상당히 광범위하였다. 신화·심리학·사회학·문화인류학이 모두 그가 관심을 기울인 영역이었다.

---

11) 中國現代外國哲學家學會 主編, 『現代外國哲學』, 296면 참조

그는 심지어 고서를 읽고 옛 취미를 탐색하는데도 상당한 정력을 투입하였다. 저우쭈어런의 독서는 자신의 지적 욕구를 채우기 위한 것이기도 했지만 다른 한편으로는 정(情)에 대한 갈구 때문이기도 했다. 그는 중국 문화와 일본 문화, 서구문화 사이를 성실하게 유람하면서 '독서를 통해 참다운 이치를 깨닫고자' 하는 목적을 달성하고 있다. 그의 지식은 동시대인들도 경탄할 정도로 박학다식하였다. 그에게 있어서 동서양 문명은 마치 정신적인 공물(供物)과도 같은 것이어서, 때로는 그를 흥분시키기도 하고 때로는 그를 우울하게 하기도 하였다. 그는 오래도록 서재에 숨어서 어릴 적 옛 꿈을 하나 하나 다시 꾸고 있었다.

저우쭈어런은 신화·동화·민속 연구에 심취하여 일생 동안 시종 이러한 문화 현상에 관심을 집중하였다. 고대 그리스의 찬란한 신화세계에 그려지고 있는 인류의 원시적 사유 및 그 원시적 사유가 빚어낸 인신동형(人神同形)의 이성 정신은 특히 저우쭈어런에게 막대한 영향을 끼쳤다. 그는 이렇게 진술하고 있다. "그리스의 정신은 본모습 그대로 살아날 수 없지만 늙음을 젊음으로 환원시키는 역량을 구비하고 있다. 이러한 현상은 유럽의 문화사에서 쉽게 찾아볼 수 있다. 현재의 중국은 오랫동안의 전체정치와 과거제도의 중압 때문에 사람들의 마음속에는 추악과 공포가 가득 차서 인심이 나날이 위축되고 있다. 이러한 때에 청풍과도 같은 그리스의 정신은 우리의 침울한 공기를 쓸어내는 청량제의 역할을 할 것이며, 위축된 인심을 고무시키는데도 대단히 유익한 효능을 발휘할 것이다."12) 저우쭈어런의 인식은 심도 깊었지만 그의 사상은 이 지점에만 머물고 있다. 그의 신화의식은 서재 속에서 반짝이던 정신의 빛이 바깥으로 조금 흘러나온 것에 불과한 것이다. 동화세계에서 그는 사람들의 어린 시절에 자주 볼 수 있는 인성의 역량을 발견하였을 뿐만 아니라 그것을 문화인류학의 한 부분으로 간주하면서 지속적인 관찰을 계속하고 있다. 인간의 동심과 선량한 마음 그리고 창조적인 상상의 세계는 저우쭈어런으로 하여금 진정으로 인간다움이 넘쳐흐르는 정신의 보물을 목도하게 하였다. 그는 「아동문학 소론 서(『兒童文

---

12) 『周作人文選』第3卷, 廣州出版社, 1995, 498면.

學小論』序)」에서 아동문학 연구를 대대적으로 제창하면서, 이것으로 유가 경전 중심의 비인도적 교육에 대항해야 한다고 주장하였다. 여기에서 그는 신화와 동화가 인간의 심성을 도야시킬 수 있는 첩경이라고 인식하고 있다. 이것은 그의 미적 취향과도 많은 관련을 맺고 있다. 저우쭈어런이 앤드루 랑(Andrew Lang, 1844~1912)의 인류학파를 추앙한 것, 엘리스(Henry Havelock Ellis, 1859~1939)의 성심리학을 중시한 것, 그리고 일본의 우끼요에(浮世繪)를 매우 좋아한 것 등등은 모두 그의 사회의식과 심미의식의 결과라고 할 수 있다. 천여 편에 달하는 저우쭈어런의 소품문에는 경이적인 학식과 시종여일한 심미적 격조가 표현되고 있으며 문화 형태에 대한 인식 및 중국 국민성에 대한 분석에서도 상당한 깊이를 보여주고 있다. 유감인 것은 그의 지혜가 단지 협소한 미적 정취만을 맴돌고 있다는 점이다. 따라서 독창성이 가장 풍부한 그의 몇몇 작품에서도 공허하고 비현실적인 정서가 짙게 느껴진다.

일찍이 계몽주의를 기치로 함성을 지르며 전투를 벌인 적이 있는 저우쭈어런이 단지 이성(理性)에 대한 갈망만을 채우고 단일한 심미 추구에 만족하게 된 것은 사실 현실에서 은퇴한 명사(名士)의 소극적인 자기 표현 방식이라고 할 수 있다. 저우쭈어런은 아마도 도덕을 언급하고 정치를 이야기하게 되면 결국 자기 부정의 함정에 빠질 수 있다고 생각했던 것 같다. 그는 사회 사조를 언급하기 시작하면 필연적으로 옛날의 순환론으로 돌아갈 수밖에 없음을 우려하고 있는 것이다. 저우쭈어런은 줄곧 중국의 역사가 순환의 역사일 뿐이라고 인식하였다. 이 가공할 만한 윤회가 그의 계몽의 꿈을 깨뜨렸는지도 모를 일이다. 그리하여 그는 다음과 같은 훌륭한 방법을 찾았다. "결국 작금의 이 기묘한 시대에 특히 중국에서는 아무 말도 할 수 없다고 생각한다. …… 이후에는 노력을 기울여 좋은 문장을 쓰는데 마음을 바쳐야 한다. 다른 사람이 새를 키우든 화초나 풀벌레 이야기를 하든 상관하지 말 일이다."13) 저우쭈어런은 자신을 현대 중국 사회로부터 분리시켜, 비바람이 불지 않는 상아탑으로 도피시키고 있다.

---

13) 周作人, 「苦茶隨筆 · 後記」.

미(美)는 생활에 덧붙여진 명제이며 또한 생활을 따라 소실된다는 칸트식의 미학관이 그의 마음을 주재하고 있었다. 그는 공리적인 효능에 관심을 두지 않는 전제하에서 순수한 미의 경지를 창조하려는 환상을 가지고 있었다. 이 모든 것들이 그로 하여금 중국 고전문화 속에서 위안을 찾도록 하였던 셈이다.

1920년대 중엽 이후부터는 복고주의가 점점 저우쭈어런의 세계를 점거하기 시작하였다. 그는 "개인주의적 인간 본위주의자에서 공맹 사상 중의 중용의식을 제창하는 사람으로 변모하였다. 사상의 심층의식에서 그는 점점 유가의 정신 질서를 향해 나아가기 시작하였다." 그는 "나의 도덕관은 응당 유가적이라고 해야 한다"고 인정하면서 "유가의 인본주의를 인간의 정신적인 신조로 삼아야 한다"고 주장하였다. 그는 이에 대해 이렇게 진술하고 있다. "나는 고금 중외(中外)의 각 부분으로부터 각양각색의 영향을 받았다. 그것을 분석해보면 대체로 앞에서 말한 바와 같다. 지식과 정서 두 부분은 각각 서양과 일본의 영향을 매우 많이 받았다. 의식 부분은 완전히 중국적인데, 외래의 영향으로 무슨 변화가 발생한 적이 없었고, 중국의 의식을 표준으로 삼아 외국의 영향을 저울질하였다. 나는 이것을 줄곧 유가정신이라고 불러왔다. ……"14) 저우쭈어런이 유가의 체계 속으로 되돌아가고 있는 것은 그의 심리 구조가 이미 전통 모델로 회귀하고 있음을 의미한다. 따라서 그의 산문도 갈수록 한적하고 고아한 격조로 가득 차고 있다. 저우쭈어런이 그의 작품에서 유가정신을 핵심으로 삼은 것은 인상(印象)을 관념(觀念)으로 바꾼 것이 아니라 관념을 인상으로 바꾼 것이며, 그리하여 그의 작품에는 점점 관념화의 감각이 투영되고 있다. 그러나 저우쭈어런의 관념은 추상적인 공상이 아니라 개조된 유가정신이고 또한 개조된 개인주의정신이다. 유가의 적극적이고 진취적인 인격 이상은 그에 의해서 폐기처분되었고, 남은 것이라곤 겨우 인내와 양보를 중심으로 하는 중용의식과 현실 도피적인 의식들뿐이었다. 저우쭈어런의 다량의 독서 필기와 수필 속에는 이러한 경향이 매우 두드러지게 표현되고 있다. 그리하여 저우쭈어런은

---

14) 『周作人文選』 第3卷, 廣州出版社, 1995, 525면.

갈수록 더욱더 고로한 기풍을 풍기면서 골동품에 심취한다던가, 고서(古書)를 베끼는 일에 탐닉하고 있다. 아득한 고대의 유령들이 실제로 그의 정신의 아편으로 작용하고 있다. 5·4 시기 매우 전투적이었던 저우쭈어런은 이미 그 기질을 철저하게 내던져버리고 있다.

저우쭈어런의 총체적인 곤혹감은 바로 그가 정치와 민족에 대한 절망감에 빠져들어 개성의 각성과 민중의 각성을 대립시키면서 개체의 가치를 만물을 초월하는 척도로 삼고 있다는 점에 놓여 있다. 그의 개인주의적 회의 정신은 더 이상 자신의 열정을 사회에 바칠 수 없게 하였고, 오히려 초도덕적인 선미(禪味) 가운데서 인생의 조화로운 음악을 연주하게 하였다. 그는 심지어 자아의 존엄과 정감만 있으면 자신의 세계를 지탱할 수 있다고 인식하였다. 저우쭈어런은 인생 극락의 통로를 막고 있는 세속적인 편견에서 자아를 해방시키려 했을 뿐만 아니라, 이른바 자아의 초월을 통해 사물의 순수한 본질을 파악하려고 하였다. 그러나 저우쭈어런의 이러한 '순수한 정신 직관'은 바로 모순 충돌을 회피하려는 초현실적인 '정신적 환상'이라고 할 수 있다. 모순 없는 고전주의 정신으로 중국의 현대적 사회 생활을 대체하게 되면 필연적으로 자기 부정이라는 함정에 빠져들 수밖에 없게 된다. 저우쭈어런의 비극은 바로 여기에 있다. 그에게는 확실히 심도 깊은 자아해부정신과 치열한 현실부정정신이 부족하다. 토스토예프스키식의 영혼 고문과 루쉰식의 내적 전투가 모두 그에게는 공포스러운 정신세계였다. 가장 암흑적이고 가장 절망적인 시각에도 그는 줄곧 정신 영역의 최후의 보루인 자아를 포기하려 하지 않았고, 정신의 왕국에 항상 자아의 꽃밭이 남아 있기를 희망하였다. 그에게서 이것은 영혼의 가장 신성한 부분으로 인식되었다. 그간 신봉한 자유주의는 바로 이 점에 중점이 놓여 있다. 내심의 비이성적인 정감을 폭로하려 하지 않고 자아의 한적한 정취를 영원히 수호하려 하였기 때문에 그 혼란한 시대에 외국 침략자의 발 아래 무릎을 꿇는 일도 대단히 자연스러웠다고 할 수 있다.

서로의 눈

1.

차오쥐런(曹聚仁 : 조취인)은 『루쉰 평전(魯迅評傳)』에서 저우씨(周氏) 형제의 결별을 언급하면서 아주 안타까운 마음으로 다음과 같이 진술하고 있다. "저우쭈어런(周作人 : 주작인)과 루쉰(魯迅 : 노신)은 만년에 각각 제 갈 길을 찾아가면서 서로 문장을 지어 은근히 비난하고 비꼬기도 하였다. 그러나 이것은 저우쭈어런에게 손실이 되는 행동이었음에 틀림없다."[1] 저우쭈어런은 훗날 형제간의 결별에 대해 아무런 변명이나 해명도 하지 않았지만 여러 차례 글을 지어 그의 형의 행동을 우회적으로 비난하였다. 이것은 온화하고 담박한 그의 내면적 정신세계와 아주 모순되는 점이다. 인간은 확실히 복잡다단한 존재이다. 어떠한 순수도 환영에 불과할지 모르기 때문이다. 저우쭈어런은 성격이 아주 초

---

[1] 曹聚仁, 『魯迅評傳』, 香港新文化出版社, 268면.

연했음에도 불구하고 한때 루쉰에게만은 절대 용납할 수 없다는 식의 태도를 취하였다. 루쉰의 말대로 그가 멍청하지(昏) 않았다면 어떻게 그럴 수 있었겠는가? 형제간의 불화는 쌍방간에 모두 창피한 일이었으며 사실 두 사람 모두에게 불행한 일이었다. 1924년 6월 11일 루쉰의 일기에는 이렇게 기록되어 있다. "…… 오후에 책과 가재 도구를 챙겨오기 위해 바다오완(八道灣 : 팔도만) 집으로 갔다. 서쪽 행랑으로 들어서자 치멍(啓孟 : 저우쭈어런)과 그의 처가 갑자기 뛰쳐나와 욕을 하며 나를 때렸다. 또 전화로 하부또 시게히사(羽太重久 : 羽太信子의 오빠)와 장펑쥐(張鳳擧 : 장봉거), 쉬야오천(徐耀辰 : 서요신)을 불렀다. 그의 처는 그들에게 나의 죄상을 자세히 진술하였다. 대부분이 입에 담지 못할 욕설이었으며 날조가 미진한 부분은 치멍(周作人)이 보충해주었다. 그러나 결국 책과 가재 도구를 챙겨 나왔다. ……" 어떻든 이 글을 읽어보아도 당시 두 사람의 모습은 상상하기 어렵지만, 그들에게서도 다른 사람들과 똑같은 평범한 일상이 있었음은 짐작할 수 있다. 루쉰이 일기에 이 일을 기록해놓은 것에서도 그 평범한 인생의 한 단면을 느껴볼 수 있다. 이후 오래지 않아 루쉰은 큰 병을 앓게 된다. 이 일은 그의 몸에 질병의 씨앗으로 계속 잠복해 있게 된다. 루쉰은 항상 모욕을 당하면서 일생을 보냈다고 할 수 있다. 그가 뒷날 "자기에게는 적이 너무 많아서 끊임없이 그들의 포위 공격(圍剿)을 받았다"고 묘사하고 있는 데서도 그 심경의 괴로움을 짐작할 수 있다. 때때로 그는 문장 속에 이 모든 액운과 괴로운 심정을 진술하기도 하였다. 1924년 9월 21일 그는 『쓰탕 전문 잡집(俟堂專文雜集)』의 편집을 끝낸 후 그 「제기(題記)」에서 다음과 같이 쓰고 있다. "이사 후에 갑자기 약탈을 당하여, 혈혈단신 빠져나오는 과정에서 「대동십일년(大同十一年)」 한 매만 가지고 나올 수밖에 없었고 나머지는 모두 도적의 소굴에 남겨 놓을 수밖에 없었다. 세월이 흐르니 당시에 글을 모으던 정열도 식어버려서 이 글들을 언제 편집할 수 있을지 기약할 수 없었다. 그리하여 이제 겨우 나머지 부스러기를 모아 영원한 기념물로 삼고자 한다. 갑자(甲子) 8월 23일 옌즈아오저(宴之敖者 : 魯迅) 씀."2) 여기에서 말하는 약탈은 이 해 6월 11일 책과 가재 도구를 가져오는 과정에서 포위 공격당한 일을 말한다. '옌즈아오저

(宴之敖者 : 연지오자)'라는 필명에 그 의미가 숨겨져 있다. 쉬광핑(許廣平 : 허광평)은 「루쉰 선생의 필명에 관하여(略論魯迅先生的筆名)」라는 글에서 이렇게 해석하고 있다.

> …… 옌즈아오(宴之敖)라는 세 글자는 참으로 기묘하다. 선생님의 연보를 살펴보면 민국 8년(1919)에 이러한 기록이 있다. "8월에 좐타 골목(磚塔胡同 : 전탑호동) 61호로 이사갔다가 12월에 푸청먼(阜城門 : 부성문) 내의 시싼탸오(西三條 : 서삼조) 21호로 집을 사서 들어왔다." 그 분이 바다오완 집을 사서 수리한 후 형제들과 함께 살다가 그 뒤 이사를 나간 것은 모두들 잘 아는 사실이다. 그럼 도대체 왜 이사를 가게 되었는가? 선생님의 말씀은 이렇다. "옌(宴 : 연)자는 宀(家)과 日과 女로 이루어진 글자이며 아오(敖 : 오)자는 出과 放(『說文』에는 游也, 從出從放이라고 되어 있다)으로 이무어신 글사이다. 따라서 나는 집안의 일본여자에게 쫓겨난 기지 ……"

1927년 루쉰은 역사소설 「주검(鑄劍)」에서도 작품 속의 복수자를 옌즈아오라고 이름 붙이고 있는데, 여기에도 물론 위의 의미가 담겨 있다. 그러나 루쉰은 이후 문장에서 이 일을 거의 언급하지 않았다. 비록 저우쭤런의 정신 추구에 대하여 수긍하지 않을 때라도 다만 자신의 생각만을 밝히고 은밀하게 비꼬는 일은 결코 하지 않았다. 그러나 저우쭤런은 더욱 더 심해졌다. 기회만 있으면 문장에서 말을 빙빙 돌리면서 루쉰을 비난하였다. 이런 태도는 군자의 풍모를 상실한 것이라 할 수 있다. 저우쭤런에게 이는 아마 그가 일생 동안 가장 실수를 했던 멍청한 일의 한 가지였을 것이다.

후일 루쉰에 대한 저우쭤런의 공격은 주로 다음과 같은 몇 가지 부문에 집중되어 나타나고 있다. 첫째, 시류에 영합했다는 점이다. 저우쭤런은 루쉰이 상하이에 간 후 좌익 문학에 종사하게 되는 과정을 시류에 영합하려는 의도가 숨어 있다고 생각하였다. 1935년 그는 「개구리(蛙)의 교훈(蛙的敎訓)」이란 글에서 다음과 같이 적고 있다.

---

2) 『魯迅全集』第10卷, 人民文學出版社, 1981, 63면.

내가 이 짧은 서문을 읽으면서 재미있게 느낀 것은 저자가 문단에 대한 분개를 표시하고 있다는 점이다. 명치(明治) 40년대 자연주의 문학이 일세를 풍미할 때 비자연주의 문학은 완전히 배척되다시피 했다. 모리 오가이(森鷗外)가 가장 욕을 많이 얻어먹었다. 나쯔메 소세키(夏目漱石)도 마찬가지로 비자연파였지만 무엇 때문인지 몰라도 나의 기억으로는 그가 남을 욕하기는 잘 해도 다른 사람에게 욕을 얻어먹은 적은 적었다고 생각된다. 그때 나는 모파상과 졸라를 좋아했기 때문에 일본의 자연주의에 대해서도 자연스럽게 찬성하였다. 그러나 '노골적 묘사' 등과 같은 번지르르한 의론만 난무했고 작품 창작이 많다 하더라도 깊이가 없었다. 모방의 병폐도 알지 못할 정도였다. 『목화이불(棉被)』 외에는 나도 많이 읽지 않았다. 평상시에 읽은 것은 대부분 아주 모순되게도 모리 오가이(森鷗外)와 나쯔메 소세키(夏目漱石) 류와 같은 책들이었다. 일본 자연주의의 창시자 타야마 카따이(田山花袋)도 후일 변모하였다. 그의 사실적인 작품 『전사교사(田舍敎師)』를 난 재미있게 읽은 기억이 있다. 그는 이후에 아마 또 불교의 무슨 파에 귀의하였다. 나는 그야말로 이해하기 힘들었다. 문단의 분위기가 이미 변화하였지만 모리 오가이(森鷗外)를 욕하는 것은 마치 습관이 된 듯하였다. 츠보우치 쇼요(坪內逍遙)가 죽은 후에 '문예춘추사(文藝春秋社)'의 키꾸치 칸(菊池寬)의 조소와 경멸을 받았던 것처럼 모리 오가이(森鷗外)도 죽을 때까지 시종일관 '신조사(新潮社)'의 나까무라 무라오(中村武羅夫)의 조소와 경멸을 받았다. 무엇 때문인가? 아무래도 그들이 청년과 함께 달릴 수 없었기 때문이라 여겨진다. 사실 노인을 청년과 함께 달리라고 하는 것은 현명하지 못한 일이다. 야만적인 민족에게 노인을 처리하는 방법에는 두 가지가 있다. 하나는 죽여서 삶아 먹는 것이고, 또 다른 하나는 사내들이 전쟁에 나갈 때, 노인은 여자와 어린 아이들과 함께 남게 하여 산의 요새를 지키게 하는 방법이다. 그들을 억지로 청년과 함께 달리게끔 한다면 어떻게 되겠나. 그 결과는 숨을 헐떡거리면서 늙은 두 다리는 명령에 따를 수 없게 되어, 오히려 청년의 노정을 그르치거나 지체시킬 뿐이다. 노인들을 높이 치켜 올려 꼭두각시가 되게 하여 고향의 어린 아이를 억박지르게 하는 것도, 결국은 노인을 존경하는 도리가 아니다. 노인들은 자신들의 시선과 지위가 있는 법. 그들은 대문 입구 태양 아래에서 앉아서 새끼를 꼬아 짚신을 엮거나 병아리나 거위나 어린 아이를 돌보거나, 좀 고상하고 멋스럽다면 그림을 감상하거나 서예를 할 수도 있다. 따라서 억지로 자식과 며느리로 하여금 효경(孝敬)으로써 그들의 일을 방해하게 하지 않게만 하면 족한 것이다. 본래 소설과 희곡을 창작할 수 있는 충분한 능력이 있는 사람들은 처음에는 자유롭게 말할 수 있는 어떤 명리도 추구하지 않았다. 하지만 그 후에 어떤 주의에 빠져서 문예의 이론과 정책을 하나하나 사리에 꼭 들어맞게끔 만들고자 애쓰니 영원히 더 이상 창작을 할 수 없는 지경에 빠지게 되었다. 이것은 늘 목도할 수 있는 사실이자만 아주 두려워할 만한 교훈이기도 하다. 일본의 자연주의 신도들은 중국보다는 어쨌든 성과가 좋았으며, 또한 후대 사람들의 좋은 본보기가 될 만 하였다. 영혼을 마귀에게 팔면 그림자 없는 사람이 된다고 한다. 영혼을 상제에게 바치는 것도 어차피 별반 차이가 없는 일이다. 영혼을 믿지 않는 사람이어야 바로 설 수가 있다. 왜냐하면 팔아먹을 것이 없기에 바깥에 설 수가 있는 것이다. 욕먹는 일은 결국 피하기 어렵다 해도 모리 오가이(森鷗外)는 의사를 업으로 삼았고 또 문학하는 것을 좋아했다. 그래서 자칭 양서 생활(兩棲生活)이라고 말했다. 그런데 이것이 바로 그의 강점이다. 그가 만일 문학에만 오로지 종사했다면 사람들과 함께 달리지 않으면 안 되었을 것이다. 만약 '신조사(新潮社)'에 몸을 의탁하지 않았다 한지라두 '박문관(博文館)'에는 들어가야 했을 것이다. 장타이옌(章太炎: 장태염) 선생은 남들에게 학문만을 직업으로 삼지 말라고 충고한 적이 있다. 진정 동방의 실제 상황을 잘 이해한 사람이다.3)

일본 작가를 언급하는 기회를 빌어서 루쉰이 청년들과 함께 날뛰고 있음을 은근히 비난하고 있다. 이면에 담긴 은유적인 뜻을 자세히 살펴보면 그 의미를 분명히 알 수 있다. 루쉰이 세상을 떠나기 몇 개월 전 저우쭈어런은 「노인의 야단법석(老人的胡鬧)」이란 글을 발표하여 루쉰을 "늙어서 본분을 지키지 못하고 시류에 영합한다"고 비아냥거리고 있는데, 그 언어가 아주 가혹하다.

공자는 일찍이 사람이 늙어서는 얻으려는 욕심을 경계해야 한다고 말하였다. 노인들도 여색을 좋아한다. 하지만 공자의 말은 결국은 정확하다 할 수 있다. 얻고자 하는 범위도 자못 큰데, 명리도 그 안에 포함된다. 일본의 켄꼬 법사(兼好法師)는 『도연초(徒然草)』에서 말하기를 "속담에 오래 살면 욕된 일이 많다고 했다. 설령 오래 살지라도 마흔 살 이내에 죽으면 가장 제격이다. 이 나이를 지나면 그 늙음의 추함을 잊어버리고 사람들 속에 섞여 어물쩍 흐리멍텅 살아가고자 한다. 만년에 이르면 또 자손을 지나치게 좋아해서 아주 오래 살아 자손들의 번영을 보고 싶어 한다. 그리하여 인생에 더욱 집착하게 되니 사욕은 점점 더 깊어가고 사람의 성정과 만물의

---

3) 『周作人文選』 第2卷, 廣州出版社, 1995, 261~262면.

이치에 대해서는 더 이상 이해할 수 없게 된다. 정말 탄식할 만한 지경에 이르게 되는 것이다.” 또 하이까이(俳諧 : 일본 엔가의 일종)의 대가인 바쇼(芭蕉)가 지은 「폐관사(閉關辭)」에서도 다음과 같이 말하고 있다. “고기잡이 노파가 파도 위에서 자다가 옷을 다 적시고 패가망신하였는데, 이러한 전례는 대단히 많지만 다만 노후만을 바라보고 얼마 남지 않은 앞길을 탐하며 연연해하고 재물을 얻는데 심신을 다 바치는 경우이다. 사물의 이치와 사람의 인정에 대해서 깊은 이해를 했다면 그 죄는 오히려 용서받을 수 있다.” 양곡(陽曲) 사람 부청주(傅靑主 : 靑主는 淸나라 傅山의 字임)는 한 필기(筆記)에서 다음과 같이 언급하고 있다. “노년기의 심정은 자신의 어릴 때의 심정과 완전히 다르다. 독서하고 정좌하면서 어떻게 세월을 보낼 것인가를 고민하는 것 외에도 이 시기가 근력이 노쇠한 황혼기라는 것을 깊이 깨달아야 한다. 그리하여 흘러가는 인연에 모든 것을 맡겨 두고 그 자연스러운 변화를 따라야 한다. 만일 세상일에 억지로 개입하려고 하면 아마 죄과를 한층 더하는 일이 될 것이다.” 이상은 모두 노년기에 대한 좋은 격언으로 공자가 말한 이치와도 서로 부합되고 있다. 그러나 안타까운 것은 노인들이 이런 격언을 그다지 준수하지 않는다는 사실이다. 그들은 지위와 명예가 이미 높아 졌어도 일득일실(一得一失)에 전전긍긍한다. 또 신흥 세력이 장차 권력을 독점할 것이라는 이야기를 듣기만 하면 신구 좌우를 막론하고 다들 우르르 쫓아가서 그것을 따르고자 한다. 이런 것은 사욕이 지나친 나머지 세속에 깊이 빠져 얼마 남지 않은 앞길에 탐욕스러운 미련을 가진 노인네들의 병통이라 할 수 있다.

노인들이 명예를 소중히 여기지 않는다고 스스로 변명하는 것도 본래 개인의 자유이기는 하다. 그러나 그가 이미 추악한 가면을 쓰고 무대에서 어슬렁거리는 이상 사람들에게 구역질을 나게 만드는 역할을 맡지 말라고 하기는 어렵다.

여기에서 주의할 만한 것은 노인들의 호들갑이 반드시 수구(守舊)에 기반하고 있는 것은 결코 아니고 실제로는 유신(維新)에 기반하고 있다는 사실이다. 대체로 늙어가면서도 분수를 지키지 않고 시류에 영합하는 사람들은 자신들이 떠받들어 모시는 대상에 신파·구파·좌파·우파를 가리지 않는다. 만약 권력이 있는 신흥 세력을 떠받들어 모신다면 그것은 모두가 시류에 영합하는 짓거리이며, 한결같이 가소로운 행위이다. 미까미(三上)가 자유주의를 버리고 파시즘의 물결 속으로 뛰어 들어간 것이 그 좋은 예인데, 사상적으로는 옛 것으로 전향한 듯 하지만 그 행위는 오히려 새로움을 쫓아간 것이다. 이 번 미까미(三上)의 연설은 중국을 모욕했기에 모든 사람들이 조심해야 한다. 사실 이런 일들은 세상에 많이 있어 왔다. 그런 즉 우리나라

의 노인들은 마땅히 이것을 거울로 삼아 수시로 자신을 점검해야 할 것이다.[4]

　이와 유사한 비난의 말투는 「아Q의 빚(阿Q舊賬)」, 「쉬즈모를 기념하며(志摩紀念)」, 「류반눙을 기념하며(半農紀念)」, 「고죽잡기(苦竹雜記)・후기(後記)」 등의 글 속에서도 쉽게 찾아볼 수 있다. 저우쭤런은 노인은 노인네답게 생활해야지 경박하게 상궤를 벗어나는 일을 해서는 안 된다고 여겼다. 그는 루쉰이 '좌련'에 가입하고 마르크시즘 미학 저작 따위를 번역한 것은 사실 본분을 지키지 않고 시류에만 영합하고자 한 때문이라고 생각하였다. 저우쭤런의 이러한 점은 공맹 유학의 유풍에서 벗어나지 못한 채 생물적인 본능으로서의 인간의 욕망을 분석한 것인지도 모른다. 결국 이런 태도는 사상적인 분석에 기반한 것이 아니고 대다수 사람들의 동물적 본성에 대한 탐구에서 출발한 것인데, 정말 악랄하기 그지없는 언설(言說)이라고 할 수 있다. 이런 것이 바로 저우쭤런의 손실이라고 지적한 차오쥐런의 견해는 확실히 타당한 주장이라 여겨진다. 둘째, 루쉰에 대한 저우쭤런의 공격은 또 문화 자유주의를 필요로 하는지 아닌지의 문제에 집중되고 있다. 저우쭤런은 중국 역사상 가장 두려워할 만한 현상은 사상적으로 최고의 권위자를 유일무이한 절대자로 삼는 경향이라고 인식하였다. 그는 좌익문화가 압제에 반항하는 측면도 가지고 있지만, 당성 우선의 원칙 때문에 거기에는 바로 독존적인 측면과 교조적인 측면이 포함되어 있다고 지적하였다. 1935년 그는 「운명에 관하여(關於命運)」라는 글에서 숙명적인 어투로 "나는 지금이 명말(明末)과 같다고 생각한다. 열심히 노력하는 문인 학사들이 이 말을 들으면 좀 기분이 나쁘기는 하겠지만 이것은 숨길래야 숨길 수 없는 사실이다"라고 말하고 있다. 또 다음과 같이 언급하고 있다. "우리는 지금 또 문장을 쓰는 일에 대해서 이야기하고자 한다. 성현을 대신하여 입언(立言)을 하면서 제목을 달고 글을 지을 때 각자가 성현의 말투를 흉내내게 되는데 그것은 마치 연극배우가 다른 사람의 어투로 연기하는 것과 같다. 이것은 형식적으로 모방을 일삼는 팔고문(八股文)의 특색이다. 현재 이와 같지

---

　4) 孫郁 編, 『被藝瀆的魯迅』, 群言出版社, 1994, 201~202면에서 再引用.

않는 사람이 얼마나 될까? 법령에 의거하여 팔고문으로 인재를 뽑는 것이 어찌 지금의 문예 정책과 동일한 측면이 아니겠는가? 한편으로 그것이 어찌 또 소위 문장으로 나라에 보답하는 길이 아니겠는가? 경서를 읽는 일은 중국 고유의 오랜 기호이지만, 그것이 신인들에게 어울리지 않는 일은 결코 아니다. 이 경전을 읽지 않으면 저 경전을 읽으면 되기 때문이다. 소문에 의하면 근래 『장자(莊子)』와 『문선(文選)』을 읽는 사람들이 한결같이 비난에 직면해 있다고 한다(루쉰은 『장자』와 『문선』의 문제를 둘러싸고 스저춘(施蟄存)과 논쟁을 전개하면서, 『장자』와 『문선』을 바라보는 스저춘의 태도를 비평한 적이 있다—인용자 주). 여기에는 필시 심도 깊고도 오묘한 의미가 숨겨져 있는 것 같다. 그것이 개인의 취미에 관한 것이 아니라 어떤 정치 사업에 관계된 것이라면 말이다."5) 이후에도 그는 「한퇴지와 동성파(談韓退之與桐城派)」, 「과학 소품(科學小品)」, 「분서갱유에 관하여(關於焚書坑儒)」, 「준명 문학(遵命文學)」 등의 문장에서 재도파(載道派 : 교훈이나 교화를 위주로 하는 문학)의 이론을 대대적으로 매도하면서 '당팔고(黨八股 : 공산당의 이념만을 교조적으로 선전하는 공식화된 문학)'와 공산당의 경직된 '문예 정책'을 비꼬아 비난하였다. 나는 이것이 루쉰을 비꼰 것이라고 생각한다. 1936년 저우쭤어런은 「준명 문학」에서 창끝을 직접 루쉰과 좌익 작가를 향해 겨누고 있다.

　젊은 친구들에게 팔고문과 시첩시(試帖詩)를 이야기하면 아마 다소 낯선 느낌을 받을 것이다. 그렇다면 그것을 지금의 '선전'이란 말로 바꾸어도 무방할 듯싶다. 나는 평소 '문학의 선전 효과'에 대하여 무슨 존경심 같은 것을 가져 본 적이 거의 없다. 왜냐하면 나는 광고를 믿지 않기 때문이다. 기실 점포 안에 몇 가지 물건들이 있으면, 광고는 이등품의 물건을 말로 잘 포장하려고 할 뿐이며 선전은 종종 없는 물건도 있는 것처럼 가장한다. 꼼꼼히 따져본다면 선전과 광고는 결코 같은 길을 갈 수 없다. 광고는 연애 편지를 쓰는 것과 비슷하지만 선전은 팔고문을 짓는 것과 같다. 과거가 폐지된 지 30여 년이나 지났지만 근래 쏟아지는 수많은 선전을 보면 표어에서 논문에 이르기까지 거의 팔고문이 아닌 것이 하나도 없다. 정말로 이러한 것들이 격세유전이나 되는 것은 아닌지 의심스럽기까지 하다. 표면적으로는 단지 '부

---

5) 『周作人文選』第2卷, 廣州出版社, 1995, 269면.

득(賦得)'*6)이라는 제목이 달려 있지 않을 뿐이지만, 실제로는 이 말이 거기에 달려 있는 것과 마찬가지이다. 예를 들어 '부득옹호(賦得擁護)', '부득타도(賦得打倒)', '부득기념(賦得紀念)'과 같은 종류로서, 짧은 표어는 곧 파제(破題)*7)이고 긴 논문은 본론에 해당하는 만편(滿篇)이다. 옹호하거나 타도하거나 간에 엄연히 「한고조참정공론(漢高祖斬丁公論)」과 같은 팔고문 식으로 써서, "어찌 이 같은 일이 있을 수 있겠는가? 시종(侍從)하는 자가 은폐한 것이겠지(若是乎從者之廋也)"*8)라는 투의 문장으로 논적을 조롱하면서 자신의 의견을 발표할 때가 되면 "연못의 물이 밤에 보니 깊도다(池水夜觀深)"*9)와 같은 오묘한 말로 얼버무린다.

　다른 나라에서 선전이 어떠한지 나는 모른다. 그러나 그것이 만약 중국에서 팔고문에 완전히 동화되어 새로운 상표의 준명 문학이 된다면 흡사 최음제에 마취제를 함께 섞어 넣는 것과 같다. 본래 준명 문학을 좀 한다고 해서 무슨 방해가 되겠는가? 따라서 그 옆 사람도 반대할 필요까지는 없는 것이다. 그것이 커다란 폐해가 없기만 하면 말이다. 그러나 그렇지 않다. 준명 문학이 자기 자신에게 끼치는 폐해는 그것이 습관화되면서 머리가 마비되어 더 이상 자기의 의사를 펼칠 수 없고 또 자기의 문장을 써낼 수 없다는 점에 있다. 또 준명 문학이 다른 사람에게 끼치는 폐해는 이질적인 사람들을 압박하여 그들의 생각을 문장 속에 자유롭게 표현해내지 못하게 한다는 점에 있다. 고금신구(古今新舊)의 차이가 없다는 것도 준명 문학의 폐해중의 하나이다. 과거(科擧) 시험 형식인 팔고문과 시첩시의 폐해가 이미 오래되었는데 지금 어찌 그것을 부흥시키려고 하는 것인가? 무릇 문장을 쓰려면 반드시 이 문장이 팔고문의 종류인지 아닌지를 먼저 반성한 연후에 붓을 잡아야 이러한 폐해에서 벗어날 가능성이 있을 것이다. 그러나 그것은 단지 가능성일 뿐이다. 만약 가능성이 아니라 완전한 성취를 이루기 위해서는 아마도 500년 동안 잘 가르치고 기르지 않고서는 거의 불가능한 일이 될 것이다. 그때가 되면 황허(黃河)의 물도 진정 한 번 맑아지게 될지도 모른다.10)

---

6) 역주: 부득(賦得)은 옛날 중국의 과거 시험에서 시첩시(試帖詩)를 출제할 때, 이전 시인들의 유명한 시나 성어에서 시험의 제목을 뽑곤 했는데, 그때 그 제목의 앞에 반드시 '부득(賦得)'이란 말을 붙였다. 따라서 과거 시험 형식인 '시첩시(試帖詩)'를 '부득체(賦得體)'라고도 불렀다.

7) 역주: 파제(破題)는 옛날 중국 과거 시험 형식인 팔고문(八股文)에서 제목의 중요한 내용을 한두 줄로 풀이하는 제일단이다.

8) 역주: 『孟子·盡心下』에 나오는 말이다.

9) 역주: 송(宋) 조사수(趙師秀)의 「冷天夜坐」 시에 나오는 한 구절이다.

10) 『周作人文選』 第2卷, 廣州出版社, 1995, 564면.

　　우리가 주지하다시피, 저우쭤어런과 루쉰은 결별한 후에도 중국 고문화가 외래문화를 수용하는 문제라든가 여성 문제, 반독재 문제, 아동 교육 문제 등에 대해서 서로 의견을 함께 했다. 하지만 이러한 공통점을 제외하고 그들 사이에 갈등이 가장 컸던 부분은 바로 믿음과 회의(懷疑)의 문제이다. 루쉰은 사회운동에 참여하여 러시아 소비에트 문예를 번역·소개하고, 자신의 사상을 교정하고, 자신의 '귀기(鬼氣)'에서 탈피하여 현실을 통찰하면서 진정한 삶의 길을 힘 있게 모색해 나가는 모습을 보여주었다. 그러나 저우쭤어런은 비관적이게도 혁명은 각 당파끼리의 자리 바꾸기 싸움에 불과하며 역사는 순환할 뿐이라고 인식하였다. 이로 인해 저우쭤어런의 입장에서는 사회운동을 반대하고, 정통적인 것을 반대하고, 당팔고를 반대하면서, 비정통적인 성령 소품과 자유주의를 제창하는 일이 다른 어떤 것보다도 더 중요한 것으로 인식하였다. 루쉰이 투사의 풍모를 보이며 세상에 적극 참여했다면, 저우쭤어런은 학자적 태도를 견지하며 세상을 등지고 은둔하였다. 이러한 밝음과 어둠, 드러냄과 숨김의 차이에서 두 사람 사상의 상이점을 쉽게 발견할 수 있다. 세상에 들어가면 함성을 질러야 하고 서로 다투어야 하며 또 싸워야 한다. 세상을 등지면 스스로 즐길 수 있고 평화로운 마음을 가질 수 있으므로 세상과 다툴 필요가 없게 된다. 따라서 저우쭤어런은 성령 소품을 정신의 귀의처로 여기면서 루쉰의 몇몇 작품에 대해서는 다른 사람을 욕하고 비난하는 문장일 뿐이라고 생각하였다. 루쉰이 항상 '실천(行)'의 면모를 가졌다면 저우쭤어런은 늘 '회의(疑)'의 면모를 가졌다. 그러나 실제로는 루쉰의 '실천'에도 '회의'의 요소가 뒤섞여 있다. 하지만 루쉰은 스스로 의기소침하게 살려고 하지 않았다. 저우쭤어런의 '회의'에도 '믿음(信)'의 성분이 들어 있다. 그러나 그 '믿음'은 바로 다양성을 바탕으로 한 자유주의일 뿐이다. 그들 사이의 사상적 차이는 인생에 대한 기본 태도의 상이함에서 기인한 현상이라고 할 수 있다. 따라서 루쉰에 대한 저우쭤어런의 시니컬한 비난은 이론적인 측면에서는 논리적 근거가 있는 것이다. 따라서 이러한 태도를 개인적 원한의 표출로만 볼 수는 없는 일이다.

　　저우쭤어런은 루쉰을 빈정대고 헐뜯는 글을 많이 지었다. 「파각골(破脚骨)」

·「사람을 욕하는 문장에 관하여(論罵人文章)」 등의 글처럼 어떤 것은 심한 욕설에 가까웠다. 우리들이 그런 문장을 찬찬히 읽다보면 저우쭈어런의 내면세계 속에 담겨진 '원망(怨)'의 한 단면을 쉽게 발견할 수 있다. 이와 동시에 우리는 또 이러한 저우쭈어런의 모습 속에서 그에 대한 측은한 감정이 생기는 것을 금할 길 없다. 「파각골(破脚骨)」은 건달을 욕하는 것을 빌어 루쉰을 은근히 비난한 글이다. 이 글에서 그는 "파각골은 관화(官話)에서는 무뢰(無賴) 혹은 광곤(光棍)이라 하고, 고어(古語)에서는 발피(潑皮) 혹은 파락호(破落戶)라 하며, 상하이에서는 유맹(流氓)이라 하고, 난징에서는 유호(流戶) 또는 청피(靑皮)라고 하고, 일본에서는 코로쯔끼(歌羅支其, ころつき)*11)라 부르고, 영국에서는 러프(羅格, rough)라고 부르며……"라고 적고 있다. 이 글은 루쉰과 결별한 지 얼마 안 된 상태에서 적은 것인데, 눈썰미가 있는 녹자라면 슬쩍 읽어보기만 해도 그 속에 담긴 뜻을 명료하게 이해할 수 있을 것이다. 그러나 「사람을 욕하는 문장에 관하여(論罵人文章)」는 루쉰 서거 후 일 개월여쯤 지난 뒤에 적은 것으로 주로 좌익 작가를 비난한 것이지만, 나는 루쉰의 시체에 채찍질한다는 느낌을 지울 수 없다. 이와 같은 문장은 사실 품위를 잃은 것이라 할 수 있다. 욕을 얻어먹은 것은 루쉰이었지만 상처를 크게 입은 것은 반대로 저우쭈어런 자신이었다. 그가 만년에 부지런하게 루쉰 연구 사료에 관한 문장을 적을 때 아마도 내면 깊숙한 곳에서는 참회의 심정이 있었을지도 모른다. 인간은 기묘하다. 저우쭈어런은 자신의 행위를 확실하게 인식하지 못했을 수도 있다. 한 평생 지속된 그의 학술 생애는 루쉰의 계발로부터 시작되어 루쉰에 대한 사색으로 끝을 맺고 있는 바, 이것을 숙명이라고 말하면 너무 미신적인 판단일까? 그러나 그는 일생 동안 루쉰의 거대한 그림자에서 벗어날 수 없었으니 이것을 루쉰의 비범함·위대함·특출함에서 비롯된 결과라고 설명하지 않고서 달리 무슨 말을 할 수 있을까?

---

11) 역주: 저우쭈어런이 코로쯔끼(破落戶)를 중국어로 '歌羅支其(거뤄즈치)'라고 번역한 것은 순전히 일본어의 음만 딴 것이다.

2.

친형제였기에 저우쭈어런은 루쉰의 세계를 비교적 분명하게 알고 있었다. 거리가 아주 가까웠기 때문에, 문화인으로서의 루쉰은 그의 시야에서 모호하게 드러날 수밖에 없었지만, 범속인으로서의 루쉰에 대해서는 그가 아주 자세하게 알고 있었다. 저우쭈어런의 눈 속에서 루쉰은 공산당 사람과 달랐고 국민당의 우익 문인과도 달랐다. 앞서 저우쭈어런이 루쉰과 맺은 원한은 모두 가정 싸움에서 빚어진 원한이었지만, 1920~30년대에 계속된 루쉰에 대한 비난은 대부분 사상 관념의 충돌에서 기인한 결과였다. 1940년대에서 1960년대에 이르면 루쉰에 대한 저우쭈어런의 태도가 점차 온화해져저 비교적 공정한 관념이 생겨나고 있다. 그가 지은 『루쉰 소설 속의 인물(魯迅小說裏的人物)』, 『루쉰의 고향(魯迅的故家)』, 『루쉰의 청년시대(魯迅的靑年時代)』는 얻기 힘든 연구 사료라 할 만하다. 이러한 태도의 전환은 시대의 변화로 인해 어쩔 수 없이 생겨난 현상이라는 느낌이 들기도 하지만, 그 사상의 중용·평담한 일면이 점차 성숙해지고 있음을 나타내주는 현상이라고도 할 수 있다. 안타깝게도 이런 일은 모두 루쉰 서거 이후에 발생한 일이어서, 형제 두 사람의 입장에서는 확실히 유감스러운 일이 아닐 수 없다.

1936년 10월, 루쉰이 상하이에서 서거하였을 때, 저우쭈어런은 『대만보(大晚報)』 기자의 취재에 응하여 다음과 같이 루쉰을 언급하고 있다.

형의 최근 상하이의 상황에 대해서는 나도 잘 알지 못합니다. 우리들은 평상시에 일이 없으면 거의 연락을 하지 않습니다. 비록 그가 상하이에서 폐병을 앓고 있었지만, 얼마 전에 편지 한 통을 보내 지금은 괜찮아졌으니 모두 안심해도 된다고 말하였습니다. 그런데 뜻밖에도 오늘 새벽에 동생 젠런(健人)의 전보를 받고서야 이미 서거했음을 알았습니다. 그 폐병에 관해서 말하자면 본디 10년 전부터 이미 몸 속에 잠복해 있던 것입니다. 의사들은 그에게 성질을 적게 내고 정양(靜養)을 잘 하라고 권하였습니다. 그러나 그는 개성이 유달리 강해서 종종 자질구레한 일에까지도 사람들과 충돌하여 걸핏하면 화를 내었으니, 정양은 더욱 있을 수 없는 상황이 되었습니다. 그래서 병은 하루하루 악화되었고 뜻하지 않게 오늘에 이르러 이미 치료할 수 없는 상황이 되고 말았습니다.

그의 사상 부문에 대해서 말하자면 처음에 니체의 영향을 깊이 받았다고 할 수 있습니다. 바로 개인주의를 수립하고 초인의 사회가 실현되기를 희망하는 것입니다. 그러나 최근에 또 약간 허무주의로 바뀌었기 때문에 모든 일에 대해서 비관적인 듯합니다. 예를 들면 우리들이 그의 『아Q정전(阿Q正傳)』을 읽다보면 각종 인물 묘사는 아주 심도 깊지만 중국인의 앞날에 대해서는 조금도 희망을 찾아 볼 수 없다는 것을 알 수 있습니다. 실제로 그는 사물을 관찰하는 것이 아주 철두철미하기 때문에 묘사해낸 인물도 아주 깊이가 있습니다.

문학 부문에서 그는 옛 것에 관해 아주 깊이 있게 공부를 하였습니다. 예를 들면, 고대 각종 일문의 수집, 고대 소설의 고증 등은 모두 상당히 볼 만 한 것들이지만 안타깝게도 그 후 출판되지 못하였습니다. 아마 그 집필 자료들은 현재 모두 분실된 것 같습니다. 혹자는 이런 것을 잘 정리하는 것이 그의 장점이라고 말하면서 비판을 하고 있는데, 나는 이러한 견해가 확실히 틀린 것은 아니라고 생각합니다.

그는 개성이 강할 뿐만 아니라 의심이 많습니다. 옆에 사람이 한마디 말을 하면 그는 항상 이 말이 그에게 유리한지 아닌지를 생각합니다. 이번 상하이의 거주지도 아주 은밀한 장소여서, 동생 젠런과 우찌야마 서점(內山書店)의 사람들만이 알고 있었고 그 외 나머지 사람들은 찾기조차 힘든 곳이라고 합니다. 어머니께서 여러 차례 베이핑(北平)으로 오도록 권하였지만 그는 결코 말을 듣지 않았습니다. 그는 상하이의 환경이 살기에 아주 적당하다고 여겨 다른 곳으로 옮기기를 원치 않았던 것입니다.

그의 사후 모든 일은 동생 젠런이 처리하였습니다. 본래 형수가 가고자 했으나 어머니께서 굳이 동행하려고 하는 바람에 성사가 될 수 없었고, 저의 집에서 언제 조문을 받을지는 동생 젠런의 편지를 기다린 후에 비로소 결정할 수 있을 것 같습니다.

루쉰의 서거는 온 나라를 깜짝 놀라게 한 사건이었으며, 추모의 물결이 온천지를 뒤덮었다. 이때 저우쭈어런의 심리는 틀림없이 복잡했을 것이다. 좌익 문인들이 루쉰에게 바치는 존경의 감정을 보고서는 소름끼치는 종교적 신격화를 느꼈을 것이고, 우익 문인들의 루쉰에 대한 비난에 대해서는 모두 맞장구를 칠 수 없었을 것이다. 10월 24일 그는 「루쉰에 관하여(關於魯迅)」라는 문장을 써서 형에 대한 자신의 대체적인 윤곽을 그려내었다. 하지만 그 만년의 사상에 대해서는 입을 다물고 이야기하지 않았고, 대부분 학문과 문예상에서 이룬 루쉰의 성취에 대해 언급하고 있다. 10여 일 후에 또 「루쉰에 관하여 2(關於魯迅之二)」를 써서 루쉰의 생애에 대한 사실을 대부분 언급하였지만 루쉰 사상의 심층적인 문제에 대해서는 거의 논술하지 않았다. 그는 루쉰 정신의 심층 문제를 언급하고 싶어 하지 않은 듯한데, 아마도 그것은 그에게 익숙하면서도 모호한 문제였기 때문인 듯하다. 그는 문제를 간파하는 루쉰의 철두철미함에 대해서 감탄을 금치 못하고 있다. 사상적 문학적 경향으로 볼 때 그는 결코 『함성(吶喊)』에 실려 있는 것과 같은 작품을 창작하기가 어려웠을 것이다. 그가 초기에 출판한 문언소설집 『고아기(孤兒記)』를 보더라도 기교에서든지 우의(寓意)에서든지 모두 루쉰과 비교하기가 어렵다. 과거를 회상하는 산문에서 루쉰이 보여주고 있는 청려하고 유원한 필치도 저우쭤어런이 미칠 수 없는 경지였다. 문장의 전아(典雅)함이 그 형과 비견될 수 있을 뿐, 전체적인 예술의 성취라는 측면에서 보자면 저우쭤어런은 루쉰과 상당한 거리를 가지고 있다. 예컨대 잡감문(雜感文) 창작에서 루쉰이 보여주고 있는 신랄함·예리함·맹렬함을 저우쭤어런은 별로 좋아하지 않았을 뿐만 아니라, 그 작품들을 '남들을 욕하는 문장'이라 매도하였다. 그러나 문장의 풍격에서는 저우쭤어런이 결코 루쉰의 장엄함과 고원함에 미칠 수 없었다. 저우쭤어런이 흠모한 것은 담담한 문자, 평화로운 운치였다. 문장의 전체적인 질량으로 보더라도 루쉰은 저우쭤어런처럼 자신의 견해를 중언부언하지 않았고, 또 사고 폭에 있어서도 루쉰은 저우쭤어런처럼 결코 편협한 모습을 보여주지 않았다. 루쉰은 매 편마다 모두 새로운 뜻을 지니게 하였기 때문에, 실패한 작품이 매우 드물다. 저우쭤어런의 글은 상당히 아름답기는 하지만 정취가 단조롭고 얕아서 항상 사람들로 하여금 생소한 느낌을 가지게 한다. 루쉰의 글은 생명 깊은 곳에서 쏟아져 나온 것이지만, 저우쭤어런의 것은 더러 생경하게 조작된 듯 하기 때문에 비록 묘사가 훌륭하고 교묘하다 해도 독자들이 결국 거리감을 느낄 수밖에 없다. 내 생각으로는 이러한 점을 저우쭤어런 자신도 분명하게 알고 있었던 것으로 보인다. 그는 루쉰의 이러한 점에 대해 이해가 자못 깊었지만, 루쉰을 영웅으로 간주하지도 않았고 위대한 거인으로도 바라보지도 않았다. 그의 눈 속에 비친 루쉰은 지혜가 보통 사람보다 뛰어난 범부(凡夫)나 속인(俗人)일 뿐이었다. 1950년대 후기에 차오쥐런이 『루쉰평전』이란 저서를 그에게 보내왔을 때, 그는 이 책을 다 읽고 난 후에 "세상에는 성인이 없기 때문에 결점이 드러나는 것을 피하기 어렵다(世無聖人, 所以難免有缺點)"고 말하였다. 이것은 차오쥐런의 책에 대한 칭찬이다. 다른 한 통의 편지에서 그는 또 다음과 같이 말하고 있다.

　　『루쉰 평전』을 지금 다시 읽어보니 아주 재미있게 느껴집니다. 이 책은 일반인들의 단조로운 서술과 상당히 다른 것 같습니다. 그 중에서도 독특한 견해가 아주 많지만 문예관 및 정치관을 언급한 부분이 가장 훌륭합니다. 그의 견해가 근본적인 면에서 허무적이라고 언급한 것은 아주 정확한 것입니다. 당신의 이 저서가 그를 신으로 간주할 수 없다는 입장을 견지하고 있기 때문에 능히 이와 같이 서술할 수 있었을 것입니다. 사후에 남이 시키는 대로 우왕좌왕하면서 무슨 기념들을 한다고 하고 있지만, 기실 어떤 것은 그를 희롱하는 것에 불과할 따름입니다. 내가 사진으로 보니 상하이의 무덤에 그의 흉상을 설치해 놓았는데, 그것은 실로 그에 대한 최대의 우롱이라고 할 만 합니다. 이 어찌 의자 위에 사람을 높다랗게 앉혀 놓고 그 머리에 종이로 만든 관(冠)을 씌워놓은 꼴이 아니겠습니까?*12) 설령 천시잉(陳西瀅 : 진서형)의 무리들이 이와 같은 모습을 만화로 풍자한다 해도 이 또한 너무나 타당한 가십거리라고 할 수밖에 없을 것입니다. 당신의 이 저서에는 아니톨리 프랑스(Anatole France, 1844~1924)의 말이 한 구절 인용되어 있는데(147면), 정말 너무나 침통한 언급입니다. 예술가들이 묘사한 그의 모습을 많이 보았지만 모두 의심 많고 쉽게 분노하는 그의 일면만을 반영하고 있을 뿐, 평소에 볼 수 있는 그의 온화하고 선량한 일면은 그려내지 못하고 있습니다. 실로 작가들이 모두 루쉰을 본 적이 없기 때문에 완전히 어둠 속에서 물건을 더듬는 것과 같습니다. 그러나 여기에는 본래 코미디 같

---

12) 역주 : 종이로 만든 관(冠)은 루쉰이 자주 비유로 쓰던 말이다. 루쉰은 명분과 실질이 서로 맞아떨어지지 않을 때 종이로 만든 거짓 관을 씌워 놓았다고 비꼬았다. 『華蓋集續編』「所謂'思想界先驅者'魯迅啓事」에서 루쉰은 "이전에 어떤 사람들이 진상을 잘 알지 못하고, 더러 거짓 명분을 빌어 나에게 종이 관을 씌워준 것이 한두 번이 아니다(前因有人不明眞相, 或則假借虛名, 加我紙冠, 已非一次)"라고 하였다.

은 희극성이 포함되어 있기 때문에 그들이 볼 수 있는 것은 단지 이 같은 것에 불과할 따름입니다. 루쉰의 평상시 언행도 조작되고 있습니다(사람마다 모두 그런 점이 있을 것이니, 뭐 그렇게 이상할 것도 없습니다). 마치 쑨푸웬(孫伏園 : 손복원)이 루쉰의 비수(匕首)에 관계된 일을 기록한 그 장면처럼 말입니다. 그러나 나는 루쉰이 이 일에 대해서 말하는 것을 전혀 들어본 적이 없습니다. 내가 아는 바에 따르면 그는 일찍이 무슨 원수를 맺은 일이 없습니다. 그가 어렸을 때 비록 어떤 친척이 그를 멸시한 적은 있지만 그것이 그와 그런 원수를 맺는 일은 결코 아니었습니다. (그러나 이 원수는 화류병에 걸려서 남근이 썩어 문드러져 죽었는데, 이와 같은 일이 일어나리라고는 전혀 생각조차 할 수 없었습니다.) 따라서 쑨푸웬이 기록한 그 일은 의심할 것도 없이 즉흥적으로 손님을 즐겁게 하려는 일이었음에 분명합니다. 그 칼은 길이가 8~9치쯤 되고 두께가 꽤 두꺼운 편이어서 종이조차 자를 수 없는 것입니다. 사오싱 사람들은 이러한 조작을 모두 이른바 불꽃놀이(焰頭)라고 합니다(옛날 연극에서 귀신이 등장할 때 '불꽃'을 쏘아 올리고 귀신에 대해 설명할 때는 과장되게 많은 수식을 덧붙이기 때문입니다). 푸웬은 신문기자이기 때문에 이와 같은 재료를 다루는데 뛰어난 솜씨를 지니고 있는 것이지 그가 날조한 것은 결코 아닙니다.13)

이 글에서 보여주고 있는 저우쭈어런의 태도는 1930년대 루쉰을 비난할 때의 어투에 비해 상당히 신중한 모습이지만, 사회에서 보편적으로 유행하고 있는 '루쉰관'과는 많은 차이점이 있다. 루쉰을 신으로 바라보지 않은 것은 옳은 일이다. 1950년대 이후 루쉰을 과도하게 높이 평가한 문장들은 논리적인 측면에서 성립되기 어려운 점을 많이 포함하고 있다. 형이상학으로 치달려간 것이 과거 루쉰 연구사의 비극이었는데, 저우쭈어런이 그러한 병폐를 지적한 것은 아주 진지한 언급이라고 할 수 있으며 거기에 어떤 악의도 내포되어 있지 않다고 나는 생각한다. 그러나 루쉰의 모습이 모두 '조작'되었다고 생각하는 것은 성립되기 어려운 견해이다. 사람들이 자신을 미화할 때는 자신을 성인에 비견하는 것도 마다하지 않는다. 그러나 루쉰의 일생은 진정 광명정대한 것이었다고 말할 수 있다. 만년에는 인식상에서 다소 편향된 점을 드러내기도 하

---

13) 『知堂書信』, 華夏出版社, 1995, 297면.

였다. 예컨대 문화인의 태도에 관한 것이라든지 트로츠키적 관점에 대한 태도 변화 등등과 같은 것이 그것인데, 이는 당시 주관적인 조건의 한계 때문에 발생한 편향된 인식들이라고 할 수 있다. 그러나 대체적으로 보아 루쉰은 참된 품성을 견지하면서 허위적인 태도를 보이지 않았던 사람이다. 루쉰의 세계에 관한 저우쭈어런의 견해에는 여전히 어두운 면이 지나치게 강조되어 있다.

3.

루쉰은 저우쭈어런을 어떻게 바라보았는가?

결별한 후에 루쉰이 공개적인 장소에서 저우쭈어런을 언급한 일은 거의 없었지만, 쉬광핑이나 동생 저우젠런과의 사사로운 대화에서는 저우쭈어런을 언급하고 있다. 대체로 그는 저우쭈어런의 재기와 학식에 대해 경탄의 마음을 갖고 있었다. "한번은 저우쭈어런의 번역 원고가 상무인서관에 넘겨져 출판하려고 하였는데 마침 편집이 진행되고 있었다. 루쉰의 말하기를 '치멍(啓孟)의 번역 원고가 넘겨졌는데 설마 교정이 아직 필요하단 말인가?' 내(저우젠런)가 말하기를 '그냥 한 번 보려는 것이에요!' 그는 더 이상 아무 말도 하지 않았다."14) 여기에서도 아우에 대한 크나큰 관심과 그 번역에 대한 깊은 신임을 읽어낼 수 있다. 1927년 루쉰이 상하이로 이사한 후에 베이징은 이미 장쭈어린(張作霖 : 장작림)의 봉군(奉軍) 수중에 있었다. 루쉰은 저우쭈어런의 상황에 대해 깊은 우려를 표시하고 그도 함께 남하할 것을 희망하였다. 한번은 루쉰이 셋째 아우 젠런의 처소에서 둘째 아우 저우쭈어런의 편지를 보았다. 루쉰은 곧 바로 장팅쳰(章廷謙 : 장정겸)에게 편지를 써서 저우쭈어런에 대해 다음과 같이 언급하고 있다.

---

14) 周建人, 『魯迅和周作人』.

북신서국이 리(李 : 小峰의 사촌형)와 왕(王 : 어떤 사람인지는 모르겠음)*15) 두 선생을 체포하여 군벌 당국에 넘겨 수사를 받게 했다고 하는데, 그 날이 10월 22일이라고 들었습니다. 『어사(語絲)』가 판금된 것은 24일입니다. 어사의 작가들은 모두 잠시 몸을 피하였고, 저우쭈어런은 아마도 일본 의원에 있는 듯합니다. 북신서국을 차압한 것은 30일이라고 합니다. 오늘 챠오펑(喬峰 : 교봉, 周建人을 가리킴)이 저우쭈어런의 편지를 가지고 왔는데 그는 이미 귀가한 듯하고, 『어사』 3기를 다시 출판하면 삼년이란 숫자를 채울 수 있다고 하면서, 이 후에 북신서국으로 돌아가 계속 잡지를 출판할 것이라고 운운했다고 합니다(30일 밤). 아마도 북신의 차압 소식을 아직 모르는 것 같습니다. 그가 베이핑에 있는 것보다 스스로 남쪽으로 내려오는 것이 더 안전하지만, 나는 이 일에 대해서 감히 한 마디도 도움을 줄 수 없습니다. 왜냐하면 바다오완의 위엄이*16) 진정 장쭈어린에 뒤지지 않는다고 생각되기 때문입니다. 만약 말참견을 잘못했다가는 나의 죄가 오히려 더 무거워질 것입니다. 그의 친한 친구들이 서로 도와서 협조할 수 있으면 좋겠습니다.17)

저우쭈어런에 대한 사랑이 붓끝에서 녹아 흐르고 있다. 루쉰의 원한은 하부또 노부꼬(羽太信子)에게 향한 것이었고, 저우쭈어런에 대해서는 아주 깊은 골육지정을 갖고 있음을 알 수 있다. 장팅첸은 저우씨 형제 모두의 친구이다. 루쉰이 그에게 편지를 보낸 것은 사실 간접적으로 저우쭈어런에게 보낸 것이거나, 아니면 장팅첸이 자신의 안부를 대신 전달해줄지 모른다는 기대 때문이었을 것이다. 루쉰이 고통을 받는 몇 년 동안 동생에 대해 이 같이 깊은 감정을 보이고 있는 것은 진정 감동적인 일이다.

루쉰은 셋째 동생 졘런과 쉬광핑에게 "쭈어런이 정말 흐리멍텅해졌다"고 말한 적이 있다. 그는 1932년 11월 20일 어머니를 뵈러 베이징으로 갔다가 쉬광핑에게 보낸 편지에서 "저우쭈어런은 자못 흐리멍텅해져서 바깥 일을 모른다"고 하였다. 그러나 하부또 노부꼬를 언급할 때는 은근히 비꼬는 말을 하고 있는데 그녀의 행위에 대해서 불만이 많았음을 알 수 있다. 추측해보건대 루쉰

---

15) 역주 : 뒤의 연구에 의하면 리(李)는 리단천(李丹忱), 왕(王)은 왕인성(王寅生)이라 한다.
16) 역주 : 저우쭈어런의 부인인 하부또 노부꼬(羽太信子)의 위세를 말한다.
17) 『魯迅全集』 第11卷, 人民文學出版社, 1981, 591면.

과 저우쭈어런의 반목 그리고 반목 후의 집안일에 대한 견해에서 루쉰이 품고 있는 원한은 하부또 노부꼬에게 있었다고 할 수 있다. 루쉰은 어머니를 뵈러 베이징에 갔을 때 쉬광핑에게 보낸 또 다른 편지에서 다음과 같이 말하고 있다. "모(某) 마님이 우리들에게 자못 호감을 표시한 것은, 소문을 듣건대 당초에 둘째 마님이 마음을 좀 넓게 가지라고 선동했기 때문이라고 하오. 돈을 더 많이 긁어내려고 말이오. 그러나 노(老) 마님이 그 일을 바로잡았다고 하오. 후에 H. M.의*18) 배가 또 불러 올랐다는 유언비어가 퍼지자 둘째 마님은 몹시 분개하며 달려와 고자질을 했다는구려. 우리가 아이를 낳는 것에 대해서도 불평을 하고 있는 셈인데, 정말 가소로운 일이오" 여기에서 '모(某) 마님'은 주안(朱安 : 루쉰의 첫째 부인)이고 '둘째 마님'은 하부또 노부꼬(羽太信子 : 周作人의 부인)이며 '노(老) 마님'은 루쉰의 어머니이다. 이 편지에서 저우씨 가족 내부에 내재해 있던 갈등의 일단을 엿볼 수 있다. 이 갈등의 원인은 루쉰이 보기에 바로 하부또 노부꼬가 만든 것이었다. 저우쭈어런을 언급하면서는 단지 '자못 흐리멍텅해졌다(頗昏)'란 단어로 표현하고 있는데, 여기에서도 하부또 노부꼬와 구별하려는 의도가 아주 강하다는 것을 알 수 있다.

'왜구의 겁탈(寇劫)', '정말 흐리멍텅하다(眞昏)'라는 말을 사용하여 저우쭈어런을 형용한 것 외에 루쉰은 저우쭈어런에 대해 공격적인 글을 쓴 적이 없고 오히려 그의 아우에 대해 깊은 관심과 일정 정도의 이해심을 보여주고 있다. 1934년 1월 15일 50세 생일을 맞이하여 저우쭈어런은 '우산체(牛山体)'*19) 타유시(打油詩)*20)를 두 수 지은 적이 있다.

---

18) 역주 : H. M.은 루쉰이 쉬광핑을 부르던 애칭이다. 이 말은 본래 『莊子·徐無鬼』에 나오는 '害群之馬'에서 나온 말이다. 사람들에게 해를 끼치는 나쁜 무리를 가리키는 말이었다. 쉬광핑 등이 베이징 여사대(北京女師大) 사건으로 일반 학생들을 선동하며 교장 사퇴운동을 벌일 때 보수파들이 이들을 '害群之馬'라고 불렀다. 그런데 루쉰은 오히려 이 말의 첫 글자와 마지막 글자의 영어 알파벳을 따서 쉬광핑을 H. M.이라고 애칭하였다.

19) 역주 : 우산체(牛山體)는 우산탄(牛山歎), 우산루(牛山淚), 우산비(牛山悲)라고도 한다. 『晏子春秋·諫上十七』에 의하면 제(齊)나라 경공(景公)이 우산(牛山)에 놀러가서 인생의 짧음을 슬퍼하며 눈물을 흘렸다고 한다. 이후 인생의 짧음을 슬퍼하는 시를 '우산체(牛山體)'라고 하였는데, 저우쭈어런은 구체적으로 지명화상(志明和尙)의 「우산사십비(牛山四十屁)」 시를 모방하였다.

그 첫째 수는 다음과 같다.

前世出家今在家,　　전생에는 출가한 스님이었으나 현생에는 세속에 있으니,
不將袍子換袈裟.　　두루마기를 불가의 가사로 바꾸어 입지 않았네.
街頭終日聽談鬼,　　거리에 나가서는 온종일 귀신 이야기만 듣다가
窗下通年學畵蛇.　　창문 아래에서 일 년 내내 뱀 그리기만 배우네.
老去無端玩骨董,　　늙어가면서 까닭 없이 골동품만 좋아하고
閑來隨分種胡麻.　　한가할 때면 분수를 좇아 참깨 종자나 심어보네.
旁人若問其中意,　　만약에 이웃 사람들 삶의 의미를 묻는다면
請到寒齋吃苦茶.　　찬 서재로 초청하여 쓴 차 맛이나 볼까하네.

그 둘째 수는 다음과 같다.

半是儒家半釋家,　　반은 유생이면서 또 반은 승려이니,
光頭更不着袈裟.　　반짝이는 대머리에 가사 옷만 입지 않았네.
中年意趣窗前草,　　중년에는 창 앞에 화초 기르기를 좋아 했지만
外道生涯洞裏蛇.　　객지 생활 수십 년에 굴 속의 뱀처럼 살아왔네.
徒羨低頭咬大蒜,　　고개를 숙이고 마늘 먹는 걸 부러워하면서도
未妨拍桌拾芝麻.　　탁자를 두드리며 참깨 고르는 일은 본받지 못했네.
談虎說鬼尋常事,　　여우 이야기 귀신 이야기만 일상적으로 늘어놓고
只欠工夫吃講茶.　　공부가 부족해 차나 마시며 차 이야기만 주절거리네.

　이 타유시는 정말 훌륭한 작품이며 저우쭈어런의 가슴속에 숨어 있는 유머를 잘 묘사해내고 있다. 이러한 시는 옷깃을 여민 채 정색을 하고 지은 작품에 비해 훨씬 다양한 맛을 갖고 있다. 따라서 사람들로 하여금 그의 경지를 더욱 깊게 체험할 수 있게 해준다. 이 시가 발표된 후 베이징의 많은 문인들은 저우쭈어런의 시에 창화(唱和)를 하며 대단히 열띤 분위기를 형성하였다. 쳰쉔퉁·린위탕·후스·차이웬페이 등은 창화시(唱和詩) 가운데서 저우쭈어런의 세계에

---

20) 역주: 옛날 시체의 일종, 내용이 통속 해학적이고 운율의 구속을 받지 않음.

대한 깊은 이해를 표현하였다. 그 세대의 지식인들이 현실세계에서 겪을 수밖에 없었던 무력감·기지·유머의 정서에 대해 모든 사람들은 장탄식을 금치 못하였다. 그러나 저우쭈어런의 타유시는 좌익작가 이를테면 후펑(胡風 : 호풍)·랴오모사(廖沫沙 : 요말사) 등의 첨예한 비평을 받아야 했다. 비평자의 의견은 모두 저우쭈어런의 정신이 타락했다든가, 저우쭈어런이 현실을 도피하고 있다든가 하는 따위였다. 좌익 작가들의 비평이 일리는 있지만, 상이한 지식 구조에 기반한 저우쭈어런의 내면세계에 대해 이해가 부족했기 때문에, 그 속에 담긴 씁쓸한 인생의 참맛을 결코 일일이 밝혀낼 수 없었다. 오히려 루쉰은 저우쭈어런의 타유시에서 그의 내면 깊은 곳에 감추어진, 말로 형언할 수 없는 고통을 간파하고 있다. 4월 30일 차오쥐런에게 보낸 편지에서 루쉰은 다음과 같이 말하고 있다. "저우쭈어런의 자수시(自壽詩)는 진실로 세상을 풍자하는 뜻이 있습니다. 그러나 이런 은밀한 풍자는 이미 지금의 청년들이 잘 이해할 수 없습니다. 여러 사람들이 이 작품에 창화(唱和)하였지만 대부분 낯간지러운 내용으로 흘러가고 있으며, 여기에 엎친 데 덮친 격으로 뭇사람의 비난의 대상이 되고 있으니 근래에는 이 작품을 공격하는 글을 짓지 않으면, 그밖에 다른 할 말들이 없는 듯합니다. 이러한 일은 이미 옛날부터 있어왔던 것인데, 문인이나 미녀가 반드시 망국의 책임을 떠않는 것이 그것이며, 또 이와 비슷한 일로, 어떤 사람이 나라가 망해가는 낌새를 감지하고 일찌감치 청류(淸流)나 여론에 그 책임을 전가하는 것이 그것입니다." 오래지 않아 양지원에게 보낸 편지에서도 이 일을 언급하면서 "저우쭈어런의 시는 기실 현상에 대한 불만을 상당히 많이 간직하고 있습니다. 그러나 그것이 너무 은밀하여 일반 독자들은 이해할 수 없습니다. 게다가 몇몇 인사들이 지나치게 허풍을 떨고 창화하면서 부화뇌동하고 있기 때문에 모든 사람들이 혐오감을 느끼고 있습니다"라고 말하고 있다. 이는 공정한 평가로서 저우쭈어런의 내면 속의 그 무엇을 읽어내고 있다고 할 수 있다. 루쉰은 아우의 인생 상황에 대해서 불만인 점도 있었지만 그가 가진 고귀한 것, 즉 그가 도달한 드높은 학식의 경지에 대해서는 깊이 이해하면서 심지어 동정심까지 보내고 있다. 만약 루쉰이 명사(名士)연 하는 다른 사람들의 작품을 대하였다면 그 비평이 훨씬 가혹했겠지만, 그 아우에 대해서는 골육지정을 보여주고 있다. 또 저우쭈어런 사상의 심층적인 은유를 깊이 있게 이해했기 때문에 그를 대하는 태도에 있어서 다른 사람과는 완전히 다른 모습을 보여줄 수 있었다. 사실 루쉰은 줄곧 자신의 아우에 대해서 깊은 관심을 기울이고 있었다. 그는 정국의 악화로 저우쭈어런이 곤란한 지경에 빠지는 것을 걱정하면서 셋째 동생 젠런에게 끊임없이 우려의 심정을 털어놓곤 하였다. 루쉰 서거 후에 저우젠런은 저우쭈어런에게 편지를 보내어 다음과 같이 말하였다.

어느 날 큰 형님께서 한 일본기자(?)가 큰 형님과 담화한 내용을 실은 기사를 보았는데, 그 글 속에 "내 동생은 돼지이다"라는 말이 들어 있었다고 합니다. 큰 형님은 절대로 이런 말을 한 적이 없는데 어찌하여 기사가 잘못 작성되었는지 모르겠다고 하셨습니다. 또 구국 선언에 관계된 일을 언급하면서 첸쉔퉁·구계강(顧頡剛 : 고힐강) 같은 사람들조차 서명했는데 작은 형의 이름은 찾아 볼 수 없다고 하셨습니다. 큰 형님의 의견은 사회 변화의 중요한 대목을 만날 때에 지나치게 뒤로 물러나서는 안 된다는 것입니다. 한 번은 또 작은 형이 일본으로 떠나는 ○○○의 아들을 배웅한 일에 대해서 말씀하셨습니다. 큰 형님은 그때 다른 사람은 선뜻 나서지 못하는 일을 작은 형이 나서서 그 사람을 보호해주었다고 하면서 작은 형이 정이 많은 사람이라는 걸 알 수 있다고 하셨습니다. 그러나 어떤 작자들은 이 일을 너무 가혹하게 비난하고 책망하여 다른 사람들로 하여금 부정적인 인식을 갖게 하였습니다. 큰 형님은 이처럼 지나친 비난에 절대로 찬성할 수 없다고 하셨습니다. 또 작은 형의 의견을 위핑보(兪平伯 : 유평백) 등과 비교해보면 훨씬 수준이 높다고 말씀하셨습니다 (큰 형님은 그때 아마 문천상(文天祥)에 대해서 언급한 작은 형의 문장을 예로 든 것 같습니다). 큰 형님의 여러 가지 관점을 지금의 혁명 청년들도 대대적으로 받아들이고 있지만 일부 사람들은 큰 형님의 견해를 모조리 말살하려고 하고 있습니다. 이 일에 대해서도 큰 형님은 있을 수 없는 일이라고 말씀하셨습니다. 그러나 작은 형이 지난번 일본에 갔을 때, 일본 작가들에게 큰 형님에 관계된 일을 언급한 것은 옳지 못한 일이라고 생각하셨습니다. 전체적으로 말한다면 큰 형님은 베이핑을 떠난 이후 작은 형에 대해서 아무 것도 나쁜 비난을 한 적이 없고 우연히 언급하게 될 때도 작은 형의 입장을 해명하는 말을 몇 마디 덧붙이곤 하셨습니다.[21]

　　후세의 연구자들은 이 일을 언급할 때마다 모두 루쉰의 따뜻한 정에 감동을 받는다. 저우쭈어런은 당시 저우젠런의 편지를 보면서 어떤 느낌을 받았을까? 그가 만년에 루쉰에 관한 사료를 진지하게 기록한 것은 아마 루쉰의 이 같은 정을 추모하는 마음에서 촉발된 행동일지도 모른다. 루쉰과 저우쭈어런이 피차간에 서로를 상이하게 대하는 태도는 지금 생각해보아도 온갖 감회에 젖어들게 한다. 사람의 마음은 서로 통하기 어렵지만 서로를 이해하고 서로를 인식하기 위한 슬픈 여정은 확실히 인성(人性)의 왕국에서 사람을 감동시키는 한 부분을 차지하고 있다. 저우씨 형제의 은혜와 원한이 우리에게 던져주는 시사점은 아마 소위 성현의 말씀을 기록한 몇 권의 경전보다 훨씬 더 큰 가치를 지니고 있다고 할 수 있다. 나는 이 지점에서 인성의 세계의 말없는 언어에 깊은 감동을 받는다. 그 언어는 인성의 불가역성과 인성의 위대성을 드러내주고 있다. 아마도 이러한 부분에 담긴 의미를 깊이 통찰할 수 있어야만 중국인의 정감이 어떤 것이며, 중국인의 경지가 어떤 것인지를 이해할 수 있을 것이다. 역사의 참언은 바로 이러한 인성의 옛 길에서 씌어진 것은 아닐는지 ……

4.

　　루쉰과 저우쭈어런은 결별한 후 비록 왕래는 없었지만 서로 유사한 문화적 환경에 속해 있으면서 자연스럽게 여러 사건에 대해 각각의 반응을 나타내보였다. 1920년대 중반 이후 이 두 사람이 사회·정치·문화 부문의 여러 사건에 대해 반응한 상이한 태도를 분석해보는 것은 상당히 의미 깊은 일이 될 것이다. 어떨 때 두 사람의 관점은 놀라울 정도로 유사하며, 어떨 때는 완전히

---

21) 錢理群, 『周作人傳』, 北京十月文藝出版社, 1991, 414면에서 재인용.

상반될 뿐만 아니라 심지어 문자상으로 충돌을 일으키기도 하였다. 나는 지금까지 이것이야말로 문화상의 상호 증명임을 일관되게 느껴왔다. 서로 유사하면서도 서로 상반되는 두 사람의 인생 태도는 대체로 20세기 지식인들이 내면적으로 다양하고 상이한 가치 지향을 받아들인 결과라고 할 수 있다.

1925년 새해가 막 지나갈 무렵 쑨푸웬이 『경보부간(京報副刊)』에 광고를 내어 '청년애독서 10부'와 '청년필독서 10부'의 목록을 모집한 적이 있다. 베이징의 여러 명망가들이 분분히 원고 청탁에 응하여 답변서를 제출하였다. 그런데 뜻밖에도 루쉰은 '백지 답안'을 제출하였다.

청년필독서―『경보부간(京報副刊)』의 원고 청탁에 응하여

청년 필독서	종래에 생각해본 적이 없기 때문에 지금 말할 수 없다.
덧붙이는 말	그러나 나는 이 기회에 내 자신의 경험을 대략 언급하여 독자들의 참고 자료로 제공하고자 한다. 나는 중국 책을 볼 때 항상 기분이 침울해지면서 실제의 삶과 자꾸 유리되는 느낌을 받는다. 외국 책을 읽을 때는―그러나 인도 책은 예외이다―흔히 우리 삶과 맞닿아 있다는 느낌을 받으면서 무슨 일이든지 좀 해보고 싶은 마음이 든다. 중국 책에는 비록 사람들에게 입세(入世)를 권하는 말이 들어 있지만, 대부분 뻣뻣한 시체의 낙관이다. 외국 책은 비록 퇴폐적이고 염세적이라 할지라도 오히려 사람을 살리는 퇴폐와 염세이다. 나는 중국 책을 되도록 적게 보거나 혹은 절대로 보지 말고, 외국 책을 많이 보아야 한다고 생각한다. 중국 책을 적게 보면 그 결과는 글을 지을 수 없는 것에 그칠 따름이다. 그러나 지금 청년들에게 가장 긴요한 것은 '실천(行)'이지 '말(言)'이 아니다. 사람을 살릴 수만 있다면, 글을 지을 수 없다는 것이 무슨 대수이겠는가. (2월 10일)

이 문장이 발표되자마자 곧 바로 사회적으로 큰 파문이 일어나서 루쉰을 공격하는 사람이 많았다. 어떤 사람들은 루쉰과 쑨푸웬에게 편지를 보내 이 일을 절대로 이해할 수 없다고 하였다. 저우쭤어런도 쑨푸웬과의 약속에 응하여 '청년필독서'에 관한 답안지를 적어내었다. 그가 청년에게 추천하는 10부의 필독서를 열거하면 다음과 같다.

① 『시경(詩經)』

② 『사기(史記)』

③ 『서유기(西遊記)』

④ 한역(漢譯), 『구약(舊約)』(문학 부분)

⑤ 엄역(嚴譯), 『사회통전(社會通詮)』

⑥ 웨스터마크(Edward Alexander Westermarck, 1862~1939), 『도덕 관념의 기원과 발달(道德觀念之起源與發達)』

⑦ 카펜터(Edward Carpenter, 1844~1929), 『사랑의 성년(愛的成年)』

⑧ 세르반테스(Miguel de Cervantes Saavedra, 1547~1616), 『돈키호테(吉訶德先生)』

⑨ 스위프트(Jonathan Swift, 1667~1745), 『걸리버 여행기(格里佛旅行記)』

⑩ 프랑스(Anatole France, 1844~1924), 『에피큐로스의 정원(伊壁鳩魯的園)』[22]

중국 고전은 단지 3권뿐이고 나머지는 모두 외국 책인데 이것은 루쉰의 생각과 비슷한 점이지만, 책을 선별하는 태도에는 그의 온화함이 가득 배어 있다. 루쉰이 이 문제에 대해 '극단'적인 태도를 보이고 있는 데 비해 저우쭈어런은 명쾌한 모습을 보여주고 있다. 저우쭈어런은 루쉰의 이런 태도가 의도적인 것이며, 기실 고서(古書)에 대해 루쉰이 또 다른 관점을 가지고 있다는 사실을 알고 있었다. 몇 개월 후에 그는 「고서를 읽을 것인가 읽지 말아야 할 것인가의 문제(古書可讀否的問題)」라는 글에서 자기의 견해를 표명하고 있는데, 나는 이것이 루쉰의 관점에 대한 일종의 주석이라고 생각한다.

나는 절대적으로 고서를 읽어야 한다고 생각한다. 읽는 사람이 그 글에 '통(通)'할 수 있기만 하면 말이다.

나는 절대적으로 고서를 읽어서는 안 된다고 생각한다. 만약 강제로 읽게 한다면 말이다.

사상서를 읽을 때는 소송의 판결을 듣는 듯이 하여 읽는 사람이 사리의 시시비비를 판단할 수 있어야 한다. 문학 예술 책을 읽을 때는 술을 마시는 듯이 하여, 읽는 사람이 거기에 담긴 맛의 청탁(淸濁)을 판별할 수 있어야 한다. 이런 판별의 책임은

____

22) 張菊香, 張鐵榮, 『朱作人年譜』 참조

모두 나에게 있는 것이지 다른 사람에게 있는 것이 아니다. 사람들이 만약 사리를 판단하고 맛을 판별하는 힘을 잃어버려서, 마침내 시비가 전도되고 맛의 청탁이 뒤섞이는 상황이 초래된다면 그 잘못은 결국 자기 자신에게 있는 것이다. 말하자면 자신의 지식 수준과 취미 수준에 모두 부족한 점이 있어서 그 책의 의미에 '통(通 : 광의적인 의미로서 결코 문자상의 작법을 지칭하는 것만이 아니다)'하지 못하는 것이지 그 책이 좋지 않기 때문에 그런 것은 아니다. 이처럼 어떤 책의 의미에 '통'하지 못한 사람들에게 새로운 책들 이를테면 레닌(Vladimir Il'ich Lenin, 1870~1924), 마르크스(Karl Heinrich Marx, 1818~1883), 스텁스(William Stubbs, 1825~1901), 에로센코(V. Erosenko, 1889~1952) 등의 저서를 읽게 한다면 결국 나쁜 병에 걸리고 말 것이다. 우리들에게 제일 긴요한 것은 먼저 스스로 문리(文理)에 '통'하는 것이다. 그 후에는 어떤 책도 읽을 수 있게 된다. 그렇게 되면 속임수에 걸려들지 않게 될 뿐만 아니라 또 책의 곳곳에서 유익한 점을 찾아낼 수 있게 된다. 고인(古人)이 말씀하시기를 '책은 펴기만 해도 유익하다(開卷有益)'라고 했는데 이 말은 진실로 아직까지 나를 속이지 않고 있다.

어떤 사람은 고서가 전통의 결정체라고 생각하면서, 보자마자 거기에 빠져들기도 한다. 마치 음서(淫書)를 반대한다는 모(某) 군(君)이 "『금병매(金甁梅)』라는 세 글자만 보아도 수음(手淫)을 하고 싶어진다"고 토로하는 것과 같다. 사정이 이러하기 때문에 단단히 마음먹고 거부하지 않으면 거기에서 헤어날 수 없다. 실로 음서가 음란한 생각을 불러일으키는 것처럼 옛날 책도 더러는 옛 생각을 불러일으킬 수 있다. 그러나 그 책임을 무지한 책에게 전가하는 것은 엘리스(Henry Havelock Ellis, 1859~1939)의 말처럼 '자기 객관화(합리화)'에서 벗어나지 못하는 행동이다. 돌부리에 걸려 넘어졌다고 돌부리를 두들겨 팰 수 있겠는가? 고서가 사람들을 수구적으로 만든다고 비판하는 것은, 음서가 풍속을 파괴하고 공산주의 사회주의가 치안을 어지럽힌다고 비판하는 것과 같은데 이러한 관념은 모두 원시적인 생각이다. 금서 조치를 내리는 것은 금서의 대상이 어떤 책이던지 간에 가장 어리석고 졸렬한 방법이다. 그것은 어린 아이나 미치광이 또는 야만인들이나 생각해낼 수 있는 방법이다.

그런데 책의 문리(文理)에 '통'하도록 가르치는 교육이 현재 중국에 있는가? 아마도 모두들 감히 있다고는 말할 수 없을 것이다.

『군강보(群强報)』의 뉴스 기사를 인용한 모(某) 군(君)의 통신에 의하면, 어떤 지방에서 새로운 학제(學制)를 시행한다고 한다. 그 학제는 논리·심리·박물·영어 등의 과목을 폐지하고 다시 사서오경을 읽게 한다는 것이다. 그곳은 여기에서 불과한 나절 거리인데, 왜 베이징의 큰 신문에서 이 기사를 찾아볼 수 없는지 모르겠다. 하지만 『군강(群强)』은 시민들이 가장 애독하는 신용이 있는 신문이므로, 아마도 틀린 사실은 아닐 것이다. 그렇다면 모든 사람이 법에 따라 고서를 읽어야 할 때가 장차 도래할 것이다. 그러나 이때에 나는 모든 사람들이 나서서 고서를 읽는 것에 강력히 반대해야 한다고 주장한다.[23]

이것은 아주 정확한 관점이다. 나는 이 글이 개성적인 태도를 보여주고 있을 뿐만 아니라 과학적인 정신을 보여주고 있다고 생각한다. 저우쭈어런은 아마도 이 글 속에 루쉰의 극단적인 태도를 바로잡을 수 있는 내용을 포함시키려고 한 것 같다. 왜냐하면 그가 보기에 루쉰의 백지 답안에는 고의로 장난을 친 부분이 있기 때문이다. 루쉰의 백지 답안과 같은 글은 저우쭈어런이 쓰려고 해도 쓸 수 없는 글이다. 만년에 저우쭈어런은 이 일을 언급하면서 다음과 같이 말하고 있다. "필독서에 대한 루쉰의 답안은 사실 의도적으로 심통을 부린 과장된 언급의 하나입니다. ─결과적으로 읽지 말아야 할 책에 관한 언급이 되었습니다─그 어투도 다른 사람들이 좀 듣기 역겹게 과장한 것입니다. 그는 다른 사람과는 상이한 태도를 견지하며 과장되게 말하는 것을 좋아했기 때문에, 고의적으로 다른 사람과는 구별되는 어조로 말을 비틀어서 과장되게 언급한 것입니다. 이와는 달리 그가 자기 친구의 아들에게 제시한 목록은 오히려 대단히 간명하고 요긴한 책들로 구성되어 있습니다."[24] 루쉰이 고의로 '괴장했다(唱高調)'고 한 저우쭈어런의 언급에는 확실히 풍자의 의미가 담겨 있다. 그러나 루쉰이 노리고 있는 심도 깊은 저의를 읽어내지 못한 것은 안타까운 일이다. 하지만 나는 저우쭈어런이 세속 밖에 서서 루쉰을 바라보며 루쉰을 잘 이해한 사람이라고 생각한다. 저우쭈어런은 때로 더욱 구체적이고도 다양한 방식으로 루쉰의 개성을 환원시키려 하기도 하였다. 이러한 태도에 비정상적인 정서가 섞여 있기는 하지만 우리는 여기에서 루쉰 세계의 또 다른 측면을 살펴볼 수 있다.

---

23) 『周作人文選』 第1卷, 廣州出版社, 1995, 372~373면.
24) 周作人, 「致鮑耀明」, 『知堂書信』, 華夏出版社, 1995, 413면.

저우쭈어런은 「두 귀신(兩個鬼)」이란 글에서 자기의 마음속에 '신사귀(紳士鬼)와 협객귀(流氓鬼)'라는 두 귀신이 존재한다고 말한 적이 있다. '신사귀'가 우세를 점할 때는 자연스럽고도 전아(典雅)한 모습을 많이 보이게 되고, '협객귀'가 마음을 지배할 때는 격렬하고 비분강개한 기질이 많이 드러난다는 것이다. 그가 루쉰과의 관계에서 보여준 분(分)과 합(合), 순(順)과 역(逆)은 모두 이 마음속 '두 귀신'이 모순 운동을 한 결과물이라고 할 수 있다. '협객귀'가 밖으로 뿜어져 나오면 곧 바로 투사로서의 기질이 발휘되는데, 그 문장에도 화기(火氣)가 내장되면서 세속에 대해서 거만하지도 비굴하지도 않은 모습을 보이게 된다. 그러나 '신사귀'가 다시 권토중래하면 침울하게 고우재로 숨어들어가 소극적인 모습을 드러내 보인다. 그가 때로 사회의 부정부패를 일소하려는 루쉰의 행동에 찬동하다가도 때로는 루쉰의 행동에 역행하는 모습을 보이는 것은 이 '두 귀신'이 상호 모순 운동을 한 데서 빚어진 결과라고 할 수 있다. 바로 베이징 여자 사범대학 사태에서 이 두 사람은 그 공통점과 차이점을 잘 드러내 보여주고 있다.

1924년 말 베이징 여자 사범대학에서 학생운동이 폭발했다. 사건은 교장 양인위(楊蔭楡 : 양음유)가 세 명의 학생을 제적한 데서 야기되었다. 다음 해 5월 학교에서 또 다시 충돌 일어나 여사대 측에서 사람을 시켜 학생들을 구타하였는데, 이 과정에서 여러 사람이 부상을 입었다. 이러한 학교 측 행동은 베이징 학인(學人)들의 불만을 불러 일으켰다. 루쉰은 친히 「베이징 여자 사범대학 사태에 대한 선언(對於北京女子師範大學風潮宣言)」이란 글을 기초하였다. 이 선언문에서 루쉰은 양인위가 학생을 진압한 폭거에 대해 극렬한 분노를 표명하고 있는데, 글의 행간마다 양인위에 대한 불만이 가득 넘쳐흐르고 있다. 이 선언에 서명한 7인 중에 저우쭈어런도 들어 있다. 원칙적인 문제에 있어서는 이 두 형제가 미지근한 태도를 취하지 않았다는 것을 알 수 있다. 두 사람이 그 당시에 쓴 글을 읽어보면 저우쭈어런에게서 '신사(紳士)'의 자태를 찾아볼 수 없다. 그와 루쉰은 이때 비록 반목하고 있었지만 학생들을 지지하는 교무유지회(校務維持會)에 동시에 참가했다. 7인 선언이 발표된 후 오래지 않아 천시잉은 『현대평론

(現代評論)』에 「한담(閑話)」이라는 글을 발표하여 은근히 비꼬는 듯한 어투로, 이번 학생운동은 "베이징 교육계에서 최대 세력을 차지하고 있는 모적(某籍) 모계(某系)의 사람들이 몰래 선동한 것"이라고 하면서, 루쉰·저우쭈어런 등이 학생편에 선 것은 당국에 대해 매우 무책임한 행동이라고 인식하였다. 이어서 그는 또 장스자오(章士釗) 등 당국자들이 이번에는 절대로 "흐지부지 넘어가서는 안된다"고 주장하였다. 천시잉의 문장은 저우씨 형제의 반감을 불러 일으켰고 이에 두 사람은 공동으로 천시잉과 필전을 전개하였다. 루쉰은 「나의 '호적'과 '계파'(我的'籍'和'系')」라는 글을, 그리고 저우쭈어런은 「징베이런(京北人)」이라는 글을 써서 천시잉 일파를 맹렬하게 공격하였다. 이것은 아름다운 필전이라고 할 만하다. 루쉰의 첨예함과 저우쭈어런의 신랄함은 천시잉으로 하여금 공격을 막아내기에도 급급하게 만들었다. 이 일은 일시적으로 지식인 사회의 열빈 토론을 불러 일으켜 후스 등의 사람들도 한 마디 의견을 말하지 않을 수 없는 상황으로 몰고 갔다. 후스가 톈진에서 루쉰과 저우쭈어런에게 보낸 편지를 읽어보면 그때 저우씨 형제의 날카로운 기세가 많은 사람들을 전율시켰다는 것을 알 수 있다. 그 당시 천시잉의 눈에 저우씨 형제는 자못 날카로운 법관(師爺) 같은 모습으로 비쳤는데,*25) 그는 쉬즈모(徐志摩 : 서지마)에게 편지를 보내 다음과 같이 말하고 있다.

앞의 몇 통의 편지에서 여러 차례 저우치밍(周豈明 : 周作人) 선생의 형인 루쉰 즉 교육부 첨사(僉事) 저우수런(周樹人) 선생을 언급한 적이 있습니다. 그렇지만 여기에서 또 한 번 그를 언급하지 않을 수 없을 듯합니다. 사실 내가 그들을 한꺼번에 거론하기는 했지만 진실을 말하자면 우리 치밍 선생에게 다소 억울한 점이 있을 것입니다. 그와 그의 형님을 비교해보면 정말 작은 무당이 마치 큰 무당 앞에 서있는 격입니다. 어떤 사람은 그들 형제 모두에게 그들의 고향인 사오싱의 법관 나리(刑名

---

25) 역주 : 중국에서는 흔히 저쟝성(浙江省) 사오싱(紹興) 사람들의 기질을 이야기할 때 형명사아(刑名師爺) 티가 난다고 한다. 저쟝성 사오싱 사람들이 다른 사람들에게 잘 굽히지 않고 강직하게 시시비비를 가리기 좋아하기 때문에 이러한 평가를 받는 것으로 알려져 있다. 형명사아(刑名師爺)는 법정에서 형벌을 판결할 때 그것을 관장하는 법관이나 서기를 말한다.

師爺) 같은 기질이 있다고 말합니다. 이 말은 치밍 선생 자신도 부분적으로 인정한 적이 있습니다. 그러나 우리는 이 두 사람을 응당 구분해야 합니다. 즉 한 분은 관직 생활을 한 적이 없는 법관 나리라는 것이고, 또 한 분은 수십 년 간 관직 생활을 해 온 법관 나리라는 것을 말입니다.[26]

이 편지에서 우리가 저우씨 형제에게서 느낄 수 있는 인상은 당시 두 사람의 형상에 투사로서의 기운이 가득 차 있어서, 마치 5·4 시기 함께 함성을 지를 때의 모습과 상당히 유사한 점이 있다는 사실이다. 당시 저우쭈어런의 마음은 '협객귀'가 우세를 점하고 있어서 루쉰과 동일한 진영에서 함께 행동할 수 있었다. '정인군자(正人君子)'를 반대하는 대열에서 보여주고 있는 두 사람 사상의 유사점은 우리들에게 일본 유학 시절 두 형제가 최초로 써낸 충격적인 문장을 상기시켜 준다.

베이징 여사대 사태는 근본적으로 자유주의의식을 가진 학인들과 권력을 장악한 관료 문인들 간에 벌어진 투쟁이었다. 당시 교육 총장을 담당하고 있던 장스자오는 루쉰이 학생운동에 참여했다는 이유로 루쉰의 직무를 파면시켰다. 루쉰과 저우쭈어런 그리고 장스자오의 충돌은 지금 생각해봐도 여전히 사람의 마음을 격동시킨다. 장스자오를 고발하고 그 전제 사상을 비판한 루쉰의 글은 그의 여러 잡문 중에서도 사람들에게 비교적 강렬한 인상을 남겨준 것들이다. 저우쭈어런도 「여사대 개혁론(女師大改革論)」, 「속 여사대 개혁론(續女師大改革論)」, 「장다이녠 선생에게 답함(答章岱年先生書)」, 「충직한 후 박사(忠厚的胡博士)」 등의 문장에서 루쉰의 투쟁에 호응하고 있다. 장스자오에게 좀 더 관용을 베풀도록 권유하라고 후스가 나서자, 저우쭈어런은 다음과 같이 지적하고 있다. "관용, 관용, 얼마나 많은 죄악이 너의 이름을 빌어 자행되고 있느냐! 관용을 부르짖는 '폐해' 또한 크나니, 어찌 경계하지 않으리오?"[27] 이것은 그야말로 루쉰의 말투라 할 만한데, 저우쭈어런이 평소에 보여준 충직하고 담담한

---

26) 拙編, 『被藝瀆的魯迅』, 群言出版社, 1994, 3면에서 재인용.
27) 錢理群, 『周作人傳』, 北京十月文藝出版社, 1991, 319면에서 재인용.

태도와는 커다란 차이를 보이고 있다. 이때 저우쭈어런은 인간 성정의 참된 일면을 보여주고 있으며 아울러 사람들에게 매우 친근한 일면도 보여주고 있다. 장스자오에 대한 그의 단호한 태도는 그의 자유주의 가치관과 일치하는 것이다. 이러한 자유주의적 시각에서는, 전통 사상을 옹호하는 모든 행위가 인도에서 벗어난 이단으로 비판될 수밖에 없다. '여사대 사태'는 저우쭈어런 일생에서 가장 영광스러운 한 페이지에 해당한다. 한 사람의 사상가로서 그는 이때 '도덕의 현실 성취(事功化)'라는 명제를 달성하고 있다.

그러나 저우쭈어런은 필경 '신사귀'에서 벗어날 수 없는 유약한 문인이었다. 루쉰처럼 적을 끝까지 추궁하는 기백은 말하기는 쉬워도 행하기는 아주 어려운 것이다. 장스자오가 궤멸된 후에 그는 '페어플레이'를 언급하면서 공정과 평화를 말하기 시작하였다. 이러한 관점은 후일 린위탕에 의해서 더욱 폭넓게 발휘되었다. 린위탕은 「어사(語絲) 문체에 대한 참견－온건, 욕설 및 페어플레이에 대하여(揷論語絲的文體－穩健, 罵人, 及費厄潑賴)」란 글에서 "이런 '페어플레이' 정신은 중국에서 찾아보기가 아주 힘들기 때문에 우리는 부득불 그것을 격려하고 고무하지 않을 수 없다. 중국에서는 '플레이'정신조차 부족하기 때문에 '페어'란 말은 더더욱 언급할 수도 없을 지경이다. 더러 소위 '우물에 빠진 사람에게 돌을 던지지' 말아야 한다는 말을 하곤 하는데 오직 이 말 속에만 그러한 의미(페어플레이정신)가 담겨 있을 뿐이다. 남에게 욕설을 퍼붓는 사람에게도 이러한 조건이 적용되지 않을 수 없다. 자기가 남에게 욕설을 퍼붓는 이상 자기도 반드시 욕설을 먹을 수 있어야 하는 것이다. 그러나 패배자에 대해서는 더 이상 공격을 해서는 안 된다. 왜냐하면 우리가 공격하는 것은 그의 사상이지 그 사람 자체가 아니기 때문이다. 예컨대 오늘날의 돤치뤠이(段祺瑞 : 단기서)나 장스자오와 같은 사람에 대해서도 우리는 더 이상 그 사람 개인을 공격해서는 안 된다"28)라고 말하였다. 린위탕의 관점은 저우쭈어런의 견해와 아주 비슷하다. 중국에서 개성주의를 주장한 문인들은 흔히 선의로써·다른 사람을

---

28) 『魯迅全集』 第1卷, 人民文學出版社, 1981, 277면에서 재인용.

대하곤 하였는데 그 출발점은 건전한 인도관의 기초에서 시작되고 있다. 저우쭈어런이나 린위탕이 말하는 '페어플레이'정신은 확실히 중국이라는 전제적인 토양에서 가장 결핍되기 쉬운 인생 태도이다. 하지만 이 법이 독재자 자신에게 적용되면 곧 유토피아적 허상을 드러내게 된다. 루쉰은 재빨리 '페어플레이'정신에 잠복되어 있는 불공정한 요소를 발견하고는 「페어플레이는 뒤로 미루어야 한다(論"費厄潑賴"應該緩行)」라는 글을 써서 '물에 빠진 개를 흠씬 두들겨 패자(痛打落水狗)'라는 논점을 제기하였다. 루쉰은 관용과 용서로 적을 대해서는 안 된다고 주장하면서 특히 악인에게는 더더욱 선의를 베풀어서는 안 된다고 하였다. 그러나 이 논쟁이 시작된 처음부터 저우쭈어런은 다음과 같이 주장하였다. "'물에 빠진 개'를 두들겨 패자는 것도(打落水狗: 우리 고향의 방언으로는 '호랑이를 때려죽인다(打死老虎)'는 뜻이다) 그다지 좋은 일은 아니다. …… 일단 나무가 쓰러져서 원숭이가 사방으로 흩어져버리면 어디에 가서 사라진 원숭이를 찾을 수 있겠는가? 하물며 평지에서 원숭이를 뒤쫓는 일은 무료하고도 좀 비열한 짓으로 간주됨에 있어서랴?"29)라고 말하였다. 루쉰은 저우쭈어런의 이름을 거론하지는 않았지만 이와 같은 태도에 반대하였다. 우리는 '물에 빠진 개를 두들겨 패자(打落水狗)'는 식의 루쉰의 주장에서 불굴의 의지와 강력한 비타협성을 엿볼 수 있다. 후에 저우쭈어런도 루쉰의 관점을 수용하였다. 저우쭈어런은 「호랑이는 죽지 않는다(大蟲不死)」라는 문장에서 '페어플레이'라는 말을 쓰지 않고 있는데, 이는 분명히 루쉰의 글쓰기 태도를 받아들인 결과라고 할 수 있다.

저우쭈어런이 비록 '여사대 사태'에서 아름다운 투쟁을 전개했지만, 그러나 그것은 그가 말한 '협객귀'가 우세를 점하였을 때의 심리 현상에 불과했다. 그는 후에 작품집을 내면서 이와 같은 부류의 문장은 수록하지 않았다. 이는 아마도 다시 '신사귀'가 그의 마음속에서 주도적인 역할을 한 탓일 것이다. 저우쭈어런은 모순에 가득 찬 사람이었으며, 정신적 혼란에 의해 고통 받는 영혼

---

29) 『魯迅全集』 第1卷, 人民文學出版社, 1981, 278면에서 재인용.

을 안고 살아가던 사람이었다. 암흑 속에서 이 영혼은 함성을 지르며 투쟁했지만 결국 뒤로 갈수록 의기소침한 심리 상태로 빠져들고 있다. 이러한 과정을 생각하다 보면 안타까운 마음을 금할 길 없다.

5.

저우쭈이런은 격정적인 문장을 그다지 잘 쓰지 못했던 사람이다. 그러나 한적한 풍격의 소품문(小品文)은 그의 정서에 부합했던 듯하다. 이런 작품 속에서 그는 많든 적든 간에 자기 정감에 꼭 맞는 은신처를 찾을 수 있었다. 그래서 나는 그가 후에 린위탕과 그 심미 방식에서 대체로 의견을 같이 한 것은 그들의 개성적인 특징과 많은 관계가 있다고 생각한다. 나는 그가 쓴 추모류의 문장이나 현실 비판 문장을 읽으면서 문장의 맛이나 기세가 확실히 모두 루쉰에게 필적하지 못한다는 것을 느끼곤 하였다.

1926년 3월 18일 돤치뤠이 정부는 무고한 학생을 총살하는 참극을 빚어내었다. 피비린내 나는 이 사건은 저우씨 형제를 경악시켰다. 그들은 약속이나 한 듯이 이 사건에 신속히 빈응히였다. 루쉰은 「꽃 없는 장미 2(無花的薔薇之二)」, 「사지(死地)」, 「비참함과 가소로움(可慘與可笑)」, 「류허전 군을 기념하며(記念劉和珍君)」 등의 문장을 써서 살인마들에게 강력한 공격을 시작하였다. 이 중에서 특히 「류허전 군을 기념하며」라는 글은 대단한 명문인데, 이 글 속에 흘러넘치는 분노와 비애의 정서는 설령 육조(六朝)시대의 구슬픈 비문(碑文)이나 한(漢)·당(唐)시대의 애달픈 조시(弔詩)라 할지라도 이보다 더 가슴을 울리지는 못할 것이다. 소위 '민국(民國)'이라는 간판을 내건 나라가 맨 주먹의 학생을 총살시킨 만행에 대하여 금수로써 비유하는 것 말고 또 무슨 말로 형용할 수 있겠는가? 루쉰은 다음과 같이 탄식하고 있다.

……나는 지금 우리가 살고 있는 이곳이 인간 세상이 아니라는 느낌뿐이다. 40여명의 젊은이들이 흘린 피가 내 주위에 가득 차 올라, 숨이 막히고 아무것도 보이지도 들리지도 않는 마당에 더 이상 무슨 할 말이 있겠는가? 긴 만가(輓歌)를 부르며 곡(哭)을 하는 것도 비통함이 가라앉은 뒤에나 가능한 일이다. 그런데 그 사건 이후 몇몇 소위 학자·문인이란 사람들이 쏟아낸 음흉한 논조가 나를 더욱 슬프게 한다. 나는 이미 분노를 넘어섰다. 나는 이 비인간적이고 먹장 같은 비애를 두고 두고 깊이 음미할 것이다. 나는 이 최대의 비통함을 그런 비인간들에게 보여주어 그들이 나의 고통을 유쾌하게 즐기도록 할 것이다. 그리하여 이것을 살아남은 자가 바치는 변변치 못한 제물로 삼아 먼저 떠난 사람들의 영전에 삼가 봉헌하고자 한다.

……

그 참상을 나는 차마 눈뜨고 볼 수 없다. 그 유언비어들을 나는 차마 귀를 열고 들을 수 없다. 나에게 더 이상 무슨 할 말이 있겠는가? 나는 멸망해 가는 민족이 왜 침묵하는지, 그 이유를 알았다. 침묵이여, 침묵이여! 만일 침묵 속에서 폭발하지 않는다면 침묵 속에서 멸망하고 말 것이다.30)

여러 해 동안 나는 이 명문을 읽을 때마다 심신이 요동치는 느낌을 받았다. 소식(蘇軾)·원매(袁枚) 등 고인들이 지은 애도류(哀悼類)의 문장을 읽어보아도 루쉰의 글에 비하면 많은 손색이 있음을 알 수 있다. 5·4 시기 이후 많은 문인들이 시국을 걱정하는 작품을 창작했지만 그들 중에서도 루쉰에게 필적할 만한 이는 거의 없다. 이 자리에서 나는 또 저우쭤어런을 상기하게 된다. 당시 저우쭤어런도 아마 루쉰의 문장을 읽었을 것이지만 자신의 입으로 루쉰의 이 글을 직접 언급하지는 않았다. 하지만 마음속으로는 찬탄의 마음을 금치 못했을 것이다. 그때 저우쭤어런도 '3·18' 열사를 애도하는 문장 몇 편을 지어 극도의 비분을 표시하기는 했지만, 그 글들은 내재적인 장력에 있어서 루쉰의 작품에 훨씬 미치지 못한다. 그는 기질상 이런 애도류의 문체로 자기의 감정을 적절하게 토로할 수 없었던 사람이다. 그러나 만사(輓詞)에는 비분강개한 그의 일면이 잘 드러나 있다.

---

30) 『魯迅全集』第3卷, 人民文學出版社, 1981, 273~275면.

赤化赤化,　　　　적화(赤化)로다, 적화로다 하며,
有些學界名流和新聞記者還在那裏誣陷,　몇몇 학계의 명사와 신문기자들은 아
　　　　　　　　　직도 그곳에서 모함하고,
白死白死,　　　　개죽음, 개죽음을 시켰네,
所謂革命政府與帝國主義原是一樣東西.　소위 혁명 정부와 제국주의라는 것은
　　　　　　　　　본래부터 한 통속이었지.

死了倒也罷了,　죽음도 그리 나쁜 일은 아니지,
若不想到二位有老母倚閭, 親朋盼信,　문 앞에서 기다리는 노모와 소식 기다리
　　　　　　　　는 친구가 생각나지 않는다면
活着又怎么着,　살아서 또 어떻게 하랴,
無非多經幾番的槍聲震耳, 彈雨淋頭.　부수한 총소리가 귓전에 진동하고 쏟아지
　　　　　　　　는 탄환이 머리 위를 날아가는데.

什么世界,　　　무슨 놈의 세상에,
還講愛國?　　　아직도 애국을 말하는가?
如此死法,　　　이와 같이 죽어서도,
抵得成仙!　　　신선이 될 수 있나!

　일본인이 발행하는 『순천시보(順天時報)』에 대한 비판과 천시잉·장스자오
등에 대한 공격을 제외하고는, 위의 만사(輓詞)가 그의 일생 중에서 가장 신랄
했던 문자이다. 비록 감정과 사유의 깊이에서 저우쭤어린은 루쉰에게 미치지
못하고 있지만, 오히려 휴머니즘적 정서는 그의 붓끝을 흠뻑 적시고 있다. 우
리는 여기에서 저우쭤어린의 정신세계를 짓누르고 있는 분노의 감정을 읽을
수 있다. 이러한 측면을 가지고 있었기 때문에 사람들은 그가 후에 실족한 것
에 대해 매우 안타까운 감정을 가질 수밖에 없었다. 저우쭤어린이 만약 초지
일관 꿋꿋하게 절개를 지켰다면 아마도 문학사에서 또 다른 모습을 보여줄 수
있었을 것이다.
　만년의 저우쭤어린은 이 시기의 역사를 회고하면서 루쉰이 취한 행동이 옳

은 것이었고, 루쉰이 쓴 추모의 글도 훌륭한 것이었다고 인식하고 있다. 이러한 진술이 드러내주고 있는 또 다른 의미는 바로 자신이 루쉰의 깊이에 훨씬 미치지 못한다는 것이다. 그러나 1920년대 이후 저우쭈어런은 루쉰식의 투쟁의 길로부터 멀리멀리 멀어져 갔고 결국 신사(紳士)의 길로 진입해 들어갔다. 기나긴 시간 속에서 두 사람은 각각 자기의 깃발을 높이 들고 서로 양보하지 않았으며, 심지어는 서로 비판을 주고받기도 하였다. 전형적인 예가 소품문에 관한 문제이다.

'성령 소품(性靈小品)'은 저우쭈어런이 가장 일찍 제창한 문체이다. 이에 관한 생각은 만명(晚明) 소품 산문의 발견에서 싹튼 것이다. 개인적인 성령이 깃든 작품을 좋아하고 정치적인 준명(遵命)의 작품을 싫어한 것은 절대로 나쁜 일이 아니다. 중국 문인들 대부분은 이러한 소품 산문을 좋아하였다. 그러나 난세 속에서 소위 한적함과 우아함을 논하는 것이 고통받는 노예들(당시 중국의 일반 민중들)에게 반드시 좋은 결과를 보장해준다고는 할 수 없다. 저우쭈어런이 비공리적인 예술 작품을 제창한 것은 후인들이 보기에도 그다지 잘못된 일이 아니다. 하지만 이처럼 개인의 성령이 우아해지기 위해서는 두 가지 조건이 덧붙여져야 한다. 하나는 '여유(閑)'이고 또 하나는 '돈(錢)'이다. 만약 이것이 없다면 어떤 사람도 멋스러운 생활을 하기가 어렵다. 루쉰과 저우쭈어런의 충돌은 아마 이런 요인 때문에 야기된 결과일 것이다.

1926년 저우쭈어런은 「『도암몽억』 서(『陶庵夢憶』序)」라는 글에서 자신은 '명청(明淸) 명사파의 문장'을 좋아한다고 표명한 적이 있다. 또 그는 1930년 「『근대산문초』 서(『近代散文抄』序)」라는 글에서 "소품문은 개인 문학의 첨단이며 언지(言志)의 산문이다. 그것은 서사·설리·서정의 요소를 한 데 모아 자기의 성정 속으로 스며들게 하고 적절한 기법으로 처리하여 문장을 완성하는 것이다. 따라서 그것은 근대문학의 한 흐름이다"라고 강조하였다. 같은 해에 쓰인 「『초목충어』 소인(『草木蟲魚』小引)」에서도 그는 "우리 범인들이 문자로 표현할 수 있는 것은 모종의 감정일 수밖에 없다. 그 감정은 물론 그리 천박한 것이라고 할 수 없지만, 그렇다고 그리 심도 깊거나 절실한 것도 아니다. 바꾸어 말하자면 긴요한 일과 관계없는 그저 그런 감정을 표현해내어 자기 자신을 위로하면서 심심할 때의 소일거리로 삼고자 할 따름이다"라고 말하고 있다. 1930년대 이후에는 '성령'과 '한적'을 말하는 소품문이 더욱 많아지면서, '재도(載道)' 이외의 '언지(言志)'의 작품이 대대적으로 찬양 받기 시작하였다. 저우쭈어런이 소품문을 제창한 이유 중의 하나는 독서에 대한 애호 때문이었고, 또 다른 하나는 현실의 흐름에 대한 반동 때문이었다. 전자의 입장에서 말하자면 정신 건강에 도움을 주고 올바른 취미를 길러주는 측면을 갖고 있다고 할 수 있으며, 후자의 입장에서 말하자면 지나친 공리주의나 위선적인 문예 경향을 반전시키기 위한 의도를 갖고 있다고 할 수 있다. 바로 이 지점에 저우쭈어런의 고충이 숨겨져 있는데, 그는 기대한 인생 속에 인간의 힘으로는 어찌 할 수 없는 불가항력적인 부분이 포함되어 있다고 말하고 싶었는지도 모른다. 그는 사회에 존재하는 암흑을 보고 이러한 길을 선택한 것으로 보인다. 따라서 좌익 문인들이 저우쭈어런을 과도하게 공격하면서 그 문화적인 은유의 측면을 소홀하게 취급한 것은 사실 너무 편향된 행동이었다고 할 수 있다. 루쉰은 이러한 점을 간파하고 있다. 그러나 루쉰은 린위탕이 『논어(論語)』와 『인간세(人間世)』에서 저우쭈어런의 사상을 더욱 확대시키면서 '성령 소품'을 대대적으로 고취하는 것을 보고는, 그것이 사회에 끼칠 수 있는 부정적인 가치에 주목하고 있다. 1933년 루쉰은 「소품문의 위기(小品文的危機)」라는 글을 써서 린위탕과 저우쭈어런의 생각을 직접 비평하였다.

아마 한두어 달 전의 일이라고 기억되는데, 어느 한 신문에 어떤 사람이 죽었다는 기사가 실린 것을 본 적이 있다. 이 기사는 그가 '작은 장식품(小擺設)'을 수집하는 명인이었다고 하면서, 문장 끝에 은근한 탄식의 말까지 덧붙이고는 이 사람이 죽었기 때문에 이제 중국에 '작은 장식품' 수집가가 멸종될 것이라고 여기고 있다.

그런데 유감스럽게도 그때 내가 별로 유의하지 않은 탓으로 그 신문과 수집가의 이름은 그만 잊어버리고 말았다.

지금의 신청년들은 아마도 '작은 장식품'이 무엇인지 잘 모를 것이다. 그러나 자신이 구식 가정에서 태어났고 이전에 지필묵(紙筆墨)으로 장난을 쳐보았으며, 그리고 집안이 아직 그리 몰락하지 않았고 또 쓸 데 없다고 여기는 물건들을 고물상에 팔아먹지 않은 사람이라면, 아마 지금도 먼지가 가득 덮인 폐품 더미에서 자그마한 경대나 영롱하고 투명한 돌조각들 그리고 참대 뿌리에 새긴 인물상이나 고옥(古玉)으로 조각한 동물상 또는 새파랗게 녹슨 세 발 청동 두꺼비상 같은 것들을 찾아 낼 수 있을 것이다. 이런 것들이 이른바 '작은 장식품'이란 것이다. 전에 그것들을 서재 안에 진열하였을 때에는 제각기 모두 아름다운 별명이 있었다. 예를 들면 그 세 발 두꺼비를 '섬여연적(蟾蜍硯滴)'이라고 불러야 하는 것과 같은 따위인데, 그 맨 마지막 수집가는 틀림없이 이러한 사실을 알고 있었을 터이지만, 이제는 그만 그것들의 영광과 함께 사라져 버리게 되었다.

이런 것들은 가난한 사람들의 물건이 결코 아니다. 그러나 또한 고관대작이나 천하 부호들 집안의 장식품도 물론 아니다. 이런 높은 분들이 필요로 하는 것은 주옥이 주렁주렁 달린 분경(盆景)이나 오색 그림이 덕지덕지 그려진 고급 자기 병이다. '작은 장식품'들은 이른바 하층 사대부들의 '고상한 노리개'일 뿐이었다. 그러나 이들도 밖으로는 적어도 몇 십 마지기의 비옥한 전답을 마련해 두어야 하고, 집안에는 몇 칸의 아담한 서재를 갖추어야 하며, 상하이 같은 객지에 가서 기거할 때도 객점의 방 한 칸을 장기적으로 빌려서 책상 하나 정도는 구비해 놓아야 하고, 또 누워서 아편을 피울 침대 하나도 들여놓아야만 한다. 이렇게 생활이 비교적 안정되고 한가해야만 아편을 실컷 피우고 나서 그런 것들을 심심풀이로 만지작거리며 감상할 수 있는 것이다. 그러나 지금 이런 고상한 경지는 세상의 험악한 풍파에 밀려 표류하고 있는데, 이는 이제 마치 세찬 파도에 흔들리는 쪽배와 같은 신세가 되었다.

그런데 이른바 '태평성대'에도 이 '작은 장식품'들은 별로 중요한 물건으로 여겨지지 않았다. 한 정방형의 상아판에다 「난정서(蘭亭序)」를 새긴 것이 지금까지도 '예술품'으로 불리고 있지만, 만일 그것을 만리장성의 성벽에다 걸어놓거나 혹은 윈강(雲岡 : 운강)의 높은 불상의 발 밑에다 놓아둔다면 너무 작아서 잘 보이지도 않을 것이다. 설령 열심히 설명하는 사람이 애써 그것을 가리킨다 하더라도 그것은 구경하는 사람들에게 가소로운 느낌만을 보태줄 뿐일 것이다. 하물며 모래 폭풍이 얼굴을 때리고 범이나 이리떼가 득실거릴 때에는 어느 누가 그렇게 많은 여가를 내어 호박으로 만든 부채 고리나 비취로 만든 반지 따위를 감상하려 하겠는가! 만약 그들의 눈을 기쁘게 해줄 물건이 필요하다면 그것은 바로 모래 바람 속에 우뚝 솟아 있는 거대한 건축물이면 족할 것이다. 그것은 견고하고 웅대하기만 하면 되지 정교할 필요까지는 없다. 또 마음을 기쁘게 할 것이 필요하다면 그것은 바로 비수와 투창이면

족할 것이다. 그것은 예리하고 실용적이기만 하면 되지 우아할 필요까지는 없다.

미술 부문에서 '작은 장식품'이 필요하다는 요구도 있지만, 이러한 환상도 이미 산산조각이 났다. 그 신문의 기사를 쓴 필자도 이러한 사실을 직감적으로 깨닫고 있었던 것 같다. 그러나 문학 부문에서는 오히려 '작은 장식품'―'소품문'에 대한 요구가 갈수록 더 강해지고 있다. 이것을 요구하는 사람들은 하소연과 속삭임에 의지하여 사람의 거친 마음을 점차 매끄럽게 다듬으려 하고 있다. 이것은 바로 다른 사람들에게 『육조문혈(六朝文絜)』을 일심으로 읽게 할 생각을 하면서도 자신은 제방이 터진 황하에서 물 위의 나뭇가지를 잡고 있다는 사실을 잊어버리고 있는 격이다.

그러나 이때에도 필요한 것은 반항과 전투뿐이다.

소품문도 반항과 전투에 의해서만 생존할 수 있다. 진(晉)나라 때의 청담(淸談)은 이미 그 시대와 함께 소멸되었다. 당(唐)나라 말기에 또 시풍이 쇠퇴하고 소품문이 광채를 발휘하기도 했다. 그러나 나은(羅隱)의 『참서(讒書)』는 거의 전부가 항쟁과 격분에 관한 이야기이다. 피일휴(皮日休)와 육구몽(陸龜蒙)은 스스로 은사라 자처하였고 다른 사람들도 그들을 은사라고 불렀지만 『피자문수(皮子文藪)』와 『입택총서(笠澤叢書)』에 수록된 소품문을 보면 그들이 결코 천하를 잊지 않고 있다는 사실을 알 수 있다. 그것은 바로 걸쭉한 진흙탕 속에서 피어난 꽃봉오리와 빛살이라고 할 수 있다. 또 명(明)나라 말기의 소품문들을 보면 비교적 퇴폐적이기는 하지만 전부가 음풍농월에 치우친 것은 아니다. 그 가운데는 불평도 있고 풍자도 있으며 공격도 있고 파괴도 있다. 이러한 기풍은 만주(滿洲)족 군신(君臣)들의 마음속 근심을 정면으로 찌르는 것이었다. 그리하여 학정(虐政)을 조장한 무장들의 수많은 칼과 한적한 생활에 도움을 준 문신들의 다양한 붓의 힘을 빌리고서야 건륭(乾隆) 연간에 이르러 겨우 그것을 진압할 수 있었다. 그 후로 지금 말하는 '작은 장식품(소품문)'들이 나오게 되었다.

당연한 이야기지만 '작은 장식품(소품문)'들은 크게 발전할 수가 없었다. 그러나 5·4운동 시기에 이르러서야 다시 발전하기 시작하는데, 이제 산문 소품의 성공은 거의 소설·희곡 및 시의 윗자리를 차지할 정도가 된 것으로 보인다. 이 가운데는 물론 반항과 전투의 글이 포함되어 있다. 그러나 늘 영국의 수필(Essay)을 모방하였기 때문에 유머러스하고 온화한 내용을 담게 되었으며 창작 방법에도 아름답고 섬세한 특징을 갖추게 되었다. 그것은 구문학에 대한 일종의 시위이기도 했는데, 말하자면 구문학을 특기로 여기는 사람들에게 백화 문학으로도 그들의 특기를 써낼 수 있다는 것을 보여주기 위한 것이었다. 이후의 소품문은 더욱 분명하게 반항과 전투의 길로 나아가야 한다. 왜냐하면 그것은 원래 '문학혁명'에서 싹이 터서 '사상혁명'으로 발전한 것이기 때문이다. 그러나 현재 소품문의 추세를 보면 오히려 구문학과 서로 합치되려는 방향, 즉 특히 온화하고 미려하고 섬세한 것만 제창하는 방향으로 나아가고 있다. 말하자면 이것은 바로 소품문을 '작은 장식품'으로 만들어 고상한 사람들의 노리개로 제공하려는 의도이며, 또 청년들로 하여금 이 '작은 장식품'을 가지고 놀게 하면서, 씩씩하고 힘찬 그들의 본성을 차차 점잖고 우아하게 변모시키려는 의도라고 할 수 있다.

그러나 지금은 이미 책상조차 찾아볼 수 없는 세상이다. 아편은 비록 정부의 전매품으로 되어 있으나 아편을 피우기 위한 도구만은 계속 금지시키고 있으므로 아편을 피우는 것이 여간 어려운 일이 아니다. 전쟁 지구나 재해 지구의 사람들더러 이것을 감상하게 하려고 한다면 그것은 누구나 다 알다시피 더욱 괴상한 환몽으로 비칠 수밖에 없다. 이러한 소품문들이 이제 상하이에서 한창 성행하면서 차나 술을 마시는 가운데 이야깃거리로 제공되고 있고 작은 신문들을 파는 가판대마다 가득 덮여 있다. 그러나 기실 이것은 갈보가 골목 안에서 손님을 끌지 못하게 되자 하는 수없이 잔뜩 화장을 하고서 밤에 슬그머니 거리로 나온 것과 마찬가지라고 할 수 있다.

소품문은 바로 이렇게 위기에 봉착하였다. 그러나 내가 말하는 위기는 의학상에서 말하는 '위험기(Krisis)'처럼 생사의 갈림길을 말한다. 결국 시간을 끌다가 죽을 수도 있지만 이로부터 회복되어 살아날 수도 있다. 마취성을 띤 작품은 마취자와 피마취자가 서로 함께 멸망의 길로 나아가고 만다. 현실에서 생존할 수 있는 소품문은 반드시 비수여야 하고 투창이어야 하며 독자들과 함께 생존을 위한 혈로를 개척할 수 있는 것이어야 한다. 그러나 물론 그것이 사람들에게 쾌락과 휴식을 줄 수도 있겠지만, 결코 '작은 장식품'에 그칠 수는 없으며 아울러 안위나 마취로만 그쳐서도 더더욱 안 된다. 그것이 사람들에게 주는 쾌락과 휴식은 이른바 휴양인데 말하자면 노동과 전투를 앞둔 준비 활동인 셈이다.31)

루쉰의 글을 읽어보고 나서 다시 저우쭈어런의 소품문을 읽어보아도 여전히 루쉰의 글이 깊이가 있고 날카롭다는 것을 알 수 있다. 나는 루쉰의 혜안에 탄복할 수밖에 없다. 이처럼 깊이 있는 문장을 저우쭈어런은 써낼 수가 없었다. 루쉰이 체험하고 관찰한 것은 표상(表象) 배후의 것인데, 그는 현상계의 껍

---

31) 『魯迅全集』 第4卷, 人民文學出版社, 1981, 574~577면.

질을 뚫고 그 본질적인 내핵을 간파하고 있다. 저우쭈어런과 린위탕이 물론 초연하고 소탈하기는 했지만 루쉰과 같은 대철학자의 앞에서는 여전히 많은 부분에서 부족한 점을 드러낼 수밖에 없다. 나는 항상 평화의 시대에는 저우쭈어런의 이론이 잘못되었다고 말할 수 없지만, 혼란의 시대에도 그의 의견이 완전히 옳다거나 완전히 그르다고 판단하기는 어렵다고 생각해왔다. 그러나 수많은 사람이 노예로 전락해가는 시대에 사람들에게 투장과 비수가 필요하지 않다고 말할 수 있겠는가? 루쉰의 출중함은 바로 여기에 있는 바, 그는 고난과 암흑에 직접 맞서는 태도를 보여주고 있다. 이러한 태도는 이타적인 것으로 민족의 주춧돌 역할을 할 수 있는 것이다. 이와 비교해볼 때 저우쭈어런의 세계에는 항상 시재의 책 냄새가 배어 있다. 한적한 사람은 버들 같고 풀 같으며, 강한 자는 바람 같고 파도 같다. 약소 민족의 입장에서는 '바람 같고 파도 같은' 사람이 더 큰 가치를 지닌 것으로 인식될 것이다. '소품문' 창작을 둘러싸고 보여준 저우쭈어런과 루쉰의 차이는 대체로 이러한 입장에서 기인한 것으로 볼 수 있다.

　저우쭈어런은 한편으로 투쟁을 하며 격정적인 입장을 드러낸 적도 있지만, 또 다른 한편으로는 퇴은적이고 신사적인 모습을 보여준 적도 많았다. '경파(京派)'의 학자로서 또 작가로서 그가 가면 갈수록 후자쪽으로 더 심하게 경향된 것은 루쉰이 보기에는 일종의 후퇴라고 할 수 있는 것이었다. 루쉰은 「'경파'와 '해파'('京派'和'海派')」, 「북인과 남인(北人與南人)」 등의 글에서 경파 문인들의 소극적인 문화 정취에 대해 날카로운 비평을 가한 적이 있다. 그 1년 후 즉 1935년에 루쉰은 다시금 「'경파'와 '해파'」라는 문장을 써서 저우쭈어런의 소품 심리를 다음과 같이 공격하였다. "이전에도 물론 상하이에서 명인(明人)의 소품문을 다시 찍어내는 사람이 있었지만 그것은 모방과 위조 상품에 불과했다. 그런데 이번에는 진정한 경파의 제목과 낙관이 붙어 있으므로 확실히 정통의 의발(衣鉢)을 넘겨받았다고 할 수 있다." 루쉰은 이 글에서 스저춘(施蟄存: 시칩존)이 발행하고 있는 상하이의 『문반 소품(文飯小品)』 월간과 저우쭈어런 등이 제창하고 있는 베이징의 '명청소품(明淸小品)'을 함께 공격하고 있다. 이 문장은 심하게 비꼬여 있지만, 기실 거기에 담긴 참뜻은 쉽게 알아차릴 수 있다. 루쉰은 저우쭈어런의 이와 같은 인생 태도를 좋아하지 않았기에, 그의 문장 깊은 곳에 저우쭈어런에 대한 침중한 감정을 숨겨놓고 있다. 루쉰은 아마도 저우쭈어런 세계의 부정적인 요소가 중국 문학에 미칠 악 영향을 중시하고 있었던 듯하다. 이후 저우쭈어런이 일제에 '부역'한 비극의 역사를 되돌아보면 루쉰의 이러한 경고가 얼마나 심도 깊은 것이었는지 깨달을 수 있다. '성령 소품'의 제창으로부터 '매국노'로 전락해가는 과정에서 결국 저우쭈어런이 중국인도 이해하기 어려운 사람이 되어 버린 것은 그가 추구한 정신세계의 필연적인 귀결이었다. 지나치게 자아만을 위한 일생을 살았기 때문에 광대한 인류를 보지 못한 것은 어쩌면 당연한 일이었다. 따라서 저우쭈어런은 순도(殉道)의 길을 걷는 비극적인 인생은 살 수 없었다. 저우쭈어런을 풍자하는 루쉰의 문장에는 말로 형언할 수 없는 창망함이 깔려 있다.

6.

저우쭈어런에 대한 루쉰의 원한에는 기실 애정과 기대가 함께 뒤섞여 있다. 1930년대 두 사람이 각각 사상적으로 물과 불처럼 서로 용납하지 못할 때도 그는 저우쭈어런의 학식에 대해서만은 여전히 경의를 표하고 있다. 미국 기자 스노우(Edgar Parks Snow, 1905~1972) 부인이 루쉰에게 중국에서 가장 우수한 잡문 작가가 누구인지를 물었을 때, 그는 첫 번째로 저우쭈어런을 거명하면서 자신의 아우를 중국 문단의 중요한 인물로 간주하였다. 이것은 공평한 견해이며 사실에 근거한 판단이라고 할 수 있다. 루쉰의 장서 중에는 저우쭈어런 저작이 다량 들어 있다. 그들이 헤어진 후에도 루쉰은 저우쭈어런이 출판한 서적에 대해 깊은 관심과 주의를 기울였으며 특히 저우쭈어런의 역서에 대해서는 더욱 중시하는 모습을 보여 주었다. 저우젠런의 말에 따르면, 루쉰은 서거 전 며칠 동안 저우쭤런의 책을 베개 맡에 놓아두고 시간 나는 대로 읽었다고 한다. 그는 베이핑을 추억했고 바다오완을 추억했다. 그곳의 나무 하나 풀 하나, 그리고 도수 높은 근시 안경을 낀 친숙한 사람의 모습이 얼마나 자주 그의 세계로 틈입했는지는 아무도 모를 일이다. 심신이 극도로 쇠잔해지면서 자신의 죽음을 의식하였을 때, 둘째 아우 즉 고우재의 주인이 생각났던 것은 아닐까? 셋째 동생 저우젠런과 항상 서로 만나면서 저우쭤런만 홀로 그의 곁에 없다는 것을 느꼈을 때, 그 유감과 슬픔은 얼마나 깊었을까? 이것은 아마 영원한 수수께끼일 것인데, 우리는 이 부분에서 진정으로 그의 세계로 들어갈 방법을 갖고 있지 못하다. 하지만 저우쭤런을 언급하고 있는 루쉰의 문장에서 그가 품고 있었던 복잡한 감정의 단면들을 읽어낼 수 있다.

오랜 세월이 지난 뒤, 자신에 대한 루쉰의 공정한 태도를 알게 되었을 때, 저우쭤런은 얼마나 감격에 겨웠겠는가? 만년에 회고록을 쓸 때, 저우쭤런은 그의 자수시(自壽詩)에 대한 루쉰의 평가를 이야기하면서 감격에 겨워 다음과 같이 말하고 있다.

> 루쉰은 평소 원수는 곧 바로 갚아야 한다고 주장하였다. 여기에서 한 걸음 더 나아가서, 그는 눈에는 눈으로, 이에는 이로 원수를 갚아야 할 뿐만 아니라, 심지어 다음과 같은 말을 한 적도 있다(원문은 잊어버렸는데, 기억에 잘못이 있으면 바로잡아 주기 바란다). 어떤 사람이 분노의 눈빛으로 바라보면 욕설을 퍼부어 그 앙갚음을 해야 하고, 욕설을 퍼붓는 자가 있으면, 그를 두들겨 패서 앙갚음을 해야 하고, 또 자신을 두들겨 패는 자가 있으면 반드시 그 자를 죽여서 앙갚음을 해야 한다. 그 주장의 엄준함이 이와 같을 뿐만 아니라 그 태도의 위대함도 또한 이와 같다. 우리들은 그의 백분의 일도 배울 수가 없으니, 나의 입장을 변명하지 않고서 그의 위대함에 답할 수 있겠는가? 또한 이러한 태도는 결코 일시적인 인내에서 나올 수 있는 것이 아니다. 나는 앞에서 소위 오십자수(五十自壽)라는 타유시를 언급한 적이 있다. 그것은 이미 그 사건이 발생한 지 십 년이나 지난 후의 일이다. 당시에 후펑의 무리들이 장안 가득 비바람을 일으키며 소란을 피웠지만, 유독 그(루쉰) 한 사람만이 차

오쥐런과 양지원에게 답하는 서신에서 능히 공평한 관점을 견지하며 가슴속에 아무런 응어리도 품지 않았다. 이는 보통 사람이 능히 할 수 있는 일이 아니다.32)

나는 이것이 저우쭈어런의 진실한 감정이라고 생각한다. 그가 여러 차례 회고록에서 이 일을 언급한 것으로 보아 당시 루쉰의 행동이 그에게 깊은 인상을 심어주었다는 사실을 알 수 있다. 그가 만년에 그처럼 성실하게 루쉰에 대한 회고록을 집필한 것도 아마 이와 같은 형의 마음에 보답하는 심정으로 행한 작업이었을 것이다. 그 사람이 죽은 후에야 갑자기 그의 진면목을 깨닫게 되는 것이 바로 인생의 비애이다. 우리는 여기에서도 '바깥 일에 문외한'인 저우쭈어런의 멍청한 태도를 대략 짐작할 수 있다. 그러나 후에 루쉰 연구 사료 부문에 끼친 그의 공헌은 무량무겁의 공덕에 해당한다고 나는 생각한다. 역대로 루쉰을 연구하는 사람이 얻을 수 있는 자료로는 쉬서우창의 것과 저우쭈어런의 것이 있다. 루쉰의 초기 생활에 관해서 회고한 두 사람의 문장은 이미 진귀하고도 경전적인 문헌으로 간주되고 있다. 내가 이 책을 집필하는 과정에서 저우쭈어런이 쓴 몇 권의 저서를 읽고 느낀 점은 그의 저서에 항상 끊임없는 탄식이 이어지고 있다는 사실이다. 따라서 어떤 의미에서 저우쭈어런은 이미 루쉰에게 진 빚을 갚았다고도 할 수 있다. 그는 심리상으로도 어쩌면 자신의 형에게 떳떳함을 느꼈을 것이다. 이와 같은 역사의 오랜 채무는 고독과 적막의 정신 역정 속에서나 다시 갚을 수 있는 것인지도 모른다.

저우쭈어런의 필치 아래에서 그려지고 있는 루쉰은, 저우쭈어런의 말년에 이르러 이미 변화의 모습을 보이고 있다. 그는 편안한 마음과 온화한 태도로 지나간 역사의 흔적을 길어내고 있다. 그는 루쉰의 고가(故家), 루쉰의 청소년 시대, 루쉰의 학문과 창작을 마치 한 폭의 목판화처럼 그려내고 있는데, 즉 다시 말하자면 흑백이 분명한 시공간 속에다 이미 가버린 세월을 영원한 것으로 응축시켜 넣고 있다. 그는 개인적인 감정을 배제한 채 객관적인 필치로 루쉰의 생로병사와 자신의 고락(苦樂) 및 영욕(榮辱)의 역사를 묘사해내고 있다. 이

---

32) 『知堂回想錄』, 香港三育圖書文具公司, 1971, 425면.

는 세상의 온갖 풍파를 다 겪은 사람만이 도달할 수 있는 경지이다. 어린 시절의 고향에 관한 이야기와 공부에 관한 이야기는 얼마나 아름답고 소박한 맛을 지니고 있는가? 거기에는 조그마한 교만이나 가식도 없다. 저우쭤어런의 담담한 서술 속에서 우리는 생명과 세월의 덧없음을 짙게 느낄 수 있으며 아울러 인성(人性)의 왕국에 내재된 초험성(超驗)과 항상성(恒常)을 체험할 수 있다. 만약 저우쭤어런이 그처럼 상세하게 그 시절의 역사를 복원시키지 않았다면, 우리는 루쉰의 또 다른 모습을 영원히 알 수 없었을 것이다. 그는 문화계의 거장이었던 자기 형의 일상 생활을 평범한 필치로 적어내어 우리들로 하여금 루쉰의 평범한 생활과 그 속에 숨겨진 초인으로서의 일면을 알게 해주었다. 어떤 사람은 저우쭤어런을 루쉰 사료학의 기초자로 부르기도 하는데 이는 결코 과장된 말이 아니다. 이러한 사료는 루쉰의 사상과 영원히 분리할 수 없는 일제를 이루고 있다. 저우쭤어런은 실제로 루쉰의 세계에서 빠져서는 안 되는 중요한 연결고리라고 할 수 있다.

만년의 저우쭤어런은 루쉰을 언급할 때 두 개의 원칙을 고수하고 있었다. 그 하나는 루쉰을 신이 아닌 사람으로 바라보아야 한다는 점이다. 또 다른 하나는 선험적인 이성으로써 작품의 사상을 연역해서는 안 되고, '본래의 사건(本事)'을 찾아낸 뒤 역사가의 감각으로 묘사 대상을 서술해야 한다는 점이다. 이것은 우리가 지금도 본받을 만한 아주 훌륭한 방법이라고 할 수 있다. 실제로 저우쭤어런은 이런 방식으로 루쉰 사료를 정리할 수밖에 없었을 것이고 이러한 방식을 버렸다면 그 문장들이 저우쭤어런답지 못한 저작물로 전락하고 말았을 것이다. 1950년대에서 1970년대까지 루쉰을 묘사한 책은 대부분 지금 벌써 차마 끝까지 읽기조차 힘들게 느껴지지만, 저우쭤어런 등의 사람들이 쓴 소수의 저작들은 아직까지도 세상에 남아 살아 숨 쉬고 있다. 우리는 이에 대해 응당 감사를 표해야 한다. 지금 우리가 『루쉰의 고가(魯迅的故家)』, 『루쉰 소설 속의 인물(魯迅小說裏的人物)』, 『루쉰의 청년시대(魯迅的靑年時代)』를 읽어보면, 그 아름답고 순수한 문자 속에서 루쉰의 진면목을 대면하는 즐거움을 맛볼 수 있다.

나는 여러 해 동안 저우쭤어런의 이런 글들을 비교적 애호하였다. 나는 이런 글들이 믿을 만한 역사의 흔적이라고 생각한다. 여기에서 우리는 루쉰 생활의 배경을 살펴볼 수 있을 뿐만 아니라 형에 대한 저우쭈어런의 끈끈한 정도 엿볼 수 있다. 저우쭈어런은 역사와 예술을 잘 이해하고 있던 사람이었다. 따라서 루쉰을 회상하고 있는 그의 많은 글은 모두 사학가들이 가장 관심을 가질 만한 내용을 담고 있다. 그는 주지(主旨)와 관계없는 것은 전혀 기록하지 않았지만, 루쉰의 신상에 숨어 있는 문화 가치와 심미 가치에 대해서는 상당한 주의를 기울였다. 이에 따라 루쉰사(魯迅史)의 중요한 자취가 모두 제 모습을 갖출 수 있게 되었다. 이를테면 루쉰이 생활했던 '백초원(百草園)'을 상세하고도 정취 있게 그리면서, 사오싱의 옛 풍속과 인정에 관계된 역사적 사실을 모두 자연스럽게 드러내고 있는 것과 같은 것이 그것이다. 루쉰과 관계 있는 사람이나 사건에 대해서도 그는 아주 적절하고도 구체적인 묘사법을 사용하고 있는데, 이는 루쉰과 관계된 역사적 사실에 대한 가장 빛나는 주석이라 할 만하다. 토쿄에서 보낸 루쉰의 학창 생활에 대해서도 묘사가 아주 훌륭하다. 아무런 허장성세나 어떠한 악의도 없이 토쿄의 생활을 진술하게 그려내고 있다. 루쉰이 평생토록 종사한 학문 역정에 대해서도 저우쭈어런은 명쾌한 서술을 하고 있다. 자신의 형이 '부수서옥'에서 옛날 비석을 베껴 쓴 일이라든가 많은 서점들을 두루 돌아다니며 책을 사 모은 사실을 기록한 그의 서술은 루쉰 생활 가운데서도 사람들이 접하기 어려운 일면(즉 평범하면서도 비범한 일면)을 복원시켜 주고 있는 부분이다. 이러한 문장을 읽으면서 우리는 저우씨 형제의 공통적인 문화 기질을 읽어낼 수 있다. 이른바 루쉰의 신성함이라든가 근엄한 학자적 자세와 같은 것은 이러한 글에서 전혀 느낄 수 없다. 이 글들은 모두 너무나 평범하다. 그러나 우리는 이처럼 소리 없는 문자 사이에서 두 영혼의 묵묵한 교류를 엿볼 수 있다. 이러한 교류 가운데에서 두 사람 세계의 감동적인 부분이 정채롭게 떠오르고 있다.

『루쉰소설 속의 인물』은 내가 아주 좋아하는 책이다. 1950년대 이후 루쉰소설 및 현대소설을 분석하는 과정에서 이런 방식을 사용한 사람은 하나도 없었다. 이것은 옛날 문인들의 전주(箋注)의 방식을 확장시킨 것과 유사하지만,

사서오경의 냄새를 풍기지 않을 뿐만 아니라, 또 김성탄(金聖嘆)과 지연재(脂硯齋)의 소설 비평처럼 미언대의(微言大義)를 덧붙이거나 응화(應和)나 창탄(唱歎)의 방식을 쓰지도 않았다. 저우쭈어런은 '이데올로기 문제'에 대해서는 전혀 설명하지 않았으며 또 세상에 유행하는 학설에도 부화뇌동하지 않았고 다만 인물과 고사의 원형만을 이야기하였다. 여기에는 시대나 정치적 정서가 조금도 들어가 있지 않다. 이는 그가 견지해 온 일관된 사상과도 부합되는 방법이며, 또 그의 장기라고 할 만하다. 저우쭈어런이 루쉰 소설을 독해하는 원칙은 먼저 인물의 원형을 찾아 가능한 한 그 작품의 소재가 된 실마리를 끄집어내는 것이고, 그 다음은 소설의 배경을 이루고 있는 민간 풍속을 실증적으로 밝혀내는 것이다. 저우쭈어런은 후자에 더욱 뛰어난 면모를 보이고 있다. 예를 들어 쿵이지에 대한 분석, 아Q에 대한 감회, 샹린싸오에 대한 해명 등등은 대부분 그를 제외하고는 다른 어떤 사람도 행하기 어려운 작업이었다고 할 수 있다. 「축복(祝福)」 속에 내포되어 있는 심층적인 문화 은유, 「풍파(風波)」의 배경이 되고 있는 시골 마을의 민속 자료 등등에 대해서도 매우 타당한 진술을 하고 있는데, 루쉰의 의식 가운데 감추어진 한 중요한 지점을 명쾌하게 밝혀내고 있다고 할 만하다. 이 글들을 읽으면서 나는 눈앞이 환하게 밝아오는 듯한 느낌을 받았으며, 이 소설 속에 숨어 있는 신비한 의미를 더욱 분명하게 이해할 수 있게 되었다. 저우쭈어런은 소설의 정취를 이해할 줄 아는 사람이었지만, 소설 창작은 그리 뛰어나지 못하였다. 하지만 이론가로서의 수준은 고급에 속한다고 할 수 있다. 이를 테면, 세상 사람들이 아Q의 문학적 의의가 심원하다고 말하고 있지만, 작품의 세부 내용에 대한 해독은 오히려 저우쭈어런이 일류로서의 모습을 보여주고 있다. 그는 아Q의 행위에서 당시 문단의 에피소드와 그 문화적 근원을 간파하고 있는데, 이는 아주 뛰어난 견해이다. 저우쭈어런은 루쉰이 사용한 소설 제재를 비교적 분명하게 알고 있었기 때문에 루쉰 소설의 세부 묘사에 숨어 있는 오묘한 이치를 깊이 음미할 수 있었다. 아울러 그가 문장 속에서 새롭게 밝혀낸 내용은 후세 연구자들에게 커다란 계시를 던져주고 있다.

　　루쉰에 대한 저우쭈어런의 '자세히 읽기'는 후대의 연구자들 중에서도 이에 버금가는 작업을 수행한 사람이 아직 없다. 따라서 오늘날 이 글들은 이미 루쉰 연구사에서 찾아보기 힘든 진귀한 자료로 평가받고 있다. 20세기 중국 대륙의 소설 비평계는 줄곧 텍스트 자체에 대한 자세한 읽기에 거의 눈을 돌리지 않았다. 이런 점에서 보더라도 저우쭈어런의 '자세히 읽기'는 이 부문의 모범적인 비평 사례의 하나라고 할 수 있다. 작품에 '의의'를 부여하는 작업은 '자세히 읽기'의 기초 위에 세워져야 한다. 이것을 버리면 문학 연구가 허황하고 과장된 길을 걷기 쉽다. 지금의 입장에서 판단해보아도 저우쭈어런의 견해에는 확실히 우리가 쉽게 얻을 수 없는 고귀한 내용이 담겨 있다. 루쉰 연구에 끼친 그의 공헌은 아마 미래의 연구사에서도 끊임없이 그 고귀한 의의가 증명될 것이다.

　　이것은 흥미로운 역사의 한 단락이다. 저우씨 형제가 서로 우애·반목·공격하는 태도에서 출발하여 마지막으로 이해의 감정에 도달하기까지는 반세기가 넘는 시간이 필요했다. 인생에는 분명하게 밝힐 수 없는 일들이 많은 법이다. 당초에 얼마나 깊은 원한을 품었든지 간에 또 얼마나 격렬하게 충돌했든지 간에, 그들 두 형제가 보여준 마지막 태도는 세상 사람들의 마음을 개운하게 해주기에 족한 것이었다. 저우쭈어런은 많은 정력을 들여서 루쉰을 주석하는 작업에 종사하였고, 실로 이 부문에 거대한 공적을 남기고 있다. 역사 속에서 펼쳐진 두 형제의 모든 은혜와 원한은 저우쭈어런의 이 고요하고도 담담한 문장 속에서 깨끗이 해소되고 있다. 만약 천지간에 정말로 영혼이 존재한다면 루쉰은 지금 어떤 감회에 젖어 있을까?

어긋난 길

1.

루쉰(魯迅 : 노신)은 베이징을 사랑하였다. 그는 학문을 하고자 하는 사람에게 베이징이 이상적인 곳이라고 여러 차례 언급한 적이 있다. 그의 남하는 사실 어쩔 수 없는 일이었다. 첫 번째는 시랑 때문이었고 두 번째는 탄압 때문이었고, 세 번째는 저우쭈어런(周作人 : 주작인)과의 결별 때문이었다. 이 세 가지 원인이 그를 영원히 베이징으로 다시 돌아와 살 수 없게 하였다. 적어도 학문을 한다는 입장에서 이것은 그에게 적지 않은 손실이었다.

1932년 11월 어머니를 뵙기 위해 베이징으로 갔을 때 루쉰의 정서는 틀림없이 복잡했을 것이다. 쉬광핑(許廣平 : 허광평)에게 보낸 편지에서 그는 다음과 같이 말하고 있다.

지금 여기 날씨는 아직 춥지가 않아 외투가 필요 없소. 참 이상한 날씨요. 옛 친구

들도 나를 아주 잘 대해주는데, 자신의 이해만을 목적으로 하는 상하이 사람들과는
다르오 따라서 우리가 만약 이곳으로 이사올 수만 있다면 상하이에서 사는 것 보다
훨씬 재미있을 것 같소[1]

그는 또 한 친구와의 대화에서 중국 문학사나 문자 변천사를 저술하고 싶다
고 했다. 그러나 베이징과 같은 좋은 학술적 조건을 가지지 못했기 때문에 결
국 뜻을 이룰 수 없었다.

베이징은 확실히 책을 보고 학문을 하기에 아주 좋은 공간이었다. 이 점에
대해서는 저우쭈어런의 체험이 더욱 깊었다고 할 수 있다. 1930년 저우쭈어런
은 후스(胡適 : 호적)에게 보낸 서신에서 시비(是非)에 뒤덮인 상하이를 떠나 베이
징으로 돌아와 학문에 종사할 것을 강력하게 권유하고 있다.

> ……내 생각엔 후(胡) 형께서 이후로 쓸데없는 한담(閑談)은 하지 마시고 상하이
> 를 떠나는 것이 좋을 듯합니다. 가장 좋은 방법은 베이핑(北平 : 북평)으로 돌아오는
> 것입니다. 쓸데없는 말을 하는 것은 위험할 뿐만 아니라 후 형의 일에도 방해가 됩
> 니다. 이것은 '상하이에 있는 것'과 마찬가지로 후 형의 일에 방해가 될 것입니다.
> ―내가 솔직하게 말하는 것을 용서해주기 바라오 나는 항상 형의 임무는 바로 학
> 생을 가르치고 책을 쓰고(즉 국가와 후세에 대한 임무)―『중국철학사』·『문학사』
> 를 완성하고, 그리고 기타 고증 작업(『수호전류』와 같은)을 하는 것에 있다고 생각해
> 왔습니다(이런 점에 관해서는 나와 천퉁보(陳通伯 : 진통백) 선생이 의견을 같이 합
> 니다). 그러므로 이런 일을 하기 위해서는 베이핑으로 돌아오지 않으면 안 됩니다.
> 만약 상하이에 계속 남아 있게 되면(설령 쓸데없는 말을 해서 더 이상 논쟁을 야기
> 하지 않는다 할지라도), 이런 일을 결코 완성할 수 없습니다. ……후 형께서 베이핑
> 으로 돌아와 학생들을 가르치길 나는 진실로 권유합니다. 이는 내가 몇 년 동안 계
> 속 지녀온 생각입니다. …… 형께서 상하이의 편리함과 번화함을 결연하게 내팽개치
> 고 쓸쓸하고 한적한 베이핑으로 돌아올 수 있길 희망합니다. ―조용하고 적막한 가
> 운데 풍부한 업적을 생산할 수 있기를……[2]

---

1) 『魯迅全集』第12卷, 人民文學出版社, 1981, 127면.
2) 『知堂書信集』, 華夏出版社, 1995, 130면.

저우쭈어런의 베이징에 대한 사랑은 아마도 고향에 대한 사랑을 뛰어 넘는 것 같다. 따라서 베이징의 의식주를 묘사한 그의 산문이 그처럼 아름다운 문체에 그처럼 따뜻한 정취를 발산하고 있는 것은 확실히 베이징에 오래 살아보지 않은 사람은 묘사해낼 수 없는 경지이다. 설령 베이징 토박이 만주인(滿洲人)이라 할지라도 저우쭈어런과 같은 정서를 가지기는 어려울 것이다. 따라서 일본인들이 베이핑을 점거하였을 때 그가 결연하게 고성(古城)에 머물렀던 것은 아마 이와 같은 베이징 사랑이 그를 그렇게 하도록 만들었던 것으로 보인다. 형제 두 사람이 이처럼 옌징 고성(燕京古城)을 좋아한 것은 재미있는 테마이다. 만약 그들과 베이징대학·유리창·출판사·신문잡지와의 관계를 전문적으로 기술해본다면 분명히 흥미 있는 내용을 담을 수 있을 것이다.

루쉰은 1926년 베이징을 떠난 이후 단지 두 차례 베이징으로 돌아왔을 뿐이다. 매번 일정이 촉박하여 노모에게 안부를 묻고 친구들을 좀 만나고 또 대학에서 강연만 몇 차례 했을 뿐이다. 기록이 남아 있지 않기 때문에 그때 루쉰과 저우쭈어런이 만났는지는 알 길이 없다. 루쉰의 일기나 서신에서도 이와 관련된 기술은 보이지 않는다. 그러나 그와 친구 사이에 오고간 서신을 살펴보면 베이징에 대해 좋은 인상을 항상 가지고 있었다는 사실을 알 수 있다. 이를테면 정전두어(鄭振鐸:정진탁)에게 보낸 서신에서 상하이의 고서 인쇄와 제본은 베이징보다 못하며 서적도 베이징보다 풍부하지 못하다고 언급한 것 등이 그것이다. 이러한 말 속에는 상하이 문화를 다소 폄하하는 듯한 의미가 포함되어 있다. 그가 후일 상하이를 선택하여 거점으로 정한 것은 자신의 심경과는 당연히 모순되는 것이었다. 그는 상하이의 서구식 분위기와 약삭빠른 상업적 분위기를 좋아하지 않았고 상하이인들의 쫀쫀한 기질에 대해서도 불만이었다. 그러나 상하이가 베이징과 다른 점은 새로운 정보가 많다는 것이고 또 문화혁명의 중심의 하나라는 점이다. 이로 인해 상하이에서 루쉰은 자신의 사상적인 변화를 촉진시킬 수 있었다. 학계에서 점점 멀어지면서 갈수록 전사의 모습으로 변모해가는 루쉰의 인생 역정은 이처럼 특수한 상하이의 환경 요인과도 깊은 관련을 맺고 있다고 할 수 있다.

루쉰과는 상대적으로 저우쭈어런은 줄곧 옛 수도에 머물렀기 때문에 생활에 변화가 부족하였고 사상도 계속 낡은 환경을 맴돌 수밖에 없었던 것이 아닌가 한다. 내가 그의 사상 기초에 주의해본 결과 그는 항상 과거에 해오던 말을 반복하면서 외래의 신사조를 받아들일 욕망을 드러내 보이지 않고 있다. 문화적으로 그는 가면 갈수록 비관주의와 수구주의를 추구하면서 옛 서적에 파묻혀 소품 산문에 탐닉하였다. 이러한 심경은 그의 사상이 예스럽고 우아한 색채로 덮이게 하였다. '경파(京派)'로서의 운치가 나날이 증가하면서, 그의 심후한 학식에 자유롭고 담담한 기풍이 보태지게 되었다. 이에 그의 면모에는 더욱더 학자티와 신사티가 가득 넘치게 되었다. 이제 그의 세계에서 과거의 격동은 더 이상 찾아볼 수 없게 되었고 또 신랄한 비판정신도 찾을 길이 없게 되었다. 수도 베이징의 침중한 고풍(古風)은 그를 자신만의 좁은 울타리 속으로 침잠하게 하였다.

상하이의 루쉰은 오히려 번역과 창작의 새로운 전성기로 접어들었다. 상하이의 10년 동안 그가 창작하고 번역한 서적으로는 『어린 존(小約翰)』, 『사상(思想)·산수(山水)·인물(人物)』, 『아침꽃을 저녁에 줍다(朝花夕拾)』, 『이이집(而已集)』, 『벽하역총(壁下譯叢)』, 『근대 미술사조론(近代美術思潮論)』, 『현대 신흥문학에 관한 여러 가지 문제(現代新興文學諸問題)』, 『예술론(藝術論)』(루나차르스키 저), 『문예와 비평(文藝與批評)』, 『어린 피터(小彼得)』, 『문예 정책(文藝政策)』, 『예술론(藝術論)』(플레하노프 저), 『훼멸(毁滅)』, 『삼한집(三閑集)』, 『이심집(二心集)』, 『하프(竪琴)』, 『시월(十月)』, 『하루의 사업(一天的工作)』, 『양지서(兩地書)』, 『위자유서(僞自由書)』, 『남강북조집(南腔北調集)』, 『준풍월담(準風月談)』, 『집외집(集外集)』, 『표(表)』, 『러시아 동화(俄羅斯童話)』, 『죽은 혼령(死魂靈)』 등이 있다. 여기에는 번역이 대다수를 점하는데, 비록 돈을 벌기 위해서 번역을 한 것이기는 하지만 여전히 새로운 지식과 새로운 길을 찾으려는 모색의 일환이라는 것을 알 수 있다. 그와 '좌련(左聯)' 청년 작가들과의 연대, 청년 목각가들과의 교유, 전제 통치자와의 투쟁은 그의 만년 생활에 고귀한 매력을 더해주었다. 루쉰은 자신의 길을 추구하면서 천재로서의 인격을 완성하였지만, 저우쭈어런은 루쉰에게서 유리됨으로써 점점 루쉰과는 다른 길을 걷게 되었다.

저우쭈어런은 본래 자유 학인의 길을 선택하고자 하였지만 뜻밖의 현실은 오히려 그의 꿈을 산산이 조각내고 말았다. 1928년 이후 루쉰이 나날이 좌경화로 치달아갈 때, 그는 오히려 상반된 길을 향해 한 걸음 한 걸음씩 나아가고 있었다. 문학상에서 그는 『영일집(永日集)』, 『과거의 생명(過去的生命)』, 『예술과 생활(藝術與生活)』, 『중국 신문학의 원류(中國新文學的源流)』, 『아동문학 소론(兒童文學小論)』, 『간운집(看雲集)』, 『지당문집(知堂文集)』, 『고우재 서발문(苦雨齋序跋文)』, 『야독초(夜讀抄)』, 『고차 수필(苦茶隨筆)』, 『고죽 잡기(苦竹雜記)』, 『풍우담(風雨談)』, 『과두집(瓜豆集)』, 『병촉집(秉燭集)』, 『약당 어록(藥堂語錄)』, 『약미집(藥味集)』, 『약당 집문(藥堂雜文)』, 『병촉 후담(秉燭後談)』, 『고구 감구(苦口甘口)』, 『입춘 이전(立春以前)』 등을 출판하였다. 루쉰과는 아주 좋은 대조가 된다. 루쉰의 책을 읽으면 가슴이 들끓어 오른다. 독서 과정에서 당신의 의지는 불타올라 새로운 것을 모색하고 싶은 충동과 옛 것에 항쟁하고 싶은 정서에 젖어들게 된다. 이 얼마나 기세등등하고 격앙된 세계인가. 고난 속을 헤쳐 나온 한 영혼이 당신으로 하여금 홀연히 인성의 광채를 바라볼 수 있게 해주고 있다. 그 광채는 당신을 비추며 한 순간도 절망의 심연으로 빠져들게 하지 않고 있다. 반면에 저우쭈어런의 저작을 읽어보면 이와는 완전히 다른 경지이다. 마치 심산유곡의 물소리·바람소리처럼, 또 스님들의 독경소리처럼 유연하게 당신을 아득한 고대로 이끌어가고, 진원으로 이끌어가고, 무욕의 편안함으로 이끌어간다. 루쉰은 당신으로 하여금 무엇인가를 하도록 하고, 저우쭈어런은 당신에게 아무것도 하지 말라고 얘기한다. 루쉰은 당신으로 하여금 지옥의 문을 뚫고 나가 인생과 죽음의 신비한 담장을 두드리도록 인도해주고 있으며, 반면에 저우쭈어런은 엄숙한 선교사처럼, 태양 아래 새로운 일이란 없고 역사의 어제와 오늘도 결국 이와 같은 나날의 일상적인 연속일 뿐이라고 말하고 있다.

상하이의 투사와 베이징의 신사는 이처럼 다른 방식으로 자신의 생활과 자신의 세계를 바라보고 있었다. 서로 다른 선택의 길에서 루쉰은 온 몸이 상처투성이가 되는 대가를 지불하였지만, 저우쭈어런은 쓸쓸하고 조용한 생활로부터 인간 세상의 거대한 암연으로 빠져들고 말았다. 반항자의 영혼은 격렬하고 비장한 것이었지만, 신사의 심령에는 고통과 번민 외에 또 다른 무엇이 남아 있었을까? 베이징식의 학자 생활을 선택한 많은 사람들은 인생의 평탄한 길을 걸었다. 그러나 저우쭈어런은 점점 끝도 없는 어두운 심연으로 빠져들고 있었다. 이러한 사실은 한적파 문인으로서의 저우쭈어런에게 정말 견디기 어려운 상황이었다.

길이 달라졌기에 이제 함께 돌아갈 수 없었다. 두 사람은 만년에 똑같이 수모를 당했지만 인생의 결말은 완전히 상이하였다. 일의 성패로써 영웅을 논하는 것은 역사가의 커다란 금기이다. 하지만 역사 인물을 공정하게 평가하려면, 그가 역사와 인생, 문명과 사회에 긍정적인 영향을 끼쳤는가의 여부, 인류의 정신사에 유익한 공헌을 하였는가의 여부를 살펴보아야 한다. '일제 부역' 이후에 씌어진 저우쭈어런의 작품을 읽어보면 실망스런 탄식만이 우러나올 뿐이다. 만일 그가 루쉰과 불화하지 않았다면, 또 만일 일본 여자에게 장가들지 않았다면, 또 만일 베이핑에 머물지 않았다면, 그의 이력서의 한 페이지는 또 다른 인생의 모델을 보여줄 수 있었을 것이다. 그러나 역사에는 가정이 있을 수 없다. 저우쭈어런과 루쉰이 각각 상이한 족적을 드러내고 있는 원인을 탐색하려면 그들의 정신과 신념에서 그 단서를 찾는 수밖에 없다.

2.

1926년 8월 루쉰은 베이징을 떠나 남하하여 새로운 생활을 시작했다. 이때부터 그는 각종의 문화적 소용돌이와 개인적인 논쟁 속으로 끊임없이 휘말려 들어갔다. 먼저 가오창훙(高長虹 : 고장홍)의 반항이 있었고 후에 구졔강(顧頡剛 : 고힐강)과 틈이 생겼으며 샤먼(廈門 : 하문)과 광저우(廣州 : 광주)에서 유쾌하지 못한 일들이 끊이지 않았다. 1927년 국민당의 '청당(淸黨)'이 루쉰에게 끼친 영향은 아주 심각하였으며 그는 스스로 피비린내 나는 현실에 "놀라 입을 다물지 못하였다"고 형용하고 있다.[3] 그는 자신의 생각과 작업을 조정하기 시작했으며 '자아 방랑(自我流放)'의 생활을 끝내고 전심전력으로 번역 작업에 종사하려고 작심하였다.

그러나 사정은 결코 그가 생각한 것처럼 순조롭지 않았다. 상하이에 거주한 10년 생활 동안 그는 줄곧 당국에 의해 '포위 공격'을 당하고 논적들에 의해 매도당하는 환경에서 벗어날 수 없었다. 그가 심정적으로 가장 편안함을 느낀 시기라 할지라도 각종 세력의 간섭에서 벗어날 수 없었다.

상하이에 막 도착했을 때 루쉰은 확실히 적막감을 느끼고 있었다. 그는 하루 빨리 새로운 친구를 찾아 그들과 함께 문단에서 유익한 일을 함께 하고자 갈망하였다. 창조사(創造社)의 친구인 정보치(鄭伯奇 : 정백기)와 돤커칭(段可情 : 단가정)이 방문했을 때 그가 느낀 기쁜 감정을 우리는 가히 짐작해 볼 수 있다. 광저우에서 그는 한 때 창조사와 연합하려고 생각하였다. 그는 창조사·미명사(未名社)·침종사(沈鍾社)가 모두 문예 부문에서 매우 열심히 노력하는 단체라고 생각하였다. 루쉰의 내면 깊은 곳에는 창조사에 대한 은근한 기대감이 간직되어 있었다. 하지만 천만 뜻밖에도 창조사의 좌경 청년들이 그를 향해 도전을 감행하기 시작하였다. 루쉰과 격전을 벌인 모든 집단 중에서 창조사의 위세가 가장 막강하였는데, 루쉰의 만년 심리에 끼친 그들의 영향을 결코 소홀하게 다룰 수 없다.

창조사는 청년 문학 단체로서 초기에 낭만주의를 주장하였다. 그들은 인간의 생명 의지와 자아 정서에 대한 표현을 중시하였다. 그 대표적인 인물인 구어모뤄(郭沫若) 등의 문학 창작에는 이론으로부터 실천에 이르기까지 모두 뚜렷한 낭만주의 경향이 내포되어 있다. 그들은 자신들의 진실한 감정을 표현하여 많은 독자의 마음을 흔들었다. 루쉰은 구어모뤄 등 창조사의 작품에도 주의를 기

---

3) 1927년 4월 12일 국민당 우파 쟝졔스(蔣介石 : 장개석)가 공산당 계열의 국민당 좌파를 몰아내고 제1차 국공합작을 결렬시킨 사건이다. 흔히 4·12 쿠데타라고 부른다.

울이고 있었고, 전체적으로 그들에게 비교적 좋은 인상을 가지고 있었다. 하지만 당시 창조사의 일부 성원들은 청년 특유의 충동성과 경솔한 기질을 지닌 데다 또 소련 혁명 이론의 영향을 수용하여, 중국의 구 작가 대오를 철저하게 청산할 것을 요구하였다. 더욱이 청팡우(成仿吾 : 성방오) 등은 구식문화 인사들이 모두 노쇠했기 때문에, 선진적인 관점을 대표하는 청년들만이 역사의 사명을 담당할 수 있다고 인식하였다. 그리하여 1927년부터 청팡우 등은 일련의 문장을 계속 발표하여 루쉰 등의 기성 문인들을 신랄하게 비판하기 시작하였다.

1928년 1월 상하이에서 출판된 『문화 비판(文化批判)』에는 펑나이차오(馮乃超 : 풍내초)의 「예술과 사회 생활(藝術與社會生活)」이란 글이 발표되었다. 글 속에서 다음과 같이 진술하고 있다.

> 루쉰이란 이 늙은 샌님은—내 나름의 문학적 표현을 쓰자면—항상 어두침침한 술집 이층마루 머리맡에 앉아 술 취한 눈으로 거나하게 창 밖의 인생을 조망하고 있다. 세상 사람들은 그의 장점을 칭찬하지만 그것은 다소 원숙한 문학 기법에 불과할 따름이다. 그러나 그는 항상 지나간 옛날만을 회상하는 것은 아니고, 몰락한 봉건 정서를 추모하기도 한다. 결국 그가 반영하는 것은 사회 변혁기 중에 나타나는 몰락자들의 비애일 뿐이고, 더러는 그의 동생과 함께 인도주의라는 몇 마디 아름다운 말을 늘어놓기도 한다. 은둔주의! 다행히 그는 비루한 설교인으로 변신한 톨스토이(L. Tolstoy)를 본받지는 않고 있다.

이어서 리차오리(李超梨 : 이초리)는 「어떻게 혁명문학을 건설할 것인가(怎樣地建設革命文學)」라는 글을 발표하였고, 또 청팡우는 「문학혁명에서 혁명문학으로(從文學革命到革命文學)」 등의 글을 발표하여 루쉰 등의 기성 문인들에게 이론적인 비난을 감행하였다. 그들의 이론은 당시 중국의 문단에 확실히 새로운 바람을 불어넣었다. 새로운 개념, 새로운 인식 범주, 새로운 시각은 많은 사람들에게 신선하고 오묘한 느낌을 던져주었다. 청팡우 등이 주장한 이론에는 옛 것을 청소하고 새 것을 펼치면서 천하를 석권하고 우주를 통괄하려는 기세가 담겨 있어서 이전의 문학의식과 표현 방식이 시대에 뒤떨어진 것으로 인식하게 하였다.

루쉰도 이들의 이론을 듣고 깜짝 놀랐다. 이것은 그에게 아직 낯선 이념의 세계였다. 이처럼 화약 냄새로 가득 찬 관념은 그로 하여금 중국의 의식 형태 영역이 더 이상 단조롭지 않다는 것을 깨닫게 해주었다. 하지만 그는 직감으로 이러한 기세등등한 이론이 중국 사회의 급소를 명중시킬 수 없을 것이며 결국 애매모호한 개념을 늘어놓는 것 외에는 아무 것도 할 수 없을 것이라고 보았다. 루쉰은 이처럼 현실과 동떨어진 이론을 받아들일래야 받아들일 수 없었다. 하물며 지나친 인신 공격과 비난이 마구 쏟아지는 상황임에랴?

그는 광적인 청년들의 도전에 회답할 필요를 느꼈다. 그는 자기의 관점이 틀리지 않았으며, 이들의 경박한 이론은 단지 사막 위에 세워진 것이라고 믿고 있었다.

이 해 3월에 출판된 『어사(語絲)』 주간에 루쉰은 「'취안' 중의 몽롱('醉眼'中的朦朧)」이란 글을 발표하였다. 루쉰은 청팡우 등의 이론이 기실 현실과 동떨어진 애매모호한 것이고, 창조사가 과거 '예술의 궁전'에서 지금 갑자기 혁명으로 전향하고 있다고 지적하였다. 루쉰은 문예를 하는 사람의 감각은 예민할 뿐만 아니라 자기의 몰락을 두려워하기에 부득불 사방에서 목숨 걸고 붙잡을 그 무엇을 찾아다닌다고 생각하였다. 문제는 그가 붙잡은 이론이 체계적이냐 정확한 것이냐 하는 것에 달려 있지 않고 이러한 이론을 응용할 때 그 대상 자체의 상황에 얼마나 적실하게 적용하느냐의 여부에 달려 있다는 것이다. 만일 눈 앞의 이익에만 급급한다면 이러한 이론은 교조성에서 벗어날 길이 없게 된다. 이 시기 루쉰에게 마르크스주의 이론은 비교적 생소한 것이었다. 그러나 그는 이에 대한 자신의 이해와 판단에 의지하여, 혁명문학 제창자들이 아직 진정으로 현실의 문을 열 수 없다고 인식하였다.

「'취안' 중의 몽롱」이 발표되자 창조사의 여러 성원들은 극도로 분노하였다. 청팡우가 곧 반박문을 썼다. 「결국 '취안 중의 거나함'일 뿐이다(畢竟'醉眼陶然'罷了)」란 글에서 그는 이렇게 비방하고 있다.

듣건대 루쉰이 근래에 매일 가장 관심을 기울이고 있는 것은 단지 자신의 훼손된 명예일 뿐이라고 한다. 그가 현재 신문과 잡지를 주목하는 것은 어떤 사람이 어떻게 예찬하고 어떤 사람이 어떻게 실례를 범하는가를 알고자 하기 때문이다. 따라서 한 번이라도 그의 눈에 거슬리면 마침내 한 자루의 도끼가 그의 기억 중추에 박힌 듯이, 이로부터 더 이상 잊어버리지 않고 한 번 기회가 생기면 정말로 하찮은 원한이라도 반드시 갚고자 한다.
    ……

우리들의 돈키호테 루쉰에 대해서 나는 그가 하루 빨리 자신이 구축한 허구의 신전(神殿)을 깨부수고 몽롱한 인식과 시대의 무지로부터 자신을 해방시켜서 조금이라도 빨리 회개할 수 있기를 바란다. …… 그의 회개는 돈키호테(Don Quixote)처럼 가능한 것이다. 전하는 말에 의하면 그는 근래에 사회과학 서적을 구독하고 있다고 한다. "그러나 여기에도 또 적지 않는 문제가 있다." 그는 진정으로 사회과학의 충실한 학도가 되려는 것인가? 아니면 자신의 몰락을 단지 천연색으로 보기 좋게 꾸미고자 하는 것인가? 후자의 길을 간다면 그것은 '눈 가리고 아웅'하는 식의 행위이므로 더욱 심각하고도 더욱 구제할 수 없는 몰락이다.
이 '취안 중의 몽롱함'으로 돌아와서, 우리들의 용감한 기사가 설사 흥이 나게 노래를 불렀다 하더라도, 그러나 그가 결국 무엇을 폭로하였는가? 자신의 몽롱함과 무지를 폭로하고 지식 계급의 후안무치함을 폭로하고 인도주의의 추악함을 폭로했을 뿐이다.
결국 '취안 중의 거나함'일 따름이다.4)

청팡우는 루쉰이 중국의 돈키호테이며 정신 착란과 과대 망상에 걸린 사람이라고 생각하였다. 또한 그는 루쉰을 사상이 진부할 뿐만 아니라 인격도 비천하다고 인식하였다. 무산계급혁명의 시대에 루쉰과 같은 사람은 이미 자신의 가치를 잃어버렸다는 것이다. 청팡우는 중국의 문화 건설은 반드시 루쉰식의 사상 모델을 뒤집고 소련식의 혁명 무기를 사용하여 새로운 문화 천지를 건설해야 한다고 여겼다. 모든 것은 반드시 새롭게 시작해야 하며 낡은 것은 더 이상 존재 의의를 가질 수 없다는 것이다.

---

4) 1928년 5월 1일 『創造月刊』 1卷 11期에 실려 있다.

루쉰을 공격하는 문장은 점점 많아지기 시작하였다. 예링펑(葉靈鳳 : 섭영봉)도 잡지에서 루쉰을 풍자하는 만화를 그렸는데, 그 설명하는 글에서 "루쉰 선생은 어정쩡한 얼굴을 한 노인으로 이미 지나가 버린 전적(戰績)을 내걸고 술독 뒤에 숨어서 '예술의 무기'를 휘두르며 끊임없이 계속되는 외국의 침략과 압박에 저항하고 있다"고 적고 있다. 이러한 인신 공격성 문장에 대하여 루쉰은 더 이상 신선함을 느끼지 못하였다. 그는 친구에게 보낸 편지와 공개적으로 발표한 문장에서 이에 대한 반박과 반격을 가하였다.

루쉰을 공격하는 문장 중에서 구어모뤄의 글이 가장 날카로운 예봉을 드러내고 있다. 그는 이 해『창조월간(創造月刊)』2권 1기에서 두쵄(杜荃 : 두전)이라는 필명으로「문예 전선상의 봉건 잔여 세력(文藝戰線上的封建餘孽)」이란 글을 발표하였다. 이 글은 문풍이 아주 비우호적이며 필치가 매우 각박하다. 구어모뤄는 이 글에서 루쉰의 사상을 전면적으로 비판하면서, 중국 문단에서 루쉰을 '사형'시키려 하고 있다.

구어모뤄는 이 문장에서 루쉰을 자산계급의 의식 형태조차도 파악하지 못한 봉건유로(封建遺老)로 인식하였다. 그는 루쉰이 현대세계와 아주 멀리 떨어진 곳에 자리 잡고 있고, 루쉰의 사상·애호·심미 정서는 모두 봉건시대와 매우 복잡하게 관련되어 있다고 여겼다. 따라서 자산계급의 의식 형태조차도 이해하지 못하는 루쉰은 당연히 무산계급의 관점을 이해할 수 없으며, 루쉰이 '혁명문학'의 제창사에게 기히는 반격은 자신이 이미 중국 문단의 낙오자가 되었음을 증명하는 것이라고 인식하였다. 그러면서 구어모뤄는 이를 총괄하여 다음과 같이 말하고 있다.

그는 자본주의 이전 봉건시대의 잔여 세력이다.
자본주의는 사회주의에 대하여 반혁명이고 봉건시대의 잔여 세력은 사회주의에 대하여 이중의 반혁명이다.
루쉰은 이중적인 반혁명 인물이다.
이전에 사람들은 루쉰을 신구 과도기의 동요하는 지식인이라고 말하였고 또 인도

주의자라고 말하였는데, 이것은 완전히 틀린 말이다.

그는 뜻을 얻지 못한 파시스트(Fascist)이다.[5]

구어모뤄는 자신이 이전에 견지하고 있었던 '시인의 낭만 정서'를 정치의식으로 대체하고 있다. 그는 루쉰의 저작을 거의 읽어보지 않은 상태에서 단지 약간의 인상에 의지하여 입에서 나오는 대로 완전히 비과학적이고 무단적인 태도로 루쉰을 비평하고 있다. 정치 생활 중에서 구어모뤄를 지탱시켜 준 것은 이러한 비이성적인 정서와 직각이었다. 이성이 결핍된 그의 경솔한 문장은 객관적으로 말해보면 후에 중국 문학 비평의 발전에 좋지 않는 영향을 끼쳤다고 할 수 있다.

겹겹이 둘러쳐진 포위망 속에서 루쉰의 심경은 틀림없이 좋지 않았을 것이다. 그는 한편으로 아직도 신기하게 느껴지던 마르크스주의 관련 이론 서적을 학습하고, 다른 한편으로 는 또 문단의 불의의 기습에 대해 끊임없는 반격을 가하고 있었다.

그러나 논쟁은 결코 마무리 되지 않았고 이론상의 갈등은 나날이 두드러졌다. 루쉰은 더욱 깊은 포위망 속에 빠져들었다.

첨예한 논쟁 과정에서는 그 당사자들이 서로 감정적으로 대응하는 경우가 많아지게 된다. 이러한 과정에서 혹자는 루쉰의 태도, 도량과 나이를 주된 논쟁거리로 삼아, 루쉰의 태도가 가혹하고 포용력이 없으며 대가로서의 풍모도 부족하다고 비난하기도 하였다. 심지어는 그의 출신지와 가족까지 들먹이며 조롱의 대상으로 삼기도 하였다. 루쉰은 이러한 비열한 수단에 격분하였다. 그는 「문단의 내막(文壇的掌故)」, 「나의 태도, 도량과 나이(我的態度氣量和年紀)」 등과 같은 일련의 문장을 써서 상대방에게 격렬한 반격을 가하였다. 루쉰은 이러한 문장 속에 그들을 공격하는 풍자적 의미를 섞어 넣으면서, 창조사·태양사 등의 문예관에 비평을 가하였다.

루쉰은 청팡우 등의 문풍에 많은 문제가 있다고 여겼고, 더욱 문제가 되는

---

5) 1928년 8월 10일 『創造月刊』 2卷 1期에 실려 있다.

것은 그들의 이론이 발붙일 근거가 부족하다는 것이었다. 예를 들어 청팡우는 혁명문학을 언급할 때, 혁명문학의 선전 효과를 한없이 넓게 확장시켰는데, 이러한 표어 구호식의 문장은 루쉰이 보기에 아직도 문학의 자격을 갖추지 못한 것들일 뿐이었다. 그는 분명하게 다음과 같이 지적하고 있다.

> 그러나 나는 무엇보다도 먼저 내용을 충실히 하고 기교를 발전시켜야지 간판을 내걸기에 급급할 필요는 없다고 생각합니다. '다오샹춘(稻香村 : 도향촌)'과 '루가오젠(陸稿薦 : 육고천)'은*6) 이미 사람들의 마음을 끌지 못하고 있으며, 내가 보기에는 '황태후 신발가게(皇太后鞋店)'라고 간판을 붙인 상점의 고객이 그냥 '신발가게(鞋店)'의 손님보다 더 많은 것 같지 않습니다. 혁명 문학가들은 '기교'란 말만 하면 짜증을 냅니다. 그러나 나는 모든 무예가 물론 선전이지만 모든 선전이 죄다 문예는 아니라고 생각합니다. 이것은 마치 모든 꽃은 다 색깔이 있지만(나는 흰 것도 색깔로 칩니다.) 모든 색깔이 다 꽃이 아닌 것과 같습니다. 혁명이 구호·표어·포고문·전보문·교과서 같은 것들 이외에도 문예를 이용하려는 까닭은 바로 그것이 문예이기 때문입니다.
>
> 그러나 중국의 소위 혁명문학이란 것은 달리 논하여야 할 것 같습니다. 간판은 내걸었지만 덮어놓고 같은 패거리의 글이나 추켜세울 뿐 당면한 폭력과 암흑에 대해서는 감히 직시하지 못하고 있습니다. 작품이 더러 발표되기는 했어도 왕왕 신문기사보다도 못한 것들이며, 혹은 각본의 동작과 대사를 몽땅 연기를 맡은 '어제의 문학가'에게 미루어버리기도 합니다. 그러면 남은 사상 내용은 필시 아주 혁명적이겠지요? 펑나이차오 각본의 마지막 명구 두 구절을 당신에게 보여드리겠습니다.
>
> "창녀 : 저는 암흑이 더 이상 무섭지 않아요.
>
> 도적 : 우리 투쟁하러 갑시다!"7)

루쉰의 문장에는 변증법적 요소가 포함되어 있다. 그는 기세등등한 신문예 사조의 습격을 받으면서도 그 신기한 개념에 겁을 먹지 않고 오히려 자기의 기지와 지혜로써 상대방의 모순을 밝혀내고 있다. 상대방에게 반격을 가하면

---

6) 역주 : 도오샹춘(稻鄕村)과 루가오젠(陸稿薦)은 모두 당시 중국 대도시에 개설된 유명한 음식점과 식육점 이름이다.

7) 『魯迅全集』第4卷, 人民文學出版社, 1981, 84면.

서 루쉰은 그 거만한 청년들을 아주 무정하게 조롱하고 있다. 아주 냉혹하게 다른 사람을 분석하고 자기의 개성을 분석하는 루쉰의 특징이 이 문장에서도 아주 두드러지게 표현되고 있다. 그는 체면을 고려하지 않는 필치가 많은 문제를 야기시킬 수 있다는 사실을 의식했지만, 시종일관 현실 앞에서 진리 앞에서 잠시 더 많은 억울함을 받는다 할지라도 조금도 양보의 가능성을 열어두지 않고 있었다.

이 해에 또 첸싱춘(錢杏邨 : 전행촌)은 「죽어 버린 아Q시대(死去了的阿Q時代)」라는 장편의 평론을 발표하여 루쉰의 문학 창작을 전면적으로 총결하고 비판하였다. 이는 이 해에 벌어진 쌍방 간의 논쟁 중에서 가장 긴 좌익 청년의 논문이었다.

「죽어 버린 아Q시대」는 루쉰 소설의 시대 배경, 창작 원인, 개인 기질 및 당대의식이란 몇 개 부문으로부터 루쉰에 대해 총체적인 분석을 가하고 있다. 작자의 인식에 의하면 루쉰의 소설은 「광인일기(狂人日記)」에서 예교에 대한 회의를 표현하였고, 「행복한 가정(幸福的家庭)」에서 청년의 활력을 표현하였으며, 「고독자(孤獨者)」, 「풍파(風波)」에서 당시의 시대 배경을 좀 표현했다고 한다. 그러나 이러한 작품 이외에는 대다수의 창작이 조금도 현대적인 의미를 갖고 있지 못하다고 하였다. 그는 또 루쉰은 저 먼 과거에 속해 있고 빛도 사랑도 행복도 없는 세계에 속해 있을 뿐, 격동하는 현재에는 속해 있지 않다고 주장하고 있다. 루쉰이 사람들에게 보여주고 있는 것은 절망과 고통, 애상과 고민, 마비된 회색의 인생이지 광명과 희망은 아니라는 것이다. 아울러 그는 또 이로 인해 루쉰이 감동적인 예술 형상을 많이 창조했지만 결국 작중 인물의 비관적인 사상 때문에 그의 작품이 사람들에게 즐거움을 선사해주지 못했다고 인식하였다. 그리고 삶의 출구를 찾지 못한 루쉰의 이러한 사상과 정서는 일정 정도 그의 발전을 제약하였다고 진술하고 있다. 혁명 정세가 힘차게 진행되는 상황에서 루쉰이란 구시대 인물은 다만 새로운 시대에 의해 포기될 수밖에 없다는 것이다.

이 청년 학자는 심지어 루쉰이 묘사한 아Q시대는 이미 영원한 과거가 되었다고 인식하고 있다.

『아Q정전』은 많은 장점을 가지고 있으며 특히 표현과 의미 두 부문에서 우리들의 찬사를 받을 만하지만, 근 10년 이래의 중국 현대 문단을 대표하는 역작이라고 말할 수는 없다. 근 10년 이래의 중국 농민은 그때의 농촌 민중과 같은 유치함을 가지고 있지 않다. 따라서 문예사조의 변천의 형식에 근거하여 볼 때 아Q는 5·4시대에 위치시킬 수도 없고 또 5·30시대에 위치시킬 수도 없으며 더욱이 현재의 대혁명시대에도 위치시킬 수 없다. 현재의 중국 농민은 첫째로 아Q시대처럼 인식이 유치하지 않다. 그들은 대부분 엄밀한 조직에 속해 있을 뿐만 아니라 또 정치에 대해서도 상당히 높은 인식을 가지고 있다. 둘째는 중국 농민들이 그 혁명성을 이미 충분하게 표현해내고 있다. 그들은 지주에 반항하고 혁명에 참가하면서 원시적인 Baudon의 형식을 표현하고 있다. 그들은 스스로 혁명적으로 변모하였을 뿐만 아니라, 지방의 토호들에게 굴복하고 마는 아Q와 같은 정신은 더 이상 갖고 있지 않다. 셋째는 중국 농민들의 지식이 이미 아Q시내와 같이 단순히고 박야하지 않다는 것이다. 그들은 영문도 모르고 날뛰는 아Q식의 준동에 몸을 맡기는 것이 아니라 의미와 목적을 가지고 의식적으로 행동한다. 또 그들은 울분을 배설하는 것이 아니라 일종의 정치적인 투쟁을 전개한다. …… 여기에 이르러 우리는 현재의 농민이 신해혁명시대의 농민이 아니라는 사실을 아주 분명하게 알 수 있고, 현재 농민의 취미가 이미 개인적인 상태로부터 정치혁명의 길로 나아가고 있다는 사실을 명확하게 간파할 수 있다.

　역사의 사실은 이미 우리의 눈앞에 분명하게 놓여 있다. 우리들이 아Q의 시대를 영원히 새로운 것이라고 말할 수 있겠는가? 우리들은 단호하게 말하고자 한다. 『아Q정전』은 확실히 자체적인 장점과 위치를 가지고 있지만, 그것이 현대를 대표할 가능성은 없다. 아Q시대는 벌써 죽어 버린 것이다. 아Q시대는 이미 죽은 지 아득한 느낌을 줄 정도이디. 우리들이 만약 이 혁명시대를 망각하지 않는다면 우리들은 응당 아Q를 매장시켜야 한다. 용감한 농민들은 우리들을 위해 이미 고귀하고 건전하며 영광스러운 창작 소재를 만들어내고 있다. 이에 우리들은 영원히 아Q시대를 필요로 하지 않는다.[8)]

　첸싱춘은 또 다른 문장에서도 루쉰이 정치 사상을 가지고 있지 않았기 때문에, 정치와 아무런 관계를 맺을 수 없고, 결국 이처럼 눈을 감은 상태에서는 격동적인 혁명 형세를 느낄 도리가 없다고 인식하고 있다. 첸싱춘은 청팡우

---

8) 1928년 3월 『太陽月刊』.

등을 반박하는 루쉰의 문장을 혁명문학에 부정적인 그의 사상이 필연적으로
발현된 것이라고 하였다.

> 우리들은 루쉰이 실재로 보수성이 아주 강하다는 것을 간파할 수 있다. 그렇지 않
> 다면 왜 일 년 이상 된 간행물의 방향을 바꾸려하지 않고 이전의 태도를 그대로 유
> 지하려 한단 말인가? 이러한 태도는 루쉰이 문예수절론(文藝守節論)을 주장한다고
> 할 수 있을 정도이다. 무료한 사상, 혹독한 매도를 제외하고 루쉰의 저작에서 우리
> 는 도대체 무엇을 찾을 수 있겠는가? 그래도 한 가지는 찾을 수 있을 듯하다. 그것
> 은 바로 루쉰이 자신의 글을 쓸 때는 정치를 망각하지만, 기타 작가들의 문장을 대
> 할 때는 결코 정치를 망각하지 않는다는 점이다. 망각하지 않을 뿐만 아니라 심지어
> 고의적으로 강경하게 그들을 정치판으로 밀고 올라가 이른바 그 자신의 지휘도의
> 힘을 빌려서 울분을 풀고자 한다.9)

작자가 보기에 루쉰은 혁명성이 없을 뿐만 아니라 혁명을 적대시하는 쁘띠
부르주아지의 작풍으로 가득 차 있다는 것이다. 그는 다른 문장에서 또 다음
과 같이 말하고 있다.

> 현재의 시대는 이미 이와 같은 무사(武士)의 시대가 아니다. 만약 진실로 더 이상
> 깨닫지 못한다면 루쉰도 밑바닥까지 '몰락'하게 될 것이다. 만약 그가 비판을 수용하
> 고 불현듯 자신의 잘못을 깨달아 회개할 수 있는 때가 온다면, 우리들은 전과 다름없
> 이 서로를 믿을 수 있을 것이다. 잘못을 고치는 것은 전혀 부끄러운 일이 아니다. 그
> 리고 몰락하게 내버려두는 것도 우리가 취할 태도가 아니다. 우리들은 루쉰 이후를
> 다시 보아야 한다. 우리들은 마침내 그가 죽어 버린 아Q시대를 버리고 혁명문예 전선
> 에 참가하길 진실로 바란다. 우리들은 그를 변함없이 열렬하게 환영할 것이다.10)

「죽어 버린 아Q시대」는 루쉰을 공격한 문장 중에서 가장 이론적인 논문인
데, 루쉰 사상의 복잡성에 대해서도 일정 정도 타당한 인식을 하고 있다. 이러

---

9) 錢杏村, 『現代中國文學作家』第1卷, 泰東書局, 1928.
10) 錢杏村, 「'朦朧'以後」, 1928年 『我們月刊』 게재.

한 견해는 구어모뭐·청팡우 등의 관점에 비해 확실히 체계적인 것이다. 그러나 자세히 분석해보면, 첸싱춘은 이 문장을 쓸 때 완전히 정치혁명의 각도로부터 중국 사회 구조의 변화를 연역해냈을 뿐, 중국 사회의 문화 심리와 사회 심리 속으로 깊이 파고 들어가서 그 변화의 모습을 철저하게 드러내지는 못하였다. 그는 정치적으로 농민혁명의 행동을 열렬하게 노래 부를 수는 있었어도, 농민 심리의 내재적인 구조를 자세하게 분석할 수는 없었다. 또 그는 소련의 이론에서 몇 가지 공식을 채용하였을 뿐, 중국 현실의 실질적인 내용에 대해서는 소홀하게 취급하거나 혹은 말살하는 모습을 보여주기도 하였다. 첸씨가 자신의 문장에 채용한 것은 소련 혁명의 관념화된 개념일 뿐이었지, 사회 구조나 인간의 심리 구조에 대해서는 전혀 관심을 두지 않았다. 혹자는 당시 이런 관점이 그래도 사람들에게 자아를 초월할 수 있도록 고무해주었고, 또 격정이 풍부한 문화 선언으로서의 가치를 잃지 않는다고 주장할 수도 있을 것이다. 그러나 중국 혁명의 장래 발전과 국민 심리의 당시 상황이라는 관점에서 바라보면 이 이론이 과학적인 가치를 상실한 것이라는 것을 쉽게 알 수 있다. 왜냐하면 그것은 청년 문인들이 다른 나라의 새로운 이론을 흡수하는 과정에서 감정적이고 충동적으로 대응한 산물이었기 때문이다. 따라서 그것은 현실적인 근거가 부족하였을 뿐만 아니라 또 감정적인 체험 후에 이루어져야 할 이성적인 결론에 도달하지 못하고 있다. 여기에서 우리들이 알 수 있는 것은, 루쉰이 당시에 대면해야 했던 논적들이 과격한 청년들이었다는 점이다. 그들은 새로운 이론을 갖추고는 있었지만 중국 사정에는 전혀 익숙하지 못하였다. 그들은 이론적으로 루쉰에게 맹렬한 포격을 가하였다. 이러한 행동은 객관적으로 루쉰에게 새로운 이론 모델을 탐색할 수 있도록 촉진 작용을 일으켜 주기는 하였다. 그러나 그 외에는 중국 문단에 아무 것도 새로운 것을 가져다주지 못하였다.

'포위 공격'이 계속되는 나날 속에서 루쉰은 틈을 내어 수많은 마르크스·레닌주의 이론 서적을 사들이기 시작하였다. 성실하게 이런 저작을 읽으면서 그는 마르크스주의 이론이 세계에서 보편성을 획득해가는 원인의 소재를 밝혀보고자 노력하였다. 루쉰은 또 틈틈이 소련의 이론 서적을 읽으면서 과거 논쟁의 모호한 부분에 대해 새로운 인식을 하기 시작하였다. 그는 후에 다음과 같이 말하고 있다.

> 한 가지 일만은 창조사에 감사를 드려야 하겠다. 나는 그들에게 '쥐어 짜여서' 과학적 문예론을 몇 권 읽어보게 되었다. 이에 이전에 문학사가들이 숱하게 말하였지만 여전히 내가 풀 수 없었던 의문들이 명백하게 풀리게 된 것이다. 또 이 때문에 플레하노프(Georgii Valentinovich Plekhanov, 1856~1918)의 『예술론』을 번역함으로써 나의 ─ 또 나로 하여 다른 사람에게 미친 ─ 진화론만 믿던 편견을 바로잡았다.11)

이런 새로운 이론에 대해 루쉰은 깊은 흥미를 가지고 있었다. 다량의 마르크스주의 이론과 접촉한 후에, 그는 창조사와 태양사의 청년들이 중국 현실의 실질적인 문제를 확실하게 인식하지 못하고 있으며, 단지 외국의 수입품을 생경하게 모방하고 있을 뿐이라고 확신하였다. 상당히 오래 계속된 이 논쟁 과정에서 루쉰은 어떠한 외래 사조라도 중국의 현실적인 특징을 제대로 분석·비판하지 못하면 결국 앞으로 다가올 중국의 변화에 아무런 이익도 가져다주지 못한다는 사실을 깨닫게 되었다. 그는 뒤에 또 「상하이 문예 일별(上海文藝之一瞥)」이라는 글에서 좌경주의 문학관이 흔히 드러내는 편향성의 근원을 구체적으로 분석하였는데, 이러한 관점은 루쉰의 실천정신의 중요한 구성 부분을 이루고 있다. 일관되게도 루쉰은 중국 사회의 구체적인 실상에서 출발하여 문제를 해석하려는 관점을 견지하고 있었다. 따라서 이의 발현태인 실천성과 현실성이 그의 사상의 가장 중요한 위치를 차지하고 있다. 그는 객관 존재의 진실성이 소위 선험적인 이성의 각종 신념을 훨씬 초월하는 힘을 가지고 있다고 믿었다. 루쉰의 사유 방식은 많은 부분에서 변증법적인 요소를 갖추고 있다. 따라서 그의 인식 속에서 현실을 벗어난 초시대적 인식론은 모두 현실적인 가치를 상실하고 있다. 그렇다고 해도 루쉰은 이런 연유로 생기발랄한 외래 사상 체계를 모두 방기하지는 않았다. 그는 항상 이러한 이론이 현실과 서

---

11) 『魯迅全集』 第4卷, 人民文學出版社, 1981, 6면.

로 연계될 수 있도록 그 합류점을 찾으려고 성실하게 사고하였으며, 아울러 부단히 계속된 그러한 사고 과정에서 새로운 사상을 획득할 수 있게 되었다.

루쉰의 사상적 변화는 아주 빠르게 사람들의 주목을 받았다. 1930년 5월 7일 상하이 『민국일보(民國日報)』에 남아(男兒)라는 서명이 붙은 「문단상의 이신전(文壇上的貳臣傳)」이라는 문장이 발표되었다. 이 글은 다음과 같이 언급하고 있다.

> 루쉰 선생은 공산당의 가공할 저주와 비난을 받은 후에, 그들이 손을 내밀자 곧바로 그들에게 굴복하였다. 광화서국(光華書局)에서 출판한 『맹아(萌芽)』는 명목상 이름이 루쉰 주편으로 되어 있지만 사실은 공산당에 의해 조종되는 잡지이다. 뿐만 아니라 저 추악한 무리들과 패거리를 지어 『빨치산(Partisan)』이라는 공산당 간행물에 함께 서명하고 있으니, 루쉰 스스로 저들의 괴뢰 노릇을 함이 벌써 이와 같은 지경에 이르렀다. 현재 문예계 소식에 정통한 친구의 말에 따르면 장쯔핑(張資平 : 장자평)도 저들의 비난을 감당하지 못해 근래에 이미 손을 들고 투항하였다고 한다. 전하는 바에 의하면, 그 두 사람은 문단과 사회상의 지위를 유지하기 위하여 부득이 저들과 관계를 개선하고 공동의 보조를 맞출 수밖에 없었다고 한다. 그리하여 공산당의 문예 정책은 성공을 거두었다고 선언할 수 있을지는 모르나 그러나 과연 문예의 전도가 언제까지 이처럼 암담한 상태에 빠져 있을지는 알 수 없는 일이다. 아! 음흉하지 않고, 지조를 굽히지 않고, 불굴의 기상을 지닌 선비를 오늘날에는 왜 이처럼 찾아보기 어렵단 말인가? 나는 루쉰 선생이 아직 사태의 심각성을 깨닫지 못하고 있는 이때, 깊이 깊이 안타까운 마음으로 '루쉰이 공산당에 굴복하고 말았다'는 이 한 편의 글을 가슴 아프게 적지 않을 수 없다.

'남아'라는 사람은 루쉰의 전향이 그의 인격의 비극을 드러낸 것이라고 여기고 있는데, 그의 이런 관점은 당시 문단 일부 인사들의 의견을 일정 정도 대표하는 것이었다. 루쉰의 사상적 변화는 수많은 중도 인물과 우파 문인들에게 놀라움을 안겨주었다. 그들은 루쉰의 과격한 초기 사상은 수용하면서도, 그가 마르크스주의 연구로 전향한 것에 대해서는 적에게 투항한 것이라고 생각하였다. 그들은 루쉰이 잘못된 길로 빠져들었으며 이에 그의 사상과 심미의식에 편향성이 나타나기 시작했다고 여겼다. 신월사(新月社)의 일부 구성원들은 각각 정도는 다르지만 루쉰에 대해 이와 같은 관점을 견지하고 있었다. 1929년 량스츄(梁實秋 : 양실추)는 루쉰이 번역한 마르크스주의 문예 이론 저작 및 이러한 이론이 드러내고 있는 관점에 대해 이의(異議)를 제기하였다. 그는 「문학에 계급성이 있는가?(文學是有階級性的嗎?)」, 「루쉰 선생의 '억지 번역'을 논함(論魯迅先生的 '硬譯')」과 같은 문장에서 루쉰 등이 수용하고 있는 관점과 표현 방법을 비판하였다. 이에 따라 문학의 계급성 문제에 관한 논쟁이 한 바탕 벌어지게 되었다.

량스츄 등은 마르크스주의가 중국에 전파되는 것에 대해 반대의 태도를 견지하고 있었다. 그는 배비트(Irving Babbitt, 1865~1933)의 신인문주의 이론을 옹호하는 사람이었다. 배비트의 신인문주의는 일종의 온건한 고전적 인도주의이다. 신인문주의자들은 인성의 균형과 개인의 감정 절제 및 도덕적 준칙 수립을 제창하였고, 과격한 비이성적 정서에 대해 불만을 표시하면서, 궁극적으로 고전주의의 품으로 돌아가야 한다고 주장하였다. 량스츄의 심미관은 이와 같은 신인문주의 사상 체계에 속했기 때문에 마침내 순수한 인성을 주장하게 되었다. 그러나 이와 상반된 계급 투쟁의 학설에 대해서는 전력을 다해 반대하는 태도를 보여주고 있다. 량스츄의 비평 기준은 완전히 서구에서 들여온 것인데, 어떤 측면으로 논하든지 간에 거기에서 우리는 모두 농후한 서생티를 간파해낼 수 있다. 이러한 순수 이성은 다만 온화한 이상주의의자의 환상일 뿐이어서, 그것이 일단 피비린내가 진동하는 현실과 마주하게 되면 유달리 창백한 모습을 드러낼 수밖에 없게 되는 것이다.

루쉰은 「'억지 번역'과 문학의 계급성('硬譯'與文學的階級性)」, 「'집 잃은' '자본가의 여윈 주구'('喪家的'資本家的乏走狗')」 등의 문장에서 량스츄의 인성론에 답변을 하고 또 반박을 가하였다. 루쉰은 문학에 계급성이 있다고 여겼을 뿐만 아니라 또 이처럼 가장 어둡고 가장 참혹한 시대에 중국에서 인도주의를 제창하는 것은 기실 반동 당국의 주구가 되는 길이라고 인식하였다. 루쉰은 순수한 인도주의가 중국에 희망을 가져다줄 수 있다는 신화를 믿지 않았다. 적막하고 긴 긴 밤에 오랫동안 고난을 겪은 루쉰으로서는 공허하고 초시간적인 모든 정신 가치가 신기루의 환영으로 여겨질 뿐이었다. 개성주의의 반항의식에서 출발하여 계급론으로 세계를 관찰하고 세계를 인식하기까지, 루쉰의 사상은 많은 부문에서 마르크스주의에 접근하기 시작하였다. 이처럼 마르크스주의 문예 이론에서 새로운 영양분을 흡수하게 되면서 루쉰의 일관된 전투정신에는 공산주의 색채가 드리우기 시작하였다.

각종 문화 권력의 '포위 공격' 속에서, 루쉰은 마지막으로 좌익 대오와 연합하는 길을 선택하고 있다. 루쉰의 이와 같은 희극적인 변화는 후인들에게 말로 다 표현할 수 없는 화제를 남겨주었다. 그러나 사람들이 그의 동기를 어떤 식으로 의심하든지 간에, 당시 고독한 루쉰에겐 단체의 힘, 다시 말해 구세력에 반항할 수 있는 방대한 대오가 필요하였다. 그는 이전의 잘 잘못을 더 이상 문제삼지 않고 많은 열혈 청년들과 연맹체를 조직하였다. 1930년 국내 정세에 새로운 변화가 생기자 이러한 변화 속에서 루쉰은 태양사·창조사의 성원들과 힘을 합치기 시작하였다. 1930년 3월 중국좌익작가연맹(中國左翼作家聯盟)이 상하이서 성립될 때, 루쉰은 그 주요 영도자로 피선되었다. 이때부터 그는 '좌련(左聯)'의 반정부문화운동을 조직하고 영도하였다.

이때는 백색 테러가 만연하던 시기로서 유언비어·지명수배령·암살이 상하이 전 지역을 뒤덮고 있었다. 20세기 중국사 전체를 통틀어보더라도 1930년대와 같은 정치적 암흑의 예는 거의 찾아보기 어렵고, 또 그 암흑을 타파하기 위한 활기찬 사상적 모색의 예도 거의 찾아보기 어렵다. 혁명과 반혁명, 현상 유지와 현상 타파 등과 같은 각종 대립면들이 서로 교차하고 대치하면서, 도처에 증오와 반항의 분위기가 가득 넘치게 되었다. 양심적인 열혈 지식인들은 거의 모두 의식적으로 반국민당 정부 투쟁의 대열에 참가하였다. 루쉰은 당시에 스스로 자각했든 자각하지 못했든 청년 작가들과 지식인들의 영수로 활동하게 된다.

우리들이 『루쉰 전집(魯迅全集)』을 펼쳐보면 상하이 생활 10년 동안 그가 줄곧 '포위 공격'과 그것에 반항하는 투쟁을 계속했음을 알 수 있다. 엄혹한 정세 속에서 그는 시종일관 조금도 타협하지 않고 국민당 당국자들 및 우경 분자들과 싸움을 하였고, 또 극'좌' 청년들과도 투쟁을 계속하였다. 그의 심경은 줄곧 긴장 상태에 놓여 있을 수밖에 없어서, 조용하게 순수한 예술 창작을 할 수 없었다. 루쉰은 현실 사회를 비판하는 과정에서 비범한 기백과 담력을 보여주었지만, 이따금씩은 지나치게 민감하고 의심 많은 성격으로 인해 주위의 많은 사람들과 오해를 빚거나 충돌을 일으키기도 하였다. 그는 많은 부문에서 사람을 대할 때 조금도 정실에 구애되지 않았지만 그의 의식 깊은 곳에는 대단히 농후한 회의적 특성이 감추어져 있었다. 사회와 인생에 대한 그의 인식이 깊어지면 깊어질수록, 그의 개성은 더욱 비타협적으로 되어 갔고, 심지어는 다른 사람들이 수용할 수 없는 특징을 드러내기도 하였다.

그러나 만일 우리가 그를 극단적인 비이성주의자나 도량이 협소한 회의주의자 정도로만 여긴다면 그것은 분명히 잘못된 생각이 되고 말 것이다. 루쉰은 자기 삶의 마지막 몇 년 동안 많은 청년들과 깊은 우의를 맺었다. 반동 당국과 대적하는 동시에 그는 또 청년 작가의 육성에 많은 심혈을 기울였다.

루쉰이 취츄바이(瞿秋白 : 구추백)·펑쉐펑(馮雪峰 : 풍설봉)·차오징화(曹靖華 : 조정화)·샤오쥔(蕭軍 : 소군)·샤오훙(蕭紅 : 소홍) 등과 맺은 우의는 지금까지도 문단에서 널리 인구에 회자되고 있다. 그의 오랜 벗인 쉬서우창과의 우정은 서거할 때까지도 계속되었다. 루쉰이 친구와 동지들에게 베푼 헌신적인 우정은 다른 사람이 그에게 베푼 우의의 범위를 훨씬 초월하는 것이었다.

당연한 이야기지만 루쉰을 반대하는 사람들은 루쉰 사상의 또 다른 측면을 정확하게 바라볼 수 없었다. 그는 문단의 많은 사람들에 의해 개인주의 욕망이 비교적 강하고 피해망상적 심리를 가진 사람으로 간주되었다. 그래서 어떤 사람은 루쉰의 전향이 소련 정부의 루블화를 받았기 때문이라고 날조하기도 했고 어떤 사람은 루쉰이 일본의 특무와 내통한 매국 문인이라고 꾸며대기도 하였다. 루쉰은 죽을 때까지 이와 같은 각종 유언비어에 시달려야 했다. 그는 리빙중(李秉中 : 이병중)에게 보낸 편지에서 다음과 같이 한탄하고 있다. "문인들이 붓대롱을 한 번 놀리는 것은 큰 힘이 들지 않는 일이지만, 그것이 나에게는 막대한 피해가 미치는 일이었습니다. 늙으신 어머니께서는 눈물을 삼키고 계시고 가까운 벗들도 깜짝 놀라 망연자실해 하고 있습니다. 꼬박 열흘 동안 거의 날마다 이 일을 정정하는 편지를 보내느라 여념이 없으니 그야말로 슬픈 일이 아닐 수 없습니다. 이제 다행히 무사해졌으니 크게 걱정하지 않아도 될 듯합니다. 그러나 세 번째로 알려줄 때는 현명한 어머니도 의심이 생겨 북을 내던졌다 하고*12) 천 사람이 손가락질하면 병이 없는 사람도 죽는다고 합니다. 이 기막힌 시대를 살아가다 보니 실로 내일 일이 어떻게 될지 짐작도 할 수 없습니다." 루쉰의 심경은 바로 이와 같은 악랄한 환경의 산물이다. 이는 당시 문단의 상황이 얼마나 복잡했는지를 잘 알 수 있게 해준다.

　루쉰을 반대하는 사람들에게서 발견할 수 있는 보편적인 관점 한 가지가 있다. 즉 루쉰을 단지 욕설에 능통한 작가로만 바라보는 관점이 그것이다. 그들은 루쉰이 필설로 상대방을 통렬하게 공격하는 것 외에 아무런 가치 있는 의견도 갖고 있지 못하다고 인식하고 있다. 이를테면 1933년 9월 상하이 『신시대(新時代)』에 발표된 「루쉰의 미친 개소리(魯迅的狂吠)」라는 문장이 확실히 이러한 경향을 대표할 수 있는 글이다.

　　루쉰 선생은 문단에서 '입 싸움'의 맹장이다. 그가 청팡우와 량스츄 같은 장수들과 벌인 전투를 보라. 비록 그가 매번 싸울 때마다 승리를 거두지는 못했지만 적어도 나름대로의 '전술'은 가지고 있는 듯하다.
　　그는 매번 논전을 벌일 때마다, 반드시 많은 장수―그의 휘하의 부하―를 매복시켜 놓고, 상대방의 반박이 있으면 그 휘하의 병사들로 하여금 미친 듯이 고함치며 자신의 욕설을 돕도록 준비하여 둔다. 그 수하들의 욕설도 이론을 따지지 않는다. 그 수하들도 여러 차례의 욕설에서 이미 만족을 느끼고 있는 듯하다. 마치 그들의 '노장'이 그러한 것처럼.
　　사리를 따지지 않고 흉포한 기세로 밀어붙이는 것이 바로 루쉰 선생의 '전술'이다.

---

12) 역주: 중국의 전국시대에 증자(曾子)는 비(費)라는 곳에 산 적이 있었다. 마침 증자와 이름이 같은 그곳 사람 하나가 살인을 하였다. 어떤 사람이 증자의 어머니에게 증자가 살인을 했다고 알리자 증자의 어머니는 내 아들은 살인할 사람이 아니다라고 하면서 베짜던 일을 계속하였다. 잠시 뒤 두 번째 사람이 들어와서 또 증자가 살인을 하였다고 하였지만, 증자의 어머니는 여전히 하던 일을 계속 할 뿐이었다. 그러다가 또 세 번째 사람이 들어와서 증자가 살인을 했다고 알리자, 증자의 어머니는 깜짝 놀라며 담장 밖으로 달려나갔다고 한다. 허무맹랑한 유언비어도 자주 듣게 되면 그것을 믿는 사람이 많이 생겨날 수 있다는 사실을 비유한다.

루쉰 선생이 다른 사람들을 욕할 때, 가장 좋아하는 것은 다른 사람들을 어거지로 ○○주의자로 몰아붙이고—비록 다른 사람들이 절대로 ○○주의자가 아니라 해도—거기에 중대한 공격을 가하는 방법이다. 심지어는 예술가의 '선전품'을 '예술품'으로 간주하게 하고, 사람을 파견하여 ○○주의자가 되게 한 후에, 다시 그를 공격하여, 루쉰 선생 스스로 승리를 쟁취했다고 생각하기도 한다. 나는 누런 이빨을 드러내고 웃는 그의 그림자를 보는 듯하다.

그러나 루쉰 선생의 욕설에 무슨 특별한 의미가 담겨 있는 것인가? 독자들은 단지 약간의 골계(滑稽)만을 느낄 수 있을 따름이다.

그러나 그의 골계(滑稽)는 미친 듯이 포악하므로 나는 부득이 그가 지금 미친 개소리를 내고 있다고 말하지 않을 수 없다.

루쉰이 협공당하고 오해를 받을 수밖에 없었던 원인에 대해서는 여러 측면에서 그 이유를 찾아볼 수 있다. 첫째, 그의 심도 깊은 견해가 보통 사람들의 시각을 뛰어 넘었기 때문에 필연적으로 많은 사람들의 이견(異見)을 초래하게 되었다. 둘째, 루쉰의 논변 방식과 방법이 중국인들의 전통적인 온정주의와 허위주의를 벗어났기 때문에 필연적으로 보수주의자들과 중용주의자들의 용인을 받기가 어려웠다. 루쉰의 특이한 정신 기질은 계급 투쟁이 첨예하게 벌어지던 환경에서 더욱 선명한 경향성을 가지고 있었다. 그는 압박받는 사람들을 동정하였고, 음으로 양으로 구세력과 연합전선을 구축하고 있던 모든 사람들을 적대시하였다. 인정과 체면을 가리지 않는 그의 전술은 정부 당국을 골치 아프게 했을 뿐만 아니라 또 좌익 작가 대오의 일부 동지들 내부에서도 많은 오해를 불러일으키게 하였다. 게다가 같은 진영 내부에 만연해 있던 종파주의와 교조주의적 정서도 그들과 루쉰의 충돌을 날이 갈수록 더욱 더 첨예하게 만들었다.

두 개 구호 논쟁(兩個口號論爭)은 루쉰과 공산당 내 문예 지도자 사이에서 발생한 사유 방식과 인식 형식상의 중대한 충돌이었다. 그것은 강렬한 개성을 가지고 있던 루쉰과 '좌련' 영도자 사이의 결별의 시작이었다. 이 충돌 과정에서 루쉰의 정치의식과 개인 감정은 아주 강렬하게 표현되었고 '좌련' 내부의 의견 불일치도 공개되어 외부로 드러나게 되었다. 1936년 상하이 문예계의 영도자들은 급격하게 변화하는 국내외 정세하에서 공산국제(코민테른)의 새로운 지시에 따라 좌련을 자동으로 해산되게 하였고, 이와 동시에 '국방문학'이라는 구호를 제기하였다. 저우양(周揚: 주양) 등이 제기한 이 구호의 목적은 최대한 문예계 인사들을 단결시켜 항일 구국의 대열에 동참시키기 위한 것이었다. 그들은 '좌련'의 계급적 기치가 너무 선명하기 때문에, 마땅히 새롭고도 온건한 기치를 들어 올려서 더욱 많은 사람들이 결집되도록 해야 한다는 입장이었다. 이렇게 해야만 전 민족의 항일 투쟁에 더욱 유리하다는 것이다. '좌련'을 해산 하는 일은 루쉰과 전혀 상의가 이루어지지 않았다. 더욱이 '좌련' 내부의 종파 주의적 정서와 인식의 불일치로 인하여, 루쉰과 저우양 등이 대립하는 가운데 그들간의 모순이 더욱 격화되기 시작하였다.

저우양은 1936년 6월 상하이에서 출판된 『광명(光明)』 잡지에 「현단계의 문학(現階段的文學)」이라는 글을 발표하여 '국방문학'의 내재적인 의미를 체계적으로 천명하였다. 그는 다음과 같이 지적하고 있다. "국방문학은 바로 지금의 이러한 형세에 발맞춰 제기된 문학상의 구호이다. 그것은 민족의 생존 전선에서 모든 작가들이 소속 계층이나 사상 파벌을 불문하고 모두 항일·구국의 예술 작품을 창조하면서, 문학상의 반제 반봉건운동을 항일·반매국노의 물결 속으로 집중시키려는 운동이다." 일본 제국주의가 중국을 침략해온 위급한 상황에서 저우양 등이 제기한 이러한 문학 구호는 나름대로 중요한 의의를 지닌 것이라고 할 수 있다. 그것은 적어도 좌파 작가들의 대오를 단일화에서 다원화로 밀고 나갈 수 있게 하였고 또 전국 각계 인사들이 모두 이러한 기치 아래로 모여들 수 있게 하였다. 오래지 않아 '국방희극'·'국방시가'·'국방음악' 등의 구호도 계속해서 출현하였으며, 이러한 흐름을 이어서 '중국문예가협회' 도 탄생하게 되었다. 많은 작가들도 자각적으로 '국방문학'의 지지자가 되었다. 문학 예술계의 형세는 새로운 변화를 맞이하게 되었다.

'좌련'의 급작스런 해산 및 '국방문학' 구호 개념에 대한 해석에 있어서 루쉰은 다른 의견을 갖고 있었다. 그는 새로 성립된 문예가협회에 가입하지 않고 저우양 등의 관점에 대하여 유보적인 입장을 취하였다. 그러나 오래지 않아 모

(某) 인사가 루쉰이 통일전선과 문예가협회를 파괴한다고 비판하면서 루쉰을 공격하기 시작하였다. 루쉰을 비판하는 사람들은 주로 루쉰 등이 제기한 '민족혁명전쟁의 대중문학(民族革命戰爭的大衆文學)'이라는 구호를 비판하였다. 그들은 이런 구호를 제기하는 것이 분명히 중국의 문단을 분열시키는 행위라고 인식하였다. 사실, 루쉰이 제기한 '민족혁명전쟁의 대중문학' 구호는 '국방문학'이란 명사가 지니고 있는 사상상의 불명확성을 보완하기 위한 것이었다. 즉 대다수 작가들의 단결을 쟁취하는 동시에 자기 사상의 독립성을 소홀히 하지 않기 위한 것이었다. 루쉰의 이런 구호는 후펑의 「인민대중은 문학에 무엇을 요구하는가?(人民大衆向文學要求什么?)」라는 글에 가장 먼저 공표되었다. 오래지 않아 루쉰은 "'민족혁명전쟁의 대중문학'이란 명사가 본질적으로 '국방문학'이란 명사에 비해 더 명확하고 심도 깊은 의미를 갖고 있을 뿐만 아니라 또 더 풍부한 내용을 가지고 있다"고 지적하였다. 루쉰은 두 개의 구호가 병존할 수 있다고 인식하였다. '민족혁명전쟁의 대중문학'은 주로 좌익 작가들을 향해 제기한 것으로 선명한 당파적 특징을 구현하고 있다. 두 개의 구호를 둘러싸고 문예계는 장시간의 논쟁을 전개하였다. 또 각종 신문 잡지에서도 이 논쟁을 소개하는 문장을 앞 다투어 실었다. 루쉰은 당시에 와병 중에 있었지만, 「쉬마오융에게 회답하면서 항일 통일전선 문제를 논함(答徐懋庸幷關於抗日統一戰線問題)」, 「트로츠키파에게 대답하는 서한(答托洛斯基派的信)」, 「우리의 현 시기 문학운동에 대하여(論現在我們的文學運動)」 등의 문장에서 자신의 관점을 전면적으로 주장하였다. 이들 문장에는 당시 문단의 많은 청년들에 대한 불만이 드러나 있다. 1936년 중국의 문단 상황은 아주 복잡하였다. 민족의 위기가 박두한 시각에 상이한 사상과 개성을 지닌 문인들이 한 곳에 모여들었으므로, 결국 계파간의 충돌을 피할 수 없었다. 작가 대오간의 종파적인 정서로 인하여, 피차간에 견지하고 있던 선입관이 깊어져서, 간단하게 처리할 수 있는 일도 많은 논란을 거친 후에야 비로소 처리될 수 있었다. 작가들 중 어떤 사람은 이질 분자를 배제하려는 현상이 아주 심했다. 이를테면 저우양 등이 루쉰에게 후펑을 간악한 첩자라고 말하는 데 대해 루쉰은 심한 반감을 표시하면서 그것이 증거가 부족하

고 신빙성이 없는 말이라고 생각하였다. 루쉰은 이런 사람들의 목적을 의심하였고, 또 자신의 문장 속에다 이들에 대한 참을 수 없는 분노를 토로하였다. 그는 좌익 작가 중에 많은 사람이 구시대의 정신적 고질을 고치지 않고 있는데, 이런 사람들의 사상이야말로 더욱 위험한 것이라고 인식하였다. 루쉰이 문제를 너무 복잡하게 바라보았기 때문에 논쟁 과정에서 피차간에 모두 적지 않는 상처를 입을 수밖에 없었다. 그 여파는 해방 이후에까지 이어져서 문단의 정치적 소용돌이 가운데서 장기간 사그러들지 않는 어두운 그림자로 작용하였다.

두 개의 구호 논쟁은 문단 내부의 사상적 충돌이었을 뿐만 아니라 또 작가 대오 속에 스며든 종파적 정서의 반영이었다. 그것은 복잡한 사회 환경과 역사 환경의 특수한 산물이자 또 중국 일부 문인들이 견지해온 낡은 습관의 표현이었다. 루쉰은 어쨌든 현실을 뛰어 넘으려고 했지만 이런 감성석 곤혹삼에서 탈피하지 못하였다. 쌍방이 어떤 식으로 자기의 견해를 고집하든 간에 기실 여기에는 개인적인 선입관이 많이 개입되게 마련이다. 이 논쟁 과정에서 루쉰도 비록 일리 있는 관점을 많이 제시하기는 하였지만, 그러나 그의 관점에도 많든 적든 간에 독단적인 정서가 다수 포함되어 있다.

평화로운 시대의 청년은 아마 루쉰 당시의 이러한 정서를 이해할 길이 없을 것이다. 사람들은 대체로 그의 과격한 언어와 노기 띤 문장을 수용하기 힘들 것이다. 그러나 우리들이 당시 투쟁의 준엄함과 사회의 복잡성을 분석해보기만 하면 루쉰의 감정 처리 방식을 쉽사리 이해할 수 있을 것이다. 이런 환경에서는 루쉰도 이런 방식으로 현실의 존재를 바라볼 수밖에 없었을 것이다. 그는 뛰어난 사상가이자 문학가일 뿐, 뛰어난 실천 공작의 조직자나 구체적인 실천의 영도자가 될 수는 없었다. 그와 '좌련'의 문예 업무 지도자들 간의 충돌에서 우리는 그가 독단자들에 의해 좌지우지되지 않는 사람이며 또 본심을 어기고 다른 사람의 이론에 영합하지 않는 사람이라는 것을 분명하게 알 수 있다. 일단 올바른 길이라고 생각하면 그는 자기의 방향을 바꾸지 않았다. 그에 대한 사람들의 오해와 비방 및 '포위 공격'은 한편으로 두 가지 사상의 필연적인 충돌의 반영이며 또 다른 한편으로는 그의 선명한 개성의 비범성이 사람들에게 쉽게 이해되지 못한 것과 중요한 관계가 있다. 이는 바로 중국인들에게서 가장 결핍되기 쉬운 삶의 자세이며, 또 중국인들이 가장 도달하기 어려운 정신적 품격이다. 전제 제도가 아직도 계속해서 중국인의 운명을 질식시키고 있을 때, 또 개체로서의 인간이 아직도 가장 기본적인 인간 가치조차 획득하지 못하고 있을 때, 루쉰이 보여준 이러한 반항의식은 정말 고귀한 것이었다. 아마도 사람들은 루쉰을 지나치게 냉담하고 과격하다고 생각할지도 모르지만, 중국 현대의 민주혁명 과정에서 보여준 그의 이러한 사상·개성과 깊이 있고 냉정한 정신 자세는 중국 현대인의 자아의식이 성숙했다는 것을 나타내는 표지이다. 그 당시 중국은 아직도 전근대 및 식민지·반식민지 상태에 처해 있어서, 민주제도와 공공 법률로써 인간의 생존 권리를 보장해주지 못하고 있었다. 이러한 시기에 보여준 루쉰의 감정 처리 방식은 확실히 중국 현대 선각자의 자아 탐색을 대표하는 것이며 또 민족의 신생(新生)을 탐색하는 진보적인 정신 품격이라고 할 수 있다. 따라서 '포위 공격'에 반항하고, 압박에 반항한 루쉰의 개성은 대단히 매력적인 정신적 가치를 지닌 것이라고 할 수 있다.13)

3.

상하이의 루쉰은 사방에서 압박해오는 '포위 공격'의 와중에서 자신의 여생을 보내고 있었다. 그리고 베이징의 저우쭤어런도 몹시 고달픈 인생 역정을 아주 어렵게 버티고 있었다. 이 시기의 저우쭤어런은 사상에서 창작까지 완전히 루쉰과 판이한 측면을 보여주고 있다. 하지만 그의 심경은 유달리 고통스러웠는데, 그는 당시 자신의 삶을 형용하면서 베이징에 숨어서 "괴롭게 살고

---

13) 이 부분의 글은 孫郁 著, 『被藝瀆的魯迅』 서언(序言)에 나오는 것을 여기에 다시 인용한 것이다.

있다(苦住)”라는 말로 표현하고 있다. 그래서 바다오완의 거처를 ‘고우재(苦雨齋)’라는 이름으로 바꾸었다. 1929년 11월 그는 「벙어리 예찬(啞巴禮讚)」이란 글을 써서 “세상의 도가 황폐해지니 인심이 예전같지 않다(世道衰微, 人心不古)”라고 장탄식 하면서, “속담에 이르기를 병은 입으로부터 들어오고 화는 입으로부터 나온다. 쓸 데 없는 말은 사람에게 무익할 뿐만 아니라 해롭기까지 하다(語云, 病從口入, 禍從口出 : 說話不但於人無益, 反而有害)”라고 진술하였다. 또 그는 같은 글에서 “수천 년 동안 말로 인해 화를 겪은 선인들이 유훈을 남겨서 ‘명철보신(明哲保身)’하라 하였고, 수십 년 동안 이런 상황을 익히 보아온 어느 찻집 주인이 표어를 붙여서 말하기를 ‘나라 일을 논하지 말라(莫談國事)’고 하였다” 문장의 정서가 대단히 침울하며 그 내용도 대부분 사회에 대한 불만을 토로하고 있다. 후에 그는 또 「마취예찬(麻醉禮讚)」에서 이렇게 말하고 있다. “우리들의 생활은 아마도 취생몽사하는 것이 가장 좋을 것이다. 고통스러운 것은 내가 술을 몇 모금밖에 마실 수 없어서 내 정신을 마취시킬 수 없고, 그리하여 맨 정신으로 이 잘못된 현실을 듣고 보고 하면서도 함성을 지를 기운조차 없다는 것이다. 이것이 바로 인간의 비애이지만 실로 어찌할 도리가 없다.” 여기에서도 현실에 대한 저우쭤어런의 항의를 쉽게 읽어낼 수 있다. 역대의 지식인들 중에서도 자유의식을 가진 사람은 모두 이와 유사한 원망의 말을 몇 구절 토로하였다. 이와 같은 글을 쓰는 것은 사실 문인으로서 자연스런 일이므로 우리가 과도하게 질책할 필요까지는 없다. 그러나 이런 정서로 인해 유발된 의기소침한 심리는 일세를 풍미한 저우쭤어런 같은 문인의 입장으로서는 안타까운 퇴보라고 할 수 있다. 저우쭤어런은 불행하게도 이런 길을 따라 멀리까지 치달려가고 말았다.

저우쭤어런은 일생 동안 루쉰처럼 그렇게 많은 원한을 산 적이 없었는데, 이것은 부드러운 그의 성격에서 기인한 것이다. 그러나 1920년대 말부터 루쉰이 서거할 때까지 그도 많은 영사문장(映射文章 : 자신의 견해를 직접 드러내지 않고 은근히 빗대어 쓰는 글)을 썼다. 그의 이런 문장은 우아하고 한적한 소품 속에 끼어 있고, 또 깊숙하게 은폐되어 있어서 사람들에게 쉽게 발각되지 않는다. 그의 공격

대상은 첫째 부패한 정부였고 둘째 좌익문화였다. 이것들은 그가 제창한 만청 소품의 세계관과 상반되는 것이다. 이로 인해 이러한 문장은 담백한 동시에 또 원망의 정서가 많이 섞여 있다. 객관적으로 말해서 역사와 시대를 논하고 있는 그의 몇몇 문장은 확실히 훌륭하다. 여기에는 지혜롭고 비범한 그의 일면이 잘 담겨 있다. 그러나 그의 사상에는 변화를 추구하는 측면이 매우 부족하다. 이 때문에 고서 속에서 괴로운 나날을 보낼 수밖에 없어서 그의 글은 가면 갈수록 샌님 티가 짙어질 수밖에 없었고, 심지어는 '현학적인 학문 자랑'으로 치우치기 도 하였다. 예술적인 모범 문장으로서 저우쭤런의 글은 확실히 쉽게 얻기 힘 든 것으로 생각된다. 그러나 이런 모범 문장 뒤에 감추어진 인생은 오히려 개 인주의의 어찌할 수 없는 비애와 고통을 드러내고 있다. 이 길을 따라 내려가 다 그는 결국 바닥도 알 수 없는 심연으로 빠져들고 말았다.

성령 소품문에 대한 저우쭤런의 몇 가지 관점은 오늘날 보기에도 결코 틀 린 것이 아니다. 하지만 그의 사상을 지탱해주는 다른 측면, 즉 정치의식과 민 족 감정은 오히려 중국인의 일반적인 도덕 수준과 상당한 거리가 있었다. 1936 년 7월 그는 「교활한 인간을 다시 논함(再談油炸鬼)」이란 글을 지어 사람들을 깜짝 놀라게 했는데 이 글에서 저우쭤런은 진회(秦檜)와*14) 같은 인간의 명 예를 회복시키기 시작했다. 저우쭤런은 강화(講和)를 주장한 것이 진회의 대 죄일 수 없다고 여기면서 "강화가 전쟁에 비해 더 어려운 것이다. 전쟁에서 패 하더라도 민족 영웅이 되는 것은 어렵지 않지만 강화가 성공하면 곧 만세의 죄인이 된다. 그렇기 때문에 강화를 주장하려면 실로 정치적인 소신과 도덕적 인 기백이 있어야 한다"고 하였다. 이 문장이 발표된 시기를 전후하여 일본은 중국에 대한 침략을 더욱 가속화하고 있었다. 이러한 논조는 중국인의 감정과 상반되는 것이다. 비록 그의 이론이 인간의 자연스런 생명 가치에 기반을 두 고 있다고 할지라도, 제국주의 파시스트가 침략을 가속화하는 시기에 이런 논

---

14) 역주: 진회(秦檜)는 송(宋)나라 강녕(江寧) 사람이다. 북송(北宋)이 망할 무렵 금(金)나라에 빌붙어서 강화(講和)를 주장한 대표적인 한간(漢奸)이다. 금(金)나라의 위세로 권력을 좌지우 지하면서 악비(岳飛) 등 수많은 충신 열사를 주살하였다.

리를 유포시키는 것은, 어떤 논리로 합리화해보아도 부정적인 측면을 감출 수 없다. 이것이 그를 일제 부역의 길로 걸어가게 한 사상적 기초이다. 또한 이것은 그가 성령 소품문을 추구하면서 사상적으로 타락할 수밖에 없었던 필연적인 결과물이었다고 할 수 있다.

국난이 목전에 닥친 시점에도 저우쭤어런은 한편으로 종종 좌익문화를 공격하는 글을 쓰면서, 또 다른 한편으로는 초목충어(草木蟲魚)를 논하는 글을 지었다. 그는 중국인이 너무 실용적이어서 정신적인 취미를 멀리해왔는데, 이것이야말로 중국 국민의 약점이라고 생각하였다. 이것은 옳은 지적이며 중국 국민이 가지고 있는 약점의 한 부분을 간파한 견해라고 할 수 있다. 그러나 살인마들에 의해 무고한 생명이 학살당하는 난세에 과연 반항과 투쟁을 하지 않을 수 있겠는가? 고우재에 숨어서 피와 불의 전쟁터를 멀리하고 오히려 화조 일월(花草日月)이나 말하는 것에 대해 당시 민족적 자존심을 가진 모든 중국인들은 동의하기 어려웠다.

그러나 그는 그의 문장처럼 그렇게 유연하게 살 수 없었다. 1930년대 그의 사상은 모순된 입장에 놓일 수밖에 없었다. 「자기의 문장(自己的文章)」에서 그는 이렇게 말하고 있다. "한적(閑寂)함은 쉽게 배워서 도달할 수 있는 경지가 아니다. 나 같이 모자라는 사람이 어찌 그 경지를 사칭하며 남을 속일 수 있겠는가? 나의 문장을 스스로 점검해보면 한적한 시간을 즐기는 내용은 쉽게 찾아보기 어렵고, 문장의 밑바닥에서는 항상 초조한 감정이 새어나오고 있다. 그러한즉 한적은 나의 이상일 따름이다. 위의 문장에서 말한 것처럼 이상이 성취될 수 없는 것은 어쩌면 당연한 일이라고 할 수 있다." 이 글에서 그는 자신의 심정을 비교적 잘 묘사해내고 있다. 이 글에서 우리는 그의 영혼 깊은 곳에 감추어진 모순된 감정을 상당히 짙게 느껴볼 수 있다. 또한 그는 일본에 대해서도 매우 복잡한 태도를 보여주고 있다. 내면적으로 그는 일본을 매우 좋아하였다. 연속해서 발표한 「일본 엿보기(日本管窺)」라는 문장에서 그는 일본 민족의 심층문화에 대하여 아주 많은 호감을 표시하고 있다. 1937년 중일전쟁의 격화에 따라 그는 이런 제목이 더 이상 시대 조류와 부합하지 않는다는 사실을 의식한 듯, '엿보기 종결'을 선언하였다. 그는 다음과 같이 말하고 있다.

중국에 대한 일본의 태도는 본래 아주 분명한 것이다. 중국에서는 일본의 정책을 제국주의라고 말하고 일본에서는 그것을 대륙 정책이라고 부르는데 결과적으로는 똑같은 것일 뿐이므로 더 이상 무슨 논쟁을 할 필요까지는 없다. 여기에서 나는 다만 한 가지 문제만 언급할 생각이다. 그것은 바로 일본이 왜 이렇게 행동하는가 하는 점이다. 이 말에는 분명하게 설명하기 어려운 점이 좀 포함되어 있다. 이 문제의 소재는 목적이 아니라 수단이다. 본래 중국에 대해 제국주의 정책을 시행한 나라는 일본뿐만이 아니었고, 주의(主義 : ism)를 행할 때는 본래 수단 방법을 가리지 않는다. 그러나 일본의 수단은 특별하고도 특별하였는데 이것은 도대체 무슨 까닭인가? 이것이 바로 내가 말하는 문제이다. 솔직하게 말하자면 나도 이해할 수 없다는 것이다. 비록 내가 이 문제를 발견하여 이 문장을 쓸 준비를 하기는 했지만 결과적으로는 나조차도 이해할 수 없는 이유를 설명해야 하는 두려움에 젖을 수밖에 없었다. 근래 몇 년 동안 나의 마음속에는 늘상 커다란 의문이 하나 자리잡고 있었다. 즉 그것은 일본 민족의 모순 현상에 관한 것으로 지금까지도 여전히 해답을 찾을 수 없다. 일본인은 아름다움을 좋아한다. 이런 점은 문학예술 및 의식주와 교통 부문의 여러 형식에서 매우 뚜렷하게 목도할 수 있다. 그런데도 중국에 대한 행동은 오히려 왜 그렇게 추악함을 드러내는지 그 이유를 모르겠다. 일본인은 또 아주 솜씨가 정교하다. 공예 미술이 그 좋은 증거인데, 행동상으로는 왜 그렇게 졸렬한지 모르겠다. 일본인들은 깨끗함을 좋아하여 도처에 대중목욕탕이 즐비하다. 그러나 행동상으로는 왜 그렇게 더러운지 모르겠다. 어떨 때에는 구역질날 정도로 비열하다.15)

이 문장을 지은 지 얼마 후인 1937년 7월 7일 일본은 루거우챠오 사변(盧溝橋事變 : 노구교 사건)을 일으켜 공공연하게 베이핑(北平)을 침범하였다. 오래된 제국의 수도가 일본 침략자들의 수중에 함락되고 말았다. 이때 베이징의 문인들은 분분히 학교를 떠나 남하하였다. 급박한 국난의 시기에 저우쭈어런의 심정은 침울하였다. 중일전쟁에 대해 그는 결코 낙관적인 태도를 갖지 못하였다. 그는 국력과 장비상에서 중국이 일본과 비견될 수 없기 때문에 중국의 승리는

---

15) 周作人, 『知堂乙酉文編』.

정말 어렵고도 어려운 일이라고 생각하였다.16) 많은 사람이 고도를 떠나고 단
지 그와 소수의 사람만이 남았다. 그의 심경은 처량하였다. 많은 친구들이 베
이징을 떠나자고 권유할 때도 오히려 저우쭈어런은 고집을 부리며 승낙하지
않았다. 왜 저우쭈어런은 남방으로 피난을 가지 않았는가? 타오캉더(陶亢德: 도
항덕)에게 보낸 편지에서 저우쭈어런은 다음과 같이 언급하고 있다. "저는 제게
딸린 친척들이 아주 많아서 식구가 모두 아홉 명이 있습니다. 비록 우리 부부
및 어린 자식은 단지 세 명뿐이지만 아직 베이핑을 떠날 수 없습니다. 현재 베
이징 대학 교수 자격으로 칩거하고 있을 뿐입니다. 별다른 일은 없습니다." 또
이렇게 언급하고 있다. "동료 한 사람이 남쪽으로 가게 되어 왕 교무장(王敎務
長)과 쟝 교장(蔣校長)에게 제 대신 안부라도 한 마디 전해달라고 부탁했습니다.
즉 그분들이 저같이 베이징에 머물러 있는 사람들을 이릉(李陵)으로 간주하지
말고 마땅히 소무(蘇武)로 보아달라고 말입니다.*17) 저의 이 마음을 제게 관심
을 가지고 있는 다른 분들께도 알려주시길 부탁드립니다. 사람들이 제게 어떤
의심과 오해를 갖고 있는지는 알 수 없지만 그것에 대해 모두 일일이 해명할
수 없습니다."18) 이때 저우쭈어런은 홀로 베이징을 지키면서 말로 형언할 수
없는 처량함과 비장함에 사로잡혀 있었다. 사람들이 분분히 그곳을 떠나고, 그
가 홀로 호랑이 굴에 남게 되었을 때 그의 행동거지는 보통 사람들과 달랐을
것으로 짐작된다. 사실 떠나는 것은 쉬운 일일 뿐만 아니라 또 깨끗한 명성도

---

16) 鄭振鐸, 「惜周作人」 참조.

17) 역주 : 이릉(李陵)은 중국 한(漢)나라 무제(武帝) 때의 장군이다. 이광(李廣)의 손자이며, 자
(字)는 소경(少卿)이다. 한 무제 때 기도위(騎都尉)가 되어 군사 5천 명을 이끌고 흉노(匈奴)
와 싸우다가, 원군이 도착하지 않아서 중과부적으로 흉노에 항복했다. 이후 흉노왕 선우(單
于)에 의해 우교왕(右校王)으로 임명받았으며, 흉노에서 20여 년 간 살다가 그곳에서 죽었다.
사마천(司馬遷)이 흉노에 항복한 이릉을 변호하다가 궁형을 당한 일은 너무나 유명한 고사
이다. 소무(蘇武)는 중국 한나라 무제 때 두릉(杜陵) 사람이며, 자(字)는 자경(子卿)이다. 무제
때 중랑(中郞)이란 벼슬에 임명되어, 흉노에 사신을 가게 되었다. 흉노에 도착해서는 흉노
왕의 위협에 굴하지 않고 지조를 지키다가 19년 동안이나 억류 생활을 했다. 무제가 죽고 소
제(昭帝)가 즉위하자 흉노와 한나라는 화친을 하게 되어 소무도 중국으로 돌아오게 되었다.
돌아올 때도 무제가 하사한 사신의 신표인 부절을 가슴에 품고 돌아왔다고 한다. 후에 관내
후(關內侯)에 봉해졌다.

18) 『周作人年譜』 참조.

남길 수 있다. 그러나 호랑이 굴에서 삶을 영위하면서 이릉 식의 인물이 되지 않으려는 것 또한 얼마나 어려운 일이었겠는가? 그가 그때 지은 몇 수의 시를 감상해보면 그 심경을 엿볼 수 있다.

燕山柳色太遲迷,　　　연산의 버들 빛은 저리 더디 푸르른가,
話到家園一淚垂.　　　고향집 이야기하다 한줄기 눈물 흘린다.
長向行人共炒栗,　　　오래도록 나그네에게 밤을 구워 팔면서,
傷心最是李和兒.*19)　이화의 자식들이 가장 슬피 살아가네.

家祭年年總是虛,　　　해마다 제사상이 하릴없이 허허로운데,
乃翁心願意何如.　　　중원회복 방옹의 소원 그 뜻을 어찌하리.
故園未毀不歸去,　　　고향땅 온전해도 돌아갈 수 없는 이 몸,
怕出偏門過魯墟.*20)　편문(偏門)을 나서서 노허(魯墟)를 지나는 듯.

　만약 이처럼 고요하게 기다리며 치욕을 참고 생활했다면 아마 아무 일도 생

---

19) 역주 : 저우쭈어런의 『老學庵筆記』에 이 시 고사에 관한 기록이 있다. 중국 송(宋)나라 때 수도 변경(汴京)에 밤을 아주 맛있게 구워 파는 이화(李和)라는 사람이 있었다. 다른 사람들은 아무리 모방해도 그 맛을 흉내낼 수 없었다. 남송(南宋) 소흥(紹興) 연간에 진장경(陳長卿)과 전개(錢愷)가 금(金)나라로 사신을 가다가 연산(燕山 : 지금의 北京)에 이르렀는데, 그때 어떤 사람이 군 밤을 바쳤다. 그리고 자신이 변경 땅 이화의 아들이라고 하면서 눈물을 흘리며 돌아갔다. 그 사람은 변경이 금나라에 함락된 후 연산까지 흘러들어와 군밤을 구워 팔며 목숨을 연명하고 있다는 것이다. 이 시에서 저우쭈어런은 일본에 함락된 베이징에 사는 자신의 생활을 울분을 참고 군밤을 파는 이화의 아들에 비유하고 있다.
20) 역주 : 중국 송(宋)나라 때 육유(陸游)는 장강(長江) 이북 모든 땅과 북송(北宋)의 수도 변경이 금나라에 함락되자, 중원 수복을 일생의 염원으로 삼았다. 그리하여 자신의 자식에게 남겨준 시에서 "죽은 뒤에는 만사가 공(空)으로 돌아간다는 건 알지만, 중국 전역이 하나됨을 보지 못함이 슬프다. 우리 임금의 군대가 중원을 평정하는 날, 네 아비의 제사에 고하는 걸 잊지 말라(死去元知萬事空, 但悲不見九州同. 王師北定中原日, 家祭無忘告乃翁)"라고 당부하였다. 저우쭈어런이 역시 육유의 심정으로 자신의 심정을 비유한 것이다. 아직 일제에 부역하기 전 저우쭈어런은 매우 비장한 심정으로 베이징 함락을 바라보고 있었던 듯하다. 이 시에 대한 저우쭈어런의 자주(自註)에 의하면, 저우쭈어런의 할머니는 두 분이었는데, 그 선부인(先夫人)인 손태군(孫太君)의 친정은 사오싱부(紹興府) 편문(偏門) 밖 육유의 쾌각(快閣)과 지붕을 나란히 하고 있었으며 후부인(後夫人)인 장태군(蔣太君)의 친정은 사오싱부 노허(魯墟)에 있었다고 한다.

기지 않았을지도 모른다. 그러나 그는 유명 인사였기 때문에 일본인이 그를 주목하지 않을 수 없었다. 그리고 그에게는 또 일본인 아내가 있었기에 이 부분에서도 어떤 잠재된 감정적 유대가 있었는지 모른다. 그러나 그 뒤 발생한 일련의 사건은 옛날 '고우재'의 주인을 완전히 다른 사람의 모습으로 변하게 하였다.

1938년 2월 9일, 그는 일본 오오사까 마이니찌신문(大阪每日新聞)사가 주최한 '갱생 중국의 문화 건설 좌담회(更生中國文化建設座談會)'에 출석하여 파시스트 대열의 일원이 되었다.

1939년 1월 1일, 친일 경향 때문에 저우쭈어런은 집에서 테러를 당했는데 총탄이 스웨터 단추를 맞히는 바람에 다행히 화를 면했다. 이 후로 한 때 일본의 감호에 의지하여 지냈다.

1939년 1월 12일, 일본 통제하의 베이징 대학 도서관 관장직을 받아들였다.

1940년 8월 29일, 괴뢰 동아문화협회 이사회 회의에 출석하였다.

1940년 9월 5일, 괴뢰 동아문화협의회 간친회에 참가하였다.

1940년 11월 9일, 사망한 매국노 탕얼허(湯爾和 : 탕이화)를 위해 만련(輓聯)을 지었는데, 그 과장되고 아부하는 내용이 사람들에게 닭살을 돋게 만들 지경이었다.

1941년 1월 1일, 왕징웨이(汪精衛 : 왕정위) 괴뢰 정부에 의해 '화북 정무위원회 위원(華北政務委員會委員)'으로 임명되었으며 또 '상무위원 겸 교육총서 독판(常務委員兼敎育總署督辦)'으로 지명되었다.

이후에 그는 완전히 일본의 메가폰이 되어, 중국과 일본은 "같은 문자를 가진 같은 종족이므로 국정은 물론이고 공통의 이익에 있어서도 마땅히 상부상조하여 공통의 임무를 완성하여야 한다"고 고취하였다.

이것은 저우쭈어런의 치욕스런 인생의 시작이다. 그가 그렇게 쉽게 외국 통치자의 노예가 된 것에 대해 그의 친구와 그의 제자 및 전국 문예계는 극도의 놀라움과 분노를 표시하였다.

저우쭈어런은 강골이 아니라 연골의 인간이어서 루쉰과 같은 기개가 없었다. 자신의 힘으로 어쩔 수 없는 상황에서 그가 걸어간 길은 구차한 삶의 길이었다. 자유 독립과 초 공리를 일관되게 주장하던 사람이 이제 오히려 일본인이 부여한 권세의 의자에 앉아 '대동아주의 사상'의 송가를 부르게 된 것이다.

　앞서 일본 문화 엿보기를 그만두겠다고 확약했던 저우쭈어런은 이때부터 다시 일본 문명의 우수성을 언급하기 시작하였다. 1940년 12월 17일 그는 「일본의 재인식(日本之再認識)」이란 글에서, 의식주 등 일상 생활에서 찾아볼 수 있는 일본인의 훌륭한 점을 희희낙락 적어내었다. 이 글에서 그는 일본 민족이 갖고 있는 가장 심도 깊은 사상은 그들의 몸에 신성(神性)을 체현(體現)하고 있다는 것인데, 이것은 단지 공리만을 추구하는 중국인들에게서 찾아볼 수 없는 점이라고 인식하였다. 일본을 이해하려면 반드시 종교로부터 착수하여야 한다는 것이다. 또 그는 역대로 중국인들이 일본을 깊이 있게 이해하지 못했다고 생각하였다. 다시 말해 이 말에 담긴 또 다른 의미는 중국인들이 정감상으로 일본 문화의 특이한 점을 체험해야 한다는 것이다. 그는 이렇게 언급하고 있다.

　…… 이를테면 단지 이질적인 것 속에서 공통적인 것만을 찾으려 하고, 공통적인 것 속에서 이질적인 것을 찾으려 하지 않는 것은, 주관적인 탐색일 뿐 객관적인 고찰이 아니다. 따라서 한 민족의 문화를 이해하려면 이렇게만 해서는 아마도 아무런 성과도 얻지 못할 것이다. 예를 들자면 일본 문화를 관찰하면서 우리들은 정치 상황, 가족제도, 사회 풍속, 문자기예의 전통이나 유교 불교 사상의 교류에서 기인한 그 공통적인 요소를 취하여 동아시아성이라고 여기기를 좋아한다. 이러한 입장에는 커다란 오류가 포함되어 있다. 앞에서 말한 바처럼 이것은 기실 동양의 공통재산일 뿐이며 현재 이미 많은 민족들이 공유하는 성분으로 되어 있다. 서양인의 입장에서는 당연히 이러한 점이 가장 주목할 만한 사항일 것이다. 그러나 만약 동아시아인 특히 일본·중국·조선·베트남·미얀마 등 각국 사람들이 서로 서로 비교 연구를 진행하려면 처음부터 이러한 사항들을 묶어서 다락 속에 넣어두고 꺼내지 말아야 한다. 그렇게 한 후에 다시 대동(大同) 속에서 각국의 소이(小異)를 찾거나 혹은 대이(大異)를 찾을 수 있게 되면 이제 비로소 각국 문화의 차이점을 다소 이해했다고 할 수 있고, 또 그 이해도 서양인에 비해 한층 심도 깊고 고귀한 것이라고 할 수 있을 것이다. 이전에 우리들은 일본 문화를 관찰하면서 흔히 우리 문화와 비슷한 것만을 취해서 감상하곤 하였다. 그러면서 이것이 일본 문화 속에 녹아 있는 공통적인 동양문

화의 일부분일 뿐이지, 기실 일본 고유의 정신적 자산은 아니라는 사실은 알지 못하
였다. 그럼에도 불구하고 지금까지도 자신의 문화와의 유사성 때문에 이들 문화를
쉽게 이해하고 쉽게 취하면서 일본 문화의 요점을 벌써 이해했다고 생각한다. 이것
은 정말 너무나 큰 환상인데, 이런 관점 때문에 자신이 오해의 수렁에 빠지기 쉽게
되고 또 다른 사람도 쉽게 오해의 수렁으로 빠지게 만드는 것이다. …… 한나라의
문화를 이해하려 하면서 단지 문학예술 방면에서만 그 이해의 단서를 구해서는 안
된다. 이것은 잘못된 견해이며 백 번 양보해도 결국 불충분한 견해라고 할 수밖에
없다. 한나라의 문화에 대한 해석은 응당 각기 상이한 여러 부문에 응용할 수 있어
야 한다. 만약 문화상의 적합성 여부에 대해서만 해명할 수 있고, 다른 부문의 사정
에 대해서는 설명할 수 없다면, 곧 이러한 해석이 타당한 견해라고 할 수 없을 것이
다. 종래의 나의 견해도 이러한 결점에서 자유롭지 못하였다. 따라서 나는 나의 견
해를 크게 바꿀 필요가 있다고 생각한다. 즉 일본 문화 중에서 동양 민족이 함께 가
지고 있는 동질성은 소홀히 취급하더라도 일본 민족이 가지고 있는 독창적인 이질
성은 자세히 찾아야 한다는 것이다. 특히 중국 민족에게는 없거나 희소한 것들을 위
주로 해서 말이다.21)

  문장의 논조에 이미 이전과 같은 제국주의 침략에 대한 불만이 나타나고 있
지 않다. 오히려 저우쭤런은 이 문장에서 일본인과 중국인의 상이한 문화
개성에 대한 이해와 동의를 사람들에게 요구하고 있다. 이제 저우쭤런은 일
본 침략자들의 폭행에 함구하고 있으며, 또 파시스트의 만행에 의해 희생된
인민들의 고난을 얘기하지 않고 있다. 나는 이 부분에서 진정으로 시류에 영
합하는 그의 정신세계의 한 측면을 간파할 수 있다. 그가 당년에 루쉰과 '좌련'
에 퍼부었던 험담들이 불행하게도 이제 자신의 머리 위로 쏟아지게 된 것이다.
  이는 저우쭤런의 일생에서 가장 무료했던 시기이며, 그의 인성의 나약함
과 의지의 나약함이 여지없이 폭로된 시기이기도 하다. 그의 「일·미·영 전쟁
의 의의와 청년의 책임(日美英戰爭的意義與青年的責任)」과 「동아 해방의 증명(東
亞解放之證明)」이란 글을 읽어보면 이 문장들 어디에서도 중국인의 기개를 찾아

---

21) 周作人, 『知堂乙酉文編』.

볼 수 없다. 어떤 사람은 이러한 글들이 임기응변의 산물일 뿐이라고 말하기도 한다. 그러나 나는 저우쭈어런이 제국주의의 입장에 서서 소위 동아일체화(東亞一體化)를 언급한 사실이, 그것이 물론 어찌할 수 없는 상황이었다 할지라도, 정말 치욕적인 행위였다고 생각한다. 기실 이러한 행위는 매국노와 노예의 행위로 간주할 수밖에 없으며, 이외에는 다른 무슨 말로도 변명할 수 없다.

　저우쭈어런의 '부역' 소식이 전해진 후에도 많은 사람들이 그것을 믿지 않았고 심지어 어떤 사람들은 유언비어라고 생각하기도 했다. 그의 평소 태도와 인생의 신념으로 볼 때 그가 이런 길로 빠져들었다는 사실은 정말로 상상하기 힘든 일이었다. 장톄잉(張鐵榮 : 장철영) 선생은 『저우쭈어런 평의(周作人平議)』란 책에서 이렇게 말하고 있다.

　…… 저우쭈어런의 사람됨을 아는 사람들은 모두 부역 사실을 쉽게 믿지 않았다. 저우쭈어런은 문단에서 명성이 아주 높았고, 또 평담하고 소박한 산문에 담겨 있는 그의 박학다식함과 심오한 사유가 사람들에게 아주 깊은 인상을 심어주고 있었으니까 말이다. 사람들은 그의 필명이 '즈탕(知堂 : 지당)'이란 사실을 잘 알고 있었다. 이것은 "아는 것을 안다하고 모르는 것을 모른다고 한다(知之爲知之, 不知爲不知)"라는 구절에서 유래한 것으로 그의 실사구시 학풍을 잘 반영하고 있다. 다른 사람의 존경을 받는 즈탕 노인이 어째서 이런 지경까지 …… 사람들은 정말로 감히 믿을 수 없었다. 그는 흐리멍텅한 사람이 아니다. 수많은 책을 탐독한 사람이 어찌하여 충성과 배신, 옳음과 그름을 판별하지 못하고 적을 친구로 삼을 수 있단 말인가? 베이핑이 함락된 지 얼마 안 되어 마지막으로 호랑이 소굴을 탈출한 베이징 대학의 한 동학(同學)이 밝힌 바에 의하면, 어느 날 저우쭈어런이 둥안 시장(東安市場)에서 귀가하는 도중에 베이다 이원(北大二院)을 지나가다가 차에서 내려 학교의 상황을 좀 살펴보게 되었다고 한다. 당시 통역을 맡아보고 있던 일본인 고바야시(小林)가 다가와서 일본어로 인사를 건넸는데, 이 자는 일본 민족으로서의 우월감이 대단하여, 평소에도 교직원들에게 전혀 공손한 모습을 보이지 않는 자였다고 한다. 저우쭈어런은 차가운 얼굴로 그를 전혀 상관하지 않고 머리를 꼿꼿이 쳐들고 곧바로 지나쳤다고 한다. 그러자 고바야시는 즉각 중국어로 말을 바꾸어 저우쭈어런에게 인사를 하면서 거듭 거듭 사과의 말을 하였고, 이에 저우쭈어런은 그 자가 교직원을 대할 때 자주

범하는 무례한 말투 등을 꾸짖었다고 한다. 이렇게 기백이 있는 즈탕 노인이 어떻게 기꺼이 매국노가 될 수 있겠는가? 사람들이 아직 잘 모르고 있는 사실인데, 저우쭤 어런은 마여우위(馬幼漁：마유어)와 함께 당시에 이미 일제 앞잡이가 된 베이징대학 일어 교수 쉬 모(徐某)를 신랄하게 비판한 적도 있다. 일본 침략군이 베이핑을 점령 한 지 대략 반년쯤 지난 시점이었을 것이다.22)

중국 지성계와 일본의 유관 부처에서도 저우쭤어런이 이렇게 빨리 타락의 길로 빠져드리라고는 전혀 예상하지 못했다. 일부 선의를 가진 문인들은 또 글을 써서 저우쭤어런이 진정으로 일제에 '부역'했다고 할 수 없다고 하였다. 그와 접촉한 적이 있고 그의 문장을 읽은 적이 있는 모든 사람들은 도저히 믿 을 수 없었다. 이렇게 지식이 풍부한 학자가 어째서 한 순간에 민족을 배반하 는 길로 걸어갔는지 아무도 믿을 수 없었다. 인성이 너무 나약했던 것일까? 저 우쭤어런의 부역사(附逆史)는 마치 수수께끼처럼 무수한 연구자들을 곤혹스럽 게 만들었다.

저우쭤어런의 실족(失足)과 배반은 사람들에게 심각한 유감과 놀라움을 가져 다주었다. 그가 부역한 지 오래지 않아 마오둔(茅盾：모순)·위다푸(郁達夫：욱달 부)·라오서(老舍：노사)·펑나이차오(馮乃超：풍내초)·왕핑링(王平陵：왕평릉)·후 펑(胡風：호풍) 등 18인의 사람들이 「저우쭤어런에게 보내는 공개서한(致周作人的 一封公開信)」을 발표하였다.

쭤어런 선생：
지난해 가을 베이핑과 톈진(天津：천진)이 함락된 후 문인들이 계속해서 남하해왔 는데도 선생께서는 아직도 고도(古都)에 남아 있는 것으로 알고 있습니다. 우리는 매일 포악한 적들이 문화를 파괴하면서 독서 청년들에게 위해를 가하고 있다는 소 식을 듣고 있습니다. 이에 선생의 안전에 우려의 마음을 갖고 있습니다. 더욱이 몇 몇 친구들이 편지와 전보로 선생의 안부를 물은 결과, 이제 선생의 답장을 받고서 선생께서 베이핑을 사수하려는 결심을 갖고 있다는 사실을 알게 되었습니다. 우리는

---

22) 張鐵榮, 『周作人平議』, 天津人民出版社, 1996, 145~146면.

선생께서 아직도 베이핑을 떠나지 못하는 곤경을 이해합니다. 아울러 우리는 또 선생께서 문단의 소무(蘇武)가 되어 역경을 헤치고 정절을 지킬 수 있기를 희망합니다. 그러나 최근 적국의 신문보도를 보니 놀랍게도 선생께서 왜놈들이 베이핑에서 소집한 '갱생 중국의 문화좌담회(更生中國文化座談會)'에 참가했다는 사실이 실려 있었습니다. 사진이 분명하고 토론 내용도 보도되어 있으므로 허위는 아닌 것으로 판단됩니다. 선생의 이번 행동은 실로 민족을 배반하고 적들에게 굴복하는 애석한 일입니다. 무릇 우리 문예계 동인들은 선생을 안타깝게 여기지 않는 사람이 하나도 없으며 또 이것을 치욕으로 여기지 않는 사람도 하나도 없습니다. 선생께서는 중국 문예계에서 상당한 업적을 쌓았습니다. 또 국립대학 교수의 신분으로서, 국가와 사회의 우대와 존경을 한껏 받고 있습니다. 그런데도 이렇게 천하의 극악한 짓을 저질러서, 우리 문화계에 나라를 배반하고 적에게 빌붙는 수치를 남겼습니다. 우리들이 비록 유달리 당신을 좋아한다 할지라도, 대의의 소재를 따진다면 당신을 좋아한다는 이유 때문에 천하의 양심을 끝내 저버릴 수 없습니다.

우리들은 선생의 이와 같은 행동이 우연에서 나온 것이 아니라고 생각합니다. 근래에 선생께서 보여준 중화 민족에 대한 경시와 비관이, 이것을 버리고 저것을 취하면서 적을 친구로 삼는 매국 행위의 기본적인 빌미가 된 것이 아닌가 합니다. 독서에 몰두하며 세상과 떨어져 사는 사람은 매번 이러한 정신 질환에 쉽게 감염될 수 있습니다. 선생께서는 혹시 자기 태도의 초연함에 스스로 도취하여, 마음의 묘체(妙諦)에 흔들리지 않는 진리를 깊이 터득했는지 모르겠지만, 평소에 선생의 글을 애독해온 청년들에게는 이번 선생의 행동이 어느 지경으로 폐해를 끼칠지 알 수 없습니다. 만약 선생께서 지금의 현실을 대략 살펴보기만 해도, 십 개월 동안 우리 민족이 전개해온 용감한 항전 활동이, 차라리 죽을지언정 치욕을 당할 수 없다는 위대한 민족정신을 드러내 보인 것이라는 사실을 알 수 있을 것입니다. 동시에 적군이 도처에서 저지르는 살인과 약탈이야말로 섬나라 문명의 나약함과 천박함을 드러낸 것이라는 사실도 알 수 있을 것입니다. 문명과 야만이 여기에서 확연한 모습을 드러내고 있습니다. 따라서 선생께서 평소에 좋아하고 싫어한 것들은 전혀 그 타당성을 확보하지 못할 것 같습니다. 민족 생사와 개인 영욕의 갈림길에서 깊게 관찰하고 깊게 생각하지 않을 수 없습니다. 이 사실을 선생에게 고하는 바입니다.

우리는 마지막으로 선생에게 충고합니다. 당신이 철저히 뉘우치고 신속하게 베이핑을 떠나 남하하여 항적 건국(抗敵建國)사업에 참가하길 희망합니다. 그렇게 되면 국민들은 선생께서 문예상에서 이룬 과거의 업적 및 금후의 분발과 속죄를 생각하여 어렵지 않게 다시 당신을 아끼고 사랑할 것입니다. 그렇지 않으면 모두들 선생을 민족의 대죄인이며 문화계의 반역자로 한결같이 성토할 것입니다. 생각 하나의 차이로 충성과 반역의 구별이 천 년 동안이나 이어질 것이니 현명한 판단을 내리시기 바랍니다.23)

후스 등도 먼 곳에서 편지를 보내 그가 베이징을 떠나오기를 희망하였다. 그러나 그는 들은 체 만 체 하면서 옛 땅을 혼자서 지키고자 하였다. 처음에는 사람들이 여전히 그에게 일말의 희망을 품고 있었다. 1937년 8월 구어모뤄는 「국난 속에서 즈탕을 생각하며(國難聲中懷知堂)」란 글에서 그에 대한 간절한 바람을 언급하고 있다. 그는 이 문장에서 다음과 같이 말하고 있다.

> 감칠맛 나고 내용이 알찬 그의 문장을 근래 『우주풍(宇宙風)』에서 못 본지 벌써 두 기(期)가 넘었다. 기억하건대 그가 쓴 마지막 문장의 끝머리에는 고우재(苦雨齋)가 '고주재(苦住齋)'로 되어 있었던 것 같다. 겹겹이 둘러쳐진 적의 포위망 속에서 고통스럽게 살아가는 즈탕이 지금은 어떻게 되었는지 모르겠다.
>
> 그저께 왕졘싼(王劍三 : 왕검삼)이 나를 찾아왔다. 그는 칭다오에서 상하이로 왔다고 했다. 나는 그에게 즈탕의 소식을 아는지 물어봤다.
>
> 그가 말하기를, 유언비어에 따르면 그가 현금 9000원을 들여 비행기를 전세 내어 남하하려고 준비한다고 했다.
>
> 사실 이 '유언비어'는 유언비어가 아니었으면 좋겠다는 희망을 나는 갖고 있다. 구전원이 도대체 무엇인가 온갖 여론이 들끓는 시기에 9000원의 현금을 마련한다는 것 자체가 이미 지나치게 과장된 측면이 없지 않다. 그러나 우리들이 만약 즈방을 잃는다면 그 손실은 돈으로 헤아리기 힘든 것이다.
>
> 근자에 우리 문화계에서 자신만의 독특한 풍격을 수립하고, 국제 우인들과 상호 어깨를 나란히 하면서 우리 민족에게 약간이라도 훌륭한 인격을 보여준 사람을 찾아보면 겨우 몇 사람 되지 않는다는 사실을 알 수 있다. 그러나 우리의 즈탕은 바로 이 몇 명 안 되는 사람 중에서 가장 뛰어난 사람에 속할 것이다. 비록 젊은 세대들이 그를 모두 이해하지는 못하지만 말이다.
>
> "만일 그분을 살릴 수만 있다면 백 번이라도 이 목숨 내놓을 것이다(如可贖兮, 人

---

23) 『周作人年譜』에서 재인용.

百其身)." 즈탕이 진짜로 남쪽으로 날아올 수 있다면 나 같은 사람은 그 분 대신 수천 번을 죽어도 괜찮다고 생각한다.

　일본인들 중에는 즈탕을 신봉하는 사람이 비교적 많다. 만일 그가 남쪽으로 날아온다면, 그에게 더 이상 무슨 언론 발표 같은 것을 하게 할 필요가 없다고 나는 생각한다. 남쪽으로 오는 그의 행위 자체가 포악한 일본 군부에 대하여, 그리고 인성의 자유를 상실하고 온 나라가 전쟁 준비에 광분하고 있는 일본인들에 대하여 아마도 최고의 진정제로 작용할 수 있을 것이다.[24]

저우쭈어런은 이런 말들을 귀담아 듣지 않고 여러 가지 이유를 대며 자기를 변명하였다. 저우쭈어런의 반역은 그가 자발적으로 지원했기 때문이 아니라 주로 일본의 압력 때문에 어쩔 수 없이 발생한 일이라고 치부할 수도 있을 것이다. 그러나 죽음을 두려워하고 구차하게 삶을 도모하고자 했던 것이 그 '부역'의 근원이었다고 할 수 있다. 지식인들의 정신 가운데서 가장 나약한 일면이 불행하게도 이 학자의 몸에 집중되고 말았다. 이전에 보여주었던 계몽자로서의 광채도 캄캄한 밤의 장막 속에서 암담하게 빛을 잃고 말았다.

4.

혹자는 또 저우쭈어런의 부역이 20세기 중국 지식인들이 보여준 수수께끼 가운데서 복잡 미묘한 전형 중의 하나라고 언급하기도 하였다. 나는 이런 지적이 상당히 정확하다고 생각한다. 당시에 씌어진 그의 글을 읽으면서 나는 줄곧 말로 설명하기 어려운 곤혹감을 느껴왔다. 이런 곤혹감은 그의 반역 행위와 그가 쓴 문장 사이에 서로 부합되지 않는 부분이 대단히 많다는 데에 근원을 두

---

24) 張鐵榮, 『周作人平議』, 天津人民出版社, 1996, 138면에서 재인용.

고 있다. 이것은 후대 사람들이 그에 대한 판단을 내릴 때 상당히 어려움을 느끼게 만드는 부분이다. 1930년대 후기에서 1940년대 중기까지 씌어진 그의 문장은 대체로 다음의 몇 가지 유형으로 분류해볼 수 있다. 첫째는 정치 언론이다. 이것은 대부분 관료 신분으로서 행한 발언인데 공식적이고 의례적인 말투가 많다. 어떤 사람은 이런 글들은 모두 그의 비서의 손에서 나온 것이기 때문에 결코 그의 진실한 사상을 대신할 수 없다고 말하기도 한다. 진실 여부는 논외로 하더라도 이 글들은 그의 일생 중에서 가장 지조 없는 언어로 씌어 있다. 오늘날 우리들이 이 글들을 읽어보면 혐오스러운 나머지 폐기 처분해 버리고 싶은 충동이 느껴지기도 한다. 둘째는 사상사를 논한 문장이다. 이런 종류의 문상은 저우쭤어런 자신의 창작에 속하는 것으로 여기에는 자기를 변호하는 내용이 은근히 담겨 있을 뿐만 아니라 또 국민성을 비판하는 명문들도 포함되어 있다. 사상적 깊이에서 모두 무가치한 것이라 말할 수 없다. 셋째는 독서 소품이다. 저우쭤어런은 이런 종류의 문장에서 가장 큰 성취를 보여주고 있다. 이들 문장에는 예의 경파(京派) 작가로서의 깊이와 넓이가 가득 넘쳐흐르고 있다. 『약당어록(藥堂語錄)』이 그 대표적인 저서인데, 여기에 수록된 문장은 대부분 독서 잡기류에 해당한다. 이 글들은 고문과 백화가 잘 어울리는 가운데, 고아하고 맑은 향기가 넘쳐흐르고 있으며 유연한 사고 속에 고상하고 담백한 기상이 듬뿍 스미어 있다. 이 시기에 씌어진 그의 책이야기(書話体)식 문장에는 신사(紳士)로서의 기운과 귀족적인 운치가 모두 드러나고 있다. 후인들은 이 시기에 씌어진 그의 문장을 평가할 때 서로 다른 의견을 제시하고 있다. 그를 떠받드는 사람들은 하늘까지 끌어올리고 있으며, 그를 폄하하는 사람들은 땅 속까지 끌어내리고 있다. 객관적으로 말해서 학식상에서 그는 여전히 대가의 풍모를 잃지 않고 있다. 따라서 『약당어록』에서 발산되어 나오는 전아한 맛은 확실히 다른 사람보다 훨씬 수준 높은 경지에 도달해 있다. 설령 오늘날의 관점으로 살펴보아도 이 책에 비견할 만한 저서는 거의 찾아보기 어렵다.

나는 이 시기에 그가 내면적으로 극도의 고통을 느끼고 있었다고 생각한다. 낮에 관공서에서 행하는 의례적인 응대가 속인으로서의 즐거움을 맛보게 해줄 수는 있었겠지만, 그의 내면 깊은 곳에서 일어나는 수많은 모순과 충돌을 완전히 떨쳐버리게 할 수는 없었을 것이다. 파시스트를 위해 복무한다는 것이 그에게 있어서는 일반 부역자들처럼 그렇게 간단하지 않았을 것이다. 왜냐하면 그는 혁혁한 명성을 가진 학자였기 때문이다. 이를테면 그때 그는 항상 명말의 역사를 회고하는 문장을 써서 이지(李贄) 같은 이단자를 극도로 칭찬하곤 하였다. 그러나 그가 관리의 입장에서 명말 역사의 묵은 빚을 반성하는 경우는 거의 없었다. 학자로서의 자유의식이 그처럼 ·강렬했다고 할 수 있다. 명말의 황제와 대신을 평가하는 그의 언어는 대단히 명쾌하며, 또 그 과정에서 보여주고 있는 비판의식도 보통 사람들이 쉽게 도달할 수 있는 경지가 아니다. 그때 그는 역사의 흥망성쇠를 논하길 좋아했는데, 분노어린 그의 문장들은 결코 매국노의 손에서 나왔다고 할 수 없을 정도로 훌륭하다. 그는 무엇 때문에 그렇게 많은 문장을 적었는가? 실수를 덮어 숨기기 위해서일까? 연극을 한 것일까? 이것은 쉽게 이해할 수 없는 하나의 수수께끼이다. 이 시기 희랍문화를 언급한 문장과 중일 문화를 비교한 문장도 질적인 면에서 볼 만한 수준에 도달해 있다. 이런 문장들은 모두 중국 문화가 나아가야 할 방향을 제시하는 공통적인 취지를 갖고 있는 것 같다.

1941년 그는 「중국의 국민 사상(中國的國民思想)」을 발표하여 "중국 고유의 정신 사상을 건전하게 일으킨 후에 과학적인 방법을 사용하여 서양 문명의 장점을 선택·수입하는 것이 가장 좋은 방법이다"라고 주장하였다. 1943년에는 또 「중국의 사상 문제(中國的思想問題)」를 써서 다음과 같이 말하였다. "나는 중국의 사상에 문제가 없다고 믿는다. 왜냐하면 영원히 존재하는 중심 사상이 있기 때문이다. 이는 생물의 본성에서 출발하여 인류의 도덕에서 그치기 때문에 아주 견고하고도 건전한 것이다." 1944년 그는 또 「몽상지일(夢想之一)」이라는 글에서 이렇게 언급하고 있다. "우리들은 도덕을 바꿀 힘을 갖고 있지 못하지만, 그렇다고 도덕에 대한 정당한 인식과 판단력을 갖지 못하여서는 안 된다. 우리는 마땅히 생물학과 인류학 그리고 문화사의 지식에 근거하여 이러한 일들을 수시로 검토하면서, 우리 도덕의 이론과 실제가 일정한 수준을 유지하도록 힘써야 한다. 도덕적인 해방이 수준에 못 미쳐서도 안 되지만 그것이 지나친 나머지 자연 상태로 돌아가서도 안 된다. 만약 그렇게 되면 우리의 도덕적인 수준은 다시 진흙탕 속으로 빠져들게 될 것이다.” 이러한 관점에는 이미 보수적인 성분이 스며들어 있다. 게다가 자신의 ‘반역’을 합리화하기 위해 이론적인 근거를 찾는 듯한 어구도 마구 엇섞여 있다. 나는 이런 문장이 결국 그의 내면에서 벌어진 끊임없는 격투의 산물이라고 느껴진다. 이를 테면 그는 여러 차례 문자옥(文字獄)을 언급하면서 전제적 통치 행위에 대해 깊은 증오심을 드러내고 있다. 그는 문자옥과 같은 사건은 생물계에서는 절대로 찾아 볼 수 없는 사례에 해당하며, 그것은 바로 인간의 퇴화라고 인식하였다. 중국 문화 속의 유학 사상은 본디 좋은 것이었지만 후에 왜곡되어 인간을 소외시키는 힘으로 작용하게 되었다는 것이다. 따라서 저우쭤런은 재난 속에서 중국을 구하려면 먼저 사상과 도덕을 정상화시켜야 하고, 또 인간을 무단적인 종교와 압제에서 탈출시켜 생물계의 자연 상태로 환원되도록 해야 한다고 하였다. 이런 몽상은 지나치게 유토피아적인 것이어서 세상 사람들에게 받아들여지기 어려웠다. 1940년대 이후 아주 소수의 사람만이 저우씨의 이런 생각을 언급한 적이 있다. 그의 사상의 적막함에 대해 우리는 비탄의 마음을 금할 길 없다.

이 시기 저우쭤런의 사상은 나약했다. 5·4 시기와 같은 자신감은 거의 보이지 않고 단지 노인으로서의 무력한 독백만이 보일 뿐이다. 중국 사상사를 언급한 그의 문장도 대부분 훌륭하다고 할 수 없으며 그 수준이 모두 ‘책이야기(書話)’ 식의 생동감 있는 소품문보다 훨씬 못하다. 그러나 ‘책이야기(書話)’ 식의 소품문도 장편이 단편의 아름다움에 미치지 못하며, 또 문론(文論)보다는 서발문(序跋文)이 훨씬 수준이 높다. 독서 취미를 언급한 문장들은 대부분 책에 대한 그의 독특한 체험을 담고 있다. 이것은 지금 우리의 입장에서도 일괄적으로 말살할 수 없는 유산으로 여겨진다. 하지만 시사와 사상 문제를 언급한 문장들은 대부분 취할 만한 것이 없다. 국민성 문제에 대한 심도 깊은 견해 이외에, 기타 사회 현상을 묘사한 글들도 루쉰에 비해 훨씬 깊이가 부족하여 가작이라 할 수 있는 것은 거의 없다. 그는 한편으로 일본 대동아문화 이론에 부화뇌동하면서도 또 다른 한편으로는 조심조심 지식인으로서의 독립적인 발언을 하기도 했다. 이를테면 1944년에 쓴 「갑신회고(甲申懷古)」에서 그는 명조(明朝) 멸망의 원인을 다음과 같이 이야기하고 있다. "명조 갑신(甲申)의 변란은 적어도 우리들에게 커다란 교훈을 던져 주고 있다. 백성들이 안심하고 살 수 없어서 도적이 되고 반역을 하고 또 이민족의 유혹을 받아들여 전체 국가가 붕괴되게 한 것이 그 하나이다. 선비들이 타락하여 오직 관리가 되는 것만 알고 온갖 못된 짓을 저지르며 백성들이 안심하고 살수 없게 한 것이 그 둘째이다. 이 두 가지 일 때문에 명조가 망하였다. 이 일은 삼백 년이 지난 지금까지도 현대인의 추모심을 불러일으키고 또 탄식의 마음을 금할 수 없게 한다. 결국에는 우리들이 희망해야 하는 것은 바쿠닌(Mikhail Aleksandrovich Bakunin, 1814~1876)이 말한 것처럼 이후에 더 이상 이런 병폐가 없어야 한다는 것이다." 이런 말은 모두 그의 마음속에서 우러나온 참된 말이다. 일본 괴뢰 정권의 관리가 된 저우쭈어런은 자신이 관리가 되기 전보다 명조의 멸망에 대해 한층 더 깊이 있는 느낌을 가지게 된 것이 아닐까? 이런 부류의 문장은 그가 적어도 아주 맑은 두뇌의 소유자였다는 것을 알려준다. 머리가 맑아지면 맑아질수록 그의 내면은 더욱더 고통스러웠을 것이다. 「차이졔민 선생의 일을 기록함(記蔡子民先生的事)」, 「페이밍을 생각하며(懷廢名)」, 「나의 잡학(我的雜學)」, 「여인의 문장(女人的文章)」 등의 글을 읽어보면 그가 가능한 한 학자로서의 감정을 소멸시키지 않으려고 노력했다는 사실을 알 수 있다. 그가 이렇게 학술상의 자유주의를 말하고 중국 전통문화의 낙후성을 비평하면 할수록 그의 내면에서 전해져오는 고통의 소리는 사람들의 마음을 더욱 무겁게 만든다. 그는 평화의 깊이와 연박한 학식으로 자신의 곤경을 벗어나려고 했던 것은 아닐까? 죄악의 구렁텅이에서 오히려 민족의 문화 건설을 외치는 그를 보고 얼마나 많은 사람들이 가소로움을 느꼈을까? 나는 그의 문장에서 구차한 인생의 불가항력과 발버둥치는 인생의 괴로움을 읽어낼 수 있다. 그는 아마도 스스로 자신의 무덤을 파는 이러한 비극을 의식하고 있었을 것이다. 이와 같은 환경하에서 저우쭈어런은 온화하게 우아한 태도를 가장하는 것 외에 다른 선택의 길이 없었을 것이다.

이런 저우쭈어런의 정신 상태는 최종적으로 일본인의 격노를 불러 일으켰다. 1943년 8월 일본의 카따오까 텟뻬이(片岡鐵兵)는 토꾜에서 열린 '제2회 대동아 문학자 대회'에서 저우쭈어런에 대하여 불만을 표시하면서 그를 '중국의 반동적인 노작가'라 비난하였다. 이 해에 베이징의 일제 괴뢰 정권 내부에서 분란이 발생하여 저우쭈어런은 그 여파로 괴뢰 정부 측으로부터 배척을 당하였다. 이 시기 그의 처지는 상당히 어려웠다. 정권 내부의 알력 때문에 그는 벼슬살이에 갈등을 느끼면서 점점 의기소침한 태도를 보이기 시작했다. 그러나 이미 벼슬살이의 즐거움을 맛 본 저우쭈어런은 청빈하게 물러나려고 하지 않았다. 아마도 빈곤 상태로 떨어지는 걸 두려워한 것 같았다. 관리 생활은 적이도 그에게 물질적인 즐거움을 가져다주고 있었던 것이다.

이것이 저우쭈어런에게 가장 비극적인 점이다. 밥을 얻어먹기 위해, 목숨을 구걸하기 위해 과거에 자신이 신봉했던 사상(주의)을 아낌없이 희생시키고 있다. 현대 중국의 역사에서 지식인들이 흔히 드러내는 정신적인 나약함을 우리는 저우쭈어런의 사상 편력에서도 그 일단의 면모를 엿볼 수 있다. 기개가 없는 문인은 결국 후세 사람들에게 조롱을 받을 수밖에 없다. 중국인의 도덕관에 입각해볼 때 저우쭈어런의 타락은 근본적으로 조국과 민족에 죄를 짓는 행위였던 것이다. 그가 사상적인 면에서 보여준 이러한 이율배반적 행위는 후세 사람들에게 심원한 경각심을 불러일으키고 있다.

5.

후세 사람들은 저우쭈어런의 부역에 대해 여러 가지 견해를 내놓고 있다. 첫째 의견은 스스로 낙오하여 목숨을 구걸하면서 죽음을 두려워했기 때문이라는 것이고, 둘째는 소위 공산당 지하 조직에서 괴뢰 정부에 저우쭈어런을 파견했기 때문이라는 것이고, 셋째는 부득이한 상황하에서 민족문화를 보호하기 위해 스스로 치욕스런 생활을 자처했기 때문이라는 것이다. 이런 논쟁은 지금도 계속 진행되고 있다. 필자가 부간(副刊)을 편집할 때 늘 저우쭈어런에 관한 원고를 받곤 하였다. 그 원고들은 대부분 표현이 아주 격렬하였다. 곰곰이 생각해보면, 사람들이 이 일에 대해 끊임없이 논쟁을 벌이는 이유는 다음 두 가지를 벗어나지 않는 것 같다. 즉 첫째 저우쭈어런을 증오하는 사람은 민족 감정을 기반으로 그를 배척한다. 둘째 그를 가련하게 여기는 사람은 그의 학문적 재주를 높이 평가하며 매우 안타까운 마음을 드러낸다. 1986년 난징 사범대학(南京師範大學)에서 출판된 『문교자료간보(文敎資料簡報)』 제4기에 선펑녠(沈鵬年 : 심붕년)의 회고록과 방문기가 발표되었다. 이 자료는 저우쭈어런이 매국노가 아니라는 것을 밝혀주고 있다. 저우쭈어런은 원래 일제 괴뢰 정부의 벼슬을 맡을 의사가 추호도 없었으나 공산당의 의견에 따라 어쩔 수 없이 벼슬길에 나아갔다는 것이다. 벼슬에 나간 후에 저우쭈어런은 공산당이 그에게 암시했던 "적극 속에서 소극, 소극 속에서 적극"이라는 방침을 수행했다는 것이다.25) 이 문장이 발표된 후 많은 파문이 일어났다. 홍콩의 『신만보(新晚報)』·『동방일보(東方日報)』·『명보(明報)』에서는 이 글을 앞 다투어 보도하면서, 대륙에서 저우쭈어런에게 씌워진 매국노라는 굴레를 벗겨주고 있다고 하였다. 나는 러우스이(樓適夷 : 누적이), 린천(林辰 : 임신), 쉬바오퀘이(許寶騤 : 허보규), 쳰리췬(錢理群 : 전리군), 장쥐샹(張菊香 : 장국향), 천푸캉(陳福康 : 진복강), 키야마 히데오(木山英雄), 수우(舒蕪 : 서무), 리허린(李何林 : 이하림), 야오시페이(姚錫佩 : 요석패), 리징빈(李景彬 : 이경빈) 등이 이 문장을 비판하기 위해 쓴 글과 발언 원고를 읽는 과정에서도 그 속에 스미어 있는 길고 긴 탄식의 감정을 느낄 수 있었다. 저우쭈어런 부역의 역사에는 너무나 다양하고 복잡한 문화의 그물망이 숨겨져 있다. 한 사람의 지식인으로서 저우쭈어런은 그런 혼란한 시대를 살면서 여러 세력의 유혹을 받을 수밖에 없었고 마침내는 자원하여 지옥 속으로 뛰어 들어가게 되었다. 이것이 그의 비극이었

---

25) 『魯迅硏究動態』 1987年 第1期, '敵僞時期周作人思想·創作硏討會' 開幕式에서 陳漱渝가 행한 발언을 참조할 것.

다. 그가 민족의 이익을 위해서 악의 바다로 뛰어들었는가? 현 상황에서 살펴볼 때 이는 부정적이다. 나는 항상 저우쭈어런의 비극이 역사의 객관적 힘에 의해 조성된 것이기는 했지만, 더 중요한 원인은 그 자신의 소극적이고 유약한 태도 때문이라고 생각해왔다. 당시 공산당의 지하 임무를 담당하였던 쉬바오쿼이는 저우쭈어런을 설득하던 경험을 다음과 같이 회상하고 있다.

1940년 11월 초 화베이(華北 : 화북) 괴뢰 정부 정무위원회 교육총서 독판(敎育總署督辦)인 탕얼허가 병사하여 그 직위가 공석이 되었다. 나는 당시 괴뢰 조직의 고위 정치권에서 활동하였기에 비교적 소식에 정통하여 일련의 상황을 알게 되었다. 먀오빈(繆斌 : 목빈)이란 자가 당시 일본 측 일파의 배후 조종과 지지 아래에서 이 공석인 자리를 차지하려고 애쓰고 있있는데 거기에 호응하는 목소리가 상당히 많았다. 괴뢰정권 속의 다른 일파 즉 왕이탕(王揖唐 : 왕읍당)과 같은 사람들은 오히려 저우쭈어런을 염두에 두고 있었다. 이도 물론 일본 측의 또 다른 일파의 의도에서 나온 계획이었다. '삼인좌담회'에서(그때, 왕딩난(王定南 : 왕정남) 동지와 나 그리고 장둥쑨(張東蓀 : 장동손)은 대략 반 달에 한 번씩 모임을 가졌다. 대부분의 경우는 홍퉁관(弘通觀 : 홍통관) 4호 나의 집에서 상황을 보고하고 사업을 기획하였다.) 나는 이러한 상황을 보고하고 문제를 제기함과 동시에 이 상황을 어떻게 운용하고 또 이 상황에 어떻게 대처할 것인지를 함께 토론하였다. 우리의 인식에 의하면 먀오빈은 국민당 앞잡이이고 현재 신민회(新民會) 건달이기 때문에 만약 그가 화베이 교육을 장악하고 제멋대로 노예화 교육을 자행한다면 청년들에게 얼마나 큰 해악이 미칠지 알 수 없는 일이었다. 따라서 미땅히 그를 배척해야 했다. 이때에 우리는 먀오빈을 배척하기 위해 아주 자연스럽게 의중에 오랫동안 묻어두고 있던 저우쭈어런을 상기하게 되었다. 그러나 저우쭈어런은 명망이 있는 사람이기 때문에 그에게 괴뢰 정부의 교육총서 독판(敎育總署督辦)을 맡기게 되면 결국 일본 괴뢰 정부의 위상을 높여 주는 일이 될 수도 있었다. 이것은 매우 좋지 않은 결과이므로 우리는 이러한 측면도 고려해야 했다. 이어서 우리는 또 생각을 바꾸어 저우쭈어런이 이미 괴뢰 베이징 대학교 문과대학 학장을 맡고 있다는 사실을 상기하게 되었다. 당시의 유행어로 표현하자면 그가 이미 한 발을 '물에 담그고(下水)' 있으므로(그가 괴뢰 베이징 대학 문과대학 학장을 맡게 된 일은 쟝멍린(蔣夢麟 : 장몽린)의 부탁과 관련이 있다. 이것은 또 다른 일이며, 당시에 나도 알지 못하는 일이었다), 물길을 따라 배를 저어가게 하고, 또 한 걸음 더 나아가 괴뢰 정부 교육 독판의 자리를 맡게 하여 사악한 먀오빈을 저지하는 것도 무방한 일로 여겨졌다. ……

'삼인좌담회'에서 내린 결론에 따라 내가 저우쭈어런을 찾아가서 설득 작업을 해야 했다. 나는 처지를 바꾸어서 저우쭈어런을 위해 방법을 생각해보았다. 나는 복안을 얘기하는 과정에서 두 마디의 말을 생각해내었다. 나는 저우쭈어런에게 말했다. 얼써우(爾叟 : 湯爾和)가 죽어 독판 자리가 공석이 되자 그 자리를 차지하려고 뛰어다니는 사람이 많습니다. 그런데 먀오빈의 목소리가 상당히 큽니다. 그 자가 어떤 자입니까? 지식인들에게 멸시를 받는 자입니다(저우쭈어런은 여기까지 듣고서 얘기하는 도중에 한두 마디 질문을 했다. 나는 그에게 먀오빈이 원래 국민당 앞잡이이며 현재 신민회 비도(匪徒)라는 사실을 알려주었다). "만약 그가 목적을 달성한다면 교육에 해독을 끼치고 청년들을 노예화할 것이니 그 병폐가 상상하는 것보다 심할 것입니다(저우쭈어런은 여기까지 듣고 동요하는 빛을 보이는 듯 했다). 문화 교육을 생각하시고 청년 학자들을 생각하십시오 선생님(저우쭈어런)께서 만약 문과대학 학장의 자격으로 출사하여 먀오빈을 배척할 수만 있다면 이것은 큰 공덕이 될 것입니다(저우쭈어런은 진지한 표정으로 듣고서 살짝 머리를 끄덕이는 것 같았다)." 나는 계속해서 말했다. "만약 출사하게 되면 일본측의 독촉 아래에서 직책상 당연히 적극적으로 일을 해야 할 경우도 있을 것입니다. 우리 측에서는 이에 대해 가능한 한 소극적인 태도를 유지할 것입니다. ─이것은 적극 속의 소극입니다. 그러나 이런 소극적인 태도는 노예화를 저지하는 적극적인 작용을 갖고 있습니다─이것은 또 소극 속의 적극입니다(저우쭈어런은 여기까지 듣고서는 다시 빈번하게 고개를 끄덕이며 상황을 이해하는 듯하였다)." 이상이 바로 내가 저우쭈어런을 설득한 대의이자 그와 이야기를 나눈 광경에 대한 묘사이다.26)

이 일단의 역사는 매우 중요하다. 그러나 자세히 분석해보면 의혹 투성이이다. 당시의 저우쭈어런에게는 다른 어떤 부분보다 일본측의 위협이 가장 엄중했다고 할 수 있다. 공산당이 얼마나 큰 영향을 미칠 수 있었는지에 대해서 우리는 쉽게 판단을 내릴 수 없다. 게다가 공산당에 대한 저우쭈어런의 태도는 시종일관 냉소적이었다. 나는 당시 그의 언행에서 두 가지 점을 살펴보아야

---

26) 許寶騤, 「周作人出任華北敎育督辦僞職的經過」, 『魯迅硏究動態』, 1987年 第1期.

한다고 생각한다. 첫째는 그가 무엇을 했는가라는 점이고 둘째는 그의 문장이 어떤 경향으로 흐르고 있었는가 하는 점이다. 이 두 가지 점은 지금 벌써 너무나 분명하게 밝혀져 있어서 더 이상 다른 해석이 필요하지 않을 정도이다. 우리들이 만약 「중국의 사상 문제(中國的思想問題)」, 「중국 문학상의 두 가지 사상(中國文學上的兩種思想)」, 「한문학의 전도(漢文學的前途)」, 「한문학의 전통(漢文學的傳統)」 등과 같은 저우쭈어런이 일본 괴뢰 정권 시기에 쓴 문장을 읽어보면, 그의 사상이 점차 퇴보하고 있음을 알 수 있다. 부역은 부역인 것이다. 이것은 역사적 사실이다. 후인들이 그의 순결함을 증명하려고 노력해도 그것은 모두 헛수고일 따름이다.

만약 신정으로 공산당이 저우쭈어런을 파견하여 괴뢰 정부의 관리가 되게 했다면, 그가 만년에 저우언라이(周恩來 : 주은래)에게 편지를 보내 그 당시의 일에 대해서 변명하지 않았을 것이다. 만약 그가 줄곧 침묵을 유지하는 가운데 해방 후에 비교적 좋은 대우를 받았다면 문제가 아주 복잡해졌을 것이다. 애석하게도 그는 끊임없이 친구들에게 자신에 대한 변명을 늘어놓았다. 첫째, 그는 베이징대학 장멍린 총장의 위탁을 받아 베이핑에 머물면서 학교 재산을 관리했다는 것이다. 둘째, 집안의 일가붙이들이 너무 많아서 남쪽으로 이동할 수 없었다는 것이다. 셋째, "학교는 괴뢰라 하더라도 학생은 괴뢰가 아니며, 정부는 괴뢰라 하더라도 교육은 괴뢰가 되도록 내버려 둘 수 없다는 신념을 견지한 채, 일제의 노예화를 막기 위하여 자신의 온 힘을 쏟아 부었다"는 것이다. 이러한 변명 속에서도 공산당의 지시를 받고 파견되었다는 말은 찾아 볼 수 없다. 이는 공산당 지하 조직이 그에게 끼친 영향이 일면적이었다는 사실을 말해준다. 그러므로 진정으로 그를 반역의 수렁으로 빠져들게 한 것은 그의 개인주의적인 인생 태도였다고 나는 생각한다.

저우쭈어런은 다음과 같이 말한 적이 있다. "인간은 본래 생물의 하나이다. 생물은 당연히 생존하여야 한다. 이것은 가장 기초적인 욕망이다." "중국인은 인간이며 생물이다. 따라서 생존하여야 한다. 이것은 중국인의 국민성이다."[27] 인간이 생물의 하나일 뿐이라면 소위 도덕은 인간이 사회를 다스리는 외재적인 구속에 불과하다. 따라서 저우쭈어런의 눈에는 중국인의 전통 도덕관에 많은 문제가 있는 것으로 보였다. 1940년에 쓴 「도덕만담(道德漫談)」에서 저우쭈어런의 그러한 생각을 읽을 수 있다.

> ……중국 사상에는 인민을 위하는 일파와 군부(君父)를 위하는 일파가 존재해왔는데, 후자가 후에 독점적인 세력을 구축하여 국민의 도덕관을 통제하였다. 이것은 아주 불행한 일이다. 나는 평소 근대 문인들의 문집을 읽어왔다. 거기에도 대부분 고관대작, 효자, 수절 과부 등의 일이 기록되어 있다. 필기를 보아도 대부분 불효를 욕한다든가, 수절 과부의 아들이 과거에 급제하는 일 따위를 이야기하고 있어서 책장을 펼치기만 해도 불쾌한 느낌이 든다. 이것들이 이른바 모두 교화에 유익한 문자라는 것이다. 그러나 그 뜻이 얼마나 비루하고 그 영향이 얼마나 하잘 것 없는 것인가? 윗사람이 만약 아랫사람을 위협하는 데만 힘쓴다면 자신에게 복종하지 않는 사람들에게 징벌만을 일삼을 것이고, 아랫사람이 만약 이익 추구에만 몰두한다면 윗사람에게 복종하는 일을 부귀의 수단으로만 생각할 것이다. 이렇게 되면 부자(父子)·부부(夫婦) 간의 친한 관계가 자연스러운 사랑으로 맺어지지 못하고 오히려 보상이나 이해만을 따지는 삭막한 관계로 전락하고 말 것이다. 이 어찌 차갑고 천박한 도덕을 백성들에게 가르치는 것이 아니겠는가? 이렇게 하는데도 백성들의 덕성이 어찌 타락하지 않을 수 있겠는가? 가만히 생각해보건대, 중국의 도덕 표준을 마땅히 개정하여 다른 사람을 사랑하고 백성에게 가까이 다가가는 것을 가장 중요한 일로 삼아야 할 것 같다. 아울러 자기 자신 바깥에 다른 사람들이 존재하고, 자기 자신도 다른 사람들 가운데에 존재한다는 사실도 알아야 한다. 그러므로 다른 사람을 위하는 것과 자기 자신을 위하는 것은 실로 한 가지 일이 되는 것이다. 공허한 말일지 모르지만 지금 중국에서는 서로간의 믿음이 오히려 양약(良藥)으로 작용할 수 있다. 단지 어떻게 복용할 것인가의 문제에 대해서는 천학비재한 이 사람이 아직도 방법을 생각해내지 못하고 있다.[28]

나는 줄곧 이것이 자기 자신에 대한 변명이라고 인식해왔다. 중국 구도덕의 병폐를 언급하면서 그 핵심을 간파하고 있는 점은 정말 예리하다고 할 수 있

---

27) 『周作人文選』 第3卷, 廣光出版社, 1995, 391면.
28) 위의 책, 349면.

다. 그러나 이 말은 그가 일제에 부역을 한 후에 나왔기에 자신의 입장과 이익만을 따진다는 혐의에서 자유로울 수 없다. 임금을 사랑하고 나라를 사랑할 때 우리는 그 임금이 어떤 임금인지 그 나라가 누구의 나라인지를 따져보아야 한다. 만약 그 임금이 폭군이고 그 나라가 전제주의의 나라라면 이것을 위해 절개를 지키는 것은 어리석은 행위에 불과할 뿐이다. 그렇다고 자신의 절개를 내팽개치고 외국의 상전에게 몸을 굽히고 외부의 힘을 빌어 애민(愛民)을 행하는 것 또한 도덕이라고 말할 수 있겠는가? 이것은 가치관적 난제인데, 지금도 이 문제에 대해 많은 논쟁을 하고 있지만 여전히 해결의 기미를 보이지 않고 있다. 저우쭈어런은 치욕스러운 행위로 소위 애민(愛民)을 실천하면서 그것을 실절(失節)로 생각하시 않았다. 그는 우선 국가의 개념을 배제한 채 "정부는 괴뢰이더라도 문화는 괴뢰일 수 없다"고 하면서 국가의 이익은 문화나 민중의 이익에 훨씬 미치지 못한다고 인식하였다. 10여 년 전 3·18 참변 때에 저우쭈어런은 "이 무슨 놈의 세계에서 아직도 애국을 이야기하는가?"라고 언급한 적이 있다. 여기에서도 국가에 대한 그의 생각이 다른 사람의 이해와 다르다는 것을 알 수 있다. 부역 이후에 저우쭈어런은 좋은 일을 많이 하기도 했다. 예컨대 리다자오(李大釗)의 자녀에게 도움을 주었다든지, 베이징대의 재산을 보호했다든지, 또는 중국 공산당 지하조직과 왕래했다든지 하는 일들이 그것이다. 그러나 만약 그가 진정으로 인민을 사랑했다면, 파시스트 분자들과 함께 도처에서 강연회를 하고, 일본군을 시찰·위문하고 괴뢰 만주국을 방문하는 등의 행위는 어떻게 해석해야 하는가? 사람들이 자신에 대한 변명을 완벽하게 할 수 없다는 사실이 저우쭈어런 사건에서도 잘 드러나고 있다. 나는 이 자리에서 린천 선생의 다음과 같은 말을 상기하게 된다. 아주 좋은 지적이라고 생각된다.

저우쭈어런은 괴뢰 정부에서 벼슬살이하는 동안 의기양양 기쁨에 넘쳐 있었다. 그는 군복을 입고 괴뢰 정부 신민회 청소년단을 사열하기도 하였고, 난징·쑤저우(蘇州 : 소주)에서 열린 연회에 참석하여 음주 가무를 즐기기도 하였다. 난징 쉔우호(玄武湖)를 유람할 때에는 "찌그러진 수레와 지친 말로 뽐내며 지나다가, 두부 요리 먹

으려고 뒤편 호수로 들어간다(疲車羸馬招搖過, 爲吃干絲到後湖)”라는 시구를 짓기
도 했다. 이는 그가 사람들 앞에서 자신을 뽐내면서 자신의 본래 모습을 잊어버리고
있다는 사실을 잘 표현한 시구이다. 1943년 4월 어머니께서 세상을 뜬 후에 그는 「선
모사략(先母事略)」이란 글을 한 편 지었다. 이 글 속에 그는 “쭈어런은 국민 정부의
은혜로 위원직에 선임되어 수도로 가서 주석을 알현하였다” 등과 같은 말을 적어 넣
었다. 그가 매국노가 된 것은 어쩔 수 없는 일이었다 하더라도, 만약에 조금이라도
수치심을 가졌다면 어머니의 사략(事略)을 적으면서까지 괴뢰 정부의 위원직을 맡아
난징에 가서 대매국노 왕징웨이를 알현한 일을 적을 필요는 없었을 것이다. 그러나
그는 오히려 이 일을 즐겁게 이야기하면서 영광스런 일로 인용까지 하고 있다. 그가
항상 사용했던 도장에는 ‘부끄러움을 안다(知慚愧)’는 글자가 새겨져 있었다. 그러나
사실대로 말하자면 그는 부끄러움을 모르는 사람이었다.[29]

저우쭈어런이 어떻게 자신을 변명해도 매국노로서의 역사는 지울 수 없다.
루쉰과 비교해보면 인생의 경지와 삶의 태도가 하늘과 땅만큼 차이가 난다는
것을 알 수 있다. 저우쭈어런의 비극은 지식인들이 빠져들기 쉬운 비극세계의
한 전형이다. 개인주의와 자유주의는 20세기 중국에서 통용될 수 없었다. 한
사람의 학자로서 저우쭈어런은 걸출한 업적을 남겼다. 하지만 생활과 정치, 도
덕, 의식상에서는 대단히 유치한 모습을 보여주었고 심지어는 아주 저열하게
행동하기도 하였다. 그러나 루쉰을 상기할 때면 곧 위대한 ‘민족혼’이 느껴진
다. 확연히 구별되는 저우씨 형제의 인생 경지는 후세의 중국인들에게 서로
다른 모습을 비춰볼 수 있는 양면 거울을 제공해주었다. 우리들은 여기에서
충성과 반역, 초월과 불가항력, 희망과 절망, 생존과 멸망 등과 같은 일련의 이
율배반적인 명제를 비춰볼 수 있다. 당신이 누구를 선택하고 누구에게 경향되
어 있던지 간에 이들 두 형제가 던져주는 가치관적 난제에서 벗어나기 힘들
것이다. 저우씨 형제는 이런 모순된 문화의 고리를 잡고 후세 사람들에게 끝
없는 화두를 던져주고 있다.

---

29) 林辰, 「淪陷期周作人的政治立場」, 『魯迅研究動態』, 1987年 1期.

독서 취향(상)

1.

　저우씨 형제는 만청(晚淸) 시기에 태어나 국민혁명을 겪으면서 사상적으로 신구(新舊) 양 시대를 뛰어넘었다고 할 수 있다. 그들의 개성에도 신구의 특징이 모두 포함되어 있다. 신(新)의 특징이라는 것은 개방적인 시각으로 반역의 목소리를 많이 낸다는 것이고, 구(舊)의 특징이라는 것은 한편으로 어쩔 수 없이 전통 문인의 습성을 가지고 있다는 것이다. 이러한 신과 구의 복잡한 개성을 일목요연하게 이해하기 위해서 나는 두 사람의 학문과 독서, 그리고 장서(藏書) 취향을 한 번 살펴보는 것이 가장 좋다고 생각한다.

　먼저 루쉰(魯迅 : 노신)을 살펴보자. 루쉰은 책을 목숨처럼 좋아했던 사람이었다. 내가 루쉰박물관에서 일을 할 때, 그의 대량의 장서를 보고 정말 감탄을 금할 수 없었다. 그것은 얼마나 넓고도 큰 세계였던가! 고서·일본책·독일책 등 정말로 이루다 기억할 수조차 없다. 그의 책은 아주 깨끗했고 포장도 가지

런했다. 나는 그의 장서 창고에서, 포장한 책 표지 위에 때때로 아주 단정하게 써 놓은 그의 글씨들을 발견하곤 하였다. 그의 글씨는 아주 전아하였다. 루쉰의 초기 일기를 읽어보면 십중팔구는 책을 찾거나 책을 구매한 내용을 기록해 놓은 것이다. 이러한 습성은 대부분 구식 문인들의 오랜 취향과 유사하다. 루쉰 선생도 역시 옛 물건을 수집하고 보관하는 일을 좋아했다. 이를 테면 한대(漢代) 그림이나 한대 벽돌 수집, '고본(孤本)'·'선본(善本)'에 대한 특별한 애호, 옛날 전적 정리에 많은 시간을 투입하는 등등의 일이 그것인데, 이러한 활동은 일반 사람들이 쉽게 하기 힘든 일이다.

저우쭈어런(周作人 : 주작인)도 골동품에 대한 자신의 애호가 루쉰의 영향을 받았다고 토로한 적이 있다. 이는 틀림없는 사실이다. 루쉰은 수집·교감·초서(抄書)를 하기 위해 많은 공부를 하였다. 그는 후에 베이징 대학에서 중국 고대 소설사를 강의하면서 『중국고대소설사략(中國古代小說史略)』이란 책을 썼는데 정말로 수준 높은 저작이라고 할 수 있다. 중국 소설에는 그때까지 역사라는 것이 없었다. 소설사를 쓰려면 당연히 옛 전적을 정리하는 능력이 요구된다. 그에게 만약 이 부문에 대한 수십 년 간의 수양이 없었다면 소설사는 씌어지기 어려웠을 것이다. 그가 정리하고 교감한 것으로 『운곡잡기(雲谷雜記)』, 『회계군 고서 잡집(會稽郡古書雜集)』, 『혜강집(秵康集)』 등이 있고, 그가 편집한 것으로는 『환우 정석도(寰宇貞石圖)』, 『쓰탕 전문 잡집(俟堂專文雜集)』, 『육조 묘명 목록(六朝墓名目錄)』, 『육조 조상 목록(六朝造象目錄)』, 『각성 화상 잡목(各省畵象雜目)』, 『위원헌 묘지 잡목(魏元軒墓志雜目)』, 『가상 잡화상(嘉祥雜畵象)』, 『취중 전고 서장(醉中典故書賬)』, 『월중 금석목보(越中金石目補)』 등등이 있다. 이것들은 정말로 고상하고 품격이 높은 책이다. 현대 문인 중에서 이런 정신적 바탕에다 루쉰처럼 기초를 튼튼히 쌓은 사람은 거의 찾아보기 어렵다. 고서를 읽고 옛 전적을 편집하는 이유는 첫째로 지식을 탐구하고 천성을 함양하기 위함이었고, 둘째로 다양한 인생을 체험하기 위함이었다. 루쉰이 정신적으로 가장 고통스런 세월에 항상 자신의 몸 가까이에 두고 있었던 것은 대부분 이런 고서와 골동품들이었다. 옛 비석을 베끼고 역사적 자료를 수집하는 일은 보통 수년이 걸리는 일이다. 지금 볼 수 있는『식훈당 총서(式訓堂叢書)』,『한학 총서(漢學叢書)』,『지진재 총서(咫進齋叢書)』,『십만권루 총서(十萬卷樓叢書)』,『후지부족재 총서(後知不足齋叢書)』,『수초당 서록(邃初堂書錄)』,『채록 소설사 재료 서목(采錄小說史材料書目)』,『심하현 문집(沈下賢文集)』,『이의산 잡찬(李義山雜纂)』,『갈고록(羯鼓錄)』등과 같은 수십 종의 친필 원고는 글자체가 수려하고 교정이 엄격하여 모두 우리가 쉽게 접할 수 없는 문자 명품이라고 할 수 있다. 또 그가 집록한『고소설 구침(古小說鉤沈)』도 내용이 풍부하고 항목이 다양하여 이 부문에 끼친 공이 막대하다고 할 수 있다. 이러한 자료 집록은 수십 년 동안 지속되었지만 생전에 발표하거나 출판한 적이 전혀 없었다. 루쉰 선생의 자필 문장을 읽어보면 아주 세심하고 치밀한 그의 성격을 엿볼 수 있다. 우리는 감탄사를 연발하는 것 이외에 달리 할 말이 없을 지경이다.

옛 서적을 교감한 루쉰의 문장을 세심하게 살펴보면 그가 정사(正史)에는 그다지 주의하지 않았음을 알 수 있다. 그는『십삼경(十三經)』을 거의 대부분 읽었지만, 어명으로 편찬한 역사서의 관점에 대해서는 대부분 회의적인 시각을 드러내면서, 이러한 역사책에는 절망적인 부분이 너무 많다고 회고한 적이 있다. 그가 편집한『회계군 고서 잡집(會稽郡古書雜集)』,『고소설 구침(古小說鉤沈)』, 그리고 그가 집록한『운곡 잡기(雲谷雜記)』에서도 가장 중요하게 여긴 자료는 모두 야사와 필기 등이었다. 선인들은 이러한 자료에 전혀 주의를 기울이지 않았거나 혹은 또 일고의 가치도 없다고 여겼다. 그러나 루쉰은 이에 대해 많은 관심과 흥미를 가졌다. 그가 지은『중국 소설사략(中國小說史略)』과『한문학사 강요(漢文學史綱要)』를 읽어보면 야사에서 채록한 자료가 아주 많고 또 그 속에서 즐거움을 만끽하고 있음을 알 수 있다. 루쉰은 이 같은 궁벽한 세계에서 상규(常規)에서 벗어나 있지만 생명 가치가 풍부한 자료를 발견하고 있다. 인류의 쓰라림과 고통, 지혜와 행복은 모두 이러한 역사의 옛길 위에 기록되어 있다. 루쉰은 이 속에서 역사의 진상을 발견하였고, 또 인생의 참 맛을 깊이 체험하였다. 이로 인해 그가 명대의 '오관 총서당 초본(吳寬叢書堂鈔本)'을 저본으로 편찬된『혜강집(嵇康集)』을 교정할 때는 위진(魏晉) 문인의 거칠고도 씩씩한 기상을 묵묵히 음미하는 듯하였다. 그러나 『백유경(百喩經)』을 교감하는 과정에서 보여준 서글픈 모습은 불가항력적인 삶에 대한 탄식이라고 할 수 있다. 루쉰은 고서를 읽으면서 인생의 크나큰 비애와 크나큰 기쁨을 느끼고 있다. 단지 아취(雅趣)만을 가지고 루쉰의 독서 취향을 저울질한다면 그 속에 포함된 참된 뜻을 알기 힘들 것이다. 그가 고서적에 파묻혀 항상 찾고자 했던 것은 인생의 참된 의미였지, 결코 옛 것을 추수하려는 의도가 아니었다. 쉬서우창(許壽裳 : 허수상)은 이에 대해 다음과 같이 진술하고 있다. "루쉰은 평소에 한위 문장(漢魏文章)을 암송하기를 좋아했다. 특히 공융(孔融)과 혜강(嵇康)의 문장을 찬양하였다. 우리들이 「위진 풍도 및 문장과 약과 술의 관계(魏晋風度及文章與藥及酒之關係)」(『이이집(而已集)』)라는 글을 읽어보면 그 대략적인 내용을 알 수 있다. 무엇 때문에 이렇게 찬양하고 있는가? 루쉰은 성격이 강직하고 굽힐 줄 모르기 때문에, 차라리 거꾸로 처박혀 부러지기를 바란다. 권세가를 증오하기 때문에 그들을 전혀 안중에 두지 않는다. 깨끗하고 단단한 모습이 마치 백옥과 같으며, 늠름하고 굳센 모습이 마치 추상과 같다. 이런 부분에서 공융·혜강과 유사한 면모가 있어서 이들의 글을 찬양하고 있는 것이다."[1] 이것은 대체로 역사 속에서 자신과 동일한 목소리를 찾고, 민간 풍속에서 삶의 참된 의미를 발견하기 위해, 옛 전적에 자신의 심리를 기탁한 행위라고도 할 수 있다. 5·4 이후의 작가 중에서 루쉰처럼 평생토록 변함없이 야사에 관심을 기울인 사람은 아주 찾아보기 힘들다. 오래된 역사 속에 침잠해보지 않은 사람은 과거 문화사 속에서 살아 움직이는 그 무엇을 느낄 수 없다. 루쉰은 잡감·소설의 많은 부분에다 이미 가버린 영혼의 침중한 날개를 감추고 있다. 그의 광활한 사유 공간 속에는 지나간 역사의 묘혈(墓穴)들이 숨겨져 있다. 따라서 루쉰을 이해하기 위해서는 그의 고문서발류(古文序跋類)와 같은 문장을 읽지 않으면 안 된다. 거기에는 그의 문화적인 잠재력과 정신적인 근원이 담겨 있다.

　루쉰이 교감 부문에 기울인 노력은 실로 거대하다. 이것은 대체로 장타이옌

---

1) 許壽裳, 『亡友魯迅印象記』, 人民文學出版社, 1977, 39면.

(張太炎:장태염)의 영향을 받은 것으로 보이는데, 고문자와 불경 부문에 쏟아 부은 루쉰의 노력과 열정은 정말로 사람을 놀라게 한다. 쉬서우창이 일찍이 이렇게 감탄한 적이 있다. "루쉰의 고소설사 연구는 근면한 수집, 엄격한 고증, 독보적인 판단이 돋보인다. 요즈음은 소설을 연구하는 사람이 점차 많아져서 송(宋) 이후의 사료에도 새로운 발견이 이루어지고 있지만, 옛날에 벌써 흩어진 자료를 수집하는 공에 있어서는 아직도 루쉰의 업적을 따를 수 없다."2) 1913년 루쉰은 『설부(說郛)』속에서 『운곡 잡기(雲谷雜記)』를 찾아내었는데, 명대 잔본(殘本) 『설부』는 시중에 함께 통용된 『운곡 잡기』판본과 달랐기 때문에 그는 특히 다음과 같이 신중하게 언급하고 있다. "잘못되고 빠진 부분이 매우 많아서 쉽게 믿을 수 없다. 한가한 시간이 있으면 세심하게 교정하는 것이 마땅하다."3) 여기에서도 루쉰 선생의 세심한 태도를 엿볼 수 있다. 중국의 옛 전적에는 위조된 것이나 뒤섞인 것이 대단히 많기 때문에 루쉰은 그 오래된 책들을 다루면서 다음과 같이 탄식하고 있다. "이 낡은 책들은 덕지덕지 개칠이 되어 있고 또 이러쿵저러쿵 허튼 소리가 너무 많아서 쉽게 속 내막을 살펴볼 수 없다. 그것은 빽빽한 나뭇잎을 겨우 통과한 달빛이 이끼를 비출 때 점점이 부서지는 달빛 그림자가 좀 보이는 것과 같다."4) 명대 이후로 책을 간행한 사람들은 이익만을 추구하는 경향이 있었다. 『고금 설해(古今說海)』나 『오조소설(五祖小說)』 등의 책에도 믿을 수 없는 곳이 대단히 많다. 이는 곧 후세 사람들이 책을 읽는 과정에 여러 가지 번거로운 고민거리를 제공해준다. 루쉰은 이것을 깊이 가슴 아파하고 아주 경계하였다. 따라서 그의 상세하고 정밀한 교감은 후세의 모범이라 칭할 만하다. 그는 친구에게 보낸 편지에서 여러 차례 위서(僞書) 감별의 중요성을 언급하곤 하였다. 일단의 역사적 사실이나 불명확한 문자를 바로잡기 위하여 루쉰은 많은 정열과 심혈을 쏟아 붓는 것을 아까워하지 않았다. 그 방법과 끈기 모두가 다른 사람의 안목을 일신시켜 줄 만한 것이라고 할 수 있다. 저우쭤어

---

2) 許壽裳, 위의 책, 40면.
3) 『魯迅全集』 第10卷, 人民文學出版社, 1981, 16면.
4) 『魯迅全集』 第3卷, 人民文學出版社, 1981, 17면.

런은 만년에 형의 교감 작업을 회상하면서 다음과 같이 소개하고 있다.

<blockquote>

그는 비문을 베껴 가지고 와서 왕란천(王蘭泉)의 『금석췌편(金石萃編)』과 대조해 보다가 이 책에 잘못된 부분이 많다는 것을 발견하였다. 그래서 그는 즉시 믿을 수 있는 정본을 정밀하게 새로 만들어보려고 하였다. 그의 방법은 먼저 자로 비문의 높이와 넓이를 잰 뒤 모두 몇 행으로 되어 있으며 또 매 행마다 몇 글자씩 들어가는지를 조사하는 것이다. 그런 후에 글자를 보고 베끼고 나서 행의 끝에 이르러서는 하나의 횡선(橫線)을 그어둔다. 잔결(殘缺)된 글자에 대해서는 옛날에는 있었지만 지금은 없어진 것인지, 옛날부터 없어진 글자이지만 지금까지 미세하게 형체가 남아 있는 것인지 모두 일일이 분류하여 상세하게 주석을 달았다.[5]

</blockquote>

그가 손수 베낀 『법현전(法顯傳)』·『백유경(百喩經)』 등을 다시 한번 살펴보면 그 교감의 세밀함에 감탄이 그치지 않을 정도이다. 이를테면 『백유경(百喩經)』을 교정할 때에 루쉰은 "일본에서 번각(翻刻)한 고려(高麗) 보영(寶永)의 기축년본(己丑年本)을 근거로 교감을 진행하면서, 무려 70여 곳에 평어와 주석을 달았다. 서로 다른 글자나 어휘 또는 고려본에는 없는 문장이나 자주 출현하는 문장에 모두 주석을 가했으며, 아울러 교감한 글자 옆에 검은 점을 찍어서 사람들의 주의를 환기시키고 있다"[6] 루쉰의 일기에도 옛 전적을 교정하던 일이 기록되어 있다. 그의 성실하고 진지한 정신이 드러나 있는 몇몇 부분은 정말 독자로 하여금 깊은 감동을 느끼게 한다. 후스·저우쭈어런처럼 동서양 학문에 정통했던 사람도 루쉰의 이런 개성을 언급할 때에는 극도의 찬사를 아끼지 않고 있다.

때때로 나는 루쉰의 도서목록이나 도서 구입 사실을 그의 일기를 통해 읽으면서 그에게 배어 있는 짙은 책 향기를 은은하게 느끼기도 하였다. 그러나 내가 자못 기이하게 여기는 한 가지 일은 루쉰이 저우쭈어런처럼 책이야기(書話體) 식의 문장이나 품서(品書)에 관한 글은 거의 쓰지 않았다는 사실이다. 그는

---

5) 周遐壽, 『魯迅的故家』, 人民文學出版社, 1957年 8月.
6) 趙英, 『籍海探珍』, 中國文史出版社, 1991, 61면.

독서의 즐거움을 논하는 문장은 전혀 쓰지 않았다. 여행기류의 수필을 거의 쓰지 않은 것처럼 말이다. 책에 대한 사랑은 분명히 깊이 간직하고 있었지만, 전통 문인의 독서 소품은 그의 세계로 진입할 수 없었다. 이것이 바로 문화 심리와 독서 심리 측면에서 그와 저우쭤런이 근본적으로 갈라지는 지점이다. 나는 이러한 측면을 이해할 수 있어야 문화적인 측면에서 드러나는 두 사람의 특수한 차이점을 찾을 수 있다고 생각한다. 이런 점을 계속 탐구해나가면 적지 않은 연구 결과를 얻을 수 있을 것이다. 루쉰은 항상 심미적인 즐거움을 교감과 초록의 힘든 작업 속에 녹아들도록 하고 있다. 그러나 루쉰은 옛 전적을 정리하는 과정을 통해 인생을 반성하는 일에 더 많은 의미를 부여하고 있다. 그는 아마도 환상 속에서 자신을 마취시키고 싶어 하지 않은 듯하다. 그는 고서에 대해 지나칠 정도로 뜯어보기를 좋아했기 때문에 고인들에게 무삭성 끌려가는 경우는 드물었다. 그래서 우리는 그의 세계에서 선별하고 선택하고 지양(止揚)하는 엄밀한 학문 자세와 생기발랄한 생명의 기운을 발견할 수 있다. 그는 역사에 대한 명상을 거의 모두 현실 인생으로 은밀하게 전이시키고 있다. 다만 시대의 병폐를 공격한 그의 잡감문을 읽어보면 그가 독서 과정에서 얻은 지혜를 더러 엿볼 수 있지만, 그는 자신의 학식을 결코 과장되게 자랑하지 않았다. 이것이 전통 문인들과는 다른 위대하고도 비범한 루쉰의 일면이다. 서양식 교육을 받았던 후스 등도 이러한 경지에 도달할 수 없었다.

독서인의 흥미와 출발점은 다른 것이다 누가 깊고 누가 천박한가는 그의 장서와 학문 방법을 살펴보아야만 그 대략을 짐작할 수 있게 된다.

2.

루쉰의 지혜는 그의 지식 구조와 많은 관련을 맺고 있다. 루쉰 사상의 근원을 알고자 한다면 반드시 그가 섭취한 여러 가지 이론의 맥락을 조리 있게 정리해보아야 한다. 이것은 아주 방대한 작업이다. 그는 옛 것에 대해서 경사자집(經史子集)에 능통하였고, 외래의 것은 일본과 러시아의 것에 정통하였고, 아울러 동부 유럽의 약소 민족 예술에도 조예가 깊었으며, 또 독일의 문화 전통에 대해서도 각별한 흥미를 느끼고 있었다. 만청에서 민국에 이르기까지 또 홍색의 1930년대에 이르기까지 그는 부단히 새로운 사상·문화를 번역·소개·학습하였다. 그는 쿠리아까와 하꾸손(廚川白村)과 프로이드(Sigmund Freud, 1856~1939) 및 소련의 문학 이론과 소설에 대해서도 연구와 소개를 한 적이 있다. 그는 또 5·4 이후의 여러 가지 문학유파와 사조에 대해서도 깊은 관심을 갖고 학습하였으며, 청년 작가를 양성하는 부문에도 많은 공을 들였다. 이러한 모든 것들은 그의 정신세계를 파악하는 데 있어 결코 소홀히 할 수 없는 고리이다. 나는 이러한 경험들이 후세 사람들에게 아주 유익한 영향을 끼칠 수 있다고 생각한다. 루쉰의 책을 읽으면서 지식 구조와 근원에 관심을 기울이지 않고, 그의 세계의 깊은 곳으로 다가가기란 아주 어려운 일이다.

니체(Friedrich Wilhelm Nietzsche, 1844~1900)와 도스토예프스키(Fyodor Mikhailovich Dostoevskii, 1821~1881)는 기질상 루쉰과 여러 가지로 많이 닮아 있다. 따라서 루쉰이 이 두 사람으로부터 계시를 받은 것은 어쩌면 필연적인 일이라고 할 수 있다. 당신이 루쉰의 「악마시 역설(摩羅詩力說)」과 「도스토예프스키의 일(陀思妥夫斯基的事)」을 한번 읽어본다면 그가 이 두 작가를 사랑했던 원인을 쉽게 알 수 있다. 니체의 파괴력과 전통을 멸시하는 웅대한 기백은 루쉰에게 큰 영향을 주었다. 따라서 후세 사람들이 루쉰을 '도스토예프스키—니체학파'라고 칭하는 것도 이치에 벗어난 이야기는 아니다. 루쉰이 현대평론파(現代評論派)와의 논전, 그리고 좌련 인사와의 논전, 국고파(國故派)와의 논전에서 보여준 일도견혈(一刀見血)하는 처절하고도 첨예한 필체는 니체의 영향을 받은 것이다. 그는 중국에서 첫 번째로 니체의 문장을 번역하였고 후에 또 자신의 창작에다 니체의 혈기를 뒤섞어 넣었다. 『야초(野草)』 속에 보이는 방성대소(放聲大笑)와 절망 항쟁의 분위기는 항상 우리들로 하여금 독일의 천재 시인 니체를 생각나게 한다. 초기의 루쉰은 니체를 좋아했다. 그는 자신의 문장에 이 시인의 시구를 여러 차례 인용한 적이 있으며, 암흑에 반항하는 니체의 초인정신에 대해 아낌없는 찬사를 보내기도 하였다. 따라서 루쉰과 니체의 관계를 탐구하는 부문에서도 우리는 많은 문장을 써낼 수 있다. 루쉰의 장서 가운데에서 우리는 니체의 저서 및 여러 가지 독일판 철학·문학·사회학·과학 책을 쉽게 찾아볼 수 있다. 게르만 민족의 형이상학적 기질을 루쉰은 항상 좋아하였다. 유럽문화의 근원에서 루쉰은 영국과 프랑스를 중시하지 않고 공교롭게도 독일 및 동유럽·북유럽의 문화에 대해 깊은 관심을 기울이고 있다. 이 점은 상당히 연구할 만한 가치가 있다고 생각한다. 미국 문화에 대해서는 영화라는 오락물을 수용한 것 이외에 아무 것도 관심을 두지 않았다. 루쉰의 장서 중에는 러시아 문학이 상당한 비율을 차지하고 있다. 그는 심지어 소련 전쟁 시기에 발행된 신문·만화 따위의 선전물까지도 보존하고 있어서 이에 대한 흥미가 각별하였다는 사실을 알 수 있다. 하지만 러시아 작가 중에서도 기질적으로 그와 유사하였던 사람은 대체로 도스토예프스키와 안드레예프(Leonid Nikolaevich Andreev, 1871~1919)였다. 루쉰 작품 속에서 우리는 항상 이 두 사람의 그림자를 엿볼 수 있다. 루쉰은 도스토예프스키에 대해 이렇게 언급하고 있다. "이 선생에 대해 나는 마음속으로부터 탄복하고 존경한다. 그러나 나는 또 잔혹하리만큼 냉정한 그의 문장은 싫어한다. 그는 정신상의 가혹한 형틀을 갖추어 놓고 불행한 사람들을 하나하나 끌어들여 고문하는 과정을 우리들에게 있는 그대로 보여준다." 루쉰도 똑같은 방법으로 그렇게 세상 사람들과 자신을 고문하지 않았던가? 그는 독일과 러시아 작가들에게 아주 많은 관심을 기울이면서 항상 그들의 사상을 자신의 문장을 통하여 세상 바깥으로 전파하려 하였다. 그의 장서를 보면서 우리는 이와 같은 느낌에서 벗어날 수 없다.

　루쉰의 취미는 아주 광범위하였다. 그는 문학 부문에 깊은 조예를 갖추고 있었을 뿐만 아니라 사회학·철학·문화인류학 등의 부문에도 막대한 정력을 쏟아 부었다. 루쉰의 장서를 살펴보면 서양철학·사회학·심리학 부문의 저작이 아주 볼 만하다. 루쉰의 사상은 한 편으로 사회에 대한 관찰에서 생겨났다고 할 수 있지만 더욱 중요한 것은 문학 이외의 서적을 탐독하는 과정에서 얻어진 것이라고 나는 생각한다. 그는 만년에 우찌야마 칸조(內山完造)의 서점에서 다량의 이론 서적을 구매하였고, 또 국외 친구와의 통신을 통해서 새로 출판된 해외 사회과학 저작을 구입하였다. 이런 점은 그의 정신 발전 과정에서 소홀히 취급할 수 없는 의미를 가지고 있다. 그는 문학청년들이 문학 이외의 서적을 많이 보아, 자신의 시야를 단일한 감성의 천지로부터 더욱 광활한 정신세계로 확장시킬 것을 주장하였다. 또 그 자신이 바로 그렇게 활동하였다. 예를 들어 그가 소장한 트르츠키(Leon Trotskii, 1879~1940), 루나차르스키(Anatorii Vasil'evich Lunacharskii, 1875~1933), 플레하노프(Georgii Valentinovich Plekhanov, 1856~1918) 등의 여러 저작들은 만년의 그의 사상에 상당히 큰 영향을 끼쳤다. 그는 심지어 일역본을 통해 이 사람들의 저작을 번역하기도 하였다. 어떤 사람의 통계에 의하면 일본어로 된 장서 중에 철학 서적이 92종이고, 독일어 등 서양어로 씌어진 장서 중에는 사회과학 저작이 다수를 차지하고 있는 것으로 밝혀져 있다. 이런 저작들 가운데서도 마르크스 문예 미학의 이론이 대체로 그에게 적지 않은 영향을 끼쳤다는 것을 알 수 있다. 또 우리는 그가 외래의 여러 가지 문예 이론을 번역하는 과정에서, 소련 문예 이론 연구에 아주 많은 노력을 기울였다는 사실을 알 수 있다. 루쉰과 마르크스주의 미학의 관계에 대해서는 전인(前人)들이 이미 많은 논술을 하였다. 그러나 당시의 시대 상황 때문에 대부분의 글들이 요점 파악에는 실패하고 있다. 사실 루쉰이 수용한 소련의 이론은 그 출발점과 강조점이 모두 뒷날의 좌경 노선과 분명하게 구별된다. 그의 이해에도 물론 다소 편파적인 일면(예컨대 트로츠키의 몇 가지 모순된 관점과 같은 것들)이 드러나고 있지만, 대체적으로는 모두 학자적인 풍모를 갖춘 것들이 많다. 마르크스주의 미학이 루쉰에게 끼친 가장 큰 의의는 사유 공간을 확장시켜 주었다는 점이다. 루쉰은 이제 더 이상 자신의 시각에만 사로잡혀 문제를 보는 것이 아니라 유물론적 관점으로 역사를 응시하기 시작하였다. 그가 「문외문담(門外文談)」에서 행하고 있는 예술에 대한 해석은 문예 발생학을 유물론적으로 바라보는 태도를 보여주고 있다. 이것은 플레하노프와 같은 사상가의 계시에 영향을 받은 것이다. 니체를 찬송하는 것에서 플레하노프를 중시하는 방향으로 나아간 것은 그에게 있어 적지 않은 도약이었다고 할 수 있다. 유의 지론(唯意志論)으로부터 심미상의 유물론적 경향에 이르기까지 루쉰 정신세계 의 색조는 더 이상 단순한 빛깔에 머물러 있지 않게 되었다. 이런 점은 모두 독서 과정에서 얻은 수확물이다. 저우쭈어런도 일생 동안 아주 광범위한 독서 를 하였지만, 인식이나 관점의 전환이라는 각도에서 보았을 때 루쉰처럼 그렇 게 큰 변화의 폭을 보이지는 않았다. 따라서 저우쭈어런이 쓴 '책이야기(書話)' 속의 정신적 이미지는 일생 동안 변화의 폭이 그리 크지 않았으며, 줄곧 온화 한 모습으로 자신의 정신세계를 지속해나가고 있다. 이것은 대체로 상이한 인 생 태도에 의해 말미암은 설과일 것이다.

옛말에 책 속에 황금 가옥이 있다고 하였는데 이 말은 사실인 것 같다. 그러 나 루쉰은 자신의 책을 선택할 때 결코 고인을 맹종하지 않았을 뿐만 아니라 옛 것을 가볍게 믿지도 않았다. 그는 일생 동안 줄곧 현상에 대한 회의를 사고 의 출발점으로 삼았지만, 그렇다고 어느 한 사상에만 외곬으로 집착했다고도 할 수 없다. 예를 들면 초기에 루쉰은 니체를 좋아했지만 만년에는 니체에 대 해 많은 불만을 가졌다. 프로이드가 루쉰에게 끼친 영향도 적지 않아서, 소설 『보천(補天)』을 창작할 때 루쉰은 성욕 학설을 빌어 인간의 창조정신을 해석하 기도 하였지만, 후에는 인간 세상의 모든 현상을 성욕과 관련시켜 바라보는 프로이드의 사상을 지나치게 편파적인 것으로 간주하였다. 트로츠키와 플레하 노프 등의 사상에 대해서도 이런 태도를 유지하였다. 그는 종종 부분적으로 유익한 사고를 선택하곤 하였지만, 현실 인생의 경험에 비추어, 만일 실제와 부합하지 않으면 곧바로 폐기 처분하였다. 루쉰은 이처럼 단호한 태도를 유지 하고 있었다. 이런 회의(懷疑)정신의 결과로 루쉰은 광범위하게 지식을 흡수할 수 있었으며 또 어떤 하나의 관점에만 편향되지 않는 드넓은 사고의 발전을 이룰 수 있었다. 그는 서평류의 문장을 쓸 때도 어느 하나의 학설을 억지로 대 상에 끼워 맞추지 않았다. 이를테면 루쉰은 주광첸(朱光潛 : 주광잠)의 '적구(摘句)' 가 전혀 이치에 맞지 않는다고 하면서, 학자들이 옛 시사(詩詞)를 해석할 때, 나무만 보고 숲은 보지 못한다고 생각하였다. 이런 폐단은 이론적인 폐쇄성에서 기인한 것이다. 루쉰의 독서는 텍스트에서 텍스트로만 옮겨가는 것이 아니었다. 아울러 문제를 사고하는 방법도 아주 특수하였다. 나는 그의 잡학도 그 심층부에 깔려 있는 것은 회의(懷疑)정신이라 생각한다. 다른 사람은 이렇게 말했더라도, 그는 의심을 품고 여태껏 이와 같았으면 그것이 옳은 것인가라고 질문을 던진다. 루쉰은 중국 책을 많이 읽었지만 여기에 만족하지 않고 외국 책을 많이 봐야 한다고 주장했다. 또 외국 책을 많이 보면서도 여기에 만족하지 않고, 그것을 실제와 결합시켜야 한다고 인식했다. 그는 영원히 어떤 한 지점에 멈추어 있지 않으면서도, 어떤 한 이론에 매혹당하게 되면 자신의 몸을 그 가운데 깊이 침잠되게 하였다. 그의 사고는 아주 불안정했고 끝없이 현상을 회의하고 있었다. 이의 결과로 그의 사상은 어떤 하나의 위대한 사상가에만 얽매이지 않았고 또 그의 애호도 독서에만 그치지 않았다. 아울러 책 바깥의 세계에서 인생의 고락을 탐색하면서 거기에서 찾아낸 삶의 고락을 그의 창작 속에 스며들게 하였다. 중국 역대 독서인 중에서 이런 기괴한 인걸은 아주 찾아보기 어렵다. 나는 그가 쓴 서발(序跋)류의 문장을 읽으면서, 항상 그 큰 고통, 큰 슬픔, 큰 사랑의 깊이에 생생한 감동을 받곤 하였다. 신선하고 매혹적인 인생은 단지 책 속에 씌어진 문장에만 있는 것이 아니다. 책 안팎에서 사랑과 아름다움, 창조와 수확을 얻을 수 있어야만 사람을 감동시키는 깊은 가치를 가질 수 있다. 우리들은 루쉰이 쓴 문장이나 그의 장서를 보면서, 또 루쉰과 동시대를 살았던 사람들이 쓴 회고문을 읽으면서 그의 위대함에 깊은 감동을 받게 된다.

3.

　‘책이야기(書話)’란 개념은 5·4 이후에 처음 생겨났다. 옛날 문인들에게도 ‘시 이야기(詩話)’, ‘사 이야기(詞話)’란 말은 있었다. ‘책이야기’의 탄생은 아마도 이것들과 유관한 것으로 보인다. ‘책이야기’는 문인의 제발(題跋)과 아주 비슷한 모습을 띠고 있으므로 어쩌면 그것이 이러한 전통 문체의 기초 위에서 발전해 나온 것인지도 알 수 없다. 장타이옌(章太炎)은 “서문 따위의 글은 고인들이 경시한 것이다(序記之屬, 古人所輕)”라고 하였다. 따라서 옛 서적을 두루 읽어 보아도 ‘책이야기’를 전문적으로 쓴 사람은 찾아보기 어렵다. 사실 역대 필기, 독서 소품 이를테면 『용재수필(容齋隨筆)』·『운곡잡기(雲谷雜記)』·『수원수필(隨園隨筆)』 등과 같은 전적은 현재의 관점으로 볼 때 ‘책이야기’ 성분을 포함하고 있다고 할 수 있다. 아잉(阿英 : 아영)·저우쭤런·탕타오(唐弢 : 당도) 등이 지은 다량의 독서필기는 현대에 와서 씌어진 의식적인 창작물인데, 이는 ‘책이야기’의 모범 문장으로 간주되고 있다. 그러나 ‘책이야기’를 말하는 이상 나는 루쉰을 언급하지 않을 수 없다. 비록 루쉰이 의식적으로 ‘책이야기’류의 문장을 창작하지는 않았지만, 만청(晩淸) 이래로 ‘책이야기’에 가장 뛰어난 사람을 말하려면, 루쉰을 그 대상에서 제외하기가 힘들다.

　나는 『루쉰의 책이야기(魯迅書話)』라는 책 후기에서 좋은 ‘책이야기’꾼은 적어도 훌륭한 장서가이어야 한다고 말한 적이 있다. 장시간 서재에 앉아 있는 사람은 자연히 책을 좋아하는 마음이 생기게 되고, 또 그것이 더러는 점점 독서벽으로 발전하여 ‘책이야기’와 같은 글쓰기 형태가 생겨날 수 있게 되는 것이다. 루쉰은 생전에 ‘책이야기’라는 개념을 가지고 있지는 않았지만 고대 장서가와 제발식(題跋式) 문체의 영향을 받은 사실은 분명해 보인다. 루쉰은 서적을 품평하는 글을 지으면서도, 책 속에 매몰되지 않았고 우매한 자기 만족에 빠지지도 않았으며 또 우아한 신사(紳士)티를 보이지도 않았다. 그의 문장은 위로는 먼 고대를 탐구하고 있고 옆으로는 타국의 문물을 언급하고 있으며 가까이로는 우리 인생을 다루고 있다. 이 글들은 모두 한 마디 한 마디 깊이가 있고 정취로 가득하다. 나는 그가 옛 전적을 정리하면서 쓴 제발(題跋)이나 해외 문예를 번역·소개하는 과정에서 쓴 짧은 소개문, 그리고 서신·일기 가운데서 직접 책을 언급하고 있는 부분을 읽으면서 감개무량한 느낌에 젖어들곤 하였다. 옛날 문인 중에서도 서적의 고증에 매달리며 자신을 고결하다고 여기는 사람들이 매우 많았다. 하지만 루쉰은 가슴속에 불덩이를 간직한 채 마치 용암이 땅속을 운행하는 것처럼 엄청난 기상을 온양(醞釀)시키고 있다. 그는 한당 문화(漢唐文化)나 일본과 소련의 문예를 언급하면서도 현상에만 얽매이지 않고 항상 생명의 심층 체험을 그 안에 녹아들게 하고 있다. 이런 글을 읽고 나면 마음이 고양되어 마치 그 어떤 숭고한 경지에 다다른 것처럼 생각되기도 한다.

루쉰의 '책이야기'는 대체로 다음과 같은 몇 가지 부류로 나누어 볼 수 있다. 첫째는 책과 관련된 학문 원리를 전문적으로 언급한 것으로 판본·목록·교감 등에 관한 글이 여기에 포함된다. 둘째는 독서 취향에 관한 것으로 여기에는 대부분 그의 생명 철학과 심미 경향에 관한 글이 포함되어 있다. 셋째는 해외의 새로운 책을 소개한 것으로 여기에는 루쉰 자신이 외국 작품을 번역하면서 쓴 제발(題跋)이 대부분을 차지한다. 넷째는 서간(書刊)·광고·일기·서신 등이다. 이런 문장을 읽다보면 사람의 주목을 끄는 몇 가지 특징을 발견할 수 있다. 첫째는 루쉰이 판본과 목록에 아주 정통했으며 더욱이 사덕(史德: 역사의 덕성)·사혼(史魂: 역사의 영혼)과 같은 것을 중시했다는 점이다. 둘째는 학문을 위한 학문, 즉 오로지 독서 취미만을 추구하는 사대부풍의 한적함은 찾아볼 수 없다는 점이다. 그는 옛 것을 언급하는 가운데 현재를 이야기하면서 그 요점을 정확히 지적하고 비범한 기운이 그 속에 녹아들게 하고 있다. 셋째는 그의 글이 대부분 현실 인생으로부터 출발하고 있기 때문에, 저우쭤어런처럼 문기(文氣)가 과도하거나 문인 티가 지나치게 드러나지 않고 있다는 점이다. 그의 글은 영혼 깊은 곳에서 솟아오른 것이어서 뜨거운 혈기가 넘쳐흐르고 있다. 나는 루쉰의 비범한 점, 또는 고인과 다른 특징이 대체로 이러한 부분에 놓여 있다고 생각한다.

저우쭤런은 책을 애기할 때 대강 대강 대체적인 의미를 인용하기를 좋아하였다. 왜냐하면 이렇게 함으로써 자신의 감정을 우선적으로 독자들에게 알려줄 수 있고, 그 속에 깃든 책의 '참맛'을 중점적으로 감상할 수 있기 때문이다. 루쉰은 결코 이와 같은 우아한 태도와 유연자득(悠然自得)한 형상을 가지지 못했다. 루쉰의 「손가는 대로 뒤적이다(隨便飜飜)」, 「'무덤' 후기(寫在'墳'後面)」, 「바이망의 작품 '고아탑' 서문(白莽作'孩兒塔'序)」 등의 문장을 읽어보면, 그가 자신의 영혼을 솔직하게 토로하는 가운데 고통과 쾌락을 모두 드러내면서 독자들과 격의 없는 소통을 시도하고 있다는 사실을 알 수 있다. 그는 '적구(摘句: 구절 인용)' 하는 것을 좋아하지 않았으며 다른 사람의 관점을 인용하려고도 하지 않았다. 그는 다른 사람의 사상을 소화한 후에 거기에서 얻은 자신의 신선한 느낌을 솔직하게 써내어 자신의 감정을 동일한 성격의 고인들의 목소리에 호응시키려고 하였다. 루쉰은 재자가인(才子佳人) 류의 책을 좋아하지 않았고 신사풍(紳士風)의 문장도 좋아하지 않았다. 그는 기개 있고 야성적인 힘을 중시했다. 「『혜강집』 발문(『嵇康集』跋)」, 「사승『후한서』서문(謝承『後漢書』序)」, 「『운곡잡기』 서문(『雲谷雜記』序)」 등에는 모두 특이한 기상만 넘쳐흐를 뿐, 한적하게 옛 전적을 품평하는 모습은 조금도 찾아볼 수 없다. 그가 쓴 샤오훙(蕭紅: 소홍)과 샤오쥔(蕭軍: 소군)의 책 발문(跋文)에서도 사람을 감동시키는 진언(眞言)이 솟아나오고 있다. 또 「바이망의 작품 '고아탑' 서문」은 그야말로 한 폭의 농렬한 유화와 같다. 여기에서는 용솟음치는 생명의 열정과 가슴 깊숙한 원망이 끊임없이 발산되고 있다. 나는 심지어 이 글에서 사람을 다그치고 재촉하는 루쉰 선생의 눈빛과 호흡 소리를 느낄 수 있다. 책의 참맛을 음미하는 루쉰의 태도에도 물론 지식과 이치를 탐구하는 요소들이 포함되어 있지만 나는 그보다 더욱 중요한 것이 생명에 대한 루쉰의 열정이라고 생각한다.

루쉰 '책이야기'의 특징에는 옷깃을 여미고 단아하게 앉아 있는 사대부의 기운이 아니라 현실과 박투를 벌이는 투사의 풍모가 스며들어 있다. 그가 쓴 『팔월의 향촌(八月的鄕村)』(蕭軍 作) 서문을 읽어보면 과장된 찬사나 훈계조의 언사를 일삼는 명사풍의 가식이 전혀 없고, 현실 인생에 대한 치열한 열정을 느낄 수 있다. 그는 이 문장에서 소위 기교나 의경(意境) 따위와 같은 유미적인 것에 대해서는 전혀 관심을 기울이지 않은 것 같다. 따라서 이 글 속에는 암담한 세상에 대한 도전정신이 짙게 녹아 있다. 그는 이 글 마지막에서 이렇게 토로하고 있다. "이 글은 서문 같지 않다. 그러나 작가나 독자가 결코 나에게 이런 것을 따지지 않으리라는 것을 나는 잘 알고 있다." 루쉰은 책을 논하는 문장이 현실과 거리를 두는 것에 단호히 반대했다. 「'제미정' 초고('題未定'草)」를 한 번 읽어 보면, 번역과 문학 감상 및 전고를 얘기하는 이 문장에도 그의 박학한 학식이 감탄을 금치 못할 정도로 많이 녹아 있다는 것을 알 수 있다. 그러나 그는 자신의 필치를 이러한 지점에만 머물게 하지 않았으며, 또 자신의 문장에 퀴퀴한 서재 냄새를 조금도 배어들게 하지 않았다. 그는 항상 현실 인생으로 필봉을 돌려 세상을 풍자하거나 사람을 비판하면서 해학 속에 장중한 맛이 깃들게 하고 있다. 도잠(陶潛)을 말하고 혜강(嵆康)을 얘기하고 공자(孔子)를 언급한 그의 글에는 문화적인 은유가 담겨 있다. 그는 현실 인생을 통하여 과거의 역사를 보고 또 역사 속에서 현실 인생을 관찰하고 있다. 이것은 소위 책벌레들이 하기 힘든 일이다. 그가 명대의 장대(張岱)를 언급한 취지에도 민국 학생들의 염원이 담겨 있다. 지나간 역사로 지금을 돌이켜 보면서 비장한 감정을 드러내고 있다. 이러한 '책이야기'는 기실 정밀하고 진지한 잡감문(雜感文)이라고 할 수 있는데, 우리는 이 문장들 속에서 고대인과 현대인이 상호 교류를 통해 새롭게 부활하고 있음을 알 수 있다. 이는 우리들로 하여금 문화적인 감동을 느끼게 해준다. 「병후 잡담(病後雜談)」이란 글은 평화로운 마음으로 독서의 느낌을 적은 문장이다. 하지만 자세히 읽어보면 이 글 역시 서재에서 멀리 떨어져서 울분과 격앙의 감정을 토로하고 있다는 것을 알 수 있다. 고인을 빌어 현대인들의 생활 요지를 펼쳐 내는 것이 루쉰의 장점이라고 할 수 있다. 고아한 문장과 침중한 담론 뒤에 국민성에 대한 질책을 감추고 있으며, 또 그 속에 시적인 아름다움과 지적인 아름다움이 스며들게 하고 있다. 이처럼 고원하고도 심오한 경지는 근대의 예창츠(葉昌熾 : 섭창치)의 「장서기사시(藏書紀事詩)」나 먀오취안쑨(繆荃孫 : 목전손)의 「예풍장서기(藝風藏書記)」와 같은 책에서도 찾아보기 어렵다. 마찬가지로 책의 참맛을 음미하는 과정에서도 루쉰은 고난 받는 한 영혼의 박동을 보여주고 있다. 여기에서 평담하고 한가한 소품 심리를 찾아보기란 거의 불가능한 일이다.

기실 루쉰은 아주 전통적인 사람이다. 고증학 부문의 공력이나 교감학 부문의 혜안은 장타이옌이나 왕구어웨이(王國維 : 왕국유) 세대 사람들의 요점을 깊이 체득한 것이다. 하지만 옛 서적을 읽을 때 그는 다른 사람의 생각을 따르는 것을 좋아하지 않았고 항상 의심스러운 점을 반문하였다. 그리고 항상 실제적인 사상으로 고인들을 헤아려보면서 옛날 서적의 허점을 탐색하고 있기 때문에 그의 문장은 늘 독자들에게 살아 있는 느낌을 안겨준다. 그는 도서의 장정과 표지 디자인에도 기발한 착상을 많이 하여 풍격적으로 한당(漢唐)의 운치와 현대의 개성주의 색채가 함께 어우러지도록 하였다. 나는 루쉰 자신이 디자인한 『함성(吶喊)』과 『화개집 속편(華蓋集續編)』의 표지를 살펴보면서 아주 놀랍고도 기이한 느낌을 받았다. 디자인에 사용된 선이 예스럽고 우아할 뿐만 아니라 전체적인 표지 도안도 상당히 호방하다. 루쉰은 정전두어(鄭振鐸 : 정진탁)에게 보낸 한 편지에서 책의 디자인과 관련된 사항을 언급한 적도 있는데, 여기에서도 우리는 그가 책 장정의 대가였음을 알 수 있다. 이것은 미술을 전공한 디자이너들조차도 그에게 존경을 보낼 만한 사실이다. 루쉰은 확실히 서적 장정의 미학을 잘 이해하고 있었던 사람이다. 책의 지질·조판·글자·책표지에 대한 견해에서 그는 미술가적 특색을 보여주고 있다. 리회(李樺 : 이화)에게 보낸 편지에서 루쉰은 목각(木刻) 발전 문제를 언급한 적이 있다. "만일 한(漢)나라 때의 석각(石刻) 그림과 명(明)·청(淸) 시기의 서적 삽화를 참작하고 민간에서 즐기는 이른바 '연화(年畵)'에 유의하여 그것을 유럽의 새로운 목각 기법과 결합시킨다면 더욱 훌륭한 판화를 창조할 수 있을 것이다."7) 나의 느낌으로는 이런 관점이 그가 설계한 책 디자인 속에 깊이 스며들어 있는 것 같다. 루쉰이 초기에 책을 출판할 때는 타오웬칭(陶元慶 : 도원경)이란 젊은 디자이너를 초청하여 책표지를 설계했

---

7) 『魯迅全集』 第13卷, 人民文學出版社, 1981, 45면.

다. 『납함(吶喊)』, 『무덤(墳)』, 『아침 꽃을 저녁에 줍다(朝花夕拾)』, 『고민의 상징(苦悶的象徵)』 등의 디자인은 모두 타오 씨의 손에서 나왔으며 루쉰의 상당한 칭찬을 받았다. 나는 타오웬칭이 디자인한 도안을 보면서 그것이 루쉰 작품의 성격과 분위기가 일치한다는 것을 발견할 수 있었다. 그 상징적인 색채의 도안과 단순한 직선의 글자에서 발산되어 나오는 쓸쓸한 정감은 루쉰의 가슴속 생각과 합치되고 있는 것이다. 이 부문에 대한 루쉰의 정취를 이해하기 위해서 우리는 타오웬칭의 그림세계를 참조하는 것이 좋을 듯하다. 루쉰은 타오웬칭의 미적 경향을 아주 좋아했다. 그는 『타오웬칭 씨 서양화 전람회 목록(陶元慶氏西洋繪畵展覽會目錄)』에 서문을 쓰면서 타오 씨를 다음과 같이 칭찬하고 있다. 이는 기묘한 '책이야기'인데, 나는 이 글을 아주 좋아한다.

그 암울함이 가득 찬 작품 속에 작가 개인의 주관과 정서가 흘러넘치고 있다. 더욱이 이 부분에서 그가 필치와 색채 그리고 그림의 운치에 얼마만한 힘을 기울이고 있으며 또 얼마만큼 마음을 쓰고 있는지 엿볼 수 있다. 아울러 작가는 일찍부터 중국화에 뛰어났기 때문에, 그가 가진 고유의 동방정신도 자연스럽게 그의 작품에서 배어 나와 특별한 풍격을 만들어 내고 있다. 하지만 결코 고의적으로 만들어진 것은 아니다.

장래에는 아마 입신의 경지로 들어갈 수 있을 것이다. 하지만 지금 그는 돌아가야만 한다. 몇몇 사람들이 그 구속 없는 자유로움을 안타까워하면서, 그 많지 않은 작품을 가지고 이 짧은 시기를 매듭지을 만한 전람회로 만들어 이 부문에 뜻을 가진 사람들에게 한 번 전시해드리고자 하였다. 다른 것은 몰라도 베이징에서의 자취와 베이징을 이별하는 기념의 의미는 당연하게도 모두 달성되었다고 할 수 있다.[8]

정취와 사랑과 미감이 모두 행간으로부터 솟아나오고 있어서 상쾌함과 즐거움을 느낄 수 있다. 이것은 미술에 정통한 사람만이 가질 수 있는 감각이다. 따라서 루쉰의 '책이야기'를 언급하면서 그의 이러한 면모를 언급하지 않을 수 없다. 여기에는 진실한 감정이 담겨 있다.

---

8) 『魯迅全集』 第7卷, 人民文學出版社, 1981, 262면.

책을 언급하고 있는 루쉰의 문장은 문언으로 씌어진 것도 있고 백화로 씌어진 것도 있다. 루쉰은 문언문도 아주 잘 지었는데, 대부분 구성이 치밀하고 짧고 간단한 문장으로 이루어져 매우 훌륭한 미문이라 할 만하다. 「『혜강집』 발문(『嵇康集』跋)」에서 루쉰은 다음과 같이 말하고 있다.

『혜강집(嵇康集)』 10권은 명대 오관(吳寬)의 총서당(叢書堂) 초본에서 필사해낸 것이다. 원래 초본(鈔本)은 오자와 탈자가 아주 많아서 전인들이 두세 차례 교감을 한 후에야 읽을 수 있게 되었다. 전인들의 교감 중 첫 번째 것은 묵필(墨筆)을 사용하고 있는데, 빠진 부분을 보충하고 또 글자를 고친 것이 가장 많다. 그러나 마음대로 삭제하고 바꾸면서 매번 더 적합한 글자를 지워버리는 우를 범하곤 하였다. 옛 발문(跋文)에는 이 판본이 오포암(吳匏庵 : 吳寬의 호)의 손에서 나온 것이라고 하고 있지만, 아마 그렇지는 않은 것 같다. 전인들의 교감 중 두 번째 것은 주필(朱筆)로 교감하였는데 한결같이 교감이 참신하여 상당히 신중하게 작업했다는 것을 알 수 있다. 다만 교정의 근거는 오히려 통속본에 의지하고 있다. 지금 원래 초본의 글자가 더 타당하고 뜻이 통하는 부분에 대해서는 원래 초본에 근거하여 옛날의 모습을 보존하여 놓았다. 마음대로 지워버려 분별할 수 없는 글자는 교감한 사람의 의견을 그대로 따를 수밖에 없었는데, 이는 정말 안타까운 일이다. 이 판본을 자세히 살펴보면 황성증(黃省曾)의 판본과 동일한 저본에서 나온 것으로 짐작된다. 다만 황성증의 판본은 자기 마음대로 함부로 개작하고 있으므로 이 판본이 그래도 그것보다는 다소 나은 것 같다. 그러나 주필과 묵필로 교감을 거친 후에는 다시 황성증의 판본에 점점 가까워지게 되었다. 다행히 교감이 그다지 정밀하지 못하여 더 타당한 글자들이 남아 있었기 때문에 적지 않은 글자들을 복원시킬 수 있었다. 중간에 산일(散逸)된 혜강의 유문(遺文)은 이미 세간에 이것보다 더 나은 것이 없는 상태이다. 계축(癸丑)년 10월 20일 저우수런(周樹人 : 魯迅)이 등불 아래에서 적다.[9]

이것은 비록 짧은 문장이지만 한번 보기만 해도 바로 대가의 손에서 나왔다는 것을 알 수 있으며, 또 그 풍격이 조금도 고인들에게 뒤지지 않는다는 사실도 알 수 있다. 저우쭈어런도 이런 류의 짧은 문장을 많이 지어서 거의 버릇이

---

9) 『魯迅全集』第10卷, 人民文學出版社, 1981, 18면.

될 정도였다. 하지만 루쉰은 동생처럼 그렇게 의식적으로 이런 글을 짓지는 않은 듯하다. 그의 '책이야기'는 "의식적으로 조작된" 흔적이 거의 없고 심성의 자연스러운 분출을 잘 보여주고 있다. 또 옛 문인의 고고하고 심후한 풍격이 섞여 있어서 그것을 읽는 과정에서 우리는 은은한 즐거움을 느낄 수 있다. 만일 저우쭈어런의 '책이야기'와 한번 비교해보면 이런 느낌이 더욱 분명해질 것이다.

루쉰은 또 책 출판 광고를 몇 가지 쓴 적이 있다. 나는 이것이 그의 '책이야기' 중에서 매우 의미 있는 종류라고 생각한다. 5·4 이후 그는 다양한 서적과 잡지의 편집 일에 참여하였다. '미명사(未名社)', '조화사(朝華社)', '삼한서옥(三閑書屋)', '판화총간회(版畵叢刊會)', '제하회상사(諸夏懷霜社)'에서 찍어낸 책은 그가 직접 제목을 뽑거나 혹은 표지 디자인을 하였으며 또는 친히 작품을 선집하면서 대단히 큰 힘을 기울이기도 하였다. 일군의 청년 문인들이 그의 지지와 가르침 아래 문단으로 진출하였다. 이에 청년들이 만든 새 책에 서문을 쓰는 일이라든가 친구들의 서적을 위해 광고를 쓰는 일은 그의 일상사라고 할 수 있을 정도였다. 1935년 취츄바이(瞿秋白: 구추백)가 국민당 당국에 의해 살해당하자 루쉰은 이 죽은 친구를 위해 『해상술림(海上述林)』이란 약 60만 자의 책을 편집해주었다. 당시에 그는 이미 중병을 앓고 있었지만, 친구를 추모하고 그의 사상을 세상에 전파하기 위해 직접 인쇄비를 모금하고 원고를 교정하였다. 책의 장정과 품격은 모두 훌륭하였다. 루쉰은 친히 취츄바이의 책을 알리기 위해 광고 카피를 적었다. 그 글자 글자마다 모두 간절한 추모의 정이 우러나고 있다.

이 책에 수록되어 있는 것은 모두 문예 논문이다. 원저자가 대가인데다가 역자도 또한 문필이 뛰어난 사람이어서 번역문이 정확하고 유려하다. 그 중에서 『사실주의 문학론』과 『고리끼 논문 선집』은 특히 휘황찬란한 대작이다. 이외의 논설도 아름답지 않는 것이 하나도 없다. 따라서 사람을 유익하게 할 수 있고, 아울러 후세에 충분히 전할 만한 가치가 있다. 전체 책은 모두 670여 페이지이고 유리판 삽화가 9폭이

나 들어 있다. 양질의 종이를 사용하고 정장본으로 장정하여 단지 500부만 찍었다. 그 중 100부는 가죽 등과 마포 면으로 표지를 하고 황금색으로 책머리를 장식을 하였는데 권당 정가는 3원 50전이다. 400부는 전체 표지가 모두 양모로 되어 있으며 푸른색으로 책머리를 장식하였는데, 권당 정가는 2원 50전이다. 우편 구매할 경우는 우편료 20전 30푼이 추가된다. 좋은 책은 쉽게 다 팔리는 법, 구매하고자 하는 사람은 빨리 서둘기 바란다. 하권도 벌써 인쇄 중이므로 올해 내에 출판할 수 있을 것이다. 상하이(上海) 베이쓰촨로(北四川路) 우찌야마 서점(內山書店) 대리판매.10)

나는 현대 중국의 책 광고 역사에서 루쉰이 쓴 이 광고 카피가 청사에 길이 남을 명편이라고 생각한다. 내용만으로 따지자면 물론 상업적인 진술에서 벗어나지 못한 것 같지만, 그 내면에는 진리와 친구와 암흑 중국에 대한 루쉰 선생의 여러 가지 감정이 담겨 있다. 죽은 친구를 위해 유저(遺著)를 인쇄하면서 가슴속에다 한 점 화톳불을 피우고 있는 것이다. 이 짧은 글을 읽으면서 나는 항상 백색 테러가 횡행하던 시절 그와 취츄바이가 서로 마음을 주고받으며 붓을 총으로 삼아 함께 분투하던 모습을 상기하곤 하였다. 중국의 고난사를 이해하지 못하는 청년들은 그 속에 담긴 심오한 의미를 분명하게 이해할 수 없을 것이다. 한적함과 성령만을 추구하는 은일지작(隱逸之作)은 모두 이런 문장에 비견될 수 없다. 그 위대한 정신과 심원한 경지는 '예술만을 위해 예술'을 하는 사람들을 아연실색케 할 정도였다.

후인들의 '책이야기' 개념을 사용하여 루쉰의 '책이야기'를 비교해보면서 나는 항상 요령부득의 어려움을 느끼곤 한다. 개념과 실제가 서로 잘 맞아떨어지기 않는다는 사실이 여기에서도 잘 드러나고 있다. 오직 '책이야기'만을 위해서 '책이야기'를 쓰는 것은 너무나 단조로운 일이지만, 사상이 깊은 사람들의 문장은 우연히 책을 언급하기만 해도 그것이 곧바로 진품이 될 수 있는 것이다. 도학의 심천(深淺), 품격의 고저(高低), 경지의 아속(雅俗)에는 모두 일정한 구별이 있다. 근래에 '책이야기' 문체가 점점 인기를 끌고 있지만 이 부문에서

---

10) 『魯迅書話』, 北京出版社, 1996, 364면에서 재인용.

루쉰을 언급하는 사람은 드물다. 나는 이런 일이 쉽게 이해되지 않는다. 만청(晚淸) 이래 '책이야기'꾼 중에서 루쉰은 실로 제일인자에 속한다. 지금 사람들은 흔히 나무만 보고 숲은 보지 못하면서, 저속한 것을 우아하게 여기기도 하고, 본말을 전도시켜 사실의 진상을 왜곡하기도 한다. 이 어찌 나뭇잎으로 하늘을 가리는 격이 아니겠는가? 루쉰의 잡문을 읽으면서 우리는 소인배들의 창궐을 비웃을 수 있고 사상가의 깊이를 느껴볼 수 있다.

4.

루쉰의 장서와 학식을 이해하기 위해 또 중요하게 다루어야 할 분야가 있다. 그것은 바로 그와 자연과학의 관계이다. 루쉰의 책을 읽으며 그의 사상을 인식하는 과정에서 만일 자연과학 부문에서 보여주고 있는 사고와 성취를 이해하지 못한다면 아주 유감스런 일이 될 것이다.

서양문화와의 접촉에서 루쉰은 어찌하여 저우쭈어런에 비해 더욱 강력한 투시력을 가질 수 있었는가? 후스 같은 사람도 루쉰에 비견되기 어려울 것이다. 개인적인 기질 외에 지식 구조의 차이가 아마도 중요한 원인이 되었을 것이다. 루쉰의 자연과학 장서 및 창작 과정에 흡수된 과학 사상은 그의 세계관 형성에 중요한 표지의 하나로 작용하였다. 만일 자연과학 사상을 흡수하지 않았다면 단지 니체 정신과 낭만 시학에만 의지했을 것인데, 그랬더라면 그의 사상이 그처럼 깊이 있고 비범한 경지에 도달할 수 없었을 것이다. 이것은 재미있는 화두의 하나이다. 이런 점에서도 루쉰의 세계가 매우 매력적이라는 사실을 알 수 있다.

현존하는 루쉰 장서 중에서 자연과학 서적은 약 146부를 차지한다. 그 중에서 독일 책이 약 67부이다. 그런데 이것들은 대부분 1912년 이후 『루쉰 일기』

의 책 목록에는 없는 것들이다. 판본상으로 볼 때 이것들은 모두 19세기 말과 20세기 초의 출판물이고, 그 내용은 자연과학사·물리학·화학·지질학·광물학·생물학·동물학·해부학 및 의학 위생 등에 관계된 것인데, 대부분 루쉰이 초기 토꾜 유학 시절과 귀국 후 교사 시절에 구매한 전공 서적들이다.

자연과학류의 중국어 서적은 선장본(線裝本) 17부와 평장본 22부가 있다. 선장본 중에는 중국에서 이른 시기에 번역된 2부의 저작이 있다. 그 중 하나는 루쉰이 「『함성』 자서(『吶喊』自序)」에서 난징양무학당(南京洋務學堂)에서 보았다고 회상한 목판본 『전체 신론(全體新論)』이라는 책이다. 이 책은 영국의 홉슨(Benjamin Hobson, 1816~1873)과 난하이(南海 : 남해) 천슈탕(陳修堂 : 진수당)의 합저인데, 청(淸) 함풍 원년(咸豊 元年, 1851) 판본으로 상하이 묵해서관장판(上海墨海書館藏版)이다. 다른 하나는 천문학 역저 『담천(談天)』으로 영국 허셀(J. F. W. Hershel, 1792~1871) 원저, 영국 와이리에(A. Wylie, 1815~1887) 구역(口譯), 리산란(李善蘭 : 이선란) 정리 기록, 쉬젠인(徐建寅 : 서건인) 속술(續述 : 계속 정리 기록)로 완성된 책이며 청(淸) 동치13년(同治 十三年 : 1874)에 연인(鉛印)으로 출판되었다. 기타 선장본으로는 역대 술수가(術數家)들이 가장 추앙한 책인 한대(漢代) 초연수(焦延壽)의 『역림(易林)』 및 청대(淸代) 정안(丁晏)의 『역림석문(易林釋文)』, 진풍(陳澧)의 『삼통술상설(三統術詳說)』 등이 있다. 또 농가서(農家書)도 포함되어 있는데, 예를 들면 중국에서 가장 완전하게 보존된 최초의 농서(古農書), 즉 후위(後魏) 가사협(賈思勰)의 『제민요술(齊民要術)』(두 종의 판본이 있다)과 저명한 원대(元代) 농학가인 왕정(王禎)의 『농서(農書)』 및 명대(明代) 포산(鮑山)의 『야채박록(野菜博錄)』과 같은 책이 그것이다. 의학서(醫學書)는 이보다 더 많아서 8종이 있다. 즉 서진(西晉) 왕숙화(王叔和)가 저술하고 집록한 중국 고대 맥학(脈學) 이론서인 『맥경(脈經)』 10권, 수대(隋代) 소원방(巢元方) 등이 저술한 『소씨병원(巢氏病源)』58권 8책(제1책에 '魯迅'이라는 인장이 찍혀 있다. 이것은 1927년 4월 24일에 구매한 것이고, 1923년 2월 26일에 구매한 10책은 이미 없어졌다) 및 송대 왕유일(王惟一) 저 『신간 보주 동입 수혈 침구 도경(新刊補注銅入腧穴鍼灸圖經)』 5권, 무명씨 저 『경송본 비급 구방(景宋本備急灸方)』, 구종석(寇宗奭) 편저 『본초 연의(本草衍義)』 20권, 청대 정영배

(程永培) 집교(輯校) 『육례재의서(六醴齋醫書)』 10종, 극재거사(亟齋居士) 편, 왕가구(王家駒) 증보 교정(增訂) 『달생편(達生編)』, 포상오(鮑相璈) 편, 장소상(張紹裳) 증보 교정(增訂) 『증집족본대자험방신편(增輯足本大字驗方新編)』이 그것이다. 이런 고대 의서는 대부분 루쉰이 1910~20년대에 구매한 것으로, 루쉰이 중국 의학에 대해서 줄곧 견지하고 있던 엄격하고 비판적인 태도와 연관이 있다. 이러한 장서들은 우리가 루쉰을 더욱 총체적이고도 깊이 있게 인식하는 데에 많은 도움을 줄 수 있다.

중국어로 씌어진 평장본 서적은 마친우(馬群武 : 마군무)가 번역한 다윈(Charles Robert Darwin, 1809~1882)의 『종의 기원(物種由來)』을 유학 시기에 구매한 것을 제외하고는 거의 대부분 1924년 후에 구매한 것이다. 그 내용을 보면 진화론·인류학·생물학 및 성학(性學)이 포함되어 있고, 그 중 절반이 번역본인데, 대부분 북신서점(北新書店)에서 보내준 증정본(贈呈本)이다. 여기에는 영국 엘리스(Henry Havelock Ellis, 1859~1939)의 『여자의 성충동(女子的性衝動)』(夏斧心 역)과 『사랑의 예술(愛的藝術)』(CC 역), 영국 스톨러(Robert Vivian Storer, 1900~)의 『성 교육(性教育)』(Y. D. 역), 그리고 일본 니까이도 쇼뀨(二階堂招久)의 『초야권(初夜權)』(汪馥泉 역) 등이 들어 있다.

이밖에도 일본어 자연과학 도서 41부가 있다. 여기에는 상술한 분야 외에 토목건축·과학수상록 등과 관련된 보급형 과학 도서가 포함되어 있다. 이들 일본 서적은 일본 유학 시절 구매한 소수의 전공 교과서를 제외하고는 대부분 1930년대에 구입한 것이다.

이러한 자연과학 장서들은 루쉰이 소장한 문학·역사류 장서들과는 달리 후세 사람들의 관심을 그렇게 크게 끌지 못했다. 그러나 이 책들을 두루두루 살펴보면 이 부분에서도 여전히 중요한 화두를 많이 발견할 수 있다.[11]

루쉰은 작가이면서도 일생 동안 자연과학에 대해 줄곧 존경의 마음을 품고 있었다. 그는 초기에 자연과학사를 다량으로 섭렵하였는데, 「과학사교편(科學史

---

11) 이 부분의 자료는 야오시페이(姚錫佩 : 요석패) 여사에 의해 집록된 것이다. 이 자리를 빌어 감사의 뜻을 전한다.

敎篇)」에서 우리는 이와 관련된 그의 내면 심리의 일단을 찾아볼 수 있다. 만년에 이르러서도 루쉰은 건축학·과학·철학·식물학·의학·천체물리학 등의 분야에 대한 자신의 흥미를 전혀 감소시키지 않고 있다. 그가 구입한 이런 종류의 서적으로부터 우리는 또 루쉰의 개방적인 정신 특징을 엿볼 수 있다. 이런 장서 목록을 차례로 읽어나가다 보면 루쉰이 추구하던 가치 선택의 다양성을 발견할 수 있다. 이를테면 관점의 특이성, 참조 체계의 다원성, 인식의 비범성 등이 바로 그것이다. 루쉰은 도대체 어느 정도로 이러한 지식을 완전하게 이해하고 있었는가? 자연과학 이론을 취사 선택할 때 그가 견지한 기준은 무엇인가? 이것은 우리가 그의 정신을 인식하는 행로에서 피해갈 수 없는 문제로 다가온다. 그가 자연과학 지식을 의식적으로 수용하는 과정으로부터 우리는 어쩌면 그의 가치관이 뿌리박고 있는 기본 토대를 발견할 수 있을지도 모른다.

루쉰이 과학적 근대 사상을 접촉한 것은 18세 때 난징수사학당(南京水師學堂)에 입학하고 나서부터이다. 후에 다시 광로학당(礦路學堂) 및 일본에 가서도 계속 자연과학 지식을 공부하였다. 그가 초기에 쓴 「라듐에 관하여(說鈤)」, 「중국 지질약론(中國地質略論)」, 「인간의 역사(人之歷史)」, 「과학사 교편」 등과 번역서 「북극 탐험기(北極探險記)」 및 다른 사람과 공동으로 편집한 「중국 광산지(中國礦山志)」 등은 중국 현대과학 보급사에서 일정한 지위를 차지하고 있다. 특히 「인간의 역사」와 「과학사 교편」은 루쉰의 사상 형성에 있어서 중요한 논리적 기점의 하나로 작용하였던 것으로 짐작된다. 그때 루쉰이 도대체 얼마나 많은 자연과학 서적을 보았는지 현재로서는 추측하기 어렵다. 그러나 현재 남아 있는 루쉰의 장서 중에서 자연과학류 독일 서적 67권과 또 일부 일본 서적은 바로 그 당시에 구매한 것이다(결코 전부는 아니다). 이들 자연과학 장서와 위의 과학 관련 저술로부터 우리는 만약 이처럼 광범위한 자연과학 지식 및 이로부터 생산된 과학 철학이 없었다면 훗날 루쉰의 존재 근거가 매우 박약했을 것으로 짐작해볼 수 있다. 현대 중국 작가 중에서 루쉰처럼 높은 수준의 과학 철학 지식을 갖추고 있었던 사람은 거의 없었다고 할 수 있다.

　　현재 루쉰의 장서 중에서 자연과학과 관련된 중국 및 일본 도서는 대부분 그가 귀국한 다음에 구입한 것이다. 1914년부터 1919년까지는 루쉰이 바로 옛 비석을 베끼며 우울한 심정에 싸여 아무 의식 없이 글을 짓던 시기였다. 이 시기에 구입한 도서는 모두 불경 및 유학과 관련된 고전 서적으로 자연과학 장서는 거의 찾아볼 수 없다. 1920년대 이후 다시 그는 자연과학 서적을 구입하기 시작했고 또 그 의욕을 점점 더 키워나가고 있다. 이러한 장서를 읽어보면 몇 가지 주목할 만한 점을 발견할 수 있다. 첫째, 루쉰이 자연과학사의 심층 문제에 대해서 여전히 관조적인 태도를 유지하면서도, 자연과학 사상의 중요한 계시에 대해서는 매우 중시하는 모습을 보이고 있다는 점이다. 비록 그것이 초기의 관심처럼 그다지 체계적이지는 못하지만 말이다. 그가 뒷날 문예 활동에 종사할 때 더러는 이 자연과학 지식으로부터 유익한 정보를 얻기도 하였다. 둘째, 루쉰이 생명과학에 대해서는 시종일관 호기심을 유지하고 있었다는 점이다. 루쉰은 자신이 구입한 진화론 관련 서적으로부터 편협한 사회학 이론을 보완해줄 수 있는 그 어떤 역량을 끊임없이 찾고 있었다. 단지 사회학 이론 자체만으로 인간의 행위를 해석해내기란 불충분했기 때문이다. 생명과학 중의 어떤 사상은 더러 생명에 대한 인간의 가치관을 더욱 풍부하게 해줄 수 있는 것으로 인식되었다. 과학의 합리적인 분석과 동떨어져서 인간 자신을 심도 깊게 인식하기란 대단히 어려운 일이다. 루쉰은 줄곧 이에 대한 확고한 신념을 버리지 않았다. 셋째, 루쉰은 여러 가지 책을 다양하게 보았는데, 크게는 천체물리와 우주변화에서부터 작게는 산천하류(山川河流), 화목초충(花木草蟲)에까지 이르고 있다. 여기에서 루쉰은 특히 중국의 과학사 부문과 관련된 일본인의 문장이나 저서에 많은 주의를 기울이고 있다. 예를들어 이또 쇼죠(伊藤淸造) 저 『지나의 건축(支那的建築)』, 키지마 카쭈미(貴島克己) 편 『지나 주택지(支那住宅志)』, 료오진(廖溫仁) 저 『지나 중세의학사(支那中世醫學史)』 등이 그것이다. 이 분야는 중국인들이 저술한 책도 극히 드물었고 또 전문 인재도 부족했기 때문에 루쉰은 할 수 없이 외국어 책으로 공부를 할 수밖에 없었다. 잡다한 독서의 장점은 또 다른 시각으로 중국 사회와 인간의 심층 문제를 살펴볼 수 있다는 점에 있다. 이를테면 중국 의학사를 대충이라도 훑어보아야 '오운육기(五運六氣)'나 '음양오행' 설로 대상에 접근하는 것이 매우 불충분한 근거에 입각해 있고 또 논리적인 부당성을 보여주는 행위라는 것을 알 수 있다. 또 하나의 예를 들자면 중국 건축 분야와 관련된 책을 읽어보아야 도처에 깔려 있는 중국 유교 사상의 완고성을 더욱 분명하게 알 수 있다. 이러한 영역에서 위의 일본 책들은 루쉰에게 매우 풍부한 관점을 제공하였다. 그의 사상의 엄밀성과 논리성은 이런 이론을 흡수한 것과 불가분의 관련을 맺고 있다. 상술한 세 가지 사실에서 우리는 루쉰이 여전히 인문주의적 관점에서 출발하여 인문과학 이외의 분야를 수용하고 있다는 사실을 알 수 있다. 이런 노력은 그의 사상과 창작에 모두 일정한 영향을 끼쳤다. 루쉰의 사상 변화 과정을 고찰함에 있어서 이러한 현상은 무시할 수 없는 중요한 고리로 작용한다.

5.

루쉰에게 있어서 자연과학은 그의 사유 방식과 인지 구조를 변화시켜 준 가장 근본적인 요소였다. 루쉰은 젊은 시절 『천연론(天演論)』을 읽으면서 느꼈던 흥분을 노년에 이르기까지도 잊지 않고 있다. 중국 고대의 '기(氣)'와 '음양' 설은 대부분 형이상학 부문의 심의설(心議說)이나 양생학(養生學)으로 치우쳤다. 따라서 구체적인 사물을 인식하는 데 있어서 논리성과 실증성이 부족하였다. 이것은 중국인들의 인식 범주의 근본적인 약점이다. 중국의 구학술 사상은 세계의 존재 방식을 설명할 때 지나치게 막연하고 신비적이어서, 현대인의 관점으로 보아도 상당히 현학적이라는 걸 느낄 수 있다. 수치와 논리로 실재를 파악하는 공부를 할 수 없었으므로, 결국 이 동양의 사상 왕국은 여전히 옛날 방식 그대로, 윤리로 과학을 대신하는 통치 방법을 쓸 수밖에 없었다. 한당(漢唐)

이래로 중국 문화가 찬란한 빛을 다시 발할 수 없었던 이유가 바로 이처럼 습관화된 문화 체계 때문이었다. 말하자면 자신의 문화를 자체적으로 조절하는 방법만으로는 더 이상 새롭고도 더 높은 단계로 나아갈 수 없었던 것이다. 청 말 이래로 외국의 선교사들이 분분이 중국에 들어왔지만 서양인들의 가르침이 국민 심리에 끼친 영향은 그리 컸다고 말할 수 없다. 중국인은 종교적 믿음이 부족한 민족이기 때문에 기독교의 '신성한 빛(神聖之光)'이 중국의 대지를 구석구석 비출 수는 없었고, 오히려 다윈의 진화론, 서양의 물리·화학·수학 등과 같은 과학 기술이 더욱 많은 중국 지식인들을 개조하기에 이르렀다.

초기의 루쉰이 자연과학을 수용하고 소화했던 상황은 「인간의 역사」와 「과학사교편」에서 그 뚜렷한 맥락을 엿볼 수 있다. 만약 과학에 대해 산만하고 단편적인 이해만을 가지고 있었다면 인식상에서도 발전이 있기 힘들었을 것이다. 중요한 것은 루쉰이 과학에 대해 '사(史)'적 인식을 하게 되었고, 이러한 '사(史)'적 인식이 루쉰의 인지를 수준 높게 계발시켜 주었다는 점이다. 상술한 두 편의 문장이 일반적인 글과 다른 점은 인류의 사회적 행위와 종(種)의 변화로부터 인간 존재의 원형질을 찾아내고 있다는 사실이다. 진화론을 예를 들어보자. 루쉰이 보기에 진화론의 의의는 인간을 신학의 영역으로부터 탈출시켜 생명 그 자체의 정신혁명으로 돌아가게 했다는 점에 놓여 있는 것이었다. 진화론을 인식하는 과정에서 루쉰은 인간이 자유로운 심신을 가진 만물의 영장이므로, 인간에게 있어서 가장 우선적인 것은 생명 현상이고, 사회 현상은 그 다음이라고 이해하였다. 따라서 루쉰은 생명 가치가 중국 세속 사회의 모든 윤리 가치를 초월한다고 생각하였다. 이러한 생각은 루쉰이 후에 인간 해방과 문화 해방에 투신할 수 있게끔 인식론적 기초를 제공해주었다. 그러나 루쉰은 진정으로 인간 해방을 쟁취하려면 과학이 중요한 계몽 수단이 되어야 한다고 생각하였다. 삼라만상을 두루뭉술하게 포용하는 듯한 모호한 동양의식 속에는 기실 과학주의가 가장 부족하다는 것이다. 「과학사교편」에서 루쉰은 "과학이란 것은 신성한 빛으로, 세계를 밝게 비추는 것이며. 또 그것은 인간 세상의 타락을 막아 감동이 생겨나게 할 수도 있다(科學者, 神聖之光, 照世界也, 可以遏末

流而生感動)"라고 하였다. 또 과학정신이 부족한 자는 "인성을 완전한 경지에 이르게(致人性於全)" 할 수 없다고도 하였다. 국력을 크게 떨치고 참 인간을 세우는 일은 모두 과학의 번성과 밀접한 관련을 맺고 있다. 과학을 무시하면 백성의 기상과 나라의 운명이 모두 번창할 수 없다. 서양의 개화와 발달은 모두 끊임없는 자기 초월과 자기 갱신에 기반한 과학 발전사에서 말미암은 것이고, 그것은 근본적인 면에서 사회의 구조와 인간의 사상 구조를 변화시켜 왔다. 루쉰은 과학의 진흥을 이루지 못한다면 중국이 낡은 세계에서 벗어나는 일이 불가능하다고 생각하였다.

루쉰은 일본 유학 시기에 자연과학 이론을 수용하면서 아주 대폭적으로 그의 낡은 인식 구조를 바꾸었다. 그는 진화론·논리학·과학·철학 등과 같은 문화 체계 속에서 정확하고 합리적인 분석의 중요성을 간파하였다. 숭국 전통 문화의 근본적인 약점은 논리의식이 부족하다는 점에 있다. 이러한 중국인의 사유 방식은 근본적으로 자신의 땅에서 위대한 과학자가 탄생할 수 없도록 하였다. 경험성과 선험성이 중국인의 사유 방식의 다양성을 억압해왔기 때문이다. 루쉰은 중국 사회가 줄곧 폐쇄적인 봉건 상태에 처하게 된 까닭이 바로 중국 문화가 근본적인 면에서 과학적인 사유와 계속 모순·충돌을 일으켜 왔기 때문이라고 인식했다. 유럽의 여러 나라는 비록 종교적 독재라는 암흑의 시기가 있었지만, 문화적인 면에서는 진취적이고 학구적인 정신 자세를 줄곧 견지하고 있었기 때문에, 이전의 편파적이고 단편적인 측면에서 쉽게 벗어날 수 있었다는 것이다. 루쉰은 「과학사교편」에서 19세기 자연과학혁명과 철학혁명이 서구 사회에 끼친 변화를 설명하면서, 과학이란 "드넓고 거대한 파도와 같아서 정신이 이것으로써 진작되고 국민의 기풍도 이로 말미암아 일신된다(洪波浩然, 精神亦以振, 國民風氣, 因而一新)"라고 하였다. 루쉰은 대체로 과학을 진흥시키고 문화 계몽을 진행하는 것이야말로 중국의 운명을 바꾸는 중요한 임무라고 인식했다. 인간의 발전은 사회 생산 방식의 발전에 의지한다. 이런 방식의 발전은 그 사회의 과학 기술 문화 발전과 아주 밀접한 관련을 맺고 있다. "모든 산업의 기계와 물자, 식물의 번식과 성장, 동물의 사육과 개량은 모두 과학의 혜택에 힘입지 않은 것이 없다.” 루쉰은 당시에 인식론과 사유논리 등의 분야에서는 아직도 이러한 문제의 철학적 의의를 충분히 인식하지 못한 듯하다. 그러나 당시 그의 깨달음과 관점은 몇몇 과학사 연구자들이 천명해온 생각과 비교적 유사한 모습을 보이고 있다.

「인간의 역사」와 「과학사교편」 및 이후 루쉰의 일부 잡감문에서 싹을 틔운 과학의식은 주로 다음과 같은 몇 가지 특징을 보여주고 있다. 첫째, 이런 과학 이론이 그에게는 상식이자 일반 지식으로 그의 사상 체계 속에 수용되었다. 따라서 이것은 그의 관점에서 볼 때 이미 착오가 있을 수 없는 일종의 이성 원칙으로 간주되었다. 둘째, 이러한 원칙에 의하여 완성된 루쉰의 사상 관념은 이후 회의주의 의식의 정신적 근원으로 작용하였다. 과학사는 매번 진보할 때마다 우선적으로 낡은 ‘패러다임’을 폐기해왔다. 이에 발맞추어 인류의 인식론 발전사도 회의주의와 깊은 관련을 맺어왔다. 루쉰은 이러한 과정에서 파생된 간접적인 관념 형태로부터 회의주의 사상을 흡수한 것이지 방법론 혹은 본체론에서 직접적으로 그것을 획득한 것은 아니었다. 비록 그의 사유 방식이 후에 방법론에 해당하는 모종의 연결 고리에 더욱 접근하였지만 말이다. 셋째, 루쉰은 구체적으로 현상세계를 언급할 때 근본적으로 과학 이론의 확실성을 믿고 있다. 이것은 뉴튼 역학시대의 철학 사상이 지닌 특징이라고 할 수 있다. 그의 회의론은 아직도 사회 형태에 대한 회의에 그치고 있을 뿐, 자아의식에 대한 회의로 나아가지는 못하고 있다. 자아의식에 관해서는 니체가 그의 사상 변화를 촉진시켜 주었다. 과학 철학은 그 자체로 아직 그에게 비이성적인 어떤 것을 보여주지 않았다. 이처럼 이 시기 루쉰은 사회 문제를 언급할 때 주로 “조금도 용납을 허락하지 않는 독단론적 계몽자”의 특징을 보여주고 있다. 그의 자신에 찬 태도와 비타협적인(不走中庸之路) 개성은 과학 이성의 영향으로 조성된 결과이다. 만약 이러한 각도에서 루쉰을 이해하지 않는다면, 아마 그의 정신적 핵심을 찾아내기 힘들 것이다.

따라서 루쉰에게 있어서 과학 이론은 바로 엄청난 위기에 직면한 중국 문화를 소생시키기 위한 일종의 정신적인 구원이었던 셈이다. 루쉰은 자연세계를

인식하기 위한 노정에서 반드시 갖추어야 할 논리의식과 회의주의정신을 바로
이 지점에서 획득하였을 뿐만 아니라 더욱 중요하게는 중국 전통문화의 의식
구조를 수정하기 위한 바탕을 여기에서 마련하였다. 그는 과학 발전의 역사로
부터 인간과 사회에 대한 새로운 태도를 추출해내었다. 이런 태도의 핵심은
기존의 구세계에 대한 회의정신인데, 말하자면 그것은 바로 일종의 반역적 사
유정신인 셈이다. 이런 정신은 순수한 인식론상에서 의의를 찾을 수 있는 그
무엇이 아니라 더욱 강렬한 가치론적 색채를 지닌 사고 방식이라고 할 수 있
다. 자연과학의 여러 명제로부터 추상해낸 새로운 가치 태도는 루쉰 세계의
전반에 새로운 면모를 가져다주었다. 또 바로 이러한 면모로 루쉰은 중국 인
민들에게 새로운 문화정신을 가져다주었다.

6.

　그러나 귀국 이후 루쉰은 인문학 분야의 서적은 많이 구입하면서도 과학 기
술 분야의 저작은 아주 제한적으로 구입하였다. 그는 무의식적으로 이 영역에
오랫동안 발걸음을 하지 않았다. 그의 사상 속에서 과도하게 영향을 미치던
과학 철학에 대한 반작용으로 사상 정취의 방향이 바뀌었을지도 모를 일이다.
루쉰이 이후 구입한 도서도 순수과학 이론에 관한 것은 아주 적었고 보급형
과학 도서가 비교적 많은 양을 차지하고 있다. 따라서 나는 이러한 현상이 대
부분 문학 외적 분야에 대한 정신적인 보상에서 비롯된 일이라고 추측한다.
예를 들어 1930년대 그가 우찌야마 서점(內山書店)에서 구입한 니시무라 마꼬
또(西村眞琴)의 『과학수상(科學隨想)』에도 사회학적 이론 색채가 아주 짙게 배어
있다. 또 노지리 호에이(野尻抱影)의 『성좌신화(星座神話)』도 신화 전설과 과학
현상을 서술한 책인데, 그 속에는 아름다운 삽화가 여러 페이지를 차지하고

있어서 소장 가치가 상당히 높다. 그 중 고대인들의 정신 신앙과 천체 성좌에 대한 명명의 내력은 모두 홍미 있는 서술이다. 루쉰은 만년에 다양한 사회학·문학 서적을 읽는 동시에 항상 이와 같은 보급형 과학 도서도 열심히 읽었다. 이 시기 그가 읽은 과학 책들은 정신적인 면에서 어떤 조절작용을 한 것으로 보인다. 이것은 유학 시기의 초기 루쉰과 그다지 동일하지 않은 점이다.

　루쉰이 훗날 '과학 구국'의 길을 선택하지 않은 까닭은 바로 정신 계몽에 대한 중시가 기술홍국(技術興國)에 대한 홍미를 초월하였기 때문이다. 그가 초기에 의학을 선택한 것은 아마 실업홍국(實業興國)이라는 꿈에서 기인한 결과일 것이다. 그러나 루쉰은 오래지 않아 실업(實業) 구국의 근본이 바로 인간의 자질 문제에 바탕하고 있다는 사실을 의식했다. '참인간 세우기(立人)'는 바로 '나라 바로 세우기'의 근본이며, 만약 인간의 자질 문제를 소홀히 취급하면 모든 과학적인 논리나 무기도 결국 아무 소용이 없다는 점을 인식하였다. 과학 사상을 어떻게 사람의 자아의식과 결합시킬 것인가의 문제는 루쉰에게 자신이 자각했든 자각하지 못했든 일종의 가치 태도로 굳어지게 되었다. 그가 센다이(仙台) 의학 전문학교를 떠난 중요한 원인의 하나도 바로 인간의 정신 역량의 중요성을 보았기 때문이다.

　루쉰이 의학을 포기하고 문학에 종사하게 된 내면에는 어쩌면 단순한 과학 이성에 대한 유감의 태도가 감추어져 있을지도 모른다. 과학은 인간의 사회 행위와 이성 행위가 빚어내는 고급정신 활동의 일종이다. 중요한 점은 과학 이론 자체에 있는 것이 아니라 바로 과학 활동에 종사하는 사람의 자질 및 과학 생산을 촉진하는 문화적인 분위기에 놓여 있다. 20세기 이래 많은 인문주의자들이 이런 점을 발견했다. 과학에 대하여 루쉰이 가장 홍미를 느낀 점은 대체로 다음과 같다. 첫째, 과학의 지식 효과인데, 이로써 중국 국민의 사상적 편향을 교정할 수 있다. 둘째, 과학의 방법론적 의의로서 이에 근거하여 인간의 정확한 사유를 계발할 수 있다. 현대인의 이해에 따르면 새로운 사회 구조는 적어도 다음의 몇 가지 요소를 기본적으로 갖고 있다고 한다. 즉 그것은 ① 과학 교육, ② 합리적인 법제, ③ 건강한 사회문화와 독립적인 개체 심리이다. 이 세 가지 점은 하나라도 빠져서는 안 된다. 루쉰의 장서를 살펴보면 과학 교육과 사회문화 분야의 책이 주요 부분을 차지하고 있으며 그 중에서도 사회문화 관련 서적이 주종을 이루고 있다. 1930년대 루쉰이 매년 구입했던 수백 권의 책 중에서 과학 분야 서적의 비중은 아주 적은 편이었다. 자연과학 중에서 그는 과학사와 자연 상식을 중시하였다. 예를 들어 1931년 그가 구입했던 200여 종의 책 중에서 과학 서적은 10권에도 미치지 못하였고, 그 10권 중에는 곤충학과 식물학이 주종을 이루고 있다. 1932년에 구입한 과학 독서물은 10권이 넘었다. 1933년 이후에도 과학 도서를 구입한 비율은 이전과 비슷하였고, 그 흥미도 주로 보급형 과학 도서에 놓여 있었다. 이 시기 그가 주로 구입한 책은 사회학·철학·문예학류의 서적이었다. 이때 이미 마르크스주의와 프로이드주의 관련 서적에 대한 흥미가 자연과학 분야를 초과하고 있다. 루쉰은 근본적인 면에서 자연과학이 직접 사람의 영혼 문제를 해결할 수 없다고 인식하였다. 그가 젊은 시절에 쓴 「과학사교편」에도 이미 이 점에 관한 이해가 보이고 있다. 그는 다음과 같이 진술하고 있다. "대체로 과학의 발견은 항상 초과학적인 힘을 필요로 한다. 쉬운 말로 해석하자면 비과학적인 이상(理想)의 감동이라고 할 수 있을 듯하다. 고금의 저명한 인사들은 모두 대체로 이와 같았다." 따라서 그는 과학이 중요하기는 하지만 고상한 감정과 예민한 사상이 부족하면 과학이 탄생할 수 없고 또 종국에는 과학을 낙후시킬 수도 있다고 지적하였다. 우리들은 물론 뉴튼(Isaac Newton, 1642~1727)을 필요로 하지만 세익스피어(William Shakespeare, 1564~1616)와 같은 시인의 출현도 간절하게 바란다. 마찬가지로 철학가 칸트(Immanuel Kant, 1724~1804)가 존재해야 할 뿐만 아니라 또 반드시 음악가 베토벤(Ludwig van Beethoven, 1770~1827)도 있어야 한다. 이런 다양한 사람들이 있어야만 인류의 문화가 편향된 길로 나아가지 않는 법이다. 과학정신을 고양하는 것으로부터 인간 해방의 문학을 창도하는 것에 이르기까지 루쉰은 비교적 분명하게 자신의 생명 철학과 사회 이상을 함께 구현해내고 있다. 이러한 인생 선택은 루쉰으로 하여금 독서 과정에서 과학과 문학 사이의 교차 학문에 개입하게 하였고, 또 그로부터 농도 짙은 흥미도 이끌어내고 있다. 이를테면 심리학·문화지리학·민속학·고고학 등과 관련된 서적을 적지 않게 구입한 것이 그 좋은 예이다. 상하이 시기에 소장한 『이상 성욕 분석(異常性慾分析)』, 『정신 분석 입문(精神分析入門)』, 『세계지리풍속대계(世界地理風俗大系)』, 『지나 지리 연구(支那地理研究)』, 『과학의 시인(科學的詩人)』, 『고고학 연구(考古學 研究)』, 『고대 그리스 풍속 조감(古希臘風俗鑒)』, 『세계 매매춘 제도사(世界性業婦制度史)』, 『우수의 철학(憂愁的哲理)』, 『근대 유물사론(近代唯物史論)』, 『현대 미학 사조(現代美學思潮)』 등과 같은 교차 학문 서적은 이성 지식과 도덕 탐색등 여러 분야에서 그의 심리적인 수요를 만족시켜 주었다. 그는 과학적인 두뇌를 사용하여 사회적 행위를 사고하는데 익숙했다. 상술한 여러 책을 수집한 목적은 인류 활동에 대한 인식을 더욱 깊이 이해하기 위해서였다. 단순한 자연과학 활동은 사람들에게 이러한 문제를 제공해주지 못한다. 루쉰은 이러한 교차 학문들이 다양한 '지적 의혹'에 대한 해답을 제공해줄 수 있다고 인식하였다. 이러한 해답에 아직 증명할 수 없는 내용이 포함되어 있었다 하더라도, 과학과 인류감정 및 과학과 사상 사이의 공백을 메우는 데는 일정한 역할을 수행할 수 있었을 것이다. 과학이 도달할 수 없는 곳에서는 야만이 스스로 문명이라 자처한다. 그러나 과학이 단순하게 야만을 소멸시켜서는 안 된다. 또한 단지 과학만으로는 이 양자 사이의 모순을 해결할 수 없다. 루쉰은 아주 뚜렷하게 과학 자체의 한계성을 보고 있다.

자연과학만으로는 인간의 영혼 문제를 직접 해결할 수 없다고 인식하면서 루쉰은 또 다른 한 편으로 계급 압제 문제를 진지하게 바라보기 시작하였다. 과학자들이 사회를 건설해도, 살인자들은 오히려 세계를 파괴하고 있었다. 1935년 그는 「나폴레옹(Napoleon Bonaparte)과 제너(E. Jener)(拿破倫與隋那)」라는 문장을 발표하여 과학자들이 사회적 행위에서 드러내는 모종의 무력감을 심도 깊게 폭로하였다. 과학 구국에는 반드시 인간적인 자질이 전제되어야 하는데, 그렇지 못하면 과학이 살인자의 도구로 이용될 수 있다고 루쉰은 생각했다. 그는 「국제문학사의 질문에 대한 대답(答國際文學社問)」에서 이렇게 진술하고 있다. "나는 중국에서 자본주의 각국에서 말하는 소위 '문화'라는 것을 보지 못했습니다. 그저 그들과 그들의 노복들이 중국에서 역학이나 화학적인 방법으로 그리고 또 전기 기계로 혁명가들을 고문하고 있을 뿐만 아니라 더 나아가 비행기와 폭탄으로 혁명 대중을 학살하고 있다는 사실만 알고 있을 뿐입니다."12) 루쉰의 탄식은 심각한 것이었다. 이러한 탄식 속에서 우리는 그가 어째서 문학 사업을 선택했는지 진정으로 이해할 수 있다. 「『함성』·자서」에서 루쉰은 "우리들이 지향해야할 제일의 요점은 그들의 정신을 개조시키는 것이다"라고 말하였다. 여기에서 우리는 이 문제에 대한 루쉰의 진일보한 해석을 발견하게 된다.

과학만능론을 폐기하면서 루쉰은 방법론상에서 변증법적 방향으로 한 걸음 더 내디딜 수 있게 되었다. 문학을 제외하고는 주로 사회학 관련 이론 서적이 그를 깊이 매료시켰다. 그는 「『진화와 퇴화』 소인(『進化與退化』小引)」에서 다음과 같은 생각을 표출하고 있다. "자연과학에 뒤이어 우리의 해결을 기다리는 분야로는 사회과학이 있다."13) 자연과학으로 다루지 못하는 영역을 사회과학으로 보완하는 일에 루쉰은 큰 힘을 쏟아 부었다. 그가 후에 대량으로 사회학 이론을 수용한 것은 이런 사상의 필연적인 결과이다. 루쉰은 한편으로 과학적 이성으로 문제를 인식하면서도 또 다른 한편으로는 인간의 정신 구조(루쉰은 국민성이라 불렀다)와 사회 구조에 대한 반성을 중시하였다. 인간의 사상으로부터 인류 구원의 방식을 찾고 있었던 것이다. 비록 그는 일생 동안 이 문제를 잘 해결할 수는 없었지만 그의 비장한 노력이 후세 사람들에게 끼친 영향은 절대로 낮게 평가할 수 없다.

---

12) 『魯迅全集』 第6卷, 人民文學出版社, 1981, 19면.
13) 『魯迅全集』 第4卷, 人民文學出版社, 1981, 251면.

7.

　루쉰의 흥미가 점차 바뀌고는 있었지만 초기에 형성된 선명한 과학의식은 결코 약화되지 않았다. 그가 후에 행한 전통문화에 대한 비판, 인간 존재에 대한 반문, 사회 구조에 대한 사색에는 심도 깊은 과학정신이 투영되어 있다. 1928년 량스츄와 논쟁을 하면서 그는 다음과 같이 말하고 있다. "원질 혹은 잡질의 화학적 성질에는 화합력이 있고 물리학적 성질에는 경도(硬度)가 있는데 그 화합력과 경도를 표시하려면 반드시 두 가지 물질을 사용해야 한다. 물질을 쓰지 않고 화합력과 경도 그 '자체'를 나타낼 수 있는 묘책은 없다. 그러나 일단 물질을 이용하게 되면 그 표시가 물질에 따라 다르게 나타난다. 문학도 인간을 빌리지 않고서는 그 '성(性：階級性 등)'을 표현할 수 없다. 인간을 이용하고 또 그 인간이 계급 사회 속에 있게 되면, 더더욱 자신이 속한 계급의 성격을 절대로 떨쳐 버릴 수가 없게 된다. 그것은 일부러 '속박'을 가해서 그런 것이 아니라 원래부터 필연적으로 그렇게 되게 되어 있는 것이다."14) 루쉰은 단지 자연과학 상식을 인용하여 자신의 이론을 지탱하고 있다. 이 인용은 아주 교묘하면서도 힘이 넘친다. 그는 중국 문화를 논술할 때 항상 자연과학 지식을 인용하곤 하였다. 예를 들어 유의(儒醫)에 대한 비판, 미신에 대한 풍자, 교육에 대한 견해 등등에서 그는 이전 문인들과 전혀 다른 풍격을 보여주고 있다. 그는 거듭 거듭 세상 사람들의 주의를 일깨우면서, 과학적 계몽 없이 낙후 상태에서 국민들을 탈출시키려는 것은 아주 어려운 일이라고 생각하였다. 그는 한편으로 니체와 마르크스주의 학설을 빌어 사람들의 각성을 호소하면서도 또 다른 한편으로는 과학을 보급시키는데 전념하기도 하였다. 1934년 그는 「운명(運命)」이란 문장에서 미신을 비판하였고 아울러 저우졘런은 이 당시의 일을 다음과 같이 회고하고 있다. "그는 생전의 마지막 몇 년 동안 그처럼 긴

---

　14)『魯迅全集』第4卷, 人民文學出版社, 1981, 204면.

장된 전투를 치르면서 건강이 나빠져 있었는데도 불구하고 여전히 나와 함께 프랑스 과학자 파브르(Jean Henri Fabre, 1823~1915)의 보급형 과학저작 『곤충기(昆蟲記)』를 번역하자고 하면서 이 일을 오매불망 잊지 않고 있었다. 그는 본래 일문판 『곤충기』를 가지고 있었지만 다시 다른 사람에게 국외에서 영문판을 내게 사 보내도록 부탁을 하여 그것을 번역할 때 사용하라고 하였다. 안타깝게도 번역에 착수하기도 전에 루쉰은 세상과 영영 이별을 고하였다. 이 『곤충기』란 책은 지금 보기에는 별 것도 아닌 것처럼 느껴지지만 그 당시에는 볼 만한 과학 도서가 거의 없었기 때문에 루쉰이 그것을 번역·소개하려고 했던 것이다.”15) 이처럼 일관된 자연과학 계몽정신은 사람을 감동시키기에 충분하다. 루쉰은 과학과 문학의 관계를 아주 깊이 사고하였다. 이러한 사고는 학술적인 요구에서 출발한 것이 아니라 생명의식과 사회적 사명감에서 말미암은 것이있다. 이런 점에서 그는 많은 중국 현대작가들과 분명한 차이를 드러내고 있다.

루쉰이 구입한 자연과학 서적을 열람하면서 우리가 느낄 수 있는 특이한 인상의 하나는 그가 과학 철학에 많은 흥미를 갖고 있는 것 이외에 주로 생물학·식물학·동물학·곤충학·인체해부학에 깊은 관심을 기울이고 있다는 사실이다. 이러한 분야의 일본어 장서로는 이시까와 치요마쭈(石川千代松)의 『진화 신론(進化新論)』, 나까이 타께루쉰(中井猛之進)의 『동아 식물(東亞植物)』, 나까마 테루히사(仲摩照久) 편 『식물의 경이(植物的驚異)』, 이시이 유기(石井勇義)의 『원예식물 도보(園藝植物圖譜)』, 마끼노 토미따로(牧野富太郎)의 『목야 식물학 전집(牧野植物學全集)』, 미쭈꾸리 카끼찌(箕作佳吉)의 『통속 동물 신론(通俗動物新論)』, 나까마 테루히사(仲摩照久) 편 『동물의 경이(動物的驚異)』, 니시 세이호(西成甫)의 『비교 해부학(比較解剖學)』, 마쭈무라 소넨(松村松年)의 『곤충의 사회 생활(蟲的社會生活)』, 니시 세이호(西成甫)의 『인체 해부학(人體解剖學)』, 이시까와 히데쭈루마루(石川日出鶴丸)의 『대생리학(大生理學)』(상권), 하시따 쿠니히꼬(橋田邦彦)의 『생리학(生理學)』(상, 하), 야마따 타따시(山田董)의 『위생학수(衛生學粹)』, 카미야 타쭈

---

15) 周健人, 『魯迅和自然科學』, 科學出版社, 1976, 3면 참조.

사부로(神谷辰三郎)의 『인체유전학(人體遺傳學)』, 야마하 기헤이(山羽儀兵)의 『세포학 개론(細胞學槪論)』, 코이주미 마꼬또(小泉丹)의 『인체 기생충 통설(人體寄生蟲通說)』 등이 있다.

이런 장서들은 루쉰이 줄곧 인간과 자연의 관계에 대한 이해를 문화적인 과제로 삼고 있었음을 잘 보여주고 있다. 사회과학 분야 이외의 서적을 많이 읽어야 전통 유생들과 같은 고루한 지식에서 벗어날 수 있다는 것이다. 그는 「『화개집(『華蓋集』)』·통신(通信)」이란 글에서 이렇게 언급하고 있다. "읽을 만한 출판물이 사실 너무 부족하다. 나는 적어도 평이하면서도 재미있는 대중과학 잡지가 있어야 한다고 생각한다. 유감스럽게도 현재 중국의 과학자들은 그다지 문장을 잘 짓지 못한다. 그들이 쓴 문장은 지나치게 수준이 높고 아주 무미건조하다. 현재 브레흠(Alfred Edmund Brehm, 1829~1884)의 동물 생활 이야기나 파브르의 곤충기와 같은 재미있고도 삽화가 많은 잡지가 필요하다."16) 루쉰은 이런 말을 하는 동시에 그 말을 적극적으로 실천에 옮겼다. 그가 후에 식물학과 곤충학 서적을 다량 구입한 의도는 그것을 중국의 어린이들에게 번역·소개하여 또 다른 세계의 생물이 어떻게 존재하는가를 알려주기 위함이었다. 그는 친구에게 보낸 서신에서도 항상 이와 유사한 말을 하곤 하였다. 현대 중국에서 그는 과학 보급문화의 가장 강력한 창도자이자 실천자였다. '과학'과 '자유' 의지는 줄곧 그의 몸을 둘러싸고 있었다. 어떤 사람의 회고에 의하면 루쉰이 항저우에 있을 때 학생들을 위해서 『인생상학(人生象學)』이라는 강의 원고를 썼는데, 그 글자 수가 무려 11만 자에 달했다고 한다. 저우젠런은 『루쉰과 자연과학(魯迅與自然科學)』이란 저서에서 당시 루쉰의 생활을 다음과 같이 생동감 있게 묘사하고 있다.

> 루쉰이 항저우의 저장양급사범학당(浙江兩級師範學堂)에서 생리와 화학을 가르치고 있을 때, 항상 시후(西湖 : 서호) 부근의 산으로 올라가 식물 표본을 채집하는 작업을 하였다. 그는 나에게 편지를 보내 식물을 연구하고 표본을 채집하는 일이 비

---

16) 『魯迅全集』 第3卷, 人民文學出版社, 1981, 25면.

교적 쉬우며 농업에도 유익하다고 하였다. 사오싱부중학당(紹興府中學堂)에서 교사 생활을 할 때도 그는 하나하나씩 식물 표본을 가지고 돌아왔다. 그는 항상 나와 함께 6~7리 밖 교외로 나가 다위링(大禹陵 : 대우릉) 뒤 훼지산(會稽山 : 회계산)에서 식물 표본을 채집하곤 하였다. 한번은 먼저 한 작은 산에서 두 종의 식물을 채집한 다음 또 험준한 절벽으로 올라가 '일엽란(一葉蘭)'이라 부르는 희귀 식물을 채집하기도 하였다.

또 한 번은 우리들이 함께 전탕뎬(鎭塘殿 : 진당전)에 가서 바다 조수를 구경하였다. 썰물이 빠져나가고 비가 개일 때 루쉰은 갈대 늪 속에서 막 보라색 꽃을 피우고 있는 들풀을 보았다. 그는 진흙 뻘 속으로 걸어 들어가 몇 포기를 채집하다가 피부가 갈대 잎에 찢기기도 하였다. 루쉰이 「신해유록(辛亥游錄)」에서 기록한 일이 바로 이 두 가지이다.[17]

루쉰의 이 일을 알고 있는 후인들은 극소수이다. 여기에는 그의 다양한 지적 호기심이 감추어져 있다. 루쉰이 상술한 일을 중시한 까닭은 그의 계몽의식과 관련이 있기 때문일 것이며, 또 더욱 중요하게는 몸소 실천하는 그의 고귀한 일면이 드러나고 있기 때문일 것이다. 루쉰의 문화 활동은 외국문화를 번역·소개하는 것에서 시작되었다. 최초로 번역·소개한 것은 바로 보급형 과학 문예 서적이었다. 1903년 번역한 『달나라 여행(月界旅行)』에서 그는 "새로운 지식을 좀 획득하여 옛부터 전해져온 미신을 타파하고, 이어서 사상을 개량하여 문명의 발전을 돕는다"는 취지를 밝히고 있다. 이와 동시에 또 『땅속여행(地底旅行)』을 번역하였는데 여기에서도 당시 자연과학에 대한 그의 정력적인 태도를 엿볼 수 있다. 또 한 번 언급할 만한 가치가 있는 것은 1903년 그가 「라듐에 관하여(說鈤)」와 「중국 지질 약론(中國地質略論)」을 쓰는 동시에 다른 사람과 공동으로 「중국 광산지(中國礦産志)」를 편집 출판하였다는 사실이다. 귀국한 후에 그는 또 「약용 식물(藥用植物)」 등을 번역하기도 하였다. 문학을 좋아하는 사람이 고집스럽게도 많은 정력을 들여, 외부인이 보기에 무미건조하고 고달픈 작업에 종사하고 있는데, 여기에 일종의 사명의식과 신앙의식을

---

17) 周建人, 『魯迅與自然科學』, 科學出版社, 1976, 3면.

제외하고 또 무슨 다른 목적이 있을 수 있겠는가?

루쉰은 상술한 과학 보급 활동과 자연과학 학습 활동을 부단히 전개해나가는 과정에서 자신만의 두 가지 사상적 특징을 형성하고 있다. 우선 인식의 '패러다임'에 근본적인 변화가 발생하였다. 그는 중국 전통 철학 속의 '기(氣)'와 '천인합일(天人合一)' 개념을 거의 사용하지 않았다. 그가 보기에 비과학적이고 선험적인 시공 관념은 대부분 허망한 것일 뿐이었다. 그가 관심을 쏟은 것은 주로 '개인 주체(我在)'와 '객관 사물(物在)' 그리고 니체 학설 및 여러 인문주의와 관련된 학설이었다. 이것들은 그로 하여금 '개인 주체'를 더욱 명확하게 설명할 수 있게 하였으며, 특히 진화론은 '개인 주체'의 근본 지점을 더욱 분명하게 그려낼 수 있게 하였다. 이러한 이론의 계발하에서 그는 인간 자체를 정확하게 파악하려 하였고, 이러한 노력으로 그의 사상은 근본적으로 중국 구문화적 관점에서 아주 멀리 벗어날 수 있게 되었다. '객관 사물'에 대한 분석에서도 루쉰은 이른바 구시대의 '물아감응(物我感應)' 학설을 폐기 처분하였다. 그는 실증적이고 논리적인 것에 더 많은 믿음을 갖고 있었다. 따라서 그가 보기에 자연 현상을 지나치게 인간화시키는 '천인합일' 학설은 아주 가소로운 것일 뿐이었다. 그는 인간세계 바깥에 독립적인 객관세계가 있다고 인식하였다. 그는 또 이런 세계를 정확하게 파악하기 위해서는 천근(淺近)한 부분에서 정밀한 부분으로 분석해 들어가는 과정을 밟아야지, '큰 부분'에서 '작은 부분'으로 내려오다가 '객관 사물'과 '개인 주체'를 모두 잃어버리는 과정을 밟아서는 안 된다고 하였다. 말하자면 구체적인 사물에서 출발하여 다시 형이상학으로 진입해 들어가는 것이야말로 과학적 인식에 부합하는 과정이며, 이것을 위배하고서는 올바른 인식을 획득할 수 없다는 것이다. '큰 부분'에서 '작은 부분'으로 나아가는 중국 고대인들의 인식론적 패러다임은 인간의 정상적인 인식 과정을 거꾸로 뒤집어놓은 것처럼 보일 정도이다. 따라서 현재까지 중국에서는 뉴튼이나 아인쉬타인과 같은 인물이 출현하지 못하고 있는 것이다. 루쉰의 역향(逆向) 사유 방식은 중국 전통문화의 굴레를 전복시키고 있기 때문에 그 사상의 시공간은 아주 광활한 것이었다. 이것이 그가 보통 사람과 다른 일면이다. 그 다음으로 루쉰은 자신의 지식 탐구 과정에서 점점 '진리와 실재'야말로 인간의 인식 활동 과정에서 회피할 수 없는 문제라는 것을 의식하기 시작하였다. 문학은 그로 하여금 '진리'를 향해 나아가도록 하였으며 지식은 그로 하여금 '실재'를 망각하지 않게 해주었다. 문제를 사고하는 과정에서 우리는 '실재'를 망각하거나 '실재'에서 유리되어서는 안 된다. 현실이 어떠한지 또 그 구성 방식이 어떠한지 등등의 문제에 대해서 우리는 판단의 방식과 추리의 방식으로 그 해답을 찾을 수밖에 없다. '실재' 자체의 본질은 과학율에 의해 제한되어 있으므로, 그것을 인식하려면 반드시 과학적인 방법을 사용하여야 한다. '실재'를 결코 간단하게 '진리'와 동등하게 취급할 수 없지만 그러나 '진리'는 과학 활동과 '실재'에 대해서 불변의 가치를 지닐 수 있는 것이다. '진리'란 절대 틀려서는 안 되는 사유의 결정이다. 그것은 간난하게 사물에 부속되지 않을 뿐만 아니라 또 간단하게 인간 주체에게도 부속되지 않는다. '진리'는 인간의 사회 활동 중에서도 효과적인 실천의 결과물이다. '진리' 획득은 반드시 '실재'로부터 시작하여야 하는데, 이에 과학과 문화는 '진리'로 향해 나아가는 필수적인 길이라고 할 수 있다. 따라서 루쉰은 과학과 진리는 어떤 속임수로 고치거나 곡해할 수 없는 것이므로, 그것을 존중해야만 비로소 인류가 정확한 길로 나아갈 수 있다고 믿었다. 그가 일생 동안 과학문화를 창도하고 '문명 비판'과 '사회 비판' 활동을 전개한 목적이 바로 여기에 있었다.

따라서 이러한 토대 위에서 우리는 비로소 루쉰이 다년간 의식적으로 자연과학 서적을 수집하고 또 그 이론을 선전한 목적을 더욱 분명하게 알 수 있다. 그리고 우리는 루쉰이 단지 문학가에 그치는 것이 아니라 바로 걸출한 사상가임을 깨달을 수 있게 된다. 자연과학에 관한 루쉰의 사상은 그의 정신세계의 유기적인 한 부분을 구성하고 있다. 그러므로 이러한 유기적인 부분이 그의 사유 방식과 시공 구조에 다른 사람과 확연히 구별되는 특색을 가져다주었다. 만일 이러한 영역으로부터 그의 사상 전환의 근원을 파악하지 않는다면 그의 정신세계의 몇몇 원형질을 쉽게 발견할 수 없을지도 모른다.

독서 취향(하)

1.

'독서 취향'에 대해서 이야기할라치면 저우쭈어런(周作人 : 주작인)은 내게 더욱 풍부한 화두를 던져주고 있다. 그의 독서는 잡다하면서도 정밀하다. 그가 언급하고 있는 부문은 그 광범위한 면에서 루쉰(魯迅 : 노신)도 거기에 미치지 못할 정도이다. 루쉰은 만년에 한 친구와 사담(私談)을 나누면서 당시 청년들 중에 치멍(啓孟 : 周作人)처럼 독서량이 많은 사람은 매우 드물다고 언급한 적이 있다.[1] 이 말에서 알 수 있듯이 루쉰은 은연중 저우쭈어런의 독서량에 대한 감탄을 드러내고 있다. 저우쭈어런은 본성이 정적이어서 루쉰처럼 세상 일에 간여하기를 좋아하지 않았고, 일생의 대부분을 서재에서 보냈다. 따라서 수많은 글을 쓰면서도 매우 전문적인 내용을 다루고 있다. 그는 「나의 잡학(我的雜學)」

---

1) 唐弢, 「關於周作人」, 『雨中吟』, 安徽文藝出版社, 1995, 177면.

이라는 장편 문장에서 스스로 독서 과정에서 얻은 결과를 기록하고 있는데, 그 서술이 매우 상세하여 '책 이야기 전문가'로서의 저우쭈어런을 이해하는 데 입문서가 될 만하다. 5·4 이후 그처럼 잡학에 뛰어난 사람은 매우 드물다. 그는 멀리로는 당송 팔대가를 계승했고, 가까이로는 장타이옌(章太炎: 장태염)과 량치차오(梁啓超: 양계초)의 성취에 접근하고 있으며, 사상적인 측면이나 문체의 독창성 측면에서도 새로운 경지를 개척하여 진정 대가의 풍모를 보여주고 있다. 장중싱(張中行: 장중행) 선생은 저우쭈어런의 독서에 관해 언급하면서 다음과 같이 서술하고 있다.

  우리 선생님 연배 중에서 다양한 독서량과 풍부한 지식에 대해 이야기하자면 응당 저우씨(周氏)를 첫 손가락에 꼽아야 할 것이다. 이러한 사실은 그의 문장에 분명하게 드러나 있다. 그는 하늘에서 땅까지, 다양한 종교에서 수많은 학파에 이르기까지, 그리고 광대한 우주에서 조그마한 파리에 이르기까지 언급하지 않은 것이 거의 없다. 언급하고 있는 내용은 모두 자세하고도 심도 깊은 경지에 도달해 있어서 독자들의 다양한 지식욕을 채워주는 것 외에도 새로운 사실을 깨닫게 해주기도 한다. 나의 개인적인 느낌은 다음과 같다. 나는 여러 해 동안 잡다하게 독서를 하는 가운데 『사고전서 총목 제요(四庫全書總目提要)』를 들춰보는 것을 좋아하면서, 이 책을 중국 고전 문학 작품에 관한 지식을 소개하는 보고로 간주하였다. 그러나 저우씨(周氏)의 책을 읽어보고 나서 나는 저우씨의 저작이야말로(지식을 쌓는다는 측면에 한정해서 말해보더라도) 각 부문의 지식을 소개하는 보고로 생각하게 되었다. 물론 여기에는 지식의 다양함을 추구하는 것이 꼭 좋은 것이냐 하는 문제가 잠복되어 있다. 이에 대해 나는 격렬한 논쟁을 벌일 생각은 없고, 다만 실제적인 예를 들어서 나의 논리를 분명하게 드러내고자 한다. 망원경으로 멀리 몇 천 년 전의 일을 살펴보고, 현미경으로 근래 몇 년 간의 사정을 관찰해보면 위로는 조정에서 아래로는 시골 마을에 이르기까지, 무지(無知) 때문에 생겨난 실수 및 그로 인해 받는 고통들이 얼마나 많은가? 나의 경험에 의하면 지식을 얻으려면 부득불 많은 책을 읽지 않을 수 없다. 읽을 만한 글이 많은 저우씨(周氏)의 저작이 이에 대한 일종의 종합 지침서의 역할을 할 수 있을 것이다.[2]

---

2) 張中行, 「周作人文選序」, 『周作人文選』, 廣州出版社, 1995.

저우쭈어런의 제자가 이와 같이 간주하고 있을 뿐만 아니라, 저우쭈어런과 동시대인들도 그의 학식에 대대적인 찬사를 아끼지 않고 있다. 후스(胡適 : 호적)·첸쉔퉁(錢玄同 : 전현동)·류반능(劉半農 : 유반농) 등은 그의 학식을 대단히 존경하면서 그를 매우 진귀한 학자라고 생각하였다. 심지어 좌익 작가인 구어모뤄(郭沫若 : 곽말약)·펑쉐펑(馮雪峰 : 풍설봉)도 그의 박학다식함에 존경의 시선을 보내고 있다. 저우쭈어런은 20세기 중국 문학사에서 독특한 위치를 차지하고 있다. 나는 개인적으로 이러한 그의 위치가 그의 소설이나 번역 작품 또는 교육가로서의 신분에 의해 부여된 것이 아니라, 창조적이고도 독특한 그의 '미문(美文)', 다시 말해 '책 이야기 문체(書話體)'에 의해서 부여된 것이라고 생각한다. 그는 학식과 정취와 인생을 모두 하나의 문체 속에 버무려 넣고 있다. 체제의 독창성과 풍격의 전아함에 있어서 그는 최고의 경지에 도달해 있다.

「나의 잡학(我的雜學)」에서 그는 자신의 학술적 관심 분야를 소개하면서 중서(中西) 사상의 내용을 광범위하게 언급하고 있다. 그 내용은 대체로 '비정규 한문(非正軌的漢文)', '비정통 고서(非正宗的古書)', '비정통 유가(非正統的儒家)', '유럽 문학(歐洲文學)', '그리스 신화(希臘神話)', '신화학(神話學)', '문화인류학(文化人類學)', '생물학(生物學)', '아동학(兒童學)', '성심리학(性心理學)', '엘리스의 사상(藹理斯的思想)', '의학사와 요술사(醫學史與妖術史)', '일본 향토 연구(日本的鄉土研究)', '사진집과 우끼요에(寫眞集與浮世繪)'3) '카와야나기(川柳 : 엽차)·라꾸고(落語 : 만담·골계집(滑稽集)', '속곡(俗曲)·동요(童謠)·완구도(玩具圖)', '외국어와 번역서(外文與譯書)', '불경과 계율(佛經與戒律)' 등등으로 개괄해볼 수 있다. 이러한 영역에서 그는 실로 심도 깊은 체험을 하고 있으며, 어떤 견해는 지금까지도 우리들에게 유익한 지식을 제공해주고 있다. 저우쭈어런의 독서는 순수하고 정적인 모습을 보여주고 있다. 그의 문장을 읽으면서 우리는 그가 고요한 서재에서 한적하게 책을 논하고 도(道)를 이야기하는 정경을 떠올려볼 수 있다. 이것은 분명 루쉰과 다른 점이다. 그에게는 루쉰에게서 볼 수 있는 역동적이고 현실적

---

3) 우끼요에(浮世繪 : うきよえ)는 일본 江戶時代에 유행한 풍속화인데, 주로 유녀(遊女)나 연극을 그림의 소재로 삼고 있다.

인 측면이 결여되어 있다. 오히려 그는 직업적인 학자의 태도를 견지하면서 책을 벗 삼는 일을 제외하고는 다른 어떤 것에도 관심을 두지 않고 있다. 그의 흥미는 너무나 광범위하여 한 동안 그리스에 빠져 있다가도, 또 한 동안은 일본에 관심을 기울이기도 하였다. 그리고 또 아득한 고대로 달려갔다가는 금방 또 현실로 되돌아오기도 하였다. 그러나 그의 잡학은 목적이 없는 오락이 아니었다. 그가 책을 선택하는 방식은 자유주의적인 그의 생활 태도와 관련이 있다. 그는 '성심리학'과 만명(晩明) 소품문 그리고 그리스 신화를 좋아하였다. 이러한 것들은 중국에서 매우 희귀한 분야이거나 시급히 관심을 환기시켜야 할 분야였다. 그의 이러한 태도는 해외 문화를 번역·소개하는 측면에서 보자면 루쉰과 매우 유사한 모습이라고 할 수 있다. 그러나 그가 주목한 여러 가지 문화 중에서 가장 가치 있게 본 것은 특히 인간 생명 개체의 자유와 연관된 부분이었다. 예를 들자면 그는 중국의 왕충(王充)·이지(李贄)·유리초(兪理初)를 좋아하였는데, 이들은 모두 이단자의 부류에 속하는 사람들이다. 그러나 매우 이상한 것은 똑같이 이단 사상에 관심을 기울이면서도, 루쉰은 전사와 학자를 겸비하는 길로 나아갔다는 점이다. 이와는 달리 저우쭈어런은 오히려 학문의 길에 발걸음을 멈춘 채 신중하게 행동하면서 이른바 청의(淸議)의 측면을 보여주고 있다. 나는 만약 자유의 세계에서라면 저우쭈어런의 태도가 매우 귀한 것이며 아울러 그가 개체와 사회에 대해서 견지한 관점이 매우 이지적이고 인도적인 것이라고 생각해본 적이 있다. 그러나 애석하게도 그는 난세를 살아간 사람이어서 이러한 사상은 결국 지나치게 유토피아적이고 소극적인 것으로 결론지을 수밖에 없다. 계급 투쟁이 엄혹한 시대에 저우씨의 이론은 분명 너무나 창백한 것이어서 루쉰처럼 사람을 격동시키는 역량을 갖지 못하였다. 하지만 저우쭈어런의 선도적인 측면과 초속적인 측면은 오늘날 이미 새로운 가치를 발휘하기 시작하였다. 최소한 그가 견지한 학문상의 품위만 가지고 말해보더라도 오늘날 학자 중에서 그에 비견할 만한 사람이 매우 드문 실정이다.

캉쓰췬(康嗣群 : 강사군) 선생은 「저우쭈어런 선생(周作人先生)」이라는 글에서, 저우쭈어런에 대해 다음과 같은 찬사를 늘어놓고 있다. "그는 '자유주의적 사상가’인 동시에 매우 흠모할 만한 장자(長者)이며 스승이고 또 아주 화기애애하고도 고요한 성품을 가진 사람이다. 입담이 좋은 사람들은 그 당시 시국의 변화로부터 그가 일제 앞잡이가 된 일까지 언급할 것이고, 또 그의 인물 됨됨이에서 그가 먹은 간식이나 그가 입은 옷까지도 언급할 것이다. 예를 들자면 쉬즈모(徐志摩 : 서지마) 선생이 그에 대해 ‘그는 박학다식한 사람이어서 손 가는데로 증거를 집어 오고, 눈길 가는 도처에서 학문의 근원을 찾아내는데, 그러나 그의 견해와 정서는 모두 그의 문장과 마찬가지로 자신의 개인적인 것에 불과하다’라고 서술한 바와 같다. 이것은 아주 적절한 지적이다.”4) 1930년대 이전에는 많은 사람들이 그를 칭찬했다. 이것은 저우쭈어런의 학문에 대한 존경심에서 우러난 태도일 뿐만 아니라, 더욱 중요하게는 그가 견지하고 있던 침착한 인생관에 매료된 때문이라고 할 수 있다. 저우쭈어런은 사상의 창조자였다. 그러나 그는 정치와 시국에 관심을 기울이기는 했지만 어떤 운동을 주도하거나, 어떤 당파에 개입한 적은 없었다. 그는 다만 정적인 사상가의 모습으로 그 당시 사회의 한 구석에 출현하곤 하였다. 사회 정치, 그리고 당파와의 투쟁에서 그의 관점은 더러 혼란스럽고 모호한 모습(昏)을 보이곤 하였다. 예컨대 민주운동의 구체적인 행동에 대해서 이해력이 부족하여, 그는 왕왕 서생티를 내면서 냉소적인 대응을 하기 일쑤였다. 이러한 태도에서 편파적인 결론이 도출되는 것은 당연한 일이라고 할 수 있다. 그러나 세상의 이치와 인간 본성의 관계에 대한 그의 관점은 다른 사람보다 훨씬 심도 깊었으며, 어떤 면에서 이러한 점은 루쉰도 미치지 못하는 부분이었다. 어떻게 이런 경지에 도달할 수 있었을까? 그것은 광범위한 독서에서 얻은 결과라고 할 수 있다. 우리가 오늘날 그의 소품문을 읽고 싶어 하는 이유도 그의 아름다운 문장 속에 적지 않은 인생의 지혜가 감추어져 있기 때문이다.

---

4) 『雨中吟』, 安徽文藝出版社, 1995, 192면 참조.

2.

저우쭤런이 쓴 최초의 글과 최후의 글은 모두 책과 관련된 것이다. 저우쭤런의 일생은 아마도 책을 위한 이야기꾼의 삶이라고 말할 수도 있을 것이다.. 일생 동안 '책 이야기(書話)'에 바친 그의 공헌은 20세기 중국 문학 분야에 커다란 족적으로 남아 있다. 그의 일생을 살펴보면 줄곧 퀴퀴한 책 냄새가 따라 다닌다. 그러나 젊은 시절 그의 사상은 예리하였고 '5·4계몽운동' 과정에서는 혁혁한 공을 세우기도 하였다. 이때는 그가 사상가로서 찬란한 빛을 발하던 시기였는데, 정신적인 선명성과 반봉건적인 과감성에 있어서 형인 루쉰과 서로 쌍벽을 이룰 정도였다. '5·4'의 물결이 퇴조한 뒤 그의 사상은 점차 적막 속으로 빠져들기 시작하였다. 더러 세상을 향하여 울분을 토로하기도 하였지만, 날이 갈수록 개인적인 테두리로 물러나 은둔자의 모습을 드러내기 시작하였다. 1930년대 후반에는 일제의 관직에 취임하여 매국노로 전락하기도 하였다. 이때 그의 '책 이야기(書話)'는 이미 입신의 경지에 이르렀다고 할 수 있지만, 생명 의지는 그 장력이 많이 약화되었다. 따라서 그 자신에게 던지는 힐문에는 경세(警世)의 명구가 많지만, 사회 현상을 언급할 때는 결국 몸이 마음을 따라가지 못하는 모습을 종종 드러내었다. 세인들은 그의 이러한 소극적이고 퇴영적인 정서를 잘 이해할 수 없었지만, 그 자신으로서는 기실 어쩔 수 없는 선택이었다. 나는 몇 개의 시기로 구분할 수 있는 그의 일생 중에서 5·4를 전후한 시기에 씌어진 그의 문장을 가장 좋아한다. 이 시기 그의 문장은 마치 투사의 함성처럼 사람들에게 적극성을 고취시킨다. 낡은 제도를 비판할 때 그는 추호도 모호한 모습을 보이지 않았으며, 항상 일도견혈(一刀見血)하는 날카로움을 견지하고 있었다. 예를 들어 「인간 문학(人的文學)」·「사상 혁명(思想革命)」·「럿셀과 국수(羅素與國粹)」·「중국 소설 속의 남녀 문제(中國小說裏的男女問題)」 등은 근대 계몽가들의 글 중에서도 가장 뛰어난 문장에 속한다. 그러나 '5·4' 이후 불과 몇 년이 지나자, 그의 태도는 정치에 간여하지 않는 한 극단으로 나아가기 시작하였다. '3·18 참극' 이후에 그는 여전히 사회 비평의 선명성을 다소 보여주기는 하였지만, 일본인을 비판하는 글에는 이제 굳센 기상이 줄어들고 있다. 이후 얼마 되지 않아 세상과 다투지 않으려는 태도가 더욱 짙게 드러나면서 계몽자로서의 함성도 점점 사라져 가고 있다. 이때 그는 거의 전심전력을 다하여 독서에 몰두하였고, 책 속에서 다소간의 즐거움과 위안을 얻고 있다. 그는 심지어 공개적으로 독서는 정말 재미만을 위해서 할 수도 있으며 일종의 유희로 즐길 수 있고, 또 커다란 자유가 그 속에 숨어 있다고 언급하기도 하였다. 이러한 전향은 한 편으로 사회 정치의 암흑적인 측면에서 기인한 것이기도 하지만, 다른 한 편으로는 그 자신에게 얽혀 있는 복잡다단한 여러 상황에서 말미암은 것이기도 했다. 서재로 되돌아가서, 그리고 개성의 즐거운 유희 속으로 되돌아가서 개성주의자가 된 것을 나는 비난만 할 수는 없다고 생각한다. 그러나 결국 이러한 사정 때문에 그는 훗날 비극을 맞이하게 되는데, 이것은 정말 안타까운 일이다.

저우쭈어런의 독서는 첫째, 삼라만상의 이치를 밝히려는 마음에서 비롯된 것이고, 둘째 인생을 즐기려는 심미적 태도에 의해 촉발된 것이다. '삼라만상의 이치를 밝히려는 마음'은 결국 지나칠 정도로 자질구레하게 탐색하는 태도를 지니게 하였는데, 잡다한 독서 과정에서 그는 이치를 밝히기 위해 특별한 소리들을 찾아내는데 자신의 노력을 집중하고 있다. 이를 그 자신의 용어로 이야기하자면 바로 이른바 '도를 얻을 수 있다(可以得道)'는 것이다. '인생을 즐기려는 마음'은 마음속의 큰 고통을 제거하기 위한 선택이었다. 고통에서 탈출할 수 있는 방법은 바로 유희였고, 유희와 독서는 가는 길은 다르지만 결국 동일한 귀의처에 도달하게 하는 득도의 과정이었으며, 따라서 속세에 찌든 몸을 잊고 무아의 경지로 나아가게 하는 지름길이 되었다. 1925년 그는 『팽이(陀螺)』라는 책의 서문에서 다음과 같이 이야기하고 있다. "이 작은 책은 기실 나의 장난감이다. 그러므로 이 책 제목은 매우 타당하다. 나는 본래 시인도 아니고 문인도 아니다. 글을 쓰는 나의 행위는 전적으로 유희이다. 혹은 장난이라고 말하는 것이 더 좋을지도 모른다. 평소에 우리가 쓰는 유희라는 말에는 항상 다소 불성실한 태도와 고의적으로 비꼬는 듯한 냉소감이 포함되어 있다. 이러한 어감은 나도 좋아하지 않는다. …… 그러나 나는 이러한 유희적인 놀이 이외에는 할 수 있는 다른 일이 없다. 유희적인 놀이 이것이 바로 나의 업무이다.5) 루쉰도 고서(古書)를 읽을 때, 이러한 느낌을 가지고 있었는지는 지금 알아볼 방법이 없다. 그러나 저우쭈어런은 책을 통해 이와 같은 취미를 추구할 수 있었을 뿐 루쉰처럼 목숨을 걸고 비장하게 투쟁의 길로 나갈 수 없었다. 이것은 근본적으로 상이한 두 사람의 독서 경계(境界)이다. 저우쭈어런은 사물의 이치를 밝히려는 마음에서 출발하여 개인적인 완벽함에 도달하기 위해 노력하면서 사회와는 분쟁을 일으키지 않는 태도를 취하였다. 따라서 그의 마음에는 초연하고 탈속적인 성분이 많이 쌓이게 되었다. 가치관이 지향하는 방향은 잠시 제쳐두고, 담담하고 한적한 그의 마음가짐만 가지고 이야기 해보더라도, 그는 보통 사람들이 접근하기 어려운 경지에 도달했다고 할 수 있다. 세상 사람들이 모두 루쉰이 될 수는 없다. 우뚝하게 높이 솟은 산 옆에 작은 다리가 걸린 맑은 시내가 흐르는 것도 아름다운 경치가 아니겠는가? 저우쭈어런이 걸어간 길은 작은 다리가 걸린 맑은 시내였다. 비록 호탕한 기상이나 우뚝 솟은 절벽과 같은 기세는 부족하지만 도사와 같은 냉정한 눈길과 방관적 자세는 루쉰 사상에 대한 그 어떤 보완이라고도 할 수 있는 것이다. 우리가 지나치게 공리적으로만 바라보지 말고, 조금 시야를 넓혀서 인류의 사유 방식이나 총제적인 가치관이라는 측면에서 이 두 사람을 관찰해보면, 결국 위와 같은 결론을 도출해낼 수 있을 것이다.

1928년 저우쭈어런은 「폐호독서론(閉戶讀書論)」이란 글을 써서 많은 사람들의 비난을 받았다. 이 글에서 저우쭈어런은 당시 중국의 정치에 짙은 불만을 표시하면서 역사 순환론의 입장으로 정치의 비영구적 가치를 관찰해내고 있다. 그의 입장에서는 오직 두문불출하고 책을 읽는 것만이 가장 시의적절한 생활 태도라는 것이다. 당시 중국은 혼란이 극에 달해 있었는데, 국민당은 권

---

5) 『周作人文選』 第1卷, 廣州出版社, 1995, 396면.

력을 잡은 이후 지식인들에게 언론 검열과 같은 제한 조치를 취했고, 저우쭈
어런의 몇 몇 책들도 결국 검열 대상에 오르게 되었다. 이러한 세태는 저우쭈
어런에게 중국 역사 속의 이른바 '30년은 하동(河東), 30년은 하서(河西)'라는 말
을 생각나게 하였다. 그는 당시 부패한 사회 현상에 깊은 자극을 받았다. 공산
당의 혁명에 대해서 그는 아주 불만이었다. 그가 보기에 유물론이란 믿을 수
없는 내용이 대단히 많았다. 난세에 어느 한 당파에 경향된다는 것은 개성의
자유라는 신조를 포기하는 것이어서, 그는 아예 깨끗이 입을 닫고 책 속에서
스스로의 즐거움을 찾았다. 저우쭈어런은 당시 중국 각 당파의 논리를 일고의
가치도 없다고 생각하였다. 왜냐하면 그는 중국의 역사를 너무나 잘 이해하고
있어서, 국민들에게 많은 실망감을 느끼고 있었기 때문이다. 이에 그는 이른바
'혁명'도 그가 보기에는 낡은 정치 행태가 윤회한 것으로, '주먹질을 무기로
삼는 비적'들의 재생이 아니면 군벌들의 정권 탈취에 불과한 것으로 보았다.
그는 미래의 중국이 어떻게 될지는 아무도 알 수 없다고 생각하였다. 그는 사
람들을 일깨워 자기 자신을 너무 과신하지 말며 마찬가지로 다른 사람도 가볍
게 믿지 말라고 당부하면서, 이처럼 천하가 아직 태평하지 못한 것은 사람들
이 독서를 습관화하지 않은 잘못 때문이라고 하였다. 따라서 독서를 하여 사
물의 올바른 이치를 밝힐 수 있게 되면 인간 세상의 위선을 간파할 수 있게
되는데, 그의 관점에 의하면 이는 정치에 참여하는 것보다 훨씬 심원한 의의
를 가진다고 한다.

  …… 역사에 정통한 사람은 태을진인(太乙眞人)처럼 귀신도 간파할 수 있게 된다.
겉으로 무슨 말로 위장하든지 간에 그는 이것이 누구의 화신인지 알아내어, 옛날 책
속에서 이 귀신의 원형을 찾아낼 수 있다. 반경(盤庚)시대 이래로 그 하나 하나의 모
습이 다 갖추어져 있어서, 여러 번 거듭 탄생한 흔적들도 책을 보면 마치 손바닥을
들여다보듯이 환하게 알 수 있다. 학문에 공력이 낮은 자들은 함부로 분별을 일삼으
며, 혹자는 20세기로, 혹자는 북벌 성공으로, 혹자는 농민군의 봉기로 시대 구분을
하고, 이것이야말로 별천지의 탄생이며, 장차 큰 변혁이 있을 것이고, 이전의 시대와
는 전적으로 다른 세계가 전개될 것이라고 생각한다. 이것은 흡사 옛 사람들의 세대

가 삽시간에 끊기고 곧 바로 새 사람들이 하늘로부터 낙하하거나 땅으로부터 솟아
난다는 생각과 방불한 것이며, 혹은 마치 이윤(伊尹)이 속이 빈 뽕나무 속에서 태어
났다는 전설과도 비슷한 것인데, 이 두 세계는 완전히 다른 두 가지 생물의 모습으
로 그려지고 있다. 그러나 이것은 바로 무식에 의해 초래된 잘못된 생각이다. 지금
처럼 함부로 말하거나 함부로 행동하는 것이 그다지 적절하지 않은 때는 응당 두문
불출하고 열심히 책을 읽어야 한다. 낡은 종이를 뒤적이면서 살아 있는 사람들과 대
조하다 보면, 죽은 책은 금방 살아 있는 책으로 변한다. 이러한 과정에서 득도(得道)
도 할 수 있고, 양생(養生)도 할 수 있으니, 어찌 아름다운 일이 아닌가? ……6)

이것은 매우 심도 깊은 관점이라고 할 수 있다. 지식인과 중국 정치의 관계
라는 과제를 연구하고 토론하려 한다면 우리는 저우쭈어런의 「폐호독서론(閉戶
讀書論)」을 훌륭한 참고서로 삼아야 한다. 위의 글에서 언급하고 있는 내용은
기실 기성 사회에 대해서 실망한 저우쭈어런의 어쩔 수 없는 심정의 토로이다.
그가 뒷날 정치적으로 그렇게 소극적인 입장이 된 것에 대해서도, 이 글은 아
마 훌륭한 주해서(註解書) 역할을 할 수 있을 것이다. 나는 이 글이 그의 독서
생활과 저작 생활을 이해하는 일종의 열쇠라고 생각한다. 학문 활동이나 '책
이야기' 집필을 막론하고 그의 정신 가장 깊은 곳에는 아마도 어떻게 이름할
수 없는 절망감이 도사리고 있었다고 할 수 있다. 우리는 여기에서 과거 중국
지식인들이 겪은 고통의 얼룩들을 읽어낼 수 있다.

3.

1931년 3월 1일 『신학생(新學生)』이라는 잡지 제1권 제3기에는 저우쭈어런의
문답(問答)이 실려 있다.

---

6) 『周作人文選』 第1卷, 廣州出版社, 1995, 562면.

1. 내가 뜻을 두고 있는 학술은? 그리스 신화학
2. 내가 금년에 착수하고자 하는 저서와 역서는? 그리스 신화
3. 내가 가장 애호하는 저작은? 문화인류학과 민속학에 관한 저작
4. 내가 항상 보는 중국이나 외국 잡지는? 일정하지 않음
5. 나의 저역(著譯) 시간은? 일정하지 않지만 대체로 업무 외의 시간 이용
6. 나의 기상 시간과 취침 시간은? 대체로 10시에 자고 6시에 일어남

여러 해 동안 그는 줄곧 그리스 문화 연구에 뜻을 두고 있었고, 그리스 문화에 관한 저작을 번역 소개하는 것을 일생 동안 해야 할 가장 중요한 일로 간주하고 있었다. 왜 이처럼 그리스에 온 정신을 쏟아 붓고 있는가? 나는 바로 여기에 그의 철학이 숨겨져 있다고 생각한다. 또한 이 지점이야말로 그가 살았던 세계로 진입하는 입구라고 해도 과언이 아닐 것이다. 저우쭤어런의 세계관 그 중에서도 특히 문화관의 형성에는 고대 그리스 문화에서 받은 계시가 가장 컸다고 할 수 있다. 우리는 과거에 저우쭤어런이 공리주의를 얼마나 경시했으며, 또 초공리적인 선(善)과 애(愛)를 얼마나 좋아했는지 토론하곤 하였다. 이것은 기실 고대 그리스 문화의 영향과 유관한 것이다. 그는 일본 유학 때부터 그리스 예술에 주의를 기울인 이래 1930~40년대까지도 글을 쓸 때 오매불망 그것을 잊지 못하고 있었다. 1950년대 이후에 그리스 신화 번역에 진력한 것도 자신의 애호를 끝까지 밀고 나간 것인데, 그는 이 분야에서 탁월한 업적을 남겨놓았다. 중국에서 이처럼 오랫동안 그리스 문화 예술에 정을 쏟은 학자는 한 사람도 없었다. 그는 심지어 이것을 자신의 창작보다 더 중요한 일로 간주하기도 하였다. 외래의 문명을 이용하여 중국의 문화를 개량하고자 하는 고난에 찬 역정 속에서 그의 노작(勞作)은 가히 비장미를 발산하고 있다고 할 수 있다.

그리스 문명과 중국 문명은 아주 오래된 것이다. 그러나 중국 문명은 사유 방식에 있어서 그리스 문명과 상당한 차이점이 존재하기 때문에, 역사상 형이하를 초월하는 이채로운 정신을 탄생시키지 못했다. 저우쭤어런은 근래 일본의 비상이 그리스 사상을 도입한 것과 깊은 관계를 맺고 있다는 점에 주의를 기울였다. 따라서 아주 오래된 동방 민족인 중국이 자주적으로 떨치고 일어나

자기 자신을 구제하기 위해서는 그리스 문화와 같은 우수하고 뛰어난 문화를 광범위하게 흡수하는 것이 매우 중요하다고 인식하였다. 그는 다음과 같이 진술하고 있다. "일본에서도 명치(明治) 말년까지는 그리스에 관계된 이야기를 하는 사람이 드물었다. 그러나 극배이(克倍耳) 교수가 대학에서 그리스 문화를 고취하고 난 이후 근 20여 년 동안 이를 연구하는 인재를 배출하였고 이에 관한 번역서도 많이 출판하였다. 이것은 정말 부러운 일이다."7) 현대 중국 학자 중에서 저우쭈어런의 이러한 관점에 주의를 기울인 사람은 그리 많지 않았고, 대부분은 미국·영국·프랑스·러시아·일본 등의 나라에 관심을 집중하고 있었다. 그러나 저우쭈어런은 유럽 문화의 근원에 시선을 돌리고 있었으며, 이는 그가 오랫동안 고민한 결과였다. 저우쭈어런은 중국 문화의 심층적인 부분에 아주 실망한 나머지 해외 문명 가운데서 아직 중국 국민이 가지지 못한 것들을 가져오려고 하였다. 그 속에는 인도주의 정신도 포함되어 있었다. 그의 관점에 의하면 이렇게 함으로써만이 중국 국민들을 각성시킬 수 있고 또 스스로 독립적인 자신의 인격을 창조할 수 있다는 것이다. 여기에서 우리는 그의 낭만적인 한 측면을 엿볼 수 있다. 기실 중국과 그리스는 완전히 상이한 문명에 속하기 때문에 그것을 융합하려는 것은 아주 지난한 일임에 틀림없다. 그러나 저우쭈어런이 문화의 근원에서 출발하여 자신의 사고를 정리하고 있는 점은 찬탄할 만하다. 이것은 그가 논리의 출발점을 잘 선택했다는 것을 의미한다. 그러나 그 내용이 대부분 초공리적인 것이었기 때문에, 반 세기 동안 저우쭈어런이 소개한 그리스 문명은 중국에 그다지 많은 영향을 끼치지 못했다. 오히려 루쉰이 번역한 일본과 러시아의 문화 사조가 중국 국민들에게 상당히 큰 충격파를 던져주었다. 나는 저우쭈어런이 번역한 그리스 신화를 읽는 동안 당시 세인들의 반향이 아주 미미했다는 것을 상기하고는, 이 늙은이의 고독한 선택에 많은 동정심을 느꼈으며 아울러 그의 이러한 선택에 감탄을 금치 못하곤 하였다.

---

7) 『周作人文選』 第3卷, 廣州出版社, 1995, 530면.

저우쭤런의 문화적인 시각은 확실히 비상한 것이었다. 그는 초기에 낡은 중국 문명의 구습(舊習)을 공격하면서 항상 루쉰(魯迅)의 태도를 옹호하였다. 그러나 훗날에는 초연하고 정적인 태도로 모습을 바꾸고 당파적 분쟁에 개입하지 않았다. 이것이 혹시 그리스 고대 철학자들의 가르침에서 기인한 결과인지도 모르겠다. 그는 다음과 같이 언급하고 있다.

학문을 좋아한다는 것은 그리 어려운 일이 아니다. 오히려 각종 이해를 초월하여 순수하게 지식을 찾으면서 실용적인 것에 얽매이지 않는 것이 더 어려운 일이다. ……기실 실용이라는 것도 어찌 이 속에 있지 않겠는가? 중국인들은 오직 실용만 강구하면서도 결과적으로는 아무 것도 알지 못하고 아무 것도 얻지 못하고 있다. 따라서 유클리드(Euclid, B.C.330?~B.C.275?)의 제자처럼 동전 한 닢을 받고 기하학을 배우는 것 같이도 될 수 없다. 중국에서는 아마 선교사들이 서양의 식물학 서적을 번역해줄 때까지 줄곧 식물학이 없었다. 오직 『시경(詩經)』·『이소(離騷)』·『이아(爾雅)』의 전주(箋注)나 역사책의 지리지(地理志), 그리고 농학가(農學家)나 의학가(醫學家)의 책 속에 초목이나 풀벌레에 관한 기록이 남아 있을 뿐이다. 그러나 이러한 기록들도 끝내 독립적인 학문으로 성장하지 못하였다. 그 원인은 이러한 것에 대한 흥미가 결핍되어 있어서 진정으로 알려고 하지 않았기 때문이다. 본래 초목이나 풀벌레는 천지만물 가운데서 가장 재미있는 것들이다. 상황이 이와 같으므로 무슨 추상적인 원리 같은 것은 더 이상 말할 필요가 없는 것이다. 또 한 가지 이상한 일은 중국에서는 격물(格物 : 사물의 이치를 밝히는 것)을 흔히 현학(玄學 : 道家의 오묘한 원리를 밝히려는 학문)과 동일시한다는 것이다. 앞 세대에 이미 분명하게 밝혀진 일을 후인들이 오히려 애매모호하게 이해하는 경우도 있다. 예를 들어 명령(螟蛉 : 푸른 색 나방의 일종)이 업둥이 자식을 기른다는 속설은 양(梁)나라 도홍경(陶弘景)이 이미 불신한 사실임에도, 청(淸)나라 소경함(邵景涵)은 오히려 축융(祝融)의 교화(敎化)를 입은 것이라고 말하고 있다. 또 까마귀가 자라면 어미를 먹여 살린다든가, 새끼 양이 젖을 먹을 때 무릎을 꿇고 먹는다든가, 올빼미가 늙은 어미에게 먹이를 날라다준다는 등과 같은 윤리화된 조수(鳥獸)의 전설이 지금까지도 흥미진진하게 이야기되고 있다. 아리스토텔레스(Aristoteles, B.C.384~B.C.322)는 맹자(孟子)보다 10살이나 많은 데도 불구하고, 『생물사 연구』라는 저서를 지었다. 영국의 싱어(Singer) 박사는 『그리스 생물학과 의학』이라는 저서에서 아리스토텔레스가 기록해 놓은 동물들의 생태와 해부도는 현대 학문으로 증명해 봐도 전혀 오류를 발견할 수 없으며, 두족동물(頭足動物)의 생식 활동에 대해서도 분명하게 언급하고 있는데, 이것은 유럽 학계에서도 19세기 중엽에서야 밝혀진 사실임을 지적하고 있다. 우리가 반드시 현대인을 낮추고 고대인을 높여줄 필요는 없지만 고대 그리스 인들에게는 확실히 감탄할 만한 점이 있음을 부인할 수 없다. 중국인들이 만약 그들에게 더 많은 주의를 기울여 그들의 호학(好學)과 구지욕(求知欲), 그리고 초공리적인 학풍을 대략이라도 배울 수 있다면 이보다 더 좋은 일을 없을 것이다. 그렇게 되면 국가의 위대한 교육 정책에는 무슨 큰 도움이 되지 않더라도, 개개인의 입장에서는 그것을 고요하고 쓸쓸한 길이라고 생각하더라도, 그 길을 따라 좀 거닐어볼 수도 있을 것이다.[8]

저우쭈어런의 이러한 글을 읽을 때마다 나는 항상 돈키호테를 상기한다. 그러나 이것은 겉으로 보기에는 우스운 말처럼 보이지만 그 속에는 깊은 의미가 숨겨져 있다. 저우쭈어런은 문화의 근저에서 중국 문화의 병폐를 간파하고 있다. 그러나 그의 처방전은 너무 비싸고 어려워서 그것을 쓰고자 하는 사람이 거의 없었다. 그는 학술적인 측면 즉 학문을 위해 학문을 하는 부문에서 공들여 쓴 저서로 세인들에게 영향을 끼쳤다. 그의 이러한 생각은 오늘날에 이르러 이미 당시 보다 더 많은 사람들에 의해 긍정적으로 받아들여지고 있다. 일백 년 동안 중국 문화는 빈약함을 향하여 치달리다가 마침내 '문화 대혁명'이라는 참극을 맞게 되었다. 이것은 실재로 인문학적 기운의 박약함과 학술 연구의 지나친 실용주의화와 밀접하게 관련된 것이다. 만약 초공리적인 심성(心性)의 학문을 더 많이 장려하고, 선량하게 지식을 추구하는 도덕적 인품에 근거하여 민족을 가꾸어나갔다면, 적어도 문화적 극단주의가 그처럼 빈번하게 출현하지는 않았을 것이다. 실용적인 측면에만 치중한다면 중국은 영원히 진화할 수 없다. 이러한 의미에서 그리스 문명은 확실히 우리에게 훌륭한 약방문의 역할을 할 수 있을 것이다. 만약 더 많은 사람들이 비이성적인 야만성을 정화하고 '공포와 분노에서 벗어나 평화와 우정의 방향으로 나아갈 수 있다면'[9] 중화 민족에게 이보다 큰 다행은 없을 것이다.

---

8) 『周作人文選』 第2卷, 廣州出版社, 1995, 622~623면.

1921년 8월 저우쭈어런은 「그리스 섬들 사이에서(在希臘諸島)」라는 글을 썼는데, 아주 훌륭한 문장이다.

그리스는 고대 여러 문명의 집합처이고, 현대 여러 문명의 근원지이다. 과학·철학·문학·미술을 막론하고, 그 근원을 거슬러 올라가면 그리스 문명과 밀접한 관련을 맺지 않은 것이 하나도 없다. 중국 문명은 거의 고립적이어서 이처럼 장구한 발전을 하지 못했다. 그러나 민족의 유구함이라든가, 역사상 타민족의 잦은 압박이라든가, 종교적인 면에서 다신(多神) 숭배 같은 것은 상당히 비슷하다. 하지만 두 가지 부문에서의 성과는 아주 큰 차이점을 드러내고 있다. 문자(文字) 부문을 예로 들어 말하자면, 중국에서는 역대로 단지 문장 기술만 강구했을 뿐 문예를 이야기하는 경우는 매우 드물었다. 오직 『이소(離騷)』한 작품만이 풍부한 상상력과 격렬한 정서를 포함하고 있어서 그리스의 고전 작품들과 비견할 만하나, 그 나머지는 거론할 만한 것이 거의 없다. 또 중국의 신화는 『구가(九歌)』를 제외하고는 거의 모두 예술적인 정화를 거치지 못해서 현재까지 민간에 유전되기는 하지만 조그마한 꽃송이조차도 피워내지 못하였다. 우리는 이러한 다신(多神) 사상의 전통이 예술적인 개화에 필수 불가결한 요소라고는 결코 생각하지 않는다. 그러나 원시 예술의 성스러운 우물이 이처럼 혼탁하게 말라버렸다면 기타 정서의 고갈은 누구나 쉽게 상상할 수 있는 일이다. 이것이 문예의 발생과 어떻게 아무 관계도 없겠는가? 중국 현대 문예의 뿌리와 싹은 이역에서 건너온 것인데, 이것은 너무나 당연한 것이다. 그러나 이 역사가 유구한 나라에 씨가 뿌려져서 특수한 땅 기운과 공기를 흡수하여 장래에 어떤 꽃을 피워낼지는 실로 우리가 아주 주의 깊게 지켜보아야 할 일이다.[10]

그리스 문명의 특징을 진정으로 이해하고 중국 민족의 약점을 진정으로 인식한 뒤에야 비로소 이와 같은 탄식이 우러나올 수 있다. 그가 뒷날 제기한 '폐호독서론(閉戶讀書論)'이라든가 학술적인 부문에 들인 공력 같은 것은 모두 이러한 사고(思考)에 의해 촉발되었다. 저우쭈어런이 끊임없이 사고한 것은 인간의 본질에 관한 문제였다. 여기에서 그것을 몇 가지로 나누어 서술해보고자 한

---

9) 『周作人文選』第3卷, 廣州出版社, 1995, 535면.
10) 『周作人文選』第1卷, 廣州出版社, 1995, 117면.

다. 첫째, 인류의 문명이란 구지욕(求知欲)에 의해서 얻어지는데, 이때의 지식을 인간의 의식주의 범위로 제한해서는 안 된다. 중국 문화는 너무 현실적이어서 인간 세상의 냄새가 너무나 진하다. 이것의 장점은 인정미가 넘친다는 것이지만, 단점은 실용주의가 범람하여 쉽게 지조 없는 사람을 양산해낸다는 것이다. 따라서 중국이 당면한 급선무는 인간의 성정(性情)에 관계된 사상과 형이상학적인 철학을 될수록 많이 수입하는 것이다. 둘째, 지식을 탐구할 때 공리적인 안목으로만 우열을 판단해서는 안 된다. 지식이란 세상을 유익하게 할 수 있을 뿐만 아니라 사람을 즐겁게 해줄 수도 있다. 이 중에서 사람을 즐겁게 하는 일이 더욱 중요하다. 저우쭈어런은 심미적인 인생을 추구하였는데, 이른바 생활의 예술화가 바로 그것이다. 예술화란 세속적인 가치 표준을 초월하여 그 가운데서 참맛을 느껴야 하는데 그것은 바로 인간 자유의 대상화(對象化)이며, 대상화된 왕국 안에서 자기 자신을 직접 체험해야 한다는 것이다. 예를 들어 아이들의 놀이는 "아이들을 유희의 삼매경으로 빠져들게 할 뿐만 아니라, 예술적인 최고의 경지에도 이르게 한다. 몰아(沒我)의 상태로 놀이 기구를 조작하면서 즐거움을 향유하는 일은 거의 종교적인 의미를 갖는다고 할 수 있다."11) 저우쭈어런이 그리스 문명과 아동 문학을 애호한 것은 바로 그 속에서 자신의 영욕을 잊을 수 있는 크나큰 즐거움이 있었기 때문이다. 그의 입장에서는 인간이 만약 공명(功名)과 이익에서 벗어날 수 없으면, 초연하고 한적한 상태에서 얻어지는 물아일체의 경지에 도달할 수 없으며 따라서 생명의 위안도 얻을 수 없다는 것이다. 이것은 완전히 개인의 심미적 즐거움에서 출발한 억측이지만 저우쭈어런의 입장에서는 이상적이고 성스러운 경지라고 할 수 있다. 미래에는 그의 이러한 인생 경지가 더욱 많은 사람들을 흡인할 것이고 아울러 그의 이 같은 유혹은 루쉰의 유혹과 마찬가지로 쇠미해지거나 고갈되지 않을 것이다.

만년에 그는 「유쾌한 작업(愉快的工作)」이라는 글에서 그의 인생에서 가장 흡족한 일은 그리스의 문학 작품을 번역하겠다는 오랜 소원을 이룬 것이라고

---

11) 『周作人文選』第1卷, 廣州出版社, 1995, 397면.

언급하고 있다. 그가 그처럼 고대 그리스 문화를 중시하면서 심지어 수필 창
작보다 훨씬 많은 정력을 기울인 행동에는 추호의 허위의식도 개입되지 않은
것으로 보인다. 나는 바로 이 속에 그의 가치관과 이상이 깃들어 있다고 생각
한다. 그를 회의론자라고 하든 비관론자라고 하든 모두 나름대로 일리가 없는
것은 아니지만 이 하나의 작업 앞에서는 당신도 그의 이상주의적 일면을 인정
하지 않을 수 없을 것이다. 그가 훗날 고대 그리스를 언급할 때면 흔히 눈썹을
휘날리며 희색이 만면하는 모습을 보이곤 했는데, 이는 그가 젊은 시절 '신촌
(新村)'운동을 이야기할 때와 거의 흡사하게 흥분한 모습이었다. 사람은 확실히
하나의 모순체이다. 저우쭤런은 그처럼 드넓은 지식을 갖고 있었지만, 결국
서생 티와 바보 티를 벗어나지 못하였다. 이상적인 가치를 지나치게 과장하는
것은 기실 그 이상을 상실하는 것과 같다. 그가 일생 동안 그리스 철학자들과
같은 생존 환경을 진정으로 한 번도 만나지 못하고 그 많은 액운을 당한 것은
바로 그가 추구한 이상에 대한 세속의 답례일지도 모른다. 이것은 그의 비극
인 동시에 중국 문화의 비극이었다.

4.

　평화로우면서도 회의적이고, 산만한 것 같으면서도 엄숙한 점이 내가 저우
쭤런의 '책 이야기'를 읽고 난 뒤에 받은 인상이다. 지식을 탐구하는 과정에
서 그는 여성 문제와 아동 문제에 아주 큰 업적을 남겨 놓았다. 더욱이 중국의
옛 서적을 조리 있게 정리하면서 보여준 예지의 눈빛은 우리들에게 수많은 계
시를 던져주고 있는데, 이러한 점은 '5・4' 이후의 문인들이라고 해도 그와 짝
할 만한 사람이 거의 없다. 정감상에서는 조급하지도 교만하지도 않으면서 조
화롭고도 자상한 태도를 보여주고 있고, 이 점 또한 우리에게 깊은 인상을 남

겨주고 있다. 저우쭈어런이 읽은 책은 확실히 광범위하다. 그는 경사자집(經史子集)을 언급하면서도 장타이옌처럼 자신의 격식과 안목을 갖추어 근엄하면서도 기세등등한 모습을 보이는 것이 아니라, 마치 숲 속에서 한가롭게 산보하는 사람처럼 경쾌하면서도 자유롭게 자기 마음대로 이야기를 끌어간다. 그의 소품문(小品文)에서는 분명히 명청(明淸) 문인들의 한적한 기운이 느껴진다. 그러나 저우쭈어런은 몇 가지 외국어에 능통하여 서양 문화를 잘 이해하고 있었기 때문에 그의 문장에는 현대적이고 개성적인 정감이 많이 포함되어 있다. 이것은 도달하기 어려운 수준 높은 경지이다.

　명대(明代)의 문화에 대한 저우쭈어런의 깊은 주의는 그의 현실적인 이성이 만들어낸 또 하나의 참고 체계이다. 그는 명대의 문학과 예술을 아주 익숙하게 알고 있었다. 그가 옛 문인들의 경력을 언급한 내용 중에는 전인(前人)들이 아직까지 말하지 않은 새로운 것들이 많은데, 이는 후인(後人)들에게 막대한 영향을 끼쳐서 어떤 것은 벌써 경전적인 가치를 지니고 있는 것도 있다. 그는 「원중랑집(袁中郞集) 중간(重刊) 서문(『袁中郞集』重刊序)」에서 이렇게 진술하고 있다. "명말(明末)이라는 난세는 여러 가지 상황이 현대와 비슷하다. 이 점이 우리들로 하여금 명말 문인들에게 친근감을 갖는 이유이다."12) 그는 또 『중국 신문학의 원류(中國新文學的源流)』에서 '5·4'문학혁명운동을 명말 신문학운동의 계승으로 간주하기도 하고 혹은 명말 문학에 대한 일종의 호응으로 간주하기도 하였다. '5·4' 선구자들 중에서 대체로 후스가 이와 비슷한 관점을 가지고 있었다. 그러나 그 체험의 깊이에 있어서는 저우쭈어런이 훨씬 뛰어났다고 할 수 있다. 왜 이와 같이 명말 문학을 중시했는가? 나는 여기에 그가 걸어간 세계의 핵심이 숨어 있다고 생각한다. 저우쭈어런은 선진(先秦)을 선택하지 않았고, 한대(漢代)와 당대(唐代)도 좋아하지 않았다. 그러나 유독 명청(明淸) 두 시기의 문화를 참고하여, 자기의 시대를 해석하고 있다. 이것은 그의 독창적인 발견이라고 할 수 있다. 예컨대, 그는 문학을 설명할 때, 전체 중국 문학을 오직 '언지파(言志

---

12) 『周作人文選』第2卷, 廣州出版社, 1995, 201면.

派’와 ‘재도파(載道派)’ 두 가지로 분류하였고, 바로 이 두 가지 물결의 기복(起伏)이 ‘중국 문학사’라고 하였다. 그가 보기에는 명대 문학의 분화와 진보가 바로 이 점을 증명해주고 있다는 것이다. 그러나 학문의 이치를 따지는 면에서 그는 하나의 신념과 원칙에 충실한 인물은 아니었다. 오히려 의고적(疑古的) 태도가 역사를 읽어나가는 그의 특징이라고 할 수 있다. 그는 판에 박힌 상투성을 좋아하지 않았고, 역대 문인들의 결점을 밝힐 때도 그 태도가 가혹하리 만치 엄격하였다. 예를 들어 원중랑(袁中郎)·이어(李漁)를 품평할 때도 그는 일도견혈(一刀見血)하는 날카로움을 견지하고 있다. 그가 설파한 골자와 우열 및 취사 선택의 기준은 오직 그만이 가질 수 있는 특징이라고 할 수 있다. 그리고 그는 명대의 대표적 사상범이라고 할 수 있는 이지(李贄)도 매우 중시하고 있다. 그가 보기에 이지는 비범한 이단자이며, 진리를 위해 자신을 희생한 고귀한 정신의 소유자이고, 명대 문예의 진흥은 이처럼 이지와 같은 독특한 사상가와 아주 큰 관련을 맺고 있다고 하였다. 비정통적이고 비세습적인 것들 속에 인성의 원형이 포함되어 있으며, 이러한 것들을 가지고 있어야만 비속한 세상의 물결 속으로 휩쓸려 들어가지 않을 수 있다는 것이다.

명대가 앞 시대보다 진보한 점은 개성주의가 마침내 싹을 틔워 강력한 시대 풍조를 형성하고 있었다는 점이다. 이는 중국의 봉건 사회에서는 매우 발견하기 어려운 특징이다. 따라서 저우쭈어런이 ‘5·4’ 이후의 중국을 명말에 비유한 것은 상당히 일리 있는 태도이다. 루쉰·후스 등이 문단에 등장한 후 중국의 개성주의는 일시에 세상에 유행하게 되었고, 그들의 속되지 않고 꿋꿋한 모습은 이지나 원중랑 등과 아주 흡사한 면모를 보이고 있다. 이지는 일찍이 자기 자신에 대해 이렇게 말한 적이 있다. “나의 성격은 고고함을 좋아한다. 고고함을 좋아하기 때문에 도도한 태도를 견지하며 자신을 낮추지 않는다. 그러나 자신을 낮추지 않는다는 것은 저 권세와 부귀에만 의지하는 사람들에게 몸을 낮추지 않는다는 것이다. 그러나 작은 장점이나 선행이라도 갖춘 사람이면 그들이 병졸이나 노예라 하더라도 존경하지 않은 적이 없다. 나의 성격은 깨끗함을 좋아한다. 깨끗함을 좋아하기 때문에 견결한 태도를 유지하며 함부로 사람을 받아들이지 않는다. 그러나 함부로 사람들 받아들이지 않는다는 것은 저 권세와 부귀에만 아첨하는 사람들을 용납하지 않는다는 것이다. 그러나 작은 선행이나 장점이라도 갖춘 사람이면 그들이 비록 왕공(王公)이나 대인(大人)이라 하더라도 빈객(賓客)으로 받아들이지 않은 적이 없다."13) 대체로 저우쭈어런은 이와 같은 경지를 찬양하고 있다. 그는 이지가 그에게 준 계시가 아주 컸으며, 명대의 삼원(三袁 : 袁宗道, 袁宏道, 袁中道) 등과 같은 문인들은 이에 훨씬 못 미친다고 언급한 적이 있다. 그러나 흥미로운 것은 저우쭈어런은 기질상 이지보다는 원중랑에 가깝고 오히려 루쉰이 이지처럼 견결하고 도도한 태도를 보여주고 있다는 점이다. 저우쭈어런은 역사에 대해서는 그처럼 명확한 관점을 갖고 있으면서도 자기 곁에 있는 루쉰에 대해서는 그 진심을 잘 이해하려 들지 않았다. 이는 아마도 너무나 잘 알고 있으면 자세히 관찰하지 않는 경향 때문이기도 하겠지만, 결국 인간 인식의 한계성은 벗어나기 힘든 하나의 굴레라고 할 수 있다. 보통 사람들보다 훨씬 총명한 저우쭈어런도 때로는 사리 판단을 잘 못하는 경우도 있었던 것이다. 그러나 그가 먼 옛날 고인(古人)을 언급할 때면 수많은 명언들 쏟아내고 있다. 「원중랑집(袁中郎集) 중간(重刊) 서문(『袁中郎集』重刊序)」에서 그는 원중랑이 중국 문화에 기여한 공헌을 서술하고 있는데, 이 글에서 우리는 특별한 진미를 느낄 수 있고, 독후(讀後)에는 자신도 모르게 연신 고개를 끄덕이게 된다. 그 문장은 다음과 같다.

원중랑(袁中郎)은 명말(明末) 신문학운동의 영수이지만 그의 저작이 매 편마다 모두 훌륭하다고는 할 수 없다. 뒤집어서 말해보자면 옛 것을 모방하기에 급급한 구파(舊派) 문인들에게도 우리가 취하여 읽을 만한 작품이 한 편도 없다고는 할 수 없다. 왜냐하면 그들도 온 낮과 밤 동안 쉬지 않고 허장성세를 부리지는 않았으며, 자신도 모르는 사이에 즉흥적인 단편의 문장을 써내기도 하였기 때문이다. 예컨대 전문적으로 경전 모방을 일삼은 양자운(揚子雲 : 揚雄)도 「술을 경계하며(酒箴)」라는 글을 지은 적이 있다. 시에 대해서 문외한인 나 같은 사람이 볼 적에, 원중랑의 시는 단지

---

13) 李贄, 『焚書』 卷三, 中華書局, 1975, 105면.

소극적인 가치만 지니고 있는 것처럼 보인다. 즉 그가 전후칠자(前後七子)의 가식적인 의고작(擬古作)을 반대하는 과정에서, 백락천(白樂天)과 소동파(蘇東坡)를 대대적으로 찬양하며 모방을 반대하기는 하였지만, 그러나 이러한 태도도 이백(李白)과 두보(杜甫)를 판에 박은 듯이 답습하던 사람들의 입장에서 그리 멀리 벗어나지는 못한 것이다. 말하자면 5·7언 시와 같은 장난감은 이미 그 당시에 이르러 특색 있는 작품을 아무 것도 생산할 수 없게 된 것이다. 따라서 원중랑이 이 부문에서 훌륭한 작품을 창작하지 못한 것은 너무나 당연한 일이다. 이 부문에서 그가 할 수 있었던 일이라곤 단지 더 구태의연해지는 흐름을 가로막고 비교적 새로운 기풍을 유지하는 것일 따름이었다. 그러나 산문 부문에서 이룩한 원중랑의 성취는 이보다 훨씬 뛰어난 것이라고 할 수 있다. 내가 생각하기엔 그의 유람기(游記)가 가장 참신한 느낌을 주는 것 같고, 전기류(傳記類)와 서문류(序文類)가 그 뒤를 잇는 것 같다. 「병사(瓶史)」와 「상정(觴政)」 두 편은 대체로 사람들에 의해 산림의 아습에 물든 작품이리고 대대적으로 매도당하였다. 그러나 나는 이 작품이 원중랑의 특색을 가장 잘 보여주는 작품이며, 그의 성정(性情)과 취향을 가장 잘 드러낸 작품이라고 생각한다. 편지글에도 아름다운 언어들이 많기는 하지만 소동파(蘇東坡)나 황산곡(黃山谷)에 비해 수준이 많이 떨어진다. 그러나 손중익(孫仲益)보다는 훨씬 뛰어나다. 어찌된 이유인지는 모르지만 편지글과 제발류(題跋類)는 후대에 소동파와 황산곡보다 뛰어난 작품을 쓴 사람이 없다. 다만 이탁오(李卓吾)만이 좀 특별한데, 그의 편지 속에 충만한 투쟁의 기운은 전인들에게서는 찾아볼 수 없는 점이다. 후기로 갈수록 겉으로는 강해 보이면서도 속으로는 유약한 모습을 보이기는 하지만, 그의 투쟁심은 정말 대단한 것이다. 원중랑은 정통적인 문인 문학을 반대하면서 이로부터 민간 문학에 많은 공을 들이고 있다. 우리가 그의 공적을 기념하고 또 그의 작품을 읽으며 그 성취가 어떤지 살펴보는 일은 마치 우리가 졸라(Emile Zola, 1840~1902)의 소설을 읽으며 그의 작품이 자연주의 이론에 얼마나 부합하고 얼마나 괴리되어 있는지를 따져보는 것과 같다. 이렇게 함으로써 우리는 문학운동의 이상과 현실을 명확하게 이해할 수 있게 되고, 또 한 작가를 그 시대의 구체적인 상황과 관련시켜서 이해할 수 있게 된다. 이것은 단순히 문학사에만 의지하여 작가와 작품의 잘잘못을 따지거나 혹은 작품을 보지 않고 입으로만 논단하는 경향에 비하면 비교적 신빙성 있고 믿을 만한 태도라고 할 수 있다.

원중랑은 불교의 선(禪)과 정토(淨土)에 대해 이야기하기를 좋아하여 『서방합론(西方合論)』이라는 저서를 짓기도 하였다. 이것은 내가 그다지 좋아하지 않는 점인데,

소동파가 수련(修煉)에 대해 이야기하기를 좋아한 것도 이와 똑같은 괴벽(怪癖)이라고 할 수 있다. 같은 시기 원종도(袁宗道) 형제(伯修와 小修), 도망령(陶望齡) 형제(石簣와 石梁), 이탁오(李卓吾), 도장경(屠長卿) 등도 모두 불교를 언급하고 있으며, 이는 명말 문단의 보편적인 현상이었던 것으로 보인다. 정통파들은 의례껏 유교를 신봉하였지만, 비정통파들은 자연스럽게 유교의 테두리를 뛰쳐나와 불교에 귀의하는 경우가 많았다. 불교는 그때 새로운 사상은 아니었지만, 또 하나의 자유로운 세상이었으므로 그들이 몸을 의탁할 만 하였던 것이다. 그들의 이러한 태도를 신앙이라고 할 수 있을지 없을지는 내가 대신 대답하기가 쉽지 않다. 당시 신문학 조류에 반대한 사람들이 그들을 요망한 허깨비라고 매도한 것도 바로 이 점을 지적하여 말한 것이다. 『장초재수필(葛楚齋隨筆)』이라는 글에서는 명나라의 멸망 원인을 이탁오와 도장경이 불교를 신봉하면서 윤리를 파괴한 탓으로 돌리고 있는데, 신문학 반대파들의 의견으로 참고할 만하다. 그러나 이탁오와 도장경, 그리고 도망령 형제, 원종도 삼형제는 분명 불교와 관련을 맺고 있지만 경릉(竟陵)의 종성(鍾惺)과 담원춘(譚元春,)은 결코 이와 같지 않다. 따라서 나는 이 글을 읽고 상당한 의문을 느꼈다. 그리고 정통파들은 공안파(公安派)와 경릉파(竟陵派)의 시가를 모두 망국지음(亡國之音)라고 매도하고 있는데, 나는 이 말이 갑신년(甲申年) 숭정제(崇禎帝)가 죽은 이후 지금까지 계속해서 인용되고 있는 상황에 대해서 매우 의심이 간다. 왜냐하면 명나라의 멸망할 수밖에 없었던 사정은 너무나 확실한 사실이었음에도 결국 명나라의 멸망 원인을 어느 한 사람이나 어느 한 사건에만 돌리는 것은 시아버지가 보면 시아버지가 옳고 시어머니가 보면 시어머니가 옳은 경우와 같다고 할 수 있다. 뿐만 아니라 죽은 사람들은 대질할 방법이 없으므로 나는 여기에서 잠시 이에 대한 토론을 중지하기로 한다. 그러나 무엇이 망국지음인가에 대해서는 좀 토론해볼 수 있을 듯하다. 어떤 사람은 망국지음이란 바로 공안파와 경릉파가 지은 것과 같은 문장들이라고 말한다. 이와 같은 명쾌한 논단은 마치 더 이상 언급할 말이 없을 정도로 완벽하게 매듭을 짓고 있는 것처럼 보인다. 하지만 사정은 그렇지 않다. 소위 망국지음은 출전이 분명할 뿐만 아니라 더욱이 그것은 경전에 실려 있다. 『예기(禮記)·악기(樂記)』제19를 조사해보면 다음과 같은 문장을 볼 수 있다. "망국의 노래는 슬프면서도 시름이 많고 그 백성들은 곤궁하다(亡國之音哀以思, 其民困)." 공영달(孔穎達)은 이 구절에 주소(注疏)를 달아 다음과 같이 언급하고 있다. "망국은 장차 멸망으로 치달려가는 나라를 말한다. 그 나라의 음악은 슬프고도 시름겹다. 망국의 시기에는 민심이 슬프고 시름겹기 때문에 음악도 슬프고 시름겹다. 이것은 모두 백성들의 곤궁함에서 비롯된 것이다." 그 뒤에는 또 다음과 같은 구절이 있다. "상간(桑間)과 복상(濮上)의 음악이 망국의 노래이다." 정현(鄭玄)은 이에 대해 이렇게 각주를 달고 있다. "복수(濮水)의 상류에 상간(桑間)이라는 곳이 있는데, 망국의 음악이 이곳에서 나왔다. 옛날 은(殷)나라 주왕(紂王)이 악사(樂師)인 연(延)으로 하여금 음탕한 음악을 짓게 하였다. 그는 그 일을 끝낸 후 복수(濮水)에 스스로 몸을 던져 죽었다. 그 뒤에 역시 악사인 연(涓)이 이곳을 지나다가 밤에 그 음악 소리를 듣고 베껴 와서 진평공(晉平公)을 위해 연주하였다. 망국지음은 바로 이것을 이르는 말이다." 동일한 문장 속에 완전히 상이한 두 가지 관점이 존재하고 있다. 그 하나는 '음악이 슬프고 시름겹다'는 것이고 다른 하나는 '음악이 음탕하다'는 것인데, 어느 관점을 따라야 할지 갈피를 잡지 못하게 한다. 정현이 비록 대유(大儒)이고 그의 학설도 한비자(韓非子)에 근거를 둔 것이기는 하지만, 우리는 여전히 본래 경전의 문장에 의지하여 '슬프고도 시름겹다'는 설을 따르는 것이 더 나을 듯 싶기는 하다. 그러나 상간(桑間) 복상(濮上) 설은 위의 문장의 맥락을 순조롭게 이어가고 있다. 하지만 그 음악이 슬프고 시름겨운지 그리고 위의 문장과 진정 모순되지 않는지는 문장 사이에 탈락된 부분이 있는 듯 하여 여기에서는 잠시 의문점을 그대로 남겨 두기로 한다.[14]

나는 이것이 매우 일리 있는 문장이라고 생각한다. 그 어투가 부드럽고도 공평하여 문화적 원류의 진정한 의미를 깨달은 명언이라고 할 수 있다. 비록 문학 밖의 정치에 대해서는 별로 언급하지 않으면서 문학을 위해 문학을 논하는 편향에서 벗어나고 있지 못하지만, 그리고 지나치게 유학자 티를 내고 있는 점에서 벗어나고 있지 못하지만, 우리가 그의 설법(說法)을 지자(智者)의 말이라고 인정할 수 있다면, 그의 이 같은 언급이 잘못된 것이라고는 할 수 없다. 역사를 이야기하는 것은 결국 오늘날의 인간을 위한 것이어야 한다. 저우쭈어런이 명말의 시대 상황으로부터 중국의 현실을 간파해낸 것은 진정 지혜로운 일이었다고 할 수 있다. 루쉰도 현대의 중국이 아직도 명말의 시대에 처해 있다고 언급한 적이 있다. 이는 실로 저우쭈어런의 언급과 약속이나 한 듯 일치하는 견해이다. 따라서 나는 항상 진정으로 '5·4'를 이해하기 위해서는 서양

---

14)『周作人文選』第2卷, 廣州出版社, 1995, 197~199면.

의 문화적 배경을 알아보는 것 외에도 응당 명청의 역사를 깊이 음미해야 한다고 생각해왔다. 이 두 가지 관문을 통과하지 못한다면 '5·4'에 대한 분석은 불합격이라고 할 수 있다. 오늘날의 많은 학자들 예컨대 자오웬(趙園 : 조원)·왕휘이(王暉 : 왕휘) 등이 이 점을 간파하고 명청 사상사를 연구하고 있는 것도 대체로 이와 같은 사고의 영향인지 모른다. 저우쭈어런이 능히 1930년대에 이미 이러한 점을 명확하게 반성하고 있는 것은 아주 높은 수준의 학문 경지에서나 체득할 수 있는 관점이라고 할 수 있다. 그의 고서(古書) 읽기는 역사의 진의(眞意)를 간파한 것이어서 일반 유생들의 우활(迂闊)하고 졸렬한 고서 읽기와는 완전히 다르다. 그는 고서 속에서 뛰어나왔다가 또 뛰어들어가기도 하고, 그리고 또 다시 뛰어나오기도 하면서 우리들에게 고서 읽기의 어떤 시범을 보여주고 있는 것처럼 보인다.

개인 자아 의식에 대한 중국 지식인들의 각성은 명말의 시대가 한 전형이라고 할 수 있다. 저우쭈어런은 이러한 점에 착안하여 중국 국민들의 문화 심리를 고찰하면서, 사람들이 민감하게 반응할 수 있는 화두(話頭)를 많이 던져주고 있다. 루쉰도 명나라 사람들의 소품문에 유의하기는 하였다. 그러나 그는 오히려 위진(魏晉)과 한당(漢唐)의 문장에 더욱 큰 관심을 보이고 있다. 이것은 이 두 형제의 차이점이다. 위진과 한당에 접근하게 되면 그 품격이 자연히 고고(高古)해지고, 명청 시기로 기울게 되면 그 기풍이 어쩔 수 없이 청려(淸麗)하고 명쾌해지게 된다. 고고함 속에는 당찬 기세가 포함되어 있어서 그 기상이 비분강개하면서도 호방하다. 이에 비해 청려함은 온화하고 밝은 달빛과 같아서 부드러운 감정이 넘쳐흐르면서 진실한 마음이 겉으로 드러난다. 저우쭈어런의 독서 수필에는 루쉰의 문장에서 보이는 처절함과 격렬함이 부족하고 오히려 담담하고 표일(飄逸)한 기풍이 짙게 내포되어 있다. 이것은 아마도 명청 문인들의 영향을 깊이 받은 연유 때문인지도 모른다. 위진시대의 문인 전통에는 얽매임 없는 호방함이 짙게 배어 있고, 그 속에는 불가(佛家)의 웅혼한 운치도 많이 감추어져 있다. 그러나 자아의식에는 명말 시기와 같은 개인주의적인 색채가 강하게 드러나지 않는다. 저우쭈어런은 명말 시기의 문인들을 좋아하여 성령(性

靈)이 담긴 소품문에 '자신을 위한' 자유 의식을 다양하게 첨가해 넣고 있다. 이에 비해 루쉰은 위진 시기를 선택하였으므로 자연히 중생을 제도하려는 불가의 자비심에 의지하여 이타적인 목소리를 더욱 강하게 펼쳐내고 있다. 따라서 루쉰은 단지 서재에만 머무르지 않고 현실 속으로 뛰어들어 적극적인 삶을 살고 있다. 이러한 경향은 사상·문화 배경의 제약에 의해서 초래된 특징이라고 할 수 있다. 우리가 이 점에 착안하여 좀 더 깊이 있는 연구를 하게 되면, 지금보다 더 많은 시사점을 발견할 수 있을 것이다.

　명대의 문화가 수수께끼인 것처럼 '5·4'의 문화도 하나의 수수께끼이다. 이 두 가지를 해독할 수 있으면, 중국 문인들의 마음속으로 들어가는 열쇠를 얻은 것이나 마찬가지이다. 저우쭈어런은 다만 그 단서를 열었다. 그러나 후대인들 중에서 이 점을 중시한 사람은 거의 몇 명에 지나지 않았다. 야오쉐인(姚雪垠 : 요설은)·황창(黃裳 : 황상)·구어모뤄·자오웬 등의 글을 읽으며, 나는 그들이 다루고 있는 분야가 매우 광범위하고, 또 그들의 문장이 사람을 매료시키는 문화적 흡인력을 갖고 있음을 체감하곤 하였다. 중국의 역사를 읽은 사람만이 비로소 저우씨 형제의 역사 윤회설이 얼마나 철저한 역사관인가를 분명하게 이해할 수 있을 것이다. 세계 여러 민족들 중에서 중화 민족처럼 역사의 순환 속에서 전진해온 민족은 그다지 많지 않다. 루쉰은 역사의 순환 속에서 그 순환의 고리를 끊어야 할 사명감을 자각하고는 이른바 '함성(吶喊)'을 지르고, '방황(彷徨)'하며, 절망 속에서 반항하였던 것이다. 그러나 저우쭈어런은 역사의 순환 속에서 어제도 이와 같고, 오늘도 이와 같으며, 내일도 이와 같을 것이라는 어쩔 수 없는 무력감을 절감하고 있다. 그 결과 그는 가시밭길 속에서 길을 찾는 것이 아니라, 오히려 자신의 발걸음을 자신의 서재로 후퇴시키고 있다. 그러나 그도 결코 산림 속으로 은거하지는 않고, 즐거운 독서 생활 속에서 생명의 참된 의미와 자아의 진실한 가치를 체험하고 있다. 초공리적인 측면에서 저우쭈어런은 고대 그리스 문명의 혜택을 받았고, 심미적 정감 부문에서는 명청 소품문의 정서에 많은 것을 의지하고 있다. 내가 생각하기에 저우쭈어런의 문체 속에는 삼원(三袁 : 袁宗道, 袁宏道, 袁中道) 등의 성령미가 섞여 있으며, 또 경릉파인 종성(鍾惺)과 담원춘(譚元春) 등의 지성적 품위가 보태어져 있고, 아울러 영국과 프랑스 수필의 양식도 첨가되어 있는 것 같다. 문장의 의미나 내용으로 볼 때 저우쭈어런의 문장에는 자연과학과 성심리학·문화인류학의 흔적이 많이 발견되고, 문체의 스타일 면에서는 중국 고대 수필과 잡기류의 운율을 짙게 느낄 수 있다. 이 모든 것을 보더라도 그에게 미친 명청 문화의 영향을 소홀하게 취급할 수 없다. 그는 서양의 전통과 중국의 전통을 훌륭하게 결합하였다.

5.

고서에 대한 감상력에서 우리는 오늘날에도 저우쭈어런과 같은 사람을 찾기가 쉽지 않다. 그의 스승인 장타이옌은 국학 부문의 공력이 대단히 높은 사람이었다. 그러나 생명과 예술의 관계를 세심하게 관찰하는 측면에서는 저우쭈어런처럼 친숙한 모습을 보여주지 못하였다. 왕구어웨이(王國維 : 왕국유)도 일류의 학자이면서 뛰어난 시작을 남겼지만 그의 글에는 인간 세상의 정감이 부족하다. 그는 다만 서재 안에만 머물면서 생명의 내적 성찰에 대해 거의 언급하지 않았다. 이 때문에 그는 많은 독자들을 스스로 잃고 있다. 저우쭈어런은 루쉰처럼 학문의 이치를 예술로 승화시켜 그의 글 속에 신선하고 활발한 영혼이 뛰놀게 하고 있다. 이에 그의 글을 읽으면 심미적 기쁨과 쾌감을 느낄 수 있다. 저우쭈어런이 그의 문장에서 보여주고 있는 폭발적인 창조력은 거의 루쉰에게 접근해 있으며, 사상의 명쾌함과 문맥의 유창함은 이미 입신의 경지에 이르렀다고 할 수 있다.

그는 명청시대의 수필과 잡기 거의 대부분을 섭렵하였고 당송시대 여러 문인들의 작품도 익숙하게 알고 있었다. 독서량이 많으면서도 취사 선택을 잘하였고 또 작품의 호오에 대해서도 특징적인 비평을 하고 있다. 이 점이 바로 내가 그의 글을 읽고 싶어 하는 가장 큰 이유이다. 예컨대, 세인들은 모두 한유(韓愈)의 문장이 뛰어나다고 말한다. 소식(蘇軾)과 같은 대가도 한유에게 많은 찬사를 보냈다. 따라서 한유에 대한 후인들의 숭배는 더 말할 필요가 없을 정도이다. 그러나 저우쭈어런은 그의 글을 꼼꼼하게 읽은 후 오히려 그의 문장이 좋지 않다고 지적하였다. 저우쭈어런에 의하면 한유의 문장은 허장성세가 심하고 부자연스러우며 가식적인 내용이 많다는 것이다. 이러한 점은 전인들이 거의 언급한 적이 없다. 우리가 한유의 문장을 직접 읽어보면 저우쭈어런의 지적을 쉽게 수긍할 수 있다. 「한퇴지와 동성파(談韓退之與桐城派)」라는 글에서 그는 한유와 원중랑의 우열을 대단히 타당하고도 친근하게 논하고 있다. 아마도 그는 명대 이후 한유를 가장 철저하게 비평한 최초의 인물이라고 할 만 하다. 저우쭈어런은 다음과 같이 말한다. "주자(朱子)는 도연명(陶淵明) 시의 평담함이 자연스러움에서 나왔다고 했다. 내 생각에는 그의 문장도 마찬가지인 것 같다. 한유의 문장은 그 찬미자도 다만 위엄이 있고 거침없다(偉岸奇縱: 吳闓生의 언급)거나 변화무쌍하고 호방하다(曲折蕩漾: 金聖嘆의 언급)고만 한다. 그러나 내가 보기엔 한유의 문장은 허장성세가 심하고 아부성이 강하며 가식적인 것 같다. 이러한 문장은 바로 책사(策士)들의 문장이라고 할 수 있다. 근래 세인들은 원중랑에 대해서 대대적인 비판을 가하고 있으며, 그 중 몇 몇 사람은 원중랑의 문장보다는 옛 고문(古文)을 더 많이 읽어야 한다고 생각하고 있다. 원중랑의 문장은 진실로 문장의 모범으로 삼기에는 부족하여 지금까지도 공안파의 문장을 짓자고 제창한 사람이 한 사람도 없다. 그러나 설령 이와 같다고는 해도 한유의 문장보다는 뛰어나다. 원중랑을 따라 배우면 한적한 문인이 될 수 있고, 한유를 따라 배우면 언변이 거침없는 책사가 될 수 있다. 문인은 난세의 소리를 펼쳐낼 수 있을 뿐이지만, 책사는 난세의 소리를 만들어낼 수 있다."15) 나는 이 글 속에 춘추필법(春秋筆法)이 포함되어 있어서 혹시 좌익

---

15) 『周作人文選』第2卷, 廣州出版社, 1995, 234면.

문화를 풍자하려는 의도가 작용하고 있는 것이 아닌가 하는 느낌을 받아왔다. 저우쭈어런은 오직 고서만을 위해서 고서를 읽지는 않았으며 현실 속에서 빗대어 꼬집을 만한 자료를 찾아내어 옛날의 사실로 현재를 비유하곤 하였다. 이것은 그가 습관적으로 사용하던 방법이었다. 따라서 그는 재도파(載道派 : 교훈 중심의 문학)와 일정한 거리를 유지하면서 정감상으로 언지파(言志派 : 서정 중심의 문학)에 접근하고 있다. 사람들이 자신의 호오에 근거하여 옛 사람들을 선택하여 비평할 때 아무래도 그 공정성에 좀 문제를 드러내곤 한다. 기실 중국 문장의 발전 역사로 말하자면 한유가 이룩한 공적을 절대로 말살할 수 없다. 저우쭈어런은 거시적인 사회 구조의 측면에서 역사의 객체를 관찰하지 않고 개체 생명이라는 측면에서 옛 사람들의 장단점을 탐구하고 있다. 자고 이래로 개체 생명에서 출발하여 역사를 인식한 사람은 아주 드물었다. 따라서 저우쭈어런의 이와 같은 노력은 상당히 값진 것이라고 할 수 있다. 중국과 같은 사회에서는 재도(載道)의 전통이 매우 강하여 언지(言志)를 주장하는 것이 그리 쉬운 일이 아니었다. 린위탕(林語堂 : 임어당)·량스츄(梁實秋 : 양실추)·저우쭈어런 등이 당시에 받았던 비판이 바로 이러한 사례의 하나이다. 따라서 일관되게 언지를 주장하던 사람들이 감당해야 했던 사회적 압박도 결코 재도파보다 약한 것이 아니었다.

고금의 문학을 분석하는 저우쭈어런의 요점은 그가 학습한 현대적인 과학 지식, 예컨대 그가 항상 강조한 생물학·인류학 및 성 심리학에서 체득한 것으로 생각된다. 인간을 생물의 생존 사슬 중의 한 고리로 간주하게 되면 위선적인 도학자들의 태도에 혐오심이 발생할 수 있기 때문이다. 그는 정색을 하고 도리(道理)를 이야기하는 사람들을 모두 좋아하지 않았다. 이 점은 대체로 그의 독서 과정에서 하나의 척도로 작용했다고 할 수 있다. 그는 성령(性靈)이 있는 모든 것, 예를 들면 꽃이나 풀, 곤충과 물고기, 어린이들의 취미에 대해서 강한 애착심을 보이면서 글을 쓸 때마다 이것들을 언급하고 연연해하는 모습을 보이고 있다. 그러나 이러한 애착심이 자신의 심성을 해치는 데로 치우치지는 않고 있다. 그 뼈대 속에 현대 과학이 튼튼한 기초로 작용하고 있기 때문에 퇴폐의 길로 쉽게 빠져들지 않았던 것이다. 최소한 일제에 부역하기 전에는 이와 같았다고 할 수 있다. 그러나 부역 후에는 서생 티가 더욱 짙어지고 있고, 자연 과학과 성심리학에 더 깊이 빠져들고 있다. 그리하여 도덕을 치지도외하고 인식상에서 애매모호한 모습을 보여주고 있는데, 이는 그의 사상이 도달할 수밖에 없었던 필연적인 결과라고 할 수 있다. 도덕을 초월하면 반드시 그 대가가 있는 법이다. 이 지점에서 저우쭤런은 일고의 가치도 없을 정도로 타락하였으며, 장중싱의 말을 빌자면 "몸을 너무 천하게 팔고" 있다. 그러나 문장의 기승전결의 전개 방법이나 학문적인 사고에서는 결코 모호한 모습을 보여주지 않았으며, 오히려 때때로 너무나 맑은 모습을 보여주고 있어서 정말 놀라울 따름이다. 이것은 그에게 있어서 쉽게 이해할 수 없는 모순점이라고 할 수 있다. 기실 그는 스스로 이 점을 인정하고 있다. 『비오는 날의 서(書)(雨天的書)』의 서문에서 저우쭤런은 다음과 같이 언급하고 있다. "내가 평소에 가장 혐오한 사람은 도학자(신식으로 말하자면 바리새인)이다. 그러나 그것이 내가 바로 도덕가의 한 사람이기 때문이라는 사실을 어찌 생각이나 했겠는가? 나는 그 자들의 위선과 부도덕을 파괴하려고 하지만 사실 이와 동시에 내 자신이 신봉하는 새로운 도덕을 무의식적으로 건설하려고 하는 것이다." 이것은 논리의 파탄이다. 이 논리의 파탄 앞에서 저우쭤런은 매우 고통스러워하였다. 그는 책 속에서 많은 위안을 찾는 걸 제외하고는 세속에 대해 거의 절망하고 있었다.

절망하고 회의하면서도 루쉰이 『야초(野草)』에서 보여준 것과 같은 비이성의 세계로 달려가지 않았기 때문에 그의 문장은 심오한 내용을 다루면서도 매우 알기 쉽게 서술되고 있다. 마치 태극권을 하는 것처럼 가볍고 부드러운 동작 속에 강한 힘을 담고 있으며, 그 속에 함축된 의미를 깊이 숨기고 있다. 따라서 그의 글을 읽으면 끊임없이 이어지는 여운을 느낄 수 있다. 예를 들면 『입옹과 수원(笠翁與隨園)』이라는 글에서 저우쭤런은 이어(李漁)와 원매(袁枚)에 대해 서술하고 있는데, 글의 행간에 기묘한 운치가 펼쳐지고 있고 또 담담한 풍격 뒤에 지자(智者)의 진실한 목소리가 울리고 있다.

마선등(馬先登)의 저서 『물대헌잡지(勿待軒雜誌)』 권하(卷下)에 다음과 같은 언급이 있다. "이립옹(李笠翁 : 李漁)이 지은 『한정우기(閑情偶寄)』는 주거와 음식에서 남녀의 일상 용품에 이르기까지 우리의 생활을 자세하고도 빠짐없이 묘사하고 있다. 그러나 그 요점은 모두 고의로 청담하고도 교묘한 말을 하여 사람들에게 분수에 넘치고 교만한 짓을 하도록 부추기는 것들이어서 하나도 취할 만한 게 없다. 그 인간은 또한 이지(李贄)나 도륭(屠隆)과 같은 부류이므로 명교(名敎)의 죄인이며 이에 공정하게 대궐문 아래에서 주살해야 할 난신적자에 해당한다." 독서인(讀書人)들은 걸핏하면 사람들을 소정묘(少正卯)와 같은 난신적자로 간주하여 책상을 치며 크게 꾸짖는데, 이는 정말 가소로운 일이다. 일상 생활을 자세하게 묘사한 것이 바로 그 책의 독창성이라는 것을 그들은 알지 못하고 있다. 나의 생각으로는 그 책을 조정동(曹廷棟)의 『노노항언(老老恒言)』과 서로 비교해볼 수 있을 듯하지만, 고담(枯淡 : 메마른 듯 담박한 운치 : 『老老恒言』)과 청기(淸綺 : 청담하고 교묘한 운치 : 『閑情偶寄』)라는 풍격상의 상이한 특징이 존재하고 있다. 만약 『수원식단(隨園食單)』과 『한정우기(閑情偶寄)』의 「음찬부(飮饌部)」의 일부분을 비교해보면, 입옹(笠翁)은 죽순을 따서 짊어진 시골 노인과 같고, 원군(袁君)은 앞치마를 두른 말쑥한 요리사와 같다. 『수원시화(隨園詩話)』는 어릴 때에 관례대로 읽어보기는 하였지만 끝내 애독서(愛讀書) 목록에는 넣지 못하고 있다. 이 책에 대한 장실재(章實齋)의 공격은 여지껏 생각해봐도 그리 큰 설득력을 갖고 있지 못하지만, 나는 아무리해도 원매(袁枚)의 스타일을 깊이 좋아할 수가 없다. 내 생각에 그는 좀 깊이가 없고 가벼운 느낌이 드는데, 물론 이것이 우리가 일반적으로 말하는 경박함과는 상당히 다른 것이다. 나는 그의 시 '한량의 정분을 늙었다고 없애라면, 석양이 복사꽃을 비추지도 못하겠네(若使風情老無分, 夕陽不合照桃花)'란 두 구절을 가장 혐오한다. 늙은 뒤에 물러나 쉴 생각은 하지 않고 여전히 뻔뻔스럽게 무슨 정분을 뿌리며 떠들썩하게 노는 모습은 인류의 역사 속에서 가장 부자연스럽고도 꼴사나운 일이다. 수원(隨園 : 袁枚)은 결국 비속함에서 벗어날 수 없었고 또 낯간지러운 이야기를 많이 했기 때문에 더욱더 꼴사나운 모습을 많이 드러내보였다. 이것은 식견이 모자라는 나의 편견이다. 정통파들은 반드시 이와 같이 생각하지는 않을 것이다. 아마도 그들은 소년 시절에 연애를 입에 담는 것은 미풍양속을 해치는 일이므로, 노년에 이르러 무슨 부인과 같은 애첩과 좀 노닥거리는 것이야말로 인생의 정괘(正軌)라고 생각하는 것 같다. 따라서 석양이 복사꽃을 비추는 것은 바로 정통파의 인생관이라고 할 수 있으며, 이것은 자고 이래로 지금까지 추호도 변하지 않은 인생의 법칙이다.16)

이 글에도 예의 그 복선을 깔아서 원매를 빌어 세상 사람들을 풍자하고 있
다. 루쉰이 거기에 포함되는지의 여부는 알 수 없다. 그가 '석양이 복사꽃을
비춘다'는 시구를 비판한 것이 위선적인 도학에 대한 것이라면 그 의미가 심
도 깊다고 할 수 있지만, 단지 천하의 모든 노인을 싸잡아 언급한 것이라면 지
나치게 진부한 견해의 표출이라고 할 수밖에 없으며 이 또한 도학의 냄새를
풍기는 행위라고 할 수 있다. 그의 은유가 무엇인지는 여기에서 잠시 보류해
두고, 다만 이어나 원매에 대한 그의 평가만을 가지고 이야기해보면, 그의 견
해가 아주 훌륭한 것으로 생각된다. 그의 글에서 드러나는 예술화된 감수성과
거기에서 발산되어 나오는 담담한 책 향기는 사람을 미혹시킬 정도이다. 아잉
(阿英 : 아영)・정전두어(鄭振鐸 : 정진탁)・탕타오(唐韜 : 당도) 등도 훗날 상당히 많은
'책 이야기'를 썼지만 그 수준에 있어서는 저우쭈어런에게 전혀 미치지 못한
다. '책 이야기'가 이 정도로 높은 경지에 이르렀기 때문에, 후인들이 만약 또
다른 서술 방식을 개척하지 않는다면 아마도 새로운 의미를 찾아내기가 쉽지
않을 것이다.

그러나 저우쭈어런의 학문적 시야에는 논리학과 서양 철학 부분이 좀 부족
하기 때문에 때때로 사상적인 돌파력에서 감동적인 역량이 다소 약하지 않나
하는 생각이 들기도 한다. 저우쭈어런은 인생의 한계를 감히 초월하려고 하지
않고 다만 생명의 원리를 고수하면서 정(靜)으로써 동(動)을 제압하려고 하였다.
따라서 그 경지는 매우 높지만 루쉰과 같은 핏빛 장엄함에는 미치지 못하고 있
다. 루쉰의 장점은 아마도 저우쭈어런에게는 단점으로 인식되었으며, 저우쭈어
런의 운치는 또 루쉰에게서 찾아보기가 쉽지 않다. 두 사람의 이론이 상호보완
적이기는 하지만 그 생존 방식으로 보자면 사실 물과 불처럼 함께 섞일 수 없
는 것이라고 할 수 있다. 이것은 두 가지를 모두 완전하게 체득할 수 없는 인생
의 한계인 셈이다. 내 생각으로는 저우쭈어런에게 있어서 가장 아쉬운 점이라
면 학문의 원리를 정취나 생명의 범위 안에 가두어 두고 있어서 럿셀(Bertrand

---

16) 『周作人文選』第2卷, 廣州出版社, 1995, 358면.

Arthur William Russel, 1872~1970)이나 위트건스타인(Ludwig Josef Johann Wittgenstein, 1889~1951) 식의 사유 경지에 도달하고 있지 못하다는 점이다. 이 점에서 그는 세계적인 대 철학가의 대열에 끼지 못한다. 왜냐하면 서구에서 보자면 저우쭤어런의 이론은 대부분 상식적이고 심미적인 부문에 속하는 것이어서 거기에 인성의 깊이와 취미의 깊이가 담겨 있다고 해도, 생명의 한계를 초월하는 측면에서 보자면 상당한 거리감을 느낄 수밖에 없기 때문이다. 이에 비해 루쉰은 의심할 것도 없이 세계적인 거인의 반열에 들어갈 수 있다. 그는 사르트르(Jean Paul Sartre, 1905~1980)·카프카(Franz Kafka, 1883~1924)·도스토예프스키(F. M. Dostoevski, 1821~1881)와 같은 유형의 문인일 뿐만 아니라 동양적인 초인의 비범한 기질도 갖추고 있다. 이러한 점은 저우쭤어런이 멀찌감치서 바라만 볼 수밖에 없는 점이다. 따라서 저우쭤어런의 작품 그 중에서도 특히 '책 이야기'를 읽으면 지식이나 정취의 측면에서 만족감을 얻을 수는 있지만 생명력의 충동은 느낄 수 없으며, 또한 격렬한 자기 반성에도 이를 수 없다. 저우쭤어런은 상서로운 구름과 안개를 세상에 드리우고자 했지만, 쓸쓸한 바람과 차가운 비가 한 번 스치고 지나가면 그 구름과 안개는 종적 없이 사라져 버리곤 하였다. 사람이 진정으로 자아를 초월하는 것은 가장 어려운 일에 속한다. 저우쭤어런은 일생 동안 부지런히 창작 활동을 하면서 시끄러운 세상에서 벗어나 청정(淸靜)과 고독(孤獨)을 견뎌내곤 하였다. 그러나 자기 자신을 새장 속에 가두어둔 채 바깥 세상으로 생명 의지를 확장시키지 못한 것은 정말 애석한 일이라고 할 수 있다.

6.

나는 일찍이 저우쭤어런의 『아동문학 소론(兒童文學小論)』이란 책을 읽은 적이 있는데, 그 많은 목차를 지금까지도 기억하고 있다. 나는 그의 세밀함과 박학다식함에 경악을 금치 못하였다. 아동 심리에 대한 세밀한 묘사라든가 아동 문학과 유관한 중국 고적의 수집·정리는 그를 제외하고는 누구도 시도할 수 없는 영역이었다고 할 수 있다. 그가 이처럼 오랫동안 아동문학에 심취한 것은 '5·4'시대 선구자들 중에서도 가장 이른 경우이며, 또한 이론적인 깊이를 가지고 아동문학을 탐색한 최초의 시도라고 할 수 있다. 동화·가요·동요 등의 분야는 역대 정통 문인들이 거의 도외시하였는데, 이러한 연유로 중국에서는 옛날부터 아동 교육이 세밀하게 발달하지 못하였다. 저우씨 형제는 모두 비정통적인 문화에 관심을 기울인 사람들이다. 이러한 관심은 기실 문화의 결손을 보충하려는 노력의 일환이다. 어린이를 사고의 중심에 놓고 있는 것은 두 사람 사상 중에서 공통적인 부분이다. 루쉰과 저우쭈어런은 당시 '5·4' 시기에 어깨를 겯고 반봉건 투쟁을 전개하면서 어린이들에 대한 비슷한 내용의 글을 쓴 적이 있다. 그 중에서 루쉰은 아동 해방과 '어린이를 구하라'는 등의 여러 가지 문제를 탐색하면서 정말 세상을 깜짝 놀라게 할 반향을 불러일으켰다. 루쉰과는 달리 저우쭈어런은 전사와 사상가의 입장에서 이 문제에 반응한 것이 아니라, 잠재의식이라는 측면에서 아동학을 연구하면서 매우 실질적으로 아동 문화의 맥락을 체계적으로 짚어내고 있다. 이는 어떤 면에서 루쉰의 사고를 구체화시키고 심화시킨 것이라고 할 수 있다.

저우쭈어런은 어린이를 사랑하였다. 나는 일찍이 저우쭈어런이 손자와 함께 촬영한 사진을 보면서 대단히 친근한 느낌을 받았다. 그는 문장 속에서 끊임없이 어린이에 관한 내용을 서술하고 있는데, 그 묘사의 행간에 흐뭇하고도 즐거운 느낌이 가득 배어 있다. 그는 만년에 매 번 식사를 할 때마다, 손자들과 우스개를 주고받으며 역사 속의 재미난 이야기를 들려주곤 하였다. 그 천진한 모습을 상기할 때마다 매우 재미있다는 느낌이 든다. 그가 아동 문제에 주의를 기울이고 있는 까닭은 그가 공부한 문화인류학 및 생명 철학과 관련된 것으로 생각된다. 아동 문제를 통해 인류의 본원을 관찰하고, 그 가운데서 인성과 유관한 요체를 깨닫고자 하였던 것이다. 저우쭈어런이 아동 심리학이란 측면에서 이 문제를 사고하지 않고 동화나 동요 등으로부터 연구에 착수한 것은 상당히 일리 있는 시도였다고 할 수 있다. 이는 아마도 생활의 예술화라는 그의 기본 사상에서 연유한 것으로 생각되며, 그의 입장에서는 감성적인 예술로 인생을 즐기는 것이 대단히 중요한 일이었던 셈이다. 아동 문제를 해결하려면 반드시 문화를 정리하고 연구하는 데서 출발해야 한다. 나는 저우쭈어런의 이러한 작업이 단순한 구호를 외치는 것보다 훨씬 적절하고 실제적인 것이었다고 생각한다. 이 부문에서 저우쭈어런이 이룩한 성과는 사람들이 모두 주지하고 있는 바이다.

그는 「나의 잡학(我的雜學)」이라는 글에서 아동 문학 연구에 대한 생각을 다음과 같이 소개하고 있다.

민국 16년(1927) 봄에 나는 짧은 글을 한 편 쓴 적이 있다. 그 문장에서 나는 내가 좀 알고 싶은 것이 모두 야만인들에 관한 일인데, 첫째는 고대의 야만인, 둘째는 어린 야만인, 셋째는 문명화된 야만인이라고 언급하였다. 첫째와 셋째의 경우는 모두 문화인류학 분야에 속하는 것이며, 이 글 앞에서 대략 언급한 바 있다. 여기에서 다루고자 하는 두 번째의 경우 즉 소위 어린 야만인은 바로 아동들에 관한 것이다. 진화론에 근거하여 말하자면 인류의 개체 발생은 원래 계통 발생의 순서와 같아서, 태아 시기에 생물 진화의 과정을 거치며, 아동 시기에는 또 문명 발전의 과정을 거친다. 이 때문에 유아기는 바로 인류의 야만 시기에 해당한다. 아동학에 대해서 우리가 느끼고 있는 몇 몇 흥미는 거의 모두 인류학적 시각에서 연속되어 나온 것이다. 자연히 어른들은 모두 아이들에게 애절한 심정을 갖고 있는데, 일본어의 애물단지란 말이 이런 의미를 가장 잘 나타내주고 있다. 장자(莊子)는 또 성스러운 임금님께서 마음을 쓰심에 어린이를 사랑하고 부녀들을 어여삐 여긴다라고 말하였다. 이에 직위의 고하를 막론하고 똑같은 마음을 갖고 있다는 것을 알 수 있다. 그러나 이와 같은 주관적인 자애심에 객관적인 인식이 더해져서 아동학이라는 학과가 성립된 것은 장자 시기보다 아주 뒷날의 일이지만, 지금으로 보자면 이미 19세기 후반기에 있었던 일이다.

나는 토쬬(東京)에 있을 때, 타까시마 헤이자부로(高島平三郎)가 펴낸 『아동을 노래한 문학(歌詠兒童的文學)』과 그의 저서 『아동 연구(兒童硏究)』라는 책을 구해보고서야 이 부문에 흥미를 느끼게 되었다. 그때 일본에서는 아동학이 막 발달하기 시작하던 때였는데, 서양에서는 스탠리 홀(Stanley Hall) 박사가 이 학문의 창시자로 활동하고 있었다. 따라서 이후 이 분야에서 참고한 책은 대부분 영어로 된 것이었다. 실러의 『아동기 연구(兒童時期之研究)』라는 책은 당시에 벌써 오래된 것이었지만, 내가 아주 애지중지 다루던 기억이 지금까지도 새롭게 떠오르곤 한다. 이전 사람들은 아동들을 정당하게 이해하지 못하여 그를 작은 인격체로 생각하지는 않고 다만 어려서부터 어른스럽게 행동하게 하곤 하였다. 또 아동들을 불완전한 인간으로 간주하여 '애들이 뭘 알아?' 하면서 그들의 의견은 깡그리 무시하고, 또 그들의 행동에 조금도 상관하지 않았다. 오늘날에 와서야 비로소 아동들이 생리적 심리적인 면에서 어른들과 좀 다른 점은 있지만, 그들도 완전한 인격체이며 아울러 그들 스스로의 내적 외적 생활이 있다는 것을 알게 되었다. 이것은 우리가 아동학으로부터 얻은 한 가지 상식이다. 만약 '아이들을 구하려면(救救孩子)' 아마도 바로 이 점에서 출발해야 할 것이다.

내 스스로는 경제나 정치 등의 분야에 그리 많은 지식을 갖고 있지 못하여 부끄러움을 느끼곤 한다. 그것은 내가 여성 문제를 언급할 때 감히 여러 가지 이야기를 할 능력을 갖지 못한 경우와 같다. 여기에서는 이야기하고자 하는 것은 다만 나와 관계있는 몇 가지, 즉 아동 교육 분야의 일부분인 동화와 동요이다. 나는 20여 년 전에 「아동 문학(兒童的文學)」이라는 글을 한 편 쓴 적이 있다. 이 글에서 나는 외국 학자들의 주장을 인용하여 아동들은 마땅히 문학 작품을 읽어야 하지만 단순히 장사꾼들이 편찬한 독본(讀本)들을 읽어서는 안 된다고 언급하였다. 이 독본들을 읽으면 글자는 깨우칠 수 있을지 모르지만 독서 습관을 길러줄 수는 없다. 왜냐하면 이 책들에는 독서의 참 맛이 없기 때문이다. 유소년기의 아동들은 유명한 문학가들의 시문(詩文)을 읽을 능력은 없고 다만 동화를 읽거나 동요를 부를 수 있을 뿐이다. 이것이 바로 아동 문학이다. 바로 「소설의 동년(小說之童年)」이라는 글에서 언급한 바와 같이 전설과 옛날 이야기는 문화가 미성숙한 시기의 소설이라고 할 수 있다. 이 이야기들은 옛날 사람들이 아주 좋아하였고, 지금도 야만적인 민족들과 시골 사람들이 여전히 좋아한다. 따라서 지금의 아이들도 당연히 좋아할 수 있다. 이것이 그들의 공통적인 문학이라는 것은 의심할 바 없는 사실이다.[17]

그는 또 『여곤(呂坤)의 「연소아어(演小兒語)」(呂坤的「演小兒語」)』라는 글에서 "중

---

17) 『周作人文選』 第3卷, 廣州出版社, 1995, 504~505면.

국에는 역대로 아동을 위한 문학이 부족하였다. 아동을 위해 편찬된 저작이 몇 가지 있기는 하였지만 교훈을 위주로 하였기 때문에 예술적인 가치는 거의 없다"라고 하였다. 루쉰도 이와 유사한 이야기를 한 적이 있는데, 이러한 폐습이 20세기 말의 텔레비전 만화 영화에 이르러서야 비로소 고쳐진 점을 상기해 보면, '5·4' 선구자들이 이 부분에 기여한 역할을 절대로 소홀하게 취급할 수 없다. 어떤 민족이 건강한지 그렇지 않은지는 그 민족의 동화나 아동 교육이 어떠한지를 살펴보면 그 대체적인 상황을 짐작할 수 있다. 이 때문에 저우쭤어런은 각고의 노력으로 아동 문학을 연구하면서 중외의 수많은 문헌 속에서 다양한 근거 자료를 찾아내기 위해 온 마음을 다 바치고 있다. 아동들을 위한 서적을 출판하기 위해 노심초사하는 일은 그가 지니고 있던 휴머니즘의 또 다른 표현 방식이라고 할 수 있다. 여기에서도 저우쭤어런의 다양한 가치관과 이상 및 심미적 정감을 살펴볼 수 있다.

저우쭤어런의 해석에 의하면, 아동과 가장 밀접한 관련을 맺고 있는 것은 동화라고 한다. 그것은 또한 민족의 사상 및 습관과도 서로 맞물려 있는 것으로서, 거기에는 인류의 본원을 알려주는 그 무엇이 포함되어 있고, 이 영역과 관련된 동서양의 유산을 연구해보면 문화인류학 중에서도 상당히 의미 깊은 근본 구조를 발견할 수 있다고 언급하였다. 그는 중국의 민간 문화 속에서 이와 관련된 진귀한 사례들을 찾아내었을 뿐만 아니라, 영국·프랑스·러시아·일본 등 여러 나라의 전래 민요와 이야기 속에서도 인류가 쌓아온 성령의 빛을 깊이 느끼고 있었다. 그는 이처럼 흥미로운 사료를 계속 수집하고 있었다. 예를 들자면 자기 고향의 야사 속에 전해오는 전설이라든가 태국이나 조선과 같은 여러 나라의 민간 고사 모음집 같은 것을 읽어보면 모두 흥미진진한 재미를 느낄 수 있다. 저우쭤어런이 보기에 이러한 예술품들은 전혀 꾸밈이 없을 뿐만 아니라 또한 아무런 억지스러움도 없이 삶의 이치를 이야기하고 있기 때문에, 인간의 평범한 감정을 구체적으로 드러내주는 의미 있는 형식이었다고 할 수 있다. 중국 역사에서 도덕을 고취하는 문장들은 흔히 허장성쇠가 심하고 가식적인 내용을 담는 경우가 많았다. 그가 숭상해마지 않던 소품문조차도 그의 관점에 의하면 지나치게 도통(道統)의 훈도(薫陶)를 이야기하는 작품이 많아서 진실로 아름다운 작품은 겨우 소수에 불과할 정도라는 것이다. 저우쭈어런은 아마도 인간의 진실한 성정(性情)은 왕실 문예나 설리적(說理的)인 구호에 있는 것이 아니고 오히려 신화·전설·동화·동요·만담·우언·풍토기와 같은 민간 문예에 있다고 느끼고 있었던 것 같다. 만명(晩明) 시기의 영감이 담긴 소품문을 숭상한 것과 마찬가지로 저우쭈어런이 동화 연구에 깊은 흥미를 느끼고 있었던 것도 크게 보자면 그의 사상이 지향하는 거의 동일한 관점의 소산이라고 할 수 있다. 쉬우(徐燕 : 서무) 선생은 이에 대해 매우 정확한 분석을 하고 있다. "저우쭈어런이 여러 가지 잡문학과 민간 문예를 좋아한 것은 모두 거기에 가장 평범한 사람들의 가장 평범한 생활과 감정이 직접 표현되어 있기 때문이다. 그 중에서 핵심적인 것은 삶의 소망인데, 이로 인하여 다양한 삶의 취사 선택과 희로애락이 발생한다. 초창기 인류의 야만 시기나 후기 인류의 문명 시기를 막론하고 인간의 성정은 그다지 큰 차이가 없다. 이에 민간 생활의 간난신고는 기실 마치 천년을 하루 같이 한결 같아서 야만의 흔적들도 민간 생활과 아동들의 생활 속에 끊이지 않고 이어져왔다. 이러한 것들은 모두 잡문학과 민간 문예로부터 명확한 모습을 찾아볼 수 있는 것들이다."18)

루쉰은 일찍이 아동 교육 부문에서 출발하여 국민성의 연약한 면을 진정으로 변화시키고자 희망한 적이 있다. 그가 강구한 것은 인간 생명의 강력한 의지이지만 저우쭈어런은 오히려 이 지점에서 아동들의 흥미에 더 많은 관심을 갖고 있다. 이러한 점에서 보자면 루쉰은 저우쭈어런과 비슷하게 아동을 근본으로 생각하면서도 어린이들의 생명 가치를 더욱 중시하고 있다는 것을 알 수 있다. 한 사람은 생존을 위한 투쟁과 선택의 방향으로 나아가고 있으며, 한 사람은 정취(情趣)와 구지(求知)의 정신적 승화의 경지로 나아가고 있다. 루쉰이 쓴 「이십사효도(二十四孝圖)」는 울분에 차 있고 침중하다. 저우쭈어런도 똑같은 제목의 단문(短文)을 쓴 적이 있지만, 그의 글은 살벌하거나 비애롭지 않고 논

---

18) 徐燕, 『周作人的是非功過』, 人民文學出版社, 1993, 188면.

리의 전개가 아주 가볍고도 맑다. 우리가 아동 문학에 관한 저우쭈어런의 이론을 성실하게 읽어보면, 첫째, 역사에 관한 그의 풍부한 지식을 알 수 있고, 둘째, 예술상에서의 그의 수준 높은 이해력을 간파할 수 있다. 이 두 가지 점이 그의 글의 핵심적인 내용을 구성하고 있다. 루쉰은 이러한 문제를 언급할 때 지식을 추구하고 논리를 강구하는 것 외에도 분방한 열정으로 역사와 자신에 대한 초월을 지향하고 있다. 기억하건대, 루쉰은 어떤 문장에서 연환도(連環圖)를 그리자고 제창한 적이 있는데, 이 글에서 루쉰이 보여주고 있는 감탄은 우리에게 아주 강한 장력으로 작용하고 있다. 그가 죽기 1년 전에 쓴 「그림을 보고 글자를 익히자(看圖識字)」라는 글에서도 우리는 여전히 아동 문화 건설을 위한 그의 초조한 심정을 읽을 수 있다. 실제로 이 두 사람의 견해를 비교해보면, 사물의 본질을 대하는 관점에서는 아주 유사한 면모를 보여주고 있지만 문제를 처리하는 태도에서는 확연히 다른 모습을 드러내고 있다. 이처럼 단지 하나의 부문에서 두 사람의 특징을 비교해보아도 우리는 많은 차이점을 발견할 수 있다. 아동 문화 건설이라는 부문에 저우쭈어런과 그의 형이 기여한 공헌은 이제 더 이상 말로 표현할 필요조차 없다.

7.

저우쭈어런이 스스로 잡학가(雜學家)라고 인정한 것은 틀린 말이 아니다. 잡학을 하게 되면 생각이 어느 한 곳에 고정되지 않고 흥미는 더욱더 광범위해진다. 그 자신의 말을 직접 빌자면 잡학은 모두 비정통적인 것이다. 「나의 잡학(我的雜學)」이라는 글에서 그는 독서 경험을 소개하면서, '비정통적인 문장', '비정통적인 고서', '비정통적인 유가'를 열거하고 있다. 그 내용을 상기해보면 모두 지극히 옳은 말이다. 아래에 그 일단을 소개해보는 것도 무방할 것이다.

사상 부문에서 내가 받은 영향은 또 다른 근원을 가지고 있다. 대충 한 마디로 말한다면 내 자신도 유가 사상에 속한다는 점을 인정한다. 그러나 이 유가라는 명칭은 내 스스로 정한 것이어서, 그 내용에 대한 해설에 있어서는 아마 일반적인 의견과 상이한 점이 아주 많다. 내 생각에 중국인의 사상은 적당하게 처신을 잘하는 사람이 되는 것에 중점을 두고 있는 것 같다. 유가에서 인(仁)과 중용(中庸)을 강구하는 것도 바로 이와 같은 태도와 동일한 것이다. 이러한 명사를 사용하게 되면 세상사가 이 말에 부합되지 않는 경우가 없게 된다. 이는 기실 공자(孔子)가 중국인이기 때문에 이와 같이 된 것이지, 공자가 유교를 창설하여 성현의 도를 전파했기 때문에 발생한 현상은 아니다. 중국인은 애초부터 유교도였던 셈이다. 유가에서 가장 중시하는 것은 인(仁)이지만 그러나 지(智)와 용(勇) 두 가지 덕목도 매우 중요하다. 특히 후세의 유생들은 흔히 도사화(道士化)·선승화(禪僧化)·아전화(衙前化)되었기 때문에, 사상이 혼란할 때는 반드시 지혜(智)로써 분명히게 판단하고 용기(勇)로써 과감하게 결단을 내려야 세속의 잘못된 흐름을 끊고 자신의 올바른 입장을 굳건히 견지할 수 있었다. 중국에서 이러한 사람들을 찾기란 쉽지 않은 일이다. 왜냐하면 이러한 사상은 군사부(君師父) 일체라는 정통 사상에 부합되지 않기 때문에 줄곧 아주 불리한 입장에 처할 수밖에 없었기 때문이다. 비록 그것이 국가나 민족의 앞날에 대단히 소중한 가치를 지니고 있었음에도 말이다.

고금의 역사를 통하여 한(漢)나라에서 청(淸)나라에 이르기까지, 나는 지혜와 용기에 뛰어난 세 사람의 인물을 찾을 수 있었다. 그들은 바로 왕충(王充)·이지(李贄)·유정섭(兪正燮)이다. 헛된 것을 배척하는 왕충의 정신은 그의 『논형(論衡)』에 가장 뚜렷하게 표현되어 있다. 기실 다른 두 사람도 이와 같아서 이지의 『분서(焚書)』와 『초담집(初淡集)』, 그리고 유정섭의 『계사유고(癸巳類稿)』와 『존고(存稿)』에 서술되어 있는 것도 바로 왕충과 동일한 정신이다. 그들은 진실을 말하면 겪게 되는 위험을 모르지는 않았지만 사물의 이치와 세간의 인정 세태를 환히 알고 있었고 또 세상의 수많은 잘못과 허위를 너무나 분명하게 간파하고 있었기 때문에 마침내 참지 못하고 진실을 말할 수밖에 없었다. 결과적으로 자신에게 불리한 비판에 직면할 수밖에 없었지만 그들은 이에 전혀 개의치 않았다. 진리를 사랑하는 이와 같은 태도는 학자에게 있어서 가장 고귀한 것이고, 학술 사상의 전진도 이러한 역량에 의지하여 이루어지는 것이다. 중국 역사에서는 애석하게도 이러한 사람들을 그렇게 많이 찾아볼 수 없다. 나는 일찍이 위의 세 사람을 중국 사상계의 세 등불이라고 일컬은 적이 있다. 비록 이들의 영향력이 미약하기는 했지만, 후세 사람들은 이들로 인해 소중한 길잡이를 갖게 된 셈이다. 태사공(太史公) 사마천(司馬遷)은 '산처럼 높은 덕 우러르고, 햇볕처럼 밝은 행동 따라 행하네, 비록 거기에 미칠 수 없어도 내 마음 줄곧 그 분들을 향하려 하네'라고 하였다. 이 몇 분의 선현(先賢)들에 대한 나의 태도도 바로 이와 같다. 배우려 해도 다 배울 수 없지만 헛된 것을 싫어하고 정리(情理)를 중시하는 모습은 결국 우리의 이상으로 삼을 만하므로 수시로 주의를 기울이며 힘써 본받지 않을 수 없다. 고금을 통해 지식인들의 필기류는 적지 않게 찾아볼 수 있지만 그 중에서 참된 기록은 마치 모래를 헤치며 황금을 찾는 것과 같아서 거의 천분의 일에도 미치지 못한다. 이 작업을 힘든 일이라고 할 수는 없지만 다만 그 적막함에 고통을 느낄 뿐이다. 민국(民國) 이래로 사상 혁명을 소리 높여 외치기는 했지만 기실 그 성과는 별로 없었다. 내가 알고 있는 사람 중에서 차이웬페이(蔡元培 : 채원배)·첸 쉔퉁 두 분 선생이 상당한 성과를 낸 사람으로 꼽을 만하다. 그러나 필묵(筆墨)에 담아내지 못하여 그 청아한 목소리가 이미 단절되어 버렸고, 이제 그것을 다시는 고증할 길이 없게 되었으니, 참으로 통석(痛惜)의 마음을 금할 수 없다.[19]

그는 전체 사상의 내원(來源)을 잡학에서 취하고 있으며, 또 그의 사상이 다른 사람들과 뚜렷이 구별되는 특징도 바로 여기에 근원을 두고 있다. 모두 비정통적인 것이기 때문에 이들 정신의 깊은 곳에는 세속의 가치를 거스르려는 반역성이 감추어져 있는데, 일반인들은 그 진정한 의의를 분명하게 이해하기가 어렵다. 나는 일찍이 저우쭈어런은 주위의 친구가 많다고 할 수 없지만, 그 친구들도 대부분 학구적인 분위기가 매우 농후한 사람들뿐이라고 느낀 적이 있다. 여기에서도 그의 특별한 일면을 간파할 수 있다. 외래 사상을 섭취하는 측면에서 그는 루쉰과 아주 비슷한 점이 있다. 예를 들면 과학에 대한 태도와 같은 것이 그렇다. 그러나 루쉰은 인지(認知)의 각도에서 과학을 살피고 있는데 비해, 저우쭈어런은 지식과 정감이라는 각도에서 과학을 대하고 있다. 저우쭈어런은 어린 시절부터 만년에 이르기까지 줄곧 과학 보급 서적류를 출판하자고 제창하면서 거기에 큰 공력을 들이고 있다. 의학·식물학·동물학을 소개한 저우쭈어런의 글을 읽는 과정에서 나는 언제나 루쉰을 상기하곤 하였다.

---

19) 『周作人文選』 第3卷, 廣州出版社, 1995, 494면.

두 사람이 일생 동안 이 부문에 이바지한 공헌을 우리는 절대로 평가절하해서는 안 될 것이다. 중국인의 낙후성과 보수성을 비판·공격할 때 두 사람은 항상 과학 지식을 동원하여 그것을 교정하려 하곤 하였다. 이 과정에서 보여주고 있는 그들의 침착함과 엄정함은 누구나 쉽게 간파해낼 수 있는 점이다. 과학 등과 같은 잡다한 지식이 많아질수록 인식론적 측면에서는 여러 가지 회의(懷疑)가 더욱 많이 발생하고 이어서 정통적인 경서에 대한 의문이 뒤따르게 마련이다. 루쉰이 「광인일기(狂人日記)」에서 서술한 것처럼 '여태까지 이와 같이 해왔다면 그것이 올바른 것인가?'와 같은 목소리는 두 사람의 수필 속에서 얼마든지 쉽게 찾아볼 수 있다. 저우쭤어런은 「독서의 경험(讀書的經驗)」이라는 글에서 자신의 사상적 근원이 동서고금의 잡저(雜著)에 있다고 하면서 그 중에서도 특히 덴마크의 블란데스(Georg Morris Cohen Brandes 1842~1927), 일본의 야나기따 쿠니오(柳田國男), 영국의 플레쳐(John Fletcher, 1579~1625), 엘리스(Henry Havelock Ellis, 1859~1939)를 매우 중시한다고 하였다. 이들은 각각 문학비평가·향토연구가·인류학자·성심리학자에 속한다. 그는 중국인들에게서 도사티(道士氣)·서생티(秀才氣)·관료티(官氣)를 제거하기 위해서는 반드시 과학 정신을 이용해야 한다고 지적하고 있다. 정통적인 경서 속에서는 이를 위한 약방문을 찾기가 매우 어려웠던 것이다. 그러나 사회 개량 부문에서 저우쭤어런이 취하고 있는 태도는 루쉰과 확연히 다르다. 루쉰은 우리에게 파괴의 목소리를 많이 쏟아내고 있고, 저우쭤어런은 온건하고 건설적인 목소리를 많이 들려주고 있다. 따라서 루쉰은 비애롭고 격동적이며, 저우쭤어런은 오히려 담담하고 자상하다. 1935년 저우쭤어런은 「과학 소품(科學小品)」이라는 글을 써서 과학과 문예 문제에 관해 언급하였는데, 이 글은 저우쭤어런의 사상과 심미적 태도를 대표적으로 보여주는 글이며, 루쉰과의 차이점도 이 글 속에 명확하게 드러나고 있다. 과학을 이야기하면서도 저우쭤어런은 루쉰에 비해 훨씬 더 많은 아취를 느끼게 해주면서 무슨 침중한 사명감 같은 것은 전혀 포함시키지 않고 있다. 그러나 그 행간에 숨은 뜻을 음미해보면 역시 세상을 풍자하는 내용이 많다. 이를테면 다음과 같다. "중국 문인들은 대부분 '문예 정책'을 신봉하면서, 다른 사람들이 파리와 같은 것을 이야기하는 걸 가장 싫어한다. 왜냐하면 그것이 인심(人心)과 세도(世道)에 아무 도움이 되지 않는다고 생각하기 때문이다. 이러한 원칙을 지켜나가게 되면 낙엽이나 지렁이 또는 풍뎅이와 같은 것에 대해서 누가 아무리 훌륭한 서술을 한다 해도 전혀 쓸모없이 생각할 것이다. 이렇게 되면 장차 이러한 것을 누가 기꺼이 쓰려할 것이며, 누가 이러한 것을 쓰라고 허락할 수 있겠는가? 중국에서 지금 과학 소품문을 쓰자고 떠들고 있지만 기실 이것은 하나의 명사에 불과할 뿐이거나, 혹은 이른바 '위생 발효 두부'와 같은 새로운 상표에 불과할 따름이다."[20] 이 말은 분명히 루쉰을 공격하면서 좌익 작가들의 '이즘(主義)'에 불만을 표시한 것이다. 루쉰은 과학 사상으로부터 사회운동으로 방향을 옮기고 있지만 저우쭈어런은 과학 정신 속에서 지식 탐구의 즐거움을 만끽하면서 계급 투쟁의 학설은 포기하고 있다. 누구의 입장이 더 좋은지 또는 더 나쁜지는 흘러가는 세월이 공정하게 판단해줄 것이다. 그러나 이 문제는 기실 아주 해석하기가 어렵고 복잡한 것이어서 한두 마디 말로는 분명하게 설명하기가 어렵다. 저우쭈어런은 어떤 문제를 사고할 때, 루쉰처럼 사회와 인생을 파괴하고 개조하는 입장에서 해결의 실마리를 찾지 않고, 흔히 정취나 학술적인 측면을 고려하는 데서 자신의 입장을 출발시키곤 하였다. 따라서 그는 루쉰에 비해서 더욱 추상적이면서 더욱 긴 안목을 가지고 있었다고 할 수 있다. 루쉰은 '영구적'이거나 '불후의' 그 무엇을 추구하지 않았다. 그는 목전의 문제를 더 많이 생각하였다. 왜냐하면 현재를 압살해버리면 미래도 압살된다고 판단했기 때문이다. 루쉰에 의하면 인민들의 당면한 고난을 외면하고 소품 성령이나 아취와 같은 것에만 매달리는 것은 사회 개조에 아무 도움이 되지 않는 것이지만 오히려 통치자들에게는 분명히 큰 도움을 주는 행위라는 것이다. 여기에서도 우리는 물과 불처럼 서로 융합할 수 없는 저우씨 형제의 한 특징을 발견할 수 있다. 똑같이 과학을 제창하고 휴머니즘을 천명했지만 그 실현 수단은 이와 같이 판이하였다. 결국 이 두 사람은 각자 자

---

20) 『周作人文選』 第2卷, 廣州出版社, 1995, 279면.

신의 길을 추구하면서 가면 갈수록 더욱 더 사이가 멀어지고 말았다.

저우쭈어런이 학식상에서 보여주고 있는 잡학은 언뜻 보기에 마치 무질서한 뒤섞임 같지만 그러나 그 주요한 중심은 항상 놓치지 않고 있다. 그 중심은 바로 '윤리의 자연화'와 '도의(道義)의 실제화'이다. '자연화'를 추구하게 되면 천여 년 동안 중국 문화에 쌓여온 폐습을 청산하지 않을 수 없게 된다. 그는 특히 문인들의 진부하고 경박한 어조와 사이비 행위를 대대적으로 질타하였다. '실제화'는 바로 사상 혁명 부문에 특히 많은 노력을 기울이면서 공리공담을 현실의 실천 속으로 이끌어오는 것이다. 전자에 대해서 저우쭈어런은 학문적으로 다양하고도 훌륭한 성과를 많이 거두었다. 예를 들자면 과학 지식을 널리 보급하자고 주장한 것이라든가, 성심리학과 문화인류학을 연구하자고 선전한 것 능이 그것인데, 우리는 그 공적을 절대로 과소평가할 수 없다. 이것은 '5·4' 이후의 신문화 건설에도 아주 크게 공헌한 점이다. 그러나 후자에 대해서 말하자면 저우쭈어런의 추진력이 그 마음의 욕심에 미치지 못한 것으로 보인다. '도의의 실제화'가 어떻게 하면 가능한 지에 대해서 그는 적절한 처방전을 내놓지 못하였다. 내가 느끼기에는 루쉰이 오히려 이 부문에 아주 유익한 작업을 많이 한 것으로 여겨진다. 비록 그 작업들이 모두 다 성공하지는 못하였지만 루쉰의 반항과 절망 그리고 세상을 향하여 쏟아낸 함성(吶喊)과 실천궁행의 투쟁 등은 저우쭈어런에 비해서 훨씬 휘황찬란하며 훨씬 위대하다고 할 수 있다. 세인들 중에서 저우쭈어런의 사상을 수용하고 신봉한 사람은 매우 드물다. 그러나 루쉰의 사상은 아주 많은 사람들에게 받아들여졌다. 그렇더라도 두 사람의 정신 깊은 곳을 진정으로 이해하기란 정말 지난한 일이다. 이 또한 이들 두 사람이 비슷한 점이다. 따라서 루쉰을 인식하기 위해서는 저우쭈어런을 참고해야 하며, 저우쭈어런을 인식하기 위해서는 루쉰을 참고해야 한다. 이렇게 해야 비로소 그들의 단점을 서로 파악할 수 있을 것이며, 마찬가지로 그들의 장점도 함께 드러낼 수 있을 것이다. 이 두 사람을 한 데 위치시켜 놓고 한꺼번에 관찰해야 각각의 진정한 모습을 찾아낼 수 있다.

저우쭈어런의 잡학 중에서 내가 가장 탄복하고 있는 것은 끝까지 종교(신앙)

적인 태도로 빠져들지 않고 있다는 점이다. 회의에서 출발하고서도 끝까지 종교로 귀의하지 않는 태도는 바로 지자(智者)나 도달할 수 있는 경지이지 우리 같은 속인들이 감히 범접할 수 있는 경지가 아니다. 이러한 태도는 다소 허무주의적 색채를 띠게 마련이지만, 그의 '예술화'된 삶의 아취가 이 빈 공간을 채워주고 있어서 결국 그가 극단주의자에 속하지 않았다는 사실을 알게 해준다. 아울러 이러한 태도는 그가 여러 가지 잡다한 서적을 읽는 과정에서 다양한 명언을 체득하게 해주었고, 또 이와 관련된 몇 가지 결론에 도달하게 해주었는데, 이와 같은 것들은 그가 아니면 얻을 수 없는 결과들이다. 저우쭤런은 끝까지 종교에 빠지지 않았고 하나의 문화적 모범만 떠받드는 것을 반대하면서 다양화와 개성화를 제창하였다. 「문학사의 교훈(文學史的敎訓)」이라는 글에서 그는 자신이 비정통적인 문학을 좋아한다고 하면서, 문학 예술이 만약 하나의 모범에만 얽매이게 되면 결국 좋은 결과를 얻지 못하게 되고, 어떤 경우에는 세상 사람들을 잘못된 길로 인도할지도 모른다고 하였다. 이러한 글을 읽어보면 그가 왜 잡학을 좋아하면서 정통 문화로 귀의하지 않는지 그 이유를 짐작할 수 있다. 예컨대 다음과 같은 경우이다.

중국 산문은 대체로 그 시작이 아주 빨랐기 때문에 순(舜) 임금 때 벌써 적지 않은 글들이 씌어졌다. 이러한 경험이 많이 쌓였기 때문일 테지만, 좌구명(左丘明)에 이르면 문장이 벌써 그처럼 아름다워졌고, 『전국책(戰國策)』의 문장들도 분명 소피스트의 궤변과 같은 방향으로 나아가고 있다. 이에 소진(蘇秦)과 장의(張儀)의 무리들도 이에 대해 아주 많은 공부를 한 것으로 짐작해볼 수 있지만 지금 우리에게는 그들이 들보에 상투를 매달아 졸음을 쫓고 송곳으로 허벅지를 찌르며 잠을 이겨냈다는 이야기만 전해오고 있을 뿐, 그들의 교과서나 시문 독본 같은 것은 모두 찾아볼 수 없게 되었다. 대략 앞에서 이미 언급한 바와 같이 산문 창작에 있어서 지나치게 성숙함을 추구하고 또 사상도 하나로 통일되어 있었기 때문에 이후의 문장은 비록 이전보다 발전했다고는 할 수 있지만, 결국 궁궐의 황제를 바라보며 창작을 할 수밖에 없었다. 가의(賈誼)의 상소문이나 논설, 사마상여(司馬相如)의 한부(漢賦) 창작은 그 목적이 황제의 은총을 한 번 받아보는 데 놓여 있었기 때문에 우리 같은 범인들이 읽고 좋아할 만한 것이 그리 많이 포함되어 있지 않다. 대체로 지금까지도 이러한 전통적인 창작 방법이 거의 변하지 않은 것 같다. 한위 육조(漢魏六朝)의 문장 속에서도 내가 좋아하는 것이 조금 있지만 대부분 정통적인 것이 아니다. 그 문장들 중에는 비록 곱고 우아한 것들도 있지만 인위적인 조작이 그리 많이 가해지지 않은 것들이다. 또 사상적인 측면에서는 하나의 지존(至尊)을 숭배하지 않는 것들인데, 비록 어떤 한 종파에 소속되어 있지는 않지만 불교와 도가를 이해할 수 있는 것들이다. 도연명(陶淵明)과 안지추(顏之推) 등의 문장도 모두 훌륭하다. 고대 그리스의 경우도 이에 못지않다. 소크라테스에게 사약을 내린 것을 제외하고는 사상이나 문장이 늘 건강하였다. 이것은 고전문학을 읽는 사람들에게 유쾌함과 위안을 안겨준다. 그러나 동로마시대에 이르러 저스티니아누스(Justinianus, 483~565) 황제가 각급 학교를 폐쇄하라는 명령을 내리고 나서부터는 그리스 문화가 마침내 단절되었다. 그때가 중국에서는 양(梁) 무제(武帝) 때였다. 그러나 중국에서도 당(唐)나라 때 한유(韓愈)가 나타나서 로마와 동일한 변화가 발생하게 되었다. 역사에서는 한유가 팔대(八代) 동안 쇠미했던 문장을 다시 부흥시켰다고 평가하고 있지만, 기실은 정통적인 문장과 정통적인 사상이 하나로 합쳐지게 한 것이다. 최소한 산문 부문에서는 그 속박이 아직까지도 그치지 않고 있으니 한유가 중국에 끼친 해악이 심원하다고 할 수 있다. 유가는 중국의 국민 사상이다. 유가의 도덕과 정치적 주장은 모두 실천을 위주로 하면서 공리공담에 힘쓰지 않는다. 유가에서 말하는 이른바 도(道)라는 것도 기실 인간의 도(道)일 뿐이어서, 사람이라면 누구나 터득하고 체화(體化)할 수 있는 것이며, 거기에 무슨 신비한 비법이 숨어 있는 것이 아니다. 그런데 한유는 특별히 「원도(原道)」라는 글을 지어 아주 정중하게 다음과 같이 설명하였다. "요(堯)는 그것을(道를) 순(舜)에게 전하였고 순(舜)은 그것을 우(禹)에게 전하였도다. 우(禹)는 그것을 탕(湯)에게 전하였고, 탕(湯)은 그것을 문왕(文王)·무왕(武王)·주공(周公)에게 전하였도다. 문(文)·무(武)·주공(周公)은 그것을 공자(孔子)에게 전하였고, 공자(孔子)는 그것을 맹가(孟軻)에게 전하였도다. 맹가(孟軻)가 죽고 나서는 그것을 더 이상 전할 수 없게 되었도다(堯以是傳之舜, 舜以是傳之禹, 禹以是傳之湯, 湯以是傳之文武周公, 文武周公傳之孔子, 孔子傳之孟軻, 軻之死不得其傳焉)." 이 문장의 의미는 대체로 이제 그 도(道)가 보잘 것 없는 이 몸에 전해지게 되었다는 것이다. 상고해보건대, 이것은 맹자(孟子)의 찡그림을 본받으면서도 맹자가 본래 동시(東施)의 찡그림을 결코 아름답게 보지 않았다는 사실은 모르고 있는 것이다. 맹자의 문장에 대해서 나는 벌써부터 너무 달콤한 것이 아닌가 하고 생각해왔다. 그것은 마치 생려지(生荔枝)와 같아서 많이 먹으면 신경성 두통이 발생한다. 한유(韓愈)는 더욱더 조작이 심하여, 거드름을 피우며 발을 쿵쿵 내딛는 작태도 서슴지 않는다. 예를 들면 다음과 같은 경우이다. "오호라, 이들은 다행히도 삼대(三代 : 夏·殷·周) 이후에 태어나서 우·탕·문·무·주공·공자에게 쫓겨나지는 않았을지나, 또한 불행하게도 삼대 이전에 태어나지 못하여 우·탕·문·무·주공·공자에게서 올바른 가르침을 받지 못하였도다(嗚呼, 其亦幸而出於三代之後, 不見黜於禹湯文武周公孔子也, 其亦不幸而不出於三代之前, 不見正於禹湯文武周公孔子也)." 이것은 완전히 팔고문(八股文)의 어조를 모방한 것이어서 읽다 보면 구토가 날 지경이다. 팔대(八代)의 변문(騈文)이라 해도 어찌 이와 같은 썩은 오물이 섞여 있을 수 있겠는가? 마음을 가라앉히고 말해보자면 한유의 시 예컨대 "산석(山石)이 뒤엉킨 곳에 오솔길 희미하고, 황혼이 절집에 내리니 박쥐가 날아오른다(山石犖確行徑微, 黃昏到寺蝙蝠飛)"와 같은 구절은 내가 일찍부터 좋아하였다. 그러므로 그의 산문의 결점에 대해서도 굳이 꼬치꼬치 그 책임을 따질 필요가 있겠는가? 그러나 불행하게도 한유는 고금의 우상이 되어 그의 이 같은 사상과 문장이 후세인들의 모범이 되고 말았다. 이후 십대(十代) 동안 성행한 변문식(騈文式)의 고문은 큰 의미도 없을 뿐만 아니라 정취도 부족하다. 이 문장들은 단지 낭랑하게 읽기는 좋아서 마치 피황희(皮黃戱)의 창을 하는 것과 같을 따름이다. 따라서 그 책임을 따져 올라가다 보면 결국 한유를 용서할 수 없게 된다. 로마의 황제가 그리스 학당을 폐쇄시키고 기독교를 정통으로 삼자 그리스 문학이 이때부터 침체하게 된 것처럼, 중국의 산문도 한유가 도(道)와 문(文)을 합일시켜 정통으로 삼은 이후로부터 점점 타락의 길을 걷게 되었다. 이 두 가지 상황은 아주 비슷하다. 다행스러운 것은 중국 문학이 이제 부흥의 희망을 갖게 되었다는 점이다. 하지만 그것은 이러한 속박에서 벗어날 수 있을 때에나 가능한 일이다. 그리스의 경우에는 이후 줄곧 단절될 수밖에 없는데, 왜냐하면 설령 근대에 신문학이 흥기한다 하더라도 그것은 결국 기독교 문화의 산물일 뿐이어서 이전의 그리스 문학과는 판이하게 다를 수밖에 없기 때문이다.[21]

나는 이 글에서 저우쭤런이 자신의 인생관을 변호하는 내용을 담으려 했다는 것을 느낄 수 있다. 이 글의 장점이라면 이 글의 관점이 현대인의 개성주의와 자유주의에 입각하고 있다는 점이다. 이 글의 단점이라면 정통 문화 중

---

21) 『周作人文選』 第4卷, 廣州出版社, 1995, 22~24면.

에서 가치 있는 것들을 일괄적으로 말살하고 있다는 점이다. 이러한 관점을 더욱 넓혀 나가면서 정통적인 것을 비난하다 보면 국가나 인민의 근본적인 정신도 버릴 수 있게 된다. 예를 들자면 일본인을 위해 봉사하는 것도 비정통적인 행동이 될 수 있는데, 이것도 자신의 '자유 선택'이라고 할 수 있겠는가? 이것은 저우쭤어런이 자기 자신을 원만하게 합리화할 수 없는 점이며, 또한 자신의 일제 부역 행위를 변명하는 것에 불과한 점이다. 저우쭤어런의 인생 태도와 뒷날의 비극적인 운명은 모두 이러한 관념에 의해 초래된 결과이다. 따라서 자유주의 문인들은 20세기 중국에서 그 삶을 존속시켜 나가기가 아주 어려웠다. 우리 뒷세대 사람들이 저우쭤어런에 관한 역사를 연구한다면 아마 우리 세대보다 훨씬 더 분명한 결과를 얻을 수 있을지도 모르겠다. 저우쭤어런은 우리들에게 너무 많은 의문점을 남겨놓고 있다. 이에 그의 세계를 진정으로 이해하려는 과정에서 전통적인 잣대를 사용하게 되면 거의 요령부득의 결과만을 얻게 될 것이며, 서양의 잣대를 사용한다 해도 수많은 논란에 직면하게 될 것이다. 그는 일생 동안 비정통적인 문화 세계에서 인생의 중요한 의미를 얻으려고 하였다. 그러나 그가 얻은 것은 인생의 쓰린 고통에 불과하였다. 그러므로 때로 유유자적하게 보이는 그의 독서 수필 속에서도 어찌할 수 없는 인생에 대한 탄식을 읽어낼 수 있다. 비록 그것이 드문 드문 점점이 흩어져 있기는 하지만 말이다. 이 같은 담담한 애수 속에서 내가 만약 그가 처했던 시대를 살면서 인생의 길을 선택해야 했다면 아마도 저우쭤어런보다는 루쉰에 가까웠을 것이라고 생각해보기도 한다.

8.

　사람은 일생 동안 나이가 들어감에 따라 그 인생관이 다소 변하게 마련이다. 루쉰은 평생 매우 다양한 삶의 길을 모색하면서 항상 낡은 자아를 부정하였는데, 이러한 모습이 바로 그 변화의 양상을 증명해주는 점이다. 그러나 저우쭈어런의 인생관은 기복이 그다지 크지 않았다. '5·4'를 전후해서는 이성주의의 목소리를 많이 내었고, '5·4' 이후에는 점차 소품문 창작에 마음을 쏟으면서 만년에 이르기까지도 이러한 자신의 의지를 바꾸지 않았다. 기실 '5·4' 이전과 '5·4' 이후를 비교해보아도 그의 지식 구조와 독서 취미는 대체로 하나의 정형화된 틀을 보여주고 있다. 다만 삶에 대한 태도가 적극적인 측면에서 소극적인 측면으로 바뀌었을 따름이다. 그러나 삶에 대한 태도가 소극적이라고는 해도 기실 퇴영적인 것은 아니며, 실질적으로 비정통적인 입장에 서서 사회의 아웃사이더로 살아갔을 뿐이다. 저우쭈어런은 일찍이 '독서를 하면서 구국의 정신을 잊지 않는 행위'를 지식인 사회의 간선(幹線)으로 간주하였고, '다만 학문을 위해 학문을 하는 행위'를 그 지선(支線)으로 간주한 적이 있다. 1930년 베이징 대학이 개교 32주년을 맞았을 때, 그는 「베이징 대학의 지선(北大的支路)」이라는 글을 쓰면서 다음과 같이 언급하고 있다.

나는 평소에 중국의 학인(學人)들이 세계의 몇 가지 문화에 대해서 상당한 주의를 기울여야 하고 또 더 나아가서는 그것을 특별히 연구하는 사람도 있어야 한다고 느껴왔다. 그것은 바로 그리스·인도·아랍 그리고 일본이다. 근래에 사람들은 무슨 동방 문화와 서방 문화에 대해서 이야기하기를 좋아하는데, 나는 이 두 가지 문화가 근본적으로 무슨 차이가 있는지 또 서방 문화라는 것을 간단하게 한두 마디의 말로 포괄할 수 있는지 알지 못하겠다. 그러나 나는 항상 영국이나 미국과 같은 한두 나라의 현상에만 근거하여 이 문제에 결론을 내리는 것은 좀 막연하기 때문에 보통 문명의 기원이라고 일컬어지는 그리스에 대해서 한번 살펴보지 않을 수 없다고 생각해왔다. 하물며 그리스의 문학과 철학은 그 자체로 독특한 가치를 지니고 있음에랴! 나의 억측에 근거하여 말하자면 그리스의 사상에는 더더욱 중국과 아주 비슷한 점이 많이 포함되어 있기 때문에 10년의 형설지공(螢雪之功)을 들여서라도 깊이 파고들어 연구할 만한 가치가 있다고 생각한다. 나는 그것을 보증할 수 있다. 인도는 불교와의 인연 때문에 중국과 밀접한 관계를 맺어왔다. 이것은 더 말할 필요도 없는 사실이다. 아랍의 문예와 학술도 자기 나름의 성취를 이루어오면서 자고 이래로 중국과도 많은 접촉을 해왔다. 또 중국 국민 속에는 일부 회족(回族) 들이 포함되어 있기 때문에 그 문화를 외국 것이라고만 치부할 수 없으며 또 그것을 쓸 데 없는 것으로 내버려둬서도 안 된다. 일본은 작은 그리스라고 칭해지기도 하는데, 그 문화적 특성 속에 확실히 그리스와 유사한 점이 포함되어 있다. 그리고 일본 문화와 중국 문화의 관계도 마치 로마와 그리스의 관계와 비슷하여, 선진국의 문화를 가져가서 그것을 보존하고 동화시키면서 또 더욱 광대하게 발전시키고 있다. 따라서 중국인 중에서 '국학(國學)'에 종사하는 사람들은 일본으로 건너가서 그곳에 보존되어 있는 수많은 관련 자료와 참고 서적을 이용해볼 수도 있을 것이다. 문학사적인 입장에서 살펴보더라도 일본은 나라(奈良)시대부터 토쿠카와(德川)시대에 이르기까지 1200여 년 동안 중국의 영향을 받았는데, 지금도 곳곳에서 그 흔적을 발견할 수 있다. 명치 유신 이후에는 근래의 중국 신문학처럼 서양의 영향을 많이 받고 있어서 그것을 서로 비교해보면 거의 보조가 일치한다는 것을 알 수 있다. 하지만 일본은 이 기회에 선진국이 되었고, 중국은 여전히 그것을 좇아가고 있다. 때때로 의식적 무의식적으로 일본의 것을 모방하여 작품을 재생산하고 있으니 이 점 또한 우리들에게 아주 좋은 대조와 반성을 가능하게 해준다. 이상의 설명은 물론 그리 요령 있게 되어 있지는 않다. 나는 다만 나의 개인적인 의견과 사치스러운 소망을 밝혔을 뿐이다. 이러한 부문은 주의할 만한 가치가 있으므로 앞으로 중국의 학술계가 천천히 연구에 착수할 수 있기를 바란다. 이것은 물론 대학 연구소의 책무가 될 것이다. 나는 지금 베이징 대학에서 베이징 대학에 관해 이야기하고 있으므로 이 희망을 부득불 베이징 대학, 즉 국립 베이징 대학과 그 연구소에 기탁할 수밖에 없겠다.

거듭해서 말하건대 나는 베이징 대학이 자기 자신의 길을 가면서 다른 사람들이 하지 못하는 일을 하고, 또 다른 사람들이 흔히 하는 일은 하지 않기를 바란다. 베이징 대학의 학풍은 차라리 좀 어리석게 보일지언정 너무 멋을 부리거나 너무 약삭빨라서는 안 된다. 지난 1~2년 동안 베이핑(北平)의 교육계는 정말 많고 많은 일들이 발생하여, 내가 일일이 열거할 수 없을 정도이지만 종합해보면 결국 정치꾼들과 같은 끊임없는 타도와 옹호에 불과했을 따름이다. 다행히 베이징 대학에서는 아직도 이와 같은 일이 발생하지 않았고 앞으로도 물론 이러한 일이 없기를 바란다. 하지만 이것은 소극적인 바람일 뿐이고 이밖에도 적극적으로 종사해야 할 업무가 있다. 그것은 용기 있게 전진하여 황무지를 개척하고 또 독창적인 연구에 착수하는 일이다. 베이징 대학에서는 이전에도 이러한 일들을 조금씩 해왔지만, 앞으로도 끊임없이 노력해주기를 바란다. 그렇다고 내가 베이징 대학이 무슨 우월주의를 가져야 한다고 생각하는 것은 결코 아니다. 나는 다만 베이징 대학이 응당 자신의 고유한 정신을 견지하면서 다른 사람을 모방하지 말고 또 다른 대학의 모양을 따라 배우지 말기를 바랄 뿐이다.

'독서하는 과정에서 구국의 정신을 잊어서는 안 되고, 구국운동의 과정에서도 독서를 잊어서는 안 된다(讀書不忘救國, 救國不忘讀書)'는 말을 상기해보면 '구국'도 전체 사업의 50%만 차지하는 일이라고 할 수 있다. 이 두 가지 일 가운데 도대체 어떤 것이 주(主)가 되어야 하는지? 또 혹시 혁명이 좀 더 중요한 것인지 나는 아직도 알지 못한다. 여기에서 임시로 구국과 혁명을 베이징 대학의 간선(幹線)이라고 가정할 수 있다면, 독서를 그 지선(支線)으로 간주해도 안 된다고는 할 수 없을 것이다. 이에 이 글의 제목을 「베이징 대학의 지선(北大的支路)」이라고 붙였을 따름이다.[22]

사회가 위기에 처했을 때, 사람들에게 학문을 많이 하고 대중들의 요구에 영합하지 말라고 하였으니 당연히 혁명가나 좌익 계열 인사들에게 환영받을 수 없었다. 그러나 지금 우리의 입장에서 살펴보면 그가 말한 바 있는 '문인들이 무예를 익히고, 무인들이 글을 익히는(文人習武, 武人習文)' 풍조는 국가에 그리 좋은 결과를 가져오지 못하였다. 그의 언급은 지극히 일리 있는 지적이었다. 그러나 그의 말에도 물론 한계점은 있다. 이른바 '학문을 위해 학문을 한다(爲學問而學問)'는 태도는 오직 민주 사회에서나 있을 수 있는 일이다. 난세에 인간 사회의 당연한 이치만을 이야기하는 것은 먹을 것도 입을 것도 없는 국민들 입장에서는 도저히 목마름조차도 해결할 수 없는 공담으로 들릴 수밖에 없는 것이다. '5 · 4' 이후의 학계는 바로 이 지점에서 곤혹감을 느낄 수밖에 없었다. '독서하는 과정에서 구국의 정신을 잊지 말자는' 언급은 물론 틀린 말이 아니었다. 그러나 넓고 넓은 대국(大國)에서 전심전력으로 학문을 위해 학문을 한 사람은 거의 없었다. 이는 천핑웬(陳平原 : 진평원)도 언급한 것처럼 학문상에서 외국 학자들과 우열을 논하기 어렵다는 것이 20세기 중국의 많은 문인들이 느끼는 안타까운 일이다. 이러한 의미에서 나는 저우쭈어런의 관점에 찬동하며 이것이야말로 학인(學人)들이 응당 고수해야 할 지조라고 생각한다. 역사

---

22) 『周作人文選』第2卷, 廣州人民出版社, 1995, 37~38면.

는 마치 농담을 하는 것처럼 오랜 세월이 지난 후에야 학문에 관한 저우쭈어런의 언급이 바로 오늘날 우리 학인(學人)들이 힘써 추구해야 할 목표라는 것을 발견하게 하였고, 이 쓸쓸한 노인이 당년에 내뱉은 고언(苦言)에 끝없는 감탄을 금치 못하게 하고 있다. '5 · 4' 사상 가운데서 반전통적인 부분과 혁명적인 부분은 역사가 진화해가는 목소리이다. 그러나 이 속에는 또 다른 부정적인 효과가 숨어 있었다. '문혁(文革)' 과정에서 나타난 홍위병(紅衛兵) 정서는 이러한 부분과 과연 관계가 없겠는가? 이것은 아주 커다란 화두이며 또한 20세기의 문화적 수수께끼이다. 만약 이 부분으로부터 연구를 시작해보면 틀림없이 적지 않은 과제들을 발굴해낼 수 있을 것이다. 중국 현대 문화 속에 급진적이고 비이성적인 요소가 그렇게 많은 까닭은 아마도 문인들의 학술 전통 속에 다원화의 요소가 너무나 부족한 때문이 아닌가 생각한다. 20세기 중국 학계에 수많은 '혁명 문인들'은 배출되었지만, 럿셀(Bertrand Arthur William Russell, 1872~1970), 아인쉬타인(Albert Einstein, 1879~1955), 프로이드(Sigmund Freud, 1856~1939)와 같이 동서의 학문을 꿰뚫은 석학은 배출되지 못하였다. 이것은 아마도 저우쭈어런이 말한 것처럼 '지선(支線)'상에 힘을 기울인 사람이 너무 적었기 때문일 것이다. 오늘날 저우쭈어런이 시간이 지날수록 더욱 많은 사람들에게 관심이 대상이 되고 있는 것도 아마 이와 같은 역사적 교훈이 가져다 준 필연적인 결과라고 할 수 있다. 사람들은 현대 학술의 낙후성을 반성할 때마다 불행하게도 저우쭈어런이 당년에 언급한 관점과 맞닥뜨릴 수밖에 없게 된다. 역사는 너무나 잔혹하다. 내가 요즈음 저우쭈어런의 저작을 자주 뒤적거리는 것도 이와 같은 문화적 반성에서 기인한 갈증 때문이다. 비록 그의 인생을 전부 칭송할 수는 없겠지만 고우재(苦雨齋)로부터 가볍게 불어오는 낮은 속삭임을 상기할 때마다 천하를 일깨우는 명언이 그 속에 많이 포함되어 있다고 느껴진다. 책을 이야기하고 도(道)를 논한 저우쭈어런의 말이 모두 구구절절 정확하고 생동감이 넘치는 것은 아니다. 그러나 세속의 일반적인 삶을 거부하는 그의 목소리가 사람들을 경각시켜 그들에게 수용 · 선택될 수 있게 된다면 결국 그들을 문화적 허무주의에 이르게 하지는 않을 것이다. 저우쭈어런의 삶의 의의는 무슨 진리를 수호하며 어떤 문화적 모델을 창조한 데에 있지 않고(이 점에서 그는 루쉰의 생동감과 심오함에 미치지 못한다), 그의 존재 자체가 문화상의 편향을 교정하는 일종의 반정(反正) 활동이었다는 데에 있다. 어떤 사조이든지 일단 독존적인 지위를 얻게 되면 부정적인 측면을 드러내기 시작하고, 또 경직화되기도 하며 또는 역사의 흐름에 역행하기도 한다. 역사 속에서 우리는 이러한 교훈을 너무나 많이 보아왔다. 저우쭤런의 세계는 줄곧 이러한 역사적 패륜을 일깨우며 또 다른 길을 제시해주고 있다. 비록 그는 지선(支線)을 따라 걷는 사람이었지만, 간선(幹線)에도 많은 도움을 주었다. 결국 그를 '간선'을 지탱할 수 있게 해준 사람이라고 평가해도 지나친 찬사는 아닐 것이다. 그러나 20세기 문화는 비극적으로 단지 간선에만 주안점을 두게 하였고 지선은 마침내 소멸되게 하고 말았다. 이에 '문화 대혁명'에 이르러서는 『홍루몽(紅樓夢)』과 『루쉰문선(魯迅文選)』만 남겨두고 모든 문화가 암흑 상태에 빠져들고 말았다. 따라서 나는 항상 세상에 도시가 있으면 농촌이 있어야 하고, 높은 산이 있으면 낮은 시내가 있어야 하며, 루쉰이 있으면 저우쭤런이 있어야 한다고 생각해왔다. 이것이 바로 합리적인 생존 환경이 아니겠는가? 1980년 이후에야 중국은 이제 천천히 이러한 길로 접어들고 있다. 이것은 천만 인들의 피와 땀으로 얻어진 것이다. 우리는 더 이상 루쉰을 신으로 떠받들 것이 아니라 그냥 인간으로 바라보아야 하며, 마찬가지로 저우쭤런도 더 이상 귀신으로 간주할 것이 아니라 그냥 평상심을 가진 사람으로 대해야 한다. 역사는 공정하게 환원되어야 한다. 진시황의 '분서갱유'의 악법을 다시 시행하지 않는 것이 바로 시대의 진보이다. 학문을 위해 학문을 하고 독서를 위해 독서를 하는 저우쭤런의 문화 심리에서 우리는 적지 않은 계시를 얻을 수 있다. 루쉰은 우리로 하여금 반항과 절망의 의미를 알게 해주었고, 저우쭤런은 우리로 하여금 다원화된 문화의 가치를 알게 해주었다. 이것은 일종의 의미 있는 참고 체계일 뿐만 아니라 상호 증명 체계이다. 그 의의를 거대하다고 말할 수는 없다 하더라도 상당히 심도 깊다고 할 수는 있을 것이다.

영광 · 치욕

1.

20세기 중국 문학사에 이 두 사람의 혁혁한 이름이 거듭거듭 씌어질 것이라는 사실은 누구도 의심할 수 없다. 학식과 소품문(小品文) · 잡감문(雜感文) 창작에서 우리는 아직까지 이 두 사람을 뛰어넘는 작가를 찾지 못하였다. 세월이 오래 흘러서 이제 후인들은 차분하게 감정을 진정시킬 수 있게 되었고 이에 따라 단순한 이해 관계로써만 이미 가버린 두 영혼을 바라보지 않을 수 있게 되었다. 당신이 그와 소원하든지 아니면 친근하든지, 그를 받아들이든지 아니면 거절하든지 간에, 루쉰(魯迅 : 노신)과 저우쭈어런(周作人 : 주작인)은 20세기 중국 문화사에서 에돌아 지나칠 수 없는 중요한 관문으로 우리 앞에 존재하고 있다. 그 속에는 한 세대 지식인이 느끼고 겪어야 했던 은혜와 원한, 시비와 곡직이 기록되어 있다. 만약 현대 사회에서도 풀기 어려운 문화적 난제(難題)를 두 사람이 몸소 감당한 것이라고 할 수 있다면, 그들이 갖는 역사적 무게는 아마도 다른 많은 사람들에 비하여 훨씬 침중한 것이라고 할 수 있다. 이러한 침중한 정신적 여로에서 나는 일종의 역사적인 숙명을 목도하였다.

루쉰은 일생 동안 중국의 병을 치료할 좋은 약을 찾기 위해 노력하였다. 굳센 의지를 실현하지 못하고 몸이 먼저 죽고 말았으니 실로 안타까운 일이 아닐 수 없다. 저우쭈어런은 일생 동안 공리를 초월하고자 했으나, 마지막에는 오히려 그 초공리로 인해 피해를 입게 되었다. 앞으로 나아가서 적극적으로 사는 것도 어렵고, 뒤로 물러나 소극적으로 숨는 것도 역시 어려운 일이다. 이것은 그 세대의 사람들이 벗어날 수 없었던 곤경이었다. 저우씨 형제는 일생 동안 많은 양의 작품을 창작하였는데, 그 성취에 대해서 세상 사람들은 각자 자기 나름의 논리를 가지고 있다. 그러나 후인들을 가장 곤혹스럽게 하는 것은 그들 사상의 역설적인 부분이다. 그들 사상의 가장 깊은 영역을 해석할 때, 나는 항상 일종의 무력감을 느끼곤 한다. 이러한 느낌은 한편으로 서로 소통할 수 없는 그들 지식 구조의 상이함에서 유발된 것이고 또 다른 한편으로는 그들 사상의 가치관적 난제에 포함되어 있는 정신적 은유에서 기인한 것인데, 이것은 우리가 일반적인 이성으로 간단하게 분석할 수 있는 바가 아니다. 나는 항상 그들의 영광과 치욕을 생각한다. 세속 사회에서 우리가 단순한 이론으로 이 두 사람의 삶을 논술하다 보면 흔히 편향된 관점으로 전체를 개괄하는 우를 범할 때가 많다. 그러므로 경솔하게 두 사람을 묘사하는 것만으로는 그들 삶의 진정한 의미를 깨닫기 어렵다. 그들의 생전과 사후에 대한 사람들의 평가는 각각 상이하며, 심지어는 동일한 문제에 대해서도 확연히 상반된 비평을 하기도 한다. 이런 점은 지금 사람들에게 심원한 의미를 던져주고 있다.

루쉰과 저우쭈어런은 생전에 모두 상당히 높은 영예를 얻었다. 문단에서 그들이 누린 비교적 높은 지위는 그들의 일상 생활에 여러 가지 많은 이로움을 안겨다 주었다. 그러나 그들은 또 생활의 고통을 받은 수난자이기도 했다. 그 수난과 치욕의 무게는 동시대의 사람들에 비해 훨씬 침중한 것이었다. 나는 일찍이 『모독된 루쉰(被藝瀆的魯迅)』이라는 책에서 루쉰을 '포위 토벌'한 인물들을 하나씩 열거한 적이 있다. 그 사람들의 언어는 아주 악독하다고 할 수 있을 정도였다. 그 속에는 물론 오해도 포함되어 있지만, 대부분은 '너 죽고 나 살자' 식의 첨예한 사상적 충돌로 가득 차 있다. 저우쭈어런은 누구에게서도 좋은 대접을 받지 못하였다. 그는 줄곧 좌익 진영의 비판을 받았고, 정치적으로도 일생 동안 끊임없이 보이지 않는 압력에 시달려야 했다. 저우씨 형제의 영광과 치욕은 한 시대의 혹독한 고난과 연결되어 있어서, 20세기 문화의 오점과 얼룩, 성공과 실패가 모두 그들의 이력 속에 씌어 있다고 할 수 있다.

최초로 저우씨 형제의 성과에 주의를 기울인 사람은 일본인이었다. 저우씨 형제가 해외소설(域外小說)을 번역하여 소개할 때, 일본 신문과 잡지에서는 두 사람의 작업에 주목하였다. 1921년 시미주 나가야스(淸水永安)는 『요미우리 신문(讀賣新聞)』에 「저우 삼인(周三人)」이라는 문장을 발표하였다. 문장 속에서 그는 다음과 같이 말하였다. "저우 삼인은 여태껏 들어보지 못한 이름이다! 소위 저우 삼인이라는 것은 저우수런(周樹人) · 저우쭈어런(周作人) · 저우젠런(周建人)의 총칭이다. 세 사람은 모두 중국의 신인이다."[1] 오래지 않아 일본인 마루야마 콘메이(丸山昏迷)는 『베이징 주보(北京週報)』에 「저우쭈어런씨(周作人氏)」를 발표하여, 루쉰과 저우쭈어런을 모두 비교적 높이 평가하였다. 이후 저우씨 형제에 대한 일본인들의 연구가 불붙기 시작하여 지금까지 벌써 수십 년의 세월이 흘러왔다. 저우씨 형제에 대한 연구, 그 중에서도 특히 루쉰에 대한 연구는 일본 중국 학계에서 줄곧 가장 중요하고도 '인기 있는 학문'으로 대접받아 왔다.

중국 국내에서 저우씨 형제에게 최초로 주의를 기울인 사람은 첸쉔퉁(錢玄同 : 전현동)과 류반눙(劉半農 : 유반농)이라고 할 수 있다. 첸쉔퉁은 루쉰과 저우쭈어런의 학우(同學)이다. 그는 후에 저우쭈어런과 비교적 친밀한 관계를 유지하였고, 루쉰과는 점차 관계를 멀리했다. 그러나 '5 · 4' 시기 두 저우씨의 등단은 첸쉔퉁의 재촉에 의한 것으로, 이것은 독자들께서 모두가 분명하게 아는 사실이다. 1918년 음력 섣달 그믐날 류반눙은 저우씨 형제와 잊을 수 없는 밤을 함께 보내었다. 그는 두 사람의 사상과 학식에 매우 탄복하게 되었고, 얼마 뒤 『신청

---

1) 彭定安 主編, 『魯迅 : 在中日文化交流的座標上』, 721면에서 재인용.

년(新靑年)』4권 3호에 다음과 같은 글을 썼다.

> 주인 저우씨 형제가 나와 한담하였네; —
> 뮤즈(繆斯)를 초청하고, '부들 채찍(蒲鞭)'을 만들려 하면서,*2)
> 금년은 이미 다갔으니
> 내년을 기다려 보라 하네.

이것은 두 저우씨가 아직 정식으로 문단에 등장하지 않았을 때, 중국의 학자가 그들을 기대에 찬 시선으로 바라보고 있었다는 사실을 말해준다. 과연 류반눙의 시가 발표된 후 오래지 않아, 저우씨 형제는 걷잡을 수 없는 기세로 작품을 발표하며, 중국 문단에서 가장 주목받는 작가가 되었다.

그때 사람들은 거의 습관적으로 두 사람을 저우씨 형제라고 칭하였다. 후스(胡適 : 호적)·리다자오(李大釗 : 이대조)·첸쉔퉁·류반눙·위다푸(郁達夫 : 욱달부)·주광쳰(朱光潛 : 주광잠) 등의 글을 읽어보면 모두 이러한 호칭을 발견할 수 있다. 옹호자이든 아니면 반대자이든 간에, 사람들은 두 사람을 서로 함께 언급하고 논하는데 익숙했다.

> 저우 선생은 스스로 사오싱(紹興 : 소흥) 사람이라고 말하면서 '법관 나리(刑名師爺)' 티를 벗어날 수 없다고 했다. 그와 루쉰은 형제이기 때문에 작풍도 서로 닮았다. 그러나 쭈어런 선생은 '법관 나리'파의 시인이며 루쉰 선생은 '법관 나리'파의 소설가이다. 그러므로 이들의 '법관 나리' 기질은 「비 오는 날의 서(雨天的書)」(周作人 作)에서는 오직 냉담할 뿐이었지만, 『화개집(華蓋集)』(魯迅 作)에서는 냉담한 위에 혹독하기까지 하였다.
> ―주광쳰; 「비 오는 날의 서」, 1926년 11월 5일 『일반(一般)』 제1권 제3호

---

2) 역주 : 뮤즈는 그리스 신화에 나오는 음악의 여신이다. 뮤즈를 초청한다는 말은 루쉰 형제가 본격적으로 문학 예술 활동을 하겠다는 비유이다. '부들 채찍'은 부드러운 부들 풀로 만든 채찍이다. 전통적으로 형벌을 관대하게 시행하는 것을 '부들 채찍'을 베푼다고 하였다. 죄인에게 치욕을 알게 하면서도 신체를 고통스럽게 하지 않는 것을 말한다. 이 말 역시 루쉰 형제가 문예라는 장르로 세상을 정서적으로 부드럽게 비판·풍자하려는 것을 비유한다.

신문학 초기의 산문 작가로는 마땅히 루쉰과 그의 동생 저우쭈어런을 대표로 삼아야 할 것이다. 루쉰의 문장은 냉엄과 해학이 장점이고, 저우쭈어런의 문장은 유머와 청신함이 장점이다. 그들의 문장은 대부분 『어사(語絲)』와 『신보 부간(晨報副刊)』에 발표되어 일반인들의 환영을 아주 많이 받았고, 이에 따라 이러한 문장의 유행을 이끌기도 하였다. 이후에 등장한 위핑보(兪平伯 : 유평백)·주쯔칭(朱自淸 : 주자청)·쑨푸시(孫福熙 : 손복희)·쉬즈모(徐志摩 : 서지마)·린위탕(林語堂 : 임어당)·취츄바이(瞿秋白 : 구추백)·장이핑(章衣萍 : 장의평)·정전두어(鄭振鐸 : 정진탁)·예사오쥔(葉紹鈞 : 섭소균) 등도 하나의 문집이나 여러 문집 속에 자신들의 산문 창작을 싣고 있는데, 비록 그들이 각각 자신의 기풍을 가지고 있다고 할 수는 있지만, 그들의 작품을 저우씨 형제와 비교해보면 아주 손색이 많다는 것을 알 수 있다.

— 왕저푸(王哲甫 : 왕철보);『중국 신문학 운동사(中國新文學運動史)』,
1933년 9월 졔청 서국판(杰成書局版)

중국 현대 산문에서는 루쉰과 저우쭈어런 두 사람이 가장 풍부하고 가장 위대한 성취를 이루었다. 나는 평상시에도 이 두 사람의 산문을 가장 탐독하였다. 일단 선별하려고 하니, 마치 도적이 아라비아의 보물 창고에 들어간 것처럼, 눈이 휘둥그레져 쉽게 손을 댈 수가 없고, 그리하여 정말 내가 선택해야 할 판단조차 흐려지고 만다. 이에 냉정하게 미련을 버리고 안타깝게 선별 작업을 하였다. 그 결과 이들 두 사람의 작품을 이 산문집의 중심으로 선택하였는데, 분량으로 말한다면 그들의 산문이 아마도 전체 책의 십분의 육칠을 차지한다고 할 수 있겠다.

— 위다푸; 「『중국 신문학대계·산문 이집』 머리말(『中國新文學大系·散文二集』
導言)」, 1935년 8월 30일 상하이 량여우 도서(良右圖書) 인쇄공사 출판

루쉰은 작년에 마흔 다섯 살에 불과했고, 치밍(豈明; 저우쭈어런)도 마흔 전후였는데, 스스로를 노인이라 부르고 있으니 정신의 타락이 아닌가! 사상은 어떤가? 그것을 개인적인 입장에서만 바라보면 단지 개인의 사상에 그칠 뿐이다. 그러나 그것을 옛 것에 대한 반항에 이용할 수 있으면 넉넉한 여유를 느낄 수 있겠지만, 남을 압박하는데 이용하게 되면 아무리 많아도 부족함을 느끼게 될 것이다. 만약 여러분들이 인간을 인간으로 취급하지 않게 되면, 한 무리를 쓰러뜨리더라도 또 한 무리는 반드시 일어난다. 또 한 무리를 여전히 쓰러뜨리려고 해보지만 이제는 이 원숭이 놀음에 남는 무대가 없게 된다. 그러므로 당년의 캉여우웨이(康有爲 : 강유위)·량치차오(梁

啓超 : 양계초)가 있었다면 오늘날은 오늘날의 캉여우웨이와 량치차오가 있을 것이고, 당년의 후스가 있었다면 또한 오늘날의 후스가 있을 것이고, 당년의 장스자오(章士釗 : 장사조)가 있었다면 또한 오늘날의 장스자오가 있을 것이다. 소위 저우씨 형제라고 하는 자들은 오늘날 어떠한가, 마땅히 잘 처신해야 할 것이다.
— 가오창훙(高長虹 : 고장홍), 「출판계로 와서(走到出版界)」,
『광표(狂飆)』週刊, 1926, 第5期

　　루쉰이란 이 늙은 샌님은—내 나름의 문학적 표현을 쓰자면—항상 어두침침한 술집 이층 마루 머리맡에 앉아 술 취한 눈으로 거나하게 창 밖의 인생을 조망하고 있다. 세상 사람들은 그의 장점을 칭찬하지만 그것은 다소 원숙한 문학 기법에 불과할 따름이다. 그러나 그는 항상 지나간 옛날만을 회상하는 것은 아니고, 몰락한 봉건 정서를 추모하기도 한다. 결국 그가 반영하는 것은 사회 변혁기 중에 나타나는 몰락자들의 비애일 뿐이고, 더러는 그의 동생과 함께 인도주의라는 몇 마디 아름다운 말을 늘어놓기도 한다. ……
— 펑나이차오(馮乃超 : 풍내초); 「예술과 사회생활(藝術與社會生活)」,
1928년 1월『문화 비판(文化批判)』

　　저우쭈어런은 루쉰의 친 동생으로, 문화 사업에 있어서 또한 루쉰의 유력한 동맹자였다. 이 두 형제는 말년에 결국 사이가 멀어지게 되었다. …… 쭈어런은 그때에 풀과 나무와 물고기와 벌레를 고증하는 것을 아주 좋아하였고, 또 항상 고다암(苦茶菴)에서 차를 마신다고 스스로 말했다. 루쉰은 그 도당에게 명령을 내려 저우쭈어런을 매도하면서 그가 '완물상지(玩物喪志)'하여 '시대의 흐름을 따라가지 못 한다'고 욕하였다. 말년에 이 두 형제는 더욱 알력이 심했다. …… 항일 전쟁이 발생하자 후스즈(胡適之 : 胡適) 선생은 시를 지어 쭈어런이 남하할 것을 권하였다. 그러나 쭈어런은 전국 문단에 이미 발붙일 여지가 없고, 단지 베이핑 일대에 아직 기반이 남아 있다고 스스로 판단하면서, 베이핑에 눌러 앉아 그곳을 떠나지 않다가, 결국에는 진흙탕 속으로 빠져들어가 왜적의 괴뢰들과 협력하였다. 한 시대를 풍미하던 맑은 명예가 마침내 동쪽으로 흘러가는 탁류에 휩쓸려가고 말았다. 듣자하니 지금까지도 아직 그는 '매국노'란 오명을 뒤집어쓰고 있다고 한다. 이 십수 년 간의 만년을 그가 어떻게 보내고 있는지는 알 수 없으나, 말을 하고 보니 참 가련한 인생이라고 할 수 있다. 이 일은 좌파가 핍박해서 만들어 낸 것이지만, 그러나 기실 그의 형 루쉰에게 감사해야 될 일이다.
　　― 쑤쉐린(蘇雪林 : 소설림); 「루쉰 전론(魯迅傳論)」, 1966년 타이완(臺灣 : 대만)
　　　　　　　　　　　　　　　　　　　　　　『전기문학(傳記文學)』

　저우씨 형제를 찬양하는 자는 그들을 하늘처럼 떠받들고, 헐뜯는 자는 그들을 지옥에 가두고자 한다. 반 세기 이래로 이 일은 지금까지 중단된 적이 없다. 이러한 사정을 자세히 음미해보는 것도 매우 흥미로운 일이 될 것이다.

　그러나 대체적으로 말해서, 루쉰은 사후에 얻은 명예가 생전의 치욕보다 훨씬 컸다. 비록 쑤쉐린과 같이 이성을 잃고 광적으로 공격하는 자가 있기는 하였어도, 루쉰은 후세인들에 의해 인정과 찬양을 훨씬 더 많이 받았다. 저우쭤어런은 그렇지가 않다. 그는 생전과 사후에 모두 분명하게 말하기 어려운 오점을 남기고 말았다. 이런 악명 때문에 그의 명예를 회복시키기는 일은 아주 어려운 일이 되었다. 저우쭤어런의 삶은 일생 동안 평탄했던 것처럼 보이지만, 기실 루쉰보다 사람들의 욕을 엄청나게 많이 먹었다. '일제 부역', 테러 공격, 감옥살이, 감시, '홍위병'의 채찍 등 인간의 고통을 곱절로 맛보았다. 여기에는 자업자득의 측면이 있기도 하고, 또 사회 비극의 어두운 그림자가 포함되어 있기도 하다. 그러므로 나는 항상 저우쭤어런이야말로 큰 고난을 겪고 큰 고통을 맛본 중국 문인의 대표자라고 생각해왔다. 이러한 비극은 주로 그 자신의 약점에 의해 조성된 것이지만 말이다. 절망에 반항하는 루쉰이 걸어간 길은 비록 대부분 액운과 고초의 가시밭길이었지만 그러나 후인들에게는 저우쭤어런보다 훨씬 깊고 풍부한 계시를 남겨주었다. 그는 비록 생애는 짧았으나 치욕은 적게 받았다. 그의 뛰어난 재능이 발산하는 빛발은 대대로 후인들의 머리 위를 비추고 있다. 저우쭤어런은 루쉰과 완전히 상반된 결말을 맞이하였다. 비열하게 굽실거리며 절개를 내팽개친 죄는 종신토록 씻기 어려웠다. 역사는 마치 농담을 하는 것 같다. 저우씨 형제의 이와 같은 정(正)과 반(反), 개방과 폐쇄, 영광과 치욕의 역사야말로 중국 현대 문인들이 보여주는 심령사(心靈史)의 축소판이 아니겠는가?

　아래에서 나는 두 사람에 대한 비난과 칭찬을 차례로 말해보고자 한다.

2.

1936년 10월 19일, 루쉰은 상하이에서 세상을 떠났다. 사람들을 경악시킨 이 소식은 전국에서 곧 강렬한 반향을 불러 일으켰다. 상하이의 각 신문들은 신속하게 이 소식을 보도하였다. 연이어 베이징·상하이 등지에서 기세등등한 추모 활동이 일어나게 되었다. 소련·일본 등지의 작가와 학자 그리고 사회 단체도 잇달아 조전을 보내어, 중국 문학 거장의 서거에 대하여 깊은 애도를 표시하였다. 중국 각지의 추모 활동은 아주 장시간 지속되었다. 사회과학 분야와 정치 분야의 많은 사람들이 잇달아 자신들의 태도를 표시하였다. 더욱이 지식계와 청년계의 반향은 보통 때와 달랐다. 모든 사람들이 중국 신문학에서의 루쉰의 지위를 의식하게 되었고, 이 거장이 중국인의 마음속에 가져다 준 깊은 영향을 인식하게 되었다. 사람들은 루쉰이 신문화의 발전에 영향을 미쳤을 뿐만 아니라, 동시에 또 중국 현대 혁명에서 정신상의 기치가 되었다고 보편적으로 인식하였다. 그의 서거는 의심할 바 없이 중국 사회의 중대한 손실이었다.

루쉰이 세상을 떠난 후, 중국 공산당 중앙위원회와 중화 소비에트 공화국 중앙 정부는 전보를 보냈는데, 그들은 이 전문에서 루쉰을 아주 높게 평가하고 있다.

루쉰 선생께서 일생 동안 벌인 영광스런 전투 사업은 모든 중화 민족의 충실한 아들과 딸들의 모범이 되었고, 민족해방·사회해방·세계평화를 위해 분투하는 문인들의 모범이 되었습니다. 그의 붓은 제국주의, 매국노, 군벌관료, 토호와 악질 지주, 파시스트 및 모든 염치없는 무리들의 죄악을 밝혀내는 대포와 요술 거울로 작용하였습니다. 그는 피압박 민중과 함께하지 않은 적이 없었으며, 또 이들의 적들과 끊임없이 투쟁하였습니다. 그의 예리한 필치, 완전한 인격, 정직한 언론, 전투적 정신은 그 해충과 독사들로 하여금 아무 데도 피할 곳이 없게 하였습니다. 그는 대중들의 용기를 고취시켜 적들을 향해 돌격할 수 있게 하였습니다. 뿐만 아니라 그의 위대함은 그의 철천지 원수들이라 하더라도 그에게 감탄하지 않을 수 없게 하였고, 또 그를 존경하지 않을 수 없게 하였으며, 그를 두려워하지 않을 수 없게 하였습니다. …… 루쉰 선생은 아무리 어려운 환경 속에서도 영원히 인민 대중과 함께 인민의 적들과 투쟁하였습니다. 그는 영원히 진보자들의 편에 서 있었고, 또 영원히 혁명가의 편에 서 있었습니다. 그는 수많은 사람들을 불러 일으켜 혁명의 큰 길로 나가도록 격려하였으며, 또 청년들을 도와서 그들이 그와 같은 혁명 전사가 되도록 고무하였습니다. 그는 중국혁명운동 과정에서 초인적인 일등 공훈을 세웠습니다.[3]

중국 공산당 사람들의 루쉰에 대한 평가 및 이에 대한 사회 각계의 강렬한 반향은 루쉰 기념 활동을 최고조로 끌어 올렸다. 그러한 시대 환경하에서는 아직도 루쉰의 가치를 순수한 학술적 시각으로 바라볼 수 없었다. 말하자면 그에 대한 인식이 정치적 경향과 계급적 색채를 띠지 않을 수 없었다. 사람들은 한 편으로 한 작가가 갖고 있는 사회적 가치로서만 루쉰을 바라보고 있었다. 그러나 그 정신의 불확실성과 복잡성에 대해서는 분명 깊이 있는 탐색을 하지 못하고 있었다. 전통적 사유 방식과 인식 방식으로는 확실히 루쉰의 세계를 개괄하기가 어려웠고, 또 당시와 같은 사회적 격동기에는 루쉰에 대한 인식이 일치된 견해를 보이기가 아주 어려웠다.

1920~30년대의 중국 사회는 사회 모순과 민족 모순이 가장 첨예하고 격렬하게 전개되던 시대였다. 투쟁의 잔혹성이 모두 피의 교전 속에서 표현되어 나오고 있었다. 중국 문단도 이에 따라 이전과는 다른 색조를 가지게 되었다. 루쉰이 세상을 떠나기 전후로 문단은 이에 대한 쟁론이 계속 끊이지 않았다. 따라서 서로 자신의 시각에 입각하여 각각 상이하게 루쉰을 바라보고 있었으며, 심지어 같은 진영에서도 서로 다른 인식을 하는 사람들이 존재하였다.

최초로 루쉰을 비교적 전면적이고도 심도 깊게 이해한 사람은 바로 마오둔(茅盾: 모순)이었다. 그는 벌써 1920년대에 「『함성』을 읽고(讀『吶喊』)」·「루쉰론(魯迅論)」 등을 썼다. 이 문장은 모두 비교적 정밀하게 씌어졌다. 마오둔의 시각 속의 루쉰은 설사 오늘날의 입장에서 보더라도 적지 않은 참조 가치를 가지고 있다.

---

3) 張夢陽, 『魯迅硏究學術論著資料彙編』.

그는 문학의 현실성과 역사성으로부터 루쉰의 정신적 본질을 발견하였다. 1927년 그는 「루쉰론」을 써서 루쉰 작품의 예술 역량을 열렬하게 찬양하였다. 그는 이렇게 언급하였다. "루쉰은 단지 아주 간단한 몇 개의 글자를 이용하여 강렬하고도 영원한 비애를 묘사하였다." 그는 또 루쉰 소설의 매력을 이야기하면서 다음과 같이 말하였다. "우리들은 다만 이것이 중국적이라 느낀다. 이는 바로 중국의 현재 99퍼센트 사람들의 사상과 생활이다. 이는 바로 우리들을 둘러싸고 있는 '작은 세계' 밖 대중국의 인생이다. 그러나 우리들이 일종의 적막의 비애를 깊이 느끼는 원인도 또한 바로 여기에 있다. 이런 '낡은 중국의 아들과 딸'의 영혼에는 수천 년 전통의 무거운 짐이 지워져 있는데, 그들의 몰골은 실로 증오스럽고, 그들의 생활은 저주할 만한 것이다. 그러나 당신은 그들의 존재를 인정하지 않을 수가 없으며, 아울러 자신의 영혼도 결국 수천 년 전통의 무거운 짐에서 완전히 벗어날 수 없다는 것을 두렵게 반성하지 않을 수 없다. 나는 『함성(吶喊)』과 『방황(彷徨)』이 가치가 있다고 생각하며, 또 우리들이 한 편 한 편 읽어나가면서 싫증을 내지 않는 근본 원인이 바로 이러한 점에 있다고 생각한다."

이러한 언급은 루쉰을 아주 높게 평가한 것이다. 저우쭤어런이 살아 있을 때에, 그에 대해서 이와 유사한 평가를 내리는 사람은 거의 없었다. 루쉰의 사상에서 뿜어져 나오는 강력한 힘과 또 그것이 사회에 미치는 커다란 충격력은 저우쭤어런의 경우를 훨씬 뛰어 넘는 것이다. 루쉰이 세상을 떠난 후에 발표된 그에 대한 평론과 연구 문장도 수량에 있어서 저우쭤어런의 경우를 훨씬 초과하고 있다. 루쉰 세계의 복잡성·다양성은 매우 깊게 동시대 사람들의 주의를 끌고 있었다. 사람들은 이 뛰어난 인물에게서 일종의 기이하고도 강력한 흡인력을 느끼고 있었다. 그는 당신을 유혹하여 감동시키면서, 당신으로 하여금 그 넓은 예술세계를 위해 노래 부르고 슬퍼하지 않을 수 없게 하고 있다. 찬양을 하든 아니면 비난을 하든지 막론하고, 당신이 이 핏빛 영혼을 마주하게 되면 경이로움 이외에 또 무엇을 느낄 수 있겠는가?

그러나 1930년대의 중국은 학문을 하기에 그다지 좋은 조건이 아니었다. 그때 문화인들에 대한 사람들의 인식은 일정한 제약을 수반할 수밖에 없었다.

극소수의 정치가와 학자 이외에는 힘 있는 문장을 쓸 수 있는 사람이 거의 드물었다. 루쉰이 세상을 떠나기 전에, 리창즈(李長之 : 이장지)가 『루쉰 비판(魯迅批判)』을 출판하였다. 이 책은 가장 일찍 루쉰을 체계적으로 연구한 전문 저작의 하나이다. 리창즈는 루쉰의 사상 성격과 환경, 생활 역정과 사상 발전의 단계, 예술 특징 등 몇 가지 부문에 대하여 다방면의 고찰을 행하였다. 작자는 결론에서 다음과 같이 말하고 있다.

> 루쉰은 대부분 한 사람의 사상가로 일컬어진다. 기실 그는 한 사람의 사상가가 되기에는 부족하다. 왜냐하면 그는 사상가로서 응당 가지고 있어야 할 명석함과 이론 건설 능력이 부족하기 때문이다. 또 많은 경우 루쉰은 하나의 잡감가(雜感家 : 수필가)로 불리어진다. 그러나 이것도 옳다고 말할 수 없다. 루쉰을 결코 잡감가로서만 개괄할 수 없기 때문이다.
>
> 만약 시인의 의미가, 문예에 종사하고 있는 자의 성격이 주관적이고 정서적인 측면에 편향되어 있고, 또 그들의 삶이 평상인들의 현실 생활에서 멀리 떨어져 있는 것을 가리킨다면, 의심할 바 없이 루쉰은 문예상의 한 시인이다. 사상적 측면에서는 오히려 한 전사로서 머물러 있지만 말이다.
>
> ……
>
> 정서적인 측면에서 루쉰이 저지른 병폐는 청년들로 하여금 사회·문화·국가를 지나치게 나쁘게 여기도록 한 것이다. 이는 당연히 나쁜 것이다. 그러나 청년들을 예민하게 만들어 사회·세상사·인정에 대하여 유달리 큰 관심을 기울이게 하였으니, 이는 그의 공헌이라고 할 수 있다.
>
> 이지적 측면에서의 루쉰의 건강함은 청년들로 하여금 충분히 반항하고 전진하고 타협하지 않게 하였으니 이는 좋은 점이다. 동시에 편향되고 깊이 사색하지 않는 습관의 양성은 오히려 나쁜 것이라 말하지 않을 수가 없다.
>
> 공리적인 문제는 던져 버리고, 시인으로서의 루쉰만을 말한다면 그는 영원한 가치를 지니고 있고, 또 전사로서의 루쉰도 그 시대적 가치를 가지고 있다.[4]

리창즈는 자신의 우수한 재능으로써 루쉰의 가치 소재를 분명하게 깨닫고

---

4) 『魯迅研究學術論著資料彙編』(一), 1366면.

있다. 그러나 그는 루쉰이 사상가임을 부정하고 있어서, 여전히 후인들의 적지 않은 비판을 받았다. 리창즈는 줄곧 루쉰을 시인과 전사로서 바라보았다. 루쉰을 감성적으로 파악했다는 측면에서 말해보자면, 그는 정확한 것을 많이 포착했다고 할 수 있다. 그러나 이성을 운용하는 능력이란 측면에서는 자신만의 독특한 이론체계와 논변 능력이 부족한 것으로 보인다. 여기에서도 1930년대 중국 문단의 문학비평이 여전히 허약하고 무기력했음을 알 수 있다.

루쉰에 대한 진정한 평가와 연구는 루쉰이 세상을 떠난 이후에 진행되었다. 위다푸는 「루쉰을 생각하며(懷魯迅)」에서 다음과 같이 말하였다. "위대한 인물의 출현이 없는 민족은 세계에서 가장 불쌍한 생물 군체이다. 위대한 인물은 있으나, 옹호하고 받들고 존경할 줄 모르는 국가는 희망이 없는 노예의 나라이다. 루쉰의 죽음으로 인해 사람들은 중국 민족이 무엇인가 할 수 있는 민족임을 자각할 수 있게 되었고, 또한 루쉰의 죽음으로 인하여 사람들은 중국이란 나라가 여전히 노예 근성이 아주 농후한 반 절망적인 국가임을 간파할 수 있게 되었다."5) 후위즈(胡愈之 : 호유지)는 「루쉰-민족 혁명의 위대한 투사(魯迅－民族革命的偉大鬪士)」라는 문장에서 다음과 같이 지적하였다. "현재 중국 문단에서 루쉰 선생이 갖고 있는 영도자로서의 지위를 부정할 수 있는 사람은 한 사람도 없다. 심지어 사상이나 행동에서 루쉰 선생을 적대시한 사람 그리고 루쉰 선생이 살아 있을 때 몹시 미워한 사람들도 루쉰 선생의 작품과 예술이 중국 문학사에서 획기적인 의미를 갖고 있음을 인정하지 않을 수가 없다. …… 그러나 만약 루쉰 선생을 현대 중국의 위대한 작가라고만 말한다면 이는 충분하지가 않다. 루쉰 선생을 위대한 작가라고 말하기 보다는 오히려 위대한 민족 혁명 투사라고 말하는 것이 더 나을 것이다. 게다가 위대한 민족 혁명 투사이기 때문에 비로소 루쉰 선생의 문학 창작에 누구와도 비교할 수 없는 위대함이 깃들게 된 것이다!"6) 위다푸·후위즈 등과 유사한 관점이 거의 당시 문단에서 보편적으로 유행하는 평어가 되었다. 일찍이 루쉰에 대해 '포위토벌'

---

5) 『魯迅硏究學術論著資料彙編』(二), 134면.
6) 위의 책, 95면.

을 진행한 적이 있던 구어모뤄(郭沫若 : 곽말약)·청팡우(成仿吾 : 성방오) 등도 이후의 문장에서는 루쉰에 대하여 상당히 높은 평가를 하고 있다.

1930년대의 문단에서는 루쉰에 대한 취츄바이의 평가가 아주 심도 깊다. 루쉰 잡감에 대한 취츄바이의 인식은 지금까지도 현대문학 연구계에서 상당한 권위를 누리고 있다. 루쉰 서거 후에 진행된 문단의 루쉰 찬양은 거의 대부분 취츄바이의 견해를 따라 발전한 것이다. 취츄바이는 「『루쉰 잡감 선집』 서언(『魯迅雜感選集』序言)」에서 루쉰의 사상 역정을 다음과 같이 묘사하고 있다.

> 루쉰은 진화론에서 계급론에 이르기까지, 신사계급의 난신적자에서 무산계급과 노동 군중의 진정한 친구가 되기까지, 그리고 마침내 전사에 이르기까지, 신해혁명이전부터 현재에 이르도록 4반 세기 동안 전투를 계속히였다. 고통스러운 경험과 심도 깊은 관찰로부터 귀중한 혁명 전통을 몸에 지닌 채 새로운 진영 속으로 들어왔다.[7]

루쉰을 평가하는 취츄바이의 관점에는 사적 유물론의 색채가 농후하게 배어 있다. 그는 루쉰 정신세계의 중요한 발전 실마리를 포착하였고, 또 그것을 철학적인 수준으로까지 향상시켰다. 그는 지리멸렬하거나 인상적인 요소를 제거하고 거시적인 각도에서 루쉰의 정신 역정을 구체적으로 드러내고 있다. 취츄바이는 루쉰 사상의 문화적 가치를 깨닫고 있을 뿐만 아니라, 더욱이 그 정치적 혁명적 가치까지도 느끼고 있다. 여기에서 그는 광활한 사회 배경과 정치 배경 속에다 루쉰을 위치시키고, 이 문학 거장이 출현한 역사적인 원인과 사회적인 원인을 찾아내고 있다. 취츄바이는 뛰어난 이론적 개괄과 유려한 문장력으로 루쉰 인식사(認識史)에 있어서 새로운 이론 공간을 개척하였다.

이것은 일종의 정신적인 공감이다. 루쉰 세계의 요체에 대한 발견은 바로 중국의 진보적인 문화가 나아가야 할 방향을 파악한 것이라 할 수 있다. 루쉰이 민족 문화에 끼친 공헌과 사회 구조 분석에서 보여준 풍부한 통찰력은, 중국의 운명과 앞날의 모색에 진력하던 중국 공산당 입장에서는 더욱더 그 의의

---

7) 『魯迅雜感選集』, 上海青光書店, 1933年版.

를 과소평가할 수 없었다. 취츄바이는 바로 이러한 점을 인식하고 있었다. 당시 마오쩌둥(毛澤東 : 모택동)도 루쉰의 가치를 깊이 있게 깨닫고 있었다. 마오쩌둥은 취츄바이의 뒤를 이어 루쉰에 대하여 치밀한 논술을 전개한 사람이다. 루쉰 정신에 대한 마오쩌둥의 기본적인 평가는 이미 다년간 중국 사회에서 경전적인 논술로 보편적인 인정을 받았다.

1938년 마오쩌둥은 '산베이 공학(陝北公學)'에서 열린 기념대회에서 다음과 같은 강연을 하였다.

중국에서 루쉰의 가치는, 나의 견해로는 중국 제일의 성인으로 간주하여야 한다고 생각합니다. 공자는 봉건사회의 성인이고, 루쉰은 신중국의 성인입니다.[8]

후에 마오쩌둥은 또 다음과 같이 지적하였다.

루쉰은 중국 문화혁명의 주장(主將)이다. 그는 위대한 문학가일 뿐 아니라, 위대한 사상가이자 위대한 혁명가였다. 루쉰의 뼈는 가장 단단하여, 그에게는 노예로서의 얼굴과 아첨꾼으로서의 태도가 추호도 없었다. 이는 식민지 혹은 반식민지 인민이 지녀야 할 가장 고귀한 성격이다. 루쉰은 문화 전선에서 전민족의 대다수를 대표하여 적진을 향해 쳐들어가 적진을 무너뜨린, 가장 정확하고 가장 용감하며 가장 건강하고 가장 충실하며 가장 열렬했던 전무후무한 민족의 영웅이다.[9]

마오쩌둥은 중국 사회의 정치적 문화적 각도에서 루쉰을 중국인들이 본받아야 할 자아 해방의 기치로 간주하였다. 마오쩌둥이 보기에 루쉰의 위대함은 그가 아름답고 뛰어난 문학 작품을 무수하게 창작하였다는 데에 있을 뿐만 아니라, 더욱 중요하게는 그의 투쟁 정신의 깊이가 고난 속에서 진리를 찾던 사람들을 고무시켰다는 데에 있었다. 그의 불후의 사상은 틀림없이 사람들에게 옛 정신 왕국에서 새 정신 왕국으로의 도약을 보여줄 수 있다는 것이다. 마오쩌둥의 관점은 중국 공산당원과 무수한 피압박 민중들 사이에서 루쉰을 숭고

---

8) 『魯迅硏究學術論著資料彙編』(二), 889면.
9) 毛澤東, 「新民主主義論」, 『毛澤東選集』 第2卷, 人民出版社, 1991年 6月 第2版, 698면.

하고 명예롭게 평가하는 튼튼한 기반으로 작용하였다.

　이때부터 루쉰은 전사와 깃발의 이미지로 중국 공산당원과 모든 진보적인 사회 역량에 깊은 영향을 끼치기 시작하였다. 루쉰 정신의 주제는 사회민주운동과 긴밀하게 연계되었고, 이에 따라 루쉰 자신도 문화 전선상의 위대한 스승으로 간주되었다. 사람들은 끊임없이 이 거인에게서 영양분을 섭취하면서, 그의 반역 정신을 더욱 광범위한 영역으로 이끌어 내기 시작하였다. 루쉰에 대한 사람들의 인식은 사회의 변화를 따라서 부단히 새롭게 바뀌며 새롭게 발전하고 있다. 루쉰 연구도 사회혁명운동과 결합하기 시작하면서 아주 현실성을 가진 경전적 연구로 자리잡게 되었다.

　중국 문화계에서 루쉰의 지위가 확립됨에 따라 보수적인 문인들은 중국 사회에 삼재되어 있는 부쉰의 정신 작용을 주목하게 되었다. 그들은 전통적인 이성 질서가 루쉰에 의해 이미 무참하게 짓밟혔다는 것을 느끼고 있었기 때문에, 일반적인 수준과는 다르게 상실의 감정과 원한의 감정을 표현하기 시작했다. 루쉰의 작품은 타이완에서 금서가 되었으며, 1989년에 이르러서야 비로소 해금이 되었다. 이러한 흥미로운 현상은 루쉰에 대한 인식이 학술적인 문제에만 그치지 않고 가치관과 정치관 등의 다방면에서 격렬하게 맞부딪히고 있다는 사실을 잘 보여주고 있다.

　실제로 사람들은 루쉰을 깊이 연구하는 동시에, 그를 모독하는 활동도 끊임없이 계속해왔다. 국내외의 '반노(反魯)'풍조와 모종의 학술 연구가 함께 어우러지면서 아주 복잡한 문화 현상이 형성되기도 하였다. 아래에 제시한 몇 몇 문인들의 관점으로부터 우리는 루쉰이 많은 사람들에게 알려지는 과정에서 발생한 기괴한 수용 양상을 엿볼 수 있다.

　루쉰에 대한 모독과 욕설을 언급하자면 쑤쉐린 여사가 가히 이 분야의 '저돌적인 투사'로서 전혀 손색이 없을 것이다. 1936년 11월 쑤쉐린은 후스에게 보낸 편지에서 루쉰을 대대적으로 매도하였다.

　루쉰의 심리는 완전히 병적이고, 인격의 비루함도 다른 사람의 예상을 훨씬 뛰어

넘습니다. 그야말로 최소한도의 '인간' 자격조차 아직 갖추지 못하고 있습니다. 그러나 그의 파당과 좌파 문인들은 마침내 그를 전무후무한 성인으로 과장하면서, 공자·석가·예수도 그보다 더 나을 것이 없는 것처럼 인식하고 있습니다. 청년들은 진정 그 말을 진실이라고 여기고, 그의 책을 읽고 그의 사람됨을 흠모하고 있습니다. 또한 청년들은 그의 병적인 심리의 훈도와 비루한 인격의 감화를 받고서 개개인 모두 루쉰으로 변해가고 있으니, 이래서야 정말 큰 일이 아니겠습니까?10)

「차이웬페이(蔡元培 : 채원배) 선생에게 드리는 루쉰론(與子民先生論魯迅書)」에서도 쑤쉐린은 또 예의 그 논조를 반복하고 있다.

좌파가 루쉰을 우상으로 이용하여 제멋대로 선전하고 있으니, 장차 당국의 큰 근심거리가 될 것입니다. 공산주의가 중국에 전파된 지 이미 십여 년이 흘러 이제 그 뿌리가 자못 깊이 박히게 되었습니다. '9·18' 이후 강적들이 창궐하는데도 정부의 태도는 분명하지 못했습니다. 그리하여 청년들은 실망한 나머지 자신들의 사상을 더욱 급격하게 변화시켰습니다. 이에 적화 선전이 불이 바람을 만난 듯 더욱 기세를 떨치게 되어 오늘날 중국의 강역이 거의 대부분 적색 문화의 천하가 되고 말았습니다. 근래에 전국 통일 사업이 성공하여 정부의 권위가 공고해지고 국민들의 생각도 크게 바뀌게 되었습니다. 따라서 좌파는 자신들이 몰락할까 걱정스럽고 두려웠기 때문에 루쉰의 죽음을 지극히 과장하여 이 좌익 거장의 인상이 청년들의 머리 속에 깊이 각인되기를 희망하였고 또 공산주의에 대한 국민들의 주의를 강하게 자극하고자 하였습니다. 이러한 좌파의 행동은 야심이 빤히 드러나 보이는 짓거리입니다.11)

이것은 루쉰을 겨냥한 쑤쉐린식 반란의 시작이었다. 이때부터 그녀와 루쉰은 '뗄레야 뗄 수 없는 악연'을 맺게 된다. 그녀 자신의 표현을 빌자면 "'반노(反魯)' 활동이 거의 자신의 반평생 사업"12)이라고 할 정도였다. 1960년대 그녀는 해외에서 귀국하여 타이완에 정착한 뒤, 『루쉰전론(魯迅傳論)』을 썼다. 이 문장은 일찍이 타이완에서 『전기문학 총서(傳記文學叢書)』에 연재되었고 후에 『나

---

10) 『魯迅研究學術論著資料彙編』(二), 727면.
11) 위의 책, 692면.
12) 蘇雪林, 『我論魯迅·自序』, 臺灣 愛眉文藝出版社版.

의 루쉰론(我論魯迅)』라는 책에 수록되었다. 그녀의 문장을 가득 채우고 있는 것은 대부분 욕설과 비웃음들이다. 이러한 그녀의 태도에서 사람들은 그녀가 얼마나 귀족적인 기질과 보수적인 정신 특징을 가지고 있는가를 알 수 있다.

『루쉰전론』은 주요하게 다섯 부분으로 나뉜다. 즉 "① 루쉰의 전기, ② 루쉰의 성격과 사상, ③ 루쉰의 품행과 행위, ④ 루쉰에 대한 좌파의 회유, ⑤ 문단 점령 10년 간 자행된 루쉰의 죄악"이 그것이다. 쑤쉐린은 「머리말(引言)」에서 『루쉰 전기』를 쓴 목적이 "루쉰의 '숨은 덕성(潛德)'을 드러내고, 루쉰의 '그윽한 빛(幽光)'을 더욱 밝혀서, 바다를 사이에 두고 공산 토비와 일전을 겨루어보고자 하는 데 있다"고 공개적으로 선언하였다. 그녀는 루쉰의 정신 개성이 시대 상황과 맺고 있는 내재적인 관계를 이해할 수가 없었다. 또 그녀는 루쉰의 작품과 인격이 표현하고 있는 문화 가치와 정신 가치가 중국 사상사에서 얼마나 특수한 지위를 차지하고 있는지를 전혀 이해하지 못하였다. 그녀의 루쉰 인식은 일종의 주관적인 정서에서 나온 것이기 때문에 객관적인 분석력이 매우 부족하다고 할 수 있다.

예컨대 루쉰의 성격을 논술하면서 그녀는 다음과 같이 말하고 있다. "루쉰의 성격은 어떠한가? 모두들 공인하고 있다시피 그는 음흉하고, 각박하고, 도량이 편협하고, 의심이 많은 데다 시기를 잘하고, 복수심이 강렬하고, 권력욕이 왕성하다."13) 이어서 그녀는 『아침 꽃을 저녁에 줍다(朝花夕拾)』에서 소년 '나'가 『이십사효도(二十四孝圖)』의 한 효자 이야기, 즉 곽거(郭巨)가 자기 어머니를 위해 아들을 파묻는 이야기를 들을 때의 심리 활동을 열거하고 있다. 쑤쉐린은 소년 루쉰이 '이십사효(二十四孝)' 이야기에 반감을 가졌다는 것이 아주 기괴한 생각이라고 인식하였다. 그녀가 보기에 이러한 고사들은 일반적인 어린 아이들을 위해 자주 들려줄 만한 것이었다. 그런데 루쉰은 뜻밖에도 자기 윗세대 사람들에게 의심의 눈초리를 보내고 있으니, 이는 대역무도한 죄행이라는 것이다. 이 부분에 근거하여 쑤쉐린은 루쉰의 의심과 질투심 때문에 다른 사람들이 그를 믿고 따를 수 없었다고 논증하고 있다. 이것은 사실을 왜곡한 논리이다. 루쉰은

---

13) 蘇雪林, 『魯迅傳論』, 臺灣 傳記文學出版社, 1979.

생명의 직관으로 생활에 참여했고 또 그것을 사용하여 전통 문화에 대한 가치 판단을 내렸기 때문에, 루쉰의 비판의식은 인도주의적 가치를 획득할 수 있었다. 이러한 사실을 그녀는 결코 간파해낼 수가 없었다. 쑤쉐린은 삶에 대한 루쉰의 인식이 보통 사람들의 시각을 초월하였고, 또 루쉰의 예민하고 깊이 있는 사상이 루쉰 자신을 이끌어 일반인들이 미칠 수 없는 고도의 경지에 도달하게 한 사실을 이해할 수 없었다. 루쉰의 예민한 감각과 인식 방식의 특이함을 변태로 간주하는 이러한 견해는 아마 누구에게도 받아들여지기 어려울 것이다.

'허무주의'는 쑤쉐린이 루쉰의 머리 위에 씌어준 모자의 이름이다. 그녀는 루쉰을 다음과 같이 평가하였다. 루쉰에게서는 "한 가닥 희망도 발견할 수 없다. 또 그의 주위에는 좋은 사람이 한 사람도 없다. 중국 민족에 대해서는 더욱더 고질병에 걸린 민족으로 인식하면서, 그 고질병을 치료할 약을 구할 방법이 없다고 여겼다." 그녀는 「아Q 정전」이 세계로 전파된 것은 바로 '중화 민족의 치욕'이라고 여겼다. 그녀는 아래와 같이 말하였다.

> 그는 중화 민족을 비천시했을 뿐만 아니라 또 좀 적대시하기까지 하였다. 마치 그가 한평생 적대시했던 봉건 잔여 세력의 사대부를 바라보는 것처럼 말이다. 이것은 루쉰의 저작에서 쉽게 증거를 찾을 수 있다. 그러나 우리 입장에서 봉건시대의 사대부를 논해보자면, 품행이 올바른 사람이 여전히 아주 많은 수를 차지하고 있는 것 같다. 설마 이들 모두가 웨이좡(未莊 : 미장)의 자오씨 나으리(趙太爺), 쳰 진사(錢擧人)처럼 행동하였단 말인가? 또 죄 없는 백성을 잡아다가 총살시키는 악질 파총(把總 : 하급무관)으로 군림하였단 말인가? 또 설마 이들 모두가 선통(宣統) 황제가 다시 보위에 올랐다는 소식을 듣고 머리에 감았던 변발을 다시 뒤로 땋아 내리고, 공갈로 어리석은 시골사람을 협박하는 자오치 나으리(趙七爺)처럼 살았단 말인가? 그리고 또 비누를 사면서 효녀 여자 거지의 온 몸을 뽀드득 뽀드득 잘 씻겨주는 일을 상상하는 쓰밍(四銘 : 사명) 선생처럼 생각하였단 말인가?14)

이러한 힐난은 사람들에게 기괴한 느낌이 들게 한다. 쑤쉐린은 예술상의 진실

---

14) 蘇雪林, 『魯迅傳論』, 臺灣 傳記文學出版社, 1979.

과 생활상의 진실이 맺고 있는 내재적인 연관 관계조차도 이해하지 못하고 있다. 이렇게 해서야 어떻게 다른 사람을 설득시킬 수가 있겠는가? 뿐만 아니라 그녀는 구시대를 비판한 루쉰의 정신에 대해서도 반감을 표시하였는데, 이는 국수적인 의식이 그녀에게 아주 깊이 뿌리 박혀 있다는 것을 설명해주는 점이다. 쑤씨의 견해에 따르면, 중국의 전통 문화는 생기발랄한 데다 마치 전원처럼 그윽하고 우아하기도 하며, 중국의 통치자와 백성들도 모두 선량한 의지로 가득 찬 호인들이라는 것이다. 쑤씨의 논리에 의하면 역사의 진화는 바로 반동이므로, 어떠한 민국 혁명도 불필요하며, 사상 계몽은 더욱 불필요하고, 전통을 고수하고 중용의 도로 일을 처리하면 중국이 바로 안정과 조화를 이루게 된다는 것이다.

이 때문에 루쉰이 수천 년의 중국 역사를 '식인'의 역사로 바라보았을 때, 그녀는 아주 불안함을 느꼈다. 낡은 문화를 반성하고 개인의 존재 의의를 반성하는 과정에서 표출되어 나온 루쉰의 야성적인 역량은 그녀의 입장에서 보자면 이단적이고 사악한 표현들에 불과했다. 그녀는 탄식하면서 다음과 같이 말하였다. "한 개인 사상의 암울과 허무가 이 지경에까지 이르렀으니, 이 또한 감탄해 마지않을 수 없는 일이라 할 수 있다."15) 쑤쉐린의 원한은 상당 부분 현실에 안주하여 현실을 직시하지 못하는 귀족적인 심리의 굴절 현상으로 보인다. 니체·쇼펜하우어·도스토예프스키 등에 대한 그녀의 불만, 그리고 루쉰에 대한 그녀의 저주는 바로 모든 고전적인 보수주의자들이 흔히 드러내는 내면 심리와 완전히 동일한 모습이다. 쑤쉐린의 가치 척도는 중세기의 금욕주의와 별다른 구별이 없다.

엄격하게 말해서, 루쉰 서거 이후 루쉰을 바라보는 쑤쉐린의 관점에는 학술성이 결여되어 있다. 인신 공격과 죄를 덮어씌우는 것 이외에는 실사구시의 태도가 조금도 없다. 그녀는 사회 사조와 문화 연원으로부터 루쉰 현상의 특이성을 고찰하지 못하고 있을 뿐만 아니라, 또한 예술 방면과 심리학 각도에서도 루쉰 현상의 시대 원인과 사회 원인을 분석해내지 못하고 있다. 그녀는

---

15) 蘇雪林, 위의 책.

심지어 루쉰이 어떻게 이처럼 거대한 흡인력 갖게 되었고, 또 루쉰이 어떻게 중국 현대 문화 사조와 사회 발전 과정에서 가장 중요한 정신 역량을 발휘할 수 있었는지 해석할 도리가 없었다. 학자 고유의 소양과 엄숙한 학문 태도가 결핍되어 있었으므로, 루쉰을 비난하는 쑤씨의 견해는 사람들에게 수용되기 어려웠다. 쑤쒜린은 편향과 과격의 길을 아주 멀리까지 내닫고 말았다.

쑤쒜린 이외에는 정쒜쟈(鄭學稼 : 정학가)가 아마도 루쉰을 가장 은근하게 비평하며 사람들에게 비교적 큰 영향을 미치고 있는 것 같다. 그의 『루쉰 정전(魯迅正傳)』은 1942년 충칭(重慶)에서 출판된 후, 1950년대에서 1970년대에 이르기까지 홍콩과 타이완에서 여러 차례 재출판되었다. 이 책도 여러 곳에서 쑤쒜린 식으로 루쉰을 조롱하고 있는데, 루쉰을 반대하는 논저 중에서 비교적 대표성을 지닌 저작이다. 그러나 정쒜쟈의 이론은 나오자마자 곧 학술계의 비평과 공격을 받았다. 차오쥐런(曹聚仁) 선생은 일찍이 그의 저작을 "아주 터무니없는 것이다"[16]라고 말하였다.

정쒜쟈는 다음과 같이 인식하고 있다. "루쉰 선생은 그의 문학을 제외하고는 별다른 것이 아무 것도 없다. 그를 '혁명가'라고 할 수 있겠는가? 그는 오히려 전쟁터의 뒤쪽에 숨어 있었다. 그를 '사상가'라고 할 수 있겠는가? 그의 머리에는 사상의 무늬가 새겨져 있지 않다."[17] 이러한 원칙에 근거하여, 그는 자신의 저작에서 루쉰을 맹비난하고 있다. 루쉰의 경력을 언급하면서도 정씨는 루쉰이 베이징에서 14년 간 줄곧 말단 관리 생활을 하였는데, 자세히 말하자면 웬스카이(袁世凱 : 원세개) 정부와 리웬훙(黎元洪 : 여원홍)・돤치뤠이(段祺瑞 : 단기서) 정부에서 교육부 첨사(僉事)를 지냈다고 지적하였다. 그리고 다음과 같이 비난하고 있다. "만약 '세속에 야합하려는' 결심이 없었다면, 그 더러운 세계 속에서 신성한 혁명가가 하루도 편히 살 수 없었을 것이다." 계속해서 정씨는 다음과 같이 질책하고 있다. 루쉰은 "단지 벼슬길이 순탄하지 못했던 '첨사'일 뿐이며, 또 단지 성공 조건을 갖추고 있었던 문학가일 뿐이다. 그는 일찍이 어떠한 청년의

---

16) 曹聚仁, 『魯迅評傳』, 3면.
17) 鄭學稼, 『魯迅正傳』, 1942年版.

'스승'도 되지 못하였을 뿐만 아니라, 또한 혁명가로서 어떠한 반동자의 '명(命)'도 '바꾸지(革)' 못하였다. 그의 관료 생활은 유랑 생활을 한 고리끼(Maksim Gor'kii, 1868~1936)와도 전혀 다르다. 그는 자신의 저작에서 무산계급에 대해 동정을 표시하거나 선동 활동을 한 적이 없다. 지금 일부 사람들이 그에게 지나치게 아양을 떨고 있는데, 이는 그의 실제 삶과 대단히 다른 내용이다. 그들은 단지 약점을 들추어내어 죽은 사람을 이용하여 산 사람을 위협하려는 것일 뿐이다. 다른 말로 바꾸어 표현하자면, 죽은 사람을 이용하여 자신의 정치적 음모를 달성하려는 것이다."18) 이러한 점에서 정쉐자의 견해는 쑤쉐린과 아주 유사하다고 할 수 있다. 그들은 루쉰을 정치인 수하의 꼭두각시로 바라본 것에 틀림없다. 더욱이 정씨는 루쉰의 인격은 결코 위대하지 않으며 단지 좌파에 의해 추켜올려진 것에 불과하다고 생각하였다.

그러나 정씨도 『함성(吶喊)』의 여러 작품들에 대해서는 존경의 마음을 표시하였다. 그는 다양한 논술 가운데서 루쉰 소설의 예술적인 매력을 인정하지 않을 수 없었다. 그는 루쉰의 필치 아래 묘사된 여러 인물들이 일정한 전형성을 가지고 있다고 인식하였다. 루쉰 선생의 천부적인 재능에 대해서도 정씨는 감탄을 금치 못하면서, 침울함으로 가득 찬 루전(魯鎭 : 노진)이라든지 강촌의 고요한 야경 등이 모두 아무나 도달할 수 없는 뛰어난 예술 경지라고 인정하였다.

아울러 정씨는 한 편으로 작품의 예술적 정서에 깊이 젖어들면서도, 또 다른 한편으로는 인식상에서 항상 자가당착적인 모습을 보여주곤 하였다. 그는 루쉰의 작품이 과거의 암흑 생활을 재현하고 있다는 점은 인정했지만, 그러나 루쉰의 작품이 지닌 현실적 가치는 부정하였다. 그는 루쉰의 작품들이 기억 속의 스냅사진에 불과할 뿐, 결코 1930년대 고유의 생활 현상을 반영한 것은 아니라고 여겼다. 이를 테면 아Q 형상에 대한 평가에 있어서 정씨는 바로 이와 같은 모순 심리를 품고 있다.

정씨는 다음과 같이 인식하였다. "수많은 루쉰 숭배자들은 아Q가 결코 '자손이

---

18) 鄭學稼, 위의 책.

끊어진' 것이 아니라, 아직도 중국인들 개개인의 영혼 속에 존재하고 있다고 말한다. 나는 이러한 독단적인 생각에 항의를 제기하고자 한다. 왜냐하면 이것은 1940년대와 1950년대 초의 중국 청년에 대한, 아니 전체 중국 국민에 대한 모욕이기 때문이다. 근 한 세기 동안 우리의 피땀으로 창조해온 미증유의 위대한 영혼 속에 아직도 아Q주의가 살아 있다고 누가 감히 말할 수 있겠는가?"19) 정쉐쟈의 사유방식은 이 지점에서 쑤쉐린과 교묘하게 합치되고 있다. 그는 루쉰이 묘사한 과거 중국 생활을 보기를 원하였지, 초시간적인 정신 가치로서의 예술형상은 보고 싶어 하지 않았다. 그는 단지 세기말에 대한 비판자로서의 루쉰을 희망했지, 현실 생활에 대한 관찰자로서의 루쉰은 바라지 않았다. 정씨와 아잉(阿英 : 錢杏邨)의 초기 관점은 동일한데, 그들은 루쉰이 과거에 속할 뿐, 현재와 미래에는 속하지 않는다고 생각하였다. 다시 말해서 루쉰이 용맹하게 구시대 생활을 비판할 때에는 천재적인 예술가였지만, 루쉰이 통렬하게 비난한 과거를 당대 생활에까지 확대시킬 경우에는 그 가치가 자연스럽게 상실된다는 것이다. 여기에서 우리는 정씨가 자아의식이 결여된 사람이거나 아니면 현실을 맹목적으로 옹호하는 보수주의자라는 사실을 간파할 수 있다. 루쉰 소설의 예술 가치와 역사의식을 평가하고 있는 그의 논리는 완전히 협소한 공리주의적 편견 속에 함몰되어 있다.

많은 평론가들과 마찬가지로 정쉐쟈도 루쉰 사상의 모순성을 보아내고 있다. 그러나 이러한 모순성에 대한 그의 인식은 루쉰의 정치의식과 심미의식의 내재 관계를 정신의 심층영역으로부터 고찰해낸 것이 아니라, 자신의 평범한 정치적 편견으로 루쉰의 복잡성을 논증한 데 불과하다. 따라서 그는 루쉰 사상의 몇몇 불확실한 부분이 단순히 사욕에 의해 야기된 것으로 결론짓고 있다. 루쉰을 이중 인격자로 평가하는 정쉐쟈의 진술도 거의 정치적 편견에서 벗어나지 못한 것이다. 비평 자체의 시각으로 논하든지 아니면 사회학적 시각으로 논하든지 간에, 정씨는 아직 진정으로 '비평'의 대문에 들어서지 못하고 있는 것이다.

쑤쉐린에서 정쉐쟈 등에 이르기까지 우리는 대략 '루쉰을 반대하는(反魯)'

---

19) 鄭學稼, 『魯迅正傳』, 1942年版.

자들의 정신 개성과 정치 태도를 느껴볼 수 있었다. 엄격하게 말하자면, 그들이 말하고 있는 평론은 '루쉰 연구'가 아니라 바로 '루쉰관'이며, 또 과학적인 것이 아니라 임의적인 것이었다. 루쉰이 가지고 있는 풍부한 사상 내용과 불후의 인격 가치는 완전히 왜곡되고 말았다. '루쉰을 반대하는' 자들의 태도는 본질적인 면에서 일종의 정치적인 특성을 보여준다고 할 수 있다. 중국 사회가 가장 암흑기에 처했을 때, 루쉰은 막강한 파괴 역량을 갖춘 대표적 지식인으로 활동하였으므로, 수구를 고집하는 세력들의 저항을 받지 않을 수 없었다. 이런 의미에서 '루쉰 현상'은 '문화 현상'인 동시에 '정치 현상'이라고 할 수 있다. 루쉰이 생전과 사후에 받은 모욕은 모두 중국 사회의 정치 풍운과 밀접하게 관련되어 있다. 그것이 다른 각도에서 사람들에게 시사해주고 있는 점은, 루쉰의 세계가 단순한 정신적 실체가 아니라, 풍부한 사상 내용을 포함하고 있는 아주 복잡한 세계이며, 따라서 진정으로 루쉰을 이해하고 그의 세계로 다가가는 것은 아주 어려운 일이라는 사실이다.

3.

　루쉰에 대한 평가는 여러 해 동안 정치적이고 사상적인 관찰에 의해서만 진행되었다. 중국 역사상 루쉰처럼 사회 변혁 과정에 직접적으로 영향을 끼친 사람은 거의 없었다. 정신적인 파괴 역량과 희귀한 이단 사상을 지닌 루쉰에게 공산당원들은 열렬한 정성을 바쳐 왔다. 사상적인 측면에서의 루쉰의 감동력은 어떠한 사람으로도 대체할 수가 없다. 중국 역사 속에 출현했던 왕충(王充)·이지(李贄) 등과 같은 이단자들도 사후에 루쉰과 같은 대접을 받지는 못하였다. 만약 누군가가 이러한 점에 주안점을 두고 고증을 해보면 틀림없이 의미 깊은 결과를 얻어낼 수 있을 것이다. 루쉰과 현대 중국 변혁사와의 관계는 미래 학자들의 관심을 집중시키는 매력적인 주제가 될 것이다.

그러나 저우쭈어런이 후세에 끼친 영향은 넓이에서나 깊이에서나 모두 루쉰의 경우에 미치지 못한다. 루쉰의 영혼은 인간 세상에서 고통 받는 수많은 영혼의 무리에 속해 있지만, 내가 보기에 저우쭈어런은 그 영향력이 학자들의 작은 범위 안에 국한되어 있을 뿐이다. 그는 사회의 변방에 자리잡고 있는 청담파(淸談派) 문인에 속한다. 그의 깊고 넓은 사상은 항상 세속에 물들지 않은 개체의 순결함과 반 폐쇄적인 신사의 우아한 태도와 일체를 이루고 있다. 저우쭈어런에게 감탄한 사람은 대부분이 학식과 교양이 비교적 깊은 학자이거나 교수, 또는 독립의식이 비교적 강한 작가들이다. 그의 온건하고 부드러운 태도와 유연하면서도 조용한 자태는 영원히 사회적으로 어떠한 소용돌이도 불러일으킬 수 없었고, 또 어떠한 운동도 조성할 수가 없었다. 그의 생전에 그를 둘러싸고 발표된 평론 문장은 상당히 한정적인 것이었다. 그와 왕래한 사람은 비교적 협소한 범위의 교수와 학자들뿐이었다. 저우쭈어런을 연구하는 후인들은 대부분 그가 거둔 학문 분야의 성취에 대해서는 긍정적인 견해를 표명하고 있다. 그러나 그의 도덕과 절개 및 소품문의 가치에 대해서는 서로 의견을 달리하고 있다. 이런 점이 루쉰과는 다르다. 루쉰은 학자들 사이에 무수한 이견(異見)을 발생시키면서 그들 간의 사상 관념 논쟁과 격렬한 의견 충돌을 불러일으키기도 하는 것이다. 저우쭈어런이 후인들에게 흥미를 느끼게 하는 것 중에서 가장 중요한 테마는 지식인의 태도와 인격 연마와 같은 종류의 문제이다. 그러나 루쉰은 사상사, 문화의 지향, 개체와 사회 가치, 인간의 생존 의의 등과 같은 가치관적 난제에까지 영향을 미치고 있다. 나는 항상 저우쭈어런의 세계가 어떤 의미에서는 루쉰 정신에 대한 일종의 보완이라고 생각해왔다. 서로의 존재를 상호 증명해주는 그들 정신세계의 연결고리에서 사람들은 항상 더욱 명확한 인성의 화면을 목도하게 된다. 그러나 이러한 인식은 비교적 장구한 역사의 소용돌이를 겪은 후에야 비로소 사람들에 의해 발견되었다. 나는 저우쭈어런과 루쉰에 대한 사람들의 상이한 평가 속에서 말로 형언하기 어려운 고충을 느끼곤 한다.

저우쭈어런의 만년 생활은 아주 처참하였다. 1945년 말, 그는 매국노라는 죄로 체포되었다. 1946년 국민당 수도 고등법원은 그를 유기징역 14년, 공민권 박탈 10년에 처하라는 판결을 내렸다. 1949년 국민당이 붕괴된 후, 그는 보석으로 감옥에서 나오게 되었다. 이후 베이징으로 돌아와 외국 서적 번역을 업으로 삼고 아주 청빈한 생활을 하였다. '문혁' 기간에는 홍위병의 채찍을 맞아야 했고, 오래지 않아 굴욕을 머금은 채 세상을 떠났다. 그때가 1967년 5월이었다.

그의 죽음은 바깥 세상에서 거의 조그만 반향도 불러일으키지 못했다. 첸리천(錢理群)의 『저우쭈어런전(周作人傳)』에 의거하면, "집안 사람들 이외에는 그에게 이별을 고하는 사람도 없었다." "저우쭈어런이 세상을 떠난 후 저우하이잉(周海嬰 : 루쉰의 아들)에게 부고를 보냈는데,*20) 하이잉은 여러 번 생각하다가 결국 장례에 참가하지 않았다. 이에 루쉰과 저우쭈어런의 후손 사이에는 결국 어떠한 왕래도 없어지게 되었다."21) '5 · 4' 후에 성장한 해외 거주 작가들이 더러 그를 언급하는 글을 쓰기는 했지만, 루쉰의 죽음이 당년의 사람들에게 끼친 진동에는 비교할 수 없다. 한 시대를 풍미하였던 뛰어난 학자이며 작가였던 저우쭈어런은 마침내 적막 속에서 그의 한 많은 일생을 마감하였다.

이것은 루쉰 당년의 죽음과 아주 분명한 대조를 이루고 있다. 확연하게 구분되는 두 사람의 종말은 사람들로 하여금 긴 탄식을 자아내게 할 뿐이다.

저우쭈어런이 고독하게 인간 세상과 이별을 한 수개월 후에 타이베이(臺北 : 대북)의 량스츄만이 감회어린 문장을 한 편 썼다. 이 글의 제목은 「치밍 노인을 추모하며(憶豈明老人)」이다. 이 문장에서 그는 다음과 같이 탄식하고 있다.

> 소식통에 의하면 치밍 노인(豈明 : 周作人 先生)이 이미 작년 11월에 작고하였다고 한다. 그는 일생 동안 마음이 담담하고 욕심이 없었으나 만년에는 그렇지 못하였다. 사실 몹시 애석하지만 용서할 수 없는 일이다. 그러나 이러한 점을 제외하고 그의 학문과 수양의 풍도는 여전히 사람들로 하여금 끝없는 그리움에 젖어들게 한다.22)

---

20) 역주 : 저우하이잉(周海嬰 : 주해영)은 루쉰과 쉬광핑(許廣平 : 허광평) 사이에서 태어난 아들로 저우쭈어런의 장 조카이다.
21) 錢理群, 『周作人傳』, 北京十月文藝出版社, 1991年版, 587면.
22) 『周作人硏究資料』(上), 天津人民出版社에서 재인용.

저우쭈어런 만년의 비극은 그를 잘 알고 있는 사람이거나 혹은 잘 모르는 사람이거나를 막론하고 모두에게 거대한 문화적 의미를 음미하게 한다. 신 중국 성립 이후 그는 사회의 변방으로 내몰렸고, 거의 사람들에게서 잊혀졌다. 그는 정치적으로나 경제적으로 모두 곤란한 처지에 빠지게 되었다. 피상적이고 흐리터분한 글을 쓰는 것 외에 그의 개성은 완전히 위축되고 고통스러운 상태에 처해 있었다. '절개를 잃어버린' 사람으로서 저우쭈어런이 그와 같은 환경 속에서 멸시를 받으리란 것은 너무도 분명한 사실이었다. 거리에서 행해지는 공민 선거에서 조차 그의 이름은 없었고, '문혁' 기간에 이르러서는 그의 생활 전체가 가도위원회(街道委員會)의 감시를 받게 되었으니, 이런 지경에서 어찌 다른 자유를 논할 수 있겠는가? 이러한 어려운 환경에서는 거의 글을 쓸 수가 없었다. 그러나 그가 그때 쓴 회고록을 읽어보면 격변기를 살아가던 저우쭈어런의 허무감을 다소나마 직접 느껴볼 수 있다.

대체로 1949년을 전후하여 저우쭈어런은 저우언라이에게 편지 한 통을 보낸 적이 있다. 편지 속에서 그는 자신이 '부역'한 행동을 언급하면서 변명의 말을 많이 늘어놓고 있다. 이 편지는 후에 마오쩌둥의 손에 전달되었는데, 마오쩌둥의 의견은 다음과 같았다. "문화의 매국노는 살인과 방화는 하지 않았다. 현재 고대 그리스 문화를 이해하는 사람은 많지 않으니, 양성시켜 그에게 번역 사업을 하도록 하여 이후 출판하도록 하자."23) 이것이 그에 대한 공산당원들의 태도였다고 할 수 있다. 그리하여 저우쭈어런은 '매국노'라는 이름을 등에 지고, 구차하게 살아갈 기회를 얻게 되었지만, 그의 마음속 고통은 아주 컸을 것으로 생각된다. 루쉰을 언급한 몇 권의 소책자와 외국작품 번역서가 출판된 것을 제외하고 그의 산문 작품은 대륙에서 줄곧 출판될 수가 없었다. 문학사가들도 그의 창작을 언급할 때에는 유달리 조심스러워하며 상세한 진술을 회피했다. 여기에서 우리는 당시 그가 대륙에서 처할 수밖에 없었던 고통스러운 운명을 짐작할 수 있다. 1949년부터 1967년까지 저우쭈어런은 줄곧 '가

---

23) 唐弢, 『關於周作人』에서 재인용.

난한 선비(寒士)'식의 생활을 하였다. 사람들은 거의 그를 잊었고, 그의 영향력은 대륙에서 철저하게 소멸되었다.

1970년대 말에 이르러서야 비로소 학술계에 그를 체계적으로 연구하는 문장이 나타나기 시작하였다. 저우쭈어런과 루쉰 사상의 발전 경로에 관한 첸리췬(錢理群 : 전리군)의 비교 문장은 저우쭈어런에 대한 깊이 있는 연구의 시작을 알리는 글이었다. 이후 니뭐옌(倪墨炎 : 예묵염)·쉬우(舒蕪 : 서무)·장쥐샹(張菊香 : 장국향)·장톄룽(張鐵榮 : 장철영)·자오징화(趙京華 : 조경화) 등이 쓴 연구 저작들이 분분히 세상에 출판되면서, 저우쭈어런에 대한 연구가 비로소 구체적인 모습을 갖추기 시작했다. 1980년대 말부터 소품 산문의 유행을 따라, 저우쭈어런은 드디어 문단에 오를 수 있게 되었고 한 때 엄청난 열기가 조성되기도 하였다. 1990년대에 이르러 저우쭈어런의 산문은 거의 출판계에서 황금알을 낳는 거위가 되었고, 그와 연관된 연구 저작들도 분분히 출판되면서, 문단에서는 '저우쭈어런 열풍'이 불기도 하였다. 그가 죽은 지 20년 후에야 비로소 그는 다른 사람들에 의해 논의되기 시작했으며, 또 사회의 커다란 관심을 야기하기도 했다. 이러한 현상은 그에 대해 안타까운 마음을 갖고 있는 후인들을 다소나마 위로해 줄 수 있었다. 저우쭈어런의 저작이 다시 출판되는 데에는 후난(湖南 : 호남) 출판인 중수허(鍾淑河 : 종숙하)의 힘이 아주 컸다고 말할 수 있다. 1980년대에 그는 중국 공산당 중앙선전부의 허락을 받아 저우씨의 저작을 출판하기로 계획을 세웠다. 그 결과가 뜻밖에 좋은 반향을 얻어서 저우쭈어런 연구에 좋은 조건이 조성될 수 있었다. 이후 저우쭈어런과 교유했던 사람들의 회고록도 분분히 출판되어, 그의 공과시비(功過是非)가 비교적 공정한 평가를 얻을 수 있게 되었다. 시간이 지날수록 1970년대 이전과 같은 독단적인 문장은 거의 찾아볼 수 없게 되었으며 이제 저우쭈어런의 면모도 역사의 그늘을 벗어나 그 원래의 모습을 드러내기 시작하고 있다.

1983년 저우젠런은 세상을 떠나기 전에 「루쉰과 저우쭈어런(魯迅與周作人)」이란 글을 썼다. 이 글은 저우씨 가족 내부에서 두 사람의 은원(恩怨) 관계를 언급한 가장 중요하고도 가장 대표적인 총결성 문장이라고 할 수 있다. 저우젠런은 만년에 이 글을 자신의 마지막 문장으로 세상 사람들에게 공개하였으니, 이 글이 담고 있는 뜻은 아주 분명하다고 할 수 있다. 이 글을 읽고 난 뒤 나는 이 글이 아주 믿을 만하며 진지하게 씌어졌다고 생각되었다. 비록 저우쭈어런에 대하여 깊이 있는 분석이 결여되어 있기는 하지만, 이 책이 견지하고 있는 대의는 독자를 감동시키기에 충분하였다. 저우젠런은 두 형제의 관계를 처리할 때에 항상 루쉰의 편에 서 있었다. 따라서 루쉰은 '신(神)'으로 추앙되고 저우쭈어런은 '유령(鬼)'으로 간주되던 시대에, 두 형제에 대한 저우젠런의 인식은 자연스럽게 구시대적인 편견을 지닐 수밖에 없었다. 그리하여 저우쭈어런에 대한 진정한 연구는 여전히 후대의 일로 넘겨지게 되었다.

1985년 9월, 장쥐샹·장톄룽이 편집한 『저우쭈어런 연보(周作人年譜)』의 출판은 저우쭈어런 연구사에 있어서 축하할 만한 가치가 있는 일이었다. 저우쭈어런의 생애가 처음으로 후인들에 의해 체계적으로 정리가 되었고, 생동적이며 풍부한 형상의 저우쭈어런이 마침내 복잡한 역사 문헌 속에서 현실 속으로 살아나오게 된 것이다. 이후 저우쭈어런과 관련된 주요 연구서는 모두 이 연보의 영향을 받았다. 1985년 이후 저우쭈어런 연구는 비교적 복잡한 단계로 진입하면서 연구 논문도 활발하게 출판되고 있다. 이 분야에서 첸리췬은 사람들의 주목을 받으며, 『저우쭈어런전(周作人傳)』과 『저우쭈어런론(周作人論)』 등의 저작을 출판하였다. 그의 체계적이고도 심도 깊은 학문 연구는 여러 학자들의 선구적 모범을 보여준 것이라고 할 수 있다. 첸리췬은 일종의 사명감과 지식인의 자기 반성이란 입장에 근거하여 저우쭈어런을 해석하였다. 비록 선입관에 의해 초래된 옛 흔적이 아직도 남아 있기는 하지만, 루쉰과 저우쭈어런 세대의 심층 의식을 파악하는 측면에서는 아주 우수한 성과를 거둔 것으로 생각된다. 이제 우리는 더 이상 이미 규정된 낡은 틀로 역사의 인물을 재단해서는 안 된다. 오히려 우리의 진실한 마음으로 그 대상 인물을 직접 느끼고 조망해야만, 천박한 공리주의적 시각을 뛰어넘을 수 있고 또 객관적인 결과도 얻을 수 있다. 이러한 의미에서 말해보자면, 첸씨의 문화 심리는 이후의 학자들로 하여금 저우쭈어런의 세계로 쉽게 다가갈 수 있도록 사고의 중요한 방향을 제시해주었다고 할 수 있다. 이런 사고의 방향은 모든 교수나 학자들이 쉽게 모색할 수 있는 바가 아니다. 그것은 루쉰·

저우쭈어런 이후 중국 지식인들의 마음속으로부터 흘러나온 붉은 핏방울이라고 할 수 있다. 당신은 그 속에서 또 한 세대 사람들의 저우쭈어런에 대한 공감과 그 공감 속의 상이한 선택, 또 저우쭈어런과 상이한 선택을 하면서도 결국 그에게 공감할 수밖에 없는 괴로운 심정을 읽어낼 수 있을 것이다.

　그러나 저우쭈어런은 결코 쉽게 파악할 수 있는 역사 인물이 아니다. 1980~90년대 후에도 그를 둘러싸고 여러 논쟁이 끊임없이 계속되었다. 1980년대 후기 저우쭈어런을 찬미하는 관점이 부단히 세상에 나오기 시작하면서 사람들은 더 이상 과거처럼 그의 장점을 말하는 것을 기피하지 않게 되었다. 1986년 상하이의 선펑녠(沈鵬年 : 심붕년)이 난징 사범대학(南京師範大學)에서 출판한 『문교자료간보(文敎資料簡報)』란 글을 통해, 저우쭈어런의 타락은 스스로 원한 것이 아니라 외부의 압력에 의해 그렇게 된 것이라고 고증하였다. 이 관점은 큰 파문을 불러 일으켰는데, 루쉰 박물관에서는 일부러 이것 때문에 회의를 열었다. 천수위(陳漱渝 : 진수투)는 "선펑녠 그 사람 옛날부터 사료를 조작하는 데에 뛰어난 수완을 발휘하더니," 마침내 "인식상의 혼란을 조성하고 있다"고 여겼다. 천푸캉(陳福康 : 진복강)은 이 견해로 "옳고 그름이 불분명해졌고 충신과 매국노가 전도되게 되었다"고 지적하였다. 이 외에 쉬우·린천(林辰 : 임신)·야오시페이(姚錫佩 : 요석패) 등이 선펑녠의 관점에 의문을 표시하였다. 이 논쟁의 초점은 저우쭈어런이 매국노냐 아니냐의 문제에 놓여 있을 뿐, 다른 부문에 대해서는 큰 문제를 제기하지 않았다. 몇 년 후, 즉 1992년에도 『문예보(文藝報)』에서 저우쭈어런과 관련된 논쟁이 벌어졌는데, 여기에서도 초점은 여전히 '매국노' 문제였다. 1996년 웬량쥔(袁良駿 : 원량준)이 다량으로 쏟아지는 저우쭈어런 저작의 출판 현상을 비판하였다. 그는 『광밍 일보(光明日報)』·『베이징 일보(北京日報)』에 글을 써서 '매국노' 문인에게 이렇게 열광하는 것은 비정상적인 상태라고 지적하였다. 그 중에 「저우쭈어런 여담(周作人餘談)」은 내가 편집한 『류베이팅(流杯亭)』 부간에 발표되었는데, 웬량쥔은 다음과 같이 말하고 있다.

　졸고 「저우쭈어런은 왜 매국노가 되었는가(周作人爲什麽會當漢奸)」가 『광밍 일보』(3월 28일자)에 발표된 후, 많은 친구들의 격려를 받았고 또한 몇 몇 사람들의 상이한 견해나 반대의 의견도 계속해서 듣게 되었다. 그 중 가장 중시할 만한 것으로는 다음과 같은 몇 가지가 있다고 나는 생각한다. 첫째, 저우쭈어런은 시종일관 인도주의자였으며 비록 일제에 '부역'을 했다 할지라도 인격은 여전히 고상하다고 인식하는 것이다. 둘째, 저우쭈어런이 매국노가 되지 않았다 해도, 다른 사람이 매국노가 되었을 것이고 또한 그렇게 되었다면 저우쭈어런에 비해 더욱 나쁜 일을 많이 하였을 것이니 오히려 저우쭈어런이 매국노가 된 것이 더 나았다고 인식하는 것이다. 셋째, 저우쭈어런 저작의 출판은 정상적인 출판 활동이므로 '냄비 현상(炒)'이라 할 수 없다고 인식하는 것이다. 이런 의견이 얼마나 대표성을 가지고 있는지 나는 조사할 방법이 없다. 그러나 개별적인 사람들의 의견이라 할지라도 성실하게 대응할 만한 가치가 있다. 왜냐하면 그것들은 근본적이고 원칙적인 문제와 관련되어 있기 때문이다.

첫째, '부역'하기 이전에 저우쭈어런은 기본적으로 인도주의자라고 말할 수 있다. '기본적'이라고 말한 까닭은, 그의 사상이 항일에서 친일로 변화하면서 '부역'하기 이전에 벌써 일제의 야만적인 침략행위를 찬양하기 시작했기 때문이다. 이것은 인도주의와는 아주 거리가 먼 행위이다. 일본 파시스트가 무력으로 중국을 침략하여 강간하고 약탈하는 것을 애써 눈을 감은 채 보지 않고, 오히려 무슨 '대동아일체'니 '평화가 전쟁에 비해 어렵다'라고 사치스럽게 말하는 것은, 일본 파시스트에 대해서는 자못 인도적이지만, 침략당하고 살해당하고 모욕당하는 중국 인민의 입장에서는 어찌 인도적이라 말할 수 있겠는가? 어찌 너무나 잔인한 행위가 아닌가? 전쟁 전의 저우쭈어런의 오랜 친구인 선젠스(沈兼士 : 심겸사) 선생이 베이핑을 탈출한 후에 제공한 자료에 따르면, 일본 헌병대가 베이다(北京大)에서 형장을 설치하여 체포된 학생들과 시민 군중을 모질게 고문하였는데, 저우쭈어런은 이들의 참혹한 절규를 듣고서도 일언반구 아무런 언급도 없었다고 한다. 이것은 결코 이상한 일이 아니다. 왜냐하면 매국노가 된 저우쭈어런은 일본 점령군의 말을 잘 들어야 하기 때문이다. 그의 인도주의는 곧 하늘 끝 저 멀리 바깥으로 내팽개쳐졌고 그에게는 또한 최소한 중국인으로서의 인격(人格)이나 국격(國格)조차도 없어져 버렸다.

둘째, 그렇다. 저우쭈어런이 매국노가 되지 않았다 해도 다른 사람이 매국노가 되었을 것이다. 그러나 이것이 저우쭈어런이 매국노가 된 합리적인 근거가 될 수 있겠는가? 만약에 이런 논리가 성립될 수 있다면, 좋은 사람이면 좋은 사람일수록 더욱 매국노가 되어야 하고 나쁜 사람이면 나쁜 사람일수록 더욱 매국노가 될 수 없다는 말인가? 이러한 '좋은 사람을 선택하여 채용한다'는 논리가 성립될 수 있는 것인가? 무례하게 말한다면, 이것은 '매국노가 되는 것에도 어쩔 수 없는 사정이 있다'는 식의 논리이다. 이러한 '고담준론'을 가장 환영한 것은 바로 일본 파시스트와 모든 침략자들이었다. 그러나 광대한 중국 인민의 입장에서는 절대로 수용할 수 없는 궤변이다. 중국의 정파(正派) 지식인들은 역대로 기상과 절개를 강조하였기에, 얼굴에 철판을 깔고 적을 섬기는 일은 시종일관 엄청난 치욕으로 인식하였다. 따라서 이런 '고담준론'에 대해 더욱더 코웃음을 치는 것이다. 한걸음 물러서서 말해보아도, 이러한 '고담준론'이 성립될 수 있다면, 세상에 어떤 나쁜 일, 더러운 일, 추악한 일을 저지르지 못하겠는가.

셋째, 나는 저우쭤런 저작이 출판되지 말아야 한다고 말하지 않았다. 매국노가 되기 이전의 저우쭤런의 작품은 마땅히 출판되어야 하고, 매국노가 된 이후의 저우쭤런의 저작도 적당량 출판되어야 한다고 했다. 이러한 '적당량 출판'은 결코 '냄비 현상'이 아니다. 그러나 '적당량 출판'이 일단 '경쟁 출판', '벌떼 출판'으로 변하하게 되면, 이것은 '냄비 현상'으로 변한 것이라 할 수밖에 없다. '벌떼 출판'뿐만 아니라 저우쭤런에 대한 과대한 평론, 치켜세움, 보호 그리고 심지어 '공산당이 파견하여 지하공작을 하였다'는 식의 유언비어가 횡행한다면, 이것이야말로 큰 '냄비 현상'이자 특별한 '냄비 현상'이라고 할 수 있다. 근년에 저우쭤런 저작의 대량 출판은 바로 이런 상황이 아니겠는가? 객관적으로 말해서, 매국노가 된 이후에 쓴 저우쭤런의 산문은 사상적으로나 내용적으로나 매우 궁핍하고 공허할 뿐만 아니라 예술상으로도 취할 만한 부분이 극히 드물다. 그의 루쉰 연구 저작도 비교적 많은 역사적 사료를 제공하고 비교적 커다란 학술 가치를 지니고 있기는 하지만 또한 거기에도 약간의 잘못된 관점이 뒤섞여 있다.

넷째, 어떤 친구가 나에게 묻기를, 저우쭤런이 매국노가 된 이후에 사상상·심리상으로 심적 갈등은 없었는가? 내 생각으로 이것은 의심할 여지가 없다. 저우쭤런처럼 대작가이자 5·4문학의 선구자이며 뛰어난 인도주의자가 뜻밖에도 얼굴에 철판을 깔고 적을 섬겨야 하는데, 어떻게 양심상의 꾸짖음을 받지 않을 수 있겠는가? 약간의 심적 갈등과 고통이야 없을 수 있겠는가? 심지어 일본 상전을 배신하는 한두 가지 좋은 일을 하는 것도 결코 불가능하지는 않았을 것이다. 그런데 애석하게도, 저우쭤런은 매국노 기간 동안 이런 좋은 일을 거의 하지 않았고, 또한 관운장처럼 "몸은 비록 조조의 진영에 있어도 마음은 유현덕을 생각하는" 절개있는 행동도 하지 못했다.

또 어떤 친구는 저우쭤런이 스스로 나쁜 길로 들어간 것은 그의 학생이자 친구인 위핑보(兪平伯 : 유평백)가 매국노가 되는 것을 방지하기 위해 행했던 일이라고 말한다. 위핑보 전문가에 따르면 이것은 완전히 와전된 것이라고 한다. 왜냐하면 위핑보 선생에게는 저우쭈어런의 '부역'을 풍자하는 시가 존재하기 때문이다. 시의 내용은 다음과 같다.

野塘十頃幾荷田,	교외의 연못 열 이랑에 연꽃 밭이 그 얼마인가,
一水含淸出玉泉.	맑음을 머금은 물 한 방울 옥천에서 솟아나네.*24)
菱蒂無端牽昨夢,	마름 꼭지는 까닭 없이 어제의 꿈을 끌어당기고,
萍根難値況今年.	부평 뿌리는 서로 만나기 어려운데 하물며 올해이랴.*25)
紅妝飄粉誰憐藕,	붉은 화장에 흩날리는 분가루를 누가 어여삐 여길 것인가,
翠袖分珠不是圓.	비취빛 소매에 달린 구슬은 둥근 모양이 아니라네.*26)
莫怯荒闉歸去早,	황폐한 성으로 일찍 돌아간다고 겁내지 마시게,
西山娟碧晚來鮮.	서산의 고운 벽옥빛은 저녁에 더욱 맑게 빛난다네.*27)

이 시의 제목은 「연꽃을 노래하며(咏荷)」이다. 사실상 연꽃을 노래하는 것을 빌어 자신의 뜻을 적은 것이다. 이 시는 1940년대 초 왜구 통치하의 베이징에서 씌어졌다. 소위 '황폐한 성문(荒闉)'은 바로 적의 수중에 몰락한 베이징 고성(古城)에 대한 암시이다. "맑음을 머금은 물 한 방울 옥천에서 솟아나네(一水含淸出玉泉)", "서산의 고운 벽옥빛은 저녁에 더욱 맑게 빛난다네(西山娟碧晚來鮮)"와 같은 구절은 작가가 더러운 진흙에서 나왔으나 그 혼탁함에 물들지 않는 자신을 다른 사람과 비교한 것이다. "붉은 화장에 흩날리는 분가루를 누가 어여삐 여길 것인가, 비취빛 소매에 달린 구슬은 둥근 모양이 아니라네(紅妝飄粉誰憐藕, 翠袖分珠不是圓)"의 두 구

---

24) 역주: 연꽃과 옥천(玉泉)은 모두 어지러운 세상에 물들지 않고 절개를 지키겠다는 위핑보 자신에 대한 비유이다.

25) 역주: 마름풀(菱)과 부평초(萍)는 모두 정처 없이 떠도는 허무한 인생을 비유한다. 어제의 꿈은 위핑보와 저우쭈어런이 사심 없이 학문 생활을 하던 아름다운 옛 시절이다. 그러나 지금은 혼탁한 일체 치하에서 서로 만나기도 어려운 것이다. (難値)

26) 역주: 붉은 화장에 흩날리는 분가루(紅妝飄粉)와 비취빛 소매에 주렁주렁 달린 구슬(翠袖分珠)은 여성의 진한 화장과 아름다운 의복을 수식하는 말인데, 여기에서는 저우쭈어런이 일제에 아부하며 부역하는 일을 비유한다.

27) 역주: 황폐한 성문(荒闉)은 일제 치하에 함락된 베이징에 대한 비유이다. 서산(西山)은 베이징 서쪽 상산(香山) 지역이다. 연벽(娟碧)은 고운 벽옥빛이다. 만래선(晚來鮮)은 서산의 고운 벽옥빛이 저녁 무렵에 더욱 선명하게 빛난다는 뜻인데, 인간의 절개도 만년까지 변함이 없어야 후세에까지 아름답게 전해질 수 있는 것이다. 저우쭈어런의 반역에 대한 위핑보의 절개를 비유한다.

절은 저우쭈어런의 부역에 대한 풍자의 의미가 담겨져 있다. 우리는 물론 "붉은 화장에 흩날리는 분가루(紅妝飄粉)", "비취빛 소매에 달린 구슬(翠袖分珠)"이란 표현이 아주 진실하지 않다고 생각하지만, 그러나 이 구절이 일제에 귀순하고 원수를 아비로 여기는 저우쭈어런의 비열한 행위를 암시하고 있다는 것은 분명한 것으로 생각한다. 저우쭈어런과 위핑보는 사오싱 동향 사람일 뿐 아니라 아주 사이가 좋았던 사제 관계이자 친구였다. 유평백은 저우쭈어런의 타락 때문에 엄청 화가 났던 것이다. 그는 일찍이 다음과 같이 말한 적도 있다. "같은 도시에 살면서 절실한 간언(諫言)을 하지 못하고, 그가 아름다운 치마나 값비싼 보석에 탐닉하는 데 일조를 하고 말았다." 위의 시에서 묘사한 "붉은 화장에 흩날리는 분가루(紅妝飄粉)", "비취빛 소매에 달린 구슬(翠袖分珠)" 등의 구절은 마땅히 여기에서 "아름다운 치마나 값비싼 보석에 탐닉하는 액운(霑裳濡珠之厄)"과 참조해서 읽어야 한다.[28]

웬씨의 관점은 일부 사람들에게서 찬동을 받았지만 그러나 일정 권내의 사람들에게서는 그 태도가 지나치게 가혹하다고 비판을 받았다. 그의 이러한 태도도 저우쭈어런의 저작을 계속 출판하려는 몇 몇 출판사의 열정은 막을 수 없었던 듯하다. 1995년 중수허가 주편한 『저우쭈어런문선(周作人文選)』이 꽝저우출판사(廣州出版社)에서 출판되었다. 이 일은 저우쭈어런 연구사에서 일대 사건이라 할 만한 것이다. 1996년에는 장톄룽이 『저우쭈어런 평의(周作人平議)』를 출판하였고, 베이징출판사에서는 또 『저우쭈어런 서화(周作人書話)』를 출판하였다. 그리고 저우쭈어런 작품을 수록한 각종 서적들도 끊임없이 출판되어 일시적인 붐이 조성되기도 하였다. 세상 사람들이 저우쭈어런에 대해 어떤 상이한 견해를 가지고 있든지 간에, 문화적인 측면에서 그가 지니고 있는 매력이 이미 지식인들의 광범위한 주의를 끌기 시작했다는 사실은 부정될 수 없다.

1980년대 말 이래 저우쭈어런을 평가한 여러 문장들을 자세히 읽어보면 대체로 다음과 같은 세 가지 부류로 나누어 볼 수 있다. 첫 번째 부류는 구설(舊說)에 부화뇌동하거나 민감한 문제를 회피하면서 사람들에게 단순한 인상을 심어주려고 한다. 두 번째 부류는 날카로운 비판 태도를 견지하면서 대부분 민족

---

28) 1996年 5月 8日, 『北京日報』.

감정이란 입장에 서서 저우씨의 변절 행위를 비난한다. 세 번째 부류는 비교적 온화한 입장에 속하는 평론 문장에 주로 보이는데, 저우쭈어런의 세계에 대해 객관적이고 평온한 탐색을 진행하는 것이 특징이다. 첫 번째 부류의 문장은 현재 통용되는 각종 교재에 많이 보이고, 두 번째 부류의 문장은 대부분 신문과 잡지에 실려 있고, 세 번째 부류의 문장은 개인적인 학술 저작에 많이 나타나고 있다. 이 중에서 두 번째와 세 번째 부류의 영향력이 비교적 크다. 그 중 탕타오(唐弢 : 당도)·덩윈샹(鄧雲鄉 : 등운향)·장중싱(張中行 : 장중행)·첸리췬·니워옌·쉬우 등이 사람들에게 비교적 깊은 인상을 남기고 있다. 1987년 탕타오는 「저우쭈어런에 관하여(關於周作人)」이란 문장을 썼다. 이것은 침중한 감정으로 씌어진 문장이다. 그는 다음과 같이 말하고 있다.

> 내 자신의 입장에서 말한다면, 나는 5·4 시기 저우쭈어런에 대해 상당히 좋은 인상을 가지고 있다. 「인간의 문학(人的文學)」·「평민 문학(平民文學)」 등과 같은 그의 여러 가지 논문을 읽었기 때문에 그런 것은 아니다. 이런 논문은 나에게 그리 깊은 인상을 심어주지 못했다. 나는 오히려 그가 카펜터(Edward Carpenter, 1844~1929)와 엘리스(Henry Havelock Ellis, 1859~1939)를 소개한 것을 보고 깊은 인상을 받았다. 그리고 나는 중국같이 봉건 세력의 뿌리가 깊이 박힌 사회에서 여성과 아이들을 위해 논설을 펴고 있다는 사실, 이것이야말로 저우쭈어런이 신문화운동에 끼친 가장 큰 공헌이라고 생각하게 되었다. 그 다음은 산문이다. 『담룡집(談龍集)』·『담호집(談虎集)』에 수록된 반봉건적인 문장도 물론 좋지만, 나는 그의 「검은 지붕 배(烏篷船)」·「고향의 야채(故鄉的野菜)」 등과 같은 향토색 짙은 문장을 가장 좋아한다. 풀·나무·벌레·물고기나 인물의 전고가 있고 또한 그 이야기 전개 방식이 아주 특색이 있어서 저우쭈어런의 예술풍격을 잘 표현해내고 있다. 1930년대 후기에 이르러 저우쭈어런은 고서를 베껴서 한 편의 문장을 만들었는데, 이것은 나를 약간 실망하게 하였고, 또 나 자신도 풀기 어려운 망연한 느낌에 젖어들게 하였다.

저우쭈어런의 '부역' 역사를 언급하면서 탕타오는 이렇게 말하고 있다.

> 저우쭈어런은 리다자오(李大釗 : 이대조)의 원고를 보관하고 리다자오의 가족을 보

호하였으며, 괴뢰의 직책을 맡은 이후 중공 지하당원과 연락을 하기도 하고 또 위험한 시기에 자오인탕(趙蔭棠 : 조음당)에게 부탁하여 진차이지 변구(晋察冀邊口 : 진찰기 변구) 참의회(參議會)의 둥루안(董魯安 : 于力) 부의장을 찾아보게 하기도 하였다. 이런 일은 모두 사실이다. 이런 일에 근거하여 그가 좋은 일을 많이 했고, 또 절개를 지키고 있었다고 말할 수 있을지도 모른다. 그러나 이런 사실이 다른 사실을 덮어 감출 수는 없다. 이 시기의 그의 행동·언설·문장을 살펴보면, 즉 선젠스가 증언한 것처럼 청년 학생들이 체포되었는데도 못 본체 한 그의 언행이라든지 이런 일이 초래한 악영향 등을 살펴보면 도저히 '매국노'란 글자를 그의 몸에서 떼어 낼 방법은 없다. 또 "민족에 죄를 지었다"는 부분에 대해서도 언급해보기로 하자. 저우쭈어런이 주관적으로는 그렇게 할 의사가 없었다고 하더라도, 사실상 그는 이미 민족에 죄를 지었다. 그는 이미 민족의 죄인이 되었으며, 어떻게 해도 씻어 버릴 수 없는 민족의 죄인이 되었다.29)

탕타오의 관점에 대해서는 기본적으로 문단에서 아무런 의문점이 있을 수 없다. 그의 문장은 어감이 침중하고 의미가 심원하다. 탕타오와 달리 러우스이(樓適夷 : 누적이)는 「내가 아는 저우쭈어런(我知道的周作人)」이란 문장에서 저우쭈어런의 만년 생활에 많은 동정을 보내고 있다. 그는 항전 시기에 18명의 작가가 저우쭈어런에게 공개편지를 보낼 때 그 초안을 잡은 사람이며, 해방 후에도 저우쭈어런과 비교적 자주 왕래했던 노작가이다. 그는 다음과 같이 말하고 있다.

저우쭈어런은 출판사에서 많은 일을 했다. 그는 아주 성실하고 부지런하게 일을 했다. 심지어는 병이 났을 때도 끊임없이 일을 하곤 했다. 그의 다량의 번역 원고는 계속 출판 된 것을 제외하고도 지금까지 아직 상당수가 출판사 편집부의 책장 속에 남아 있다. '문혁' 후에도 아마 편집부에서는 이 원고를 중시한 사람이 없었던 것 같은데, 나는 절대로 이렇게 처리해서는 안 된다고 생각한다.30)

루쉰 박물관에서 다년간 일을 한 예수쉐이(葉淑穗 : 섭숙수) 여사도 동감하면서

---

29) 『雨中吟』, 安徽文藝出版社, 1995年版, 188면 참조.
30) 『魯迅硏究動態』, 1987年 第1期 참조.

다음과 같이 회고하고 있다.

루쉰 박물관 개관 초기로 기억한다. 항상 문제가 있을 때마다 그에게 가르침을 청했다. 그의 기억력은 비상하여, 매번 질문을 할 때마다 반드시 답을 해주었고, 게다가 아주 성실하고, 철두철미하기까지 하였다. …… 저우쭤어런은 다른 사람이 부탁한 일에 대해서도 아주 성실하였다. 우리들이 그에게 루쉰이 베이징에서 살던 곳을 물은 적이 있었다. 그는 입으로 설명했을 뿐만 아니라 또 박물관의 동료를 직접 데리고 가서 실제로 조사를 하게 해주었다. 그때 그는 이미 70여 세의 노인이었다. ……

저우쭤어런의 최후도 아주 비참하였다. 1966년 8월 재산을 몰수당한 후 그는 작은 헛간으로 쫓겨나 살았는데, 다만 한 늙은 보모만이 그를 보살피고 있었다. 우리가 이러한 사정을 알고는 그를 한번 찾아가 보았다. 이는 아마도 저우씨 형제에 대한 동정이거나 혹은 저우쭤어런이 과거 우리들의 사업에 지지를 보내주었던 데 대한 감사의 마음에서 나온 행동일 것이다. 또 어쩌면 그에게서 살아 있는 역사 재료를 다시 구하기 위하여 찾아간 것인지도 모른다. …… 우리들이 그가 갇혀 있는 작은 헛간으로 들어갔을 때, 눈앞에 드러난 것은 정말 차마 눈뜨고는 볼 수 없는 상황이었다. 예전에 아주 말쑥했던 저우쭤어런은 이제 땅에 세워놓은 목판 위에서 잠을 자고 있었는데, 얼굴빛은 창백하였고 몸에는 검은 베옷을 입었으며, 옷에는 흰색의 헝겊 조각이 달려 있었고 그 위에는 그의 이름이 씌어져 있었다. 이때 그는 비몽사몽간에 고통스러운 신음 소리를 내뱉고 있었는데, 보아하니 이미 일어날 힘조차 없는 듯하였다. 그런데도 몇 명의 악독한 홍위병들이 가죽 혁대를 들고 힘껏 그를 때려 일어나게 하였다. 이 광경을 보고서 우리들이 무슨 말을 할 수 있겠는가? 할 수없이 급히 떠나올 수밖에 없었다. 오래 지나지 않아 그가 세상을 떠났다는 소식을 들었다.[31)]

예수쒜이가 묘사한 만년의 저우쭤어런은 사람들에게 복잡한 감정을 가져다 주었고, 또 사람들로 하여금 안타까운 마음을 갖게 하였다. 1993년 5월 29일 『광밍일보(光明日報)』에는 덩원상이 쓴 「즈탕 노인 구사(知堂老人舊事)」가 등재되었다. 작자 덩원상은 저우쭤어런의 옛날 학생인데, 이 글도 아주 침중한 탄식에

---

31) 葉淑穗, 「周作人二三事」, 『魯迅研究動態』, 1988年 第2期.

젖어 있다.

　반 세기가 넘는 근 60~70년 간의 끊임없는 대격변 속에서, 중국의 독서인들이 태
평스럽고 평온하게 일생을 보내기란 실로 대단히 어려운 일이었다. 하물며 저우쭈어
런 노인 같은 명망가가 공사(公私)의 업무를 처리해야 될 입장에 있어서랴? 바로 오
매촌(吳梅村)이 그의 시에서 "가정을 버리기는 쉬우나 이름을 바꾸기는 어렵다(棄家
容易變名難)"고 읊조린 것과 같다. 하물며 또 가정도 버릴 수가 없고, 장멍린(張夢
麟 : 장몽린) 교장의 부탁으로 베이징 대학 재산을 보살펴야 됨에 있어서랴? 필연적
으로 여러 가지 대가를 치러야만 했다.

　한 사람의 학자는 반드시 인격을 닦고 학문을 이루고 그리고 큰 절개를 지켜야 하
지만, 이 세 가지가 더러 일체를 이루지 못하는 경우도 많다. 대격동의 시대에는 더
더욱 온전하기가 힘든 것이다. 위의 세 번째 큰 절개에 대해서 말하자면, 나는 일세
함락 지구의 한 학생으로서, 일제 침략자와 매국노를 몹시 미워했지만, 저우쭈어런
노인에 대해서는 이러쿵저러쿵 말을 하기가 아주 불편하다. 두 번째 학문에 대해서
는 내 자신이 더욱 그의 장점과 단점을 이야기 할 수준에 있지 않다. 첫 번째 인격
에 있어서는 노인이 그렇게도 순박하고 욕심이 없었으며, 또 상냥하고 성실하여 가
족에 대해서, 학생에 대해서, 친구에 대해서, 모르는 사람에 대해서도 모두 선량하고
붙임성 있게 대하지 않은 적이 한 번도 없었다. 옛날에 저우쭈어런 노인을 여러 차
례 접촉했던 스승과 벗, 이를테면 위핑보 선생님, 셰구어전(謝國楨 : 사국정) 선생님,
상홍쿼이(商鴻逵 : 상홍규) 선생님, 바오원웨이(鮑文蔚 : 포문울) 등과 같은 여러 분들
이 노인의 지나간 일을 말할 때에 모두 이러한 점에 동감하였고, 또 애석함과 회한
을 이기지 못하였다.

덩원샹의 문장은 저우쭈어런 수업을 들었던 그 세대 학생들의 관점을 대표
하고 있다. 덩원샹처럼 장중싱도 저우쭈어런에게 존경의 마음을 품고 있다. 장
중싱은 1995년에 출판된 「저우쭈어런 문선 서문(周作人文選序)」에서 저우씨의
성취에 대해 상당히 높은 평가를 내리면서 저우씨 문장의 가치를 다음과 이야
기하고 있다.

　……첫째는 작문을 배우는데, 마땅히 모범으로 삼을 만하다. 두 번째는 프랑스의

몽테뉴(Michel Eyquem de Montaigne, 1533~1592) 영국의 램(Charles Lamb, 1775~1834)
등과 같은 작가들의 산문집과 함께 놓아두고 읽고 감상할 수 있다는 것이다. 세 번째
는 문장을 짓는 사람들이 여러 해 동안 범해온 두 가지 유행병을 치료하는데 약으로
삼을 수가 있다는 것이다. 그 유행병의 하나는 겉보기는 어려운데 속에는 아무 것도
없는 병폐 즉 내용은 평이하지만 읽기가 아주 어려운 병폐이다. 또 다른 하나의 병폐
는 연지 곤지를 찍고 살랑살랑 교태를 부리는 것인데, 사람들로 하여금 문장의 지나
친 수식과 지나친 조작을 느끼게 한다.

이 지점에 이르러서, 나는 총괄적으로 몇 마디 말을 할 수 있다고 생각한다. 문화
사나 아니면 문학사의 시각에서 바라보면 저우씨의 저작은 모두 아주 유용함을 지
닌 유산이라는 점이다. 만약 그의 작품을 선입견의 안경을 낀 채 완전히 배척한다거
나 혹은 보고도 못 본 척 관심이 전혀 없다는 식으로 대한다면 그것은 틀림없이 실
책을 범하는 일이 될 것이다.

이 글을 읽으면 나는 항상 이 노인을 그리워하는 사람들의 추모의 정이 느
껴진다. 저우쭈어런에 대한 평가는 결국 중국인들의 도덕관이라는 민감한 문
제와 관련된다. 샤오첸(蕭乾 : 소건)의 부인 원졔루어(文潔若 : 문결약)가 1990년에
쓴 「1949년 이후의 저우쭈어런(一九四九年以後的周作人)」이라는 문장은 저우쭈
어런을 많이 접촉했던 지식인의 관점을 대표한다고 할 수 있다.

그러나 역사적으로 파란만장한 생애를 살았고, 또 '5·4' 이래의 신문학사에서 여
전히 중요성을 잃지 않고 있는 저우쭈어런과 같은 작가·학자·문화인들은 그 본인
이 생각한 것처럼 '소리와 흔적을 없애기'가 거의 불가능하다. 과연 근년에 국내에서
는 그와 관련된 각종의 평론·사료(史料)·회고록과 전문 학술저서(첸리췬이 최근에
완성한 장편 역작 『저우쭈어런전(周作人傳)』과 같은 것)들이·우후죽순처럼 쏟아져
나오고 있다. 해외에서도(영국의 동방학원의 데이비드 에드워드 폴라드(David Edward
Pollard) 교수) 또한 적지 않은 중국학 연구자들이 저우쭈어런 연구에 종사하고 있다.
서방에서는 제2차 세계대전 중에 큰 과오를 저지른 작가에 대해서 모두 공정한
평가를 내렸다. 나는 저우쭈어런의 공적과 과오에 대해 최종적으로 반드시 정론이
있을 것으로 믿고 있다.32)

---

32) 黃開發 編選, 『雨中吟』, 安徽文藝出版社, 1995年版, 163면에서 재인용.

이제 사람들은 결국 침착하고 부드럽게 역사의 옛 흔적들을 마주 대할 수 있게 되었다. 사실 저우쭈어런의 '부역'의 역사에 대해 변론하고자 하는 것은 내가 보기에 아주 미련한 일이다. 객관적인 사실은 말살할 수가 없으므로, 자신의 기호로써 역사의 원래 모습을 변화시킬 수는 없다. 그것은 기실 역사를 멀리하는 것이다. 저우쭈어런이 우리들에게 가져다 준 것은 다만 문화적인 사색에 그치지 않는다. 더욱 중요한 것은 아마도 중국 지식인들의 존재 가치에 관한 문제일 것이다. 중국에서 지식인들은 여태까지 독립적인 역량으로 존재한 적이 없다. 그들은 관리 사회에 속해 있지 않으면 상인 집단에 속해 있었다. 전자는 어용화될 수밖에 없었고, 후자는 더욱 세속화될 수밖에 없었다. 혹자는 중간의 길이 있을 수 있지 않은가라고 물을 수도 있을 것이다. 그러나 나는 "그것이 대단히 어려운 일이다"라고 대답할 수밖에 없다. 왜인가? 내가 보기에 현대 중국은 자유·평등·다양화의 사회적 메커니즘이 아직도 건설되지 못하고 있기 때문이다. 그러므로 생활에 핍박받던 많은 문인들이 걸어간 길은 자기 소외의 길이었다. 일찍이 저우쭈어런을 맹렬히 공격하면서 동시대의 '절개'를 지켰던 혁명작가들도 1950년대 이후 정치적 격변 속에서는 누누이 '절개를 상실'하지 않았던가? 이러한 점에서 바로 루쉰은 후인들에게 속되지 않는 계시를 던져 주고 있다. 절망 속에서 몸부림치는 그의 정신 형상은 적어도 내가 보기에 이미 어떠한 사람의 정신도 뛰어넘은 것이다. 루쉰의 이러한 행동을 우리 스스로 실천하기란 더욱 어려운 일이다. 아주 어려운 행위였기 때문에 그래서 더욱 사랑할 만하고 존경할 만한 것이다. 루쉰은 낡은 진지를 뛰어 넘었다. 그러나 저우쭈어런은 사상적으로는 할 수 있었지만 행위상으로는 할 수 없었다. 왜 할 수 없었는가? 이는 가치관적 난제이다. 아마 오늘날의 문인들도 아직 이러한 난제 속에서 배회하고 있을 것이다. 이로 인해 저우씨 형제의 책을 한 번 읽어 보면 완전히 상반된 정신적 지향을 체감할 수 있다. 우리는 이러한 과정에서 더욱 깊은 정신적 체험을 할 수 있을 것이다.

중국인들은 스스로 '절개'를 지키고 싶어 한다. 역사 속의 여러 '절개'있는 사람들을 우리는 분석해볼 수 있다. 고염무(顧炎武)·황종희(黃宗羲)·왕부지(王

夫之)와 같은 명대 '유민(遺民)'이 외족의 침입에 반항하는 것은 절개 있는 행동이다. 왕구어웨이(王國維 : 왕국유)가 쿤밍후(昆明湖 : 곤명호)에 투신자살한 것도 '절개' 있는 행동인가? 천인커(陳寅恪 : 진인각)가 한사코 벼슬을 거부한 것도 만년의 절개를 지키려고 한 행위가 될 수 있을까? 이런 사람들에 비해서 저우쭈어런은 "물론 더욱 부끄러움을 느껴야 하지만," 그러나 내가 보기엔 고염무·황종희·왕부지·왕구어웨이는 전제적인 폭군의 유민일 뿐이다. 명·청의 통치자들을 모두 훌륭하다고 말할 수는 없으므로, 이들을 위해서 '절개를 지키는 것'은 아무래도 '유로(遺老)'의 태도라고 할 수밖에 없다. 그러나 이것은 현대인의 견해이다. 명말 민족 모순이 극심할 때에 '유민'은 나름대로 사회적 의의와 문화적 의의를 가지고 있었다. 이와 상반되게도 왕구어웨이와 같은 사람은 판단력이 다소 흐렸다고 할 수 있다. 그의 죽음은 개체 의식이 없이 '노예성'을 따른 결과가 아닌가? 저우쭈어런의 '변절'을 위의 여러 사람과 비교해보면서 우리는 대략 몇 몇 중요한 문제점을 발견할 수 있었다. 학식이 높은 학자이자 작가이며 또 인도주의를 설파한 사상가가 이민족 침략자의 노예가 된 것은 아마 한두 마디 말로 분명하게 설명할 수 없을 것이다. 여기에서 드러나는 인격상의 치명적인 결함을 개인주의의 곤혹이라고 해야 할지도 모르겠다. 저우쭈어런은 역대의 '유민'들에 비해 심도 깊은 일면을 가지고 있지만, 또 가공스럽게도 그들보다 퇴보한 일면도 가지고 있다. 그의 모순과 복잡성은 바로 이 지점에 모두 구현되어 있다. 저우쭈어런은 하나의 거울이다. 사회적 격동의 세월 속에서 그는 사람을 경각시키는 가치를 지니고 있다고 나는 항상 생각해왔다. 중국 지식인들이 만약 저우쭈어런식의 모순을 해결하지 못한다면, 앞으로 새로운 형태의 인격을 건립하기가 아주 어려울 것이다.

이 책이 완성된 후 나는 서산(西山)에 가서 이틀을 묵었다. 나는 샹산(香山) 비윈쓰(碧雲寺) 일대를 돌아보고 저우씨 형제의 당년의 흔적을 탐방하고자 하였다. 그러나 이러한 바램은 실현될 수 없었다. 나는 바다추(八大處)의 다베이쓰(大悲寺)에 머물면서 첫 번째로 불문(佛門)의 신비한 기운을 느꼈다. 여름밤의 서산은 아주 상쾌하고 서늘했다. 산꼭대기에서 멀리 베이징성을 조망하면서 말로 형언할 수 없는 어떤 느낌을 받았다. 그때 나는 루쉰이 산으로 가서 아우 저우쭤런을 위해 불경을 보내주던 일을 생각하면서, 세속을 떠나 인간의 슬픔을 은은하게 느껴볼 수 있었다. 그러나 저우씨 형제와 우리 후인들은 모두 인간세상의 과객으로, 보이지 않는 그물이 우리를 속세에 가둬놓고 있다. 인생은 아주 고통스럽다. 다베이쓰에서 사람들이 경건하게 무릎을 꿇고 절하는 장면을 보고서 나는 어찌할 수 없는 인생의 비애를 느꼈다. 저우씨 형제는 아마도 우리보다 더욱 심각하고 훨씬 진지하게 이런 느낌에 젖었을 것이다. 그런데 그들은 부처가 아니었고 또한 보통 사람도 아니었다. 산에서 지내는 며칠 동안, 나는 저우씨 형제가 불계와 속계 사이에 끼여 있는 고통스런 경계자라는 생각이 불쑥 들었다. 이러한 생각은 아주 강렬하게 나를 엄습하여, 내가 쓴 이 책이 결코 진정으로 그들 정신의 본 모습을 복원하지 못했다는 자괴감이 들었다. 나는 내 자신의 경솔함을 후회하였다. 다베이쓰의 유유한 독경소리 속에서 나는 망연한 느낌에 빠져들었다.

나는 이런 심정이 어떤 감각인지를 정확하게 설명할 길이 없다. 집으로 돌아온 후 한 동안 아무 것도 하지 않았고 아무 것도 생각하지 않았다. 출판사에서 원고를 가지러 오겠다고 전화를 했을 때 비로소 나는 이 책 뒤에 뭔가를 좀 적어야 한다는 생각이 들었다. 솔직하게 말해서 나는 역사의 옛 자취를 따라 역사의 과정을 복원하려고 시도했을 때, 사실 내 자신이 진정으로 과거를 이해하지 못한다는 사실을 발견했다. 역사가 축적해놓은 흙은 아주 많다. 역사적 인물의 영혼을 그리려고 한다면 더러 흙을 걷어내는 노력을 하지 않을 수 없다. 중국은 종래에 사학의 방대함으로 세상에 잘 알려져 왔다. 그러나 우리들의 역사서에는 오히려 아주 많은 허위가 포함되어 있다. 루쉰이 당년에 옛 역사서의 '기만'과 '사기'를 통탄한 것은 바로 국민들의 고질적인 습관에 대한 실망의 결과였다. 따라서 이 책에서 만약 읽을 만한 가치가 있는 점을 들라면 나는 바로 글을 쓸 때의 나의 진실한 태도를 꼽을 것이다. 나는 내 자신의 가장 진실한 느낌을 독자에게 말했다. 이 책에는 나와 이미 가버린 영혼의 심리적 교류 과정이 기록되어 있다.

루쉰과 저우쭈어런은 우리 역사에서 '신(神)'과 '유령(鬼)'으로 분석되어 왔는데, 형제간의 상이한 사후 운명은 마치 역사의 농담처럼 보이기도 한다. '신'을 맞아들이는 것은 쉽고 '유령'을 맞이하는 것은 어렵다. 중국인들은 종래에 성패론(成敗論)으로써 영웅을 논했다. 따라서 역사를 복원하고자 하는 것은 아주 고통스런 작업이다. 이 책을 탈고하는 그 순간에도 나는 추호의 가벼움도 느끼지 못했다. 마치 내 자신의 몸에 귀기가 씌워진 것처럼 내가 역사를 해석하고 있는 것인지 역사가 나를 해석하고 있는지 알지 못하였다. 나는 일찍이 내 친구에게 나의 몸에 두 개의 영혼이 달라붙어 있다고 말한 적이 있다. 하나는 루쉰이고, 또 다른 하나는 저우쭈어런이다. 이것은 저우쭈어런이 말한 '두 귀신'과 유사한 것이다. 이 두 개의 영혼이 항상 나를 숭고와 평범, 비애와 한적

사이를 배회하도록 한다. 나는 왜 그들을 선택했는지 잘 모르겠다. 나의 내면 깊은 곳에는 오랫동안 이 두 개의 고통스런 영혼이 달라붙어 있었다. 이 책의 출판은 내 자신의 심경의 토로이다. 나의 모든 신념과 근심·희망과 고통스런 호소는 모두 이 무미건조한 문자 속에 흩어져 있다.

들리는 이야기에 의하면, 어떤 대학교에서 루쉰과 저우쭈어런은 이미 많은 사람들이 일고의 가치도 없다고 생각하는 골동품이 되었고, 새로운 '○○'주의, '○○' 사조가 바야흐로 청년들의 마음을 정복하고 있다고 한다. 만약 정말 이와 같다면, 우리들은 마땅히 감사해야 한다. 그러나 실제로는 이 오래된 토지에 저우씨 형제가 살던 시대와 똑같은 나무들과 아들딸들이 아직도 살고 있는데, 나는 서양의 학설이 진정으로 중국의 사물을 개괄할 수 있을 것인지에 대해서 항상 회의를 품고 있다. 이와 반대로 저우씨 형제의 문장에는 오히려 중국 민족을 위한 참언이 씌어 있다. 이것은 우리들이 벗어날 도리가 없는 '비운'이다. 이 '비운' 속에서 우리는 저우씨 형제와 다시 만나고 교류하지 않을 수 없다. 이러한 바탕 위에서 서양지식에 대한 인식을 포함하여 주위의 모든 것을 다시 인식할 수 있다면, 아무래도 단일성보다 더욱 풍부하고 열렬한 느낌을 받을 수 있지 않겠는가?

사실, 루쉰과 저우쭈어런은 역사상 중복되기 어려운 두 가지 종류의 문화인의 표본이다. 나는 다음 세기에도 문화인들이 그들에게서 느끼는 흥미가 더욱 커질 것이라고 생각한다. 저우씨 형제의 진정한 가치는 중국인의 생존 위기 및 이러한 위기에 도전하는 두 가지 상이한 본보기를 보여주고 있다는 데에 있다. 현대로 진입한 이래, 저우씨 형제처럼 복잡한 문화의 빛을 굴절시키고 있는 작가는 아직 아무도 없다. 이러한 광택은 오늘날에도 의연히 계속되고 있으며, 또한 실제로는 당대문학의 새로운 진동 속에 이미 용해되어 섞이고 있다.

몇 년 동안 나는 끊임없이 루쉰과 관련된 몇 권의 저작을 썼다. 그 저작들은 나의 청춘시대의 가장 좋은 시기를 소모하게 하였다. 그러나 나는 터럭만큼도 이러한 선택을 후회하지 않는다. 아마도 내일 나는 다른 무엇을 할 수 있을지도 모르겠다. 그러나 운명이 나를 어느 쪽으로 데려 가든지 간에 루쉰 형제의 잔영은 아마 영원히 나 자신과 함께 할 것 같다. 이것도 역시 숙명이다. 나는 그것과 함께 중년에 접어들었고, 또 다음 세기에 진입할 것이다.

여기에서 나는 이 책의 집필 과정에 도움을 준 나의 친구들에게 감사를 드린다. 왕더허우(王得後)·왕스쟈(王世家)·장졔(張杰)·가오웬둥(高遠東)·황챠오성(黃喬生) 등은 사고의 방향에서나 혹은 자료 부문에서 나에게 많은 도움을 주었다. 루쉰 연구계의 이들 학자들은 지난 세월 동안 나에게 진실한 위로를 수없이 보내주었다. 나는 영원히 기억할 것이다.

역사는 모두 책에 기록할 수 없고 무언의 언어 속에 기록된다. 유형무형의 시공간 속에서 나는 생명의 율동을 느낀다. 이 율동이 즐거운 것이든지 아니면 고통스러운 것이든지 막론하고, 나는 생명의 율동이 가져다준 모든 것을 소중히 여긴다. 이미 가버린 청춘을 소중히 여기는 것과 마찬가지로, 그것을 향해 손을 흔들며 이별하는 그 순간에 나는 오늘의 의미를 의식한다.

1996년 7월 3일 베이징성 남쪽에서

쑨위

1.

아직 회상에 젖을 나이도 아니고 새삼 돌이켜볼 것도 없는 삶이지만, 요즘 자꾸 옛일을 회상하는 버릇이 생겼다. 그런 참에 출판사로부터 또 무슨 '역자 후기'란 걸 써야 한다고 연락을 해왔다. 아마 학부 3학년 때 일로 기억된다. 서슬 푸른 5공화국의 한복판에서 대학을 다녀야 했으므로, 당시의 엄혹한 현실에서 자신을 마비시키기 위해 나름대로 각자의 비법들을 연마해야 했다. 우리는 학교 근처의 막걸리집을 거쳐 향촌동과 대백 뒷골목, 그리고 반월당의 쪽방들을 훑으며 다녔다. 어둡고 답답한 우리 슬픈 젊은 날들…… 당시 우리는 김민기의 「강변에서」와 「젊은 투사의 노래」를 부르면서, 한편으로는 또 아바(ABBA)의 「I have a dream」을 흥얼거리고 다녔다. 아바의 달콤하면서도 우수에 찬 목소리 속에는 이런 대목이 들어 있었다. "I'll cross the stream, I have a dream" 그렇듯 서툴게 거센 물살을 건너며 우리는 꿈을 꾸었다. 그래도 미래(the future)를 위한 높고 푸르고 짙은 꿈을……

　루쉰(魯迅)의 작품을 읽기 시작한 것은 이때쯤이었던 것 같다. 그러나 광명과 승리를 맛보기 위해 들어간 루쉰의 세계에는 오히려 암흑과 절망이 가득 차 있었다. 젊은 치기에 놀라움과 배신감 비슷한 걸 느꼈지만, 뭔가 함부로 내팽겨칠 수 없는 루쉰 문학의 독특한 아우라에 묘한 매력같은 걸 감지하기도 했다. 저우쭈어런(周作人)과의 만남도 이 즈음이 아니었나 싶다. 아마도 무슨 공부 모임이었던 것으로 기억되는데, 대학 동기인 오순섭·이제현·김경조, 그리고 황수일 형이 함께 했던가? 아닌가? 당시는 중국 현대문학 관련 교재란 것이 변변한 것이 있을 리 없던 때였으므로, 1970년대에 신아사에서 펴낸 『중국신문학평론선(中國新文學評論選)』(車柱環 編註)을 독본(讀本)으로 썼던 것 같다. 이 책의 앞 부분인 후스(胡適)와 저우쭈어런의 글까지 읽은 것으로 기억한다. 그 뒷부분은 당시의 뜨거운 가슴으로는 도저히 읽을 마음이 나지 않았다. 그러나 소득이 없지는 않았다. 그 뒤 중국 현대문학을 전공하면서 거의 문밖 사람으로 박정하게 대접한 저우쭈어런의 원문을 당시 학부 3학년 무렵에 중국어로 독파할 수 있었으니 말이다. 특히 나중에 친일파로 변절하고 만 저우쭈어런이 '인간 문학'과 '비인간 문학'을 명쾌하게 구분짓고, 문학혁명의 내용을 평민의 입장에서 논리적 해설을 가하는 대목에서는, 어떻게 이런 사람이 친일파가 되었을까 하는 의구심을 금치 못하기도 하였다. 마치 고등학교 때 최남선의 「기미독립선언문」을 읽으면서 느꼈던 혼란스러움과 동일한 감정이었던 셈이다. 그러나 이후 루쉰과의 만남은 실망에서 심취로, 저우쭈어런과의 만남은 경이감에서 배신감으로 그 느낌이 180도 전환의 과정을 거쳤으니 이 전환의 과정이야 말로 나의 공부의 심화 과정이라고 할 수 있을지도 모르겠다.

2.

　일찍이 1931년에 김태준(金台俊)은 「新興 中國文壇에 活躍하는 重要作家」 네 번째 글의 제목을 「소흥 주씨형제(紹興周氏兄弟)」라고 붙이고 루쉰과 저우쭈어런을 중국 문예운동의 선구자로 병칭하였다. 그러나 김태준은 이 글에서 1930년 1월 '자유운동대동맹(自由運動大同盟)'에 참가한 루쉰의 행적을 인상 깊게 언급하는 가운데 『아Q정전(阿Q正傳)』을 비롯한 루쉰의 소설 소개에 대부분의 편폭을 할애하고 있다. 이에 비해 저우쭈어런에 대한 김태준의 소개는 '중국 문예운동의 선구자', '백화문 수필의 성공적인 작가'라는 한 두 마디의 서술에 그치고 있다. 1931년 무렵 김태준이 루쉰과 저우쭈어런 중에서 루쉰 편향을 보인 것은 아직 저우쭈어런의 친일 부역 행위에 영향받지 않은 순수한 지적 기호에서 말미암은 결과라고 할 수 있지만, 김태준의 이러한 선택이 앞으로 전개될 역사적 진실의 핵심을 정확하게 짚어내고 있다는 점에서는 우리의 관심을 끌기에 충분하다. 이후 형인 루쉰은 중국 현대문학을 대표하는 진보적 지식인으로, 동생인 저우쭈어런은 1937년 이후 일본 침략자에 부역한 매국노의 대명사로 역사에 이름을 남기고 있다. 우리는 이 지점에서 지식인의 선견지명이라는 것을 다시 생각하게 된다. 이광수·최남선·김동인·박영희 등등 당시 일제 강점기 문단에서 뜨르르한 명성을 얻고 있었던 명민한 지식인들의 선견지명은 무엇이었던가? 이들에게 조국과 민족의 독립은 끝내 잡을 수 없는 신기루에 불과했고, 눈에 보이는 것은 저 끝도 없이 팽창해나가던 대일본 제국의 무궁한 번영이 아니었던가? 그렇다면 같은 시기 신채호·한용운·이육사·이상화·윤동주 등의 선견지명은 또 무엇이었던가? 그것은 어쩌면 미래의 해방에 대한 예지의 소산이라기보다는 현재의 압제에 대한 적극적 투쟁의 결과가 아니었을까? 말하자면 미래의 역사를 바로볼 수 있는 예지란 결국 현재의 인간 억압에 대한 정직한 투쟁에서 획득되는 것이라고 할 수 있다. 자신의 상황 논리를 절대화하면서 불의와 타협한 후 변명과 험담으로 일관하는 태도야 말로 옹색한 소인배들의 전형적인 자기 합리화인 셈이다.

3.

다시 약간의 '돌아보기'가 필요할 것 같다. 1997년 9월 나의 베이징 대학 유학 생활은 중문과 교수 첸리췬(錢理群)의 강의를 청강하는 것에서 시작되었다. 아마도 강의 제목이 「루쉰과 저우쭈어런의 사상 비교」였던 것으로 기억된다. 중국인들도 알아듣기 힘든 남방 사투리로 강의하는 첸리췬의 수업에 그토록 많은 학생들이 몰리는 이유를 처음에는 이해하기 힘들었고, 게다가 루쉰과 저우쭈어런의 사상을 정식 강의로 비교 분석하려는 의도를 더욱 이해할 수 없었다. 그러나 점차 첸리췬의 사투리에 적응이 되면서, 강의 시간 내내 피를 토하는 듯한 그의 열강에 10여 차례가 넘는 공감의 박수 갈채를 보내는 중국 학생들의 마음 밑바닥이 조금씩 들여다보이기 시작하였다. 즉 첸리췬의 강의가 학기 중반을 넘을 무렵 나는 그들의 머리 위에 짙게 드리워진 문화대혁명 및 6·4 톈안먼 사태(1989)의 그림자를 목도하게 되었다. 그것은 마치 내 잊을 수 없는 기억 속의 5·18 장면(1980)과 오버랩되면서 마치 환영(幻影)처럼 내 머릿속을 윙윙 떠돌고 있었다. 대저 권력이란 무엇이며, 국가란 무엇인가? 인민을 위해 싸우라고 들려준 총칼을 도리어 인민을 향해 겨누고 발사하는 행위는 도대체 무엇이란 말인가? 또 맨 몸으로 그 총칼에 맞서 피를 뿌리며 죽어가는 사람들의 힘은 대체 무엇이던가? 그리고 살아남은 자들의 회한과 울분은 또 무엇이던가?

이 책의 저자 쑨위와의 만남도 바로 위의 첸리췬의 강의가 매개가 되었다. 아마도 6·4 이후 많은 사람이 죽고, 또 많은 사람이 망명을 떠난 자리에서 그들은 공개적으로 발설할 수 없는 그들의 울분을 공유하며 서로의 마음을 그렇게 위로해주는 것 같았다. 이런 연유로 첸리췬은 쑨위의 『루쉰과 저우쭈어런』을 강의 내내 자주 언급하였고, 쑨위도 그의 저서에서 저우쭈어런에 대한 첸리췬의 선구적 연구를 종종 흥미롭게 인용하고 있었다. 그 즈음 '루쉰 박물관'을 둘러볼 기회가 있어서 박물관 구내 서점에서 이 책을 구입한 것으로 기억이 난다. 이 책의 일독을 끝낸 것은 아마도 해가 바뀐 1998년 3월쯤이 아니었나 싶다. 이 책을 읽어가는 과정에서 나의 머리를 내내 점거하고 있었던 생각은 루쉰이나 저우쭈어런에 관한 것이 아니었다. 그것은 바로 이 책의 저자 쑨위를 포함한 6·4 이후 중국 지식인들의 감정과 사고에 관한 것이었다. 쑨위의 이 저작은 결코 가볍지 않은 제목을 달고 있음에도 불구하고, 기존의 학술 저작과 같은 엄밀한 논증을 바탕에 깔지 않고, 오히려 루쉰과 저우쭈어런의 일차 자료에 내한 쑨위의 정직한 감정을 기록하고 있었다. 그 감정은 물론 현재에 속한다. 그러나 더욱 중요하고도 흥미로운 점은 나의 감정과 쑨위의 감정이 이 책을 통해 진실하게 소통하는 과정에서 나의 뇌막 저편 스크린에 이들 중국 지식인들의 잠재의식이 흡사 페이드인(fade-in) 장면처럼 점점 뚜렷하게 비쳐오기 시작했다는 것이다. 아, 이 대목에서는 성철(性徹) 스님의 목소리를 흉내내보는 것이 제격일 터이다. 가라사대 "이 뭐꼬?(시심마? 是甚麼?) ……" 말하자면 그 밑바닥에는 이른바 그들 사회의 '프롤레타리아 독재'에 대한 정당한 견제의 힘 또는 그 비판 세력의 부재를 안타까워하는 비장감이 도사리고 있는 듯 하였다. 대안으로서의 전망과 비판이 부재한 사회, 또 그것이 불가능한 사회, 공산당의 정책을 견제하고 조정할 수 있는 다양하고 개방적인 의견이 존재할 수 없는 사회, 그것은 쑨위와 첸리췬을 비롯한 중국의 비판적 지식인들에게 넘을 수 없는 현실의 장벽으로 존재하고 있는 듯 하였다. 그렇다면 아무리 위대한 마오이즘(毛澤東主義)일지라도 또는 아무리 거룩한 루쉰이즘(魯迅主義)일지라도 독존(獨尊)의 모습으로 존재하는 것은 위험한 일일 수밖에 없다. 우리에게는 저우쭈어런이 매국노인가 아닌가가 훨씬 중요하다. 그러나 중국인들에게는 저우쭈어런이 매국노인가 아닌가 보다 현재의 '무결점의 정체(政體)'를 비판하고 견제할 수 있는 그 어떤 담론의 존재가 더욱 중요한 것 같았다.

그것은 문화대혁명 및 6·4 피의 참극을 부른 권력의 주역들을 비판하고, 또 당시 희생된 영령들을 위로하고, 더 나아가서는 '살아남은 자'들이 현실의 무력한 언어로 그들의 구슬픈 노래(悲歌)를 부르기 위한 의도적 장치라고 할 만한 것이었다. 말하자면 분명한 것은 '무오류의 일당 통치'에 대한 비판적 대안에 대한 갈망이었던 셈이다. 하지만 '살아남은 자들의 비가(悲歌)'가 어찌 그들만의 것이랴? 따라서 한·중 쌍방이 상호 공생을 위한 미래의 집을 짓기 위해서는 근본적으로 이 점에 대한 이해와 소통이 출발점이 되어야 하리라고 생각한다. 그렇다면 이제 한·중 두 나라는 왜곡된 반사경이 아닌, 서로의 진상을 정직하게 비춰줄 수 있는 상호 대등한 평면 거울이 될 수도 있을 터이다. 이것이 이 책을 번역하기로 마음먹은 소박한 이유이다.

4.

이 책을 일독한 후에도 이 책에 인용된 저우쭈어런의 문장 몇 곳이 잘 이해가 안 되어, 1998년 6월 어느 날 저녁 베이징 대학의 친구 가오웬둥(高遠東)에게 전화를 걸었다. 가오웬둥은 나의 의문점을 명쾌하게 해결해주고, 이 책의 저자 쑨위와 매우 친한 사이라고 귀띔해주면서 쑨위와 한 번 만나볼 의향이 없느냐고 물었다. 그리하여 귀국 직전인 1998년 7월 어느 날 가오웬둥의 소개로 베이징 대학 사오웬(勺園) 커피숍에서 쑨위를 처음 만나게 되었다. 나는 쑨위에게 이 책을 번역하고 싶다고 하면서, 이 책을 읽는 동안 느낀 한국인으로서의 나의 감정을 넌지시 전달하여 보았다. "저우쭈어런은 결국 매국노가 아닌가?" 쑨위는 이렇게 대답했던 것 같다. "그러나 그에게서도 다시 읽어야 할 점이 있지 않겠나?" 결국 선문답(禪問答)의 흉내를 낸 것이지만, 이 문답 속에 한·중 지식인의 차이점이 대강 들어있다고 할 수 있다. 그러나 중요한 점은 바로 살아남은 자들의 진실한 감정이다.

　귀국 후 전국을 방랑해야 했던 나의 사정 때문에 이 책의 번역은 순조롭게 진행되지 못하였다. 이 책의 후반부 번역은 나의 학부 후배이자 성실한 소장 학자 이시활(李時活)이 대신해주었다. 가시밭길을 걸으면서도 예기(銳氣)를 꺾지 않는 그의 용기에 새삼 경의를 표한다. 시활의 도움이 없었다면 이 책의 번역은 또 몇 년 후로 미루어졌을지도 모를 일이다. 출판사 소개는 나의 대학원 후배이자 진실한 친구인 서울대학교 중문과의 김월회(金越會) 선생이 수고를 아끼지 않았다. 이 자리에서 특히 그에게 고마움을 전한다. 그리고 못난 제자 때문에 여전히 노심초사하시는 은사(恩師) 김시쥰(金時俊) 선생님, 또 내가 견딜 수 없는 어려움에 처했을 때 유일하게 우리 식구를 경주로 불러 위로의 술잔을 건네준 학회 회장 유중하(柳中夏) 선생님, 그리고 나의 공부를 채찍질하고자 멀리 목포까지 불러서 많은 걸 일깨워준 임춘성(林春城) 선생님, 아울러 지금도 시절마다 직접 전화를 걸어 격려해주는 순천의 한병곤(韓秉坤) 선생님에게도 깊은 감사의 말씀을 드린다. 여기에 나의 평생 학문의 동지 조성환(趙誠煥) 선생에게도 음으로 양으로 많은 빚을 지고 있다. 끝으로 어려운 여건 속에서도 이 책의 출판을 결정해준 '소명출판'에도 감사의 말씀을 전한다. '소명출판'의 분투는 우리 학계의 앞날에 든든한 힘이 될 것으로 믿어 의심치 않는다.

2005년 5월
옮긴이를 대표하여
불사재(不舍齋)에서
김영문(金永文)